丹青余墨

DANQING YUMO

王为政◎著

中国文史出版社
CHINA CULTURAL AND HISTORICAL PRESS

《政协委员文库》丛书
编辑委员会

笵曾藝濤四
泛孤舟
十四年
白乙頭
夢斷菜
菌離拆
水黃河
揚子
童中
洪
戊辰之冬
宜居端
士為政
自壽

畫堂淡墨

景壁題詩

壬辰之秋 愛國書

目錄

辑二　诗词集

辑一

散文集

我的老师尚连璧

尚连璧先生去世已经 10 年了。

尚老师是我的启蒙老师。当年，是他带我走进了艺术之门，也由此决定了我的人生走向。如果没有他，不知道现在我在哪里？在做什么？

1955 年，我在家乡读小学四年级。那时候，我们学校里没有专门的美术老师，上"图画"课，常常是由我在黑板上随便画点儿什么，同学们跟着学，画好画歹也无所谓，反正他们谁也不指望在这方面有所发展。在同学们和家长们之间流行的观念是："学好数理化，走遍天下都不怕。"唯独我对画画充满兴趣，但也只是盲目地自学，临摹一些印刷品而已。语文老师王念之是位有心人，他看着这孩子有些画画的天赋，可惜得不到行家指点，怕是要荒废了。

有一天，王老师对我说："我领你去见一位画家。"就骑自行车带着我到了县城北关，走进一个坐西朝东的小院儿，在堂屋里见到了那位画家：穿一身棕色西装，一双棕色皮鞋，每走一步都"咯吱咯吱"作响，那相貌和风度，清秀而潇洒，是我从来没见过的。墙上挂了许多画，有镶在精巧画框中的小幅油画静物和水彩风景，装裱成卷轴的大写意花卉，还有占据整个一面墙的巨幅油画。我第一次直接看到专业画家的原作，想必都是他的作品。这便是前此一年刚从南京师范学院美术系毕业的青年画家尚连璧先生，那一年，他 27 岁，我 11 岁。11 岁的孩子懂得什么？见了面连个寒暄都不会，还是王老师替我说："来看看尚老师。"

尚老师微笑着，嘴角现出括号般的两条纹路，问我："你喜欢画画吗？"

我大约说了声"喜欢"，声音低得连自己都听不清，嗓子里像是掖着一团棉花。

尚老师说："你都会画些什么？画大老虎、大公鸡？"像是在问我，又像是这些都在他意料之中，所以不等我回答，又接着说，"比起你同龄的孩子来，这就已经了不起了，所以，周围的人都觉得很稀罕。可是，再过十年八年，你还是这样画大老虎、大公鸡，人家还稀罕吗？"

我平生还是第一次听到这样的"逆耳之言"，当时不辨滋味，后来读了王安石的《伤仲永》，才懂得了其中的深意。即便神童如仲永者，若一味卖弄那点儿天赋，不思进取，几年以后便"泯然众人矣"！

尚老师说："你画给我看看。"

画什么呢？他顺手拿起家里的一把茶壶，放在方凳上，又递给我一块夹着白纸的画板，一支铅笔，要我画这把茶壶。我为难地望着他，不知道如何下手。他说："随便画，想怎么画就怎么画。"

这便是我有生以来的第一次作静物写生，画得怎么样并不重要，重要的是，从那一刻，我结束了涂鸦画童的蒙昧时代，跨进了造型艺术之门。这和时下一些专门教孩子们画画的"培训班""补习班"的做法完全不同。有人强调中国画的传承性，让孩子们从临摹入手，直接摹仿齐白石，画小鸡几笔，画虾几笔，都如法炮制，小孩子说大人话，说到几时？有人强调儿童画的天真、童趣，主张不加干涉，任其发挥。儿童画的"稚拙感"固然可贵，但未经训练，终归只是"原生态"，你能吃一辈子吗？无论"小孩子说大人话"，还是止步于"原生态"，都难免落入"泯然众人矣"的收场。对于儿童美术教育，尚老师既不赞成无为而治，也不主张用中国画的传统笔墨程式加以约束，而是采取从素描写生入手，把造型、结构、透视、光影、体积、质感这样一些理念灌输到学生的头脑中，让学生学会科学地观察世界，表现世界。他坚信，这样的基本训练，对于任何画种都是坚实的基础。

此后的每个星期天，我都是在他家里度过的，画静物，画几何形体，画石膏人像，进行严格的素描训练。尤为幸运的是，在学习的同时，我得以近距离地观摩尚老师的艺术生活，看他画油画人物写生，画写意花鸟，画墨笔线描插图，刻、印套色木刻，几乎所有画种都有涉猎，根据不同的题材内容选择不同的表现形式，在艺术天地自由地驰骋。他敏锐地从社会生活中发掘素材，捕捉灵感，迅速地形成创作。这些耳濡目染，对我的影响是深远的。

这个过程持续了大约一年多，我几乎成了这个家庭的一员，尚老师甚至连喝啤酒都没忘了让我"尝尝"。报社向他约稿，他画好了，打发我送去。报社给他的稿费，也由我带来。小小的县城，跑来跑去，没有多远的路。在我的记忆中，这大概是我为尚老师所做的唯一的事儿了。

后来，国家分配尚老师到外地工作，他离家赴任去了。不过，我们之间的联系并没有中断，每隔一两个月，我把近期的作业卷成一卷，给他寄去，他看过之后，再寄回来，里面必定有一封信，详细指出画中的毛病。如果他自己有了新作，也会借此机会给我寄来。因为是版画作品，可以拓印多幅，就送一幅给我观摩并留作纪念。

1960年，我在家乡初中毕业，报考南京艺术学院附中。考生都是我的同龄人，其中有不少人尚不知"素描"为何物，我毫无悬念地得以录取。由于在入学以前已经打下扎实的基础，在附中的三年，我的主攻方向已经不是素描，而开始尝试创作练习了。1963 年，我从南艺附中毕业。本来打算报考中央美术学院，可是那一年，中央美院的国、版、油、雕四个系都不招生，只招一个美术史系。我不想搞理论，只想画画。由于尚老师的艺术思想和艺术实践的影响，在我的意识里，不同画种之间并没有森严的界限，艺术不是独木桥，"条条大路通北京"。于是我报考了中央工艺美术学院的装饰绘画系书籍装帧专业，这在当时是我所能选择的绘画性最强、也是竞争最激烈的一个专业，再一次毫无悬念地被录取。当时，家乡人谈论的热门是谁谁考上了清华、北大，尚老师则说："在我眼里，进北京的只有我一个学生！"师生之情深，以至于如此！

半个世纪过去，当年的学生已年近古稀，老师已不在人间，留下无尽的追思怀想。尚老师早年的创作以版画为主，刀法苍劲，色彩强烈，充盈着浓郁的生活气息和时代精神。中年以后，他将精力集中于中国画的笔墨锤炼，山水深受金陵画派领袖傅抱石影响，水墨淋漓，大气磅礴；大写意花鸟则得益于海派巨擘吴昌硕滋养，老辣古拙，雄浑厚重。可惜，正当他的艺术炉火纯青之际，却不幸溘然长逝，时年 75 岁。如果今天他还健在，应该是 85 岁的老人了。可是，当他的音容笑貌清晰地浮现在眼前时，我看到的并不是一位耄耋老者，而仍然是风度翩翩的青年画家尚连璧，充满了生命的活力和艺术的创造力。他的身旁，有一个稚嫩青涩的画童，那就是我。我多么希望回到那个瞬间，我们一起活在故乡，活在艺术里！

原载《画界》2013 年第 6 期

5

启　蒙

　　四十多年前有幸成为吴冠中先生的学生，终身受益。

　　回头看看，吴先生教给我们的，最宝贵的并不是什么技巧，而是他的精神。什么精神？创造精神。晁补之谓苏东坡词，"横放杰出，自是曲子内缚不住者"，"缚不住"三字说的就是这种精神，挣断绳索，突破牢笼，活泼泼展现自家风采。记得一位雕塑家说过：面对罗丹的雕塑，感觉一切法则都不存在了。看吴先生的画，我常常就有这样的感觉，看不见"师承"，找不到"出处"，这是吴先生的创造，只属于他自己。当然也不是无本之木、无源之水，当然也有所继承，有所借鉴，但这些都融会在血肉里，而让你看到的是他的面目，他的创造。吴先生说："只局限在本民族这一个'老爷爷'的知识圈子里创新，创不了今日之新，明日之新。""……有比较，才知道我们传统的局限。我绝对不是反对传统，我们的传统也有好东西，但是，我觉得很多是糟粕。"这样的话，在吴先生之前我没听别人说过，所以才振聋发聩。传统不是供让我们崇拜的神祇，不是捆绑我们手脚的绳索，而是为我们所用的工具，其中既有好东西，也有局限性，也有糟粕，也可以批评，也可以挣脱，也可以超越。创造就是超越古人和前人，没有创造的画没有任何价值。古往今来的大师之所以是大师，就是因为他们创造了前无古人的东西。"前无古人"必然"后无来者"，因为每一位大师都是独一无二的，不可复制，不需要重复，有本事你去超越人家，没本事就算了，而不必刻意摹仿谁。古人常在画上题字，"仿某某人笔意"，很没出息。现在也常看到一些仿齐白石、仿徐悲鸿、仿李可染的画，令人生厌。同样，吴先生也不可仿，做他的学生很荣幸，但如果亦步亦趋地摹仿他，就可悲了。

　　吴先生曾谦称他是我的"启蒙老师"，那么，所"启"的就是这个"蒙"，感谢先生！

原载《吴冠中追思文集》（清华大学出版社 2012 年版）

吴 冠 中

当人们逐渐得到经验的时候，他同时也就失去了他的青春，这是一种不幸。如果情形不是这样的话，生活该是多么美！

——梵·高

从青高粱到红高粱，走完了生命的旅程，唯一的不可重复的一次旅程，人们自己也都是这样走过来的……

——吴冠中

梵·高没有死

1989 年 4 月 2 日，巴黎郊外，梵·高墓前。

这是地处偏僻小镇奥维尔的一片公墓，两米高的石砌围墙隔开了阳世和阴间，围墙里边居住着也许生前互不相识的亡灵，富翁和穷汉、强者和懦夫、天才和庸人，死后都平等地分享七尺墓穴、一抔黄土，相安无事。

春寒料峭，细雨濛濛。再过三天就是中国的清明节，"清明时节雨纷纷，路上行人欲断魂"。时隔千余年，地跨四万里，唐朝诗人杜牧的诗句准确地为这片法兰西公墓作了一幅速写，也许并不是巧合。

一辆小汽车停在围墙外。车门打开，走下了四个中国人：两男两女。一位瘦骨嶙峋的七旬老人步履踉跄地朝墓地走去，三位同伴紧跟着他，簇拥着他，他们都是为了陪伴他而来的。搀着他的是他的结发老妻，另外的一男一女是他的朋友和朋友的朋友。

他是来扫墓的，为一个终生不能忘怀的人，一个影响了他的生命进程的人，一个无比熟悉而又无缘谋面的人。

墓碑连着墓碑，他穿过墓碑之间的缝隙，踏着湿润的泥土向前走去。周围的亡灵都和他没有任何关系，如果不是为了辨认那个刻在心上的名字，他本来对众多的墓碑都无暇一顾，他只想寻找心中的碑。

他的脚步有些凌乱，手在抖，心在跳。你在哪里？

众里寻他千百度。墓地到了尽头，石壁拦住了去路。越过墙壁就是人间了。就在石壁跟前，并排竖立着两座并不高大的白色大理石墓碑。左边的那一座上面刻着：

IOI REPOSE
VINCENT VAN GOGH
1853—1890

这里安息着文森特·梵·高。一个激情如火的人，一个热血沸腾的人，一个以独特的光焰照耀世界画坛的奇才，就在这里倒下了，默默地度过了将近一个世纪！

如今，世人皆知梵·高的伟大，他笔下那烈焰逼人的太阳、火山熔岩般的大地、狂飙巨浪般的树木花草……成为人类最宝贵的艺术财富，杰作《向日葵》和《鸢尾花》以数千万美元的高价被拍卖，创世界最高纪录！然而，这些都是梵·高生前所不知道的。他以近乎宗教信徒般的虔诚和痴狂，与苦难搏斗了一生，为艺术奋战了一生。他对世界、对人类充满了爱心，却始终不被理解和接受，他是一个疯子，一个与世格格不入的怪人，一个捧着金饭碗讨饭的乞丐，一个曲高和寡、郁郁终生、忍受着贫穷、病痛和孤独折磨的歌手。他再也不堪忍受这一切，开枪自杀。1890年7月23日，在那星光灿烂的夜晚，他那颗伤痕累累的心脏终于停止了跳动，倒在他患难与共的同胞兄弟提奥的怀里，年仅37岁。忠实的提奥可以说是为哥哥而生的，他把全部的爱，全部的心血和财力都献给了哥哥的艺术。哥哥死了，他的使命也就完结了，几个月后，追随哥哥而去。兄弟两人合葬在一个墓穴里，灵魂朝夕为伴，墓碑并肩而立……

站在梵·高的墓前，中国老人激动不已。梵·高，我来了，来自万里迢迢的中国，来看望你，来和你倾心长谈。但是，你已经不在了，早就不在了，在我出生之前十几年，你已经走了！你对于我，当然不会有任何印象；但我对于你，却仿佛最知己、最亲密的朋友，犹如你的兄弟提奥！是忘年之交？不，是隔世之交！没有血肉之躯的媒介，灵魂也就没有时空的羁绊，我们可以自由地交往。"上穷碧落下黄泉"，我与你同在！

他动情地凝视着这墓碑。没有高大的台阶，没有显赫的石棺，墓碑直接立在泥土中，犹如一生都立足于泥土、从未跨入殿堂的梵·高本人。没有花圈和花篮，简朴的墓碑前只有一束成熟的麦穗和一支油画笔，不知是哪一位热爱梵·高、理解梵·高的同行敬献的，这正好代表了梵·高天才而短暂的一生，这祭物是他乐于接受的。法国人大概不知道中国家喻户晓的故事："高山流水"，如今到墓前"摔琴谢知音"的不是俞伯牙，而是钟子期了！

他默默地环顾着这墓地。粗粝的石墙，满地的青藤，这是梵·高那坚强而旺盛的生命。远处是一片梵·高熟悉的麦田，只是没有他笔下那种燃烧的金黄，而是欲滴的浓绿。成熟的小麦已经收割了，新的一茬又在抽枝吐穗。天低云暗，春雨融融，麦田沙沙作响。

他突然想起——不知为什么会想起鲁迅在《药》里所写的墓地：一只乌鸦，站在一株没有叶的树上。一丝发抖的声音，在空气中愈颤愈细，细到没有，周围便都死一般地寂静。乌鸦在笔直的树枝间，缩着头，铁铸一般地站着，"哑——"的一声大叫，张开双翅，一挫身，直向远处的天空，箭也似的飞去了……

是了，梵·高一生中最后的一幅画，就是在奥维尔画的，题目是《有乌鸦的麦田》。暗蓝的天空，一片混沌，正是暴风雨将来的前兆，两朵积云夹带着胁迫感自天边缓缓升起。两条蜿蜒的土路，伸进狂卷的麦浪。永恒的黑暗迫在眼前，自杀前的画家已经因为走投无路而绝望，一群乌鸦纷乱地飞起，发出凄厉的哀鸣……

但现在这里没有乌鸦，没有那震慑心灵的大叫。他感到一种莫名的惆怅，为寂寞的梵·高。

他的心中响起一首歌。这首歌从 20 世纪 60 年代以来已经传遍世界，人们唱着它，怀念文森特·梵·高：

> ……
> 直到现在我才明白你要对我说些什么，
> 才知道你为了自己的清醒理智受了多少折磨。
> 你要使人们得到自由解脱，
> 可他们怎么能理解，倾听你的叙说。
> 他们没有去爱你，
> 可是你的爱却是那么真诚、执着。
> 在那星光灿烂的夜晚，
> 当你心中的希望已完全沉默，
> 你夺去了自己的生命，
> 就如失恋的情人不愿再活。
> 可是文森特，我多么想告诉你，
> 这世界对你这样崇高美丽的人，
> 从来就没有适合过。

他的嘴唇翕动着，他的眼睛饱含着泪水。他心中的歌并没有发出声音，但他相信梵·高一定是听到了。

透过脚下的泥土，他看见了梵·高的脸：高耸的颧骨，瘦削的面颊，火红的胡子，一双闪闪发光的、碧蓝的眼睛。一块纱布斜裹在脸上，包住那只在发疯时被他自己割去耳轮的耳朵。这是活生生的梵·高！

他听见梵·高的声音了，熟练的法语，流畅的诗句：

> 不要以为死去的人死了，
> 只要活人还活着，
> 死去的人总还是活着！

梵·高没有死，还活在人间！他热泪盈眶，激动地扑上前去，伸出那双瘦硬的手，紧紧地抓住墓碑。他感到，梵·高的心脏在和他一起跳动。

"咔嚓"一声，他的朋友按动了照相机的快门，拍下了这一历史的瞬间。

拥抱着梵·高的是一个中国人。瘦小的身材，黧黑的面孔，高耸的颧骨、眉头，紧闭的嘴唇，一双探究一切的、执着的眼睛。满脸刀刻般的纹路，满头苍苍白发。远道赶来和梵·高相会的又一个艺术狂人，天造地设的另一位梵·高，他的异国兄弟！

他在这张"合影"上郑重地题字：

> 吴冠中，一九八九年春，扫梵·高墓

这一瞬间，浓缩了他的一生……

水乡——大师的摇篮

1919 年（岁次己未）8 月 29 日（闰七月初五），在那个星光灿烂的夜晚，江苏宜兴闸北口乡北渠村的农家小院中，一个瘦弱的婴儿呱呱落地。母亲在剧烈的阵痛中绽开了笑颜，为吴家添丁，这是做妻子的本分、做母亲的骄傲。接生婆手起剪落，把母子血肉相连的脐带剪断，一个未来的男子汉便离开母体而成为独立的生命。那稚嫩的手、脚、肩膀，也许会成为扶犁、莳秧、挑担、摇橹的一把好手。命运让他落生在江南水乡，等待他的自然是"阿Q"的毡帽、"七斤"的航船，还有劳作之后一洗风尘愁肠的"咸亨酒店"。乡村小学教员吴㘰北喜得贵子，热泪纵横。他是种田人，又是文化人，孔乙己的半个同行，心胸自然比别人远大，为儿子命名"冠中"。其实他的最高理想，也仅只让儿子长大后当个小学教员，继承他的衣钵而已，不曾想，他为儿子精心描绘的这幅人生蓝图，最终成为一张废纸，儿子很快就超过了他的预计，摆脱了他的控制，远走高飞，不但上了大学，还出国留洋，又成为高等学府的教授。而且他连做梦也没有想到，儿子会走上一条和家教完全无关的艺术道路。他大概早忘记了吴家祖上曾经出了一位"画圣"吴道子，而儿子却邪魔似的隔代遗传，直扑远祖头上那闪闪光环而去……

半个世纪以后，矿北老人已经在贫病之中谢世。而他的儿子，却大放光华。

著名法籍华人画家赵无极说，吴冠中"是大陆搞现代画的唯一画家"；

台湾"故宫博物院"副院长、著名美术史论家李霖灿说，吴冠中是"一位东方血统的大画家""海峡两岸最热门的画家"；

香港艺术中心画廊总监陈赞云说，"吴氏被公认为中国首屈一指的油画家""具创意的国画家"；

台湾《艺术家》载文说，"他对画坛有一种冲击力和推动力，他所走过的道路和他的一些主张，无论在创作上，抑或艺术理论上，对今后画坛都会产生影响"；

日本朋友称吴冠中为"中国现代绘画之巨匠"；

一则来自美国的信息说，"美国人能接受的中国画家，目前只有吴冠中一人。"……

这一切，都是他那苦难的父母和家乡父老兄弟姊妹所始料不及的。名"冠中"，果冠中也！

而他自己，却是那么铭感生他养他的父母和江南水乡，梦魂萦绕，永难忘怀。他甚至"怀念"家乡的饥饿、贫穷、战乱、疾苦和种种磨难。他的心中有一颗千年莲子，只是遇到了故乡的水土才发了芽；没有太湖水，也许还要尘封千年！是这样吧？也许是，吴道子有意留下一颗莲子，待日月精华厚育百代玄孙，东山再起……

晚年的吴冠中以痴情的诗句描述他的故乡："漂浮在水乡的梦""水乡青草育童年""遥远的童年古老的屋，昨天的夕阳明天的晨曦"……他格外崇敬鲁迅，自然是由于鲁迅那深邃的思想和博大的艺术，但另一个因素却是：他们有着相似的故乡和相仿的童年！"鲁迅笔底的乌篷船对我也永远是那么亲切"，"画不尽江南村镇，都缘乡情"！只是他的家没有鲁迅那周家大宅、百草园和三味书屋，也就更早地接触了"闰土"和"祥林嫂"们。家里有十几亩水田，父亲吴矿北半农半教，穿布衣、吃白米，比起赤贫农家和长短雇工，已是小康人家，但较之富室巨豪则显得寒酸了。母亲是大户人家的女儿，大舅还兼开茧行，和无锡的商人合做蚕茧生意，在最阔气的"无锡饭店"住套间包房，令乡下人哑舌。他家老先生看上了吴爌北是个读书人才肯将女儿下嫁的，以致女儿长久地抱怨夫家贫穷，说是被媒人花言巧语骗来的。吴家的亲戚都是贫穷的农夫渔女，被她瞧不起的。她总爱炫耀娘家如何如何。无奈"嫁出的闺女泼出的水"，大家闺秀也就很快改造成普通农妇，洗衣、做饭、生孩子、养蚕。蚕宝宝是农家之"神"，沐手熏香，小心侍候，夫妻俩带着孩子，一天要采几次桑叶，夜半还要起来添叶。白白胖胖的蚕宝宝，贪婪地"蚕食"青嫩的桑叶，沙沙沙，那是农家小院最美的夜曲。蚕儿的一生是短暂的，却又是极为壮观的，它要一次次"脱胎换骨"地改造，每蜕掉一层皮，便增添一分硕壮、一分美丽。等到它完全成熟了，肥胖的身躯发白透亮，就不再吃桑叶，要"大眠"了。于是被安置到用干稻草绞成的"草龙"上去。草丛中一条条卧龙，并没有安息，它们要将一生所吃的桑叶中的精华再倾吐出来，还报给人类。那是它们孕育了一生的作品，是它们生命的浓缩。吃的是桑，吐的是丝，春蚕到死丝方尽。童年吴冠中挤在父母身边，睁大惊讶的眼睛，领略这蜕变的艰巨、创造的辉煌……蚕宝宝一天天隐没在自缚的茧子里，它们的杰作完成了，缀满蚕茧的草龙像珊瑚树上镶了珍珠。全家人眉开眼笑地摘茧，挑去卖钱。读书人吴爌北这时候就成了地地道道的农夫，他的长子冠中也总是兴致勃勃地跟了去，茧行就设在舅舅家的后院，大舅就是老板。然而这时候不容易见到大舅，他正忙着接待无锡来的贵客，没工夫理睬"乡下人"。吴氏父子和别人一样挤着卖茧。商品交换，人人平等。亲兄弟，明算账。母亲念念不忘的娘家并没有给她额外的照顾。父亲和真正的农夫一样在茧子的等级和斤两上做文章，和划价的、把秤的争斤夺两、讨价还价。"种田人几何辛苦？一分一文也要派大用场！"如果这时候他能在秤杆高低上稍稍占点便宜，也就满足了。出了茧行便有卖枇杷的追上来，向刚刚银钱到手的农夫兜售枇杷。父亲不忍心让儿子白白地跟着跑了来再跑回去，便掏出血汗钱给儿子换一串枇杷，只是他自己不肯尝一颗。他极俭省，"一饭一粟，当思来之不易；半丝半缕，常念物力维艰。"他是一家之长，又是吴家祠堂的会计，还是小学的教师、校长，掌管好几本帐。到镇上去买课本、习题本、粉笔，也要一分一厘地讲价；教室里用剩的粉笔头也要收回去。他是不得不俭省，家里的拖累太重。继冠中之后，又有两个弟弟、五个妹妹问世，生也艰难，养也艰难，两个妹妹没等明白人间是怎么回事就夭折了。母亲生育太多，又一向难产，对十月怀胎、一朝分娩恐惧得如过鬼门关，没有体会到"创造的幸福"。她曾经用乡间土法打过两次胎，亲手扼杀腹中尚未成熟的生命，折磨得自己死去活来，身体便垮了，长年卧病。洗衣烧饭便成了父亲的事。他穿着长袍，腰里围着母亲用的围裙，操刀司厨。门外突然有人找，急急地喊着："吴先生！"他便匆匆外出，却没有忘记先一把扯下腰间的围裙。他不肯失去读书人的体面。

父亲原先在无锡郊区一个叫玉祁的村镇教小学，家里的十余亩水田无力耕种，便全部出租。后来子女渐多，便回家办吴氏小学，学校就设在吴家祠堂。这时就将水田出租一部分，另一部分自己耕种，忙不过来就雇短工或长工，走马灯似地换了许多个，留在童年吴冠中印象中最深的一个长工叫九斤，这个九斤是条壮汉。乡下人取名图省事，称一称初生婴儿的体重，便成了他一生的名字，仅代号而已。体重相同的便重名，好在他们的活动范围有限，既没有天南海北的社交也不登报著书发表作品，没有被盗名冒牌之虞。九斤是苏北人，早就是孤儿了，家乡地瘠人穷，逃荒到江南来卖苦力，很久了，说一口地道的宜兴话，可是人们仍然瞧不起他，称之为"江北佬"。他的家只是一个简陋的草棚，没有老婆，谁家的姑娘肯嫁给他？他一年一年轮流着在各家帮短工、当长工，在吴家算是住得最久的了。

九斤长年打赤脚，一年中有半年赤膊，为种田方便，为省衣服。近乎裸体的身躯被太阳晒得黑亮，青铜雕塑一般。他特别喜欢东家的"大少爷"，他们的友谊主要建立在水车棚里。到了戽水的日子，吴冠中便跟上九斤，带着挂有蛛网的芦苇长秆，昂扬地出发了。水车棚建在河岸田边，上面盖着草顶，棚里装着巨大的车盘。庞然大物的水牛慢悠悠地拉着车盘，吱吱呀呀地转，带动长长的、龙骨似的水车，把小河里的水戽上岸来灌进水田去。千回百转，周而复始。紧依着水车棚有两棵大柳树，柳丝拂岸，在水中垂下飘摇的倒影，如大笔挥写的水墨。盛夏，垂柳浓荫是鸣蝉的伊甸园，是吴冠中打猎的围场。长缨在手，悄悄地靠近自鸣得意的知了，倏地扑上去，那带着清晨露珠的蛛网便把知了粘住，它扑棱棱地挣扎，发出"笛、笛、笛"急促的叫声，吴冠中便狡黠地笑了，九斤也憨厚地笑了。水田、车棚，带给他们多少乐趣！

他帮九斤看水车，九斤便腾出工夫来到近旁耘田。看水车的时候他就坐在车盘上，让牛拉着团团转，那滋味赛过十几年之后携带小孙孙逛北京中山公园才见到的旋转飞机！高兴了，往牛屁股上猛加一鞭，"驾！"牛便跑得飞快，周围的柳荫、水田、小河、村庄便也飞转起来，模糊成一片跳动的斑斓色斑，一幅环形的抽象派油画，未来的画家坐在梦幻般的水车盘上陶醉了！

突然，画面静止了，闪烁的色斑复归为原形，还是柳荫、水田、小河、村庄。一切都清晰了，清晰了反而令人不满足。杰作被破坏了，梦被惊醒了。怎么回事？是牛站住了，伸着汗淋淋的脖子，张着大大的鼻孔，兀自喘息："嘘……"他扬起鞭，猛抽下去，庞然大物岿然不动。

他急了。"九斤，你来！"九斤黑亮的背影应声停止了劳作，只一瞥，便明白了。他不作声，手捏着长柄粪勺跑了来，往牛肚皮底下一伸，立即，便有一条哗哗的瀑布倾泻下来。原来这牛训练有素，和九斤配合默契。吴冠中大笑。九斤不笑，他经多见广，见怪不怪。只说："记牢！它不肯跑，就是要撒尿！"

九斤爱这头默默躬耕的牛，吴家先生和太太爱和牛一样憨厚实在的九斤，总让他吃得饱饱的。偶然蒸了点咸肉，把最好的拣给儿子冠中，然后就是九斤的了，先生、太太吃最次的，甚至一口不尝。九斤吃饱了要卖力的，他从来不惜力。耙田、施肥、插秧、挑担，样样能干，他侍弄的庄稼长得分外茂盛，绿油油一大片，很容易和别家相区别，"啥人家啦？吴先生的。喏，九斤在田里嘛！"九斤和这头牛，是主人的身家性命。

　　然而九斤终于还是被辞退了。教书先生越教越穷，雇不起长工，以后只能雇雇季节短工。九斤孑然一身，连铺盖也没有，两手空空地走了，每逢忆起九斤，吴冠中就仿佛听到他的嘱咐："记牢，牛不肯跑，就让它撒尿，勿要打它……"

　　九斤走了，还会有"八斤""七斤"上门来的，东家的田要有人种，雇工要寻饭碗，一年又一年……

　　过年了，这是乡下人的大节日。老祖母抱着铜脚炉在太阳下取暖，一面唠唠叨叨地说着往日过年的热闹。母亲则在灶间里忙碌，煮肉、煮菱、煮花生、蒸夹了核桃肉的糕，蒸够吃半个月的糕团，还要外加几笼粗粉团子，是"专门"发给春节期间沿门乞讨的叫花子的。平时叫花子要饭，喊破了喉咙只讨得一点残汤剩饭，甚至无人理睬。但是春节期间，主人无论贫富，一律不会拒绝乞讨，而且不必苦苦哀求，一到门口就给，所以叫"发"。这种供求关系刺激了行情，叫花子便络绎不绝、成群结队、门庭若市。几笼团子还不够发，母亲既要提高产量又要降低成本，团子便一年比一年做得小了。望着那衣不蔽体的叫花子伸手接过粗粉团子便狼吞虎咽，吴冠中就立即想起了九斤，不知他如今流落何方？

　　门口又来了个要饭的。这个人，身穿整整齐齐的长衫，头戴礼帽，而且手里也没有那脏兮兮的破碗，称他"叫花子"似乎不大合适。但他确实是来要饭的，只是不肯叫着"老爷""太太"，哀哀地乞食，而是手提一面小铜锣，边敲边唱，一步步缓缓跨进大门：

　　　　月儿弯弯照九州，
　　　　几家欢乐几家愁……

　　母亲在灶间瞥见了，便低声说："这是唱春的，快拿只团子，打发他走！"吴冠中顺手捏了只为叫花子准备的粗粉团子，好奇地迎上去，递给那人，那人却连看也懒得一看，手敲着小锣，只顾唱：

　　　　阿记得，当年伍子胥，
　　　　昭关一夜愁白头！
　　　　吴市吹箫为糊口，

十年归报楚王仇……

年幼的吴冠中听不懂他唱的是什么意思，只是觉得那抑扬顿挫的歌声煞是好听；而他对粗粉团子傲然不睬的神气，又令人有些敬畏。他手里捏着团子，不知如何是好，只好再退回来。这时父亲从里屋踱出来，感叹歔欷："不可以成败论英雄，此人有大志哩！换一只自家吃的白团子，士可杀，不可辱！"吴冠中听得似懂非懂，依了父亲的话，拣了一只大白团子，几乎是恭恭敬敬地递上去。歌声戛然而止，唱春的不唱了，也不道谢，只将手里的铜锣反过来，接了团子，倒进背后的大口袋里，转身扬长而去。望着唱春人远去的背影，他不觉肃然起敬。人生的艰难，艺人的辛酸和自尊，深深地打动了这个孩童的心扉。

"这是我最早见过的歌唱家。"吴冠中多年之后回忆道，"后来我在巴黎留学时，旅店后窗下的小夹道里也偶有人拉琴或高唱，期待旅客们撒下法郎去。这时候，我总立即回忆起童年时家门口的唱春人。"

过年了，父亲到里屋打开那只随母亲陪嫁来的红漆大橱，小心翼翼地取出一幅中堂画和一副对联，挂在正房墙上。小户人家，房子住得挤，平时是不挂字画的。但过年的时候一定要挂，直挂到正月十五。村里有中堂画的人家很少，这使童年吴冠中感到骄傲。画面上是"福禄寿三星"，极其平常的题材，但吴冠中在此以前没有机会看到比这更伟大的艺术，自然也就难以遏制那份激动和骄傲。画的作者缪祖尧——一位名不见经传的乡间画家，是父亲的同事和好友，家就住在姑爹家那个渔村里。父亲从玉祁回乡创办吴氏小学，缪祖尧也便为了友谊而投奔他的麾下，就住在吴家祠堂里。校长的儿子吴冠中从此便经常到缪老师的房里去，看他画画。缪老师什么都画，山水、人物、花鸟鱼虫，全能。他用纸卷成细细的长条，在煤油灯上熏黑了当炭条起稿；他将蘸满了浓墨的毛笔放进嘴里理顺豪锋，把嘴唇染得乌黑。吴冠中顿悟：母亲不认字，为什么同父亲吵架时总骂他"吃了乌黑水不讲道理"？原来读书人真是"吃墨水"的！缪老师没有儿女，不像父亲那样俭省，作画的时候还爱吃东西，摸出几个铜板，叫看画的冠中到村头茶馆里跑一趟。一会儿工夫便飞跑了回来，送上一包酥糖或是糕饼，于是两人一块儿吃。缪老师住的厢房很大，窗口掩映着绿茵茵的芭蕉，一张大画案摆在窗口，窗明几净，幽静宜人，有高逸名士之风！

也许，吴冠中与绘画的不解之缘便始于缪老师的画室。"这是我一生中头一次见到的画室，难忘的画室，我一辈子都向往有这样一间画室！"

埋藏在大师心中的那颗艺术的种子，最早催化它的竟是这位乡间画师和那位沿街乞讨的流浪艺人！

然而此时的吴冠中，童心仍然只是一片未曾开化的混沌，未曾启迪的蒙昧。

正如童年的鲁迅醉心于百草园里的蟋蟀和何首乌，鲁镇的社戏和罗汉豆，闰土描述的瓜田和猹，他迷恋的是姑爹家的乌篷船。乘上船去赶杨茂公桥的庙会，看走高跷、虾兵蟹将、牛头马面，看彩色的风车、布老虎、泥人和竹制的花蛇，吃一碗父亲舍不得尝的热豆腐脑。他幻想着跟随姑爹下湖捕鱼，探索那芦苇丛中的奥秘。湖里有一种叫黄雀的小鸟，姑爹曾经多次捕了送来，母亲炖了给他吃，味道鲜美极了。表兄们说，捕黄雀要在深夜，一面张好网，从另一面敲锣赶黄雀，黄雀仓皇逃命，急不择路，便撞到网里，一捉一大堆。他多想也跟着去探险啊！姑爹说夜里湖上太冷，你要冻病的，他说不怕；又说你小小年纪熬不得夜，他说保证不睡，把眼睛睁得大大的。总算说通了姑爹，探险即将成行，却又被父亲坚决拦阻了，他无论如何不肯让心爱的长子去冒那样的风险。

打仗了！兵来了！听说是孙传芳和吴佩孚开火，吃了败仗的散兵游勇路过这里，无法无天，如狼似虎，鸡鸭牛羊顺手就牵走，抓到男人要"花边"，抓到女人就……姑娘媳妇吓得魂不附体。有钱人家赶紧躲到宜兴城里去，贫苦百姓投亲靠友，四散逃命。姑爹摇着他的乌篷船来了，"快逃，跟我逃！"于是再也不怕冒险了，母亲带着儿子女儿，跟随姑爹落荒而逃。人多船小，姑姑和表姊们只好挤进邻家的船中。乌篷船熄了灯火，向夜幕笼罩的湖里开去，岸上传来"砰砰"的枪声，子弹呼啸着擦肩而过。大家心惊胆战，缩在舱里，用棉被裹着身、蒙着头。姑爹说子弹是硬的，吃硬不吃软。谁知道呢？姑妄听之吧，棉被权作防弹衣。母亲紧紧抱着儿子，不敢出声，只能偷偷地饮泣。吴冠中进入了梦寐以求的芦苇丛中，却已把捕黄雀的事忘到九霄云外了。但他永远忘不了这条乌篷船，载着他的幻想，载着他的苦难，风雨飘摇中的一叶小舟，他儿时的摇篮！

7岁那年，他进了吴氏小学。遇上雨雪天，路滑难走，父亲便背着他上学。他背着书包伏在父亲的背上，双手撑起一把结结实实的大黄油布雨伞，为父子俩遮避雨雪。父亲穿一双高统钉鞋，扎紧裤脚，棉袍的下半截撩起来扎在腰里，那条极长的粉绿色丝绸汗巾在腰里缠了好几圈，那也是母亲的陪嫁呢！母亲的乳汁、父亲的心血，浇灌着这个吴门长子……

初小毕业，宜兴举办全县初小毕业会考。吴冠中考了总分七十有余，在吴氏小学已属佼佼者，但和人家一比，就差远了，鹅山小学的朱自道考了九十多分，名列榜首，这是一个无形的鞭策！要上高小，就必须到和桥镇上的县立鹅山小学了，和朱自道同学比一比！方圆三十里的学子都来竞争，升学考试是极严格的。父亲为儿子捏着一把汗，但吴冠中顺利考取了！于是家里桌稻、卖猪，凑那一笔可观的钱，为儿子交饭费、宿费、学杂费、书本费。父亲拿着凑足的钱，送他到学校，替他铺好床被，才心满意足地离去。儿子望着父亲的背影，却潜然泪下。这是他第一次真正心酸地哭，和在家时向父母撒娇、与弟妹吵嘴、和顽童们打架时的哭大不一样，是人生道路上品尝到的别样滋味！

和桥是宜兴的一个大镇，一条大河穿镇而过，三座大石拱桥横跨碧水，连接两岸的上塘和下塘。街上店铺林立，白墙黑瓦挤满深深街道，客商行人摩肩接踵，熙熙攘攘，繁华景象超过了宜兴县城。和桥豆腐干是有名的特产，可以保存很久，味道极鲜，盛誉不衰。河上帆樯如林，南来北往的船只首尾相接，有白帆、黑帆、棕色的帆，也有无帆的乌篷船。到了大桥下，桅杆统统睡倒了，帆落成一堆，缆索纠缠不清，船夫们吵闹、呼喊，南腔北调，乱成一片，那景象，仿佛活的《清明上河图》。鹅山小学就设在镇头，是当年全县最有名声的县立完全小学。乡下孩子吴冠中能考进这里，已是吴氏小学的光荣；他还要以更勤奋的攻读来宽慰父母望子成龙之心。

星期六放学回家，父母像迎接远方归来的游子，弟弟妹妹也特别地亲近哥哥，像是来了贵客。母亲急着问他："在学堂里，饭吃得好勿好？"他据实回答："八个人一桌，米没有家里的白，但尽管吃饱；菜不多，刚吃一碗饭便没有菜了，后两碗只好吃白饭。"母亲听了，眼睛便湿润了，他后悔不该说。只过一夜，第二天便又返校了，母亲特意做了好多菜，让他带到学校去吃。他不肯带，说："带去也不能拿出来吃，同学太多，不好分；让老师看见了，也不好意思。老师和我们在同一个食堂里吃饭，他们最多一个荤菜。"父亲便说："那么，还是不带为好……"母亲便叹息着，收起了给儿子准备的菜，炒了些蚕豆给他带走。儿子走了，他们的心也被牵了去。父亲有时到和桥，特地买了一包虾干给他："吃粥的时候，每次放几只在碗里，添点味道。"母亲搭了姑爹的船到镇上，去学校看儿子，手里捧着一包蛋糕。恰巧那天学生都跟老师远足登山去了，母亲左等右等不见儿子回来，把蛋糕交给"号房"又不放心，遗憾地原封带回了，留到下个星期天儿子回来吃……

第一个学期结束了，吴冠中名列全班第一。拿着级任老师签名盖章、又加盖了县立鹅山小学校章的成绩单回家，路比平常走得快，急着带给父母这个特大喜讯，一路上还取出成绩单重看一遍。

父亲捧着成绩单，兴奋得手都抖了。那上面清清楚楚地写着，全班六十人，儿子名列第一。但又不放心地问："那么，朱自道呢？"他一直记着上次全县会考第一名的那个学生，现在和儿子同班了。

吴冠中得意地迅速回答："第十名。"

父亲脸上泛出一丝胜利的笑容。他为人师表，当不会因嫉妒任何一个获高分的学生而耿耿于怀，也不会为人家的名次跌落而幸灾乐祸，他是为儿子超过了全县闻名的高才生而骄傲！

那天，吴氏小学的缪祖尧老师正好在座。他是吴冠中初小的老师，但并不教美术课，当时小学里根本没有这个科目，他的画，他和吴冠中的笔墨之缘，都是在课堂之外的那间画室。他没有儿女，把他的学生视作儿女，尤其是为母校争光的好学生。此时便说："圹北，茅草窝里要出笋了！"

一支包着硬壳的嫩笋，从泥土里，从草丛中，从石缝间，悄悄地露出了尖尖的角。它的成长，还要经几番风雨、几度冰霜……

吴冠中以品学兼优的好成绩赢得了级任老师和全校师长的格外垂青。但是，有一次……

那是一个狂风暴雨之夜，校园里伸手不见五指。高才生吴冠中、吴旋南偷偷地溜出了宿舍，在风雨泥水中摸到前院。那里有两棵古老而又巨大的银杏树，浓荫遮住了整个院子，年年硕果累累。成熟的白果"啪"地落在地面，像一枚枚大杏子，肥厚的果肉是不能吃的，真正的白果是里面的核，炒煮了吃，清香满口。每到白果成熟季节，便落满了地，学生们捡了便交给老师，不准据为己有、拿回家去。这个雨暴风狂的夜晚，白果落多少？正是偷果的天赐良机！吴冠中浑身湿透，在黑暗中贪婪地摸索。摸到一处，地上的白果多极了，自己装不完，便低声叫："旋南，旋南，到这边来！"

一语泄露天机，隔墙有耳，睡在近旁房里的训育主任被惊醒了。第二天，提审吴旋南，顺藤摸瓜，迅速破案，抓到了主谋吴冠中。两个高才生带头偷窃，成何体统？交出白果，各打十板手心！一向器重吴冠中的级任老师在一旁眼睁睁地看着心爱的学生挨打，欲救无词。他不明白：你为什么贪吃几个白果而做贼啊？

其实，就连同案犯吴旋南也不明白主谋吴冠中的作案动机。那是在过去给学校捡白果的时候就萌动了行窃之意。一位同学不经意地说，他的父亲是中医，说过的，白果可以治痨病。吴冠中心中一动，立即想到了多病的母亲。她长期咯血，吃了许多药，喝过童便，都不见好。这就是痨病吧？也许……也许吃了白果，病就好了！于是，他冒着受罚的危险策划了这次失败的行动。母亲为他含辛茹苦，他的心中时时挂牵着母亲。"谁言寸草心，报得三春晖！"为了报答母亲的养育之恩，为了让病弱的母亲恢复健康、益寿延年，儿子还该有丝毫的自私吗？

板子打在手上，十指连心。他含着泪，忍着痛，一言不发，羞愧得无地自容。如果，如果他向训育主任说明原委，也许可以从古人"陆郎怀橘奉母"找到依据，获得赦免抑或褒奖；但是他咬紧牙关没有说，因为当时"痨病"是令人谈虎色变的死症，他不忍将它和亲爱的母亲联系起来、公之于世！

这次令吴冠中终生不能忘记的耻辱，他的老师和训育主任很快就淡忘了。两年高小念完，吴冠中以优异的成绩毕业了，又一个选择人生出路的十字路口横在他的面前。那位中医的儿子早有打算，回家继承父业去了；和他一起偷白果、挨板子的高才生吴旋南家里穷，供不起他继续念书，只好回乡务农了；一些富家子弟却学业平平甚至极差，考省立中学肯定名落孙山，于是纷纷寻找录取容易而学费昂贵的私立中学。两载同窗，一朝分手，各奔东西。吴冠中除学业之外别无资本，唯有靠考试来争得一席之地。他先考了宜兴中学，又考了无锡师范，双管齐下，确保万无一失。结果两边都录取了，他是从未落过榜的考生！这个身材瘦小、面孔黧黑的农家子，在激烈的竞争中，一人占了两个别人孜孜以求的名额。如果把他的天才和勤奋分给别人一半呢？

但他只能选择其中的一个，上了无锡师范。父亲本来打算让他报考闻名于无锡、常州、溧阳和宜兴一带的洛社乡村师范学校，因为那是一所全部公费的学校，四年毕业后当乡村小学教师。但是儿子心中已经有了更高的追求，不愿意将来走父亲的老路，想进省立无锡师范，是高师，毕业可以教鹅山小学这样的县立高小了。但上无锡师范之前须先读三年初中，要缴费的，父亲虽然嘉许他的志愿，但同时也在发愁这一笔昂贵的学费。母亲这时又想起娘家，要去试试，看舅舅能不能助一臂之力。父亲毕竟比她涉世深，摇摇头说："算了，根本不可能，不要白白地去丢脸了！还是自家省吃俭用吧！"

省啊省，一家人恨不能连吃饭也省掉，供儿子步步高升。夜深了，少年吴冠中辗转反侧，不能入睡。荧荧油灯，闪着一点昏黄的光。遵照老祖母反反复复的嘱咐，这盏灯里只允许点一根灯草。现在，她的眼瞎了，管不了了。吴冠中再添上一根灯草，把火焰拨亮些，让他再仔细看看这个家，明天一早，他就要离开了……

晨曦迷蒙，橹声欸乃，小小的乌篷船出发了。病弱的母亲不能送儿子远行，她想对儿子说几句好好读书之类的话，却哽咽着说不出。只把一袋炒好的糯米粉递给儿子，告诉他："饿了，只要用开水冲一冲，加点糖便好的。"吴冠中接在手里，仿佛那是母亲乳汁的结晶，继续哺育远行的儿子！

小船在河里穿行，两岸的白墙黑瓦、垂柳、水车棚，仿佛永远也走不出自己的家，处处都是自己的家。以后，就要四海为家了！姑爹和父亲轮换着摇船，船上带了米，砌了一只泥灶，一路上吃饭就不必花钱了。姑爹摇船的时候，父亲就抓紧给儿子缝补棉被。病中的母亲没有来得及为儿子备好行装，"临行密密缝"的"慈母手中线"就由父亲接过了。吴冠中坐在船舱里，如在黑暗中窥视明亮的洞口，弯腰缝补的父亲便成了一个石像般的剪影，永久地印在他的心中了。那是曾经驮着他涉过河水、踏过冰雪的父亲的肩背，那么瘦弱，又是那么高大，那么可亲、可敬、可信赖，一如朱自清先生的绝唱《背影》！

船到无锡。乡下人自惭形秽，不敢靠近儿子将要就读的无锡师范，怕被他的同学和家长见笑，便远远地停在城外，舍舟登岸，一路寻了去。路太远，父亲雇了一辆黄包车。因为路不熟，边走边打听，世故的车夫便狠狠地敲了他的竹杠。

这位花钱如割肉的教书先生，平生还是第一次乘坐花钱的车，为儿子，他自己把一切都省了，送儿子考试、上学都是借的姑爹的船，船舱就是床，连旅店也不用住了。一切都安排妥帖，儿子留在无锡，他和姑爹摇着船回去了。行前，一向极俭省的父亲却破例买了一瓶汽水，给儿子喝。吴冠中从来没有喝过汽水，以为必定是甜甜的凉水。刚喝了一口，便吸气咂舌："麻辣麻辣的，啥个味道？"父亲愣了，他也不知个中滋味。店伙计拊掌笑道："以后住下来变成了城里人，便爱喝了！"

吴冠中从此离开了农家，变成了"城里人"，但他一辈子不再喝汽水，少年时节的别样滋味刺激了他的一生！

无锡师范初中的优等生吴冠中成绩一直领先，每个学期都稳拿本来极为难得的甲等"江苏省清寒学生奖学金"，学、杂、膳、宿费便等于全免了。但是，在那个时代，师范生等于"稀饭生"，同学们都这样自嘲，在他们面前并没有光辉的前途，吴冠中自己选定的将来当高小教员的志愿动摇了。他不顾父母的激烈反对，在三年初中毕业之后没有升入胜券在握的锡师，转而报考极难考进却终于考进的浙江大学所属工业学校机电科，幻想走一条更实用也更有作为的"工业救国"之路。

如果吴冠中当年果真走上了这条道路，以他的顽强拼搏，想必也不会虚此一生而有所作为，也许会成为中国的"电机大王"，他的名字也许和当代最杰出的科学家如李四光、钱学森、茅以升、竺可桢……并列，也将被他的父母和家乡引以为自豪；但中国艺术界也将失去一位艺术大师。幸乎？不幸乎？然而，这个机电学校并没有成为他生命的航船，而仅是一块暂时的跳板。在那里，一次极其偶然的机遇，使他疯狂地迷恋上了绘画艺术，并且从此"下海"，再没有回头。是启航，也是归宿；是偶然，也是必然。绿水环绕的农家小院，风雨飘摇的乌篷船，浸透苦难的故乡泥土，孕育的本不是精密的科学头脑，而是灵犀一点的艺术心灵。那扇朝着圣山美神的门窗终于打开了！太晚了吗？不，画圣抛下的莲子，早已浸泡了千年！

天堂——人间　浪子初恋的狂潮

"上有天堂，下有苏杭。"

"江南忆，最忆是杭州。"

1934年秋天，15岁的吴冠中跨出了江苏省界，来到浙江省府杭州。一个来自社会最底层的乡下少年，登上了人间"天堂"。"日出江花红胜火，春来江水绿如蓝。""山月寺中寻桂子，郡亭枕上看潮头。"杭州在他和诗人白居易眼中同样美丽，但他却远不像当年的杭州太守生活得那么浪漫恣肆、诗情横溢。工业学校设在大学路的浙江大学校园里，他发愤苦读，手不释卷。唯有这样，才觉得对得起在乡下苦苦为他筹措学资的父母，才能一步步实现他胸中"工业救国"的鸿鹄之志。他完全没有料到，这所校园只不过是他的临时栖身之所，而在西子湖畔有一座更具诱惑力的"天堂"——艺术的殿堂正等待着他，一位至高无上的美神在微微含笑地瞩望着他。

第一年的学业在繁忙之中匆匆结束了。他没有回乡探亲，而奉命参加了为期三周的"军训"。当时的教育部规定，上满高中一年和大学一年的学生，必须在暑假"军训"。于是各省的学生都集中在省府，来自浙江各市、县的学生都集中在杭州南星桥的一所大军营里，分大学部、高中部，教官是南京的"中央教导团"派来的，号令森严，立正、稍息、齐步走、正步走、持枪瞄准、匍匐前进……把一群乌合之众管得服服帖帖。但是这些学生毕竟还是孩子，山南海北本不相识的同龄人聚在一起，煞有介事地当一回"兵"，仿佛实践了一次童年读《三国演义》《水浒传》时的遐想，虽然滚得一身汗水、泥水，倒也觉得有趣。混合编队，不管你是哪个学校的。一个高个子青年凑巧和吴冠中编进了一个队、一个班。编队，高个儿在前，矮个儿在后，台阶似地排开。吴冠中个子最矮，只好屈居队尾，别无选择。那个高个子青年，论身材无人出其右，理所应当地站在排头。"向右看齐"，大家都向他看齐。这个人体魄伟岸，虎彪彪一条大汉。举止庄严，神态凝重，不苟言笑。一张长脸，高颧骨，厚嘴唇，细眯眼，威武憨厚中又透着温和。按照"军训"的规定，每班的班长由教官担任，排头则指定为班副，于是他成了当然的班副。而滑稽的是当了班副也就不再做排头，操练时必须由他"断后"，跟在队尾，也就是吴冠中之后。最高个儿和最矮个儿并排，形成奇特的对比。"向左转""向后转"时，吴冠中便抬头引颈，"望其项背"，不觉从心底朦胧地产生了对这位伟丈夫的仰慕与敬重。

操练休息时，免不了闲谈。

"你是哪个学校的？叫什么？"大个子班副问他，一口浓重的北方口音，无怪乎那么雄壮。

"浙江工业学校的，吴冠中。你呢？"

"西湖艺专，预科一年级。我叫朱德群……"

吴冠中迷惘地望着他。不是纳罕这个陌生的名字，而是吃惊第一次听到世上还有"艺专"这样的学校！

"你们学什么？"

"学绘画。"

绘画！有这样的学校？把"绘画"作为专业？在此之前，吴冠中只知道吴氏小学的缪祖尧老师擅画，虽然在家乡小有名气，但却不是以此为业，学校里根本没有这门课，画画只是业余的闲情逸致而已。吴冠中在童年时幻想过无数种人生道路，唯独没有想到像缪老师那样"吃墨水"，并且一辈子专"吃墨水"，尽管他对于缪老师神奇的画笔崇拜之极。他毕竟接受了父亲的影响，认为学习的最起码的目的应该是"谋生"；他毕竟接受了千百年儒家传统的说教，认为"士"的进取道路应该是"修身、齐家、治国、平天下"。现在，被世俗和理智压抑、排挤的童心过迟地迸发出一阵狂喜，既然国家也办"画画学校"，而这位当班副大个子朱德群正是以此为业，那么……

"你们每天都学画吗？"他急切地问，"是不是画山、画水、画小船，画芭蕉、竹子、大公鸡、眼睛亮闪闪的猫？"他尽量说得多些，以显得自己多少有点根底，但所知道的也就是这些。

"你说的是中国画，这些我们也学的，不过，"朱德群胸有城府地微微一笑，"世界上不光有中国画，还有西洋画：油画、水彩、素描；还有图案、雕塑……我主要是学西洋画。"

"西洋画？"又是一个闻所未闻的新名词，"西洋画怎么画？也是用毛笔和黑墨吗？还有一碟一碟的颜料……"

"完全两回事。油画不用墨，不用纸，是画在布上的。笔是硬的，笔头是方的；颜料就像……就像一管一管的牙膏，用油调和……这说起来话长了，你很有兴趣？等'军训'完了，我领你到学校去看看！我们的老师林风眠、吴大羽、庞熏琹……他们的画才好！"朱德群在兵营中遇到了知音——起码是艺术爱好者，于是特别兴奋，急于向他展示学校的魅力，说得快了，夹杂着一些也许让南方人听不懂的方言，"才好"就是"真好"！

"军训"中的吴冠中不得安宁了，"身在曹营心在汉"，天天盼望着去参观艺专。这些天，和朱德群朝朝暮暮，被他说得坐卧不宁。由朱德群又结识了同在一起"军训"的艺专学生彦涵，他俩既是同学又是徐州老乡，两个对一个，把立志"工业救国"的吴冠中俘虏了。

不等"军训"结束，趁星期天便跟着他们去"朝圣"。淡妆浓抹的西子湖，有空濛山色、潋滟湖光、三秋桂子、十里荷花，花港观鱼、柳浪闻莺……但吴冠中目光却直指位于哈同花园中的那所艺术殿堂。"西湖艺专"只是人们约定俗成的一个简称，并不确切。起初称"罗苑"，正是大教育家蔡元培提倡"以美育代替宗教"之时。后来命名为"西湖艺术院"，又几经更改，定名为"国立杭州艺术专科学校"，蔡元培先生的女公子蔡威廉即曾在此任教油画。

一个崭新的、神奇的世界，在少年吴冠中面前突然展开。跟着朱德群，他在这初次涉足的艺苑浏览。陈列馆里老师的杰作，教室里学生的习作，他眼花缭乱、目不暇接；听朱德群说出一大串闪闪发光的名字：莫奈、毕沙罗、德加、梵·高、高更、塞尚、莫迪里阿尼、马蒂斯、毕加索……他的心灵颤抖了！在人生征途上摸索了十六年，"长亭更短亭，何处是归程？""过尽千帆皆不是，肠断白蘋洲"！那么，现在才找到了他真正的目标。心中那颗莲子，迫不及待地要吐芽了！如果说，他在此之前还是艺术的"门外汉"，那么，现在只有一步之差，就莽莽撞撞地闯进"门里"，而且再也不愿意走了！他把浙大校园里的那个工业学校电机科忘了，过去吸引他的科学迷宫，顷刻间失去了魅力，变得黯淡无光！他要跳出浙大，投进艺专，从头当一名艺徒——艺术之神的忠实信徒。"军训"结束之后，暑假还没结束。他索性到艺专来，住在朱德群的宿舍里，补习素描，以准备正式报考美专。

朱德群意外地交了这位挚友，多了一个知音，自是分外高兴，这个老实人甚至不遗余力地帮助吴冠中向主考教授刘开渠引荐——用现在的话说就是"走后门"。他似乎十分有把握，因为刘开渠是他的老乡，相信一定会给面子的。谁知刘开渠听了他的介绍，不为所动，却以亲切的然而又是无情的乡音告诫他："艺术是一项疯狂的事业，每一个艺术家都必须具有'殉道'的精神。人家正在学理工科，不要硬往这里拉！"朱德群在吴冠中面前夸了海口，却没有讨得人情，很觉惭愧。吴冠中说："不要去求人家，我自己考就是了。如果我够资格，他不会不收的！"

此等大事，他还须征得父母的同意。当即修书一封，恳切陈辞。父亲一接到这封信就火了！简直是活见鬼！你本是个文质彬彬、勤奋好学的孩子，怎么变成了不学无术的项羽，"学书不成，去，学剑。又不成，乃改学兵法！"读书人的成功，在于持之以恒，你的"花头经"太多了！起初你要上鹅山小学，依了你；要考锡师，也依了你；远走杭州学电机，又依了你。如今高中已经读了一年，又要变卦！天下三百六十行，学什么不好？怎么偏偏要学雕虫小技的艺术！那根本不能作为职业，缪祖尧画得那么好，捧饭碗还要靠教国文、算数！儿子，不要糊涂！父母生你养你，供你读书，本不求你日后报答，但求为你铺下一条生路，你不要一失足而成千古恨，误了终生！

吴冠中捧读父谕，泣泪如珠。父亲的话，字字打动他的心。但是，儿子已经中了邪魔，奔突的感情像脱缰的野马，一发而不可收。也许确如父亲所说，艺术是一个茫茫苦海，那他也决计要跳下去了，哪怕尸沉海底、葬身鱼腹也在所不惜了，只是不愿意父母看到儿子潦倒落魄！他这时突然感到父母的爱过于沉重，一条爱的锁链紧紧地缠住他，拖他上岸！他甚至羡慕没有父母、没有家、没有人关怀过问也没有人干扰的孤儿、浪子，自己只属于自己，可以爱己所爱、求己所求，最自由也就最勇敢了！爱的抉择折磨着这个16岁少年的心，终于，他选择了艺术，为此不惜得罪父母、作不肖之子！在工业学校苦读一年的学历又被他轻易抛弃了，重新用无锡师范初中毕业的文凭报考了艺专。考试是严格的，而且是他刚刚接触的专业，就更是难上加难。感谢两肋插刀的新朋友朱德群抓紧短暂的时间给他突击培训，感谢父母和家乡水土传给他的出奇的悟性，他竟然考取了！他懊悔知遇朱德群太晚，在工业学校白白地耗费了一年光阴，现在，本来和他同届的朱德群就要升入二年级了，而他却要退回去，从头开始上一年级！尺蠖之屈，以求伸也；今天后退一步，正是为了明天进两步。他现在已经是艺专的学生了，和令他仰慕的朱德群真正站到一个队伍里了。"师傅领进门，修行在自身"，领他进门的不是师傅，而是这位真诚的师兄、学长。他永远感激朱德群在关键时刻引他走上了艺术之路，在以后漫长的征途中，他们患难与共、亲如手足，结下了终生友谊，并且都取得了巨大成就。如果不是巧遇朱德群，吴冠中的历史，乃至中国现代美术史都将重写了！

杭州艺专以母亲般的温暖怀抱迎接这个儿子，他贪婪地吮着甘美的乳汁，是如此醇浓清新！这位美丽端庄、智慧渊博的母亲，哺育了一大批儿女，他们成年之后，许多成为新中国美术界的栋梁，如李可染、董希文、罗工柳、彦涵……也有的远走海外，成为著名华人画家，如赵无极、朱德群……吴冠中没有辜负这位母亲的厚爱，后来居上，最终成为蜚声海内外的屈指可数的绘画大师之一。

1935 年前后是杭州艺专最宁静的时候，依山邻水，远离尘世，不受干扰，一座艺术至上的"象牙之塔"。吴冠中所在的绘画系，前三年预科，主攻素描；后三年本科，学习油画。每天上午的专业课，教室里鸦雀无声，只听得见木炭条在纸上的摩擦声，沙沙沙，使吴冠中蓦然想起那吞食桑叶的蚕宝宝。如今他也是一条饿蚕了，急不择食，争先恐后地吃啊吃啊，为未来的茧子储备素材。入学既是艰难的，竞争便依然是激烈的，谁也不肯缺课，甚至在下午教室锁门之后还跳窗进去画。课余时间便出门去画水彩写生：苏堤垂柳、断桥残雪、接天莲叶、平湖秋月……西湖美景，俯拾皆是。傍晚，各人把新作装进玻璃框，在宿舍里互相观摩。吴冠中起步晚，每当看到别人的画胜过自己一筹，便感到一阵刺激，嫉妒中夹杂着兴奋，盼望今夜赶快过去，明天自己的作品将是最出色的。

校图书馆里摆满了市面上根本见不到的画册和美术期刊，大都是老师们从国外带来的。校长林风眠、教务长林文铮和教授吴大羽、刘开渠、蔡威廉、雷圭元等等诸位先生，几乎都是清一色留法归来的，使杭州艺专和法国画坛有着特殊的血缘，一些当时在中国尚鲜为人知的艺术大师如梵·高、塞尚、高更、马蒂斯、毕加索……早早地首先被引到了西子湖畔，为他们的学生所熟知了。吴冠中一见梵·高的画，胸中的热血便立即被烈火燃烧，自然因为他与梵·高有类似的禀赋和气质，"心有灵犀一点通"，但也要感谢那些先行的盗火者，他们功不可没。吴冠中此后的数十年，一直与梵·高的幽灵相思相恋，盖自此时始。遗憾的是当时对学习法文不够重视，见了严厉的法文老师黄纪兴先生就躲着走，看画册便识图不识字，难得其中三昧，并且为日后的进取埋下了障碍，还需再吃一番苦头。学生们向往法国，把那块哺育了印象派和后期印象派、造就了众多画坛奇才的地方视为心目中的麦加，只是不知何时才能到达彼岸。赵无极曾经悄悄地向林风眠校长探问："我们能不能在巴黎以卖画为业？"林校长听了莞尔一笑，只说了四个字："你在做梦！"这话确也非危言耸听，他是见识过的，塞纳河上，艺术家多如过江之鲫，中国人要想占领一席之地，太难了！林校长那谜一样的回答，令赵无极、朱德群、吴冠中这批学子咂舌。若干年后，他们竟然斗胆去"做梦"了……这是后话。

浓厚的法国气息笼罩着艺专，感染着学生，心向往之。但这里毕竟不是巴黎美术学院的"分校"，她生长在中国的土地上。太阳是属于人类的，土地是属于民族的。即便在"留法派"居于统治地位的情况下，也不可能完全脱离这方水土。学校里开设中国画课程，而且有潘天寿这样赫赫有名的大写意一代宗师执教。但中国画被排在次要地位，课程少，每周只有两个下午，也不为学生重视。日后以抽象油画中蕴涵东方水墨韵味而闻名于世的赵无极，当年在艺专深为林风眠、吴大羽老师所器重，特别赏识他对形与色的出众的敏感，他偏爱莫迪里阿尼、克斯林和夏卡尔的作品，并且一学就很像。但他却没有觉察到灵魂中已经注入了以后使他的作品真正具有魅力的东方情思，而对中国画取敷衍态度，潘天寿怒而逐徒，幸而林风眠力保才免于被开除。而当时偏爱中国画的学生极少，又大都素描基础较差，认为西洋画是邪门歪道，不足为训，一个个文质彬彬，开口便是古典诗词，年纪轻轻已具古色古香的文人气派。他们嫌中国画课时太少，夜间便在宿舍背着"舍监"偷偷地换个大灯泡，挑灯描摹石涛、八大。

在这两"派"之间，夹着一个左右为难的吴冠中。童年时观看缪祖尧老师的水墨丹青，留下了极深的印象，得遇潘天寿这样的大师，便一见如故，仿佛虔诚的佛教徒幸遇高僧。而潘天寿不蓄须发，面目庄严，也确似一尊"罗汉"。他奇绝的画品和高洁的人品，连不喜欢中国画的学生也极为敬重。吴冠中既崇拜潘天寿，又迷恋梵·高，白天画西洋画，晚上画中国画，"鱼"和"熊掌"都不肯割舍，竟想二者兼得，贪婪有如饕餮，筷子和刀叉并用，异样风味兼收并蓄，久而久之练出了一副奇特的肚肠，一架瘦小却又坚强的身躯。他自己说："在艺术上，我是一个混血儿！"

吴冠中的精诚之心，感动了他的师长、同窗，也感动了父母。在倔强的儿子面前，父母总是软弱的，又一次向他投降了。他们仍然在宜兴乡下的那个小村庄上，耕种着水田，照管着祠堂和学校，喂养着猪羊和蚕宝宝，在只用一根灯草的油灯下一分一厘地凑钱，从苦难的人间寄往"天堂"。

1936年秋天，吴冠中在报纸上看到民族的脊梁鲁迅逝世的消息，他哭了。中国新文艺的宗师鲁迅并不认识这个年轻的学生，但他在情感上与鲁迅有着千丝万缕的联系，同是由江南水乡哺育了他们，他崇拜这位赋予乌篷船以艺术生命而又勇敢地"拿来"异国精华的先驱！这一年，吴冠中17岁，升入艺专预科二年级了。日寇的铁蹄踏破华北，时局日趋紧张。前不久，在8月，中共中央发出致国民党书，呼吁停止内战、一致抗日。到了11月，上海爱国人士七君子被捕入狱，引起全国公愤。12月，张学良、杨虎城发动"西安事变"……民族危机惊动了杭州这座人间"天堂"，打破了艺专"象牙之塔"的宁静。人心惶惶，学业、艺术，在战争的烽烟下显得那么脆弱无力、可有可无，艺专能不能再办下去都成了问题了。吴冠中怀里揣着二年级的学费，不敢贸然交上去，担心一旦局势有变，父母的血汗钱便白白糟蹋了。谁知道，他错了！这笔钱竟然在不经意中被丢失，他分文莫名，向谁呼救？

"冠中，甭害怕！咱俩就是亲兄弟，有我一碗饭，就不能叫你饿着！"这时，引他"下海"的学长朱德群拍着他的肩膀，说出这番掷地有声的言辞，解下了他那颗悬着的心，朱德群替他交了学费、宿费、饭费，包下了他的一切，这患难中的义举，并不是人人都能做到的。"德群！"吴冠中眼含热泪，领受了这不是手足、胜似手足的深情，把年长他一岁的朱德群真正当作自己的兄长了。

1937年，杭州艺专在动荡不安中迎接建校十周年大庆。7月7日卢沟桥一声枪响，全国规模的抗战开始了。宁静的校园沸腾起来，从来不登大雅之堂的宣传画第一次出现在教授和学子之手。李超士教授创作了大幅油画《日旗休矣》，画面上一个炎黄子孙正在撕毁血腥的"太阳旗"；方干民教授画一个穿木屐的日本人被赶下大海；吴大羽教授画的是一只血染的巨手，而且居然在油画上题写不吐不快的诗句：我们的国防不在北方的山冈，不在东方的海疆，不在……而在我们的血手上！

当年冬天，杭州危急，西子湖畔已经放不下一张平静的书桌和画架，林风眠校长和教授们不得不带着他们的百十个学生仓皇辞别哈同花园，乘着木船奔逃了。吴冠中和朱德群、彦涵、柳维和等同学结伴而行，同舟共济，自己动手煮稀饭，今日不知明日。从"象牙之塔"又跌入了人间，坐在飘摇的木船上，吴冠中又一次重温了童年的旧梦！

这时，家乡的音信断绝，他真正成了"孤儿""浪子"。但他身边还有艺专这位不肯舍弃他的母亲，还有朱德群这位与他相依为命的兄长。他们一路流浪，从浙江诸暨到江西龙虎山，又经贵溪、鹰潭、长沙、常德，在"汉嗣天师府"里，在贵溪天主堂里，寻找重建"象牙之塔"的地方。枪炮紧逼，盗匪抢掠，他们拣尽寒枝不可栖，继续奔逃，最后定居在湖南沅陵的老鸦溪。北平艺专也流落到此，两校会合，更名为"国立艺术专科学校"。老校长林风眠就此离任，教育部任命新校长滕固上任。简陋的木板教室搭起来了，诲人不倦的教授和痴迷于艺术的学子仍然不肯丢弃他们的信仰，战乱中坚持上课，教室里依旧画人体。但是，生活的波涛毕竟袭击了这些被逐出"天堂"的人们，他们跌入了灾难的旋涡，备尝颠沛流离之苦，才第一次惊奇地发现：古老的江岸小城、激流中的舟子、终年背筐的妇女、赤身裸体拉纤的纤夫，他们的呼号、呐喊、啼哭……是那么惊心动魄，使当年弱不禁风的西子湖显得黯然失色了。新的审美观使他们走出了教室，画赶集的人群，画江流中的帆樯如林、缆索缠绵、帆影起落，画乡亲们那栉风沐雨的黧黑面孔和粗壮的手脚，湘西土产蓝印花布也被裁为女同学的旗袍、书包，"领导新潮流"了。生活是充实的，又是极为艰苦的。费用的来路断了，每月依赖教育部发给的五元"战区学生贷金"，穿破衣烂衫，吃饭朝不保夕，躲避轰炸时还忘不了偷地里的蚕豆和白薯充饥。五块钱的生活费舍不得花完，省下一点来买画笔、纸张和颜料。空袭警报一响，大家立即遁迹山林；警报解除，复归画室，立即进入艺术境界，暂时忘却了生命危险迫在眉睫。胆子最大的当数吴冠中了，他竟然说通了图书馆里的管理员，拉警报的时候把他反锁在里面，人家躲在山坳里避弹，他却潜心临摹图书馆珍藏的《南画大成》，置生死于度外，凝神思于笔端，画成了一幅幅蔚为大观的长卷。

就在他闭门临画的时期，同学中的罗工柳、彦涵离开了学校，说是"出外谋生"。直到新中国成立之后，吴冠中在北京重遇故友，才知道他们当年"出外谋生"是投奔延安去了，那里是革命的圣地。而吴冠中却仍然守护着心中的圣地，始终没有离开母校。有谁知道其中的秘密吗？在湖南沅陵，不仅有艺专这位母亲，还有一位姑娘牵着他的心！

沅江，湖南境内的第二条大河，源出于贵州云雾山，入湘后经雪峰山奔涌而下，浩荡东流，直泄洞庭。它将古城沅陵一分为二，两岸人民共饮一江水，舟楫相往来。

国立艺专的木板房临时校舍建在江北。冬季的湘西也相当寒冷，漂泊学子连衣食尚且难保，更不可能有煤炉取暖，吴冠中冻伤了脚，医治就要坐渡船过江了，对岸就是江苏医学院——原是家乡的学校，也是为避战乱，从镇江搬来的。吴冠中渡江就医，医学院门诊部的医生、护士有许多是江苏人，苏南口音、苏北口音，与宜兴不尽相同，有的甚至差别很大，但听来都是"乡音"了，流亡中遇见家乡人，是何等亲切！医生给他看了冻疮，不算什么大病，让护士清洗创口，敷上药就可以了，但嘱咐他过几天还要来换药，直到治愈为止。一位年轻的护士默默地执行医生的命令，用细小的棉签轻轻地擦拭、涂药，然后仔细地用绷带包好，粘上胶布。这是一项极其平常的"手术"，但她做得那么认真，仿佛关系到患者的生命安危。吴冠中平生第一次把自己的脚伸给一位姑娘去抚弄，他起初很觉得有些难为情，仿佛是侮辱了人家，欠了人家的情。他看着姑娘那纤纤十指灵巧地为他擦拭，为他包扎，一种麻麻的、痒痒的触感传到他的腿上，传遍全身。他不知道这是一种什么感受，有如接受母亲或是姐姐的爱抚。他没有姐姐，除了母亲，他从未接触过任何女性，尤其是与他年龄相仿的女性。他感到一股异样的亲切和陶醉。他把视线缓缓上移，看到了她穿着白罩衣的窈窕身材，看到了她的脸。她戴着白护士帽，罩着口罩，只能看到两道新月似的眉毛、一双秋水般的眼睛。那眼睛根本没有看他，只是全神贯注地盯着施行"手术"的地方，盯着他最不值得让人看的地方——黧黑的、瘦骨嶙峋的、跑过千里流亡之路的脚。她好像根本没有意识到这是一只男人的脚，而是……而是一名技工正在琢磨的零件，一位少女正在刺绣的丝帕，一个艺术家正在精雕细刻的作品，那耐心和爱心是由职业决定的。

包扎完了，吴冠中该走了。他想说声"谢谢"，张了张嘴，却没有发出声音。18 岁的吴冠中，尽管已经走南闯北好几年，仍然像初出茅庐时那样木讷、不善言辞。在潘天寿那样的恩师和朱德群那样的学长面前，他可以知无不言、言无不尽，而和女同学几乎从不搭界，各画各的，井水不犯河水。作为艺专的学生，他在课堂上画过无数男、女、老、幼模特儿，其中也有裸体的少女，应该说早已没有世俗的羞涩。但那是艺术训练的必修课，是神圣的创造，在他眼中模特儿只是具有骨骼、肌肉、皮肤、五官、四肢的写生对象，而不是生活中的"人"，和他之间没有除课堂对坐之外的任何交往。现在，位置颠倒了，他成了这位女护士的"模特儿"，反而意外地体验到了人和人之间的亲近、信赖和感情纠葛。这是怎么回事啊？

女护士忙完了，转身就要走了。他愣愣地呆坐了片刻，似乎觉得这包扎的时间太短了，还应该再延长一些。女护士看他那傻乎乎的神态，摘下口罩，莞尔一笑："记牢，过两天来换药！"声音轻轻地、细细地，好像是南通口音。说话的时候，露出洁白的牙齿，前面的两颗门齿略略有些凸出。这并不是中国人公认的标准的"美"，但在她的身上，却显示了奇特的魅力。恬淡清雅，美而不艳，媚而不妖，不是桃花是李花，像苎萝西村的施姑娘，像潇湘馆里的林妹妹……

渡江归来，吴冠中久久不能排除留在头脑中的那个形象。他盼望时间过得快些，好早点去换药，再看看她。奇怪！一向惜时如金的吴冠中怎么神不守舍了呢？对耗时、费事的过江治病产生了浓厚的兴趣！

一次，又一次，这药换了好多次，脚上的冻疮已经好了，可是他倒希望自己永远当个"伤员"，好永远体味那一双纤手的轻轻触摸，看到她那双湖水般的眼睛，听一声从那贝齿微露的嘴唇中说出的"记牢，过两天再来换药"！每一次，她都是那么全神贯注、小心翼翼，而每一次除了那句话，他再也没听到她的任何言语。情窦初开的吴冠中失眠了，辗转反侧，寤寐思服。他不知道这是一种什么情感，只觉得她是一位可亲可近的姐妹，两天不见就惘然若失。在以往的十八年生命中，如果寻找类似的感觉，那就是坐在乌篷船上远离家乡时对母亲的依恋，就是第一次走进缪老师画室时那种勾魂摄魄的艳羡，就是结识朱德群时那种相见恨晚，就是初次踏进西湖艺专的殿堂时那种如临神圣般的物我两忘、飘飘欲仙！他开始意识到——第一次意识到，他爱上一个人了，那个人不是父母姐妹，不是师长同窗，不是知心好友，她是一个陌生而又熟悉、毫无关联而又息息相通的人。就像他心目中的梵·高，只不过梵·高是男人，她是女人；梵·高是洋人，她是中国人；梵·高是亡灵，她是鲜活生动的活人！他不能没有她，不能离开她，要和她永远在一起，犹如那被他视为生命的艺术！他每次过江去"看病"，实际却变成为了"看"她，默默地领受她的"手术"，连一句话也不敢说。他多么想和她攀谈，倾心长谈，但是又没有胆量，也不知道该从何说起、谈些什么。他渴望了解她的一切，便也就一无所知，在心中积存了一大串问号。只是有一次，他偶然听到别的护士叫她"小陈"，才知道她姓陈，陈什么？就又不知道了。他千遍万遍地猜测她的芳名，把所知道的最美的词都试图联在这个"陈"字下边，似乎都不合适；把《红楼梦》里那些充满诗情的女孩儿名字一个个往"陈"字上凑，又好像都对不上号。陈姐姐——或者陈妹妹，你到底叫什么呢？他不能忍受这空想的寂寞和猜测的痛苦，终于寻找了一个机会，在她为他换完了药轻盈地离去时，偷偷地问另一位护士："那位姓陈的护士，她叫什么名字？"

"你问她做什么？"被问的护士反问。

"哦……"吴冠中被问住了。不知一股什么力量给了他随机应变的灵感，居然扯了个谎："我有一个南通的同学，想问问这里有没有老乡……"

"噢。"那位护士似乎明白了他的用心，在颠沛流离途中，同乡之谊是那么可贵、那么令人感动！她告诉吴冠中："姓陈的……是我们的护士长，叫陈克如。"说着，用手指在桌面的玻璃板上比画出容易被错听为同音字的"克如"两个字。又问："你要同她讲话吗？"

"哦，不，"吴冠中窘住了，急忙脱身，"我告诉那位同学好了！"他如获至宝地出了医院，哪里有什么"南通同学"？是他自己要问！一路上，他反复默念着那个令他心跳的名字，从此"陈克如"三字便奇妙地和那位美丽的少女重合起来，印在他心上了！

他的脚完全好了，再也不用去换药了，也就没有机会、没有借口去看望陈克如了。"有美人兮，见之不忘。一日不见兮，思之如狂！"他尝到了相思之苦，却又无法排遣，"才下眉头，却上心头。"丘比特的神矢射中了他初萌的爱心，而日寇的铁蹄也在步步逼近，长沙大火，沅陵也不能偏安了，好容易在江岸搭起的木板房画室只好丢弃，艺专决定继续西迁，远走昆明。教授、学生，哪一个不留恋沅陵？这里的山、这里的水、这里的人、这里的渔船、这里的蓝印花布！而吴冠中的留恋又比别人多了一项：盈盈一水间、脉脉不得语的陈克如小姐！我要跟着学校走了，我怎么能走？怎么能离开你？

他匆匆地渡过江去，去找她，要向她诉说一切。但是，到了江苏医学院的大门前，他又没有胆量进去。找陈克如？你是她的什么人？找她有什么事？一旦被人这样盘问，他将无言以对。他只好等在门外边，等她出来，好单独谈一谈。等啊等啊，一直等到天黑，也不见她的影子。明天再等吧……就这样接连等了好多天，竟然天天落空！陈克如，你好狠心哪，为什么躲着不肯见我？唔，你根本不知道我在等你，甚至也不知道我在爱你？唉！"山有木兮木有枝，心悦君兮君不知！"

他不能再等了。艺专的人已经先走了一批，他自愿留在第二批走，仅仅是为了再见一见陈克如！看来已经没有希望了，也许是和她没有这个缘分吧？沅陵不算大，医学院门口的街道并不宽，为什么命运偏偏不肯给他们两人一个碰面的机会呢？绝望之际，他红着脸，第一次向同学好友朱子慕透露了这桩心事。他没有告诉关系更亲密的朱德群，怕被他笑话、指责。他其实还有一个人，是应该告诉的，而且那个人完全可以帮他的忙，就是江苏医学院的主任医师张超昧。此人兼作艺专的校医，并且正在和女生胡梅秀热恋，经常往来于沅江两岸，是一位理想的信使，说不定会在吴冠中和陈克如之间牵起一线姻缘。吴冠中本人曾经在看病时为他们捎过情书，轮到自己了，却羞于启齿。一个是女同学，一个是校医如同老师，他不敢向他们说出心中的隐秘。只有告诉将和他一起撤离的朱子慕了，料也帮不上什么忙，只是心里的话憋不住了，说出来只是为了宣泄！

"你对她有过什么表示吗？"朱子慕问。

"没有，我不敢。"吴冠中答。

"她对你呢？"

"也没有……"

"啊，你这是单相思！"朱子慕说，不是嘲笑，而是深深地为这个老实得过分的同学感叹。朱子慕是江西人，比他高一班，主攻图案，画和人一样精细。他寻思了一阵，出谋献策说："你应该写封信给她，表明心迹，约她出来见一见。如果她也有意，不就好事玉成了吗？"

好主意！这么简单的主意，吴冠中竟然没有想到，还要别人提醒。他当即写信，词句推敲了又推敲，认为满意了，才封了口，贴了邮票，郑重投入信筒，眼巴巴等待回音。

这封信如石沉大海！

艺专的人快要走空了，明天，吴冠中必须离开沅陵了，看来，不要指望再见到陈克如了！克如——"客如"，也许仅仅是人生路上偶然相遇又各奔东西的匆匆过客？离别之夜，吴冠中心灰意冷了。多亏那位好友朱子慕，又来献锦囊妙计："信等不到，就过江找她去！事不宜迟，现在就去，我陪你去！"

夜幕笼罩着沅江，风高浪急，惊涛拍岸。渡船载着吴冠中和朱子慕先逆流而上，到江心再顺流而下，绕成一个"之"字形的曲线，向对岸驶去。"郎今欲渡缘何事？如此风波不可行！"管它呢，错过今晚，就再也难见陈克如了！

天太晚了，他们赶到医学院，门诊部已经没有人。他们又找到护士宿舍，里面黑洞洞的，门口亮着一盏昏暗的路灯。朱子慕等在外边，催他进去找。他是主角，只能自己出场了！

此刻，盼望已久的会面、千载难逢的良机摆在他面前，任何犹豫、怯懦都必须丢掉了。吴冠中壮着胆子进去，告诉舍监，说要找陈克如。女舍监懒得上楼，便扯着嗓子叫："陈克如，有人找！"

楼上的灯亮了，楼梯响了，随即，一个女声传下来："谁找我啊？"

吴冠中心怦怦地跳，赶紧迎上去，仰望着楼梯……

刹那间，他被惊呆了，仿佛突然遭到了雷击！楼梯上走下来的不是那位被他朝思暮想的少女，而是一位老太婆，正以惊疑的目光看着他……

糟糕！吴冠中大惊失色，不敢答话，转身就跑！等在门口的朱子慕急着问他："见到了吗？"他拉着朱子慕狼狈逃窜，边跑边说："回去再说……"

连名字都没弄对，就和人家"恋爱"，这只有18岁的男孩子才做得出来。现在，事情弄糟了，线也断了。他明天就要走了，再也见不到那位少女了，但他怎么能忘了她呢？

愚蠢的"失恋"使他想起了同病相怜的梵·高，可怜的梵·高，那么杰出的艺术家、那么激情如火的男子汉竟然终生没有得到爱情！

在伦敦，21岁的梵·高第一次被房东小姐乌苏拉的美貌撩扰起爱的火焰。乌苏拉的鹅蛋脸，柔和的肤色，娇小苗条的身材，飘散着清香的秀发，使他发狂。而当他鼓足了勇气对她说："我是要告诉你一件其实你早就知道的事情，乌苏拉。我真诚地爱着你，只有你做了我的妻子我才能幸福！"乌苏拉却惊叫起来："梵·高先生，这不可能！真是怪事！你竟不知道我订婚已经一年了！"

在"失去"了乌苏拉之后的漫长的七年里，他孤独地过着"不完全的生活"，蕴藏在他心中的万千柔情一直是干涸的，纯净清凉的爱的甘霖始终不愿流进他枯干的喉咙。只有当他的表姐凯走近他的时候，他才感到异样的快乐。凯和他一起去郊外作画，他的观察力就特别敏锐；而身旁没有凯，每画一笔都像在服劳役。"没有女人的帮助，男人就不成其为男子汉。"28岁的梵·高似乎仍是个婴儿，是凯的美丽和爱情的芬芳把他唤醒了，他知道自己爱上表姐了。但，回答他那热烈的倾诉的，是表姐斩钉截铁地表示："不，永远办不到，永远办不到！"为了表白他真诚的、疯狂的爱，他把手放在蜡烛的火焰上灼烧，"什么时候她跟我说话，我才把手从火上拿开！"他的手被熏黑了，烤烂了，表姐也没有出来，竟然这样绝情啊！

在"初恋"和失恋的悲凉心境中，吴冠中离开了沅陵，随艺专西迁。没有得到爱情，他也得活，他还有艺术——奇怪的是，为什么梵·高放在烛火上的是左手而不是右手？根深蒂固的艺术家的本性，使他保留了执笔的右手，保留了作画的权利！

走了，走了！把狂热和沮丧，一半抛入滚滚的沅江，一半埋在心底，吴冠中又登上了逃难的船。艺专没有直接搬往昆明，先在贵阳集中，暂住一时，以观时局发展。贵阳等待吴冠中的是什么呢？

在贵阳，一个天主堂收留了这批漂泊艺徒，几个人合用一张小学生的课桌，继续苦练未竟的艺术。遇到空袭警报，吴冠中司空见惯，照旧不予理睬，所不同的是不再倒锁进图书馆临摹古画，而是拿上速写本上山，画速写。沅陵的经验并不适用于贵阳，现在的警报不再是"狼来了"似的吓人空话了，惨绝人寰的大轰炸真的降临了贵阳城头。吴冠中站在黔灵山上，亲眼看着一群日本飞机俯冲下来，炸弹像一阵黑色冰雹倾泻，猛烈的爆炸声和滚滚的浓烟中，山城贵阳成了一片火海。人间美好的一切，被战争毁灭得何等轻而易举！他丢开速写本，凝视着被死神魔掌覆盖了的山城，满目断垣残壁，哪里是他们栖身的天主堂啊？找不到了！直到傍晚时分，警报解除，他穿过烟雾弥漫的废墟，寻找着自己的学校。到处是尸体，血肉横飞，炸断的肢体挂在歪斜的电线杆上，皮肉焦黄，露着骨头。年轻的艺术家曾经精深地研究人体，何曾见到这样被撕碎的肉体、被摧毁的生命？他的心灵战栗了……回到天主堂，才知道因为这儿地处城边，幸免于轰炸，全校师生无一人罹难，只有住在市区旅店里的常书鸿老师的行李被付之一炬。

国难当头，家乡父母音讯杳然，苦苦爱着的女护士又天各一方，吴冠中郁郁寡欢，心绪坏到了极点。滚滚东流的南明河水，也不能带走他的忧思、洗尽他的愁肠！朱子慕知道他的心思，却也再无良策了。

一日，吴冠中在街头画速写，突然，一群女孩子喊喊喳喳地从身旁擦肩而过。他不经意地蓦然回首，啊！那个熟悉的身影，不正是"所思美人不可见"的女护士吗？他激动地颤抖了，想大叫她一声，想追上她去！但是，她不是一个人，而是和一大帮子同龄的女护士在一起，他没有这个胆量当众去叫、去追、去拦截，又不知道她的名字——那个"陈克如"是张冠李戴了，现在也无法称呼，只好呆呆地望着她的背影远去。尽管如此，一股极大的欣慰仍然激动着他的心："道是无晴（情）却有情"，她竟然也到贵阳来了，这不是被命运牵着赶来和他重逢吗？从此，两人同在贵阳城，又有机会可以见面了，心中几乎灭绝的火种又重新燃烧起来，烈焰蒸腾，不能自已。不能失去这个机会，要弄清她现在的住址！一个念头提醒他，赶快拜托一同画速写的同学跟踪追击。答案很快就得到了：他的心上人，住在毓秀里81号。

一天也不再拖延，赶快写信给她！那么，收信人的姓名怎么写呢？想来想去，只好硬着头皮再写给那位名叫"陈克如"的老护士长，这是唯一可用的线索。当年被她吓了一跳，如今就求她一次吧，请她向那位与她同姓的、南通籍的姑娘转达这个信息。

信，又是石沉大海。他到毓秀里81号门口等，躲在附近的茶馆里等，医学院的小护士们进进出出，也已经注意到了这个"守株待兔"的怪人，朝他指指点点，而他真正要等的人却一直没有露面。希望又渺茫了，他却突然收到了回信。信是那位护士长陈克如写来的：

> 冠中先生台鉴：
> 　　大札早已拜阅，迟复为歉。先生所询问的小姐，叫陈寿麟，21岁。以后可直接写信给她。
> 　　此复，祝你
> 　　如愿！
> 　　　　　　　　　　　　　　　　　　陈克如

收到这封信，吴冠中恍如攀到了蟾宫桂枝！感谢这位当年吓得他魂飞魄散的老太婆，如今俨然已成了月下老人，大概是因为"精诚所至，金石为开"，愿意助他一臂之力。护士长已经首肯，小护士还会拒绝吗？吴冠中胜利在望，马上写信给"陈寿麟"———一个猜了好久都没有猜中的、好古怪的名字！

不曾想，遥遥在望的胜利却迟迟没有到来，永远没有到来。大轰炸迫使艺专迁往昆明，后来又辗转入川，搬到重庆附近的璧山，在青木关盖了一批草顶木板墙教室，学生宿舍则设在山顶一个大碉堡里，上山下山，天天要走数百级台阶，行路难！直到1942年吴冠中从艺专毕业，也没有收到陈寿麟小姐的片言只语，不知她随着江苏医学院又流落何方了？数年之后，已经在国立重庆大学建筑系当了助教的吴冠中有一次到北碚写生，意外地在这里发现了"江苏医学院"！似乎又一次机缘到来了，他不由自主地走进去，在挂在墙上的护士姓名木牌中间仔细地寻找，只找到护士长"陈克如"，而"陈寿麟"的名字却没有了。也许她已经离开了医学院，到别处去了？到哪里去了呢？这是一个谜，一个令他终生难解的谜。如果他再勇敢一些，找到"系铃人"陈克如，也许她便成了"解铃人"，指点迷津。但是，吴冠中没有再跨出这关键的一步，就此退却了。因为几年的人间风雨使他多少变得老成了一些，意识到一厢情愿的追求未必能够像护士长期望的那样"如愿"；还因为，他那时已经在和中央大学附小的女教师朱碧琴恋爱，心有所属了，并且已经建立了很深的感情。他和朱碧琴的相爱，自然是因为情投意合，后来成为白头偕老的伴侣；但其中却也打着"初恋"的烙印；朱小姐和陈小姐竟是那么相像，椭圆的、下巴略尖的脸型，新月似的眉毛，湖水般的眼睛，微笑时露出一排皓齿，门齿略略有些凸出。不但形似，而且神似；沉默寡言的性格，恬静中含着一缕淡淡哀愁的神态。"情人眼里出西施"，也许是命运之神安排了他将有这样一位妻子吧，他如愿以偿了。

如今，年届古稀的吴冠中仍然在夫人面前毫不避讳地谈起他的"初恋"，他依然不能忘记那位陈寿麟小姐，她年长他三岁，算来已是73岁老人了，"纵是相逢应不识"，但他仍然希望能打听到她的下落，在有生之年解开青春年华留下的谜。当然，逝水已不可追回了，就算是当年的"朋友"吧？他还希望他的妻子能和陈寿麟见一面，彼此认一认面孔，像不像？夫人笑了："我成了她的替死鬼了！"

严格地说，吴冠中的"初恋"根本不算初恋，单相思，孤掌难鸣，独木不成林，剃头挑子一头儿热。白首忆华年，一个荒唐梦而已。他特别珍视那一段经历，因为那是爱心的真诚流露，人性的庄严剖白，信念和意志的不懈锻造和冶炼。不以成败论英雄。幸福恰恰在于追求之中，而并不一定在于获取、猎获到什么。吴冠中的"初恋"没有成功，他是一个节节败退的弱者；但是，他在与艺术的热恋中，却是成功的，他是一个百折不挠的强者。两者，都发生在那金色的青年时代，又是国难当头、流离失所的年代。在失败和成功交错纠结的追求中，他有过悲观，有过沉沦，但始终没有放弃心中神圣的目标，始终是一个拥抱生活、渴求真善美的赤子，一个无畏的勇士。

艺专中所有的学生，没有一个经历过他那样的波折。为了艺术，他放弃了一年的工科学历；为了开阔视野、扩大战场，他在进入本科读了一年中国画系之后，又转入西洋画系，从头开始。算起来，他的高中和大学都比别人多读了一年，比同届的同学晚了两届。为了更好地前进而后退，破釜沉舟，这已是他惯用的策略。这正是他终于后来居上的奥秘所在。他在看到飞蛾扑火而被火焰燃烧的一刹那，看到了自己，也看到了梵·高："梵·高，他扑向太阳，被太阳熔化了！"

他从艺专毕业之后，在一个小学里当了临时代课教员，不久便侥幸地谋到了重庆大学建筑系的助教职务，教素描和水彩，并且在沙坪坝青年宫举办了平生第一次"吴冠中画展"。抗战时期的重庆，是国民党政府的"陪都"，青年吴冠中在艺坛崭露头角。这在当时，已被"毕业就是失业"的同学们十分羡慕了。他那可怜的母校艺专，又带着一群苦难的儿女从青木关搬到磐溪，继续流浪，校长已从吕凤子换为陈之佛了。当了重大助教的吴冠中并没有满足相对安定的生活，又在刻苦攻读法文，准备去寻找梵·高了。重大校长在一次助教会上说："助教不是职业，只是前进道路上的中转站。"是的，没有白胡子助教，吴冠中的人生坐标不应该是在这里，他还要走的。去法国留学，去实现当年的梦，这是他既定的目标，也是唯一出路。夜深沉，助教宿舍里的灯光不灭，这里是名副其实的留法预备生班。在学校时法文学得马虎，亡羊补牢，犹未为晚。他利用沙坪坝大学区的有利环境，到中央大学外文系旁听法文，同时兼听初级、中级、高级班的课；并经人介绍，拜著名戏剧家焦菊隐为法文老师，还定期前往近郊天主堂请法国神甫辅导，风雨无阻。旺盛的精力还有剩余，就到重庆书店买一些法文小说：《茶花女》《包法利夫人》《莫泊桑小说选》《可怜的人们》……每读一页，往往花上半个小时的时间，手里一直捏着那本已被指印染得乌黑的字典。这和当时吃满是砂子、稗子、碎石子的"百宝饭"极为相似。拣，拣，拣砂子、拣生字，明知难吃还要吃，因为饥饿！

1945年8月15日，日本侵略者被迫宣布无条件投降，中国人民的艰苦抗战终于迎来了胜利，吴冠中在历经血与火、贫穷和挣扎、狂热与失恋的洗礼之后，看到了希望的曙光。一个天大的喜讯降临了：教育部利用"庚子赔款"作为资金，将选派一百多名留学生分赴欧美各国留学，其中有两个美术的名额，是派往法国的！他当然不能放弃这个机会，多年的"单相思"就要靠此一搏了。这个"恋爱"不需要写绵绵情书，不需要望眼欲穿地约会，只需要靠他每战必胜的战场。但这番考试的严峻远远超过了以往，全国设九个考区，积压了八年以至更多年的艺徒们都跃跃欲试，争夺这两个名额。

吴冠中厉兵秣马，投入了这场决定命运的激战。

离　骚

公元1900年，岁次庚子，历史翻开了20世纪的第一页。为反抗列强瓜分中国揭竿而起的义和团运动已在京、津一带形成浩大声势，抗击八国联军入侵。8月，日、俄、英、法、德、美、意、奥八国联军侵占北京。清政府投降，公开下令镇压义和团。次年九月，八国加上西、荷、比共11国，迫使清廷签订了丧权辱国的《辛丑条约》，其中第一条规定：中国赔款四亿五千万两白银，三十九年还清，年息四厘，本息合计九亿八千多万两。这笔骇人听闻的巨款，即"庚子赔款"。虽然以后由于国际形势的变化而未全部偿付，但至 1938 年已付出六亿五千多万两。1945 年，第二次世界大战以德、意、日法西斯的惨败而告终，中国是战胜国之一，45 年间，天下局势已今非昔比。

1946 年 7 月，吴冠中在重庆考区参加了"教育部全国甄选试"。这是中国首次向国外选派公费留学生，国际旅费由政府负责，到达之后的一切费用由所在国承担，其实出处便是"庚子赔款"，羊毛出在羊身上，我们的祖国母亲被榨取的血汗，哺育远走海外的儿女。

美术专业只有两个名额。考生们望眼欲穿的两个名额，人人意欲争夺的两个名额，相互竞争中勇者胜。考试的科目繁多：素描、水彩、构图、解剖学、中西美术史、法语、历史、地理，还有"党义"。吴冠中沉着应战，各门考试自己都觉得满意，唯有解剖学中有关下颌骨的一个小问题答得有些含糊，为此一直耿耿于怀，闷闷不乐。考试结束后等待发榜，度日如年，寝食不安。偏偏在沙坪坝街头遇见卖艺的人正摆着虎骨和猴头在表演，那白惨惨的猴子头骨，酷似人骨，吴冠中一眼瞥见猴子的"下颌骨"，如箭矢直穿他的心脏！这个倒霉的"下颌骨"，也许会断送了他的前程？

数月之后，甄选试发榜了，两个美术专业名额中，吴冠中名列榜首！没有任何语言能表达他的兴奋，望着"吴冠中"三个字他默默地哭了。铁面无情的"甄选试"为什么对他如此厚爱？一个来自宜兴乡下的农家子，一个沿扬子江溯流而上辗转数千里的流浪艺徒，一个在沙坪坝手捧字典和饭碗拣生字和沙子的穷助教，终于有了出头之日！

1947 年春天，吴冠中从上海前往法国。他已在 1945 年与朱碧琴完婚，此时，妻子已经有了数月的身孕。为了心中那胜过一切的艺术，别了，碧琴，"两情若是久长时，又岂在朝朝暮暮！"别了，望子成龙的父母；别了，苦难深重、遍体鳞伤、百废待兴的祖国！

他从上海搭乘美国的轮船"海眼号"——海的眼睛，前往意大利，再转道法国。这次考取公费留法的一共有 40 人，但他只认识仅有的一位美术同行王熙民，在发榜时他俩的名字是排在一起的。20 世纪 80 年代，这位同舟共济的伙伴仍然健在，任中央美术学院壁画系教授。他当时并不知道，同一条船上还有一位日后的挚友熊秉明，系著名数学家熊庆来之子，也是这次考取公费留法的。但他考的是哲学，进入巴黎大学学习，一年之后又转而到美术学院学雕塑，才有机会与吴冠中结识，他们以后便成为挚友。本文开头，那位陪同吴冠中扫梵·高墓的便是熊秉明，那时他已是巴黎大学东方文化学院中文系系主任。至于最早引领吴冠中进入杭州艺专的学长朱德群，他的成名在巴黎并且定居巴黎，则是1955年以后的事了。他是艺专最早做"巴黎梦"的人之一，却去得最晚，从台湾赶到巴黎去会吴冠中，吴冠中却又早已离开了巴黎。赵无极是当面聆听过林风眠校长的教诲"你在做梦"的，他比吴冠中晚去了一年，但是不用"留学"的名义，而是以画家身份去研究、考察，实质上也仍然是留学，名义上的差别也许由于艺术家的自尊，抑或经济足以自给而无须利用"庚子赔款"。他走的是另一条路，不同于吴冠中也不同于徐悲鸿而类似刘海粟。他的"梦想"在巴黎变成了现实——这也都是后话。

"海眼号"上28岁的吴冠中，还处在多梦年华，五彩斑斓的梦、奇谲绚丽的梦、扑朔迷离的梦，吸引着他永不回头地向前走去，"忽闻海上有仙山，山在虚无缥缈间。"人的希望、人的生命力是梦境给予的，没有梦，人生便成了一潭等待干涸的死水。夜幕笼罩着印度洋，强大的海风掀起滔天巨浪，如一头头黑色的怪兽披着白发，拍打着船舷。四等舱里拥挤闷热，手抓着铁链条，躺在左右摇摆的铺上，根本无法入睡。他索性走到甲板上，去迎接扑面海风，去眺望天边的归宿。海天茫茫，彼岸遥遥不可见。苍穹缀满了闪闪星斗。他想起在童年的夏夜，老屋前，祖母摇着芭蕉扇，指着天上的星星，告诉他哪一颗是牛郎，哪一颗是织女。还说有一种几十年才出现一次的扫帚星，拖着长尾巴，横扫天空，它一出现，天下就要大乱了。小孙子于是时时留心那鬼眼闪烁的星空，顺着一缕轻纱似的银河去找，唯恐出现那可怕的扫帚星，又多么希望见到那神秘怪异的扫帚星！他一直没有找到，在日寇入侵、天下大乱之时也没有找到。但他在艺专的图书馆里却曾经发现了另一颗"扫帚星"，那是画坛怪杰梵·高。梵·高画过许多次星空，在他的笔下，天空是流动的，星星是跳跃的，灿烂光辉飞旋流转，纠结成光和色的旋涡。吴冠中的心灵立即被他震慑了，他怀着恐惧也怀着向往，疯狂地迷上了疯狂的梵·高，这个搅得艺术界"天下大乱"的怪人！梵·高只活了37岁，他的艺术创作也仅仅有7年时间，他是一颗转瞬即逝的"扫帚星"，但他的光焰不灭，在艺术天地的星空永垂。现在，吴冠中就要奔着他、奔着那一片群星闪烁的天空而去了。他想起载着他离家的乌篷船，沅江、长江、嘉陵江载着他为了艺术、为了爱而奔走的木帆船，船越来越大了，他越走越远了，天地更宽了，地球缩小了！

"海眼号"穿过孟加拉湾、阿拉伯海、红海，经苏伊士运河进入地中海，终于结束了两个月的航程，到达意大利的拿波里港。舍舟登岸，踏上欧洲的土地了。从这里再换乘火车，直达巴黎。梦寐以求的"艺术之都"终于出现在眼前了，这不再是"做梦"，是真的了。吴冠中提着简单的行李，穿着不太合身的西服，踏进了这座世界名城。金发碧眼的法国人望着这个黄脸矮个儿的中国人，投以漠然的目光。"刘姥姥初进大观园"，不免有几分怯懦和紧张，但转而一想：中国的土地你们去得，法国的土地我就来不得吗？你们烧了我们的圆明园，倒要我们赔款，你们欠着我们的债呢！我又不烧你们的卢浮宫，何惧、何愧之有！

一条碧绿的塞纳河横贯巴黎，那格局有些像"家家尽枕河"的江南水乡小镇，有些像舟楫穿梭的沅陵，只是规模大得多了，情调差得远了。欧洲最负盛名的卢森堡公园。历时 182 年才建成的巴黎圣母院、闻名世界的巴黎大学、被称为"建筑艺术的七巧板和益智图"的卢浮宫、耸立云霄的埃菲尔铁塔……像一颗颗明珠缀在这条青罗带上，显示了历久不衰的魅力。"塞纳河是巴黎的母亲，巴黎是塞纳河的骄子。""巴黎不是一天建成的。"两千年前，这里只是一个名叫"吕戴斯"的渔村，塞纳河水和鱼群养活了船夫渔女，哺育了今天的巴黎，西岱岛上的"圣母"，是巴黎最长寿的妇女，是法国历史的见证。

巴黎美术学院和卢浮宫在塞纳河两岸，隔水相望。到达巴黎的第二天，吴冠中便迫不及待地一头钻进了卢浮宫。这座 U 字形的、共占地十九点八公顷的巨大宫殿，二百多个展厅，吸引着来自世界各国的美术朝圣者。那站在鸡血红大理石座上的古希腊美神维纳斯，那无头断臂、展翅欲飞的胜利女神尼卡，那永远藏着神秘的微笑的蒙娜丽莎、米开朗基罗的《两个奴隶》、拉斐尔的《美丽的园丁》、达·芬奇的《岩间圣母》和《最后的晚餐》、安格尔的《荷马赞颂》……名家杰作多如繁星、浩如烟海，吴冠中，驾着你的"乌篷船"在这艺海星空漫游吧！

他进了巴黎美术学院（正式的名称是国立高等美术学校），是法国唯一的最高美术学府，外国的留学生等于研究生。吴冠中在绘画系苏弗尔皮教授工作室进修油画。苏弗尔皮已是六旬老人，矮墩墩的身材，灰白的头发，厚厚的嘴唇，戴一副沉甸甸的眼镜，整个人也给人以沉甸甸的感觉。他教学认真，待人宽厚，画风却类似毕加索、勃拉克，正适合吴冠中偏于现代的口味。工作室有二三十名学生，每天上午画油画人体，已是吴冠中在国内钻研了数年的课程，驾轻就熟，一出手就显示出训练有素，居于各国同学之首，受到苏弗尔皮的重视。苏弗尔皮每周到工作室来两三次，看看学生的作业，讲讲构图。下午的课随便。吴冠中感到"吃不饱"，时间仍有富余，就同时到洛特和弗里齐工作室学习，博取各家之长，并且到鲁尔美术史学校研习美术史，甚至还到巴黎大学旁听法国文学课，以填补"饥饿"。

法国的大学没有宿舍，他开始住在一家小旅馆，后来搬到"大学城"——拉丁区的大学中心，巴黎大学就设在这里，团团形成了学生的居住中心，各国都有专辟的馆供本国留法的学生居住，但是中国没有！只好"寄人篱下"，暂住比利时馆，以后又搬到法国某省的馆。"大学城"有食堂，饭费很便宜；宿舍里有煤气灶，自己也可以做饭。这比起艺专流亡途中忍饥挨饿，比起在重庆大学吃"百宝饭"，已经好得多了。法国外交部每月发给他六七十美元，属于很低的生活费了，但他竟然还有结余。他从来没有在饭馆吃过一餐饭，出外写生，经常是一块三明治就是一顿饭了。他不觉得艰苦，只是怕被外国人看见了笑话，常常要躲起来吃，而在巴黎大街上找个躲避的地方却不大容易，于是，某些角落里尚未清理的二次大战废墟便成了他"野餐"的地方。如果被人撞见，也许会以为他是个乞丐呢！幸而这种情况没有发生，他特别注意回避的苏弗尔皮教授和同工作室的同学竟然一直不知道这个秘密。吴冠中从小跟父亲学会了俭省，一点一滴地省钱，省下来买画具，买昂贵的画册，参观博物馆，到意大利、英国旅游写生，甚至还能寄回家去。一次寄十美元，把明信片小心翼翼地揭成两半，夹进一张钞票，再粘起来，既省了邮资，又逃避了检查，这一手"绝活儿"试过多次，还没有一次落空！

最艰苦的生活，最勤奋的学生，最好的成绩。吴冠中以自己的实力赢得了老师和同学真心实意地尊重。绘画这种世界语无法撒谎，作品中功夫的深、浅，情感的真、假，是一目了然的。一个人可以用编造的故事、虚伪的演说骗取别人的眼泪，任何一个画家却不可能以造作的色彩和线条博得行家的掌声。金发碧眼也罢，黄脸低鼻也罢，在艺术之神面前是人人平等的，都必须接受铁面无私的评判，这不是比赛篮球，个儿高的未必是优胜者。

1948年，吴冠中在艺专时的同学赵无极也来到了巴黎，也住在"大学城"。一次，一位著名舞蹈家到大学城演出，有好事者发起了速写竞赛，由名画家们组成评委，主席便是吴冠中的老师之一洛特。评选当场揭晓，刚刚到来不久的中国人赵无极初露锋芒，一举夺魁，荣获第一名！起初，吴冠中对于这场即兴速写的竞赛并未放在心上，当看到比他晚来的赵无极中了头奖，并由洛特亲自授奖，不由得激动了！在众多的留学生中，第一把交椅由一个中国人坐了，这是我们的艺专、我们的祖国的光荣！让洋人们对黄皮肤的中国人刮目相看，也正是吴冠中由衷的愿望和强烈的追求。他在激动之余，心里在暗暗发愤：等下一次，中国人的本事还没充分亮出来呢！

他在等待那个机会；那个机会也在等待他。

一年一度的圣诞节到了。圣诞——耶稣降生的日子，在基督教占统治地位的西方，是一年中最重要的日子。巴黎人似乎要在这一天爆发酝酿了一年的欢乐和狂热。香榭丽舍大街、星形广场、凯旋门、圣母院……到处都洋溢着喜庆的气氛。大街小巷的商店橱窗焕然一新，争奇斗艳的商品吸引着潮水般的人群，人们拥挤着购买圣诞树、火鸡、五花八门的圣诞礼物。家家的亲人团聚，女主人忙碌着烤火鸡，做圣诞布丁，孩子们穿上节日的盛装，怀着惴惴不安的激动等待圣诞老人从烟囱里钻进来，带给他们意想不到的珍贵礼物。亲朋好友们互相拜访，美酒夜宴，觥筹交错。雪花静静地飘落下来，在塞纳河两岸铺上了洁白毡毯，给鳞次栉比的楼宇房舍、树木花草披上轻纱，"白圣诞节"，使这个普天同庆的节日更加完美无缺、吉祥如意。

对于来自中国的吴冠中，这个节日也有着特别的意义：巴黎美术界又发起一场绘画竞赛，优胜者不但将获得一枚金质奖章，还有一笔为数可观的奖金。这两者都太重要了，他需要荣誉，也需要钱。奖章标志着获得者在艺术上独占鳌头，以便在艺术家拥挤得如沙丁鱼罐头的巴黎站住脚跟；奖金可以解救经济窘迫的燃眉之急，为继续深造提供一个物质基础。他太穷了，穷则思变，不是去偷，去抢，去借，去求乞，而是以自己的实力去击败对手，超过对手，夺取那可能属于别人也可能属于他的桂冠。无极曾经获得过这样的荣誉，他为什么不能？来到巴黎已经两年多了，他29岁了，眼看"三十而立"，趋于成熟了。这两年多的时间里，他的眼界从东方一隅扩大到欧洲，也扩大到整个世界，他不但认识了巴黎，认识了荟萃于卢浮宫和众多美术博物馆的艺术巨星，也认识了自己。也许，在那数也数不清的星群里，他只是一颗不引人注目的小星星？不，星星的大小并不取决于光芒的强弱，光芒的强弱是距离造成的，是人的错觉，当整个宇宙斗转星移，人们变换一个角度和位置，不起眼的星星就会放射出耀眼的光芒，也许它正是一颗真正的巨星！天文学家借助于望远镜，不断地在发现新星，而艺术的星空更是一个新旧频繁更迭、新发现不断涌现的领域。在梵·高那颗扫帚星拖着光亮的尾巴横扫天空时，谁也没注意他，谁也不知道他，但是今天呢？能有几颗星可以和他相比？只是太晚了些，人们发现他太晚了。由于梵·高的短寿，由于人们的愚昧、偏见，也由于历史没有为梵·高提供一个机遇，让人们有一个观看这颗"扫帚星"的最佳角度，最佳位置，最佳时机！那么，现在这个时机来了，摆在了这位东方的"梵·高"面前，决不能放过它，要拿它一个头奖！

摩拳擦掌，跃跃欲试。但是，当这次绘画竞赛的命题公布，吴冠中却愣了，那是：圣诞节！

《圣诞节》，这个童话般、梦境般的画题！这么熟悉而又这么陌生，似乎唾手可得而又不可触摸，仿佛近在眼前却又远在天边。自从来到异域他乡，吴冠中已经度过了两个圣诞节，应该说并不生疏了。一提起它，那斑斓的色彩、浮动的韵律、欢跳的节奏就突现在眼前，萦绕在耳畔。灯光、圣诞树、晚宴、狂欢，白雪笼罩的圣母院、万众欢腾的星形广场、流光溢彩的塞纳河，还有那绽开了笑颜、颤抖着童心的孩子，背着礼物口袋、长着白胡子的圣诞老人……这一切都可以任意撷取，跳上他的画布，他有足够的技巧表现得痛快淋漓。但是，他却突然觉得茫然。一种不可逾越的距离感，一种隔靴搔痒的隔膜感，一种麻木不仁的冷漠感，袭上他的心头。望着波光粼粼的塞纳河，他突然看到了家门口那条小小的溪流，看到了在上海外滩踏上"海眼号"时最后一瞥却印留在心中的黄浦江，看到了在中国境内称不上大河却家喻户晓、妇孺皆知的汨罗江。龙舟盛会，红男绿女；散发着竹叶清香的粽子，老老幼幼的声音合唱的古老的歌："三闾大夫，魂兮归来……"

可是，眼前分明是塞纳河。它为什么不是汨罗江？圣诞节，为什么不是端午节？耶稣和我有什么关系？我不爱耶稣，我爱屈原，圣诞节是人家的节日！"独在异乡为异客，每逢佳节倍思亲"，巴黎人的狂欢此刻显得那么格格不入！吴冠中也完全可以凭技巧、凭旁观者的印象画下这一切，以投其所好，换来奖章和奖金，但那明明是装腔作势、附庸风雅、东施效颦，不可能抒发他的真情实感——感情，艺术家的感情是不能做假的！一个人的情感，是在襁褓之中吸吮着母亲的奶汁造就的、和故土联系在一起的，无论你走到哪里，竟然一生也不能磨灭，不能改变，不能替代。蚕宝宝一生要蜕七次皮，换七次皮，每一次痛苦的蜕变都是为了成长壮大，而不是退出蚕的家族，它最终结成的茧子是蚕宝宝一生的归宿和荣耀，是它毕生追求的业绩。吃的是桑，吐的是丝。蛛网也是丝，但它和蚕丝用的是不同的原料，派的是不同的用场。东方的蚕，如今要织一张西方的网吗？

白雪覆盖的塞纳河畔，踟蹰着一个孤独的身影，吴冠中陷入了苦苦的思索。

他来到星形广场上的凯旋门前，望着这座高达四十八点八米的胜利之门，望着门下纪念第一次世界大战中牺牲的无名烈士的长明灯，望着门旁的巨幅雕刻。《马赛曲》，这幅出自著名雕塑家吕德之手的杰作，原题《出征》。画面上，展翅欲飞的自由女神高举左臂，召唤人们为祖国而战，披甲执剑的武装公民簇拥在她的身边。勇猛的高卢人挥着帽子向女神致敬，他的孩子紧握剑柄，前赴后继。旌旗招展，号角嘹亮，剑拔弩张，人们高唱着法兰西的战歌《马赛曲》。1792 年，马赛军团正是唱着这首战歌，为保卫法国大革命的胜利成果而浴血奋战，这首歌后来成为法兰西的国歌。1944 年 8 月，戴高乐将军率领部队，通过凯旋门开进解放了的巴黎："前进吧，祖国的孩子们！光荣的日子到来了！"

光荣是属于法国人的，这一切，一个外国人却无权分享。人生毕竟不是演戏的舞台，生活中没有观众席。在法国人陶醉在幸福的节日之时，吴冠中心中浮现的却是正在战争中的祖国。从报纸上得到的消息，国共两党正在激战，他的家乡，他的父母，他的妻子，现在怎么样了呢？

"欲穷千里目，更上一层楼。"他徒步登上了埃菲尔铁塔那 276 米高处的平台，目光越过沉睡在甜蜜的梦中的巴黎，遥望故国。山重水复，云遮雾障，东方的地平线还淹没在夜幕之中，怎么能看得见呢？祖国太远了，望断天涯路！

埃菲尔铁塔，是旅游者登高望远、赏心悦目的场所，又是失业、破产、失恋的人自杀的跳台。自从 1898 年第一个始作俑者在这里结束了生命，悲观厌世的人便不断光顾，每年都有死在塔下的冤鬼。吴冠中满面愁容，独立塔顶，也许或被人认为要步那些鬼魂的后尘吧？不，他活得尽管艰难，却还从来没想到过死。他只是，此刻太……太想家了！

俯视万家灯火的夜巴黎，他想起了当年前来巴黎的漫长旅程。在"海眼号"抵达意大利拿波里港时，他和同伴们是那么兴奋：苦海无边，终于到岸了！人家头等和二、三等舱的旅客纷纷给服务员小费，四等舱里的中国留学生怎么办？身上的那点美元，来之不易，拿出一二十美元给人家，又怕人家看不起。为了脸面，紧急开个会，凑钱！每人拿出一二元，四十个人就七八十元了，派代表送去，这是我们中国旅客给的小费！谁能料到，美国人说：不要你们坐四等舱的中国人的小费！是可怜，还是鄙视？曾经"赔款"数亿两的炎黄子孙，为什么处于这种地位？

他想起暑假中在伦敦跑博物馆乘坐公共汽车时的一件小事。他用一枚硬币买了票，旁边的一位胖胖的洋人随后掏出一张纸币买票，售票员顺手将刚才吴冠中买票的那枚硬币找给他，他轻蔑地摇摇头，不肯接，仿佛那上边沾着污垢病毒。售票员只好另换一枚硬币找给他！这是怎么回事？在人人可乘坐的公共汽车上，用一样的钱买票，为什么中国人低人一等？

他想起有一次去意大利偏僻的小城西乙那观摩文艺复兴早期的壁画，在街头，一名妇女看见他便"啊"的一声惊叫起来，掉头便跑。他愣愣地看看人家，看看自己：我怎么了？是这身西装太土气？是身上太脏？是个子太矮、黄色的皮肤太"丑陋"？百思不得其解！在国内时，那么崇拜人家的艺术，努力学习人家的语言，并且以此为荣，在同胞们面前能讲几句洋话。可是，到了人家的地方，才感到用人家的语言说话无论如何也不如人家说得流畅，穿人家的服饰总不能像人家一样得体、自如，而模仿人家的情感则是几乎不可能的，自己毕竟是个中国人，在人家眼里是"外来户"，是"劣等民族"！

他想起在流连忘返的卢浮宫，他仔细研读一件件艺术杰作，直到快闭馆的时候仍然不舍得出来。他一个人围着维纳斯雕像转悠，周围静悄悄的，似乎可以同爱神交谈。这时，大腹便便的管理员向他姗姗蹀来。吴冠中想：也许是他闲得无聊吧？想和观众闲谈解解闷，便笑脸相迎，和他攀谈。谁知他开口便问："在你们国家哪有这样珍贵的东西？"吴冠中一愣，随即答道："这是你们的东西吗？这是希腊的维纳斯，是被强盗抢走的！你们还抢了我们祖先的脑袋！"管理员也一愣："什么'脑袋'？""专门收藏东方艺术品的吉美博物馆里那些没有身体的石雕头像是哪里来的？就是我们的，它们的脚跟还立在我们的土地上！"吴冠中向来不擅辞令，因为缺乏急中生智的才华而受惯了闷气，这一次不知为什么却突然开窍了！那位管理员眼色异样地看着他："是这样吗？在战争年代我到过你们那里：河内、奠边府……我并没有见到……"吴冠中明白了，自己被他当成越南人了——

矮个子、瘦脸庞、黧黑的皮肤、略略耸起的眉弓和下陷的眼睛，也确有几分像越南人！苦难的越南曾经长期沦为法国的殖民地，如今这个参加过越战的退伍兵仍然打着殖民主义的烙印，他看不起曾经在他们统治下的越南人！吴冠中立即想起包括法国在内的八国联军在中国的肆虐，想起在历史教科书上见过的圆明园残柱……他昂然说："先生，你弄错了，我是中国人！中国的东西，被你们毁坏的、抢走的，还少吗？"

……

圣诞节过去了，吴冠中没有参加这次绘画竞赛。过去，做梦都想在巴黎打开局面、站住脚跟；现在，荣誉和金钱都不能使他动心了。他在想：众多的艺术界前辈如刘海粟、徐悲鸿、林风眠、吴大羽、庞熏琹、雷圭元……他们都曾来过巴黎，为什么又都回去了呢？是他们没有足够的才华和金钱、信心和勇气吗？为什么艺术家的"圣地"却没能留住这些圣徒？还有他一向崇拜的荷兰画家梵·高、法国画家高更和塞尚，为什么他们也都一一离开巴黎，或扎根于故乡，或扑向原始质朴的乡村、荒岛？

公费留学的最后一年，他是在苦闷和矛盾的心情中度过的。国内的消息不断传来：1月，蒋介石宣布"引退"，李宗仁代理南京政府的"总统"，同意以共产党所提条件为谈判基础；4月，南京政府拒绝共产党提出的《国内和平协定（最后修正案）》，谈判破裂；4月，人们解放军占领南京；5月，解放杭州、上海……眼看大局已定了。祖国的一切，都牵着海外游子的心。别人说，东方的睡狮要醒来了；而在吴冠中眼中，是那多病的母亲大动手术，终于要恢复健康了！他已经尝够了孤儿的滋味，多么渴望母亲健康长寿啊！

这一年的暑假，他从巴黎赶到意大利的威尼斯去参观具有国际影响的"威尼斯双年展"，这个高质量的国际美展使他大饱眼福，法国参展的是马蒂斯和勃拉克为代表的作品，展示了当代法国也是当代世界的最高水平。但是，这个展览中没有——当然没有中国人的作品，作为一个中国留学生，他是怎样的一种心情！

在一家咖啡馆里，他和几位同学会见了两位陌生的女士。她们从祖国来，从解放区来，代表了母亲来看望这些浪迹天涯的游子。一张巨大的中国地图在咖啡桌上摊开来，上面画满了红色的箭头，一支支劲旅由北向南，由中心向四方挺进。吴冠中看着地图，耳畔仿佛听到了《马赛曲》的歌声："前进吧，祖国的孩子们！光荣的日子到来了……"解放区女代表亲切地凝望着他们："欢迎你们学成归国，参加新中国的建设！毛主席说过：'没有知识分子的参加，中国的革命就不可能胜利。'你们是喝过洋墨水的人，见识广、学问大，正是祖国的有用之材啊！"握着女代表的手，吴冠中真切地触到了母亲的脉搏，那跳动的脉搏在召唤着他、催促着他：归来，归来！

1949 年 10 月 1 日，毛泽东那洪亮的声音通过电波传遍了世界："中华人民共和国成立了！中国人民从此站起来了！"

　　在巴黎"大学城"中国留学生的学生会里，挂起了五星红旗。"起来，不愿做奴隶的人们！把我们的血肉，筑成我们新的长城……"吴冠中双眼涌出了泪水，这就是我们的"马赛曲"啊！

　　学生会和国民党政府驻法使馆之间展开了激烈的斗争。"大使"以强迫押送留学生去台湾相威胁，但是，使馆里有正义感的工作人员奋起起义，支援学生。两边都说"爱国"，但爱国的内涵却是不同的，爱什么样的国？爱旧中国还是爱新中国？成为检验每一个人的试金石。这一年，吴冠中年满三十，三十个春秋，他已经饱尝了旧中国的苦难，看尽了国民党政府的腐败无能，决不会跟着他们跑了！

　　三年的公费留学已经读完了。苏弗尔皮教授关切地问他："要不要由我来签字替你申请延长留学时间？"教授这样说，表明他不仅有能力而且有把握办到。他是有影响的人物，出面和法国外交部交涉，为这样一个优秀的学生继续提供学习经费，并不困难。吴冠中感谢老师对他的厚爱，三年来，他不但从苏弗尔皮教授工作室获得了宝贵的教益，而且建立了很深的友谊。他尊重而且留恋这位老师。但是他却说："教授，我决定回国了！"

　　"回国？"苏弗尔皮感到非常意外，"你是我班上最好的学生，最勤奋。你原来就有很扎实的基础，刚刚到来的时候，我甚至感到惊奇，不敢相信一个从未到过欧洲的人怎么会把欧洲绘画的技巧掌握得如此熟练。这三年来，你的进步很大，我讲的你都吸收了。你是一个很有前途的学生，不，你已经是一位成熟的艺术家，巴黎将为你展开一个广阔的天地。可是，你为什么要回去呢？"

　　是啊，老师所讲的，完全是一片真心实意。吴冠中离开父母、离开妻子前来法国的时候，根本没有打算再回去。一个艺术圣徒经过千难万险来到了"圣地"，难道不正是自己的归宿吗？但他现在改变了初衷，苏弗尔皮感到意外，原是自然的，连他自己都感到意外，在中国历史的转折关头，他自己也发生了根本的转变！他想把咖啡馆中和解放区代表激动人心的会见讲给教授听，又怕教授以一个与此无关的外国人身份听不明白，于是，想了想说："我觉得，我的艺术天地应该在自己的祖国。我虽然很喜欢巴黎，但是，'梁园虽好，不是久恋之家'，在这里像是脚不着地的安泰！我在读梵·高的书信集和传记，从那里可以看到，他的成功正是因为离开了巴黎……"

　　苏弗尔皮教授明白了，他也是热爱梵·高、理解梵·高的人。

　　"我不是城市画家，我不属于这儿。"梵·高在决定离开巴黎的时候说，"我是个农民画家。我要到我的田野上去。我要找一个太阳，它炽热得能把我心中除了绘画这种欲望以外的一切都烧光！我需要太阳，需要那种炎热非常、威力无比的太阳。整个冬天，我感到它犹如一块巨大的磁石把我向南方吸引。在我离开荷兰之前，我从来不知道有像太阳那样的东西。现在我明白了，没有太阳就无所谓绘画。也许，可以使我趋向成熟的就是这个灼热的太阳。巴黎的冬天使我感到彻骨的寒冷，我觉得就是这种寒冷进入了我的调色板和画笔。我从来也不是那种做事情没有决心的人，只要我有了这个非洲的太阳把我内心的寒冷驱散，使我的调色板燃烧起来……"

保罗·塞尚在送别梵·高时说："离开巴黎吧，文森特，到普罗旺斯去。别去埃克斯，那是我的地盘，不过可以到邻近的某个地方去，那里的太阳比世界上其他地方的都更加灼热、单纯。"

梵·高没有去遥远的非洲，也没有去"塞尚的地盘"普罗旺斯，而昂蒂布已"属于"马奈，马赛已是蒙提切里的"圣地"。他最后接受了劳特累克的建议，去了法国南方的阿尔，扑向了他向往、讴歌的太阳……

"教授，"吴冠中说，"我的太阳、我的大地在中国！"

苏弗尔皮教授从沉甸甸的厚边眼镜后边投射出赞许的目光，翕动着厚嘴唇，说："你讲的是对的。艺术是一种疯狂的事业，我只能教给你技巧，却不能传给你思想、感情、灵魂和艺术风格，你在我这里已经毕业了。杰出的艺术家不是学校和教师培养的，养育他的是土壤，正如你所说的。我没有到过你的祖国，但我知道，在那个神秘的地方，有一种与我们完全不同的古老的东方艺术，但那是大艺术，动人心魄的艺术，而不只是悦人耳目的雕虫小技，我在欧美各大博物馆里曾经领略过这种伟大的艺术。只是从 17 世纪以来，东方的艺术没有得到应有的发展。而西方的一些有眼力、有魄力的艺术家，如梵·高、高更、塞尚、马蒂斯、毕加索……正是从东方艺术传统中找出了新的语言，发现了新的生命，巧妙地借鉴、嫁接、融合，把西方艺术推向一个划时代的新纪元。那么，你们自己呢？你确乎应当回到自己的祖国去，从你们祖先的根基上去发展吧！"

吴冠中原来就料到老师要挽留他，又担心自己没有足够的理由和勇气谢绝这挽留，但他得到的却是深深的理解和真诚的勉励，现在才更加觉得老师的可亲可敬，这是最有远见、最堪为人师表的老师！但是，他现在要离开老师走自己的路了，正如离开家乡的父母、离开艺专的师长，孩子大了，路是要自己走的！

归去，归去！踏上东去轮船的甲板并不比西来时简单，船票买不上，要等待好几个月。吴冠中内心的潮水也在一次次地掀起波澜。离开巴黎，意味着舍弃这里的一切，而当真要舍弃时，一切又都令人留恋。回国之后，想再看卢浮宫、再看意大利、英国的博物馆，谈何容易？刚刚结束战争的中国，有巴黎这样和平安定的环境吗？有巴黎美术学院这样设备齐全、名家荟萃、举世闻名的美术学府吗？有苏弗尔皮工作室和"大学城"宿舍这样的工作和生活条件吗？他在法国仅仅当了三年学生，还没有真正登上画坛，没有来得及和西方艺术家们来一番较量，就这样走了吗？一起在这里学习、生活的好友赵无极、熊秉明都决计留下来，实现雄心壮志，而他却要形只影单地走了！走了不会后悔吗？

海在翻滚，船在动荡。望着岸上远去的法兰西，吴冠中突然心慌意乱，好像还有什么遗留的事情没有办妥，或者干脆改变这个不够慎重的决定——改变还来得及！他懊悔地失声大叫："停船！停船！我要留在巴黎！"……他醒了，发觉自己并不在船上，还睡在"大学城"的宿舍里，只是做了一个梦。为什么要留下？这个寄人篱下的所在，竟然如此值得留恋？不，走吧，还是要走。离开祖国整整三年了，他实在太想家了，家乡那病弱的父母、年轻的妻子在翘首等着他呢！分别的时候，妻子还怀着身孕，现在儿子已经两岁了，那没有见过面的小生命在盼望爸爸归来呢！

潮涨潮落，吴冠中终于从马赛登上了海轮。不是梦，是真的。他掐了掐自己的胳膊，疼的；一滴海水溅到他的手上，他舔了舔，咸的。走了，这回真的走了！

他坐在船尾，望着留在身后的欧洲大陆，打开了速写本，在风浪颠簸中，以歪歪斜斜的字迹记下自己的感受：

> 我坐在船尾，
> 船尾上，只我一人。
> 波涛连着波涛，
> 一群群退向遥远。
> 那遥远，只是茫茫，没有我的希望。
> 猛记起，我正被带着前进！
> 落日追着船尾，
> 在海洋上划出一道斜晖，
> 那是来路的标志……

归途仍是来时路，他的心境是多么不同啊！来时离家越远，现在越来越近了。把渺茫抛在身后，怀着希望回家，"父母在，不远游"，祖国啊，你的儿子回来了！

穿过印度洋，前面就是太平洋，就是中国的南海了，到家了！海天相接处，泛出一缕淡红的曙光，东方的天亮了。

轮船乘风破浪，向着太阳升起的方向驶去。

这是 1950 年的春天。

身家性命画图中

到北京了。生长在江南水乡的吴冠中，走出了中国，走出了亚洲，在地球上兜了一个大大的圈子，又回来了，却还是第一次到北京。千年古都在他眼中是新奇的，没有纵横的河流，没有高楼大厦，在雄伟的八达岭长城脚下铺开的是红墙黄瓦的元、明、清三朝巨大的皇宫和以此为中心的棋盘格式的大街小巷，灰墙瓦顶、鳞次栉比的民居。矫若虬龙的古柏，郁郁葱葱的国槐……朴素、庄严、雄浑、博大，首都北京使他感到作为一名中国公民的骄傲。

1950 年 10 月 1 日，中华人民共和国成立周年庆典。天安门前红旗招展，人流如潮，伴随着响彻云霄的欢呼声，无数和平鸽展翅飞向蓝天。吴冠中站在观礼台上，目睹这激动人心的盛况，眼睛湿润了。他觉得自己的矮个儿拔高了，黄皮肤的脸上放红光了。是的，"中国人民从此站起来了！"仰望天安门城楼，他看见了毛泽东那魁伟的身影，正在向他、向广场上的百万人群、向每一个中国人挥着巨手。啊，那就是《在延安文艺座谈会上的讲话》的作者，召唤他万里归来、报效祖国的毛主席，教给他"生活是创作的唯一源泉"这一真理的老师！

参加国庆观礼之后，回到暂住的留学生招待所，他的心情久久不能平静。他迫不及待地要投入工作，为建设新中国贡献自己的一分力量。作为一介书生，他不懂政治，不懂经济，早年学过的电机专业也荒废了，又不能参加志愿军去抗美援朝，他所能做的只能是自己的本行。他立即给刘开渠写信，希望能去杭州工作。自从抗战胜利之后，"国立艺术专科学校"重新一分为二："北平艺专"和"杭州艺专"，各自回到原地。"北平艺专"就是现在的中央美术学院，院长徐悲鸿；"杭州艺专"即浙江美术学院，院长刘开渠，就是当年吴冠中投考杭州艺专时的主考教授。吴冠中得知他现在领导浙江美院，便在信中表达了回母校工作的愿望，游子归来了，想念母校啊！

很快便收到了刘开渠的回信，母校欢迎他！

在离开北京之前，在大雅宝胡同的中央美院宿舍，他意外地遇见了一位阔别的故人。

"冠中！"

"希文！"

两个人紧紧地握手，互相端详着对方，寻找着当年同甘共苦的痕迹。

"在贵阳的时候，你是画速写最勤奋的一个！"

"你呢？那次大轰炸，我还以为你在黔灵山上回不来呢！"

"后来，你就到敦煌去了，从大西南跑到大西北！"

"你跑得更远，法国了！"

"跑得再远，我们不是都回来了？风筝放得再远，也会回来的，这里牵着一根扯不断的线啊！"

老同学重逢，叙不尽的别后之情。这位偶然邂逅的故友，便是日后以油画《开国大典》蜚声画坛的董希文，他现在正在中央美术学院任教。

第二天，董希文便来到留学生招待所，要看吴冠中的画。吴冠中毫无保留，把从法国带回来的素描、油画、速写都拿出来，这是他归来携带的最重要的行李，比身家性命还要宝贵。董希文看得非常认真，一边欣赏，一边赞不绝口。吴冠中在艺专时就是同学中的佼佼者，士别三年，更应刮目相看了。看毕，又试探地问："可以借给我研究研究吗？"

"可以，当然可以！"吴冠中满口答应。对于老同学，他还有什么可拒绝的理由呢？既不"保密"，又不担心被弄丢，他知道，董希文也是和他一样爱画如命的。

几天之后，董希文如约把画完好地奉还。带着惋惜的神色说："你……为什么还要到杭州去？北京是首都，是全国的政治、经济文化中心，你以后在杭州画了画，还是要到北京来展览的嘛！"

"是啊，是啊，"吴冠中说，"首都当然有省里比不了的条件，但是，我对杭州比较有感情，开渠先生也希望我去……"

董希文打断他的话说："你有没有想到留在北京，到中央美院来？"

吴冠中想了想说："没敢想，因为我同徐院长不熟悉……"

"不，你的画，徐院长和各位领导已经看过了！"董希文笑嘻嘻地说，"他们很赏识你，同意聘请你到美院任教！"

"啊！"吴冠中这时才恍然大悟，原来董希文看画、借画是有目的的，拿回去不是要自己"研究研究"，而是向领导举荐吴冠中！

"我当时没有把握，也就没对你明说。"董希文得意地笑笑，"怎么样，老同学？你就不走了吧？"

董希文真是个热心又细心的人，帮忙帮得这么实实在在又稳扎稳打。吴冠中望着老同学那诚恳挽留的目光，心中涌起一股感激之情，他怎么能拒绝呢？

本来已经决定的命运，就这样突然改变了。他怀着歉意和恋恋不舍，再写信给刘开渠，说他走不了啦，就留在北京了。

吴冠中在北京安了家，妻子朱碧琴在大佛寺小学教书，他进了中央美术学院，和当年的老学长李可染，以及在流亡途中"外出谋生"的同学罗工柳、彦涵会师了。在过去的艰苦岁月，每个人都选择了自己的生活道路，新中国成立之后，又殊途同归。

他被安排教美院预科的素描，预科由董希文负责，看来董希文在"借阅"他的作品时，已经有了周密的计划。这时，吴冠中已经32岁了，他的学生都是十五六岁的少年，正是他当年疯狂地迷恋绘画专业的年龄。他深知年轻人求知的饥渴，恨不得把自己所拥有的一切都倾囊而出，献给这些年轻的娃娃，让他们吃得饱，吃得营养丰富，成长得更迅速、更茁壮。自己从东方到西方，又从西方回到东方，也许正是为了执行这项使命：像唐僧玄奘那样经过千难万险，到西方取得"真经"，传给"圣徒"们。现在，帅府园中央美院，就是他译经的"白马寺"，他要把那卷帙浩繁的"真经"译成通俗易懂的语言，让学生们领会、掌握，学生们是单纯的，犹如一张张白纸，"近朱者赤，近墨者黑"，极易接受老师的影响，很快就像他那样迷恋上了波蒂切利、夏凡纳、梵·高、高更、塞尚、莫迪里阿尼、马蒂斯、毕加索……这是一次十分重要的"启蒙"：创造了东方艺术、深谙造型艺术形式规律的炎黄后裔，借助于西方艺术大师们探索的轨迹，重新认识东西方艺术的异同、世界艺术的走向和形式规律在造型艺术中举足轻重的意义。在20世纪，造型艺术早已走出了"应物象形""传移模写"的阶段，也早已与如实再现物象的照相术分道扬镳，有胆识、有创见的艺术家，已经在前头等着我们了，把他们的甘苦、他们心血的结晶，咀嚼吸收，化为我们的营养，将使我们前进的步伐迈得更大、更快……

他太天真了。在20世纪50年代的中国，远不是谈什么"形式规律"的时候。

1951年11月30日，中共中央发出《关于在学校中进行思想改造和组织清理工作的指示》，号召他们运用批评和自我批评的方法，进行自我教育和自我改造，在知识分子中清除帝国主义、封建主义和官僚资本主义的政治思想影响，划清敌我界限，批判资产阶级思想，树立为人民服务的思想。这场思想改造的学习运动很快从教育界扩展到文艺界和整个知识界。中央美术学院既属教育界又属文艺界，自然是个重点单位。应当说，在中华人民共和国建国之初，在许多知识分子对马列主义、社会主义还不很熟悉的情况下，开展这样一场思想教育的学习运动是必要的。但是，正如后来一再证明的那样，凡是被称为"运动"的往往难免扩大化，伤害本不应该伤害的人，在1951年到1952年的这场运动中也未能避免。美术学院在批判资产阶级当中联系实际，提出反对"形式主义"，吴冠中这个从资本主义国家回来的"资产阶级知识分子"，便成了"形式主义的堡垒"，满身是"毒素"，并且"毒害"了天真纯洁的学生。形式主义比自然主义的危害大得多，自然主义只是懒汉，而形式主义才是真正的"恶棍"，对恶棍不只是应打倒的问题，还要彻底消灭。吴冠中必须学了社会主义的艺术再来教课！

吴冠中蒙头转向。毛主席不是说过"我们决不可拒绝继承和借鉴古人和外国人，哪怕是封建阶级和资产阶级的东西"吗？为什么他带领学生刚刚开始继承和借鉴就成了"恶棍"并且要"彻底消灭"呢？"彻底消灭"了又怎么去"继承和借鉴"呢？为什么毛主席明确的指示得不到贯彻？他想不通！"学了社会主义的艺术再去教课"？到哪里去学？法国没有，中国也才刚刚开头儿，到哪里去学？也许只有到"苏联老大哥"那儿才能学到"社会主义艺术"，可惜吴冠中又没有去过苏联！那时节，苏联被中国人认为是社会主义的祖师爷，苏联的艺术包括俄国艺术也就都成了老牌正宗。学生们问吴冠中有没有列宾的画册，吴冠中不觉一愣："列宾是谁？"本来自以为已经阅尽世界名作，竟然还有连名字都不知道的大画家？自己的知识太浅薄了，诚惶诚恐。回去查法文的美术史，其中提到"列宾"之处也只寥寥数行。某日在王府井外文书店见到一份《法兰西文学报》，头版头条大标题恰好介绍的是列宾，赶紧买回去细读。这家报纸原是他在法国时经常看的，很觉亲切，只是头一次看到它介绍列宾，益发觉得自己孤陋寡闻。这篇文章是法国进步诗人阿拉贡写的，开头便说："提起列宾，我们法国的画家恐怕很少有人知道他是谁……"啊，原来如此，吴冠中似乎可以原谅自己了，但是美术学院却不肯"原谅"他，不来一番脱胎换骨的改造，课是不能由你教了，那不是"误人子弟"吗？吴冠中感到，董希文鼎力举荐为他谋的这份差事，很难再干下去了。董希文向领导推荐他的时候，不是很受赏识吗？为什么座上宾突然坐了冷板凳？世事的变化真是太快了。那么，自己该到哪里去呢？改换门庭，再投浙江美院？"敬酒不吃吃罚酒"，滋味儿也不那么美妙了；何况，浙江美院又能容得下他这个"形式主义的堡垒"吗？没有想到，归国之后踌躇满志要干一番事业的吴冠中，这么快便失意了！

　　这时，中央美院正在酝酿把画家李宗津和李斛从清华大学建筑系调来任教，他们两位的画风都是写实的，不搞"形式主义"，在当时人们的观念里，写实便等于现实主义，便等于社会主义，是最保险的。无奈清华大学也器重这二位，不肯放。美院于是表示：只要给我们李宗津和李斛，美院的教师任你们挑，以作"交换"。于是在这场"交换"中发生了奇特的现象，清华点名要吴冠中，你们不想要的正是我们求之不得的宝贝。这是怎么回事呢？原来，清华大学建筑系副主任吴良镛久仰吴冠中之名，而且知道他在重庆大学建筑系教过书，既是名家，又是行家，再合适不过了，现在清华建筑系任教的老师多是吴冠中的学生，能请到老师的老师，岂不更锦上添花？

　　于是"交换"成功，一个换两个，各取所需，两全其美，皆大欢喜。1953年，吴冠中离开了中央美术学院，应聘到清华任教。对于前两年的批判，这无疑是一个解脱，他感谢吴良镛，感谢清华的知遇之恩，但调离美院的时候，内心又是极其痛苦的。尽管清华厚待他，生活条件、工作条件都比美院为好，而且从讲师升为副教授，但中央美院毕竟是全国最高的美术学府，是个人才荟萃、众望所归的所在，离开这里，就从此脱离美术界，改行了，被"清洗"了，"充军发配"了！

清华的建筑系，是为建筑设计培养人才的，美术处于从属地位，只是为了帮助学生掌握一些基本的审美知识和绘制建筑效果图的基本技巧。什么波蒂切利、什么梵·高，谈不上了；甚至宏伟的人物画创作计划、什么形式规律的探索，谈不上了；连吴冠中经过十多年严格训练的素描、油画人体写生，也要束之高阁了。他只能教学生画一些素描、水彩风景写生"杀鸡用牛刀"，十八般武艺中的绝大部分都弃之不用了。他从此告别了人物画，一个紧箍咒——"丑化工农兵"勒着他的脑袋，使他对人物画不敢问津。但他看到社会上一些歌颂工农兵的走红的作品：油画、中国画、宣传画、年画、连环画、雕塑……人物形象五大三粗，满面红光，横眉竖目，据说是"美化"了工农兵，而他却感到很假、很丑。美术，美术，连美与丑都弄不清，甚至美丑颠倒了。大概他是"阶级本性"在作怪，戴着"有色眼镜"来观察世界，他当作"美"来表现的，人家说是"丑"；他认为"丑"的，人家偏认为"美"。他诚心诚意想转变自己的"立场"，无奈本性难移，不能接受也不愿模仿别人的"美"的程式，便只好远远地避开人物，逼上梁山画风景。风景没有那么敏感，没有明确的程式。一棵树，老干龙钟也罢，嫩枝勃发也罢；一条河，巨浪滔天也罢，细流淙淙也罢；一座山，巨石峥嵘也罢，积云叠翠也罢，"横看成岭侧成峰，远近高低各不同"……祖国的大好河山原是多彩多姿的，未可轻易被扣上"丑化"的帽子。丢却长矛舞短剑，闲置钟鼓吹横笛，吴冠中不得已而另辟蹊径，心里仍然在竭诚地为祖国和人民发挥自己的"余热"。这一时期，他的一批清新、淡雅、优美、抒情的水彩风景画问世了，引起了美术界和社会上的瞩目。一些年轻的美术工作者和美术爱好者提起吴冠中，公认他是一位杰出的风景画家、水彩画家，却并不知道这仅是他全部艺术生涯中的一小部分、一段无可奈何的插曲！对此，吴冠中仍感到欣慰：赞扬毕竟比批判舒服，承认毕竟比否定好过，他的艺术，人民还是需要的，他的情感原来不全是"资产阶级毒素"，还是可以和人民沟通的！人民需要美，需要真善美，这就是一个证明！

早在建国前夕，毛泽东就曾经预言："随着经济建设的高潮的到来，不可避免地将要出现一个文化建设的高潮。中国人被人认为不文明的时代已经过去了，我们将以一个具有高度文化的民族出现于世界。"经过 50 年代初期到中期的镇反、三反、五反、对农业和工商业的社会主义改造等政治运动之后，经济建设和文化建设开始走上正轨。就在这个时期，毛泽东提出了"百花齐放、百家争鸣"的口号，对于繁荣科学、文艺起到了极大的作用。1956 年 1 月，周恩来作了《关于知识分子问题的报告》，指出："当前的根本问题，就是我们的知识分子的力量，无论在数量方面，业务水平方面，政治觉悟方面，都不足以适应社会主义建设急速发展的需要；而我们目前对于知识分子的使用和待遇中的某些不合理现象，特别是一部分同志对于党外知识分子的某些宗派主义情绪，更在相当程度上妨碍了知识分子现有力量的充分发挥。""党中央认定：革命需要吸收知识分子，建设尤其需要吸收知识分子。特别是由于新中国成立前是一个文化落后科学落后的国家，我们就更必须善于充分地利用旧社会遗留下来的这批知识分子的历史遗产，使他们为我们的社会主义建设服务。""用粗暴的方法对待科学家和科学问题的现象，最近还有发现，各地必须注意纠正。"毛泽东在《关于正确处理人民内部矛盾的问题》专门讲了"关于百花齐放、百家争鸣、长期共存、互相监督"一节，指出："百花齐放、百家争鸣的方针，是促进艺术发展和科学进步的方针，是促进我国的社会主义文化繁荣的方针。艺术上不同的形式和风格可以自由发展，科学上不同的学派可以自由争论。利用行政力量，强制推行一种风格，一种学派，禁止另一种风格，另一种学派，我们认为会有害于艺术和科学的发展。艺术和科学中的是非问题，应当通过艺术界科学界的自由讨论去解决，通过艺术和科学的实践去解决，而不应当采取简单的方法去解决。为了判断正确的东西和错误的东西，常常需要有考验的时间。历史上新的正确的东西，在开始的时候常常得不到多数人承认，只能在斗争中曲折地发展。正确的东西，好的东西，人们一开始常常不承认它们是香花，反而把它们看作毒草……因此，对于科学上、艺术上的是非，应当保持慎重的态度，提倡自由讨论，不要轻率地做结论。我们认为，采取这种态度，可以帮助科学和艺术得到比较顺利的发展。"

这一明智而正确的方针，为文化艺术界吹进了一股清风，一些"宁'左'勿右"的做法暂时偃旗息鼓，而大批怀有强烈报国之心的知识分子则感到如释重负，有了用武之地并且不再担心棍子、帽子和辫子了。正是在这一时期，一所新的美术院校——北京艺术学院诞生了，吴冠中应院长卫天霖之聘前往任教，妻子朱碧琴同时调到该院资料室工作。吴冠中终于又"归队"了。

1964年，根据周恩来总理的指示，分别成立中国音乐学院和中央音乐学院，北京艺术学院的音乐系服从这一需要，一分为二；而美术系则化整为零，分别并入北京师范学院艺术系、中央美术学院和中央工艺美术学院。吴冠中是从中央美院"充军"出来的人，他没有回到故地，而应张仃院长之约进了中央工艺美术学院，从此，这里成为他的终身任职之所。他和卫天霖等人的到来，加强了工艺美院基础绘画的教学力量，活跃了学术空气，受到全院师生的欢迎；而吴冠中本人则"感谢张仃同志对我的理解，承他收容"，"在艺术道路中辗转流迁，最后寄寓、落脚到了工艺美术学院。"多年来，吴冠中确实是一个艺术上的"流浪者"，"流浪"中有痛苦，也有欢乐，"幸"与"不幸"总是交错扭结在一起。离开了美院，离开了他抱定终生志愿的油画，这是一大损失、一大遗憾；但是，他由此却拓宽了艺术道路，由于教学的需要，他不得不接触水彩、水粉、中国画，甚至工艺美术，这也完全符合他的"杂食"的个性，不同门类、不同科目之间本无不可逾越的鸿沟，广泛的涉猎使他的艺术手段大大地丰富了。年轻的时候练过的十八般武艺，不但没有荒废，到了中年又得以全面施展，应当说，这是一个艺术家的幸事。

教学工作是繁忙而辛苦的。在吴冠中身上，人们可以看到从他的老师林风眠、潘天寿、苏弗尔皮继承下来的风范；诲人不倦，鞠躬尽瘁，知无不言，言无不尽。正如林风眠先生早年给学生的题词："为艺术战。"艺徒是战士，导师就是教练和指挥员。"师者，所以传道授业解惑也"，他对于学生没有丝毫的保留，他用自己的话说，"倾筐似地倒个满地，让比我年轻的同学们选取。"学生们以听他的课为难得的艺术享受，没有空洞枯燥的说教，他是以一位艺术家的心灵在感受世界、表达世界，生动的语言、铿锵的音节扣动着学生的心弦，连静物和风景都有了生命，有了感情。雄伟的长城脚下，一株斜依绝壁的古松，"那是孟姜女在哭长城啊！"白雪皑皑的天山脚下，一株盘根错节的枯黑老树，"那是楚霸王和虞姬互相顾盼、依依惜别！"画龙点睛的一句话，使学生立即找到了画的灵魂！画家不是艺匠，不是技工，刻板、被动地描摹物象是艺术的末流，艺术的生命在于"画魂"，这是他从艺半生的甘苦和追求，也是他传给学生的最重要的"秘诀"。作为油画教师，他从不仅仅满足于教给学生油画技巧，也不仅仅在西洋绘画范畴内打转，而是着眼于东西方艺术的源流发展和互相交融，启发学生的"悟性"。他把"扬州八怪"之一的金农所作的一幅梅花册页作为示范作品，从中启示印象派之所见、所求：这幅梅花一反中国画的常规，全不描摹花蕊花萼，只是满纸错落有致的淡墨点，其间穿插几笔焦墨干枝，便予人"暗香浮动月黄昏"的意境。他把潘天寿的一幅水墨画与勃拉克的一幅静物比较分析给学生看，从其中对"平面分割"和"组织结构"的不谋而合，揭示造型艺术规律的世界性，东、西方艺术中精华成分的同一性。这样的教学方式，在油画专业和中国画专业中都是罕见的，但却恰恰抓住了东、西方艺术大师的"画魂"。他特别赞同李可染提出的口号："可贵者胆，所要者魂"，他在学生的心田中着力开掘的正是"胆"与"魂"，这正是他的许多学生在离开学校多年之后仍然念念不忘这位老师的原因，他教给了他们作为一个艺术家最重要、最可贵的东西：穿透世界的眼睛和再造世界的头脑，而不只是一双熟练的手。对于学生，他又是一位严师，批评一针见血，毫无情面可讲，不听任何无济于事的唠叨。"我从远处看画面的造型性，看造型设计的效果；我走近画面抚摩作者心脏的跳动，探其心律，但请不要向我解释，我是聋子，我眼睛不瞎，只通绘画的语言。""百花盛开的季节，游人赏花，陶醉色相，品评风骨。园丁心里明白：哪些花有色无香，哪些花朝放暮谢。""堆砌的山、塑料的花留不住游人，排场和客套留不住好友。""花开并不等于结果，结果未必结成硕果，人们总盼着年年能结累累硕果的大树的成长，经得起风霜的大树！""美术美术，掌握'术'容易，创造'美'困难……何苦让观众来分担创作时的吃力呢？但观众只能回报以同情！""'眼高手低'，本来是嘲笑手低者的吧？当然我们要求眼高手高，但与其手'高'眼低，则宁肯要眼高手低，'慧眼'才是'巧手'的老师。""知识无止境，艺术无止境，作为满足人们精神生活享受的艺术岂能以不变应万变！推陈出新，'推'字当头，新，永远意味着对陈的叛变，儿子不必像老子，老子未必因为儿子不像自己就认为是逆子，我希望我的儿子都不像我，而且他们之间也都不相像！"

这样一位老师是极为难得的，每一个曾经做过他的学生的画家都感到自己三生有幸。

教学占用了吴冠中大部分宝贵的时光，他的创作只能是"业余"的了。每年的寒、暑假都是集中力量拼搏的时候，他背着沉重的画具"走江湖"，从北京到海南，从山东到西藏，从茫茫戈壁到西双版纳，祖国辽阔的大地，留下他艰难而又兴奋的足迹。这个行当，被人们称为"旅行写生"或"游山玩水"，但他却极不赞成这种提法，因为那艰苦的跋涉和艺术劳动实在是丝毫也不轻松的。他住过大车店、渔村、工棚、破庙，在深山老林甚至连投宿都十分困难，随遇而安，只要有好题材画，能在老乡家落脚也就十分欣幸了。他不修边幅，穿得破破烂烂，又背着那么多"家什"，往往被老乡截住问："修不修雨伞？""收不收鸡蛋？"他在作画的时候，全神贯注，饿虎扑食，正如梵·高所说的那样，"当手指握住了画笔便像琴弓触上了琴弦"，他把一切都忘了，甚至可以连续工作一整天不吃不喝，有时中间勉强吃一个冷馒头，反而要闹消化不良。他备的干粮，总是在作完画回宿营地时边走边啃，吃得很舒服，赛过"西太后的窝窝头"。一次，他在写生时，有一位老乡从旁边走过；待日暮时又从这儿返回，见他还在画。就忍不住递过一块干粮说："你饿了吧？吃一点！"这位老乡一定是把他看作"苦行僧"了。吴冠中曾经在一位朋友为他画的写生像上题诗，这诗说尽了"旅行写生"的甘苦，简直可以当作他的"自画像"来读：

山高海深人瘦，
饮食无时学走兽。
感君相随更相助，
夜来和衣席地卧。
缘底事？
顶恶风，
甘共苦，

天地彩色笔底浓，
身家性命画图中。

　　1959 年酷热的夏天，吴冠中利用暑假自费去海南写生。背着数十公斤的油画颜料和画具，坐硬席车先到广州。火车晚点，抵广州已是夜里十多点钟。站上排着好几条长长的队伍，他两肩背着、双手提着沉重的行李，一步一挪地跟在队尾，等待登记旅店。饥渴，劳累，炎热，急躁。他弄不清队首的情况，只好频繁地向别人打听。听不懂广东话，人家给他比画了又比画，也不得要领。排了半个多小时的队，看见了队首，原来是卖西瓜的，弄错了！于是重新排登记旅店的队，再排乘坐三轮车的队，及至抵达遥远的一家旅店，已是次日凌晨……

　　到了海南兴隆华侨农场，管理处一看他的介绍信，是艺术学院开来的，便安排他住高级招待所，干净、漂亮、带套间。吴冠中心想：糟了，我要在这里写生一个月，可付不起高昂的房费！于是要求换个地方，人家倒客气得不得了，说："这套房间是专门为贵客准备的，你是北京来的客人，是大艺术家，住别的房间太屈尊了！"吴冠中有苦难言，这位同志哥好热心，只是不知道他所尊重的"大艺术家"的寒酸。吴冠中不好意思明说，便借口说："我画起画来油画颜料弄得一塌糊涂，万一弄到沙发、地毯上，洗都洗不掉！还是换个随便点的地方吧？"好说歹说，总算搬到了住上下铺的职工宿舍，每天只付几毛钱，这才心安理得了。

　　一个月过去了，他再取道广州返回北京时，行李又大大地加重了，大包小包都是在海南写生的油画，画在三合板上，油色还未干透，画与画之间留有空隙，千万不可重压，万一粘在一起，一个月的劳动就白费了。上火车先找放画的地方，但行李架上已经重重叠叠，再无插针之地，无可奈何，只好把画放在自己的座位上。还不放心，就一路站在旁边，扶着。从广州到北京，几千里的路程，他就这样站着、扶着，小心伺候着他的作品。旁边的乘客直纳闷儿：这个人真怪，那些大包小包里是什么宝贝啊？咳，宝贝，那确是比身家性命还要贵重的宝贝啊！吴冠中说："劳动成果是可观、可叹、可喜、可泣的！"这是母亲对于十月怀胎、一朝分娩的亲生婴儿那样的感情！油画平安无恙地到家了，他的一双腿都站肿了！

　　"到生活中去！到生活中去！有出息的画家都渴望到生活中去……高僧玄奘为取真经而献身的精神永远教育着我们，华夏子孙为探索艺术真谛而视苦为乐者正大有人在！"吴冠中尽管经历了无数坎坷，但始终没有动摇"生活是艺术唯一的源泉"这一信念，辛勤地在人民生活的土地上开掘、耕耘，无论寒暑，不舍昼夜。然而，他又决不满足于照抄生活、复制生活，在文艺界上空阴晴无定的气候中，他默默地——只能是默默地进行着早已酝酿在胸中的一项探索：油画的民族化。他的感情是乡土培育的，忠实于自己的感受和情思，挖掘出来的形式美感的意境便往往是带泥土气息的，油画这种外来艺术种类也就必然打上我们民族的印记。"民族化"不是强迫油画"适应"我们的民族形式，那是生搬硬套，不是"化"。"化"是水乳交融，变为自己的血肉。不"化"，油画始终是金发碧眼的客人，不能在此立足。走别人的老路，省鞋，省力，但没有出息。西方现代艺术中交流着东方的血液，而南朝张僧繇的"凹凸花"被认为受孕于西方，谁也说不清混血儿最早诞生于东方还是西方。有东方父亲和西方母亲的混血儿，也有西方父亲和东方母亲的混血儿。混血儿多半漂亮、聪明，集中了西方的形与质，东方的神与韵。这便是"化"，无论东方和西方都有不少画家在探索两者的结合，培育"混血儿"。但也有偏偏吸取了父母的缺点的，意大利画家郎世宁就是一个失败的例子，一个丑陋的"混血儿"。可怜的郎世宁，为了讨好中国皇帝，委曲求全，用西方细腻的写实手法画中国人喜爱的题材，描画力求逼真，用立体感炫耀雕虫小技，其效果仿佛是制作了一批塑料花卉和禽兽模型，连树皮皱裂、灵芝的臃肿都毫发毕现，犹如一串从病人腹中摘除的肿瘤，求媚而失美！倒是梵·高和马蒂斯无须取宠于中国皇帝，他们作品中汲取了东方的韵律感，是西、中结合的成功经验。吴冠中恰恰是从这一经验中引发了中、西结合之路，中国人画西洋画，不去取宠于西方的女王或是总统，而将他们艺术中的精华提炼、加工，注入自己的肌体，以东方的神韵给"混血儿"缔造新的灵魂和外貌。他的这一主张，到20世纪80年代已经获得中国美术界普遍的赞同，但在五六十年代，却被视为"异端邪说"，因为有悖于当时占统治地位的苏联"老牌正宗"的油画画风，因而也就违背了斯大林的"社会主义现实主义"。奇怪，中国艺术界为什么一定要取悦于斯大林呢？

吴冠中执着地然而又是小心翼翼地走自己的路。愈有独特口味的艺术作品，其欣赏者便愈有局限性，这是正常现象。"我无法考虑为五百年后的观众作画，我只能表达我今天的感受，我采取我所掌握和理解的一切手段，我依然在汲取西方现代的形式感，我同样汲取传统的或民间的形式感，在追求此时此地的我的忠实感受的前提下，我的画面是绝不会相同于西方任何流派的。"

这是一条险道，也是一条寂寞之道。"名家，有确有真才实学的，也有欺世盗名的。倒是不少有杰出成就者默默无闻，往往等三十、五十年甚至几个世纪后才被人们发现。是群众暂时不理解吧？也许。既然有大量的吹捧，群众便容易崇拜一时显赫的'名家'、得宠的名家……显赫的名家的威势遮掩了人们的耳目"。"风格无处借，它是树，是从幼苗成长的，它长期吸收雨露阳光的滋养，屡经风雪的摧残。不是所有的树苗都能长成大树的，更不可能在数日、数月，或三五年内便长成大树，这是艺术规律，也是生命的规律。"

一个多么自信的人！信念和毅力正如郑板桥的一首诗：

咬定青山不放松，

立根原在破岩中。

千磨万击还坚劲，

任尔东西南北风！

　　1970 年，51 岁的吴冠中随中央工艺美术学院全体师生下放到河北获鹿县农村"劳动锻炼"，住在老乡的家里，睡土炕，每天往返于村庄与田间，面向黄土、背朝青天。谈不上艺术了，谈不上"旅行写生"了，他成了一位老农。但是，在这里，他却似乎重温了童年的乡土之情，农民的儿子复归为农民，这正是中国许多知识分子在失意时所走的路，周而复始，返璞归真。这里没有故乡江南的白墙黑瓦、小桥流水和乌篷船，只有黄色的土墙、黄瓦的泥顶、黄色的土路，是名副其实的黄土地。不要以为黄土地单调、枯燥、不入画，当你住下来，成了"乡下人"，亲自尝尝"锄禾日当午，汗滴禾下土"的滋味儿，便像主人一样爱上了它，很美呢！土墙泥顶的农居不仅是温暖的，而且造型简朴，色调和谐，当家家小院开满了石榴花，燕子飞来，呢呢喃喃呼唤着春天、呼唤着人们心灵的憧憬与向往，又何尝不是置身于桃花源呢！金黄间翠绿的南瓜，黑的猪和白的羊，花衣裳的村姑，赤膊的汉子，叼着旱烟袋的老汉……这纯朴的乡情、浓郁的色调，倒是在欧洲画廊名家作品里找不到的。每天在宁静的田间来回走好几趟，留意小草在偷偷地发芽，下午比上午又绿得多了。并不宁静啊，似乎它们也在苦苦争春，顽强地表现自己。转瞬间，路边不起眼的野菊开满了淡紫色的花朵……

　　在"劳动锻炼"的末期，允许在星期日"搞点业务"了。九死未悔的艺术家又心痒痒、手痒痒了。吴冠中托人从北京捎来了颜料和画笔，但缺画布。就地取材，从乡村小店里买到了马粪纸小黑板，原是供田头学习《毛主席语录》用的，太多了，积压在商店，正好买来挪作他用。上面刷一层胶，就代替了画布。那么画架呢？老乡家的粪筐，有高高的背把儿，既便于携带，又可作画板的支架，筐里装颜料、画笔、调色板。吴冠中背起了这独创的、新式的画具，在黄土地上又开始"走江湖"了。学生们善意地给他取了个绰号："粪筐画家"。其实大家都在跃跃欲试，很快便群起效仿，每逢星期日，就纷纷背筐出门了，于是形成了"粪筐画派"，吴冠中是创始人，"领导新潮流！"

　　每个星期，只有这一天的时间是属于自己的。这一天的作画，全靠前六天的构思。六天之中又全靠晚饭后那半小时的自由活动，犹如在押犯的"放风"，多么珍贵啊！吴冠中在天天看惯了的、极其平凡的村前村后去寻找新颖的素材，画麦田、稻田，画红高粱，画农家小院、石榴花，画向日葵，画与他同呼吸共命运的一切。冬瓜开花了，结了毛茸茸的小冬瓜。他每天傍晚蹲在这藤蔓交错、瓜叶缠绵的绿色世界，摸索形式美的规律和生命的脉络。老乡见他天天在瓜地里寻寻觅觅，不知是在寻找什么贵重的东西，许是手表啊、钢笔啊……"老吴，你丢了什么？我们帮你找吧？"倒是没怀疑他偷瓜，他自己也忘了"瓜田李下"应该避嫌。纯朴的乡亲啊，他怎么向你们解释呢？他丢掉的太多了，你们能帮他找回来吗？

1972年，吴冠中和朱碧琴好不容易请了探亲假，前往贵阳探望病中的岳母。老人的病使他们焦急，但能够借此"自由"几天，又有说不出的欣喜，犹如飞出了笼子的鸟儿。他们从石家庄出发，途经"山水甲天下"的桂林，吴冠中忍不住了，中途下车，废寝忘食地作画，一连画了几天，才恋恋不舍地重新登程，前往贵阳。

那时节，美丽而贫困的贵阳，盗贼蜂起，刚下火车，他的口袋就被刀片拉开了，小偷儿全然不管困境中的艺术家钱来得不易，又要派多大用场。幸好从桂林带来的那批画没有被偷。妻子上厕所时，先取下手表交给吴冠中，他在门口守候，唯恐里边藏着明火执仗的强盗。据说此地连高级饭店也不保险，人睡到半夜，衣服都会不翼而飞。匆匆赶到岳母家，朱碧琴守着母亲细叙骨肉之情，吴冠中却被当地的一些画迷缠住了。他们发现他带了一批画来，便借了一间小学的教室，悄悄地搞了一个内部观摩。这是吴冠中平生第一次"地下画展"，规模之小，展厅之寒碜，可想而知，但前来参观的人却意外地多。在芳林寥落的年代，爱美的人们对于美术有一种特别的饥渴感，只要有花朵开放，纵然幽兰开在空谷，也立即会吸引来蜜蜂和蝴蝶，这对于艺术家是一个多大的安慰！吴冠中对于贵阳，产生了一种患难相知的感情，把车站遇窃的不愉快冲淡了。他利用这一段宝贵的时间，到附近的花溪去写生。当时美协已经被"砸烂"，没有人接待艺术家，靠了原在美协工作的朋友多方奔走，才住进了花溪招待所。

贵阳的一些酷爱美术的青年，岂肯放过这个学习的良机？便天天骑着自行车成群结队地去花溪看他作画。有一位从水城文化馆来贵阳出差的年轻人，也舍不得失去学习机会，竟然尾随而去，自费住进花溪招待所，小小职工要付这笔费用不容易，而且超了假回去要挨批，这些他都不管了，天天陪着吴冠中，黎明出发，摸黑返回。吴冠中在花溪作的每一幅画，他都是从头看到尾。他和原美协的一位干部，自始至终陪伴着吴冠中。他们一同冒雨踩着泥泞的小道寻找可入画的石板房，一同在苗家寨子里东张西望，一同在画架前挥汗。一人画，两人看，都是全神贯注。虽然是严寒季节，地上冻着薄冰，人间结着坚冰，他们却互相温暖着对方的心。啊，患难相知！

一周的时间太短了，吴冠中假期已满，该走了。美协好不容易弄到了一部小汽车，据说是省委领导的专车，到花溪来接吴冠中，等车子赶到，画家已经把画绑在自行车后架子上，先走了，小汽车只好载了两位陪他的朋友而去。半道儿赶上了正在蹬车赶路的吴冠中，他们坚持"换车"，吴冠中不肯，连连说："不必麻烦了。"无可奈何，他们撒下"贵宾"，先走了。吴冠中骑着自行车，继续赶路。热心的朋友其实并不了解他，他是坐不惯小汽车的人，何况是自行车上绑着比性命还珍贵的作品，怎肯轻易换车呢！

就在这一年，北京传出了一个令人振奋的消息：周恩来总理针对一些宾馆、饭店被扫得墙面精光的不正常现象，指示要组织画家创作一批新作品，以适应外事活动的需要。看似一件具体事务，其中却隐隐含着总理力图挽救艺术家和艺术事业的苦心。借了这股力量，一些充军发配的艺术家又回到了北京，握起了画笔。

吴冠中回到了什刹海畔阔别的家，打开锈锁，走进那两间破旧的斗室，灰尘满地，犹如一座凶宅。他的妻子也回来了，三个儿子还在乡下插队落户，这个家显得冷冷清清。他扫净书桌上的尘土，抚纸命笔，遥寄在内蒙古插队的儿子：

> 风雪路遥人健，
> 牛羊是伴，
> 笑他南飞雁与燕。
> 云天，
> 渐变，
> 世事浮沉浊又清，
> 村外山村山外山。

是豪言壮语？是满腹惆怅？是阅尽沧桑的无限感慨？都有了，五味俱全的一封家书，写于杯弓蛇影的年代，朦胧中蕴含着酸辣苦甜咸！

此后，又一批新作品诞生了。吴冠中珍惜自己的作品甚于生命。为了确保安全，他把画分成许多份，严严实实地包裹捆扎，分散地寄存到与美术界无关的亲友家去，将来即使自己出现意外，也要把画留在人间，虎死留下一张皮！这些作品总有一天会重见天日，会被人们认识到它们的价值。要等多久？也许很长，十年、八年、三十年、五十年也说不定。那时候，作者恐怕已经不在人世了，就让它们作为"出土文物"吧，千秋功罪，自有后人评说！

晚　晴

梵·高一生都不曾走运。

"哪怕能卖出一幅画我都会非常高兴的……金钱对我，特别是现在，是那么重要。但我首先要做的还是创作出一些严肃认真的东西。"他说，"那种经过一个人辛勤劳动、渗透着某种个性和感情的作品。既不会没有吸引力，也不会卖不出去。我想，也许我的作品首先还是不要竭力取悦于所有的人才好。"

这个红头发的疯子，他固执的个性注定了命运的悲剧。他迷恋阿尔地区明亮的太阳，陶醉于由天空、黄色的火球、绿野和怒放的鲜花组成的一片狂欢的色彩中。他得了"日射病"，情态癫狂，精神亢奋，食欲减退，咖啡、苦艾酒和烟草支撑着他，瞪着一双血红的眼睛在原野上背着画架奔走。

他的大夫对他说："你是个非常神经质的人，从来就没正常过。不过，没有一个艺术家是正常的，不然，他就准不是个艺术家。"

这个疯子终生只卖出了一幅作品，400法郎的画款成了他一生中最高的一次收入。而这幅《红葡萄园》售出的时候，他离死也不远了。

历史变得性急了，没有让吴冠中等得像梵·高那么久。"四人帮"倒台之迅速，似乎出于人们预料，其实正是历史的必然。它标志着十年浩劫的结束，春天的到来，大地苏醒了，包括吴冠中在内的大批艺术家获得了"第二次解放"，他的"文物"提前出土了！

粉碎"四人帮"之后的第一次全国美展，展出了吴冠中的油画《红莲》，是这次美展中唯一的或极少数"纯艺术"作品，没有政治标签，没有勉强塞进去的"思想"，只是痛快淋漓地抒写胸臆、展示艺术本身的美感。"映日荷花别样红"，《红莲》的丰姿获得广大观众的首肯，也为艺术工作者提供了一个大胆探索艺术的形式美、寻求艺术自身发展方向的榜样。一些看惯了图解式作品的观众依然不敢相信这一点，纷纷写信问他："这是不是象征出淤泥而不染的周总理？"吴冠中的回答是：否。周总理的伟大风范长留人间，无须以艺术作品迂回曲折地去"象征"，艺术的职责是为人民发掘美、创造美。如果周总理仍然健在，他希望看到的一定是无拘无束、天真烂漫、质朴自然、万紫千红的艺术百花园，而不是"政治猜谜"的迷宫。造型艺术是形式的科学，是运用形式这唯一的手段来为人民服务的，要专门讲形式，要大讲特讲。"形式主义"应该到处被赶得像丧家之犬，唯有在造型艺术之中是合法的，是咱家专利！

当年被当作"形式主义堡垒"，横遭批判并被挤出美术界的吴冠中又在鼓吹"形式主义"了，真是江山易改、本性难移，好了疮疤忘了疼！

1978年，中央工艺美术学院在教学楼大教室举办了一次吴冠中作品观摩，并请他在礼堂做报告，畅叙数十年的艺术创作甘苦。结果，这个内部观摩的消息不胫而走，首都的艺术家、艺术院校的师生、社会上的艺术爱好者蜂拥而至，小小的展厅差点儿挤破门。大礼堂里水泄不通。吴冠中从来没有在这么多人面前讲话，可是他讲得多好啊！这不是那种事先备好了讲稿并由别人一再拔高的"活学活用"

报告，不是为了谋取个人的名誉地位而故作姿态的竞选演说，他讲的只是心里话，和朋友们之间的私房话。他讲到难忘的母校杭州艺专，讲到巴黎的圣诞节，讲到在农场身背粪筐作画的经历，讲到"文物出土"之后的兴奋。他那瘦削黧黑的脸上闪闪发光，一双深陷的眼睛含着泪花。60岁了，60年一个花甲，他经历了一番怎样可泣、可叹又可歌、可喜的轮回！

一发而不可收，他被邀请到处做报告，讲他的肺腑之言，讲他的艺术探索，讲他念念不忘的形式美。"春色满园关不住，一枝红杏出墙来。"为了满足广大观众的要求，1979年由中国美术馆举办了"吴冠中画展"。

这是他自从1950年回国以来的第一次正式个人画展，也是人们第一次全面、系统地认识吴冠中其人其画。走进展厅，扑面而来的是一股清风，带着黄土地的泥土芳香，带着青纱帐里的高粱花粉，带着冒雨的春笋拔节的窸窣声响，带着热带雨林里斑驳的阳光，带着渔船帆顶含着咸味儿的海风，带着农家小院里丰收的欢声笑语……多少年来，人们习惯把油画称之为"西洋画"，许多人坚持说它姓"西"，而在吴冠中的笔下，它竟然改换姓氏，姓"东"了。东方韵味，东方情调，东方色彩，其中涌动着东方血液，跳动着东方心脏。惊涛裂岸的《松与海》，犹如关东大汉，铁板铜琶；淡雅清新的《水田》，则如牧童村姑，芦管柳笛。同一个吴冠中，演奏出不同腔调、不同风格，又都与黄土地、黄皮肤息息相关、心心相印，油画这个金发碧眼的洋姑娘被他"化"成了中国的西施，淡妆浓抹总相宜，这是西方古典大师所无法想象的，也正是西方现代巨匠所梦寐以求的，所不同的是他们把西施"化"到西方去了，西湖秋波变成了地中海水，黑眼睛变蓝了。"混血儿"的美丽由他们惊动了西方，现在该由吴冠中惊动东方了。谁曾在艺术中划下一条不可逾越的银河？牛郎织女总是千方百计地偷渡，我们的祖先开辟一条丝绸之路是干什么的？为什么至今西方人仍称我们的国度为CHINA？为什么"西瓜"和"胡琴"这本属于"番邦"的东西也最终成了我们的国货？这正是古代东、西方的有识之士的丰碑，在历史的长河上架起的一座沟通世界的桥。东方艺术已经化为梵·高、高更、塞尚、马蒂斯、毕加索的血肉，吴冠中就绝没有失去把西方艺术化为自己血肉的权利。当年在杭州学艺时，他曾经面对着茅以升设计的钱塘大桥浮想联翩；他从东到西又从西到东，正是在建造一座新的大桥，如今，他站在桥头堡上望着川流不息的行人微笑了。

绿色咏叹调《瓜与花》，是他在劳动空隙中架在粪筐上画成的，种瓜得瓜，他得到了丰硕的收获。棕色协奏曲《向日葵》，也是在农家小院谱成的，圆圆的花盘，花朵已经凋谢，密密麻麻的、颗粒饱满的种子拥挤着、欢跳着，歌唱收获的秋天。成熟的向日葵不再是被人们观赏的花，而是为人们提取油料的果实。它们被从颈部砍下来，没有痛苦，没有哀伤，仍然是一颗颗高昂的、向上的、骄傲的头颅，因为它们无愧于太阳，也无愧于春天。看到他的《向日葵》，人们会立即想起梵·高的《向日葵》。同样的取材，同样的题目，又是彼此相像的画家，产生这样的联想是不奇怪的。但是，他与梵·高又有着明显的不同。梵·高至死都在疯狂地开花，却没有看到收获。梵·高的《向日葵》是金光灿灿的花朵，吴冠中的《向日葵》是沉甸甸的果实。他继续了梵·高的探索，却没有走梵·高的老路。你从那头过河，我从这头过河，在共同架起的桥梁中间，我们相遇了。梵·高应该嫉妒吴冠中收获的丰厚！

现在，我们才刚刚看到了这座桥一侧的栏杆。另一侧，足可以使梵·高号啕大哭。

"吴冠中画展"展出的不仅仅是民族化了的油画，还有一大批现代化了的中国画。娴熟于画布、油彩的画家挥洒起水墨来，雪白的宣纸上，浓墨淡彩，铁画银钩，龙蛇腾跃，水汽淋漓。是中国画？是西洋画？似是而非，藕断丝连，一个见所未见的嫁接变种，一个"混血儿"！似乎听得见梵·高的悲歌，又仿佛可闻八大山人的苦吟，不，都不是，这是吴冠中自己的声音："洋洋土土，土土洋洋。"惊奇吧，赞叹吧，嫉妒吧，诅咒吧，一切都听之任之。见过原始森林吗？那里有参天大树，也有腐草朽木。物竞天择，适者生存。没有顽强的生命力，没有吸收丰富营养的百丈长根，没有与强敌竞争的本事，只有灭亡，枯死了事，谁也救不活它，浇上营养液、罩上玻璃罩、插上"禁止攀折，违者罚款"的牌子、起个"国色天香、独一无二"的名字，都无济于事；如果它真是良种，真有艳冠群芳的底气和勇气，那么，刀砍斧劈、人踩马踏也无所谓，从石缝中再钻出来，依然昂首云天、笑傲风霜。至于人们将怎样品评它，议论它，也无所谓，暂时编入"另册"也没关系，总有一天会允许它报上个户口。人们还记得在50年代，黄胄那速写式的大写意人物画不被承认为"中国画"，而起了个诨号"彩墨"；人们更记得在60年代，李可染、石鲁等人的中国画被冠以"野、乱、怪、黑"四字，遭到严厉批判。但是，他们培育的品种都没有被"斩草除根"，在乱砍滥伐中顽强地活下来了，活得比"老牌正宗"的中国画更精神。中国画不是月盛斋的酱牛肉，不需要"百年老汤"，艺术的生命力在于创新。"预支五百年新意，到了千年又觉陈。"如今，吴冠中大器晚成，后来居上，土土洋洋，洋洋土土，把又一个更新、更怪、更引人瞩目也更引起争论的品种捧在人们的面前。这就是80年代的中国画，给报个户口吧！

油画家"客串"中国画，脚踩两只船，并且大有定居水墨之乡之势，颇使人们不解。画家自己说："我是木兰从军，女扮男装。"其中确有情势所迫的原因：他的那两间五口之家的斗室，画不了大幅的油画，画了也无处存放，于是为便于卷折收藏，而画起了水墨。其实，透过这层薄薄的雾霭，我们看到的是一颗千年的莲子，在经过了江南水乡的浸泡、西湖风雨的滋润、大西洋海风的吹拂、黄土地上粪筐的哺育，终于开出了奇葩。这是一株并蒂莲，一朵油彩斑斓，一朵水墨淋漓。油画的民族化与中国画的现代化，吴冠中一身二任，承担起双倍的负荷。而二者又同出于一源，植根于一土，都是东方艺术之花。窄里寻宽，小中见大，平中求奇，险处取胜，线的扩散与奔腾，黑与白的穿流，虚与实的相辅，红与绿的对歌，抽象与写意的默契，古与今的交融，中与西的糅合，原始与现代的嬗变，爱与美的永恒……

这次画展，震动了正处于新旧交替时期躁动不安的画坛，开了一代新风。在此前后，贵州贵阳、四川重庆、山西太原、湖北武汉、辽宁沈阳、江苏无锡、广西桂林、广东深圳、天津、浙江杭州、湖南长沙、北京画舫斋、江苏南京，纷纷举办吴冠中画展。中国的画坛跨入 80 年代，迅速形成了异彩纷呈、流派迭出的多元化时代，而吴冠中则成为公认的中国现代艺术的擎旗人。

脚踏着祖国的大地，吴冠中匆匆地奔走。西风瑟瑟的黄土高原、风沙蔽日的高昌古城、玉液琼浆的天山天池、绝壁夹江的长江三峡、绿水如黛的乌江天堑、幽篁森森的川南竹海、佛国洞天的云冈石窟、云遮雾障的黄山群峰……都曾看到这位瘦骨嶙峋的老人，背着沉重的画具，在风云雨雪中不倦地开掘美的矿藏。夫人朱碧琴已经退休了，朝夕陪伴着他，把丈夫的事业当作自己的事业，把丈夫的苦乐当作自己的苦乐。那泥泞的土路和雨中的山峦都曾记得，她用自己的身躯为丈夫作画架，她撑着雨伞遮护着丈夫心爱的艺术作品……

吴冠中没有忘记江南故乡，人愈到老年，愈爱恋生他养他的地方。故乡已离得那么遥远，童年的情景却永远是那么清晰，仿佛是昨夜的梦。"少小离家老大回，乡音无改鬓毛衰。"当他再次回到故园，竟感到不可辨认。土地不老，却改观了。原先村前村后都披覆着一丛丛浓密的竹园、桑园，绿荫深处透露出片片白墙，家家都隐伏在画图之中。那是孩子们的乐园，兴致勃勃地钻进去，捉蟋蟀，采桑葚……一场大跃进，竹园、桑园不见了，像撕掉了帘幕，把村庄裸露出来，童年时心目中那曲折、深远和神秘的故乡消失了。昨天那喊喊喳喳的童声呢？昔日的小伙伴都已经老了。前面小路上走过熟悉的背影，猛回头，满脸的皱纹，那粗嗓门的乡音，那毫无顾忌的咳嗽声和大笑大骂，不正是……他正想叫一声"大伯"或"爷叔"，对方却惊讶地发现了他，辨认着他，叫一声："老同学！"噢，原来不是他们的父辈，而是吴家祠堂里同窗共读的拖鼻涕、打赤脚的伙伴，如今已像父辈、祖辈一样苍老了。

物已非，人也非。父亲、母亲、姑爹、舅舅……都已经谢世了，吴冠中只在姑爹家的那个渔村里见到了耄耋之年的缪祖尧老师——他平生结识的第一位画家。

如今，吴冠中成了大画家，启蒙老师却只能算个潦倒的乡村艺人了。他住在蜂窝似的人家的夹缝中，屋里建屋，几张破旧的芦帘围成了他暗黑的卧房，往日窗明几净的画室和把酒临风的名士不见了。缪老师卧病在床，望着远道赶来探望他的学生，百感交集。人世沧桑，说些什么呢？他不愿意和当年的学生谈艺术了，学生比他懂得多，不能再"班门弄斧"，何况他现在也不能再作画了。他只想说说这位学生最关心的事、最怀念的人："你父亲死于困难时期，与其说是病死，不如说是饿死的；后来我经过你家门前的河浜，看见你那瞎了眼的母亲自己摸着在河里洗衣服……"

吴冠中似乎又最后一次见到了父亲和母亲！他们都在贫病之中死去了，没有等到党中央下令一律摘掉"地主帽子"那一天！他们的一生都在悲剧中度过，他们用乳汁和心血哺育了儿子，却什么都没有得到回报，就像脚下的泥土，奉献了一切，却从无收获！

对于故乡的泥土，吴冠中觉得像父母的胸膛怀抱那样令他眷恋，令他歉疚。而他所能回报的，也只有手中的一支画笔而已。在他的笔下，故乡扩大了，不只是挑灯夜读的老屋，不只是听祖母讲故事的小院，不只是吴家祠堂周围的村落，不只是一个小小的宜兴，它扩展到太湖流域、长江沿岸、江浙两省，那枕河木楼、石桥浜岸、渔舟渔网，那冽冽清流、欸乃桨声、香菱脆藕、鱼塘鸭群，那迷蒙晨曦、皓月临窗、集市喧嚣、渔舟唱晚……处处都是他的家，他把浓浓的乡情凝聚于油彩、水墨，尽情挥洒，横涂纵抹，劲健的手一触到画笔，亲切的江南丝竹便从胸中涌起。"大弦嘈嘈如急雨，小弦切切如私语；嘈嘈切切错杂弹，大珠小珠落玉盘。"故乡啊，画家的母亲，听儿子为你奏一曲水乡之歌！

1980年，离开故土三十多年的赵无极归来探望祖国和老友。吴冠中到首都机场去接他，见面之后，彼此都觉得难以相认了。30年，在历史的长河中只是短短的一瞬，可是两个小伙子都已变成了老人！早在60年代初，吴冠中曾经收到赵无极从异国寄来的一本画展目录，当他看到其中的一些画页时，猛然想起了童年时的梦：神奇的"扫帚星"带着闪光的长尾巴在太空中游荡，似龙，又似凤，忽而游入云层，忽而又沉没于乌蓝的海底……这正是当年吸引着他前往巴黎的美好憧憬，他终于没有在西方的星空寻找到自己的坐标，又回来了。而赵无极却从地面升上了天空，加入了那色与光的世界。30年过去了，赵无极已经是国际上有数的著名画家之一，他的画展遍及欧、美及日本等许多国家的重要城市，许多重要的博物馆都珍藏着他的作品。从他带来的厚厚的画册中，吴冠中看到这颗"彗星"在太空中运行的轨迹：他一度醉心于保罗·克利，回头又倾向于汉砖石刻，离祖国日久，祖先筋骨条条的身影反倒日益鲜明起来，那钢筋似的、游丝似的，有时又若断若连、半隐半现的线，织入了色彩斑驳的底色之中，于此展开人物、动物、渔舟、飞鸟、山川树木以及房屋建筑的图画世界。线的断续和色的斑驳产生了屋漏痕的效果，在流畅舒展的主调中渗入了一点生涩之感，甜里带一点儿酸。50年代以后，他从琴弦战栗似的线的纠纷中进而探索文字形象悲欢离合，刚刚脱离绘画的具象，便一手抓住了文字的抽象。从具象绘画到抽象绘画，从抽象文字到象形文字，在布满了无数艺术家往返探索印迹的道路上，他确立了自己的抒情性抽象绘画面貌，成为一颗耀眼的"扫帚星"。说是身在太空，仿佛也是人间，那浩渺的云海，滚滚的暖流，又往往转化为微波粼粼的春草池塘，平林漠漠的故国原野。虚与实，集与散，千丝万缕与排山倒海……七十年代以后，赵无极又一变早期的秀丽而泼辣起来：浓郁中透射出神异的光，苍茫中闯入了巨人的脚印，墨似的浓色在巨幅画面上荡漾流泻，泛滥得将令人担心时，立刻又被作者控制住了……

赵无极成熟了。成功了。他此次归国，是在法国文化部于巴黎大皇宫举办了他的30年回顾展之后，又去日本东京出席个展开幕式，借此之便，应中国美术家协会之约到北京访问一周，"衣锦还乡"。那么，他的老友吴冠中的现状如何呢？

赵无极住在北京饭店，他急于到老友的府上拜访，看隔绝30年之后吴冠中的作品。

这使吴冠中为难。不是没有东西可以让老友过目，而是"寒舍"实在不便接待客人。他这时仍然住在什刹海畔原北京艺术学院宿舍。那座大宅院，名叫"会贤堂"，是清末一位曾跟着大使在海外做厨师的人开办的，会做地道的西餐，是当时北京的首家饭店，其地位相当于后来的北京饭店。历史的变迁使这里成了一片几乎被人遗忘的废墟，破旧的房舍年久失修，成为拥挤不堪的大杂院，已经辨不出前院、后院、正房、厢房，住户们各自随意改造，通道上搭满了土堡似的"抗震棚"和小厨房，外人进来犹如进入迷宫。院子里连个公厕也没有。

赵无极执意要去。吴冠中推托不得，只好硬着头皮答应，但有言在先："你要事先上过厕所，不然，到我那里就不方便了。"

赵无极在他的带领下，穿过"土堡"群之间的缝隙，来到了老友的斗室。没有画室，没有书房，吃饭、睡觉、画画、写文章、备课、看书、会客，统统都在这里，和赵无极在巴黎的家恐怕没法儿比了。但是，身居陋室的吴冠中却并非一无所有，这里满屋子都是画，有"入土"又"出土"的"文物"，有近几年的新作，重重叠叠，塞满了一切空间。这是一座宝库，赵无极是为探宝来的，这是最重要的。

在这座宝库里无法徜徉浏览。"你坐好，我给你拉洋片！"吴冠中用自己独特的方式，一张一张地向客人展示作品，这是唯一可行的观赏方式。

赵无极惊讶了，陶醉了。"山不在高，有仙则名；水不在深，有龙则灵。"小小的陋室中藏着三山五岳、地北天南、大江长河、巨浪狂风，藏着一个神秘的宇宙。画布上的水墨意韵，宣纸上的大刀阔斧，东、西方精华的聚会，石涛和梵·高的对语，太阳和月亮的交辉，毫光四射的"彗星"曳尾长空！这是他的梦境，也是吴冠中的梦境。相隔四万里，离别30年，两位老友却依然"异床同梦"，只是在梦中又各有千秋：一个若即若离，一个可触可摸！

望着老友的神色，吴冠中的心在默默地微笑：无极，我自信今天的会见无愧无悔。你已经看到了，这30年我没有虚度！我知道，你的物质生活、工作条件比我优越，你的名气比我大，你的画售价比我高……但你也知道，艺术家间的差异不在这里，你心里在掂量我们彼此的分量和价值。不要说，彼此都不要明说，来日方长，这个竞赛还没有结束！

1981年年底至1982年年初，吴冠中率中国美术家代表团出访尼日利亚、塞拉利昂和马里，黑土地上古朴而又现代的艺术使他进一步洞悉艺术这个幽灵运行的走向，也进一步坚定了在黄土地上垦荒植卉的信念。归国途中，取道巴黎，短暂的逗留中，他会见了赵无极和阔别的朱德群、熊秉明。

在赵无极的画室，他细看了老友的不少巨作——正如去年赵无极在他的陋室探宝一样，这是一个回访，也是赵无极的回报，来而不往非礼也。一切客套全免，吴冠中全神贯注地看画。远看画中势，近取画中质。画中层次复杂，点线交错，层层掩盖而又互不相让，争吵推搡着要显露；透明、半透明和不透明的质感互相撕咬又互相补充，这些技法构成了独特的"赵腔"。地上正铺着一幅尚未完成的大画，斑斑点点，布满颜色流动的痕迹。赵无极脚穿一双旧鞋，鞋上染了多层色点，那正是跋涉者脚上的"泥浆"，记载着一路艰辛、一路风尘。泼色巨幅作品已与泼墨邻近，这正是东方血统的西方画家晚年的成熟老到。赵无极同时也在宣纸上泼墨，又与吴冠中"英雄所见略同"。一座大山矗立在他们中间，相互之间没有商量，各自从不同的方向攀登，而当"无限风光在险峰"之际，又互相碰面儿了。

吴冠中正在评议客厅中张挂的赵无极大幅泼墨，另一位老友熊秉明闻讯赶来了。30年不见，他也老了，但依然是那副个儿不高、戴着眼镜的文弱书生模样。在和吴冠中握手之间，仿佛30年的岁月倒流了。熊秉明当年没有和吴冠中一起回国。60年代，他曾写信给吴冠中，说自己为画室命名为"断念楼"，表明已经断绝了叶落归根的念头。那时候，中华人民共和国和法兰西共和国还没有建交，彼此分隔在两个对垒的世界。吴冠中复信给他，说："楼名'断念'，正说明此念难断也！"果然如此吧？如今熊秉明担任巴黎大学东方语言文化学院中文系主任，他是雕刻家，是诗人，又是画家。但无论在哪个领域，他总是念念不忘故乡云南马帮的魁梧铁汉，他的作品依然隐现出东方情调。他身居异国，还写出了专著《中国书法理论的体系》；他的雕塑既非泥雕又非石雕，而是锻打黑硬的铁，铁鹤、铁鹰、铁鸦，令人联想到八大山人的水墨大写意。他也是一个"混血儿"，老、庄和耶稣拥抱，《文心雕龙》和《荷马诗史》联袂，嵇康锻铁的铿锵和梵·高沉重的脚步声交响，一种超越国界而又联结世界的悲壮情感渗入他的创作。他塑造了《人的奔逃》和《怀孕的痛苦》，正是这种心灵的呐喊；他铸造的铜牛——瘦骨嶙峋的牛和失蹄几乎跌倒的牛，正是这种挣扎奔突的写照。他像铁匠一样锻打着顽铁，也锻打着自己。打，打，打，打掉一切多余的渣滓，提炼出永恒的艺术灵魂……

巴黎还有吴冠中一直挂念的另一位老友：把他"拉"进杭州艺专的朱德群。这位大个子的徐州人，还是那么豪爽、热情、慷慨。1955 年他来到巴黎时吴冠中已经离去，谁料再次相逢却一直等到年过花甲！三年前他曾经寄给吴冠中一本画册，全是他的抽象绘画作品，与当年的朱德群迥异了，但吴冠中仍然感到熟悉、亲切，正如阔别后老友来访，尚未见面，先听到门外嬉笑说话的声音，便知道是谁来了。如今是吴冠中来叩他的门了！

在朱德群的卧室，他看到了朱德群为夫人景昭所作的两幅油画肖像，那是朱德群刚到巴黎时的作品，分别于 1956、1957 年两度春季沙龙中两次获奖。画风写实、单纯、统一，还是在杭州艺专时师承吴大羽先生的风格。但是，其后就大变，斯太埃尔给了他重大启示，转向了色、线、块、面，以纯粹的绘画语言表达自我感受。

在他的画室，吴冠中看了他的大量抽象作品。像吴冠中接待赵无极那样，朱德群极耐心地一幅一幅翻给老友看。而奇怪的是，吴冠中全未意识到自己正面对着抽象绘画，他感受到的是中国山水画中气韵生动的美感。时而如登上了玉龙雪山，眼看白雪欲吞噬黑石，搏斗难分难解，引来喜鹊与乌鸦；时而如进入了故乡善卷洞，潺潺流水拍击着千层岩嶂，水中荡漾着灯光渔火，倏忽明灭；忽而跌入深潭数千寻，草藻沉浮，卵石隐隐，鱼跃水溅，一切被卷入了漩涡；忽而又如瞥见电殛丛林，火生原野，混沌宇宙中珠宝透出异光……作品大都无题，但吴冠中都看懂了，并且一一在心中给它们命题：《奔腾》《滂沱》《蜿蜒》《沉浮》……然而，他突然发现，有一幅是朱德群自己命了题的《怀乡》！

朱德群在欧洲画派中已独树一帜，数十年来在法国和欧、美诸国多次举办个展，受到普遍赞誉，其成功的诀窍不正在《怀乡》之中吗？

2 月里的一个下午，吴冠中和熊秉明一起走进了 30 年前常去的那家咖啡店，店还是老样子，两人相对坐下，额头的皱纹对着额头的皱纹。

熊秉明告诉他："有三个寓居巴黎的俄国人，他们定期到一家咖啡店相聚。围着桌子坐下之后，首先打开一包俄国的黑土，然后看着那黑土，喝黑色的咖啡……"

吴冠中立即意识到自己的疏忽：他为什么没有给秉明带来一包祖国的黄土！

两人默默地喝着咖啡，苦含着甜，甜含着苦。吴冠中似乎此刻才真正理解了熊秉明，30年前分手，至今依然同心，他们有一个共同的祖国！

"冠中，"熊秉明放下咖啡，凝望着他，"如果你当年也留在巴黎，大致也走在无极、德群他们的道路上，排在他们的行列里。你满意吗？"

该怎么回答这询问呢？他懊悔当年的归去吗？他痛心30年的坎坷吗？他羡慕无极与德群的成功吗？不，倒是他们应该羡慕吴冠中，朝朝暮暮，立足于自己的土地上，拥抱着母亲，时刻感受到她的体温与脉搏！

他轻轻地然而却是果决地向熊秉明摇了摇头。

1982年，吴冠中晋升为教授，迁入了劲松小区新居，平生第一次有了自己的一间画室。当然，画室很小，远不如无极、德群、秉明的画室的宽敞豪华，但这毕竟是自己的，他珍视它。而且，艺术家之间的竞争并不在物质，物质生活和精神生活并不一定同步发展，有时甚至成反比，这又是一条耐人寻味的规律！

1983年，吴冠中应邀担任了中国人民政治协商会议全国委员会委员，并且加入了中国共产党。在一些人心目中政治"淡化"的情况下，年近七十的艺术家参与了政治，也许会被人认为仅仅是一种象征性的"荣誉"，其实，这也正是这位爱国知识分子的必然归宿。他的一生，何曾真正脱离政治呢？革命的、反革命的，正确的、错误的政治都曾影响到他的命运，他的人生，他的艺术不是一直和祖国、人民的命运休戚相关吗？

1985年，中国美术家协会在中国美术馆举办了"吴冠中新作展"，短短的数年中，他又奉献出一批崭新的杰作。

同年，吴冠中应邀参加香港艺术节"认识现代中国画"研讨会。

吴冠中在1950年从法国归来时，是从香港登岸的。那时感到香港只是个冷落的小小口岸，远不如记忆中上海的繁华。30多年过去了，再到香港，这里已换了人间，成了现代都市、花花世界，令他眼花缭乱了，颇有"刘姥姥进大观园"之感。但是，香港之所以邀请"刘姥姥"，自有它的道理。你看，在那摩天大楼群中，琉璃瓦的庙宇上竖立着十字架；"珍宝海鲜舫"里有凤阁、龙楼，并且仿制了金銮殿；海水浴场边守卫着观音大士和雕塑的狮、象……西方的、东方的，现代的、传统的，在这里杂居、并存，相辅相成，相安无事。香港不会变成内地，因为它比内地更早地进入了现代化，倒退不回去了；香港也不会全盘西化，因为它毕竟根连接着中国大陆。就是这样一个中西交融、五方杂处的地方，它呼唤什么样的艺术呢？是仿造古董吗？吴冠中明确地回答："金銮殿和观音的复制不是我们的任务，我们的任务是在推开了金銮殿和观音的地方建立什么，当然也不是柏德嫩和维纳斯。"香港艺术节的选题"认识现代中国画",目的正是促进我们传统绘画的现代化,潜台词就是反因循守旧。艺术节的主持者和组织者从纽约、香港和大陆各个不同角度和方面探索中国画创新的四位同行王季迁、方召麟和吴冠中、宋文治,表现了独具慧眼和对民族艺术的责任感,这次研讨会的意义远远超出了活动本身。

在香港期间,吴冠中参观了苏士比艺术拍卖公司的中国书画拍卖。豪华的"富丽华"酒店三楼的红色大厅里气氛肃穆,吴冠中怀着虔诚的、恐惧的、凄凉的心情坐在女士们、先生们中间。他希望通过包括拍卖在内的各种途径把中国画推向世界,被越来越多的人了解,又对这种将艺术品绝对商品化的交易感到悲哀。主持者是洋人,高踞主席台上,讲英语。每幅被拍卖的作品依次用幻灯放在屏幕上,主持人高唱其价,从较低开始,他和几位工作人员紧张地注视着全场动向。有人举手,即表示认购。几个同时举手,于是提价……直至最后只剩一只手了,主持人手中的木槌打下去,一槌定音,拍板成交。吴冠中早被友人告知:在现场不要搔首、挖耳,以免被误会为举手认购,他将双手牢牢地压在膝上,不敢轻举妄动。他不是来买画的,是来看"热闹"、看"行情"的。一幅作品的产生,耗去了作者的生命,融进了作者的心血,但一经流入人间,便成为商品,自己无权过问了,价格的潮涨潮落,受商品流通的制约,受人们欣赏趣味的支配,谁也掌握不了自己作品的"身价",并不因为生前位高名重而永享荣华,也许死后一落千丈;或许生前默默无闻,死后被捧入云霄。加之生意场中又有许多哄抬价格的招数,亦有附庸风雅之辈以高价买画为荣,也会出现戏剧性的后果。吴冠中是在看到拍卖目录中没有自己的作品才敢于出场的,不然,一位"母亲"看到自己的"儿女"被拍卖该是何等滋味儿?他战栗着,听着主持人报出他的老师林风眠、潘天寿的名字,盼望他们的作品被人们喜爱、争购;他听到老友石鲁的名字,眼泪几乎要流下来了。他仿佛又看到了躺在医院里奄奄一息的石鲁,"四害"倒台之后已经再不能作画了。吴冠中到医院里去看他,石鲁满头乱发、留着杂草似的胡须,定定地看着他,问他:"我怎么能蹲下去?"可怜的石鲁,腿已经不能弯曲了,你这样发问,是想再站起来,走遍黄土高坡画你的"长安派"吗?不可能了,石鲁不久便告别了人世,带着太多的遗憾走了。如今,活着的朋友在看到拍卖他的"遗产"。石鲁的遗产堪称当代中国画坛最宝贵的财富之一,"身价"也日益看涨,但与梵·高相比,还是十二分的低微。来日方长,这当然还不是定论,但石鲁本人却再也看不到自己以后和梵·高的竞争!

这是吴冠中第一次目睹艺术品的拍卖,一次战战兢兢的灵魂折磨。但是,这不也是一页浓缩的历史吗?中、外艺术史就是这样一页一页写成的,它是残酷无情的,勇敢的艺术家何必回避它呢?为什么世界艺术品市场中不应该推出中国的梵·高？

1985 年 4 月，台湾《雄狮美术》出版《吴冠中特辑》。

1986 年，吴冠中出访日本京都。

同年，吴冠中应香港中文大学和《明报》社之邀，参加香港"现代中国画展"以及研讨会，并被香港中文大学艺术系聘为毕业考试评委。

1987 年，吴冠中任"中国油画展"代表，出访印度。

1987 年 9 月 10 日至 10 月 4 日，香港艺术中心包兆龙画廊举办"吴冠中回顾展"。

这次展览，是吴冠中数十年艺术生涯的精品荟萃，集中展示了他雄厚的实力和探索之路。当年他在巴黎留学期间所作的法国风景，归国舟中的速写，以及 60 年代初期赴西藏的写生，70 年代后期和 80 年代的作品，鲜明展示了他的独特风貌，浑厚古朴的《高昌遗地》、描绘玉龙雪山雄姿的《春雪》、铁注铜浇般的《松魂》、点线斑驳的《苏州园林》、大气磅礴的《长城》、清新明丽的《水乡周庄》……令人叹为观止。

他的老师林风眠先生亲笔题写了"吴冠中回顾展"的展标，并且兴致勃勃地参观了画展。林风眠是他最崇敬的画坛前辈和艺术领路人。吴冠中充满深情地说："林先生慈祥，林先生一颗童心，林先生是真的艺术家！"这是一位真正的知音的"的论"。吴冠中融汇中、西的学术观点和艺术成就并不是从天上掉下来的，最早便得力于林风眠的启迪。林风眠是真正的东方艺术家，又真正钻研过西方艺术，因此，"电工不怕电"，敢于"带电操作"，他的一生都在与庸俗战，与因袭保守战，与生搬西洋战，是真正的民族艺术、现代艺术的斗士。在风雨如磐的旧中国，他愤慨社会的污浊，"躲进小楼成一统"，在孤独、寂寞中咀嚼东、西方艺术的精髓，"一片冰心在玉壶"。夜不成寐的猫头鹰、独栖寒枝的乌鸦、飞过阴霾的孤鹭、无人的野渡、天涯的孤舟……蕴藏着一颗痛苦而又不甘沉沦的心。他的画从不媚俗欺世，没有轻盈的微笑，而含着不动声色的哀愁。林风眠的出现，是中国画史上划时代的大事件，开了现代水墨画的先河。但是，正如许多巨匠都并非迅速被人承认一样，林风眠的艺术长期以来遭受不公平的待遇，度过劫难，林先生老了，但那颗拥抱生活的童心未曾泯灭，仍然不倦地倾吐对艺术的痴情，他笔下那田田莲叶、尖尖芦苇、沉沉青松、茫茫湖水、垂柳如丝、斜阳一线、白云飞逝、秋林混沌……那是老来更加天真烂漫的童话、儿歌、天籁！

定居香港的林先生又和他的老学生见面了，半个世纪的师生之谊，从何说起呢？不必说，痛苦也罢，思念也罢，勉励也罢，都融入两人的画幅中了。八十高龄的林先生应该欣慰了，他的艺术，到晚年终于赢得了国人与世界的公认，他开创的事业后继有人，比他年轻的吴冠中如今接过老师手中的大纛，已成为"油画民族化""中国画现代化"这场革命的主帅了！

1988 年，新加坡国家博物馆举办了"吴冠中画展"，狮城万人空巷，举国竞睹，轰动南洋。

同年，日本西武株式会社在"大中国展"中独辟一馆"吴冠中展"，又一举征服东瀛。中国驻日大使杨振亚题词祝贺："勇于拓新"。日本画坛巨匠"三山"之一的加山又造出席了开幕式，并邀请吴冠中光临他的画展。西武流通集团会长堤清二在参观"吴冠中展"时赞叹："在中国还有人画这样的画！？"

这次画展的成功，使日本朋友对吴冠中的独特艺术风格产生了浓厚的兴趣。西武株式会社社长山崎光雄在祝酒时说："明年九月，我们将在西武举办法国博览会。得知吴先生早年曾在法国留学，我有一个动议：邀请吴先生以东方画家的身份重游巴黎，在明年的巴黎博览会中展出'吴冠中画巴黎'，不知您有没有兴趣？"

吴冠中略一沉吟，即席作答："这个动议很好。我是一个东方的画家，但西方的艺术也培育了我。我乐于以东方人的眼睛重新观察巴黎，并且把观察所得展现给东、西方人民！"

1989 年 3 月底，吴冠中偕夫人飞赴巴黎。

巴黎，曾经在你身边度过难忘的三年的吴冠中又回来了。这一次，不是匆匆的路过，也不是探亲访友，他要在这里生活一个月，踏遍你的每一个角落。你还记得他吗？一个身材不高、瘦骨嶙峋、肤色黧黑的中国人，他的母亲在中国，却也曾吃过你的奶，你是他的乳母！如今，他已经是白发苍苍的老人了，老乳母啊，好好看看他，也让他仔细看看你！

梵·高的竞争者

在那个星光灿烂的夜晚，濒临死亡的梵·高躺在病床上，握着弟弟提奥的手。房间里只有这两个人，这一对患难手足，他们轻轻地谈论着永远也说不完的话题，他们在故乡松丹特共同度过的童年，莱斯维克的那个老磨坊、溪边的小路、在微风中波浪起伏的麦田、厨房后面刺槐树芳香的白花，还有妈妈给他们做的奶酪饼……

"那似乎都是很久以前的事了，文森特。"提奥深情地说，他意识到，哥哥提起往事并非吉兆。

"是的……啊……人生是漫长的。提奥，看在我的面上，注意你自己的身体，要多保重。你得为乔安娜和小家伙着想。把他们带到乡下什么地方去吧，那样他们才能长得健壮。你也不要在古比尔待下去了，提奥。他们已经耗去了你生命的全部，但没有给你任何报答。"梵·高说。

"我准备自己开一个小画廊，文森特。而且我举行的第一次画展，将是一次个人画展。文森特·梵·高的全部作品……就像你亲手……在公寓房间里设计的一样。"

"啊，我的作品……为了它，我冒了生命的危险……而我的理智也已经差不多完全丧失了。"

奥维尔的夜晚星光灿烂，在这家小小的旅馆里，文森特·梵·高最后栖身的地方，他永远地闭上了双眼。

……

吴冠中告别了梵·高，大踏步走出墓地。他已经偿还了夙愿，他相信梵·高的灵魂已经得到安息，他自己的心也可以平静了。

他和夫人奔走于巴黎的大街小巷。戴高乐广场、凯旋门、枫丹白露、塞纳河，大皇宫里的"高更回顾展"、米勒的故居、莫奈杰作《睡莲》诞生地的池塘，还有许多梵·高曾经写生过的地方，以及画家麇集的蒙马特高地……

一个月的时间，他过得紧张而充实。他住在西武驻巴黎办事处附近的一家小旅馆，生活依旧俭朴、随便。没有专供他使用的小汽车，每日里安步当车，或者和许多游客一样挤地铁。他仍然像当年在巴黎求学时一样，是一个普通的人。他只想作画，艺术家一鸣惊人只能靠作品，而不是排场。他也不可能排场，他的祖国还很穷，不可能为一位艺术家出国写生提供一笔可观的外汇，而人民币在国外还不能使用。他只是借助于日本人的力量来实现自己的愿望。日本人有钱，梵·高的《向日葵》《鸢尾花》就是被日本人分别以5330万美元和3985万美元的高价买走的，日本人现在还不肯以这样的高价收藏吴冠中的画。1989年5月，在香港苏比士的一项拍卖中，吴冠中的《高昌遗址》一画被香港一位收藏家以187万港币的价格买去，创了中国画售价的最高纪录，和梵·高还差得很远。但是这个距离在逐渐缩短。精明的日本画商已经看出他将是梵·高的竞争者。竞争吧，竞争！"艺术家难道意味着——卖？我认为艺术家指的是一种始终在寻求，但未必一定有所收获的人；我认为它的含义与'我知道它，已经得到了它'正相反。我说我是艺术家，我的意思是'我在寻求、我在奋斗，我全心全意地投身于艺术中'。"梵·高这么说，吴冠中也这么说。他们都以自身而殉道于艺术，而这样的艺术足可以征服世界。

一个月之后，他满载而归。

又是一个月之后，他完成了42幅作品"吴冠中画巴黎"。这些作品将在10月的东京法国博览会上向世界亮相。

他放下了画笔，应邀飞赴美国，参加旧金山中华文化中心举办的"吴冠中巡回画展"开幕式。这个画展将先后在美国东、西、南、北四个博物馆——伯明翰博物馆、康萨司博物馆、纽约约翰博物馆和密西根底特律博物馆巡回展出一年半之久。这些作品按照作者本人的意愿规定：只展不销，只是让西方人见识见识，现代东方艺术已经以新的姿态、新的面貌、大踏步地走向世界了。至于如何认识它，那是历史老人的事儿了，如果历史老人饱经沧桑之后童心未泯，那么将不会重复对于梵·高所犯的错误。一万年太久，只争朝夕！

7月，画展还在巡回之中，吴冠中却已风尘仆仆地回到了北京。

行前，美国朋友执意挽留他，甚至希望他定居美国，那里有他广阔的用武之地。吴冠中没有片刻的犹豫，淡淡一笑，答道："留下，就养不活了。不是我养不活自己，是这里的水土养不活我的艺术！若想留下，40年前就不回国了。"

吴冠中，扎根于黄土地的一根高粱。

吴冠中画过一幅绿高粱，一幅红高粱。

绿色的高粱，青葱的叶丛瑟瑟作响，那是生命在绽放的音响；红色的高粱，饱满的颗粒像缀满了红宝石，那是成熟的骄傲和喜悦。

"从青高粱到红高粱，走完了生命的旅程，唯一的不可重复的一次旅程，人们自己也都是这样走过来的……""世界一转，我已看破红尘。我要写自己的'红楼梦'，时间对我来说不多了。关键是要搞好作品，画自己真正的感受。身后事，是毁？是誉？我不去管它！"

他说。

原载《当代》1989年第6期

我为苦老画肖像

——在"苦禅·大课堂"上的演讲

　　今年 7 月，我在中国美术馆举办了"千古风流人物——王为政画展"，集中展出了一批肖像画，《苦禅先生》就是其中之一。我所画的这些人物，都是在中国历史上有卓越成就的，我所敬佩的，又是我所熟悉的人物。不熟悉的人物，画也画不好，所以我从熟悉的人做起。这一批作品，有一个共同的压角章："千古风流人物"，这方图章，表达了我对这些人物的敬仰之情，苦禅先生就是我所敬仰的大师之一。

　　这幅肖像画是在 2009 年完成的，但是酝酿的时间很长很长了，我实际上是在完成一件夙愿。早在 40 年前，我曾经当面写生过苦老。那时候他刚刚从干校回来，美院留守处给他找点儿闲事，看传达室，他能有一些闲工夫跟我聊天儿。有一天，我说苦老您坐在那儿，我给您画张像，就在煤渣胡同他的家里，面对面地用毛笔写生。画完以后我才感觉到，就像燕华刚才所说的，为苦老画像还真是不容易。为什么呢？因为他不像某些人物有一些明显的标志。画齐白石，有那个大胡子作标志，你画五成像，人家就说这是齐白石；画张大千也是，能画五六成像，人们就能猜到是张大千。我没有画过张大千，但是我的展览会上有一张于右任，有不少人就说这是张大千吧，就是因为冲着这个大胡子。当然，胡子跟胡子不同，齐白石、于右任、张大千还是各有其风采。苦老没有这样标志性的大胡子，也没有标志性的长头发，脸型也没有什么突出的特点，比如蒋兆和先生，瘦骨嶙峋，瘦到了极致，"瘦"就成了他的标志。我最近画了一幅蒋兆和先生，别人看了一眼，就说：这不是蒋兆和吗？对，因为他特点太突出了，比较容易画。我也画过吴冠中先生，别人一看就说：这不是吴先生吗？但是苦老很不容易画。熟悉的人都觉得苦老的音容笑貌闭目如在眼前，但是你要把每一个地方都画得很像，很不容易，尤其是他那个神。从精神境界上讲，我作为一个凡夫俗子，很难达到他那个境界，这是第一大难处。第二大难处，从形象上来讲，他的形象很含蓄，不外露，不"过"，所有的地方都是"中庸"的，你就很难把握了。作画宜"矫枉过正"，宁方勿圆，"过"一点，可能恰到好处。可是画苦老不能"过"，一"过"就

74

不像了，此即谓"过犹不及"。"不及"也不行，如果你写生的时候打了折扣，只画出七八成，那就更不像了。刚才李燕跟我说，他曾多次收到别人寄来的绘有苦老肖像的瓷盘等等纪念品，没有一个像的。

苦老已经过世很久了，但是，可以套用一句常用的话说，他"永远活在我们心中"，这句话是发自肺腑的，我时时回忆起他的音容笑貌，心中并且怀着深深的遗憾。这些年来，我一直注意搜集有关他的影像资料、图像资料，以求有朝一日偿还夙愿。但是我发现一个很有意思的现象，就是照片不见得像，这很奇怪，著名的摄影家武宝智就说，"照片都不一定像他。"什么原因呢？想想也不奇怪，照片纪录的只是那一个瞬间，人生有千千万万个瞬间，哪一个瞬间都带有偶然性和局限性，未见得光线合适、角度合适，他本人的状态也不见得是一个最理想的状态，某一个瞬间未必就能够表现充分这样一个人物的形象特点和精神面貌，以及他的阅历，他的境界，他的性格，他的一切。而肖像画则可能比照片、甚至比本人"更像"——这决非危言耸听。当年，一位苏联画家要为著名诗人马雅可夫斯基画像，等到按约定的时间见了面，却发现马雅可夫斯基剃了光头，原来极富诗人气质、极其张扬个性的中分长发不见了，连马雅可夫斯基本人都已经"不像"他自己了，也就是说不像那个已经深入心的马雅可夫斯基了。瞿秋白也曾经剃过光头，那是在长汀狱中，他生命的最后岁月。但是，我所见过的表现瞿秋白的艺术作品，包括我画的那幅《秋白》，都没有这样处理，因为我们心中有一个儒雅、清秀、潇洒的秋白，不容篡改，不容损毁。肖像画应该而且必须集中、概括、浓缩地表现人物最为人们熟知的形象特征和生命历程的印迹，可以做到比照片更准确，更传神，甚至比本人"更像"。一幅优秀的肖像画就是一部人物传记。肖像画家所要做的，就是去伪存真，去粗取精，透过表象挖掘本质，从偶然中寻找必然，完成对形象的"冶炼"和"塑造"而非照片的复制。这些年我搜集了很多苦老的照片，但很难找到一张最理想的，说，这张最像。我这幅画也是参考了照片的，但是照片和我心目当中的苦老还有差距，熟悉苦老的人都会觉得，我们心中活着的那个苦老不是这个样子，有差距。我和苦老来往的时代，不像现在每个人手头都有能拍照的手机，照相机也很普及，那个时候，拍照不是日常随手可为的事。所以我后来一直都感到很遗憾，和苦老交往这么多年，手头没有他的什么照片，我和他的合影也极少，仅在1980年的一次活动中两人合作了一幅画，我画小熊猫，苦老补竹石，旁观者抓拍了几张照片，那是我和苦老仅有的一次合作，也是仅有的一次合影。现在看来，照片少得简直不可思议。之所以如此，还有一个原因，当时没有想到他会走得这么早，1983年他自己还说"我还要再画20年"，不料当年就过世了，留下的影像资料有限，许多抢救性的工作没有来得及去做，这是非常遗憾的。

我要画出活在我心中的苦老。苦老是一个大写的"人"，一个坦诚的人，那颗心坦诚地像一个赤子。我决定只画一个头像，其余的地方全部省掉，连衣服领子都不要，在我看来这些东西都是多余的，我们记住的是这张脸。我只用头部的形象，去刻画我们所熟悉的脸，难忘的脸，在这张脸上把"文章"做足。中国画，特别是写意画，不能反复地修改，也不能用很厚的颜色去层层叠加，所以在薄薄的一张宣纸上，用有限的笔墨把它勾勒出来，是一件不容易的事情，在落笔之前就要做很多准备，这个准备，不是画上的功夫，而是要重新学习苦老，回顾苦老，研读苦老的一生。虽然我和他交往、在他身边也有好多年的时间，也算很熟悉了，但是要想系统地了解他，就要把我能找到的有关苦老的传记材料、回忆文章都搞到手，仔细地读，这是我的创作习惯。在座的朋友，也许有的看过我的画展，展出的那些肖像画，我对每一个人都是下了这样的功夫。不去研究这个人的一生，怎么可能表现他的形象呢？如果用突击的办法，拿一张照片，今天画完，明天就拿走了，这种事情我不可能去做的，因为这不是一件艺术作品，只能说是一件"活儿"，复制一张肖像，不是肖像画家所做的。为了创作苦老这幅肖像，我读了很多关于他的材料。他过去跟我闲聊的时候，说到他的过去，他的艺术主张，这些过去都没有来得及整理，现在有这个时间了，去回忆，去整理，去学习，努力使自己进入他的人生，让这样一位伟大的艺术家在我的心目中活起来，走进我的画面。

在创作这幅肖像的同时，我还填了一首词，调寄《临江仙》：

　　侠者襟怀豪者胆，兴来北腿南拳。山东好汉义当先。早生八百载，或许上梁山。　　智者功夫仁者眼，直将铁砚磨穿。苍鹰一搏九重天。谁云书画苦？笔墨可通禅。

一幅画，一首词，主题是一致的，画体现的是词的意境，词表达的是画的精神。这首词是我对苦老的理解，也可以说是我学习苦老的一个总结。苦老的弟子三千，贤人七十，每个人心目当中可能不太一样，有的人记住了苦老的这一面，有的人记住了苦老的那一面，在我心目中的苦老就是这个样子。

苦老诞生在1899年1月11日。有的书上，在这里加个括号，注明"己亥"。错了！为什么错了呢？因为阳历和阴历的年份并不是完全重叠的，年头岁尾有一个月左右的错位，阳历进入了1899年，而阴历己亥年还没到，仍然是戊戌年的尾巴，1899年1月11日，换算成阴历，是戊戌年十一月三十日。我为什么特别注意这个问题，特别较这个真儿？是因为戊戌年太重要了，在我们中国大地上发生了一件惊天动地的大事，就是戊戌变法，这件大事，中国人都记得。你知道戊戌变法吗？连小孩子都知道，因为他在课本上学过。戊戌变法的主题是什么？就是要变革，要强国，要醒民。谭嗣同喋血菜市口，以血醒民。梁启超劝他走，他不肯走，为什么不肯走？他说，中国还没有因为变法而流血的，请从我谭嗣同开始。戊戌年，就是这样一个既血腥又震撼的年代。尽管戊戌变法的一些具体的措施、具体的口号可能是幼稚的，不成熟的，可是它毕竟是从古代中国过渡到现代中国的一声春雷，辛亥革命和五四运动的一个前奏，李苦老就诞生在这样一个年代。这一年，中国大地上先后诞生了一批伟人奇才、英雄豪杰，哪些人？周恩来、瞿秋白、刘少奇、彭德怀、田汉、老舍……李苦老就是跟这样一些人诞生在同一年。我的阅历有限，说得不全，可能还有很多，但是这几位就已经让我震撼了，为什么这些伟大的人，不约而同地诞生在中国发生巨大变革的这一年？

瞿秋白也是生于1899年初，许多人也说是己亥年，不对，他和苦老一样，也是生于戊戌岁尾。瞿秋白刻过一个图章："犬耕"，他说：秋白是属狗的，让狗代替牛去耕地，力不从心。因为他做过党的领导人，深感革命的不易，所以才这样说。戊戌年出生的这些人，有的是政治家，有的是文学家，有的是艺术家，在各自的领域都做出了惊天动地的大事业，深深地铭刻在历史上，这就叫"天降大任于斯人也"，这就叫"不拘一格降人才"！这些人不管是干什么的，他们有一个共同点，都为中国的变革，为中国的富强，为中国人民的觉醒做出了自己的贡献。苦老说，画品和人品，人品第一；所谓人格，爱国第一。主题就点出来了，我刚才说到的这些人物，难道他们没有一个共同的主题吗？就是爱国第一。周恩来总理少年时代说，为中国崛起而读书，李苦老何尝不是如此？他们有一个共同的出发点，要使国家强大，要为中华民族增光。

"侠者襟怀豪者胆，兴来北腿南拳。山东好汉义当先。"这是苦老极强的个性特色。如果说到其他的文人，其他的画家，我不会这样讲，但是对苦老不讲不行，苦老这个人侠肝义胆，豪情满怀。他一生做过很多令人不可思议的事情，比如在杭州做教授的时候，有一个学生叫李霖灿，因为家里贫穷，缴不起学费，那个时候学费是允许赊账的，你暂时不缴也可以，以后有钱再补缴。等到他去财务处缴费的时候，发现有人已经替他缴过了。是谁？苦禅先生。这样的事情他做了无数，而且还不留名。在中央美院教书的时候，他路过街上看到有打拳卖艺的，那个人大概武术也不怎么样，所以生意不好，苦老竟然拔刀相助，说你歇会儿，我替你表演，帮你挣钱。等挣完钱，他一个子儿不要，你接着要吧，我走了。在当今世界，这样的人，这样的事，我还没有遇见过。当然，如果这件事我去做，我也做不了，因为我不会武术。李苦老是自幼习武，而且这种爱好保持了终生，这在中国当代文人里面实在是不多见的。现在的文人往往就是文弱书生，"文弱书生"这四个字，本来是贬义词，可是现在被当成褒义词了，人们经常说，我是一介书生，我是文弱书生，手无缚鸡之力，不以为耻，反以为荣。其实，"文弱"说明你这个弱者，你只文不武，有什么可骄傲的呢？李苦老就是文武兼修，而且坚持终生。说起来，这正是中国文人的一个传统，古代的文人并不以文弱书生自居。李太白"十五好剑术，遍干诸侯；三十成文章，历抵卿相。虽长不满七尺，而心雄万夫。""心雄万夫"这四个字不是一个文弱书生在喊口号，像我这样的体格，如果去说这四个字，别人就觉得有些好笑，但苦老说，人家就不会觉得好笑，因为他是一个文武兼修的人，他有一身的武功。他跟我说，年轻的时候和一个人交往，临别的时候，人家送他出来，他说"免送"，顺手一推，不得了，差点儿把人家推一个跟头，手上有功夫哇，人家就知道这个人武功了得。

中国古代的文人有尚武的传统。李白说，"愿将腰下剑，直为斩楼兰。"苏东坡说，"会挽雕弓如满月，西北望，射天狼。"辛弃疾说，"醉里挑灯看剑，梦回吹角连营。"要知道，说这番话的并不是沙场武夫，而是文人，大名鼎鼎的诗人，但他们并不以一个文弱书生自居，天下兴亡和我无关，而是以气雄万夫的英勇气概、舍我其谁的担当精神，令人肃然起敬。由此，我们想到，李苦老在抗日战争时期，冒着杀头的危险去掩护、帮助抗日志士，被日寇抓走以后严刑拷打，受刑十遍犹骂贼，这样一种气概，我们可以从中看到什么？这种阳刚之气，这种历史的责任感，就是传统的中国"士"的精神，就是以天下为己任，匈奴不灭，何以家为。在这样一个基础上，我们再把他当作一个艺术家来看。对于他来说，爱国是第一位的，艺术是第二位的，首先是一位爱国志士，然后才是艺术家。所以我说，"早生八百载，或许上梁山。"他对旧社会不满，对国家积贫积弱的现状不满，对国民党反动派的统治不满，对日寇的入侵更是恨之入骨、痛彻肺腑，他要改变现实，有这样一股拔剑而起的冲天豪情，如果生在宋江三十六人横行天下的时代，说不定真的打起杏黄旗替天行道去了。

下阕，首句说"智者功夫仁者眼"，此话怎讲？《礼记·经解》云，"上下相亲谓之仁。"苦老28岁拜齐白石为师，随侍左右，磨墨理纸，三十年如一日，情同父子，可谓仁者。而有意思的是，举世皆知齐白石最优秀的弟子，一个李苦禅，一个李可染，可是这两人的画风却一点儿也不像齐白石，而是以自己的面貌独立于世。管子曰，"四时能变谓之智"，所以，我称之为智者。齐白石经常画的虾和草虫，我从未见苦禅先生画过，蟹虽然画过一些，但是不多。我曾经当面问过苦老，为什么？那时候年轻，说话没有什么顾忌。他回答得也很直率："他的材料我没有，我的材料他没有。"这里所说的"材料"，指的就是生活积累、创作素材。艺术源于生活，作家、艺术家笔下的一草一木、一鸟一虫，都和故乡、童年以及后来的人生历程息息相关，齐白石的所有作品，都充盈着"杏子坞老民""星塘老屋后人"的浓郁气息，这是他人无法复制的。当年湖南湘潭乡下那个瘦弱的"芝木匠"和山东李奇庄那个文武兼修的硕壮少年形神迥异，他们所走过的人生之路也很不相同。中国古人学画，师徒相传，不重写生，照抄摹仿，陈陈相因，早已为徐悲鸿等新派人物所诟病。李苦老首先是徐悲鸿的弟子，从学习西画入手。徐悲鸿虽然比他大不了几岁，但毕竟是先知先觉，把他引上了不同于传统教育方式的艺术之路。学西画不可能不写生，没有一个学西画的人说，我从临摹伦勃朗开始，没有，第一课就是写生。李苦老是先从西画入门，再拜师齐白石学习中国画的，这个起点已经带有 20 世纪初的鲜明色彩。其实，他的老师齐白石虽然从未接触过西画，却并不排斥西画，甚至曾经表示，可惜自己老了，如果再年轻些，也要到欧洲去学素描，展现了东方艺术大师海纳百川的广阔胸怀。齐白石本身就很注重写生，不仅那些虾、蟹、鱼、虫都是从写生得来，而且还曾经大量地写生人物。他年轻的时候做过画匠，给故去的人画遗像，很辛苦，把一个横长的茶几，放在遗体上面，他俯在茶几上去写生（准确地说应该叫"写故"）。我们现在还可以看到清朝一些不知名的画匠所画的肖像，那些写生的形象画得很好，很精彩，不是用传统的方法，不是用符号式的套路，画张三李四都差不多，而是非常写实地去写生。给故去的人画遗像，还要凭借想象力让死者睁开双眼，容光焕发，栩栩如生，这是很不容易的。我们看了齐白石年轻时画的这种人像，对比他"衰年变法"之后画的大写意花鸟和简笔人物，就更能理解"妙在似与不似之间"之精粹。白石老人说："善写意者专言其神，工写生者只重其形。"他认为这两个都是偏颇的，他说"要写生而后写意，写意而后复写生，自能神形俱见，非偶然而得也"。

苦禅先生向齐白石学画，照我看来，他学的是白石的精神，白石的思想，白石的理论，白石的境界，白石的艺术道路，而不是依样画葫芦地临摹老师的"粉本"。那句话说得非常坦然，"他的材料我没有，我的材料他没有。"这种"材料"是自己从生活当中来的，烂熟于胸中的，非画不可的，只有自己最热爱的东西，最理解的东西，最具特色的东西，最不能割舍的东西，才有可能去打动别人。苦禅先生的童年，对他幼小的心灵震撼最深的是什么？"大黑鸟"，包括鹰、鱼鹰、苍鹭这样一些鸟，体形硕大而颜色苍黑，令人不敢小觑，这和齐白石把目光聚焦于螳螂、蜻蜓、蟋蟀之属是大异其趣的。我从来没有看过苦老画那些细小的草虫，以他这样一副豪迈的性情，怎肯去描绘细若游丝的蝉翼虫须？他有一句名言："做人要老实，作画要不老实。"并不因为你是我的恩师，我就一辈子步你的后尘，你画你的，我画我的，画自己熟悉的题材，顽强地表现自己的个性，创造自己独有的风格。一个艺术家对于他五体投地的恩师采取这样一种态度，真是智者，大智者，因为他十分清楚，美术史上不需要第二个齐白石，有一个齐白石就足够了。齐白石本人就说过："学我者生，似我者死。"他反对照抄摹仿，而鼓励"叛逆"、创新，这也正是齐白石的伟大之处。他多次在苦老的画作上题词，"人皆学吾手，英也夺吾心，英也过吾。""雪个先生无此超纵，白石老人无此肝胆，"这是老师对他的评价。"他日若不享大名，世间无鬼神也。"这是他的老师对他的预见，这一预见，我认为不是奉承话，老师用不着奉承学生，说的是真话，是老师被他的才华震撼了。齐白石作为一位年长的艺术家，作为他的恩师，能够对一个年轻的学生作这样的评价，在当时确是惊人之语，但今天我们看来，白石老人的预言实现了，他说得没错。中国大写意花鸟画，八大山人是一个高峰，齐白石是一个高峰，苦禅先生近承白石，远接八大，创造了又一个高峰。什么是"传统"？纵观艺术的发展史，"横看成岭侧成峰"，传统就是连绵不断的一个高峰又一个高峰，两个高峰中间是低谷，一些没有创造性、专事照抄摹仿的平庸之辈在那里徘徊，最终被历史淹没。美术史上也只有一个李苦禅，没有李苦禅第二，亦步亦趋地去学苦禅老师，你肯定只能做一个摹仿者，没有出路，这是一条铁定的艺术规律。

艺术之路没有捷径，苦老以超人的智慧和超人的勤勉，躬耕一生，攀登一生，"直将铁砚磨穿。"他这一生，除了某些特殊时期，几乎每天都在作画、练字，去世前几个小时还在临帖，直至最后一息。"苍鹰一搏九重天"，这句话当然是一语双关了，他笔下的苍鹰，源于幼时对"大黑鸟"的敬畏与神往，又以几十年的精力，反复锤炼，渐次升华，终于炉火纯青，形成无可替代的独特风格，而画家本人不也正是在饱经风霜、历尽劫磨之后，如苍鹰般一飞冲天吗？

"谁云书画苦？笔墨可通禅。"这个"苦"字也是一语双关的。苦老本名李英杰，后更名李英，字超三，号励公，"苦禅"二字其实是朋友送的绰号，因其恰如其分，苦老欣然受之，终生使用，并以此享大名。现在回头去看，苦老的一生确实很苦，童年、少年，生活在偏远的农村，家境贫寒，读书、学画都没有雄厚的资本，连他作画的文房四宝都没有钱去买，把做饭的铁锅下面的那个黑烟弄来，和上水，兑上胶，代替墨，用来作画。到北京读书深造，没有钱，白天去上课，晚上去拉洋车，就像老舍笔下的骆驼祥子那样，为生计去忙碌，去奔波。新中国成立以后，由于当时的极"左"路线，国宝级的教授受到排挤，连生活都很困难，微薄的工资养不起全家人吃饭，只好靠变卖衣物，勉强度日糊口。改革开放的时间不长，他就去世了，没有享到什么福，应该说一生很苦，所以这个"苦"字也是一语成谶，让当年送给这个名字的朋友不幸言中，真苦。但是，反过来说，"艰难困苦，玉汝于成"，苦老的人格、画格，正是在艰难困苦的磨砺之中形成的，幸乎？不幸乎？依我看，苦老的画，可贵就可贵在这个"苦"字。文艺作品的品评，本无定则，但雅俗高下之分还是存在的。苦涩老辣是一个境界，甜腻艳俗是一个境界，你说孰高孰低？当年有人这样比较苏轼和柳永的词："柳郎中词，只好十七八女孩儿，执红牙板，唱'杨柳岸晓风残月'；学士词，须关西大汉，执铁板，唱'大江东去'。"这里并没有贬低柳永，但看得出对苏词的偏爱，爱的就是他豪放旷达的格调。我也打个比方，苦老的画，不是可口可乐，不是雪碧，不是橙汁，不是酸梅汤，不是矿泉水，而是不加糖的苦咖啡，是盖碗酽茶，是高浓度的烧酒。我无意贬低甜酸清凉，但偏爱苦涩老辣。苦老画作的魅力，不在娱人耳目，而是动人心魄、启人心智，所以我说，"谁云书画苦？笔墨可通禅。""禅"是什么？以我的理解，佛家所说的"禅"，就是道家所说的"道"，就是哲学家所说的"规律"，世间万物的规律，天地造化的玄机，就是太史公司马迁所说的"究天人之际，通古今之变"，一种坦然面对世界、自由驾驭人生的至高境界。

　　苦老国学功力深厚，一生修炼，达到如此境界，决非偶然，他有多次机遇，恰在关键时刻。首先，出生在戊戌年，一个极其不平凡的起点，是一机遇。幼年接触民间艺人，在心灵中种下民族艺术的种子，是一机遇。青年时期赴京求学，参加五四运动，对于民主科学思想的建立和成长，是一机遇。入"北大画法研究会"，从学习西画入手，由徐悲鸿引上艺术道路，形成不同于传统文人画家的艺术观，是一机遇。拜齐白石为师，步入大匠之门，从而确立他在大写意花鸟画领域的学术地位，是一机遇。机遇之中还有一机遇，那就是在"留法勤工俭学会"与湖南青年毛润之有数月"同学"之谊，虽赴法留学之事两人均未能实现，却无意间为多年后的"醉后上书"留下了伏笔。苦老凭着坚强意志和一身武功，熬过艰难困苦，赶上太平盛世，晚年焕发艺术光彩，更是一难得的机遇。机遇者，天机也，是上天造就了一个苦涩老辣的李苦禅，留给人间，世代品读。

　　苦老是一部大书，反复阅读，常读常新。我把阅读苦老、追忆苦老、学习苦老的点滴心得都融入这幅肖像之中。一张薄薄的宣纸，托得住这浓浓的情感、载得动这深深的思念吗？

　　肖像展出之后，得到广大观众特别是美术界同仁和苦老亲属的认可。熟悉苦老的人，面对画像感到亲近、亲切，眉梢唇角，连同飘然白发，都是他们心中慈祥、仁厚、旷达、智慧的苦老，大家竞相与画中的苦老合影留念，不忍离去。至此，我才长长地舒了一口气，可以告慰苦老的在天之灵了。

原载《北京画院院刊·2012》《画界》2013 年第 1 期

从中西艺术发展轨迹预测中国人物画未来走向

我们正处在一个浮躁的时期。中国从来没有像现在这样大开大放，外部世界从来没有像现在这样显示诱人的魅力。中国的艺术家们背负着沉重的传统宝藏，在经历了对于"继承和创新"的长久而痛苦的思索和实践之后，终于不约而同地把目光投向了大门之外的那个世界，要"走向"它，在全人类的范围之内显示自己的存在。尽管基于不同的认识，或欲"弘扬国粹"，或要"全盘西化"，或鱼与熊掌都不肯舍弃，想游弋于二者之间，走"中庸之道"，但毕竟没有人主张与世隔绝、老死不相往来了。皓首银须者、西服革履者、牛仔裤并长发披肩者都跃动着一颗"振兴中华"之心，要和洋人切磋较量一番，似乎还没有一个人拒绝出国讲学、办画展，不关心国际艺术市场行情的起落。与此相适应的是，中西文化比较之说从来没有像今这样风行，已经到了行文不夹杂一些哲学术语或"观照""嬗变"之类的新词，说话不报出一串洋人名字，便不足以谈艺的地步了。

然而精通中文又精西文的大学者钱锺书先生告诫我们说："有些人连中文、西文都不懂，谈什么比较？戈培尔说过：有人和我谈文化，我就拔出手枪来。现在要是有人和我谈中西文化比较，如果我有手枪的话，我也一定要拔出来！"

这么说来，我便没有资格谈中西文化比较了，因为我对西文一窍不通，对中文也只是识得几千常用字，未敢称通得半窍，但我猜测钱先生的意思，大概未必真的要"枪毙"谁，只不过是说应该先研究"懂"了再做"比较"。而且窃以为，绘画毕竟不靠文字翻译也可以看懂的，那么边看边议论一番，也未必就犯了"枪毙"的死罪。

若就绘画艺术而言，西方现代艺术大师（这个大师是连东方人也承认的）毕加索倒曾经对东西方艺术做过比较。1955 年，中国画家张大千在巴黎拜会毕加索，毕加索向他表达了对中国画的倾慕之心，拿出自己用毛笔宣纸临摹齐白石的作品真诚地请教，并且说了一番振聋发聩的话："第一是中国有艺术；第二是日本有艺术，日本的艺术还是从中国学来的；第三是非洲黑人有艺术；除此之外，白人根本没有艺术！"

毕加索的话足可以令中国的"弘扬国粹"派趾高气扬：到底是华夏古国，四夷服膺，当然老子天下第一！也足可以令中国的"全盘西化"派惶惑不解：老先生怕是老糊涂了？真是长他人志气、灭自家威风！你这么一说，让我们怎么办？

我们可以相信毕加索说的是心里话。以他在西方乃至在全世界的成就、威望和地位，他没有必要违心地"自谦"。他全盘否定白人（亦即"西方"）的艺术而把中国的艺术尊为天下第一，是经过比较得来的，他的比较有着他心目中的目标。那么，他的标准是什么呢？

是"抽象"和"写意"。这是毕加索一生的追求，也是他晚年成熟的标志。然而在传统的西方绘画（甚至包括整个美术范畴）中，并没有这两样东西，有的只是"具象"和"写实"。希腊雕刻以其对人体准确生动精妙绝伦的表现树立了第一座不可超越的艺术高峰，文艺复兴则是第二座。"具象"和"写实"达到极致。印象派的出现又树立了第三个高峰，它的贡献是以色彩将物象表现得淋漓尽致，说到底也还是"具象"和"写实"。直至19世纪末，梵·高、塞尚、高更出现了，才开始创立第四个高峰，但这个高峰已经是对于前面三个高峰的反叛。物极必反。当着事物发展到极致的时候，它唯一的选择便是向自己的反面转化。西方的绘画在造型和色彩两方面的写实已经登峰造极，它此时唯一的选择便是"抽象"和"写意"。时势造英雄，他们成功了，成为"20世纪现代艺术之父"。然而他们的"抽象"和"写意"还是半自觉状态的、不彻底的，到了毕加索手里，才真正全心全意地玩儿命干，倾其全力把它推向顶峰。

那么，毕加索到达顶峰了吗？没有。不然，他不会发出"白人根本没有艺术"那样的哀叹。他一心向往、高山仰止的顶峰又在哪里呢？在东方。白人站在自己的地理方位看世界，从中国到日本到非洲都是"东方"，区别只是"近东"和"远东"，二者之间是"中东"。毕加索把非洲黑人的艺术排在第三，把日本的艺术排在第二，而把中国的艺术排在第一，因为"抽象"和"写意"这两件法宝，专利权是属于东方的，首先是属于中国的。

从梵·高到毕加索，都是现代的普罗米修斯，从东方窃得了火种。遗貌取神、得意忘形。舍体面造型而以线造型。弃条件色而取固有色。变三维空间为二维空间。化被动为主动，化客观为主观。说得更明白一点，就是随心所欲、以意化形。"单线平涂"、平面构成。于是他们轰动了西方，轰动了整个世界，因为"现代"世界是个"尚西"的世界。好像这种前所未有的"现代艺术"是从白人的头脑里天然分泌的，是天从西方掉下来的。而这些"现代艺术的奠基人"自己却毫不隐讳地表明他们的新的艺术观念其实来自东方，其实说得最明白的当属毕加索。

面对东方艺术，说得更具体一些，面对中国画，毕加索自愧弗如。他显然自认为学习中国画还远远没有学到家，画虎不成反类犬。而不幸这恰恰是事实。比如中国的线，它不仅仅是平面构成中面与面的分界，而至少是客体、主观和独立审美这三者的载体，西方人难以得其三昧。更不要说黑与白、墨与色的辩证，更不要说"大象无形"的最彻底的抽象。"写意"的"写"字,是西方人永远做不到的。我猜想毕加索一定很遗憾自己没有到中国学习,甚至遗憾没有能投胎为中国人,失去了体验"得天独厚"的机会。其实,这正是他不幸中的大幸,也许正因为如此,他才成了西方的大师。如果他真的生在中国或者学在中国,也就不成其为毕加索了,早已被浩瀚的墨海所淹没。而外国人到中国来成了气候留下了名字的,却是那个最不成器的郎世宁。

中国人玩"抽象"、玩"写意"、玩"平面构成"是老手,有家传绝技。仰韶文化彩陶上信笔勾来的图画,青铜器上曲线扭结的饕餮纹,秦汉时期在平面上自由自在大做文章的画像砖石,无一不是高耸入云的巅峰。及至马王堆帛画、敦煌壁画、永乐宫壁画、《八十七神仙图卷》……形象虽然越来越具体,但表现方法却依然是炉火纯青的"平面""二维"。而这些,到了19、20世纪,则成了西方的东西,而且是最"新"的。外国人这样说,中国人也这样说。简直是咄咄怪事!

中国人其实并不懂得自己的艺术,至少当代的许多(不是全部)中国人是如此。如果秦汉时代的中国艺术家(他们在当时只是艺人)九泉有知,如果吴道子、梁楷、陈洪绶、黄慎、石涛、八大英灵尚存,他们是决不会像后代子孙那样"崇拜"毕加索的。如果他们到西方去讲学,一定会说出一大套惊人之语,使毕加索们如醍醐灌顶。可惜他们都死了,他们的遗产被子孙们或束之高阁,或弃如敝屣。相比之下,倒是毕加索更懂中国艺术,他看到了其中最本质、最可贵的东西。但他并没有也不可能"全盘中化",而是把这些东西化成了西方现代艺术的血肉和灵魂,东方的种子在西方的土地中孕育出生机勃勃的艺术之花。

话说到这里,还得回到开头的话题上去:面对西方现代艺术的挑战,我们的东方艺术——具体地说,我们的中国画应该向什么方向发展?对于它未来的走向,是否可以做出一个大体的预测?

我想,答案是肯定的。任何事物的发展都有它一定的规律,如果我们掌握了它的规律,就可以循着这条规律去瞻望它的未来,中国画也不能例外。但是这个题目太大,范围太广,限于篇幅,我在这里只谈人物画,因为我们今天的会议也只是"人物画创作研讨会"。

中国人物画的现状,刘国辉先生有很精到的论述,概括出"尚形""尚势""尚趣""尚法"四个流派。我的分法与他有所不同。我把他所说的前二者归纳为以素描、速写为造型基础的"写实派",后二者归纳为以笔墨技巧为理论基础的"传统派",还要增加一个以西方现代艺术为蓝本的"新潮派"。这三派的阵容并不旗鼓相当,目前也还未成鼎足之势,但各怀争雄之心,且看鹿死谁手。我历来不赞成以行政命令的手段去提倡、推行某一流派。压制、消灭某一流派,而是主张多元并存,平等竞争。物竞天择,优胜劣汰,适者生存,这是自然界的辩证法，艺术亦然。有着旺盛生命力的东西，历尽劫磨也不会死亡；虚弱、腐朽、垂死的东西，怎么扶持也无济于事。

但这并不意味着我们就无权或者不敢去预测它们的未来。

依我之见，在未来的相当长时间里，"新潮派"纵然有可能壮大、发展，但不可能追上西方现代艺术的潮流，也不可能成为主流；"传统派"虽自恃根基雄厚，也不可能永远立足，因为"传统"的高峰已成过去，无需狗尾续貂；唯"写实派"方兴未艾，有可能再展雄风，成大气候。

这种说法，根据何在？在于事物发展的自身规律，不依人的意志为转移。

前面说过，西方绘画是从"具象"走向"抽象"，从"写实"走向"写意"，而且是在"具象"和"写实"达到光辉灿烂的极致之后转向"抽象"和"写意"，这是它的规律。而中国画则刚好相反，是从"抽象"走向"具象"，从"写意"走向"写实"，也是在"抽象"和"写意"臻于登峰造极之后转向"具象"和"写实"。可惜的是，我们的"写实"过去没有现在也没有登峰造极。骨子里崇尚"写意"的中国人在口头上崇尚"写实"，创造出"栩栩如生""惟妙惟肖""形神兼备"这些赞美"写实"作品的词汇。但这是在中国人没有看到西方"写实"典范的时代创造的，一旦把赞美的对象与西方的写实主义作品（包括油画和雕塑）相比较，至少在"写实"这一点上就立刻黯然失色了。勿庸讳言，我们的祖先在"写实"上没有下过与"写意"相当的功夫，也没有取得与之相当的成绩，拿不出在"写实"上登峰造极的作品。无论顾恺之的《女史箴图》也罢，阎立本的《历代帝王图》也罢，顾闳中的《韩熙载夜宴图》也罢，《八十七神仙图卷》、永乐宫壁画也罢，其本质还是"写意"的杰作，而未达到足以和西方抗衡的"写实"水平。"写意"是我们的强项，"写实"是我们的弱项，我们得承认，我们的祖先没有认真地研究过解剖，传给我们的只是"三停五眼""立七坐五盘三"这么简陋、粗疏的口诀。我们的祖先没有深入地研究过体积、色彩、明暗，传授给后代的只是"随类赋彩""凹凸法"而已。在西方的"写实"拿手好戏面前，我们的祖先显得那么不开眼，以致让郎世宁那么个俗不可耐的画匠出尽风头。清·光绪二十九年，美国女画家卡尔（人称柯姑娘）进宫为慈禧画像。油画这个为中国人见所未见、闻所未闻的画种以其全新的工具材料和特殊的表现力，受到中国最高统治者的垂青，盛赞柯姑娘"颇有才能，善于绘事"，并且赐以厚礼。但慈禧又无法接受画像脸上的明暗，指责"一边黑一边白"；不能理解珍珠上的条件色，说："我只知道珠子是白色的。"于是谕令柯姑娘修改。慈禧固然不能代表中国画家，但她的意见总也可以反映当时一般中国人的审美的要求：渴望"写实"而又拒绝明暗和条件色。意大利人郎世宁之所以能够取悦于中国朝野，正是钻了这个空子。

"写实"的西洋画传入中国，毕竟使中国人开了眼界，强烈地冲击了以"写意"占统治地位的中国画风。20世纪初叶至中叶，徐悲鸿等人把西洋素描引进中国画教学和创作领域，开创了中国人物画历史上的一场革命。50年代以来，全国各大美术院校培养了一大批从画素描入手进而从事人物画创作的老、中、青年画家，形成我在前面所说的"写实派"。时至今日，这一流派已经有所分化，"徐悲鸿只是学了西方的末流""素描教学误人子弟"等等说法时有所闻。有的人蓦然回首，回归传统，搞"新文人画"去了，变为"传统派"；有的人愤世嫉俗，超然物外，投入"新潮派"；80、90年代以来，受怀疑、非议最多的，寂寞最甚的，恰是人数最多的"写实派"，仿佛混不下去了似的。作为一个在新中国成立以后、改革开放之前形成的主要艺术流派，在今天的形势下受到挑战是毫不奇怪的。人们有理由怀疑它是新中国社会主义政治路线的产物，我并不排除这一流派的产生和形成的政治因素，但并不认为它是主要因素。从表面看来，50、60年代中国与西方隔绝，受苏联影响最大，写实的人物画也恰恰适应了"为政治服务"的要求。但是，从本质上看来，"写实派"的产生和形成却是由艺术自身的规律所决定的。前面说过，中国画的发展是从"写意"走向"写实"，而由于种种内部和外部的局限，"写实"的发展进程极其缓慢，远远没有登峰造极。时至今日，许多中国人还误以为唐伯虎是最杰出的人物画大师，正是人物画的悲哀。中华民族是个喜欢登峰造极的民族，"欲穷千里目，更上一层楼。""会当凌绝顶，一览众山小。""不畏浮云遮望眼，自缘身在最高层。"不到极致决不肯罢休。民族的审美要求呼唤着"写实"，曹不兴误笔成蝇的轶事和神笔马良的神话，只不过是对这种要求的低层次的满足。许多人物画家各显其能，力图创造奇迹，攀登"写实"的峰巅，但由于传统法则、技巧和工具材料的限制，从顾恺之到任伯年都没有完成这一任务。因此，这一任务便历史地落在了今天的"写实派"肩上。中国人物画必须也必然会出现一个"写实"的高峰，使民族的长期渴望之情得到满足和宣泄，使世界民族艺术之林达到生态平衡。为什么我们已经有了令西方艳羡的"写意"，却还要追求在西方已成历史陈迹的"写实"？这不是"舍本逐末"吗？不，在艺术上，"写意"和"写实"并没有高下雅俗之分，东西方各自由此及彼或由彼及此，都是由自身的发展规律所决定的，这是历史的必然，犹如月之盈亏。不管你喜欢不喜欢，中国人物画的"写实"高潮都会如期来临。想在它面前退却，回归传统是不明智的，那样只能延误历史的进程；想把它跳过去，超前行动，直奔"新潮"，是望梅止渴、画饼充饥，必然会由于先天不足、底气不足而最终自暴自弃。

历史呼唤中国人物画出现一批"前无古人，后无来者"的高水平代表作。它们也许有可能在我们这一辈中年人还活着的时候出现，也许还要晚个把世纪。从现有画家中去寻找"大师"，从现有作品中去筛选"杰作"是不够的，未来的高峰还有待创造。我想，那样的大师应该具有涵盖历史、吞吐宇宙的胸怀，应该对中西绘画有着精深的研究，对不同的两大艺术体系有着总体把握能力，而对它们的比较、撞击和融合、交汇达到自由自在的地步。那样的作品应该具有宏阔的篇幅，超脱"条幅""横批""扇面""镜心"的概念，如巨型纪念碑矗立在人类面前。它们应该从本质上而不是从表面上继承中国艺术的凝练、概括和"写意""传神"，应该从源头而不是从中、下游去借鉴传统艺术"平面构成"的大手笔。他们应该最大限度地把西方写实绘画在结构、体积、色彩诸方面的长处吸收进来，与中国以线造型的长处完美地结合，发挥到最佳水平。鉴于篇幅的巨大和手段的丰富，现有的水墨人物的表现方法恐怕难以胜任，我们也许可以寄希望于工笔重彩。但这已经不是原来意义上的"工笔重彩"，而必须从审美趣味到表现手段到工具材料来一番彻底的改造。不要小看我一再提及的"工具材料"，从历史上看，中国画的每一次重大的改革都是伴随着工具材料的更换。

我们寄希望于未来。无志于此者不妨仍然个行其事，它并不影响多元并存、百花齐放。有志于此者则应该从现在做起，努力推进这一迟早要到来的高潮，攀登这一遥遥在望的高峰，创造出无愧于历史、无愧于当代、无愧于未来的鸿篇巨制，黄钟大吕！

预测未来是一件冒风险的事，在下姑妄言之，应验与否，要待历史老人去下结论。

原载《中国画研究院通讯》1991 年第 5 期、《美术》1992 年第 3 期、《中国画研究》第 10 期（人民美术出版社 1993 年版）

杀父与返祖

请允许我在谈论中国艺术时偶然也扯到外国的人和事。

1898 年，刚刚 17 岁的西班牙人毕加索说了一句惊人之语："在艺术上，人们必须杀掉自己的父亲！"

时至今日，全世界的人无论喜欢不喜欢毕加索的画，却都不能否定他的大师地位。而他的巨大成功，正是萌发于 17 岁时的顿悟："杀父"！毕加索生于艺术世家，他的父亲曾经为培养儿子成才付出了大量心血，并且让他在美术学校经受了严格的基本功训练。然而毕加索要"杀父"！学院式教学的因循守旧和创作上的陈陈相因使他感到窒息，他要反叛这传统，做一个"不肖"子孙，唯一的办法就是"杀父"，"杀"出一条属于自己的血路！他成功了！

毕加索当然不是西方艺术家之中第一个"杀父"者。文艺复兴"三杰"，米开朗基罗、达·芬奇、拉斐尔，"印象派"代表人物莫奈、"20 世纪艺术之父"赛尚、高更和梵·高，都曾向自己的"父亲"抡起了板斧。他们所处的时代不同，"杀"的对象也不同，但其精神是一脉相承的，那就是：反叛传统，做不肖子孙！而历史证明，他们一个个都成功了！

"杀父"与"弑君"，在中国被摆在同样地位，可谓大逆不道。"天地君亲师"，至高无上，哪有随便"杀"的道理？！不要说"杀"，仅仅"不肖"就已经罪莫大焉。"肖"就是像，所谓"惟妙惟肖"便是酷似。父亲希望儿子酷似自己，哪怕其貌不扬、獐头鼠目，也要儿子酷似自己，所谓"龙生龙，凤生凤，老鼠儿子会打洞"便是最生动的注脚。如若不然，便要疑心这孩子是否自己的骨血。在中国，最厉害的骂人话莫过于"野种""杂种"了。

所以，中国人绝少反叛，而极多继承。孔夫子几千年不倒，就因为他是"天地君亲师"这一套的集大成者，是封建政治和封建文化的维护者。当然，为尊者讳，我们可以避而不谈他倒是由父母"野合而生"的真正的"野种"。中国虽然也不乏"弑君父"者，但不会明目张胆，而要找个堂而皇之的理由，比如武王伐纣，那是"吊民伐罪"。汉献帝末年，天下大乱，刘备明摆着想趁机夺权，却要说成"匡复汉室"。即使像梁山好汉那样揭竿而起，也不会公开地宣布如李逵所说"杀了鸟皇帝，由哥哥做皇帝"，而要打出"替天行道"的旗号。其实历次改朝换代，谁都没说自己是"造反"，都是"替天行道"。所以几千年下来，皇帝的姓氏换来换去，"天地君亲师"却没有变，一脉相承。中国的皇帝只有智、愚之分，面孔却都是一副面孔，没有一个赞成"造反"的。

什么样的土壤滋生什么样的文化。西方文化是突变型的，中国文化是渐变型的。渐变也是一种"反叛"，但比较缓慢，从而也就显得比较隐蔽，令人不易察觉。诗歌由四言而五言而七言，由乐府而律诗而词而曲，都是渐变。渐变当然不是不变，但变得缓慢而柔和，而且是在继承上的变，韩愈"以文入诗"，苏轼"以诗入词"，正体现了这种渐变的藕断丝连。诗、词、曲，在中国人看来变化很大，而放在国际大环境中去看，仍然是一锅吃饭的父子兄弟，面貌差不了哪儿去。绘画由顾恺之到吴道子到任伯年，变化其实也并不大。"四王"是"保守派"，主张"笔笔有出处"；"扬州八怪"是"革新派"，难道就笔笔无出处吗？大水冲了龙王庙，一人家不认一家人，其实出处是共同的，那就是儒道合一的传统大文化。在中国漫长的封建社会，一切文学艺术都没有突破这个大文化。它约束了或曰决定了人们在政治、道德、审美诸方面的价值取向，虽然有流派之别、门户之见、朝野之争、古今不变，但谁也没打出圈儿去。中国深远而浓厚的传统文化氛围，熏陶了整个民族的上下数千年。它是一坛陈年老酒，浸泡了所有的文人墨客，也浸泡了下里巴人，包括孔乙己、阿Q，也包括鲁迅。鲁迅奉劝青年"不读中国书"，是因为他自己读够了。他的格律诗写得地道得很，不读中国书，哪儿来的这么大的本事？毛泽东主席在《同音乐工作者的谈话》中指出："艺术离不了人民的习惯、感情以至语言，离不了民族的历史发展。艺术的民族保守性比较强一些，甚至可以保持几千年。"这话说得何等精辟！中华民族的文化正因为它源远流长、深厚浓酽、灿烂辉煌，也就更加重了它的保守性，这和美国那种只有200年历史的新兴移民国家是不同的，和欧洲也是不同的。欧洲虽然也有灿烂的古代艺术辉煌期，但后来衰落了，中断了，所以才需要"复兴"。在他们的"文艺复兴"之前的中世纪，中国这边儿正热闹着呢！中国人从来也没有感到艺术有什么"危机"，只需要继承和发展。发展是为形势所迫，而继承则是与生俱来的本能。所以当我们说"继承和发展"的时候，就不知不觉地把重心放在"继承"上了，"发展"往往是一个带有装饰性的词汇。

"继承和发展"这个口号其实还是蛮不错的，很全面，很辩证。但在温良恭俭让的中国人实行起来，却又很容易成为保守的遁词。这也正是中国人极乐于接受这个口号的真正原因。因为它省去了披荆斩棘的艰难，省去了"杀"出一条血路那血淋淋的风险。"继承和发展"必然是只有富家子弟才能说能做的，有祖上传下来的殷实家底儿，一般来说要"守摊儿"也并不太难，即便不再发展，一时半会儿也不至于感到危机。中国的艺术发展缓慢，就是吃了"家底儿"太厚的亏。没有经过"破产"的痛苦，没有经过"杀父"的残酷，没有"不肖"子孙，"老字号"就一直维持下去。

当中国结束了半封建半殖民地的政治之后，当中国又结束了闭关锁国的国策之后，人们开始认真地观察世界，并且重新盘点自己的"家底儿"，于是关于如何对待传统的问题便一次又一次地提到议事日程上，却一次又一次地被"继承和发展"这一口号弄得模模糊糊，甚至连这个口号本身也快成为"传统"了。曾经有几个人发出过"反叛传统"的呐喊，但很快就被压倒了，因为他们的口号不全面、不辩证，授人以柄，要压倒也不难。压倒他们的不是传统本身，而是对待传统的"传统"态度。我们还不能容忍一个真正的"杀父"者出现，或许"杀父"者还没有足够的勇气和实力。这一场厮杀还有待时日。

话说到这里，人们有理由怀疑我磨刀霍霍，有杀人企图，或者是在教唆别人去杀人，反正唯恐天下不乱、图谋不轨就是了。我自知手无缚鸡之力，难以当此重任，但我确实盼望有真的勇士出来"杀父"。"传统"就那么神圣吗？捅它一刀又如何？

很久以来，我们已经弄不清什么是传统、传统是什么。前几年美术界有个青年人说要把传统"完整地送进博物馆"，我听了就挺纳闷儿。传统是什么？传统就是传宗接代的血统，政治的、经济的、文化的、风俗的，等等。只要没断子绝孙，传统就没完，怎能"完整地送进博物馆"？传统是历史造就的，历史的每一天都在积淀，都在发展，什么时候是"完整"的？如果把中国文化传统"完整地送进博物馆"，岂不是要亡国灭种？即使以今天划线，把昨天以前的都"完整地送进博物馆"，那么"送"过之后又如何呢？明天中国人还活不活？明天和明天以后，中国人还有吟诗的雅兴、绘画的冲动，其作品难道就不是中国文化了吗？所以提这种口号的人很容易被扣上"民族虚无主义"甚或"卖国主义"的帽子，被骂个狗血喷头也是自己找的。

其实中国的文化传统远远没有坏到需要"完整地送进博物馆"或者说"斩草除根"的地步。恰恰相反，它所具有的伟大魅力，"引无数英雄竞折腰"，伟大如毛泽东、鲁迅尚且对它依依不舍，何况我辈？我们的疏忽在于：在讲"继承"的时候往往忘记了毛泽东在它前边还加了一个状语，叫作"批判地继承"。他说："中国的长期封建社会中，创造了灿烂的古代文化。清理古代文化的发展过程，剔除其封建性的糟粕，吸收其民主性的精华，是发展民族新文化提高民族自信心的必要条件；但决不能无条件地兼收并蓄。"鉴于他首先是一位政治家，所以考虑一切问题必然把政治放在首位，这一点我们应予充分理解。但是这丝毫也不意味着他对艺术品位的迁就。从他在浩如烟海的古代诗人中对曹操和"三李"（李白、李贺、李商隐）的特别偏爱，以及通过他自己的杰出诗作，就已经可以得出明确的结论。他的取、舍决不仅限于"封建性"和"民主性"这一政治标准，他同时又有一个十分明确的艺术标准："偏重豪放，不废婉约"。奋发进取、惊世骇俗的浪漫主义精神，前无古人的独创气概，高度完美而又具有极大的感染力，正是他们的诗作获得毛泽东的赞赏的原因。促使他们成功的其实就是"杀父"。

"杀父"就是前无古人。前无古人是推动历史前进的动力。前无古人就是创造出前人所未曾创造的东西。前无古人的前提是敢于站在古人之上，敢于俯瞰他们而不是一味仰视。

我在前面提到的那位洋人毕加索，曾经说过一段这样的话："在这个世界上，第一是中国有艺术；第二是日本有艺术，当然日本的艺术还是受了中国的影响；第三是非洲的黑人有艺术。除此之外，白人根本没有艺术。"

这段话让我们听起来真是异常舒服。因为他对中国的艺术五体投地，认为我们天下第一。如果我们真的这样认识问题并且陶醉其中，那就极其不幸。毕加索这段话的真正价值首先在于他"前无"了西方的"古人"，这正是他的"杀父"精神的体现。

请允许我先放下毕加索，再说说米开朗基罗。米开朗基罗"杀父"当然杀的是中世纪西方文化，但他并没有把西方文化统统地"杀"掉，他越过了"父亲"这一代，而把目光投向了古希腊艺术。所谓"复兴"，是"垂亡继绝"，把西方真正有价值的东西继承并发展了。

而毕加索呢，当他意识到米开朗基罗辈把这"垂亡继绝"的活儿已经干完了，并且被"杀"于莫奈、梵·高等人之手，他就决不再进行无效劳动了，他再一次"杀父"，把目光投向东方，盗得新的火种，从而把西方艺术推向令人瞠目结舌的新境界。但很遗憾，这活儿却不是东方人干出来的！

我们不能说毕加索画的是中国画，也不能说他的艺术是东方艺术。毕加索实际上是"为了打鬼，借助钟馗"。他否定西方的传统艺术，但对东方艺术、对中国画也不可能全盘肯定、"全盘东化"，他是有取舍的。那么，他取的是什么？舍的又是什么？震撼毕加索的是黄皮肤的中国人观察世界的独特的眼睛。在这双眼睛中，世界不再是由体积和光影构成的空间，而无中生有地看到了"太极生两仪，两仪生四象，四象生八卦"这种纯抽象的符号。这是对世界的重新认识和重新组合。中国人基于这样的观察和认识，才创造出了中国的艺术，体现在戏剧上是图案式的脸谱、程式化的唱腔和动作以及"表现"式的表演；体现在绘画上是二维空间的平面构成、不受外光影响的固有色直接拼接和在自然界根本找不到的线条以及由此派生的种种笔触。"意象"能够变为图画，甚至于"大象无形"，如此等等，中国人统称之为"写意"。这真是西方人见所未见、闻所未闻的。西方人悟到"写意"的奥妙其实是19、20世纪的事儿，而在中国却已经有数千年的历史了。

所以毕加索一旦开窍，就五体投地。但我想毕加索决不会喜欢唐伯虎之流那种酸溜溜的"文人画"，更不会喜欢为投清朝统治者所好而繁琐堆砌的宫廷"艺术"。

然而遗憾的是，中国的艺术"传"到了今天，"统"而言之，就统统成了"传统"，一概神圣不可侵犯了。事实上，我们的"祖"辈的智慧并不等于"父"辈的智慧，奴隶主阶级和封建地主阶级在他们的上升期所焕发出来的勃勃生机，并不可能保持永久。在封建社会末期，尤其是离我们最近的半封建半殖民地社会，它的腐朽没落已经成为主流，要求它创造出世界一流的文化是不可能的，靠祖先的光荣再为它贴金则更显得可怜了。所以才会爆发"五四"运动，所以才要革命。"五四"就是一次思想上、文化上的"杀父"运动。"五四"已经过去了70多年，它的成果还有多少？人们对它的意义的领悟又有多少呢？孔家店"打倒"之后又重新开张，当年的"五四"只不过是一次"过激"的尝试罢了。

也许它的失误在于"杀"得太狠了些，不仅"杀父"而且"杀祖"了。我们似乎应该从米开朗基罗"杀父"而"返祖"中醒悟点儿什么。

我们的祖先那儿确实还有不少好东西，不要因为"父"辈的无能而看轻了他们。当然更不要因为祖上的辉煌而把无能的"父"辈也顶礼膜拜起来。

美术界有一种"隔代遗传"的说法儿，意思也就是"返祖"。当人类跨越不知其所以然而然的原始艺术时期而掌握诸多技巧时，无疑是一大进步；当人类到了成熟的年龄重新回到童稚的天真，则又是一个更大的飞跃，现代艺术和原始艺术的亲近似乎是一条令人费解或者令人振奋的规律。"返祖"当然不是要变成毛孩儿使用石刀石斧，或是穿起大袖宽袍捧着青铜器喝酒。中国人有一句现成的话叫"发思古之幽情"，只是"思""思"而已，目的在于"以史为鉴""古为今用"，这也是成语。而毕加索身为西方人，竟"思"起东方的"古"来，那么用心，那么虔诚，并没有被西班牙人指责为"卖国贼"之类，也值得我们研究。我们的胸襟好像也应该更开阔一些。

人类永远不会抛弃自己的历史，区别只在于：有的扛着荣誉，有的背着耻辱，而真的勇士则为历史写上前无古人的篇章。

原载《四川文学》1992 年第 8 期

歧 路 风 景

翻阅报章，见到一篇台湾书法家龚鹏程的文章《书法无定法——从执笔练字谈起》，读来颇有趣味。他说，古来名家写字，执笔的方式千奇百怪，只要字写得好，其实怎样执笔是无所谓的，好比拿筷子吃饭，姿势纵或怪些，若能夹得着菜吃，旁人又何用呵议？至于写字该学哪一家，也不妨因乎自然，各人依性之所近，依审美直觉，找着喜欢学的碑帖，喜欢学的书家去学便是。正如人坐上桌去，持了筷子便须夹菜，焉能听一桌人七嘴八舌争辩出什么菜最有营养之后才动筷子？"这样会不会走岔了路呢？""会的。""那如何是好？""这又怕什么？岔路上也有风景。而且，写字做学问，用功就不会白费，既已开步走，还愁不长气力吗？"

读到这里，不禁会心一笑，"岔路上也有风景"一语，实为过来人的经验之谈，于不经意间闪耀出哲理的光彩。

这使我想起自己的过去。我幼时学字，楷书临《玄秘塔》，隶书临《曹全碑》。一则由于条件所限，当时家中只有这两种帖，无所选择；二则自己喜欢，前者之骨力遒健，后者之秀丽飘逸，皆令我心仪，倾力追摹，渐有所得。到了青年时代，渐渐觉得《曹全碑》较之同时代的《史晨碑》《礼器碑》，秀逸有余，而雄劲不足；柳公权结体、笔姿过于"收"，未若颜真卿之"放"。这时才意识到，当初喜爱这两种帖，和自己的气质有其内在联系，也就是上述龚君所说的"性之所近"，由于相近而相浸、相染，也由于这种浸染，进一步强化了自己的这一气质，以至在我的书画中隐隐可见柳公权和《曹全碑》的影响。于是便有了一种"走岔了路"的感觉，此时要想改弦易辙，为时已晚。但平心而论，自己从《曹全碑》《玄秘塔》之中已经受益匪浅，学其长而又知其短，这"岔路上的风景"难道不也是一大收获吗？

我本无意做书家，因为从小便接受了"书画同源"的思想，只把临帖作为学画的一种辅助手段。那时抱定了以中国画为志向，而学画之初却是从西洋素描入手，坚持不懈地写生静物、人物、动物，在考入艺术院校之前就已经打下比较坚实的造型基础。岂料几十年后，画坛风气大变，五六十年代把素描引入中国画教学的训练方法遭到某些恪守传统或者崇尚前卫的人士的非议，似乎我们这些人都走了"岔路"。而我却至今不悔，心中一直感念童年时代教我学习素描的启蒙老师，如果没有他的引导，我恐怕只能顺着《芥子园画传》的"正路"走下去，真不知能学出什么名堂。当代中国画大师如徐悲鸿、刘海粟、吴作人、林风眠、李可染、李苦禅、吴冠中等等，都是从西洋画入手的，难道他们都走了"岔路"吗？20世纪是中西绘画交融的时代，如果彼此壁垒森严，鸡犬之声相闻，老死不相往来，那我们就连谈论中西绘画之比较的资格都没有了。李可染先生说过："用最大的气力打进去，用最大的气力打出来。"我以为，不仅对待中国画传统，对待外来画种也应如此，"打进去"方知气象万千，"打出来"始觉豁然开朗。

60年代初，我从南京艺术学院附中毕业，考入中央工艺美术学院。其实我心目中的首选志愿是中央美术学院国画系，无奈那一年国画系不招生，只好报了中央工艺美院装饰绘画系书籍装帧专业，这是工艺美院各系中绘画性最强的一个专业，因为书籍装帧是一门综合艺术，其手段丰富多彩，中国画、油画、版画、雕塑、水粉画、水彩画、摄影几乎无所不包，应当说，能够进这个专业，在当时已是最佳选择了，上千名考生竞争，只录取六个人，谈何容易！记得入学时，我深夜到达北京，凌晨两点钟敲开工艺美院的大门，在传达室坐到天明。我问看门的老头儿王福来："书籍装帧专业都学哪些课程？"他漫不经心地说："也就是画个插图啦、书皮儿啦什么乱七八糟的。"听了这句话，"别是一番滋味在心头"，此中也不无"走岔了路"的感觉，因为这和专攻中国画毕竟不同。及至真正上"路"，才发现这条"路"并没有走错，工艺美院集中了一批各具成就的著名艺术家如雷圭元、庞熏琴、张仃、张光宇、张振仕、祝大年等著名教授，后来又从北京艺术学院转来了卫天霖、吴冠中、白雪石、俞致贞等大画家，中央美院来兼课的还有李苦禅、田世光先生，这个阵容已是相当可观了。更为可贵的是，这支队伍很"杂"，国画与西画交错，写实与装饰兼容，自然而然地打破了门户之见、流派之争的藩篱，为学生提供了兼收并蓄、融会贯通的广阔空间。由于"左"的干扰，中央美院在50年代曾发生过排斥中国画、批判印象派那样的荒唐事，而工艺美院所受影响较小，大概是因为有"工艺"二字做挡箭牌，在一定程度上挡了"左"风，这里不那么"正统"，也就相对自由活泼。有人戏称张仃先生为"毕加索加城隍庙"，这种概括也许不一定准确、全面，但从中也约略可以窥见工艺美院的学术氛围和教学体系。吴冠中先生自称"杂食动物"，"东寻西找"，"土土洋洋，洋洋土土"，他的学生也深受其影响，"吃"得比较"杂"，出了校门，许多人并没有从事原来的专业，做别的也拿得起来，而没有"改行"的感觉。一些人脱离了工艺美术，以绘画为业。我毕业之后在北京画院做专业画家，画中国画，绕了一圈儿又回到原来选定的路上。但那一圈儿却没有白绕，"岔路"上的风光无限，大大丰富了中国画创作的底蕴和内涵，我是深深得着了好处的。我们系的系主任吴劳先生有一句名言："孵小鸡孵出鸭子也很好嘛！"为此，他曾经被批得一塌糊涂，其实这句话有什么错？不但没错，而且堪称警句，道出了一个艺术规律：顺乎自然，因势利导，厚积薄发，水到渠成。鲁迅由学医出身而成为伟大的作家，黑泽明由学画入门而成为杰出的电影导演，他们又何曾懊悔自己所走过的"岔路"？

有道是："在科学的道路上，是没有宽阔平坦的大道可走的。"艺术的道路也是如此，在某种意义上甚至可以说，"岔路"不仅难以避免，甚至是必然的、必需的，因为在探险者面前没有高速公路，没有空中缆车，你必须脚踏实地，一步一步去摸索，去寻求，舍近求远、绕弯子都是常事，甚至误入"盘陀路"、碰上"鬼打墙"也说不定，但毕竟路是人走出来的，即便在无路可走的荆棘丛中，你也要踏出路来。好在"岔路上也有风景"，峰回路转，柳暗花明，让你目不暇接，心清神爽，忘却疲劳困顿，不停地走下去，在崎岖山道上留下一串洒满汗水的脚印——那本身就是一道美丽的风景。

"岔路上的风景"，一条九曲回肠的攀登者之路，一曲甘苦自知的跋涉者之歌。

原载《随笔》2001 年第 5 期

作 画 者 说

学无新旧，画得好才是好画

岁月在握笔挥毫的指缝间流逝，不知不觉，几十年过去了，世界在变，中国在变，画坛在变，新潮叠起，流派纷呈，令人目不暇接。作为一位中国画家，应该怎么办？现实主义是不是已经过时了？自己是不是已经落伍了？对于某些云山雾罩的"新潮"理论，故弄玄虚的"前卫"作品，是不懂装懂地"跟风"呢，还是应该像安徒生童话《皇帝的新衣》里的那个孩子一样坦白地说出来"其实他什么也没穿"？经过多年的观察、思索和实践，我明白了王国维先生所说的道理："学无新旧也，无中西也"。学问如此，绘画亦如此，东方和西方，写实和抽象，本无所谓新旧，也无所谓优劣，区别只在具体作品。不管是写实还是抽象，是传统还是现代，画得好才是好画；画得不好，说破大天也毫无意义，千万不要被"皇帝的新衣"所迷惑。我们当然要不断探索新的表现方法，但是创新、变革，不能为"变"而变，更不能随波逐流地跟着别人"变"，如果"变"得连自己都不认识了，不喜欢了，那就失去了自我。一个画家，最好的状态是：走自己的路，画自己的画，并且尽最大努力把它画好。

我十分钦佩苏轼的诗词，却极不赞成他的画论

东坡先生谓："论画以形似，见与儿童邻。"在他看来，从形似的角度谈论绘画，像小孩子一样幼稚可笑。东坡也能画，但只不过是兴之所至，抹几笔花卉竹石，以书法的意趣，"书写"已经抽象化的文化符号而已，他从未画过人物，也不可能画出像阎立本的《历代帝王像》、李公麟的《牧马图》、宋徽宗的《文苑图》、张择端的《清明上河图》那样严谨精致的创作。东坡生活在中国画从工笔走向写意的时代，他本人就是文人画的领袖人物，以豪放派诗人的优越心态，极力强调笔墨情趣的重要性，而将"形似"作为嘲笑的对象。在这样的"舆论导向"影响之下，宋元以降，以文人画为主流的写意花鸟、山水空前发展，而人物画却逐渐

衰落，如果不是还有梁楷的几幅水墨人物和任伯年灵动飘逸的线描支撑局面，几乎没有什么可观的了。

近代以来，随着西风东渐，国人见识了西洋油画的丰富表现力，接触了摄影、电影等等贴近生活、表现人物的新鲜艺术样式，对中国人物画的固有表现手段已经不满足了，产生了新的期待，这既是时代的潮流，也是艺术自身发展规律。中国古代不重写生，对宽袍大袖掩盖之下的人体没有做过解剖研究，即便像顾恺之、吴道子、阎立本那样的高手，主要贡献也是丰富和发展了线描的表现力，而对人物的形象刻画则显得雷同单一，《历代帝王像》画了那么多不同时代、经历差距很大的人物，面部造型竟大同小异。在这种固定的图式中，古人画的孔子、孟子都是缺乏个性的符号，苏东坡和陶渊明、韩愈没有多少差别。这就是为什么今天的人们宁愿相信蒋兆和凭想象虚构的祖冲之、李时珍、杜甫形象的原因，因为这些更像一个个真实的生命，一个个真"人"。20 世纪中后期，徐悲鸿、蒋兆和应运而生，将解剖、体积、光影、色彩这些西方造型艺术的理念和手段糅合于中国画之中，这是一个划时代的贡献，具有里程碑的意义。之后，一批有志于写实人物画的画家进行了长时间的创作实践和理论探索，包括从另一路杀出来的"黑马"黄胄，他没有经过学院式的素描训练，却也是从生活入手，从写生入手，以急风暴雨般的速写线条表现准确生动的造型，给画坛吹进一股前所未有的清风。20 世纪50 年代，徐悲鸿、蒋兆和、黄胄的画都曾被冠以"彩墨画"之称，似乎已经"离经叛道"，不是中国画了，如今却已经成为公认的传统。试想，如果没有徐悲鸿、蒋兆和、黄胄，今天的人物画会是个什么样子？

不要轻率地否定"造型加笔墨"，不要傲慢地嘲笑"论画以形似，见与儿童邻"，其实儿童的眼睛是最真诚的，还记得那个《皇帝的新衣》的故事吗？当所有的人都违心地称赞赤条条的皇帝的"新衣"时，唯有那个孩子说了真话："他其实什么也没有穿啊！"小孩子看画，首先要知道你画的是什么，其次才是画得好看不好看。如果你画张三不像张三，画李四不像李四，肯定得不到认可。在人物画特别是肖像画中，首先征服人的是形象的魅力，越是为人们所熟悉的人物，观者对形似的要求越高，直至"酷似""毕肖"，唤起观者的视觉记忆和情感共鸣："哎呀，这不是谁谁谁吗？太像了，像极了！"甚至"比照片更像"，因为照片只是一个瞬间的影像定格，受种种因素所制约，未必能够准确全面地反映对象的形象特征和精神面貌，而优秀的肖像画是作者经过周密的观察与思考，将最大限度的信息浓缩于人物形象之中，因而更加典型，更加精粹，更加传神。诚然，形似并不是评价人物画的最高标准和唯一标准，但却是不可逾越的底线。形是神的载体，笔墨技巧则和油画的色彩、笔触等等技巧一样，都是塑造形象、以形写神的手段，形之不存，神将焉附？

人们在引用白石老人所说"作画妙在似与不似之间，太似为媚俗，不似为欺世"的时候，往往把重心放在"太似为媚俗"上，而忽略了"不似为欺世"。其实，老人把两方面都说到了，"善写意者专言其神，工写生者只言其形。要写生而后写意，写意而后复写生，自能神形俱见，非偶然而得也。"齐白石早年画过人物写真，用炭精擦笔，类乎照片，"似"则似矣，但少画意。晚年以简笔作写意人物，形神俱佳。我以为，老人所说的"太似"，并非否定形似，而是指"只言其形"而遗其神，自然主义地描摹对象，毫无笔墨意趣，这便俗了；"不似"则是"专言其神"而失其形，画什么不像什么，胡涂乱抹，故弄玄虚，还要以"逸笔草草，不求形似"自辩，岂不是骗人吗？细细体味，所谓"似与不似之间"，就是形与神、写生与写意、造型与笔墨完美结合的理想境界。要达到这个境界，当然很难。既要准确精到地塑造人物形象，以形写神，又要讲究"骨法用笔"、"气韵生动"，犹如"戴着镣铐跳舞"，远不如用狂草笔法挥写古木枯藤那么自由洒脱。然而，高度正是建筑在难度之上，唯其难，才让人知难而进。中国的传统诗词，格律森严，韵脚、平仄、对仗，几乎每个字都受到限制，令初学者举步维艰。然而，中国最优秀的诗人们却正是在这重重限制之中写出了精彩诗篇。画亦如此，愿随而往之。

做学者型画家，谈何容易

经常有一些青少年美术爱好者问我学画之道，我对他们说：搞艺术，第一靠天赋，没有天赋趁早别干这一行。第二靠技巧。作画当然要靠技巧，而且是高难度的技巧，"美术，美术"，不但要"美"，还要有"术"，是一个很重技巧的行当，没有扎扎实实的基本功，仅靠耍小聪明和口出狂言解决不了任何问题。我自童年时代便接受正规而严格的素描、色彩训练，以后又从附中到大学，兼学中、西绘画，学的都是技巧。当然，技巧远不是美术创作的全部，比技巧更重要的是思想。没有思想的画家就只是画匠、技工，画得再多，再熟，也只是"熟练工种"而已，而谈不上创作。第三靠修养，这是最根本的较量，看谁有底气、有后劲。此中奥妙，恐怕只有在艺术征途上跋山涉水的过来人才能会心一笑。

前两年北京画院曾经提出"做学者型画家"的口号。这个口号，说到容易做到难。这两年"国学"很热，于是谁都想跟国学挂钩，似乎凡是旧时代曾经有过的，哪怕是吹糖人儿、抖空竹都可以算到"国学"里头去。何谓国学？一曰义理之学，也就是哲学；一曰考据之学，也就是史学；一曰辞章之学，也就是文学。中国画是在国学传统中长期浸染而凝成的一份文化精华，历史上的中国画大师，几乎个个都具有深厚的文史哲素养，有些还堪称巨匠。今天的人，要达到这个高度着实不易。但若没有起码的国学基础，也就难以成为一个说得过去的中国画家。我曾多次看到今人画的《苏武牧羊》，画面上公羊、母羊和小羊都有，羊家族的"全家福"，这就不对头了。史载，匈奴"徙武北海无人处，使牧羝，羝乳乃得归"。这里所说的"羝"就是公羊，匈奴统治者交给苏武放的羊全是公羊，并且交代说，什么时候公羊产了小羊羔，才能放他回汉朝，这等于终身流放。对此全然不知而敢画苏武牧羊，不闹笑话才怪呢。"文人画"或者"新文人画"这种标签不是随便可以贴的。什么是"文人画"？那是以苏东坡为代表的一批杰出的文学家在诗文之余的挥毫遣兴，他们大多没有经过绘画的专业训练，在技术层面上可能不及民间画师的严密、规范，但文化的含金量却是后者难以比肩的。如果你尊崇文人画，那就首先要争取做一个文人——有文化的人，而不必急于为自己贴标签。

古法不足者增之

中国文化传统，也包括中国画传统，是一条流动的长河，在不断发展中前进。传统不是静止的，不是停滞的，因而，也不是尽善尽美的。古人不是万能的，传统也存在不足。比如，传统的中国画从来不画光影，不画条件色。是古人不屑为之，还是无力为之？按照以往的说法，中国的先贤艺术家们似乎是不屑于"自然主义"地表现世界，有意与西洋画拉开距离，把光影和条件色省略了。其实大谬不然。我们从一些文学作品中可以看到，古人对于光影和条件色并非视而不见。如李白的"我舞影凌乱"，苏轼的"起舞弄清影"，都明确地写了光影；白居易的"别时茫茫江浸月"还写了水中的倒影，他的"半江瑟瑟半江红"更是生动地描绘了江水在夕阳西下时，亮处呈现暖色、暗处呈现冷色的强烈对比。那么，我们有理由设问：为什么在和诗人同时期的美术作品中却看不到光影和条件色的表现呢？不是古人不屑为之，而是那时的人由于时代的局限和地域的局限，没有见识过以表现光影和色彩见长的油画，也不可能看到当时尚未发明的摄影、电影、电视技术的丰富的表现力，还拿不出与视觉感受相适应的绘画技法，我们又何必把这种局限看作长处呢？宋徽宗画的《瑞鹤图》，以绚丽的宝蓝色画满天空，以衬托漫天飞舞的白鹤，可以感觉到他对真实地表现大自然的色彩的强烈愿望，这也是传统绘画中极其少见的一个"染天"的特例。我相信，如果宋徽宗有机会接触西洋画，他恐怕不会持排斥态度，反而会积极地引进他所领导的画院的。古人并不像今人所想象的那样排外，真正的大师是虚怀若谷的。徐悲鸿先生说过"古法不足者增之"，为什么要这样说？因为他清醒地看到了古人的不足，包括光影、色彩、解剖、透视等等，中国的古法都明显不足，需要后人"增之"。20世纪以来，以徐悲鸿那一代为起点，一代又一代的艺术家，对"古法不足者增之"做了大量的探索，没有这些探索，就没有今天的中国画。

2012 年 5 月 11 日于听雨楼画室

中国画的留白

由西方人创造的油画，是要把画面涂满的，即使你画的是白色房间里的白衣人，持白色花，也要以不同层次的"白"——实际上是差别极其细微的不同色彩去表现，而不能露出画布。中国画则不然，传统作品从来没有把画面涂满的，而经常大量留白，任由纸的材质暴露于观者面前，不加掩饰。这在中国人看来，丝毫也不奇怪，因为说到底，中国画源于形象符号的书写，也就是"白纸黑字"，天经地义。即便后来"黑字"发展成丰富的图像，但美学观念和制作方式仍然是在白纸上"写"，无论工笔、写意，也不分人物、花鸟、山水，都称为"写"，笔触之外的部分自然也就保持载体材质的原样，任由其白，而无须加以涂抹覆盖了。

那么，这个"白"，是什么呢？

一、它可以是空白。空就是无，笔触、图像就是在一片空白上"无中生有"的。画人像，可以把背景完全省略，而不必去交代居于什么环境，也不必表现纵深空间。画树木花卉，可以脚下无土，背后无山。画山水，纵是山外有山，层峦叠嶂总有尽头，最后归于空白，归于虚无，也不必去染什么蓝天。总之，除了你要描写的主体之外的一切，都不存在。好比中国传统的戏曲，原本是没有什么舞台布景的，观者要看的是角色的表演，至于他身旁、身后的一切，都可以忽略不计，哪怕与剧情完全无关的人员上场搬动桌椅，甚至提了茶壶来，当众给演员"饮场"，观者竟也仿佛视而不见，你说奇也不奇？中国画的遗传基因与戏曲有着割不断的血缘，在"留白"上为自己摆脱了束缚，赢得了主动，那一支生花妙笔，可以在一张白纸上自由驰骋。

二、它可以是色。这里所说的"色"不是单指白色，而是可以代表任何颜色。中国画有"墨分五彩"之说，其实"白"又何尝不如此。在中国画中，白可以表现任何颜色，白描和水墨都是不着色的，照样表现斑斓世界，《八十七神仙图卷》和八大山人、郑板桥等人的作品就是最出色的实例。现代作品，多喜欢着色，但白色仍以留白为佳，那种空灵、自然、质朴，远胜于敷粉。在黄冑的画中不时见到有涂白粉处，甚至用白粉把人的牙齿一颗颗画出来，那恐怕是因为修改原来画得不如意的地方，不得已而为之，而他那信手挥洒的毛驴，哪里见得到涂改的痕迹？李可染的山水，莽莽苍苍的山间一线细流，竟完全是留白，试想，如果用白粉去画瀑布，岂不煞了风景？

三、它可以是光。现代中国画接受了西洋的光影、色彩、解剖、透视等等科学手段，对于"古法不足者增之"（徐悲鸿语）是大有益处的。但是，中国画的工具材料也有它的局限性，完全照搬西画的办法，是不可能达到的。从中国画的特性上讲，那样做也是不必要的，我们只能适当吸收西画的某些长处，融于中国画之中。现代人物画，少有不画光影的，面部的亮部，眼睛的高光，都是按西画理念去处理的。但是办法不一样，有的用白粉，有的留白。眼睛的高光因为面积小，为强调其亮度，用白粉亦无不可。而面部的亮部以及头发、衣饰的逆光，最好是留白，画坏了宁可毁掉整张画重新再来，也不可用白粉，因为那样一来，就全无中国画味道了。此中得失，只有亲身经历过的人才可以体会。留白的光，在色彩、体积都已经"西化"的情况下，犹如一根缆绳，拴在中国画的码头上，不让那飘摇的船儿走失。

四、它可以是笔触的组成部分。中国书法、绘画，常以渴笔枯墨，快速运笔，在纸上留下疾风骤雨般的笔触，谓之"飞白"。这个词汇很形象，令人想起李太白形容瀑布的"飞流直下三千尺"，那飞溅的水，就形成了一道虚中有实、实中有虚的"飞白"。其实，此时运动的主体是黑，飞白只不过是运动中留下的斑驳墨迹的空隙而已，有意思的是，它竟然不叫"飞黑"而偏偏叫"飞白"，因为那鲜活灵动的白太可爱了，以不可复制的奇特魅力给人以无限想象。

飞白是随着行草书法和写意绘画的出现而产生的，是力与美的体现，人作为艺术创作的主体，从循规蹈矩的必然王国走向畅快淋漓的自由王国的强烈意志的体现。

看似简单的"白"，其实奥妙无穷。前人说，"知白守黑""计白当黑"，中国画的创作过程，恰如围棋对弈，正是在黑与白的较量搏杀中，创造出变幻无穷的水墨世界。

原载《北京画院院刊·2010》（广西美术出版社 2011 年版）

众里寻他千百度

在艺术创作中，内容和形式是怎样一种关系？过去很长时期，总是说"内容决定形式"；近年来，有人反其道而行之，提出"形式决定内容"。以我之见，话都不必说得那么绝对，内容和形式是一对既对立又统一的矛盾，不是谁决定谁，而是相互依存，相互完善。每一件作品的内容都应该有一个与之相对应的最佳表现形式，在作品完成之前，它若隐若现，扑朔迷离，吸引着你去不懈地寻找。

我曾在 1984 年画过一幅《国歌》。画面的中心部位是人民音乐家聂耳的半身像，在拉着小提琴，扭动的身躯，飘动的长发，激昂的表情，背景是烽烟之中的万里长城，以及奔腾的马群。观众一望而知，他演奏的是《义勇军进行曲》——我们的国歌就是这样诞生的。这幅画在多次展出、发表之后，我却仍然不能尽意，总觉得画面上少了点什么，或者多了点什么，就像一件衣服穿在身上不那么服帖。到底是哪儿不合适呢？这个问题萦绕在脑际好多年，挥之不去，而又解之不开。

2001 年，中国美协为庆祝建党 80 周年筹备画展，约我创作一幅作品。备选的题材已经被别人挑得差不多了，只剩下铁人王进喜和聂耳。我毫不犹豫地认定了聂耳，因为这又触动了我当年那根剪不断、理还乱的神经，重新进入苦苦思索的创作状态。经过十多年的冷却，再看当年那幅画，觉得画面上的东西不是少了，而是多了。有了万里长城，奔腾的马群可以略去，滚滚烽烟也不必保留了，用腾出的篇幅突出长城，从原来的远景推成城墙的特写，从透视画法改为平面构成，以拓印手法铺排成一块块弹洞斑驳的墙砖，以此托出愤然拉琴的聂耳。与第一稿相比，画面明显地简洁了，感染力也增强了。这幅画展出、出版后颇受好评。今年的建党 90 周年美展，又把它拿出来展览一番。可是说实在话，2001 年交稿之后，我就已经不满意了，心里想着，找机会把它再推敲推敲。

机会不必等外界给予，最好的机会是自己顿悟，是灵感来袭。2003 年，这幅经历过两番锤炼的画，在我心中再次被刷新，清晰地呈现在脑际：长城，作为象征着中华民族悠久历史、铮铮铁骨和巨大凝聚力的特殊文化符号，有必要再强化，强化到咄咄逼人的程度；而画面中心的聂耳，则是长城的一部分，仿佛是从砖石之中"长"出来的，臂膀、身躯已经不必要了，需要刻画的只应该是那张怒发冲冠的脸、那双充满张力的手和那把怒吼的小提琴！我在《义勇军进行曲》的旋律中完成了人物部分，然后南下福建，在东山岛当年抗击倭寇的古城墙上，拓印下那极富沧桑感的一块块砖石，"宽银幕"式地展开，画面幅宽从第二稿的 97 厘米延伸到 400 厘米，这才畅快淋漓地舒了一口气！

《国歌》于 2004 年在纪念抗日战争胜利 60 周年美展中展出，从第一稿到最后定稿，前后长达 20 年。钱锺书谓，"寻诗争似诗寻我"，真诗家语也，非过来人不能道。记得俄罗斯雕塑家梅尔库罗夫也说过英雄所见略同的话：未来的作品其实已经"完成"，你的任务是把它完整地"挖掘"出来。真正的艺术作品，从来都是无中生有的，拿出世上本来没有的东西，才叫创造。而最完美的作品一经出现，却又仿佛天造地设，像"无可奈何花落去，似曾相识燕归来"，"春蚕到死丝方尽，蜡炬成灰泪始干"这样浑然天成的妙联，难道是人力可为的吗？像"问君能有几多愁，恰似一江春水向东流"这样行云流水般的佳句，谁有天大本事增删一字？上天预设了一个个奇局妙篇，再把艺术家送到人间，让他们去寻找，去破解，去挖掘，以考验他们的智慧和韧性，搜肠刮肚，绞尽脑汁，辛苦之极而又趣味无穷。创作过程正是一个两相寻找的互动过程，你寻它，它也寻你，"众里寻他千百度"，不经意间"蓦然回首，那人却在灯火阑珊处"！神来之笔的完成只在刹那间，那是艺术家最陶醉的时刻。值得玩味的不仅是完美的结局，也在于那个充满悬念的过程。京剧《三岔口》中三个人在黑暗中摸索着打斗，多少次因毫厘之差而失之交臂，观众看得惊险而有趣，这趣味就在于那个相互"寻找"的过程，看的就是演员高超的技巧和极其灵敏的应变能力，若是一开打就击中要害，"结果了那厮性命"，反倒觉得不过瘾了。

"寻诗"就是这样一个既烦难又愉悦的过程。"吟安一个字，拈断几茎须"，那是劳作之后面对成果的欣慰，犹如考古工作者小心翼翼地捧出深藏地下的文物，拂去泥沙尘埃时惊喜的微笑。罗丹说，雕塑就是"拿一块大理石，把多余的敲掉。"多么伟大的一个"敲"字！"敲"掉的是无用的顽石，是障眼的泥沙，而最终得到的是早已"完成"的作品——上天赐予的艺术精华。有趣的是，这不也正是贾岛"鸟宿池边树，僧敲月下门"的那个"敲"字吗？

原载《北京画院年刊·2011》

格 律 之 美

　　旧体诗词在今天的处境，有些像老祖母的嫁衣，穿么穿不得，扔了又舍不得。为什么穿不得？因为时代变了，当年的"时装"落后于今天的"新潮"一个世纪，如果穿了它上街，前朝遗老似的，难免被人侧耳目而视。为什么扔了又舍不得呢？因为它确有其价值，是多少代人创作实践的结晶，形成了民族风格、民族气派、民族特色，这样的好东西怎能轻易扔掉！那么，对这份祖先遗产，只有加以改造，使之既保留精华，又适应时代，今天的人们才能穿得上身。比如旗袍，清王朝灭亡之后，旗袍并没有随之废弃，近百年间不断地被改造，在面料、身长、袖长、领口、三围、开气儿、绲边儿、纽襻儿等等方面，人们动了不少脑筋，使得这一民族服装样式不仅没有失传，还有所发展，如今时装展示会上那些花样翻新、层出不穷的旗袍，都是从清代的老式旗袍改造而来。此中所包含的"继承与发展"的道理，似也适用于旧体诗词。

　　我们通常所说的旧体诗词，主要是指唐代兴起的所谓"近体诗"即律诗、绝句，以及发轫于唐、五代，完善于宋代的词，也可以包括在元代形成鼎盛的曲。今人所作的旧体诗词，是上述三个时代的延续。其中也有一些优秀作品，但数量很少。究其原因，当然是由于时代的变迁。任何一种艺术形式的生存和发展，都必须具备与之相适应的气候、环境和土壤，犹如古代战争以骑射和冷兵器拼杀为主要手段，当时的将士莫不精于此道。而今时过境迁，在飞机、坦克、导弹和原子弹时代，骑射在战场上已无用武之地，只能作为体育竞技项目供人观赏了。近现代的文学，本来被视为"末技"的小说占据了主流地位，诗歌的风光不再；而"五·四"以来的诗歌又以新诗为主，旧体诗词就没有多少空间了，写的人少，高手少，佳作少，自然也就难以形成规模。在这样的气候下，一些老先生的诗词作品能聊以自娱或者在小范围内供同道欣赏，难以广泛流传。不可否认，由于毛泽东主席擅长旧体诗词，并且在 20 世纪 60 年代发表了一批诗词作品，曾经造成了很大影响，同一时期，郭沫若、柳亚子也有几首旧体诗词令人们耳熟能详，但很大程度上却是因为与毛主席唱和，搭了"顺风车"，才得以传播。一般人由于喜爱毛主席诗词而竞相摹仿，但因作者本身的气质、阅历和学养、功力所限，那些"跟风"式的作品不可能达到毛泽东的水平，论其内容，多数是标语口号、豪言壮语；论其形式，则许多人不知诗词格律为何物，写出来的不过是"顺口溜"而已，被戏称为"老干部体"。

说到这里，就不能不提到毛主席在 1957 年 1 月写给《诗刊》的《关于诗的一封信》。他在信中说："诗当然应该以新诗为主体，旧诗也可以写一些，但是不宜在青年中提倡，因为这种体裁束缚思想，又不易学。"但他本人却是不喜欢新诗的，而致力于旧体诗词的创作，理论和实践似乎自相矛盾。其实这也不奇怪。按照他的哲学理论，这叫作"对立统一"。"诗当然应该以新诗为主体"只不过是一种理性的说法，这是由他的革命生涯和领袖地位所决定的，理所当然地在一切领域提倡"推陈出新"；而就其感性来说，他无法摆脱旧体诗词的魅力，所以又说"旧诗可以写一些"，为自己，也为同好留有余地。至于说"不宜在青年中提倡"，主要是指这种体裁亦即形式"束缚思想，又不易学"，但"不易学"并不等于不可学，如果熟练掌握了这种形式，那就不再"束缚思想"，而自由自在地驰骋，"从心所欲不逾矩"，他本人的创作便是成功的范例。

当然，要达到这样的境界，非一日之功。今人驾驭旧体诗词的难点，第一是现代语言和传统体裁的矛盾，要解决得好，既具时代气息而又古朴典雅，实属不易。但以时语、口语入诗（词）是古人、前人创作的成功经验，如白居易的"汴水流，泗水流，流到瓜州古渡头。吴山点点愁。"（《长相思》）苏轼的"花褪残红青杏小，燕子飞时，绿水人家绕。枝上柳绵吹又少，天涯何处无芳草！"（《蝶恋花》）辛弃疾的"昨夜松边醉倒，问松我醉何如？只疑松动要来扶，以手推松曰：'去！'"（《西江月》）写眼前景物，全用口语，明白如话，却毫无鄙俗浅陋之感；又如毛泽东的"西风烈，长空雁叫霜晨月。霜晨月，马蹄声碎，喇叭声咽。雄关漫道真如铁，而今迈步从头越。从头越，苍山如海，残阳如血。"（《忆秦娥·娄山关》）写当代战争，气势磅礴，慷慨悲壮，颇具古风，极为难得。语言运用水平是作者思想境界和学识积累的体现，需要长时间的锤炼，急于求成是不行的。

第二个难点是诗词格律。格律的主要内容包括字数、句数、对仗、押韵、平仄，其中字数、句数好办，一般人都可以"照虎画猫"。后三项就比较难了。不懂对仗根本不能作律诗，也不能作楹联。不懂押韵和平仄根本不能作诗词。而对仗不仅要求词性、词义相对，还须平仄相对，所以对仗也和平仄密切相关。但是，我们今天使用的《诗韵》和《词韵》已经和普通话拉开了很大差距，在普通话里，阴阳上去四声（也包括读音）已与古时不尽相同，入声则已"下岗分流"（在某些地区的方言里还存在入声），今人要想合乎古人的规范，只好死记硬背，而规范化的结果，往往读起来又不顺口。格律要适应时代，势必要进行改造。这里所说的改造，不是将格律全部推翻，那样就等于消灭了诗词，正如改造后的旗袍必须还是旗袍，如果改造成连衣裙、超短裙、比基尼，也就不成其为旗袍了。1957 年

1月，几乎与《关于诗的一封信》同时，毛泽东在与两位诗人谈话时说过："中国诗的出路，第一条是民歌，第二条是古诗。"他在1965年7月《给陈毅同志谈诗的一封信》中也曾说过："将来趋势，很可能从民歌中吸收养料和形式，发展成为一套吸引广大读者的新体诗歌。"对于未来的诗的形式，他并且提出过具体要求："应该精炼，大体整齐，押大致相同的韵。"鲁迅亦曾有过类似的设想。毛与鲁都是写作旧体诗词的大家，他们的主张是极富远见的。中国在新诗已有近一个世纪的历史，但被千万人传诵的作品极少，其重要原因是不讲究句式整齐和韵脚，读起来不上口，不易背诵，当然也就不易流传。正如毛泽东所批评的："新诗太散漫，记不住。"新诗是一个从外国引进的品种，要在中国生根，很难。翻译诗中似乎只有一首广为流传，即裴多菲的"生命诚可贵，爱情价更高。若为自由故，二者皆可抛"。那还是因为白莽的译本采用了中国的形式，若是照原作直译，就没有这样的效果了。传统的文人诗歌和和新诗的血缘很远，而与民歌的血缘很近。民歌之所以具有强大的生命力，其内容贴近生活、通俗易懂、生动活泼固然是重要因素，但形式上的一些特点也不可忽视，那就是：整齐，押韵，上口，易记。中国第一部诗歌总集《诗经》中的《国风》部分就是经文人加工整理的民歌集。楚辞、唐诗、宋词、元曲发展、繁荣也都从民歌汲取了大量营养。今天的一些流行歌曲和影视插曲，真正能够"流行"的，不是那些胡诌八扯、文理不通的无病呻吟，而是一些贴近诗词或者贴近民歌的作品，因为群众喜欢，才得以流传。

诗词和民歌有不少相通之处。但诗词又比民歌更严谨，更讲究"游戏规则"，这规则便是格律。毛泽东所说的"中国诗的出路，第一条是民歌，第二条是古诗"，意在糅合二者的长处，将民歌的生动活泼和诗词的格律严谨集于一身。当然，糅合就意味着改造，就诗词来说，首当其冲的就是适当改造其格律。

改造格律不是不要格律，不要格律和不懂格律同样是愚蠢的。我们以为，诗词格律改造的第一步可以从改造诗韵和词韵着手。以现行的普通话的读音和四声为依据，制订一部通用全国的、为大家所普遍接受的韵书，作为诗词写作的准则。这样，人们就不必再为古今读音和四声的差别而苦恼。平仄仍然要保留。正如毛泽东所说："不讲平仄，即非律诗。"（《给陈毅同志谈诗的一封信》）旧体诗词的平仄交错是很科学的，节奏感、韵律感皆由此而来。如果按照普通话的四声来排列平仄，朗读起来一定十分上口。黏、对法则也应该保留，汉语的对仗法则在全世界的语种当中是绝无仅有的，诗词决不可丢弃了对仗之美。解决了这几个关键问题，其余的就比较好办了。比如句子的长短，词就比律诗和绝句自由，曲则比词更自由，这是在诗歌的发展过程中自然形成的，将来的诗词很可能会创造出一些前所未有的新形式，但只要具备了上述几个特点，它就仍然是诗词，而不等同于新诗。

当然，这一改造工程并非一朝一夕可以告竣的，不能靠行政命令，也不能靠少数人说了算，而应该慎重为之，在创作和研究的实践中不断探索，集思广益，循序渐进，因势利导，水到渠成，逐步形成一套为广大诗词作者和语言文字专家所普遍接受的，易于在人民群众特别是青少年学子当中普及的，最后经国家有关部门认可的新格律，使诗词创作和鉴赏有"法"可循。如果在近几十年内能够完成这件大事，那将是对中华文化的一项伟大贡献。而在新格律问世之前，诗词的创作还应该遵循原有的格律。否则，不等新衣做好就急切地扔掉旧衣，那就"衣不蔽体"了，难免贻笑大方。

原载《人民政协报》2007 年 4 月 16 日

乡关何处朱陈村

　　缘于浓浓的乡情，读书中凡遇涉及故乡之处，总是倍感亲切。唐代大诗人白居易有一首《朱陈村》诗，开篇便说道："徐州古丰县，有村曰朱陈。"说的就是敝乡江苏丰县的一个小小的村庄，以朴素的笔墨，勾勒描摩出它的地理状貌和乡村民俗：

> 去县百余里，桑麻青氛氲。
> 机梭声札札，牛驴走纭纭。
> 女汲涧下水，男采山上薪。
> 县远官事少，山深民俗淳。
> 有财不经商，有丁不入军。
> 家家守村业，头白不出门。
> 生为陈村人，死为陈村尘。
> 田中老与幼，相见何欣欣。
> 一村惟两姓，世世为婚姻。
> 亲属居有族，少长游有群。
> 黄鸡与白酒，欢会不隔旬。
> 生者不远别，嫁娶先近邻。
> 死者不远葬，坟墓多绕村。
> 既安生与死，不苦形与神。
> 所以多寿考，往往见玄孙。
> ……

　　在诗人笔下，一派宁静安详的田园景象跃然纸上。这个不大的村庄，只有"朱""陈"两姓人家，代代通婚，世世繁衍，男耕女织，封闭自守，人们乐天知命，与世无争，生活虽称不上富裕，却也能自给自足，并无"长安米贵，居大不易"的烦恼，所以才活得长久，长寿翁姥层出不穷，四世同堂之家比比皆是。诗人由此想到自己几十年命运坎坷，宦海沉浮，"昼行有饥色，夜寝不安魂；东西不暂住，往往如浮云；离乱失故乡，骨肉多散分"，某种程度上还不如终老朱陈村的田舍翁"既安生与死，不苦形与神"。至篇末发出喟然长叹："一生苦如此，长羡朱陈村！"

当然，诗人的感叹终归是感叹自己，即便在这首田园诗里，他也还是忘不了炫耀自己"十岁解读书，十五能属文；二十举秀才，三十为谏臣"的光荣历史，虽说也曾"少小孤且贫"，而今毕竟肩负着"承家与事国"的重任，恐怕也不肯真的弃官来做一名农夫。然而，他由"世法贵名教，士人重冠婚"而感慨"以此为桎梏，信为天傮人"，却又不失真诚，这正是身在仕途欲罢不能知识分子扭曲灵魂的共鸣。正因为如此，名不见经传的朱陈村才触动了诗人的情怀。

这些暂且不谈，我所感兴趣的是由于白诗而名世的朱陈村。岁月悠悠，世事沧桑，当年的朱陈村，如今在哪里？白居易诗中说"去县百余里，山深民俗淳"，可见朱陈村地处远离县城的山区。而丰县本是平原地带，境内少山，明版《丰县志》所载华山、岚山、堕山、白驹山这四座山，其中华山在县城东南30里，名"东华"，以区别于西岳华山；岚山在华山北；堕山在岚山的东北，旧时与华山、岚山相连，周亘十里许。三座山连起来才"十里许"，实在小得可怜，是根本不能和西岳华山比的。剩下一座白驹山，在县城东南十里许，当距华山不远。我幼时所见，城东只余华山，不过几十米高，像是平地上的一个馒头。60年代在那里发现了什么矿，于是挖山不止，到现在已经开采殆尽，称不上什么"山"了。纵使唐代地貌与现在不同，但城东这块地方与白居易说的"去县百余里"终归是对不上号。明版《丰县志》称朱陈村"在县治东南百里许"，显然是沿袭白诗的说法，并无他证。倒是清光绪二十年版《丰县志》又有一说，朱陈村在城西北赵庄附近，开河得古碑于此，始信此处为古朱陈村。可是赵庄距县城仅20里，而且这一带平坦无山，完全不符合白诗中"县远""山深"两大特点，这又怎么解释？

千余年来，朱陈村的典故为文人墨客广泛运用，甚至"朱陈"二字已成为婚姻的代称，与"秦晋"并列，但是至今谁也无法确指朱陈村的具体位置，不能不说是一大憾事。依我看来，问题恐怕首先出在白居易身上。如果把这首诗和白居易咏叹民间疾苦的一些作品相比较，就显得有些空泛了，朱陈村的"机梭声札札，牛驴走纭纭。女汲涧下水，男耕山上薪"之类就平常得很，未见过人之处，远不如《观刈麦》《卖炭翁》《新丰折臂翁》《杜陵叟》《红线毯》等等那么生动、形象，比起"足蒸暑土气，背灼炎天光；力尽不知热，但惜夏日长"，"可怜身上衣正单，心忧炭贱愿天寒"，"地不知寒人要暖，少夺人衣作地衣"，都要差得远了。我甚至感到奇怪，为什么处在同一时代，秦中的贫妇"右手秉遗穗，左臂悬敝筐"，"家中输田尽，拾此充饥肠"，而丰县朱陈村的村民却能够"黄鸡与白酒，欢会不隔旬"，"田中老与幼，相见何欣欣"？为什么在新丰县（汉高祖刘邦在定都咸阳后，把他的老爹刘太公从故乡丰县接来，为慰太公的恋乡之情，依照丰县城的布局仿建了一个"新丰"，这个地名沿用至今）"村南村北哭声哀，儿别爷娘夫别妻，皆云前后征蛮者，千万人行无一回"，而古丰县竟然可以"有丁不入军"，莫非这里是"世外桃源"吗？是的，白居易正是把它作为一个"世外桃源"来写的，以此寄托某种理想，如陶潜当年的奇思妙想然。所不同的只是，陶潜笔下的那个桃花源纯属虚构，而丰县朱陈村却是真实存在的。但白居易大约只是听说有这么个村庄，并未真正实地采访过，仅凭道听途说，便想当然地把它写成了诗中的这番景象，连它的确切位置也没有交代清楚。因为白老先生的名气太大，朱陈村也随之名扬天下，后世人若要"按图索骥"，却又难寻踪迹，留下了千古之谜。

白居易之后，咏朱陈村的诗文中最著名的当数宋代苏轼所作《题陈季常所蓄〈朱陈村嫁娶图〉》二首，诗曰：

> 何年顾陆丹青手，画作朱陈嫁娶图？
> 闻道一村惟两姓，不将门户买崔卢。
>
> 我是朱陈旧使君，劝农曾入杏花村。
> 而今风物哪堪画？县吏催钱夜打门。

此图为陈季常所藏，就是"河东狮吼"那个著名典故的男主角陈季常。这首题诗，不提此图作者的姓名，也没有论及画技的妙处，而直接称颂"顾陆丹青手"，与画坛圣手顾恺之、陆探微相提并论，显然是为好友的收藏捧场的应酬之语。苏轼是做过徐州刺史的，朱陈村当然在他的治下，但"闻道"二字说明，他也未必去过朱陈村，因此除了"一村惟两姓"之外，并没有为我们提供更多的信息。不过，此诗也有可贵之处，"而今风物哪堪画？县吏催钱夜打门。"道出了封建社会广大农民的悲惨处境，也打破了白居易编织的"世外桃源"式的童话。

"我是朱陈旧使君，劝农曾入杏花村。"苏轼的这两句诗，无意中又扯出了一个"杏花村"。"杏花村"始见于唐代诗人杜牧的那首脍炙人口的七绝《清明》，也是因为作者的名气大，使后世久久地争论不休。有人说杏花村在山西汾阳，也有人说遍查杜牧的年谱和传记，证明杜牧根本没有到过山西，否定了"汾阳"说。又有人说杏花村在安徽贵池县，并举清人郎遂所写的《杏花村志》为证。但是，比郎遂在世年代还早数百年的《丰县志》却白纸黑字地记载着："杏花村，按《古今诗话》，徐州古丰县，有杏花村，东去（县城）二十里。苏文忠题《朱陈村嫁娶图》云：'劝农曾入杏花村。'"这似乎颇可令丰县人骄傲。但若以苏轼的诗为据，却又不免使人仍存疑窦：这里的"杏花村"就一定是杜牧诗中"牧童遥指杏花村"

的那个"杏花村"吗？很难说。细细推敲，苏轼先称"我是朱陈旧使君"，后道"劝农曾入杏花村"，一半是为了避免重复，一半是其实他也没有去过朱陈村，不便确指，总之这位使君曾为鼓励农民耕作而下过他所治下的乡村就是了，又何必区分此村与彼村？这里的"杏花村"与其说是村名，毋宁说是泛指春耕时节的乡村，犹如现代人所说的"开满杏花的村庄"。由此再细审杜牧的那首诗，恐怕也是这个意思。诗人"借问酒家何处有"？牧童朝着烟雨迷蒙、杏花灿烂之处抬手一指：喏，那里便是——这难道是个村名吗？所以，无论谁说杏花村在自己的家乡，都拿不出足以服人的证据。爱家爱乡，本是人之常情，"谁不说俺家乡好"，古人今人皆然，但"人自以为乐土，家自以为美都，竟着所居，言过其实"（唐·刘知几《史通·杂术篇》语），就失之偏颇了。如今一些历史传说、名人遗迹，被许多地方竞相攀附，你争我夺，非要把失传的历史（甚或根本不是历史）凿实，反倒俗了。其实，让美丽的传说复归于传说，让朦胧的诗篇保持其朦胧，岂不更好？又何必杀了"诗美"！

原载《随笔》1999 年第 1 期

"明月别枝惊鹊"辨

少年时读辛弃疾词《西江月·夜行黄沙道中》，首句"明月别枝惊鹊"颇费解。当时的语文老师将此句描述为一幅剪影式的画面：与树枝相迭的一轮明月升高了，突然离开了树枝，惊飞了原来栖息在枝上的鹊。我不知道这样解释是否有依据，但心中是不服的。现实生活中的月亮不可能像动画片那样跳动，以人类的肉眼看来，它的运行是极其缓慢的匀速渐进，短时间内几乎难以察觉，怎么能突然"惊鹊"呢？此后几十年来，这个疑问便一直存留在我的头脑中，读书时凡遇到这首《西江月》，都要急切地查找关于"明月别枝惊鹊"的注解，特别是名家的注解。

较早看到的是胡云翼先生选注的《宋词选》（上海古籍出版社1962年2月第1版，1978年3月又出了新1版），注为："明月别枝惊鹊——月的亮光惊了睡在斜枝上的乌鹊。苏轼《次韵蒋颖叔》诗：'月明惊鹊未安枝。'此用其意。别枝，另一枝，斜枝。"

与此相近的，有俞平伯先生的《唐宋词选释》（人民文学出版社1979年10月北京1版，1994年12月北京第5次印刷），释为："曹操《短歌行》：'月明星稀，乌鹊南飞，绕树三匝，无枝可依。'方干《寓居郝林氏亭》：'蝉弋残声过别枝。'又'月明惊鹊未安枝'，两见苏轼诗（《次周令韵送赴阙》《次韵蒋颖叔》）。别枝，另一枝。词意谓鹊因月明，惊飞不定，从这一枝跳到那一枝。'别'乃形容词，若作动词，释为离别之别，意虽亦相近，却下文'半夜'不对偶。"

胡、俞两位先生都把"别枝"释为"另一枝"，而且引前人诗以说明出处。我初看时觉得新鲜，但细细想来，也并未使我信服。因为，他们引用曹操、苏轼诗，都不过为了给月与鹊的关系找到依据，而不干"别枝"的事；方干诗中虽有"别枝"字样，但前面多了一个及物动词"过"，情形便不一样了，不足以证明辛弃疾一定用了方干的典。况且，对于此说，另外一些专家也并不认同。

唐圭璋、潘君昭、曹济平三位先生选注的《中国古典文学精华·宋词》（北京十月文艺出版社1995年4月第1版）注为："苏轼《杭州牡丹诗》：'月明惊鹊未安枝。'周邦彦《蝶恋花》词：'月皎惊乌栖不定。'都是说月明则惊鹊，要离枝飞去。"他们显然不赞成将"别枝"作"另一枝"讲，而是认定为动词的。

以上各家之言虽有所不同，但也有一个共同之处，那便是：都力图说明"月明则惊鹊"。而另一位权威人士朱光潜先生又有自己的见解："'明月别枝惊鹊'句的'别'字是动词，就是说月亮落了，离别了树枝，把枝上的乌鹊惊动起来。这句话是一种很细致的写实，只有在深夜里见过这种景象的人才懂得这句诗的妙处。乌鹊对光线的感觉是很灵敏的，日蚀时它们就惊动起来，乱飞乱啼，月落时也是这样。这句话实际上就是'月落乌啼'的意思，但比'月落乌啼'说得更生动，关键全在'别'字，它暗示鹊与树枝有依依不舍的意味。"（朱光潜：《艺文杂谈·读白居易和辛弃疾的词四首），安徽人民出版社 1981 年第 1 版）

这就有意思了，一方说"月明则惊鹊"，一方说"月落乌啼"，二者截然相反，教我们听谁的呢？或者说，哪一说更接近辛弃疾的原意呢？既然在名家那里得不到确切的答案，不妨自寻途径。窃以为，月亮的"落"是一个渐渐暗淡的过程，并不像从天上突然掉下来什么庞然大物那么大的动静，因此，无论乌鹊是否如朱先生所说"对于光线的感觉是很灵敏的"，都不至于因为月落而吓它一跳，惊飞起来。反之，月亮的升起也不似皮球般突然跳将起来，不至于把鸟儿惊飞。即使是被云层遮没的月亮重新显现，那也并非突然阳光灿烂而是月光如水，本是鸟儿们常见的景象，怕个什么呢？由此推测，张继所闻"乌啼"并非由"月落"引起，曹操所见"乌鹊南飞"也非因"月落"所致；甚至连苏轼所说"月明惊鹊未安枝"，周邦彦所云"月皎惊鸟栖不定"，其中的"惊鹊""惊鸟"也未必与"月明""月皎"有什么内在的联系，诗人那么写，不过是为了烘托环境和意境罢了，并不像李清照的《如梦令》那样由"争渡，争渡"之因导致"惊起一滩鸥鹭"之果。试问：辛弃疾《贺新郎》有"何处飞来林间鹊"句，没有月亮的任何事儿，那鹊也照样飞，却又何解？苏轼《卜算子》中"缺月挂疏桐"，那月亮既不升也没落，"孤鸿"竟然"惊起却回头"，却又何解？所以，看到辛弃疾《西江月》中写了"明月"，也无须一定要和后面的鸟儿拉上关系。依我看来，这"明月"不过为诗人观察"惊鹊"起了照明作用而已——不然稼轩先生就只闻"惊鹊"之声而不见其形了。至于"鹊"是为何而"惊"，词中没有说，当然可以有多种原因，比如有人在"稻花香里说丰年"，比如"蛙声一片"，比如天上落下来的"两三点雨"，再比如作者的脚步声和吟哦声，不都是有可能"惊鹊"的吗？何必非强拉"明月"不可！

最后再说"别枝"二字。朱光潜先生自然是不赞成将"别"字视为形容词的，明确地说了"'别'字是动词。"但他接下去又说："就是说月亮落了，离别了树枝"，这就与本文开头我年引用的少年时代语文老师所说的比较一致了，区别只在于，一个说"月升"，一个说"月落"。这仍然是我所不能接受的，理由在前面已经讲过了，"明月"即使"别枝"也不可能"惊鹊"，因此，"别枝"的不应是"明月"，而只能是"惊鹊"。某些人之所以要把"明月"和"别枝"联系起来，无非是因为此四字相连。其实古人诗词中为了平仄或韵脚而将词语倒置的现象是常见的，如杜甫的"香稻啄余鹦鹉粒，碧梧栖老凤凰枝"，柳宗元的"孤舟蓑笠翁，独钓寒江雪"，苏轼的"故国神游，多情应笑我"等等，不胜枚举。辛弃疾的"别枝惊鹊"也是如此，作者为了适应平仄格律而故意作了前后调动，其实就是"惊鹊别枝"。我们当然无权也无须改动辛氏大作，但为了便于理解，试将"明月别枝惊鹊，清风半夜鸣蝉"颠倒重组，做一番通俗化的处理，"翻译"成"鸣蝉半夜清风里，惊鹊别枝月明中"，稼轩原意便一目了然。

原载《人民政协报·文化周刊》2000 年 1 月 3 日

独自莫凭栏

南唐后主李煜《浪淘沙》词云：

> 帘外雨潺潺，春意阑珊。罗衾不耐五更寒。梦里不知身是客，一晌贪欢。
>
> 独自莫凭栏，无限江山，别时容易见时难。流水落花春去也，天上人间。

此词为李煜代表作之一，早已脍炙人口。然而多种版本中，字句稍有不同，如"不耐"又作"不暖"，"莫凭栏"又作"暮凭栏"。今人选本中，俞平伯先生的《唐宋词选释》（人民文学出版社1979年10月北京第1版）当是具有权威性的，在该本中，前者"从《全唐诗》及通行本"作"不耐"，后者"从《全唐诗》写作'暮'。"

这里单说"莫""暮"之争。俞平伯先生此处曰："各本多作'莫'，'莫'字原为'暮'的本字。故有两解：一读入声，解为勿，一读去声，解为黄昏。各家说亦不同。我前在《读词偶得》里读为入声，作否定语讲，并引后主另词'高楼谁与上'来作比较。一人两作固不必全同，说亦未必是。下片从'凭栏'生出，略点晚景，'无限江山'以下，转入沉思境界，作'暮'字自好。今从《全唐诗》写作'暮'。"

显然，俞先生在编选注释之时，已经反复比较了多种选本的不同，尽管"各本多作'莫'"，他却选择了"暮"。但这并不是他唯一的选择，在这之前，他在《读词偶得》里本来是"独自'莫'凭栏"的，但到了《唐宋词选释》又否定了自己，改变主意，写作"暮"了。可见他的选择也是犹犹豫豫的，到底是"莫"还是"暮"？拿不定十分把握，这就为我们留有讨论的余地。诚然，"莫"字原为"暮"的本字，或者说，"莫"通"暮"，无论解作"勿"是解作"黄昏"都是说得通的，所以众多版本中的同一首词才出现了差异。然而这种差异其实并不是文字本身的差异，而只是编者、注家解读的差异，所以，我们完全不必陷入版本的纠缠，以致"公说公有理，婆说婆有理"，那是永远说不清的。

最好的办法是择善而从。"莫"和"暮",哪个更符合作者的原意? 或者说,哪个更好? 这也正是俞先生的意思,只可惜他把方向弄反了。俞先生说:"略点晚景……作'暮'字自好。"这是从视觉审美出发。是的,当日暮时分,夕阳斜照下的李后主凭栏远眺,画面确实是很美的。然而美虽美矣,却少了一份亡国之痛的心灵悸动,使作者九曲回肠的情怀归于平淡,与下句的"无限江山,别时容易见时难"脱节了。其实,作者登楼凭栏的时间是在黄昏抑或月夜都并不重要,而至关重要的是,当"一旦归为臣虏"的薄命君主、绝代词人在囚禁之中回首无限江山,该是一种怎样的心情? 联系到李煜的另一首《浪淘沙》中所说"故国不堪回首月明中"以及俞先生前引《菩萨蛮》句"高楼谁与上",还有作者在同一时期的其他词作,思想内涵是完全一致的。他无限依恋"故国","不堪回首"却又频频回首,心灵的刺痛难以言说,"四十年来家国,三千里地山河"都已经失去了——不是从人间消失,也不是从视线中消失,而是换了主人,"雕栏玉砌应犹在,只是朱颜改"。"国破山河在"更使人触目惊心,回首何益,徒增悲伤耳,他不忍、甚至不敢再看了! "独自莫凭栏"正是准确地体现了作者心灵深处孤独、恐惧而又欲罢不能的矛盾冲突,一个"莫"字使通篇皆活,实为点睛之笔!

这种修辞方法,在李煜词中出现当不止一处。如《相见欢》之"剪不断,理还乱,是离愁",剪而不断还要剪,理而还乱还要理,作者心中一团乱麻,搅得读者心中也乱麻一团。前人也曾做过成功的先例,如李煜的父亲李璟《山花子》之"还与韶光共憔悴,不堪看","不堪看"并非闭目不看,而是"看"后的感慨,那憔悴更折磨人。二李之后,诗人、词家也屡用此法,翻出新意,如:陆游《钗头凤》之"莫、莫、莫! "口中说"莫"而心中情丝难断;辛弃疾《丑奴儿》之"欲说还休",话未出口而愁绪已现;鲁迅《无题》之"忍看朋辈成新鬼",说"忍看",实是不忍看,不忍看而又必须直面血淋淋的现实。凡此种种,皆与"独自莫凭栏"有异曲同工之妙。

总之,敝意以为,就李后主独特的身世和词作的特定情景而言,"莫"字远胜于"暮";以其非凡的文学才华而论,他也决不会选择一个平庸的"暮"字,而必定用"莫"。

原载《人民政协报·文化周刊》2000 年 5 月 15 日

春风拂槛露华浓

《太真外传》载："开元中，禁中重木芍药，即今牡丹也，得数本：红、紫、浅红、通白者。上因移植兴庆池东，沉香亭前。会花方繁开，上乘'照夜白'，妃以步辇从，召梨园子弟中尤者，得乐一十六色。李龟年以歌擅一时之名，手捧檀板，押众乐前，将欲歌之，上曰：'赏名花，对妃子，岂用旧乐词为？'遵命李龟年持金花笺，宣赐翰林学士李白立进《清平调》词三章。白承旨，宿醒未解，因援笔赋之。"

李白所作的这三首《清平调》词是：

> 云想衣裳花想容，春风拂槛露华浓；
> 若非群玉山头见，会向瑶台月下逢。
>
> 一枝红艳露凝香，云雨巫山枉断肠；
> 借问汉宫谁得似？可怜飞燕倚新妆。
>
> 名花倾国两相欢，常得君王带笑看；
> 解释春风无限恨，沉香亭北倚阑干。

李白做供奉翰林的时间不长，其间最为"风光"的经历大概就算这件事了，奉旨进宫，当着皇帝的面，对着禁苑名花和倾国倾城的杨贵妃写歌词，"上自是顾李翰林尤异于诸学士"，想必那些御用文人嫉妒死了。其实，若仅就这三首歌词的思想内容和艺术水平而论，实在也没有什么高明之处，只不过是粉饰太平的应景之作而已，与诗人一贯狂傲豪放的风格极不协调，算不上他的代表作品。至于高力士向杨玉环打小报告，说李白将贵妃比作那个不得善终的赵飞燕，则是由于嫉妒则进谗陷害，未必切中李白的原意。然而这三首平平无奇的《清平调》却流传至今，究其原因，当然和作者的名气有关，但更重要的，恐怕是沾了唐玄宗和杨贵妃的光，一经钦点，身价倍增，何况这歌词是专为那位风流贵妃写的呢！国人对"君权"的崇拜可谓天下第一，历代王朝走马灯般地更迭，及至辛亥革命推翻帝制、缔造共和，都没有使这种热情稍减，直至今日，"御膳""御酒""宫廷秘方""宫闱秘闻"仍然风行于世而且愈传愈多、愈演愈烈，也是咄咄怪事！

这些姑且不论。现在我要说的是，李白《清平调是》中"春风拂槛露华浓"之"槛"字该怎么读法？按："槛"字有两种读音和两种释义：一读 jian，第四声，义为栏杆或栏板；一读 kan，第三声，义为门限，即俗称门坎儿。在我所接触过的表演性的诗词朗诵以及影视、戏剧演出中，凡涉及李白《清平调》，几乎无一例外地将"槛"读成 kan（第三声），这就不对了。唐宫沉香亭畔的牡丹，毫无疑问是种在露天花圃中的，周围绕以栏杆，这就是"沉香亭北倚阑干（栏杆）"。这"阑干"就是"槛"。"春风拂槛"意即春风吹拂着花圃周围的栏杆，若说成"春风吹拂门坎儿"岂不煞了风景？天下有这样的诗吗？

说到这里，又想起一件往事。大约十几年前，电视里播出一部名为《徐悲鸿》的电视剧，其中涉及一幅名画《折槛图》，画的是"朱云折槛"的故事：汉成帝时，丞相张禹以帝师的身份深受倚用，曾任槐里令的小官朱云上书求见成帝，斥责"今朝廷大臣上不能匡主，下无以益民，皆尸位素餐"，要求"赐尚方斩马剑，断佞臣一人以厉其余"。成帝问："谁也？"朱云答："安昌侯张禹。"成帝大怒："小臣居下讪上，廷辱师傅，罪死不赦！"御使上前抓住朱云，拖他下殿。朱云却不肯走，用胳膊死死地攀住殿前的栏杆，以致栏杆折断。此时的朱云还在大喊："臣得以从龙逢、比干游于地下，足矣！未知圣朝何如耳？"由于左将军辛庆忌免冠解绶，叩头殿下为他讲情，才使成帝息怒，朱云幸未被杀。后来，宫里要修理栏杆，成帝还特地嘱咐，不要换掉它，把折断的地方补上就行了，留着这栏杆表彰朱云这样的直臣。可是到了电视剧里，却不知是怎么搞的，扮演徐悲鸿的演员竟把《折槛图》的"槛"字读为 kan（第三声），显然是误解为门坎儿了。真是莫名其妙，朱云得有怎样的特异功能，才能把胳膊插进门坎儿底下并把它折断呢？其实，若要避免这样的错误也并不难，只要查一查书就清楚了，《资治通鉴》在讲到这段故事时，于"云攀殿槛，槛折"一句之下注得明明白白："槛，轩前栏也。"而如今的演员，肯下工夫读书的又有几人呢？即使有这个良好的愿望，恐怕也不知道该到哪里去查。据说当年某部古典文学名著拍电影时，演员当中只有一个人看过这部书，而且看的还不是原著而是连环画。如此这般拆烂污，要是能把戏演好，那就活见鬼了。

原载《人民政协报·文化周刊》2000 年 6 月 5 日

江州司马何"唧唧"

　　唐宪宗元和十年（815），白居易因与权臣吐突承璀交恶而遭贬，左迁九江郡司马。那是一个有名无实的闲官，"谪居卧病浔阳城"，苦闷无聊而又无奈。次年秋某夜，他送一位朋友至九江湓浦口，无意中听到江中泊舟有人在弹奏琵琶，"铮铮有京都声"，近前询问，得知弹奏者原系长安的妓女，因年长色衰而嫁与茶商为妻，而"商人重利轻离别"，妇人"去来江口守空船"，日子的凄苦可想而知。江州司马的落寞情怀被深深感动，琵琶女如泣如诉的弹奏似也代她"说尽心中无限事"。由此，诗人便"莫辞更坐弹一曲，为君翻作《琵琶行》"。

　　《琵琶行》作为千古名篇，世间早有公论。其艺术成就已令人叹为观止。如摹写琵琶声的"大弦嘈嘈如急雨，小弦切切如私语，嘈嘈切切错杂弹，大珠小珠落玉盘"，"银瓶乍破水浆迸，铁骑突出刀枪鸣"，"曲终收拨当心画，四弦一声如裂帛"，均极具韵律感，非兼擅音乐和文学的大师断难以出此语。如描述琵琶女情态的"转轴拨弦三两声，未成曲调先有情"，"弦弦掩抑声声思"，"低眉信手续续弹"，"沉吟放拨插弦中，整顿衣裳起敛容"，又极具画面感，读之如在眼前；再如"千呼万唤始出来，犹抱琵琶半遮面"，"此时无声胜有声"，"门前冷落车马稀"，"同是天涯沦落人，相逢何必曾相识"，则成为脍炙人口的名句，不知被多少人引用，至今仍然富有生命力。一首诗能够在历史上刻下如此深的痕迹，实在是了不起了。

　　然而金无足赤，《琵琶行》也并非百分之百无可挑剔。每当我诵读此书，读至"我闻琵琶已叹息，又闻此言重唧唧"，便要哑然失笑。"唧唧"是什么？《白居易诗选》（顾肇仓、周汝昌选注，作家出版社 1962 年出版）注为："唧唧是叹息之声；重唧唧，承上句说，更加叹息感慨。"《唐诗选》（中国社会科学院文学研究所编，人民文学出版社 1978 年出版）注为："唧唧，叹声。因为上句已用'叹息'一词，所以这句换成'唧唧'二字。"这样的注解是符合作者原意的，白居易先是听了琵琶演奏叹息了一番，但他不愿意重复使用"叹息"二字，便以"唧唧"代之。不会像今天的某些人那样随意生造诸如"很中国""特农民"之类连语法也不顾的词语，古人讲究遣词造句必有出处，那么"唧唧"的出处在哪里？

　　《唐诗三百首》中，陈婉俊为《琵琶行》注曰："《木兰诗》：'唧唧复唧唧'。"

是的，《木兰诗》开篇便是："唧唧复唧唧，木兰当户织。不闻机杼声，惟闻女叹息。"其中将"唧唧"与"叹息"并提，似乎给白居易提供了依据。但是白居易还是错了，他没有注意到《木兰诗》的这四句所包容的时间流程：开始是木兰在窗前织布，机杼"唧唧"有声；后来，织布机停了，也就没有了机杼之声而只听到姑娘的叹息声。借用电影的术语来说，前二句和后二句分别是两个"镜头"，"剪接"在一起，收到了"蒙太奇"的艺术效果。其实诗中说得很明白，"不闻机杼声，唯闻女叹息"，二者并非同时并存，前面的"唧唧"毫无疑问是模拟"吱吱呀呀"的机杼声，十分逼真，而与木兰的叹息无关，试问：世间哪有"唧唧"的叹息声？除非叹息者不是人而是老鼠！

滑稽吗？很滑稽。滑稽的不是《木兰诗》的无名作者，而是《琵琶行》的大名鼎鼎的作者，当他在浔阳江头为琵琶女的身世所感，便不由自主地"唧唧"起来，还自以为这叹息声古色古香。白居易显然误读了《木兰诗》，但他并不是普通读者而是一位大诗人，所以这误读也就不仅误了他自己，而且影响到一代又一代的人，后世凡是注《琵琶行》者就必然牵扯到《木兰诗》，因为有《琵琶行》的"唧唧"摆在那里，《木兰诗》的"唧唧"也就非解成"叹息"不可了，真是本末倒置，荒唐得可以。

还有一个与此类似的例子，也相当有趣。汉初，刘邦因为宠爱戚夫人所生的儿子如意，便打算废掉太子刘盈，改立如意。御史大夫周昌怒而廷诤，他这个人患有口吃的毛病，说起话来难免磕磕巴巴："臣口不能言，然臣期期知其不可！陛下欲废太子，臣期期不奉诏！"（《资治通鉴》卷十二）周昌的这番话，后来也成了名言，时至今日，也尝见有人在文章中作为典故引用，以"期期以为不可"来表示对某种事物的极不赞成。其实，周昌的"期期"二字本是由于口吃而造成的，非其所愿，也不表示任何意思，只不过相当于现代汉语的拟声字"喊喊"而已，而摹仿者不知就里，虽然自己并不口吃，却也将人家的语病照搬过来，岂非"东施效颦"！

原载《人民政协报·文化周刊》2000 年 8 月 28 日

释 "娇儿恶卧踏里裂"

杜甫的名篇《茅屋为秋风所破歌》，千古传诵，家喻户晓，当不仅由于诗人深沉博大、悲天悯人的情怀感动了读者，还因为此诗语言通俗，明白晓畅，音律铿锵，朗朗上口。但其中也偶有阅读障碍，如"娇儿恶卧踏里裂"一句，读起来就不那么顺口，要想解释得透彻也需费些斟酌。中国社会科学院文学研究所所编的《唐诗选》（人民文学出版社1978年4月北京第1版）注为："这句写娇儿睡相不好，把被里子都踏破了。"再看较新的选本《中国古典文学精华·唐诗》（北京十月文艺出版社1994年12月第1版），也是由中国社会科学院文学研究所选注的，其注为："这句话是说孩子睡觉不老实，蹬坏了被里。"词句较前稍稍变化了一些，意思还是一样的，只不过一个是父亲主观视觉里的儿子睡相，一个是客观描述儿子的睡态，"睡相不好"和"睡觉不老实"也差不到哪儿去。记得20世纪60年代初，我还在南京艺术学院附中读书，当时语文教材中对"娇儿恶卧"的注释就是"可爱的孩子睡相不好"，现行高中语文教材第六册（人民教育出版社语文二室编着，1995年6月第2版，1999年1月第3次印刷）仍然沿用此说，注为"娇儿的睡相不好"，可谓四十年一贯制，影响了至少两代人。在此期间我所读过的多种唐诗选本中，也还没有见到其他解释。

我对书上的这条注解，一直持怀疑态度。一是释义牵强，总觉得隔靴搔痒，未切中杜甫本意。试问：如果"恶卧"可解释为"睡相不好"，那么，形容某人站没站相、坐没坐相，岂不可写作"恶立""恶坐"，走姿不美也可说成"恶行"？这算是哪国话？二是于情理不合。从诗中的"娇儿"二字（在我所看到的选本中，此二字或未做解释，或解作"可爱的孩子"，我意以为确切的解释应为"心爱的孩子"）可以看出，诗人是很爱他的孩子的，何况"恶卧踏里裂"并非因为孩子顽劣而是由于居住环境的恶劣造成的，此时的父亲只会心疼孩子，怎能反而责怪其"睡相不好"呢？

歧义的关键在于"恶卧"二字，特别是"恶"。

按"恶"字是个多音、多义字，其一为 e 音（第四声），"不好"义项，作名词如"作恶""罪恶"中的"恶"字。作形容词时有"丑陋""不好""凶横的"等义项。持"恶卧"即"睡相不好"之说者便是取 e 音（第四声），"不好"义项，

121

甚至《简明古汉语词典》（史东编，云南人民出版社1985年第1版）"恶"字条下e音（第四声），"不好"义项也是以"娇儿恶卧踏里裂"为例句，可见此说已成"定论"。但不知为什么，专家们却没有理会"恶"字还有另外多种读音和多种义项，比如，读音为wu（第四声），作动词，义为"憎恨""厌恶"或"中伤"，作形容词，义为"耻"；读音为wu（第一声），作代词，义为"哪里""怎么"，作感叹词，相当于现代汉语中的"唉"；读音为e（第三声），则是"噁心"的"恶"字的简化字。抛开与本文无关的不谈，这里单说读wu的读音（第四声），"憎恨""厌恶"义项，敝意以为，这正是杜甫诗中所取，"恶卧"二字直译就是"不愿意（在这样的被子里）睡觉"。为什么？我们只要将前后两句连成起来读就十分清楚了："布衾多年冷似铁，娇儿恶卧踏里裂。"杜家的孩子盖的不仅是"布衾"（并非锦缎丝棉），而且已用了"多年"，显然很陈旧了，本身的保暖性能就已经很差，加之户外"秋高风怒号"，室内"雨脚如麻未断绝"，所以"冷似铁"，小孩子在这样的被子里睡觉自然是极不舒服的，甚至在脱衣入睡之际产生畏惧和厌恶之感，躺下之后又辗转反侧，乱踢乱蹬，以至把被里都蹬破了。对此，我是有切身体会的。童年时生活在江苏老家，按国家规定，黄河以南地区冬季不供暖，机关、团体、学校没有暖气，城乡居民也没有生火炉取暖的习惯，室内温度比北京冷得多了，夜晚入睡，小孩子往往把钻进冰冷的被窝视为"畏途"。父母怜惜我，便提前用烘篮（以藤条编成，状如半个灯笼骨架，下置火盆，北京人称之为"被烘儿"）将被子烤热，再唤儿就寝，使我免受"布衾多年冷似铁"之苦，如若不然，恐怕也要"娇儿恶卧踏里裂"了。杜家儿女多，显然不具备一个个为之烘烤的条件（连屋上的茅草都被风刮跑了，拿什么烤？），所以孩子们"恶卧"——憎恶这既凉又湿的被子，把睡觉看成苦差事而极不情愿。此处的"恶"当为动词"憎恶"之"恶"，并非形容词"丑恶"之"恶"。而注家只看到"睡相不好"的现象而忽略了本质，只计"踏里裂"的结果而未溯"恶卧"前因，不去想一想孩子为什么"睡觉不老实"，造成了对杜诗的误读、误解。这一误不打紧，辞书跟着误，教科书也跟着误，一代又一代人被误导，把杜诗读走了样，却怎么好？

原载《人民政协报》·文化周刊》2003年3月6日

起舞弄清影，何似在人间

宋熙宁九年（1076），岁次丙辰，中秋之夜，东坡先生"欢饮达旦，大醉"，写下了不朽辞章《水调歌头》：

> 明月几时有？把酒问青天。不知天上宫阙，今夕是何年？我欲乘风归去，又恐琼楼玉宇，高处不胜寒。起舞弄清影，何似在人间？
>
> 转朱阁，低绮户，照无眠。不应有恨，何事长向别时圆？人有悲欢离合，月有阴晴圆缺，此事古难全。但愿人长久，千里共婵娟。

这是论家公认的最优秀的中秋词，也是最优秀的咏月词，立意深邃而词语通俗，历代为世人传诵，应该说不至于有什么歧义。但我读此词，每读至"起舞弄清影，何似在人间"，难免疑惑再三：这到底是什么意思？为此，就去查书，找各种版本的宋词选本，看看专家、权威做何解释。

唐圭璋、潘君昭、曹济平先生著《唐宋词选注》（北京十月文艺出版社，1995年4月第1版）的注解是："'起舞'句用李白诗意：'我歌月徘徊，我舞影凌乱。'（《月下独酌》）两句说月下起舞、身影凌乱，想想月宫高寒，还不如在人间吧。"

胡云冀先生选注的《宋词选》（上海古籍出版社，据1982年10月新2版重排简体字，1997年11月第1版）注释为："'起舞弄清影'两句：月下跳舞，清影随人，天上怎么能比得上人间的幸福生活。"

一代词宗夏承焘先生著《唐宋词欣赏》（浙江古籍出版社，2003年8月第1版）的讲解是："……'起舞弄清影，何似在人间'两句是说，既然天上回不去，还不如在人间好，这里所谓'人间'，即指做地方官而言，只要奋发有为，做地方官同样可以为国家出力……在人间也可以得到快乐，何必一定要到天上去？在外面做地方官同样可以做一番事业，何必一定要回到朝廷中去呢？"

诸家所见略同。其他一些选本，注家所说也大体是这个意思，并且还往往联系到苏轼的政治遭遇和坎坷人生，以及他思想中"出世"和"入世"的矛盾，云云。

然而这样的解释很难使我信服。反复研读，总觉得这不是作者原意，无论从字面上，从语气上，还是从逻辑上，都不能作如此解。固然，苏轼在宦海沉浮和人生磨难中，一直纠缠着"入世"与"出世"的思想矛盾，但艺术毕竟不是生活的图解，特别是苏轼这样的大手笔，自不可能直白浅露地把升天喻为"出世"，把留在地上比作"入世"；或把升天比作"回到朝廷中去"，把留在地上喻为"做地方官"。苏轼生活在900多年前的封建社会，没有赶上我们的社会主义时代，所以，他无从认识入世与出世哪个是积极的人生态度；他也无须为了歌颂新社会，表明自己的世界观、人生观，而设法证明天上不好，还是人间好，自己又是如何热爱"人间的幸福生活"。他在这首词中，非但没有留恋人间不愿升天的意思，反而充满了对太空、对月宫的无限神往。即使追根溯源到李白的《月下独酌》，也是如此。"永结无情游，相期邈云汉"，什么意思？还不是与明月相约，有朝一日在太空中会面嘛！只是，无论李白还是苏轼，都明知此梦难圆，"我欲乘风归去"而不可得，所以苏轼才说"又恐琼楼玉宇，高处不胜寒"，这是诗人面对神秘宇宙的浪漫遐想，既不是真的要羽化升空，更不至于因嫌月宫太冷而不肯去吧？"琼楼玉宇，高处不胜寒"，这是真正的诗人的语言，雄奇而典雅，对于幻想中的月宫不但没有丝毫贬损，反而更增添了一层瑰丽神秘的色彩，其奇思妙想，堪与李贺的"羲和敲日玻璃声"媲美，令人赞叹不已，浮想联翩！当是时也，沐浴在如水月光中的诗人，情不自禁地翩翩起舞，蒙眬醉眼望着自己飘动的身影，恍若神仙，这哪像在人间呢？

我以为，这才是"何似在人间"的作者原意。当然，这只是我的主观猜测，我也不是这方面的专家，拿不出什么过硬的证据。事有凑巧，前不久偶然看到一则史料：

> 蔡绦《铁围山丛谈》卷3记载，歌者袁绹，乃天宝之李龟年也。宣和年间供奉九重，尝为吾言：东坡公昔与客游金山，适中秋夕，天宇四垂，一碧无际，加江流倾涌，俄月色如昼。遂共登金山顶之妙高台，命歌其《水调歌头》曰："明月几时有？把酒问青天。"歌罢，坡为起舞，而顾问曰："此便是神仙矣！"

袁绹那次演唱的，就是这首《水调歌头》。苏轼不但令伶人当众演唱，他自己还为之起舞，怡然叹曰"此便是神仙矣"，生动地体现了苏轼当时的情绪，同时也透露了他自己对"何似在人间"的解释。很明显，沉浸在《水调歌头》意境中的苏轼是陶醉、欢快的，飘飘欲仙，亦真亦幻，分不清自己是在天上还是在人间，此即谓"慨然有神仙之叹",亦即"何似在人间"——哪像在人间啊？

如果《铁围山丛谈》的记载属实，那么，我的理解应当是没错的。

原载《人民政协报·文化周刊》2004 年 2 月 2 日

灯火阑珊处

王国维《人间词话》谓："古今之成大事业、大学问者，必经过三种之境界：'昨夜西风凋碧树，独上高楼，望尽天涯路。'此第一境也。'衣带渐宽终不悔，为伊消得人憔悴。'此第二境也。'众里寻他千百度，蓦然回首，那人却在，灯火阑珊处。'此第三境也。此等语皆非大词人不能道。"

被他称为第三境亦即最高境的 20 个字，出自辛弃疾《青玉案·元夕》，全词为：

> 东风夜放花千树，更吹落，星如雨。宝马雕车香满路，凤箫声动，玉壶光转，一夜鱼龙舞。
> 蛾儿雪柳黄金缕，笑语盈盈暗香去。众里寻他千百度，蓦然回首，那人却在，灯火阑珊处。

稼轩此词，在历代以元宵为题材的文学作品中堪称第一。甚至到了今天，灯彩焰火已发展到激光喷泉、水幕电影，但就文学语言而论，这首《青玉案》仍然无可取代。年年元宵夜，当我们面对那流光溢彩的人间仙境，脑际闪现的仍然是"东风夜放花千树……"稼轩先生已经把话说尽，无须他人再附庸风雅、狗尾续貂。谁不服谁就试试，果真能写出超过辛弃疾的元夕词，则中国文学史也要改写了，那倒是天大的好事，只怕是做不到。

一位西方评论家说过，莎士比亚的作品是永恒的。在我看来，辛弃疾的作品同样具有永恒的艺术魅力，不因光阴的流逝而过时，令人发常读常新之叹。比如说，生活在 800 年前的辛弃疾根本不知电影、电视为何物，而我们从这首《青玉案》中却可以读出极强的"镜头"感：上阕从一组仰拍的空镜头开始，"东风夜放花千树，更吹落，星如雨"，充分铺排空中灯彩的绚丽与动感，接着，镜头下摇至地面，而后横移，"宝马雕车香满路"，接下来再来一组交错迭印镜头，"凤箫声动，玉壶光转，一夜鱼龙舞"，将光与色梦幻般的迷离飞动渲染到了极致，将节日之夜的热烈欢腾气氛推向高潮；下阕则从一组特写开始，"蛾儿雪柳黄金缕"，这是佳人们的头饰，镜头拉开，观灯的夫人小姐们已经尽兴，说笑着打道回府了，

"笑语盈盈暗香去"，她们的宝马雕车越走越远。当镜头在人群中搜索之时，我们仿佛看到一双焦灼的眼睛，"众里寻他千百度"，终因未能找到心上的人而深深失望。此刻"蓦然回首"——镜头突然掉转方向，对准灯已零落、人也稀疏的灯会现场，大全景中一个孑然伫立的身影，镜头缓缓推近，"那人却在，灯火阑珊处"！多么酣畅淋漓的"蒙太奇"啊！

然而，就连这么精妙绝伦的作品，竟也有人说不好，清代著名词论家陈廷焯在《白雨斋词话》中就说过，"稼轩最不工绮语。"并且特地指明，"即'蓦然回首，那人却在，灯火阑珊处。'……亦了无余味。"这简直是胡说八道！对陈老先生的谬论，不赞成者决非我一人，胡云翼先生就针对这番话批驳道："这显然是无视作者的别有寄托。作者追慕的是一个不同凡俗、自甘寂寞而又有些迟暮之感的美人，这所反映的正是他自己在政治失意以后，宁愿闲居、不肯同流合污的品德。"（《宋词选》，上海古籍出版社出版）胡先生还说，"梁启超称这首词'自怜幽独，伤心人别有怀抱'（梁令娴《艺蘅馆词选》引语），也是认为有所寄托的。"

不过，梁、胡两位前辈所说，我也有不敢苟同之处，所谓"别有寄托""别有怀抱"其实是古人用滥了的老调，人家明明写的是爱情，他偏偏要从中看出政治，这也影射，那也影射，不厌其烦地穿凿附会，把文学作品变成政治图解，那倒真是"了无余味"了。辛弃疾此词，写的就是一对恋人元夕约会的故事，文采瑰丽，结构奇特，情景交融，以情动人，这就足够了，何必一定要扯上"政治失意"呢？中国自古不乏爱情诗，从古代民歌《关雎》《氓》《上邪》《有所思》《孔雀东南飞》到元稹的《遣悲怀》（三首）、苏轼的《江城子》（"十年生死两茫茫"）、陆游的《钗头凤》（"红酥手，黄縢酒"）……都是脍炙人口的名篇，感人之处在于写爱情的真挚、深切，铭心刻骨，未必都和作者的政治遭遇有什么直接关系，何况那些民歌连作者是谁都无从知晓，更谈不到政治上"失意"不"失意"了。

小文至此，可以结束了。还有两句赘语，也附带说一说。一是可惜古时没有表示女性第三人称的"她"字（此字是刘半农先生在1920年创造的），不然，"众里寻他千百度"就可以写作"众里寻她千百度"了，阅读的感觉自又不同。二是"阑珊"二字为零落之意，稼轩词中"那人却在灯火阑珊处"，正是说元夕灯会的高潮已过，灯火零落，游人稀疏，而相约的美人还在等着他。遗憾的是当今有些知名作家却每每错解、错用，将"灯火阑珊"理解为夜景的辉煌，以"意兴阑珊"形容聚会的高潮，谬矣。

原载《人民政协报·文化周刊》2005年3月7日

浑然天成唱和诗

北宋元祐二年（1087）阳春三月，正是草长莺飞、柳絮飘舞之时，东坡先生触景生情，即兴填词，调寄《水龙吟》：

似花还似非花，也无人惜从教坠。抛家傍路，思量却是、无情有思。萦损柔肠，闲酣娇眼，欲开还闭。梦随风万里，寻郎去处，又还被莺呼起。

不恨此花飞尽，恨西园、落红难缀。晓来雨过，遗踪何在？一池萍碎。春色三分，二分尘土，一分流水。细看来，不是杨花，点点是离人泪。

此词以极富想象力、表现力的语言，写尽杨花（柳絮）风姿和闺中佳人的离愁别绪，也扫尽前人的同类题材之作。最妙的是末二句："春色三分，二分尘土，一分流水。细看来，不是杨花，点点是离人泪。"痴情醉眼，竟然能分解出春色的"化学成分"，屈指一一道来；而朦胧中细看，却又"不是杨花，点点是离人泪"。这是真正的诗的语言，天若不生东坡，恐怕至今也无人能道！

更令人不可思议的是，这首独出机杼的力作，竟然是一首和词，作者标明"次韵章质夫杨花词"。次韵者，不仅和他人原作，而且要依照原韵。杨质夫与苏轼同朝为官，名重京师，他的《水龙吟·杨花词》也是传诵一时的佳作，原词如下：

燕忙莺懒芳残，正堤上柳花飘坠。轻飞乱舞，点画青林，全无才思。闲趁游丝，静临深院，日长门闭。傍珠帘散漫，垂垂欲下，依前被风扶起。

兰帐玉人睡觉，怪春衣，雪沾琼缀。绣床渐满，香球无数，才圆却碎。时见蜂儿，仰粘轻粉，鱼吞池水。望章台路杳，金鞍游荡，有盈盈泪。

平心而论，杨氏此词，的确也具备相当水平，像"怪春衣，雪沾琼缀。绣床渐满，香球无数，才圆却碎"这样描写柳絮的词句，都极其生动形象。然而，一旦将原词和苏轼的和词相比，便顷刻黯然失色。苏词虽是和词，却后来居上，遥遥领先，以致千百年后，人们但知苏词而淡忘了杨词，如果不是东坡先生"次韵杨质夫杨花词"这几个字，也许在历史上就留不下痕迹了，原词反倒沾了和词的光。东坡的《水龙吟》是标准的和词，次韵也很彻底，所有韵脚，一字不差，然而我们在诵读苏词的时候，却全然感觉不到是在步他人原韵，而是词人自家情感、自家语言在酣畅淋漓地流淌，这正是东坡的过人之处，张炎《词源》盛赞此首《水龙吟》"压倒古今"，毫不为过。东坡毕竟是东坡！

在今人看来，传统诗词是一项高难度的创作，思想深度、艺术水平姑且不论，单就严格的格律即足以令人如履薄冰，稍有不慎便会犯规，诚可谓"戴着镣铐跳舞"，而和诗、和词还要次韵，那就是戴着双重的镣铐跳舞了，更是难上加难。但中国文人偏有此好，自古以来不乏唱和佳话，及至当代，仍余韵不绝。当年，毛泽东发表《七律·长征》诗和《沁园春·雪》词之后，都有不少人随之而和，但水平都与毛作相距甚远，没有一首旗鼓相当，这是由各人的才气、学养、功力、气质、阅历所决定的，急不得恼不得，有什么办法？

不过，当代诗人当中，和诗写得好的，也是有的。

我们都熟悉鲁迅为纪念柔石等五位青年作家而写的这首七律《无题》：

> 惯于长夜过春时，挈妇将雏鬓有丝。
> 梦里依稀慈母泪，城头变幻大王旗。
> 忍看朋辈成新鬼，怒向刀丛觅小诗。
> 吟罢低眉无写处，月光如水照缁衣。

对于此诗，郭沫若就有一首和诗，那是在1937年卢沟桥事变之后，他为了祖国的自由独立，摆脱日本当局的重重监视，抛妻别子，毅然回国，奔奔抗日战场时所作：

> 又当投笔请缨时，别妇抛雏断藕丝。
> 去国十年余血泪，登舟三宿见旌旗。
> 欣将残骨埋诸夏，哭吐精诚赋此诗。
> 四万万人齐蹈厉，同心同德一戎衣。

百分之百地步鲁迅原韵而和，却又是百分之百的原创，完全没有"戴着镣铐跳舞"的步态，书生意气，战士情怀，自由喷涌，浑然天成。郭沫若毕竟是郭沫若。

原载《人民政协报·文化双周刊》2006 年 3 月 6 日

功夫在诗外

陆放翁曾告诫他的儿子说："汝果欲学诗，功夫在诗外。"放翁之后的 800 年来，这句名言被无数次引用，当然，引用者都认为他说得对。但我以为，对与不对还可以商量。

对于大诗人陆游来说，这固然是对的，他的作品，"当年万里觅封侯，匹马戍梁州"的慷慨悲壮，"心在天山，身老沧洲"的寂寞苍凉，"错错错，莫莫莫"的哀婉凄绝，都和诗人跌宕的人生、丰富的阅历血肉相连，岂是闭门书斋雕章琢句可以得来的？诗外功夫确实了得。但这不等于说诗内功夫就不重要。中国的诗（广义的诗也包括词和曲），是所有文学样式中技巧性最强，写作难度最高的，有着极其严格的格律，如律诗、绝句就要遵循平仄、粘、对、押韵等等规则，每一个字都必须对号入座，稍有疏忽就会犯规，诚可谓"戴着镣铐跳舞"。我常见今人写的诗或词，仅仅凑够字数，其余的规则一概不顾（实则不懂），那还叫什么诗？此类现象的产生，究其原因，除了基本功的缺乏，也不排除对"功夫在诗外"的误读，仿佛仅凭人生阅历就可以成为诗人。岂不知，陆放翁写了一辈子诗，是曾经狠下了一番诗内功夫的。他之所以说"功夫在诗外"，是因为他早已超越了学诗的初级阶段，从"必然王国"走向了"自由王国"。而对于初学写诗的人来说，连诗的大门还没有进，就奢谈"功夫在诗外"，那就只能一辈子在诗外徘徊了。

当然，完全符合格律的诗未必就是好诗，但是，不合格律的"诗"根本连诗都不是，更不可能是好诗。鲁迅先生历来"不相信'小说作法'之类的话"，他甚至主张"少看或不看中国书"，这在不善为文又懒于读书的人听来简直是特赦令。但是，不要忘记，说这话的是鲁迅，他说的话对他有用，正如陆游的话适用于陆游一样。鲁迅本身是杰出的小说家，自然对他人所写的"小说作法"之类的指导读物不屑一顾；鲁迅早已把中国典籍读遍了，读透了，所以才有资格、有胆量说"少读或不读中国书"。郭沫若曾说过："鲁迅先生无心做诗人，偶有所作，每臻绝唱。"这就是鲁迅，也只能是鲁迅。他从传统中走来，虽时时说些对传统深恶痛绝的话，但他对传统已经驾轻就熟，即使"无心"做的事也能达到"绝唱"的境

131

界。而对国学一无所知的人们，如果也跟着深恶痛绝起来，果真"少看或不看中国书"，中国的传统文化岂不要绝种了吗？

原载《北京晚报》2006 年 12 月 25 日、《人民政协报·文化双周刊》2007 年 3 月 5 日

且 去 填 词

当年，柳永赴进士试，不第，曾写过一首《鹤冲天》以发泄怀才不遇的愤懑，末句云："忍把浮名，换了浅斟低唱。"谁知触怒了仁宗皇帝，斥之曰："且去填词！"在这位皇帝看来，抛却功名去填词弄曲儿，当然是不走正道儿。却没有料到，让柳永名重一时并且在历史上占据一席之地的，并不是他这位挂名的"屯田员外郎"有什么政绩，而恰恰是"浅斟低唱"所取得的成就，他在世时就已达到"凡有井水饮处即能歌柳词"的地步，直至今日，"杨柳岸晓风残月"也仍然是不可逾越的经典。柳永似乎不是政治家的材料，但绝对是个天才诗人。

不过，柳永还不是我最佩服的诗人。他和晏殊、欧阳修等人都没有突破"词为艳科"的藩篱，写作内容仅仅局限于男女柔情，纵是写得再好，也仍属靡靡之音。

我最佩服的诗人，一个是苏轼，一个是辛弃疾。

东坡词开创豪放一派，"一洗绮罗香泽之态，摆脱绸缪宛转之度"，一曲"大江东去"，千古绝唱，永垂不朽。东坡也写爱情，但他笔下的爱情，至真至善至美，"十年生死两茫茫，不思量，自难忘，千里孤坟，无处话凄凉。"哪里是偎红依翠的柳永之作可比的？在东坡面前，"柳氏为舆台矣"——只配做给他抬轿子吹喇叭的衙役了！

稼轩继承苏氏词风，但又有所创造。和苏轼所处的时代不同，辛弃疾作品最重要的主题是抗金复国，从骨子里迸发出一股慷慨悲壮之气，"醉里挑灯看剑，梦回吹角连营。""易水萧萧西风冷，满座衣冠似雪，正壮士悲歌未彻。"这等风骨，在稼轩之前何曾有过？以后还会有吗？

  囊中剑气，襟头花影，萧然付与长叹！千山万水孤心在，窗上大江浩荡，冷雾低满。十载不知春几度，但怅怅含愁双眼。是昨夜、如怒春雷，震震动遥岸。

  休道征尘易老，征途重发，毕竟头颅顽健。弄儿红药，哭妻青草，到此从何怀恋？便敲琴携铗，杀贼归来见君面。东行也、犯关过峡，朗朗须眉，吾犹能一战！

分明稼轩再世，此词却并非稼轩手笔，而是稼轩逝去 700 年后的当代诗人阿垅所作。阿垅的创作成熟于二十世纪三四十年代，参加过淞沪抗战，写过报告文学《闸北打了起来》、长篇小说《南京》和大量激情澎湃的新诗，曾经为中共提供过重要军事情报，是一位战士型的诗人，有功于国家和民族。而后来却因胡风事件牵连，被捕，服刑，屈死狱中，难怪当今的人们不熟悉他。然而历史终不能永久掩埋，当我们重新发现阿垅，才惊叹这柄抚去尘埃的宝剑的凛凛寒光，足以使多少诗人自愧弗如！阿垅的旧体诗词多数未曾发表过，他似乎也不是为发表而写作的，而只是感情的宣泄，心灵的自语，唯其如此，更显其本色——此生无愧大丈夫！

我知道阿垅很晚。少年时代开始学写诗词，所受直接影响是当时风靡全国的毛泽东主席的诗词。那个时代，传统文化本是没有什么地位的，但诗词似乎是例外，因为毛主席喜欢。"上有好者，下必甚焉"，仿效者众，但很多是跟风凑热闹，用标语口号充数而已。毛主席的诗词是真正意义上的诗词，不说套话，不喊口号，用的是艺术语言，具有鲜明的个人风格，又恰如其分地融入诗词的"语境"，像人们所熟知的"西风烈，长空雁叫霜晨月。霜晨月，马蹄声碎，喇叭声咽……"写革命战争，却没有贴上"革命"标签，豪放而典雅，苍凉而悲壮，凛然有古风，却又传达出强烈的时代气息，今人写诗词，达到这样的境界是很不容易的。毛主席很注意诗词的格律，明确地说："不讲平仄，即非律诗。"他和陈毅元帅是诗友，对陈帅的诗才很是激赏，也曾为之改诗。陈帅逝世后，在追悼会上，他还对张茜说："陈老总的诗不大讲平仄。"执着格律竟然到了这等地步，这才是真正的诗人。

诗人的气质是学不来的。我佩服苏轼、辛弃疾、毛泽东、阿垅，但说不出他们的豪言壮语；我也佩服李煜、李清照、纳兰性德，但道不出他们的九曲回肠，因为人的气质不同，所处的时代和人生阅历有异，若是勉强摹仿前人，"为赋新词强说愁"，徒东施效颦耳！我只能写自己的事，说自己的话，写下来的东西也基本上不去发表，仅仅是抒情遣性的一种嗜好而已。但既然沿用了诗词的形式，就要遵守格律，犹如打球有球规，下棋有棋道，格律就是诗词的"游戏规则"，在严格的限制中寻求自由。这种"戴着镣铐跳舞"的文字游戏，很费力，也很有趣，非潜心于此者，是无法体会其中的乐趣的。诗词这东西，最能锤炼文字功夫，古人从幼年发蒙时便学"对句"，一个民族的传统文化只有普及到这种程度，才能在群众性的、长期的学习和创作实践中涌现出杰出的代表人物。如今，这种土壤已经不存在了，小学、中学的语文教材只选读少量的诗词，却不教学生掌握基本的诗词格律，高考作文也将诗歌形式排除在外，更不要说旧体诗词了，这是很失策的。其实，命题赋诗一首、指定词牌填词一首，有何不可？我甚至主张，高考作文只需出一上联，让考生对下联，区区数语就足以判断其语言知识和文字功力了。当然，这只是我的一家之言，人家未必肯听，正如我喜欢诗词，也从未有人干涉一样。

诗词写作是很"私人"的事儿。中国历史上并没有专业的诗人，他们或是做官，或是以某个行当为职业，赋诗填词纯粹是个人爱好，所以都只能算是"业余"诗人，至于以诗词名世者，那是因为创作成就巨大，超过了政绩或者本业，这种现象，本文开头儿已经涉及。在当代，似乎也没有人专靠写旧体诗词吃饭，创作者仍然处于"业余"状态。其实，这恰恰是诗词创作的最佳状态，正因为不是"正业"，所以才没有靠它挣钱养家糊口的压力，也没有创作数量的定额，不必为"完成任务"而滥竽充数；而在心里却又放不下它，"不思量，自难忘"，"才下眉头，却上心头"，像恋爱那样魂牵梦萦。王国维在《人间词话》中说："古今成大事业、大学问者，必经过三种之境界：'昨夜西风凋碧树，独上高楼，望尽天涯路。'此第一境也；'衣带渐宽终不悔，为伊消得人憔悴。'此第二境也；'众里寻他千百度，蓦然回首，那人却在，灯火阑珊处。'此第三境也。"这里，把诗词创作的艰辛和乐趣都已经说尽。前面的两种境界是人人都经历过的，但未必人人都能达到第三种境界，那是艺术的最高境界，像海市蜃楼那样诱惑着你，却可望而不可即。你要走近它，攀登它，没有任何快捷方式，只有平平淡淡的四个字：且去填词。

原载《文学自由谈》2011 年第 1 期

李白的"床"

幼时读"床前明月光"，本能地以为那"床"就是睡觉的床，连老师也这么讲。过了大半辈子，才得知弄错了，有专家指出，李白这里说的"床"并不是睡觉的床，而是井栏，并且引经据典，以"古代井栏又称银床""有井水处皆故乡"来证明"床"就是井栏。

初闻此说，吓了一跳，深为自己的孤陋寡闻而惭愧。继而想想，又觉得不可思议，这位李白是怎么回事儿？半夜三更地不睡觉，跑到井栏旁边儿干什么？要思乡，在哪儿不能思，非要挨着井栏吗？

虽然，古代的"床"和今天的床无论形制和功能都不尽相同，但仍有共同之处，《诗经·小雅·斯干》说，"乃生男子，载寝之床"，汉代刘熙《释名·床篇》说，"人所坐卧曰床"，都说明了床的用途。据专家考证，古时的床，或可坐可卧的床榻，或仅为坐具的"胡床"，类似现代可折叠的小马札儿。此外，尚有"琴床""笔床""茶床"之类的衍生词，是供琴、笔、茶具"坐卧"的，也都可以意会。唯"井栏"之说来得特别，只因为乐府歌词《淮南王篇》有一句"后园凿井银作床"，于是"银床"便成了井栏的代称。即便如此，李白的《静夜思》通篇未见这个"银"字，怎么就扯到井栏呢？难道只要提到"床"就一定指井栏吗？

这就有趣了。《史记·高祖本纪》载，郦食其往见刘邦，"沛公方踞床，使两女子洗足。"难道是坐在井栏上？王羲之"袒腹东床"，难道是躺在井栏上看书？木兰"开我东阁门，坐我西阁床"，难道屋里还有井栏专供她坐？焦仲卿母"槌床便大怒"，难道拳头打在井栏上？李密的奶奶"夙婴疾病，常在床蓐"，病成这样儿了，不至睡井栏吧？

杜甫的茅屋为秋风所破，"床头屋漏无干处"，和井栏有什么关系？苏轼"读尽床头几卷书"，书堆到井栏旁边儿？陆游"孤剑床头铿有声"，剑也挂在井栏上？欧阳修"矮床薄被秋将晓"，把铺盖都搬来了，挨着井栏睡觉？

李白《静夜思》中的"床"，当然不一定是睡觉的床，解释成坐具也说得过去，但若要断定它就是"井栏"，难以服人。

2018 年 6 月，于抚剑堂

莱茵河，缓缓地流

一条大河当胸穿过，把一座城市分成两半。这就是巴塞尔，它胸膛上的河就是莱茵河。莱茵河的本名叫 Rhein，"河"字是中国人在翻译时加上去的，恐怕是觉得没有"河"字就叫不顺口，不像河的名字，黄河能叫"黄"吗？

莱茵河把巴塞尔分成了两半，左岸叫"大巴塞尔"，是"富人区"；右岸叫"小巴塞尔"，是"穷人区"。我的画室在左岸，有幸属于"富人区"。这里离市中心很近，却并不闻车马喧嚣；树木蓊郁，房舍错落，曲径通幽，闹中取静。隔壁的现代艺术博物馆，名气不小，观众不多，每日里静静地开放，门可罗雀。圣·阿尔班教堂则大门终日紧闭，阶下石生苔，小松鼠在青藤繁花之间闲逛。草坪上一座座古老的石碑，字迹斑驳，记载着埋葬在这里的一个个亡灵。小径旁边的路标上印着德国 15 世纪画家汉斯·荷尔拜因的头像，表明这里曾是他的足迹所到之处。

我出了画室的院门，沿着当年荷尔拜因走过的路漫步。天上在下着毛毛雨。巴塞尔的天气阴晴无常，早晨还是"水光潋滟晴方好"，中午却"山色空濛雨亦奇"，说不定到黄昏还给你来个"雨后复斜阳，关山阵阵苍"。现在在下雨。路面是湿的，路边的树木、草坪也是湿的，雨雾把所有的颜色都浸得很浓、很纯，芳草青青，青藤葳蕤，脚边的小白花、小紫花静静地开放。远处，迎春绽开嫩萼，垂柳披着绿纱，又颇似我国江南春色。毛毛雨润物细无声，唯有脚下的细沙被我踏动，沙沙沙。我没带任何雨具，径直朝前走去，正应了那句古诗：斜风细雨不须归。

走下石阶，穿过马路，前面就是莱茵河。一道淡赭色的粗麻石岸护卫着这条河，每隔几步，便有一盏杯形路灯，支在雕花的金属灯柱上，那灯的造型和这河一样古朴，使人觉得似乎数百年间未曾更换。每隔一段，有石阶可达河面，并且还有铁栏栈桥，凌空河上，供游人登船。银白色的海鸥三五成群，或驻足石上小憩，或展翅空中翱翔，自由自在，旁若无人。有几只落在栈桥上，我走近了，也不惊飞。

凭栏俯视莱茵，一碧如染，清澈见底。纵目远眺，对岸青山如黛，花木如烟。万绿丛中，掩映着玲珑民居的红色房顶。侧身西望，一座座大桥飞跨莱茵，远处耸立着穆斯特教堂那双峰插天的尖顶，高举着两个巨大的"十"字。

莱茵河比不上我们的黄河、长江，它的河道不宽，仅二三百米左右，但亦气势雄伟，浩浩荡荡自东而来，一泻千里。它发源于瑞士境内，那蛛网似的小河几乎都是它的支流，那星罗棋布的湖泊几乎都是它的源泉。不，真正的源泉是山，是那些连绵起伏、终年积雪的山，融化的雪水汩汩流淌，汇成了瑞士的血管，汇成了这条大动脉。它沿着瑞士的北部边境自东而西，形成瑞士和德国的天然界河，至巴塞尔，拐过一个"C"字形的大弯，又昂首向北，变成德国和法国的界河。此一去迤逦千余公里，又成为德国的内河，到曼海顿往西北流去，穿过科布伦次、波恩、杜塞尔多夫、杜伊斯堡，仍奔腾不息，流进荷兰境内，最后注入北海。水流千里归大海，好一条河！

巴塞尔是欧洲的著名河港，莱茵河上每年进出的商船多达万艘，吞吐货物八百多万吨。它又是名闻遐迩的"展览城""旅游城"和"世界医药之都"，每年来访的外国客人有数百万，尽管拥有四百家旅馆，一万多张床位，仍然难免人满为患，在旅游旺季，连莱茵河上的客轮也临时充作"水上旅馆"。莱茵河使巴塞尔成为"风水宝地"，那悠悠碧水是瑞士人取之不尽、用之不竭的财源！

我沿着河岸缓缓东行，不远处便是巴塞尔古城墙的终点。这是公元13世纪城墙的遗址，如今仅残留数百米长的一段，供人凭吊观赏。两头耸立着古堡，上端一排齿轮形雉堞。从古堡踏阶登楼，沿着城墙上的木廊漫步，恍若与当年执戟巡城的武士为伴。

与古堡相对应，河堤上筑一半月形平台，顶部与岸平，游人可凭栏望水。从平台侧面石级走下石岸，始知这平台的高大。台壁一律用不加雕琢的粗麻石垒就，粗粝雄浑，青苔斑斑，如铁铸铜浇。顶部边缘饰有石雕，类似中国青铜器上的兽头。石块中间垂着沉重的铁环，环可晃动，于是在石上留下一道深深的凹槽，显然是无数春秋被铁环拍打的痕迹。但铁环并无锈迹，犹如新铸，想是曾经多次锈损、多次更换，但那凹槽却并不去填补，让你想象它的历史。

其实巴塞尔的历史称不上悠久。在加入瑞士联邦之前是一块被各种政治力量争来争去的地方，政治上自立不过数百年，经济发达则是近几十年的事儿。但他们坚持说巴塞尔有两千年的历史，根据是在郊区的奥古斯丁山丘发现了公元前四十四世纪的古迹。我看过那地方，有一座复原的城堡、一座当年"开会"的石砌露天会场、一些石雕和锅灶用具而已，这些仅仅能证明罗马帝国的奥古斯丁大帝曾经攻占过这里，这里是他的属地，也说不上什么光彩。但是瑞士人很珍视自己的历史，不仅对出土文物，对地上的古建筑也爱护备至，宁可花费巨资修缮、复原，却也不改建，更不毁坏。大街上的许多房舍，凡有文物价值的，都保持原貌，仅在内部装置现代化设备。参加修复古建筑的工人，须持有专门学校的文凭，决不可能出现像我们的某些地方胡乱用水泥修补古代石刻那样的事儿，也决不会像我们对古都北京那样任意拆毁城墙、牌楼，"改造"得面目全非。鸟爱自己的山林，人爱自己的历史。站在莱茵河畔，我想到千古兴亡，想到我们的华夏古国，想到我们的昨天、今天和明天……

徘徊良久，四顾无人，默默地再踏石阶上岸，原路返回。这条路的名字叫圣·阿尔班——莱茵路，得名于教堂和这条河，因为正好夹在这二者中间。路的西边是一面斜坡，针叶树苍黑浓郁，阔叶树经过去年的风雪，还是一片深褐，远看如大笔泼墨，间以灰白色的枝干，再不经意地甩上几笔绿点，天然图画一幅。

沿路西行，不觉已到维特斯特桥旁。这是巴塞尔横跨莱茵的五座大桥中自东而西第二座，桥面平直，下有三孔，拱形。桥墩为石质，桥身则钢筋铺就。我向桥下走去，想顺流而下，沿岸前行，穿过前面的一座座桥，任凭走到什么地方。不料圣·阿尔班——莱茵路却到此为止，再往前就是石滩和河水了。乱石之间，海鸥白茫茫一片，"忽"的一声飞去，碧绿的河面上像飘过一缕白云。

我伫立一阵，游兴未尽，便踏着乱石向河水走去。俯身撩一撩莱茵水，清凉凛冽。一颗颗鹅卵石晶莹圆润，那里日夜奔流的雪水磨光了它们的棱角。这水，一头连着雪山，一头连着碧海；这石，摩挲过来自世界各地的无数船只，迎送过肤色不同的天涯游客，"阅尽人间春色"。

捡一颗莱茵石吧，用它当我作画时的镇纸，让它记住我在莱茵河畔的思索……

夜深了，我坐在灯前，还没有停止工作。静谧的春夜，四周阒寂无声。唯耳畔隐隐传来一种若有若无的音响，如山间松涛，如月下泉鸣，呜呜咽咽，缠缠绵绵，那是莱茵河在缓缓地流。

原载《人民政协报》1989 年 7 月 14 日

男 儿 赋

> 长风送我去国门，
> 夜渡银河展剑魂。
> 阿尔卑斯迎远客，
> 东来豪士轩辕孙。

　　一踏上瑞士的国土，我就立即感到了"独在异乡为异客"的孤独。因为宾主之间有一道难以跨越的阻隔：语言。瑞士不大，语言却很复杂，德语、法语、意大利语和拉丁罗马语都是官方语言。巴塞尔属德语区，而他们使用的又不是正规德语，连德国人都听不甚懂。虽然在知识分子当中英语也可通行，但不幸我在学生时代正式学习的外语却是俄语，而英语尚处于"初级阶段"，不足以应付自如。要求对方讲汉语是不现实的，瑞士人有一句口头语，遇到最棘手事就说："简直像是学中国话！"这是他们认为最难的事儿。而更使我感到遗憾的是，邀请我前来的"IAAB"机构根本没有翻译人员！那么，我们该怎样"交流"呢？

　　那天，我刚刚住下，就有人敲门，用中国话问："王老师在吗？"

　　"请进！"

　　这个人我根本不认识。但他很像我的那些熟人：黄皮肤、黑眼睛、黑头发，我的同胞！在语言不通的金发碧眼人当中遇见他，我的兴奋是可以想见的。这是个相当朴素的小伙子，个子不高，穿一身牛仔衫裤，足蹬一双半旧的球鞋，头发半长不短，随随便便地盖住半个额头，像个未成熟的孩子。唯一和这些不甚协调的是上唇一抹浓黑的短髭，鲁迅型的。

　　我和他握手。他腼腆地微笑着，自我介绍："我叫王伯鹿，天津来的，在巴塞尔美术学院留学。听说从国内来了一位画家，来看看您……"

　　一切都出乎意料，这儿不仅有自己的同胞，而且还是同行，我们可以找到比任何人都更贴近的共同语言，他将为我所肩负的国际艺术交流使命的完成带来极大的方便！

　　从那一天起，伯鹿便责无旁贷地做了我的翻译、向导和"参谋"，并且成为形影不离、肝胆相照的挚友。我们一起奔走于藏珍集粹的美术博物馆，在伦勃朗、罗丹、莫奈、梵·高……的传世名作前流连忘返，纵论中西绘画的发展；一起沿莱茵河溯流而上数百里，赞赏那"雷鸣万壑朝天啸，长垂白发不计年"的飞瀑奇观；一起泛舟比尔湖，"彼得岛前花掩路，卢梭居外鸟穿扉"；一起南下日内瓦，"翠坪铺就五洲路，玉阶筑成万国宫"……有了伯鹿，我便进入了"自由王国"。和异国同行尽情交谈，竟没有感到语言的障碍；在各种形式的聚会中，在广播电台的录音采访中，一个中国画家的心声通过他准确无误地转换成德语和英语。这，并不是每个精通外语的人都能做到的。

在巴塞尔，伯鹿简直成了我的"另一半"，以至于 IAAB 的负责人有事找我必同时找伯鹿，如果我单独出现在某种场合，熟人便自然要问："伯鹿呢？"

伯鹿所做的一切，都是自愿的、自觉的、无偿的，IAAB 的负责人甚至根本没有想到要给他以报酬，而按瑞士的惯例，聘请一位翻译、向导理应支付很高的佣金。我对此深感不安。伯鹿却一笑置之："我不认为是在帮他，而是在帮我们自己人。别跟他提钱的事儿，不能让外国人把中国人看小了！"

逆子·弃儿

他把中国人的人格看得很重，很重；把钱看得很轻，很轻。而我却知道，他现在最需要的是钱！他去国远游，发愤读书，一不靠国，二不靠家，靠的是自己两只手，在紧张的学业之余，打工挣钱。在瑞士不是有我们的公费留学生吗？祖国舍得花钱，送他们出来学化学、医学，却没有一个是派来学艺术的；在瑞士不是也有我们的自费留学生吗？瑞士舍得花钱，给他们奖学金，却也同样没有一个艺术学子得此厚遇！

三月的一个周末，瑞中友协和中国留学生联合举办"饺子会"，邀我参加，我便请伯鹿同往。

伯鹿面有难色："和那些公费生联欢？我真不想去！我来巴塞尔这么长时间了，他们不是不知道，但是没有一个人给我打过一次电话，没有一点儿友好的表示。他们跟我没关系！"

伯鹿第一次在我面前表现出不"随和"，但为了陪我，还是极不情愿地去了。

留学生们的宿舍，条件相当好，有阅览、游艺室，有礼堂，祖国的使馆常派人来放电影，组织种种活动。他们是母亲的"骄子"。而伯鹿是被排除在外的，他在远离这儿的另一条街上，租了一间"乌弄"作卧室兼画室，默默地生活，默默地笔耕……

果然不出所料，公费生们对他似乎很冷淡，仅仅握手而已，没有几句话好说。也许是因为我和伯鹿在相貌上看来年龄差别很大吧？他们称我为"大画家"，称伯鹿为"小画家"，把他看成是刚刚入门的艺徒，一个普普通通的"Student"。

伯鹿犯了拧劲，昂然说："我在国内早就是美院毕业留校的教师了！"

伯鹿很难解释清楚这一切，似乎也不屑于解释，浓黑的小胡子抖动着，两道剑眉微蹙，几乎连在了一起，误解、屈辱，尽在不言中。中国人之间的相互理解也不那么容易！

这顿"饺子宴"吃得很不是滋味儿。宴罢，已是子夜时分，末班车赶不上了。使馆的官员要开车"带"我们一段，我们却婉谢了，徒步走回去。我路不熟，伯鹿先要送我到"家"，然后再回自己的"家"。

我们沿着莱茵河岸慢慢地走。初春的夜晚，清凉而静谧，巴塞尔街头已经不见车辆和游人，穆斯特教堂那举着十字架的两座尖顶肃穆地耸立在撒满星斗的夜空，漫长的河岸上盏盏路灯在流水中投下一条条跳动的光带。莱茵河奔腾咆哮，在夜深人静之时显得很响，像一部庞大的乐章。石块铺成的便道上，留下我们的一串足音……

此时此刻，我的脑际萦绕着一个早想发问却有碍于口的问题：伯鹿自费出来留学，其中有什么隐秘？

"君不见黄河之水天上来，奔流到海不复回！君不见高堂明镜悲白发，朝如青丝暮成雪……天生我材必有用，千金散尽还复来！"伯鹿回答我的，竟是李太白的《将进酒》。立时，一个豪放不羁而又抑郁愤懑的形象扣动了我的心弦。

但是，伯鹿毕竟不是李太白，今日中国也不应该是诞生了李太白又毁灭了李太白的朝代！

"我是个逆子。"伯鹿缓缓地说，路灯照着他浓眉下的一双眼睛，反射出生铁般的寒光，"逆子，不肖子……"

我们伫足河岸。莱茵奔流不止，逝者如斯夫，仿佛生命在叙说……

1957年，伯鹿出生于天津的海河北岸。这是一只小鹿，头上长角，四蹄生风，从小就表现出无法驾驭的任性。两三岁时便常常在幼儿园"失踪"，母亲找遍全天津，发现他一个人在荒野里，躺在草地上看天空，看云彩。揪回来狠狠地打！任凭你怎么打吧，他不哭，不求饶，也不伸手挡一挡，怕硌疼了妈妈的手。直到母亲打累了，打得自己掉泪了，才无可奈何地住手。父亲则不打也不骂，只是默默地叹息。他伤透了父母的心，为了管束他、整治他，把他交给一位武林高手。不料儿子却在食不果腹的年代练出一身童子功，在小学、中学，简直是"打遍天下无敌手"，鼻青脸肿上门"告状"的应接不暇，父母更管不了了。

初中毕业，他又完全违背父母的意愿，疯狂地迷恋上了美术，考取了天津工艺美术学校，并且立志把终生奉献给艺术之神。三年毕业，正当他雄心勃勃向高等美术学府攀登之际，却被分配到一所小学教书，因为有政策规定：中专生必须在工作两年之后才准许参加高考。迫不得已，他一面当"孩子王"，一面苦练油画，等待重新起飞的一天。两年熬到了头，他提出要报考美院，校长却当头泼来一盆冷水：我们好不容易有了一个美术老师，不能放！伯鹿趁校长外出开会时，请求书记开了一张介绍信，奔赴考场而去。

他果然一举成功。但是，当天津美院决定要录取他时，却有一些人联名"告状"，说伯鹿所在的那所小学"弄虚作假"，因为按照新的政策，教师又不能参加高考了。

美院当即派人调查，接待来访的正是那位扣住伯鹿不放的校长。冤家路窄，生死存亡就决定在他手里了！

校长沉吟片刻，首先询问伯鹿的考试成绩是否达到录取标准，当他得到肯定的答复时，坦然地说："你们尽可以录取他。我们没有弄虚作假。王伯鹿只是临时兼美术课，他不是教员，是专职团委书记，有案可查，任命书还在嘛！"

伯鹿做梦都没想到他那个挂名的"团委书记"职务此时发挥了神奇的作用，更没有想到被他视为克星的校长在关键时刻竟然拔刀相助，挽救了他的艺术生命！该怎么重新认识这位校长呢？也许校长前后判若两人的做法，同出于一颗爱才之心吧？

伯鹿进了梦寐以求的天津美院油画系，四年的时间，他把命都拼上了。同宿舍的同学几乎看不见他睡觉：每日黎明，他便起身练功；半夜不归，还在教室作画。查夜的人和他都混熟了，到了该熄灯的时候，亮着灯的那屋准是王伯鹿……

他自学英语，颇为出色。毕业时，天津美院留下了他，搁到图书馆里当"翻译"。图书馆有许多英文原版美术书籍，没人译，没人管，他正好"人尽其用"，填补这一项空白。

一个油画系的高才生被这样使用，他感到愤愤不平！但是，为了他心目中神圣的艺术，为了明日的进取，他应下了这个差事。每日里搬书、查书、编目录、造表册，打印一式八份。复印不行吗？不行！复印得花钱，你打一份也是打，打八份也是打。用的是一架百岁高龄的老爷英文打字机……也许天津美院的后来人要感激他所做的功德无量的好事，但他自己却感激图书馆，给了他一个知识的海洋。他以馆为家，挑灯夜读，把什么珍本书、善本书、孤本书都读遍。空闲时间就练笔，图书馆挂满了油画……他在书库中苦苦修行了两年。以后的路该怎么走？难道就这样"窝"一辈子吗？

某日，他在字纸篓里偶然看到一封信，是英文的，因为没人认识，就干脆扔了。他纯粹出于好奇而捡了起来，略略浏览，眼睛一亮！这是瑞士瓦累的一所工艺美术学校的招生简章，在向全世界呼唤学子！

他兴致勃勃地向领导报告这个好消息，领导却说：你不能走，你走了，我们上哪儿再找这样的翻译去？你要深造，也只能学图书馆学，毕业了再回来。学艺术，不行！

……他不顾校方和父母的劝阻，终于考上了自费留学生！

1986年9月，伯鹿悄然离开了天津美院，不但没有人送行，还被告知：一年不回你将被除名！这与人家欢送公费赴美深造教师的敲锣打鼓场面恰成鲜明对比……

从中国到瑞士，飞机只需一夜行程，而火车却要爬行一个星期。伯鹿坐不起飞机，只好舍近求远，他从北京登上国际列车，身上只有100美元的盘缠。此一去，也许三年五载，也许十年八载，全靠自己了。列车北去，在车轮越过国境线的一刹那，他真真切切地感到自己是一个"弃儿"！

列车穿过蒙古草原，驶过西伯利亚，向欧洲腹地开去。伯鹿啃着干面包，望着车窗外的景色。啊，西伯利亚，当年俄国囚徒流放的地方，惊人的美，惊人的荒凉，惊人的悲壮！

回首望故国，山重水复不可见。他在心里呼唤着母亲：妈妈，别忘了我，您的"逆子"永远爱您！

……

夜寂寂，路漫漫。我们伫立路灯下，我看见他的眼眶中滚动着男儿泪。在我们的脚下，莱茵河呜咽着奔流不息。可惜，它不像黄河长江那样流入东海，无法捎去天涯游子的万种情思！

贞女和童男

伯鹿终于来到了瑞士南部瓦累州的首府西昂，见到了那位称他为"亚洲的天才"的校长。

但他很快就发现，所谓"欧洲闻名"的××工艺美术学院只是一所私立学校，并且从校长到教员只有一个人，在一间工作室里教十几个学生学习彩色玻璃镶嵌工艺，像个小手工业作坊。但是，为报校长的知遇之恩，他决心学下去，把对中国来说还是"冷门"的彩色玻璃镶嵌工艺学到手。学费是高昂的，他向中国驻瑞使馆求援，一无所获，因为他不是公派的，爱莫能助。还是这位校长想了办法，请求瓦累的银行资助，交换条件是把伯鹿的一批作品作抵押。艺术家没有一个不珍惜自己的精品的，伯鹿忍痛精选了100幅油画送给了银行，以求生存。可是，以此换来的5000瑞士法郎并没给他本人而直接转给了校长，伯鹿的食、宿、学费都在里面了。

他像饿鹰擒兔那样贪婪地吞咽着知识和技艺。瓦累是法语区，校长用法语讲课，他听不懂，课上把眼睛当耳朵，课下再用英语请教，并且逼着自己从头学法语，决不肯在竞争中落后别人半步！校长示范用的工艺材料，他都偷偷地留起一块块碎片，学校里的机器，他都私下拍了照片。他要积累一套完整的资料，将来带回中国去，有用。中国现在到处高楼林立，如果让彩色玻璃装饰壁画从西方的教堂走进东方的现代化建筑，当是一项创举！中国，中国，这个凄然出走的"弃儿"竟然时时忘不了母亲！

西方花花世界的一切都与伯鹿无缘，学校提供给他的只是有个吃饭、睡觉的地方而已。他和同学们住在"学生旅馆"，这是教会办的一个慈善机构，供他吃、住，由学校每月替他付550个瑞士法郎。瑞士人每周只工作五天，"学生旅馆"也只供应五天的饭食。每逢星期六和星期日，"旅馆"停灶，有钱的同学尽可以上街吃饭，可是他，已囊空如洗，一文莫名。但他不愿意向任何人乞求怜悯和施舍，中国人，最看重的是骨气。负责管理"学生旅馆"的是一位修女，学生们称她"sister"。终于有一天，这位细心的sister无意中窥破了伯鹿着意保守的秘密，面慈心软的大姐姐难过地哭了："啊，上帝！他竟然每个周末都是饿着肚子熬过来的！王，我的孩子，你为什么不告诉我呢？"

Sister那洁白细腻的手颤抖着，从自己的钱包中掏出十个瑞士法郎："王，去街上吃点东西吧！"

伯鹿咬着自己的嘴唇，久久没有伸手去接那银光闪闪的法郎……

他突然想起两千年前的韩信，青年时代穷困潦倒，受市井无赖的胯下之辱，甚至连吃饭都吃不上。好心的"漂母"接济他、激励他："大丈夫当自食！"

他凝望着sister，那和善慈祥的面容，不是怜悯，不是施舍，而只是友谊，是她作为一名教徒的本性：善。她献出的是博大的母性的爱，却并不需要回报。伯鹿不信她的宗教，但是，人和人的心却沟通了。他终于接过那带着体温的瑞士法郎，痛苦和感激都没有外露……

三个月过去了。伯鹿以惊人的毅力和速度掌握了彩色玻璃镶嵌工艺，校长的"绝活儿"学到了手，完成的作品超过同学们许多倍。校长不安了："这样下去，我供不起你用的材料！如果要继续学习，得想一想该怎么办了！"

恩师发出了"逐客令"，"亚洲的天才"愣了。同学们也纷纷议论：你在中国已经是有了大学文凭的画家，根本不该到这儿来。这所私立学校又不能给你学位！

这些异国同窗根本不可能理解伯鹿的苦衷。"知我者谓我心忧，不知我者谓我何求。"他向谁诉说呢？离愁别绪勾起他对母亲的无限思念，他恨不能一步投回母亲的怀抱，但是，不能走，这样回去，何颜以对江东父老？

也许是命运的安排，这时，不期而至的一个电话给濒临绝境的伯鹿带来了新的希望。一位素昧平生的女士慕名来访，得知他的境遇，便极力向首都伯尔尼的美术学院举荐，并且陪同他去见院长。院长看了伯鹿的画，不经考试便当场拍板："这样的学生我还能不要吗？"

无心插柳柳成荫。伯鹿收拾行囊，离开了来也匆匆去也匆匆的瓦累。100幅精品取不回来了，就算顶了三个月的账吧，只是太昂贵了！那位称他为"亚洲的天才"的校长，成也萧何，败也萧何，再见吧！瓦累并不让他留恋，依依惜别的只有那位 sister。修女的眼睛红红的，抱住伯鹿，吻了他三次。修女是从来不吻人的，她把生命、青春、爱情都奉献给了心中崇高的信仰；伯鹿也从来没有接受过除了母亲之外的任何人的亲吻。没有接触过任何女性，他的一切也都属于不可动摇、无可替代的信仰：艺术。东方童男，西方贞女，真情的吻别纯得像阳光、空气和水！

中 国 血

春天的瑞士，处处是绿茵，满眼是鲜花，空气清新得像刚刚洗过。

伯鹿是 1986 年年底到达伯尔尼的，进入了堂堂正正的官办美术学院，选修雕塑、色彩研究和素描，并且到校外进修油画，同时跟玛丽安娜·卢波老师学习德语——在伯尔尼必须用德语了。

他每个学期要交千多瑞士法郎的学费，此外还要自费解决食宿。上哪儿去弄这笔钱呢？不要指望再有什么"漂母"，从今以后，大丈夫要自食其力了。

他从邮局谋了一份送报的差事，就是我们所熟悉的《卖报歌》所唱的那种营生："大风大雨满街跑，一面跑，一面叫……"所不同的是他不必"叫"，只是默默地把报纸塞到一家一户的信箱，一直送完这条街。这条街离中国使馆很近，很近……

30 岁的小伙子，已经不是报"童"了。出于那极强的自尊心，他每天四点钟就去送报，免得碰见人。伯尔尼街头寂静清冷，路灯下，只有他自己形影相吊，拿着报纸，一家，一家……然后再去上学。瑞士多雨，他没有雨伞和雨衣，大雨打湿了他的黑发，浸透了他从中国穿来的单薄衣衫，他紧紧地护着报纸，在风雨中奔跑。阴冷的清晨，谁能给他一丝温暖呢？附近的居民谁也不知道每天的报纸是由一个中国画家送来的，他只偶尔碰上一些扫街的工人，彼此并不认识，却微笑着打个招呼。都是为谋生而起早的人，都是流落异乡的人。在瑞士干苦力的，都是外国人。

假期里，一家餐馆举办"中国周"需要一位中国厨师，他竟然斗胆地前去揭"榜"了……

老板庆幸自己聘到了一位"正宗"的中国厨师，他哪知道伯鹿唱的是"空城计"？广告登出了，"中国周"就要开始了。胆大包天的伯鹿啊，这可不是儿戏，弄不好，不但误了人家的生意、砸了自己的饭碗，还是给驰名世界的中国烹饪艺术抹黑！他陷入了苦思，不是设法逃脱，而是寻求进击之路。他仔仔细细回想着母亲做菜时的每一道工序，回想着平生所吃过的每一种菜……中餐五花八门、千变万化，但归纳起来无非是煎、炒、烤、爆等等基本种类，好比红、黄、蓝三原色，在画家手里可以变幻无穷！伯鹿跃跃欲试，要以炒勺当画笔，施展自己的想象力和创造性！

"中国周"开幕前夕，不幸的是，伯鹿突然病了，胃出血，殷红的鲜血涌流不止！一位懂医的朋友惊呼："你必须立即住院，不然会发生生命危险！"

在瑞士住院得花多少钱？那是伯鹿连想都不敢想的一个天文数字！但是，那喷涌的鲜血却不是无论多么坚强的意志所能挡住的！多亏这位朋友给他找来了中国的云南白药，吞服之后，血止住了，但告诫他不能吃东西，以免伤了胃，病情复发，而且必须绝对卧床休息。

什么？掌勺的该出场了，他能躺下休息吗？他命令自己坚强地站起来，向餐馆走去，穿起了白罩衫，戴起了白帽子。开始吧，我准备好了！

老板和所有的厨师都围在他的周围，毕恭毕敬地看他操作。他从容不迫。那刀工，那配料，那火候，把洋人看傻了！色、香、味俱全的美馔佳肴简直像一件件艺术品，伯鹿还把萝卜雕成栩栩如生的鲜花装点席面，不必依据什么模式，画家、雕塑家的创造性是无限的！

"中国周"名声大振，顾客盈门，生意兴隆。老板催促说："快，还要快！要不然，就供不上了！"伯鹿加快速度，眼、脑、手超高频率运转，快！快！一个不留神，胳膊碰在烧得发红的锅沿上，"滋啦！"皮肉立即烫伤一片。他似乎根本没有感到疼痛，一秒钟也没有停顿，继续操作。伤痛，就咽在心里吧；伤疤，就留在身上吧。不必呻吟，不必叫苦，这里没有他的妈妈，对谁说呢？

每天十几个小时，他凝神"构思"，连续"创作"，小心翼翼，不敢有一丝懈怠，不敢作片刻喘息，怕一坐下就起不来了。老板对他说："王，这里的东西，你随便吃！"可是他却决不动口，以"绝食"的姿态一站就是十几个小时。老板不能不纳闷儿：这个怪人怎么肚子不知道饥饿？伯鹿不露病情，却自豪地解释说："中国人的习惯，干活儿的时候不吃东西，要全神贯注！"老板赞叹不已，但他哪里知道面前站着的是一个随时都可能鲜血涌流、昏倒在地的病人啊！

"中国周"连续三周，伯鹿仅靠下班后吃点儿牛奶、稀饭维持体力，把这出"戏"唱完了，唱得精彩之极。伯尔尼的饮食行业不胫而走地传说这儿来了一位中国名厨师，伯鹿却正色说："我不是厨师，而是中国的画家。长街当垆不是为了赚钱，而是为了艺术！"

两千瑞士法郎拿到手了，有谁知道，那里边渗透着他的一腔热血！

当时，伯鹿寄居在一位房东的阁楼上，因为付不起房租，以做饭、打杂相抵。房东是个脾气古怪的鳏夫，动不动恶语相加，甚至用中国话骂"他妈的"！伯鹿早已忍无可忍，几乎要用拳头教训这个为富不仁的家伙。但一想到武林的道德，这个老头儿不是对手，只好强压怒火，以待来日离开这儿。现在，该结束那种"卖身为奴"的生活了，他平静地向房东辞行，并且感谢他毕竟曾经提供了方便。

老头儿却慌了："走，你往哪儿走？离开了我这儿，你连个住的地方都没有！"

"谢谢你的关心，我现在有钱了，打工挣了2000瑞士法郎！"

"2000，在我眼里等于零！"老头儿轻蔑地冷笑。

伯鹿也笑笑："你看着吧，看一个中国人怎样从零开始走向未来！"

中国人啊！欧洲有一句谚语这样形容他们："假如世界上的人类全部在灾祸中毁灭，还会有中国人和蟑螂活着！"这话说得欠雅，而且把中国人和蟑螂相提并论，明显含有贬义。但其中不也道出了一个真理吗：中国人是死不绝的，他们的生命力举世无双！

青山遮不住　毕竟东流去

伯尔尼。伯鹿陪我前往拜访祖国驻瑞士大使馆。穿过一条条街道，我是那么陌生，他是那么熟悉。这儿，是他送报的地方；那儿，是他司厨的地方。这些地方都离我们的使馆很近，但我们的官员未必知道有一个年轻的同胞曾经怎样艰难地奔走。好在，这些都过去了。

前面，那座灰白色的建筑，就是伯尔尼美术学院，那也是伯鹿洒下汗水、留下足迹的地方。

……

正当他获得2000法郎的"资本"向艺术的峰巅奋进时，又一个十字路口横在了伯鹿面前，他必须做出新的抉择。

在伯尔尼美院的第二个学期即将开始，德语老师玛丽安娜转告伯鹿："院长要找你谈话。"他唯恐再发生像瓦雷那样的变故，惴惴不安地去见院长。院长说："王，我非常欣赏你的才能和毅力，但是，我认为你不适合在这儿学习。因为，你要拿到文凭就必须学六年，和那些小孩子一样从头学起。你不必这样，应该到更适合你的学校、以更快的速度去攻读学位，比如巴塞尔美术学院和英国皇家美术学院，都可以考虑。你的英文很好，我建议你到英国去，并且相信你一定会被录取！"

院长的话完全出乎他的意料，但他庆幸又看到了一位识才、爱才、举才的长者，在他摸索着攀登的途中指明了方向。他多么想去英国深造啊？但是，隔山隔海，路途遥远，他没有足够的经费。那么，就是巴塞尔吧？

玛丽安娜老师立即帮他向巴塞尔美院联系，结果却令人沮丧：招生时间已经过了一个月，晚了！

前途渺茫，郁郁寡欢。这时，一些中国留学生约他去游西部城市比尔，东道主是瑞中友协比尔分会。他本无心流连山水，权且随波逐流，借那空蒙山色、潋滟湖光一洗愁肠吧！谁能料到，一个将对他的命运发生重大影响并将使他终生难忘的人正在那里等着他，如果没有比尔之行，一切将失之交臂！

这个人，就是瑞中友协比尔分会的工作人员冯·哈勒·苏茜·巴尔曼女士。白色的游艇在比尔湖中荡漾，我国留学生们好似回到了西湖、太湖，陶醉了！只有伯鹿双眉紧锁、凭栏沉思。细心的苏茜留意观察、轻声询问，向他那颗伤痕累累的心伸出了爱抚的手，犹如昔日的sister——就年龄而论，苏茜不是姐姐而可以做他的妈妈了。也许是因为"瑞中友协"所赋予的使命感，也许仅仅出于一副慈母心肠，苏茜女士决心帮助这个艺高胆大却又势孤力单的年轻人，代替他那远在天边的母亲。

胡克教授亲自到车站迎接这位中国考生。看了伯鹿带来的作品，教授的眼睛中闪射出兴奋的光彩。虽然招考工作已经结束，但他要招收的五名学生还没有定案发榜，现在，首先决定录取的是姗姗来迟的最后一名考生——一个中国人！

他到巴塞尔就读，必须有一位瑞士籍的经济担保人，而这个人又必须在银行里有10万瑞士法郎的存款才具备担保资格。伯鹿在瑞士举目无亲，谁肯为他担保？于是，苏茜女士挺身而出。因为她知道，这个角色非她莫属了。然而不幸的是，尽管苏茜有着享受德国皇帝封号殊荣的姓氏"冯哈勒"而使警察局的官员肃然起敬，但她却并不同时拥有10万瑞士法郎的钱财！而恰在此时，一筹莫展的苏茜女士突然奇迹般地得到了一笔遗产：她去世多年的姨妈留下了巨额存款，没有子女继承，银行根据线索找到苏茜："你是她的合法继承人，请办理过户手续，不然，就归银行所有了！"苏茜本不愿坐享其成，但这笔钱来得正是时候啊，伯鹿有救了！

青山遮不住，毕竟东流去。伯鹿又一次从零开始，在巴塞尔美院刻苦学习铜版、石版、丝网版画。是的，这并不是他最早选定的专业，但这里没有油画系。"艺术无止境"，他在实行自己的宣言，西方艺术的一切精华、任何长处，都在他的汲取之列。瑞士也并不是他选定的终生居住之地，如果让他的生命重新开始、重新降生，千遍万遍地挑选，还是那片有着五千年文明的热土：中国。是命运逼着他"走向世界"，飞得再远，仍然心系故国，犹如永不断线的风筝。从瓦累、伯尔尼到巴塞尔，到罗马、米兰、佛罗伦萨、威尼斯、哥本哈根、鹿特丹、西柏林、汉堡、慕尼黑……他拍下了数千张艺术珍品的照片，积累了成箱成箱的学术资料，这些东西对中国培养人才有用啊，总有一天，他会完整地带回去，奉献于母亲的面前。海河之畔的母校啊，还记得这个被除名的儿子吗？两次过圣诞节，他都寄去了贺卡呢，可惜没有收到回音！

离家一年半了，伯鹿以无法遏制的思念之情，花了 60 个瑞士法郎，第一次跟家里通了电话。

"三十而立，你已经 31 岁了！"他听到了父亲那不平静的喘息声。

慈父严母。父亲是柔弱的，但这是代表严厉的母亲、以委婉的方式在责问儿子：你虚度光阴、愧对祖宗了吗？

该怎么禀报双亲呢？他能这样说吗：儿子每走一步，都留下一个血红的脚印！

……

在 AAB 为我举行的招待会上，我曾见到了胡克教授，他对我说："伯鹿是巴塞尔美院最勤奋、最优秀的学生！"

对于来自中国的询问，这是最好的回答。

母亲节和《子归图》

31 岁了，伯鹿至今没有结婚，也没有女友。或许他是一个清心寡欲的苦行僧？或许正如弗洛伊德所说的"俄狄浦斯情结"，他把全部的爱都给了母亲？"无情未必真豪杰"。他是一个男子汉，又怎能没有七情六欲？他只不过强于自我克制而已。每逢有女青年向他投去爱慕的目光，他总是小心翼翼地避开，以免自己动情。尚未立业，不想成家，他的胸中是一片海阔天空。他所深交的朋友当中虽然也有女性，但都是长者：sister、玛丽安娜、苏茜，她们对他的爱，像大姐、像母亲，这就足够了。

伯鹿仅仅请苏茜在名义上做经济担保人，而不接受她的任何资助和馈赠，他的一切费用都靠课余打工，自食其力。"你是一个艺术家，你的富有创造性的手，应该发挥更大的价值！"苏茜深深地为他那辛苦的劳作而惋惜。她，在默默地帮助他……

5 月，我的个人画展在巴塞尔开幕。在此之前的一个星期之内，伯鹿几乎没有睡觉，把课余时间都用来帮我布置展厅，熬得两眼血红。中国留学生都来了，公费的、自费的，一起为我奔忙，已不分彼此。"伯鹿真好！"他们不止一次地对我这样说。同胞们终于沟通了，理解了。开幕当天，IAAB 的负责人和来宾们走进展厅，大吃一惊——不仅赞赏作品和展览效果，而且惊异这个亲密团结的由中国人组成的小集体。当晚，这些兄弟姐妹和我一起举杯，伯鹿说："祝贺王老师的展览成功，我们中国人打了个胜仗！"我说："为我们的祖国，干杯！"

几乎与此同时，伯鹿的首次个人画展也在比尔开幕，是由苏茜女士一手筹办的。他的油画、版画和中国画作品终于受到了瑞士艺术界和社会的普遍瞩目，首都出版的《联邦报》发布新闻，盛赞这位才华横溢的青年艺术家。

一颗中国艺术新星，正在西方冉冉升起……

一年一度的"母亲节"到了。在这一天，伯鹿挑选了自己的两幅作品。一幅是洁白的玫瑰，献给母亲般的苏茜女士；一幅是声声啼血的杜鹃（子规），托我在回国时带给他梦魂萦绕的生身之母。画上郑重题着：《子归图》，1988 年母亲节，赠母。

初夏的和风吹拂着莱茵河两岸，风从东方来，我仿佛嗅到了那黄杏红榴的亲切气息，仿佛听到了那牵动游子之心的声声呼唤："归去归去！"

我就要走了，带着我的兄弟的殷切嘱托，带着这幅珍贵的《子归图》，跨越万里云天，飞向我们的母亲身边……

原载《报告文学》1988 年第 10 期、《新华文摘》1988 年第 12 期、《青年博览》1989 年第 1 期转载

相逢何必曾相识

上　篇

绿荫环抱中的两幢二层白色的木楼，门旁一棵爬满青藤的老树。这便是圣·阿尔班河谷 A40 号，巴塞尔"国际艺术家交流计划"画室。它的背后是奔流不息的莱茵河，右边是有着九百年历史的圣·阿尔班教堂和新建的现代艺术博物馆，左边是一段建于公元 13 世纪、作为历史古迹保留下来的古城墙，斜对面矗立着塔形的圣·阿尔班城门，每隔一刻钟便传来浑厚悠长的钟声。在以后的半年时间里，我将和来自其他国家的艺术家一起在这里工作、生活、交流……

昨天，"国际艺术家交流计划"的负责人亨凌先生亲自到机场接我。车子从远在法国境内的国际机场驶进巴塞尔市区。昨夜一场小雪，沿途的丘陵、房舍和树木披着白纱，草坪却是一片葱绿，点缀着朵朵白花。这座北方古城很安静，我居住的圣·阿尔班河谷则更安静，除了亨凌的秘书凯瑞小姐在院子里迎接，此外再没有见到别的人。

放下行李，我的第一件事便是和北京通话，告诉我的妻子："我已经平安到达！"自从昨天在北京首都机场分手，她一直在家里等待这个消息，现在，总算可以舒一口气了。

我也舒了一口气。然后，看看手表，北京时间下午 3 点 35 分，而亨凌的表正指在上午九点整。我把指针向后拨，从现在开始，一切都得入乡随俗了。

在这个时候，我才真正感到离开了祖国，脚下是陌生的土地，面前是陌生的人，这里没有我的同胞。"国际艺术家交流计划"有一个重大的疏忽：没有配备翻译人员，宾主之间连交谈都很困难，亨凌和我都不通对方的语言，只掌握一些极简单的词汇，十句有九句听得稀里糊涂，下一步该怎么"交流"啊？

把我安顿下来，他们便要告辞。临行前，亨凌用生硬的汉语告诉我："中国女人，十点，来！"

我听得发愣。什么"中国女人"？

这时，电话铃响了。亨凌拿起话筒，应了一声，立即递给我，说是找我的。

我更纳闷儿：谁找我？我在这里无亲无故啊！

来电话的人是个女声，纯正的汉语普通话："是王先生吗？"

中国人的声音！我听得好亲切！怎么回事？

"我是。您是哪位？"我急忙问。

"我叫赖纯纯，是台湾的艺术家……"

"您在什么地方？"

"就在巴塞尔。十点钟，我去看你，好吗？"

我明白了，她就是刚才亨凌说的那个"中国女人"！

"太好了！"我说，当时的兴奋是可以想见的，"很高兴在异国见到自己的同胞！"

十点钟，亨凌和凯瑞，还有一位"中国女人"来了，不用说，她就是赖纯纯女士了。

赖纯纯大约三十多岁，中等身材，穿一件黄色羽绒服。黄皮肤、黑眼睛、黑头发，梳一根辫子，彻底的中国人。在国内满眼都是这样的同胞，而在远离祖国的瑞士，却是我见到的第一个。尽管素不相识，我却感到"他乡遇故人"！

赖纯纯的英语很熟练，自然而然地成了我和亨凌之间的"翻译"，刚才的语言障碍，立时被冲破了。但是，我们之间的对话似乎更多，因为我们是自己人！

她是去年九月来此参加国际艺术交流的，当时这项计划刚刚开始实施，她是第一位客人，后来，别国的艺术家才陆续到来。

"噢，这很好，"我听了她的介绍，说，"我们中国人捷足先登！你开了台湾的头，我开了大陆的头，以后会有更多的同胞在这里见面，共同促进和别国艺术家之间的交流！"

她却说："台湾和大陆不同啊！你是公派的，有官方的协定，这里还提供生活费用；而我是由私人团体派来的，属于民间交流，一切都是自费，很苦啊！"

听了这番话，我黯然，心里是一种无法形容的滋味儿。我们都是一样的中国人，却由于历史的原因分割在海峡两岸，留下了太多的麻烦和遗憾。瑞士政府早在1950年9月就和中华人民共和国政府建立了外交关系，当然不会同时和台湾有官方来往。但是台湾的艺术家也渴望和外界交流。1986年，台湾成立了"SOOA现代艺术工作室"，由于种种原因，次年夏便关闭"硬件部门"，另设联络处，从事与海外的艺术活动的联系与推动。赖纯纯不可能指望得到什么官方资助，她利用自己在1987年得到的台湾"雕塑大奖"的奖金，只身来到欧洲，自费游历和考察。在一个偶然的机会结识了亨凌先生，得以以私人身份参加国际艺术家交流活动，自然是极其不容易的。在我到来之前，她就住在这里；现在，她搬走了，腾出房子来供我居住和工作。

听到这里，我很不安。"那边……怎么样？"

"在莱茵河对岸，很远，"她说，"条件比这里差远了！"

我更不安。虽然这是亨凌先生事先安排好的，我一点儿也不知道，但总觉得让一个中国人给另一个中国人腾地方，而且越搬越差，这有些不近人情了。

"没关系，"赖纯纯却极力消除我的不安，丝毫也没有"鹊巢鸠占"的敌意，并且说，"这里的东西，我很快就全部搬走！"

我这才明白，在画室中挂在墙上、摆在地下的几件现代艺术作品，原来是她的。

"东西尽管放在这里，并不妨碍我，我会替你保管好的。"我说，把原来称呼中的"您"改成"你"，因为经过短暂的接触，我们已经成为朋友了。

我请她喝中国茶，抽中国烟。她抽了一口"大重九"，呛得咳嗽："这烟，劲儿够大的！"随即，请我抽美国的"骆驼"烟。

"我还是喜欢抽中国烟。'大重九'是个老牌子，据说从前蒋……"我说到这儿犹豫了一下，下面将要提到的那个人名，在大陆的名声是很狼狈的，过去一直冠以"人民公敌"的定语，而现在面对一个特定的交谈者，还是换一种称呼稳妥，"蒋介石先生在大陆的时候就喜欢抽这种烟。"

她"噢"了一声，对那位"蒋"并无评论，猜不透她的态度。她接下去说："我是在台湾出生的，从来没去过大陆。在台湾上学，中国地理、中国历史，都是讲的大陆的事，我们只好背。大陆的地方太大了，历史太长了！我想以后到大陆去看看，不知道现在大陆和台湾之间的关系怎么样啊？"

"现在的关系前所未有的好。"我说，"自从《自立晚报》记者李永得、徐璐去采访之后，回去探亲的人多极了。台湾也有人约我去举办画展，但是现在时机恐怕还不成熟，而你们去大陆却很受欢迎，你应该去看看！"

"好，我争取明年或者后年去！"

"我相信你到了大陆一定会感到亲切，虽然过去没去过，但那是我们自己的地方啊！"我迫不及待地向她描述北京，"你不要像那些外国人一样光看看人人皆知的名胜古迹、旅游胜地，要深入到民间，去逛逛大栅栏，串串小胡同，挺有意思的！"

"哦，小胡同……"她会意地重复着这个在欧洲听不到的词儿，品味着只有中国人才真正懂得的中国味儿。

我们的交谈亲切、随便、漫无边际，好像久别重逢的老朋友在叙家常。中国人之间多么容易沟通啊！

谈兴正浓，传来敲门声。不速之客，却受到了我的热烈欢迎，因为那又是一位同胞和同行——从天津来此留学的青年画家王伯鹿！

至此，三个中国人意外地在海外"会师"，在以后的艺术交流活动中，他们两人不但自动担当了我的"翻译""导游"和"顾问"，而且成为莫逆的挚友！

下　篇

　　周末，赖纯纯约我到她的寓所做客，为我"接风"，并请伯鹿作陪。

　　我和伯鹿按照她在电话中告诉的地址前往。不料，这个地方伯鹿不熟，找了半天才摸到门儿，天已经快黑了，我们试探着去按门铃。按了一阵无人理会，大门是虚掩着的，便长驱直入。

　　黑乎乎的门洞，堆着一些破旧杂物，看样子像是久不住人了，我疑惑是走错了地方。伯鹿再次核对门牌号码，确定无疑，于是摸索着进去，上楼。楼梯是木制的，很旧了，踩上去"嘎嘎"作响，像是上海年久失修的老房子。伯鹿说：这种"乌弄"，是供外国学生住的公寓，比他现在租的房子还不如。我心里暗暗感慨：在瑞士也并不是处处豪华！这等房子，在中国也算是很差的了，赖纯纯却为了我而迁到这儿来，委屈她了！

　　楼梯到了尽头，旁边就是房间了。门关着，门前堆着一些旧纸箱，只留着窄窄的通道。我们正待敲门，下面的楼梯响了，赖纯纯气喘吁吁地走上来："你们到了？哎呀，我到车站接了你们一百次！"

　　有什么办法呢？你这儿实在太不好找了！

　　进了她的"家"，我们直奔厨房。因为她要司厨设宴，菜还没炒。于是就是厨房为基地，伯鹿帮她焖饭、剥葱、炒菜，我在旁边闲聊。这里的房客都出去度周末了，大声喧哗也无妨。

　　须臾，饭熟菜齐，三个人就座。伯鹿按照西方人做客的惯例，还带了一瓶酒，我来不及备礼，只带了自己的一本画册为赠。

　　席间，三个中国人大谈中国，从北京扯到天津，从大陆说到台湾。

　　赖纯纯问我："大陆的艺术家在创作中自由吗？"

　　我回答："邓小平先生在1979年就讲过：'文艺这种复杂的精神劳动，非常需要文艺家发挥个人的创造精神。写什么和怎样写，只能由文艺家在艺术实践中去探索和逐步求得解决。在这方面，不要横加干涉。'"

　　她说："本来就应该这样嘛！"

　　我说："这已是来之不易了，十年前的情况并非如此。"

　　她似乎有同感。"我们过去也是那样，艺术创作首先要求'主题正确'！"

　　我听了一愣。长期以来，我们习惯了"政治标准第一，艺术标准第二"的提法，对文艺作品首先要求"主题正确"并不陌生，但奇怪的是台湾也有这样的提法。细细想来也不奇怪，既然要艺术服务于政治，也就必然如此，只不过两岸对于"主题正确"的具体解释不同罢了。

她送我一本台湾出版的《雄狮美术》，这一期刊有她的文章。其中说："我们有悠久的历史与文化，但若不去经营，去丰富，去保养，在我们的糟蹋下很快就会腐烂，更何况文化素养不是短时间可以见效的，视觉景观不是三两年可以更改的。国内企业界关心我们的文化生活吗？政府关心我们的视觉景观吗？国民知道自己有一双被伤害的眼睛吗？"论点之尖锐、锋芒之犀利，出乎我的意料。近几年，台湾的轻工、家电产品，台湾的电影、文学、美术作品，在大陆俱受青睐，许多人自觉不自觉地认为台湾什么都"强"，处于"优势"，但这位从台湾来的女士却并未表示出什么"优越感"，反而怨气冲天，这也是可供深思的。

"怪就怪我们的王八蛋政府！"赖纯纯愤愤地说，"谁让他们退出联合国呢？弄得我们在国际上没有地位！"她的话又升了级，从艺术而到政治。

关于台湾的政治，我所知不多，不便深谈，只说："联合国的席位，恐怕也不是他们主动要'退'的，是大势所趋啊！"

"现在我们很艰难，我和你们从大陆来的人一起参加活动，有使馆的官员在场，我很难坦然！"她说到这里，情绪极为激动，一反平常的温和、亲切，脸色阴沉起来了。

我知道她所指的是前几天的两次聚会，我们的驻瑞使馆都来了官员，而且主动和她交谈。她当时也并没有表现出什么不自然，谁知道在内心深处却掀起了情绪的波动。

"没有什么啊，"我说，"大家相处得不是很融洽嘛，我相信无论在官员和平民眼里，在中国人和外国人眼里，我们都是一样的兄弟姐妹！"

我极力冲淡她的"不坦然"，让历史造成的不愉快成为历史吧，我们应该珍视今天的聚会——远渡重洋在异国的同胞聚会！但我也知道，要完全消除历史的阴影还有待时日。我们之间所站的位置不同，心态不同，对某些问题的看法也不会完全相同，包括对未来两岸和平统一的设想，包括对中华文化走向的认识，包括各自的艺术主张。她在艺术上是相当"激进"的，醉心于一些几何形体的抽象组合，我并不赞成；反之，她对于我的具象绘画也持有异议。但这些，都不妨碍我们之间的友谊，事实上，从刚刚见面甚至更早一些时候"只闻其声，未见其人"便已表明了互相的尊重，以后的友谊则是建立在这种尊重的基础之上。

但是，通过我们的接触和交谈，我也更加深刻地感到：艺术，离不开民族土壤。一个艺术家，只有在背靠祖国的时候，才能得到承认，才能走遍天下理直气壮地直起腰来。否则，只是一棵随时被失落感吹动的无根飘萍。我们多么需要一个统一的、强大的祖国！这一点，无论对我、对她、对任何一个炎黄子孙，都是一样的！

　　光阴荏苒，不觉已是四月中旬，赖纯纯为期半年的艺术交流活动时间已到期，她该回去了。相处月余，一旦分手，感到突然而惋惜。这一个多月之中，她帮了我多少忙啊！从艺术活动到上街采购日常用品，到许多生活琐事，她都不厌其烦地尽力相助。我每每不忍心耽误她的时间，而她却一再说："我来得早，比你熟悉！"现在，我已经"熟悉"，她却要走了。

　　"为什么走得这么急？"我劝阻她，"再推迟一两个月吧，我们一起走！"

　　"台湾有好戏看！"她却喜形于色，给我讲述了最近发生的一件事：台湾在国民党"主席"的人选问题上，"少壮派"人士拍案而起，反响强烈，挫败了"元老派"的预谋，这表明民主运动将有新的进展！"真过瘾！"她兴奋地笑着说，急于要回去看"好戏"了。

　　看来，她不但在艺术上"激进"，同时也激进地关切着岛内风云。既然该走，那就走吧！

　　我和伯鹿商议要回请她一次，为她饯行。伯鹿知道我不擅烹饪，便提出在他的"乌弄"举行一次"家宴"。

　　是日，三个中国人又一次举杯长谈。可惜，话别总是不如相逢那样令人兴奋，"宴会"的调子有些低沉。伯鹿早就要大显身手，提前包好了天津"锅贴儿"，让赖纯纯尝尝鲜。耽搁的时间稍长了些，已经变干、发硬，他连连惋惜没有充分体现"天津风味儿"。赖纯纯却很捧场，一再说："挺好，挺好！"

　　好也罢，不好也罢，在瑞士吃天津锅贴儿恐怕还是第一次，而且很难再有第二次，就凭这一点，足可以永存记忆中了。

　　分别的时刻到了。4月20日，赖纯纯来向我告别，她今天就要乘新加坡飞机途经新加坡，转道香港，回台湾去。我坚持要送她去机场，她说不用了，有瑞士的朋友开车送她，车子就在楼下等着。

　　我们互相留下了北京和台北的地址、电话，紧紧地握手。

　　"明年，北京见！"我说，这本是在我们第一次见面时就约定的。

　　"哈，北京见！"她笑着，重复着我的话。那一声"哈"，不是笑谈，而是担心明年是否能够成行，这并不取决于她个人。

　　但我相信，不管海峡上空的风云如何变幻，这一天要推迟多久，迟早总会到来的。到那时，我们将践今日之约：相逢在北京！

　　车子发动了，我向她挥动着手……

　　　　　　　　　　　　原载《青少年读书指南》1990年第4、5期合刊

我看巴塞尔的美术收藏

巴塞尔有一二十家博物馆和画廊，可见对文化艺术欣赏和收藏的热心。其中专门收藏美术作品的、最大的一家，是巴塞尔美术博物馆（Kunst museum）。它位于圣·阿尔班——格拉班街 16 号，坐落在十字路口的东南角，交通方便，引人注目。

这家博物馆收藏有从 15 世纪至今的西方画坛名家的大量作品，居瑞士全国各美术博物馆之首，在欧洲也是数得着的。从历史上看，瑞士并不是艺术的沃土，文艺复兴和现代艺术的崛起，发祥地和中心区都不在瑞士，可以说瑞士从未出现过一位在西方美术史上占据重要地位的画家。但由于历史的原因，瑞士和德国、法国、意大利都有着千丝万缕的联系，如我们古时的秦、齐、楚、燕、韩、魏、赵，虽在文化上有地区性的差异，但也无不可逾越的鸿沟，语言文字和风土人情的区别不像东、西方那样明显，他们的交流是极容易的。加之统治者又曾争来抢去，在客观上也促进了人民之间的互相影响渗透。瑞士联邦是在 1648 年才宣告独立的，在此之前没有一个完整的疆域和统一的政权，也很难说这块土地属于谁。如果欧洲出现一位类似秦始皇那样的人物，也说不定今天的欧洲地图就不是这般蛛网似地画成若干小块，"书同文，车同轨"也不难做到。正是由于上述种种原因，瑞士人便对欧洲艺术较少"门户之见"，把欧洲的骄傲引为自己的骄傲，而不在乎那是否属于瑞士，如对丢勒、荷尔拜因的尊崇，就像是中国人对顾恺之、吴道子似的。也由于他们没出过巨匠，对外国（欧美）的巨匠便抱来者不拒、多多益善、兼收并蓄的态度，没有明显的褒此贬彼、扬甲抑乙。再，由于瑞士长期和平安定、经济富足，人们把钱花在收藏上，已然成为风习，正像过去中国的土地主也懂得客厅里要挂挂名人字画的。

巴塞尔美术博物馆的创始人艾姆巴赫（Bonifacius Amerbach）倒不是"土地主"，而是巴塞尔大学的法律学教授。他酷爱文化艺术，生前与很多文艺界人士交往密切，如人文主义作家伊斯拉莫斯和画家汉斯·荷尔拜因（小荷尔拜因）。因此他藏有伊斯拉莫斯的手稿和荷尔拜因的画作多件，他的家族还历代收藏了诸多大师的杰作。

1661 年，艾姆巴赫决定把他家族的全部艺术收藏捐赠给巴塞尔市政府保管，这种私藏公管的办法是欧洲地区的创举。次年，巴塞尔市政府为此成立了一个专门的委员会，筹办美术博物馆。1936年，巴塞尔美术博物馆迁至现址。

这是一座灰白色的方形建筑，朴素无华。左侧有一圆形大喷水池，池中立一座青铜雕塑。左壁上方嵌有白色"KUNST MUSEUM"馆名。正门前面有数米宽的厦廊，廊下立十座石柱，柱头饰有浮雕石刻，柱与柱之间均为圆形券门。

该馆每星期一休馆。六至九月每天上午十时开馆，下午五时闭馆，其余月份则中午还有两小时闭馆。门票三个瑞士法郎，但星期日免票。

无论开馆、闭馆，大门常是开的，游人在闭馆时也可以进去观赏院中露天陈列的艺术品。

大门和展厅之间是一个方形大院，陈列着五件雕塑作品，四角的四件都是现代雕塑，奇形怪状，众星拱月般地衬托着中间的一座大型青铜群雕，便是大名鼎鼎的罗丹的大名鼎鼎的传世杰作《加莱义民》。

走在大街上便可从敞开的大门中看见《加莱义民》。我初到巴塞尔时便被它所吸引，直奔而去。以后的每次参观，也都是首先在此观赏徘徊一番。

外国的艺术家当中，真正让我"佩服"的不是很多，有些早已被捧上了天的，我并不喜欢，也不愿勉强说"皇帝的新衣"如何如何棒。我认为真棒的，我才佩服，罗丹便是其中之一。我佩服他那种疯狂般的执着和魔鬼似的才能。俄国雕塑家梅尔库罗夫说过："看见罗丹的作品，觉得一切艺术法则都不存在了！"不是罗丹没有法则，是他不落前人窠臼，罗丹就是罗丹，他的作品就是他的血肉和生命。

我还是第一次看到罗丹的原作。我觉得我就站在罗丹的面前，和他交谈。艺术之间没有"中文"和"法文"的界限。

罗丹从1884年开始做《加莱义民》，用了4年的时间才完成，这件作品是他那4年的生命熔铸的。

他是一位伟大的爱国者。当加莱市为纪念14世纪在法英战争中为全城人民而牺牲的英雄欧司达治而委托罗丹为其塑像时，他慨然承诺。但他说，当时代表加莱市民到英国侵略军中去受死以换取和谈条件的不只是欧司达治一个人，而是六个人，这六个人替全城百姓受死，他们当中不应有一个被忘却。他决定做六个人的塑像，但只要一个塑像的酬金。

现在，六个不屈的灵魂在我面前活着。他们"戴镣长街行，告别众乡亲"，怀着屈辱、悲愤，蹒跚走向敌营，去充任生死未卜的人质，向征服者献上加莱城的市钥。为了拯救百姓，他们不能有别的选择，痛苦当中又流露出坦然。塑像以象征性的构图，让六个人连成环状，他们鱼贯而行，循环往复，并不去交代何方是送行的百姓，何方是受降的敌酋。似乎他们在围着这座城市徘徊，不忍离去。为首的那位志士赤裸着上身，坚实的肌肉和顽强的颈项，此时却已不能用以拼搏，而只能听任侵略者的杀戮，他痛苦地低着头，身体扭动着，右臂无可奈何地抬起，伸向天空，好像是在向苍天发问。诗人里尔克描叙道："手在空中张开来，放掉什么东西，好像给一只鸟以自由。"这样的分析也无不可，这个形象就是对屈辱的控诉和对自由的向往。其余的五个人自他而始，向右作顺时针旋转，那脚、那手、那身躯、那头颅，都在痛苦之中震颤。我们的视线循着这血肉的链环移动，最后停留在那位老人手中的钥匙上，"英雄交响曲"达到惊心动魄的高潮，戛然而止。

你不能不佩服罗丹，罗丹与《加莱义民》并世长存，万古不朽！青铜雕塑上的水痕和锈迹，斑斑驳驳，更加强了罗丹那经得起千百年历史检验的生命力。

绕过《加莱义民》，便可径直步入展厅大门。一楼为售票、存物及办公场所，展厅从二楼开始（他们称二楼为一楼，像英国人一样，固执地认为底层不是楼）。楼梯转弯处，又有一座青铜雕塑，上楼之后，还有一座，两座，三座……，连同大理石雕塑共五六件，都署着："RODIN"，这里有这么多罗丹的杰作！其中就有那件被沙龙评委攻击、诋毁甚至被诬蔑是"从真人身上翻制"的《青铜时代》（又译《人的觉醒》）。现在，那些围攻者早已化为尘土，而这位觉醒的人仍在呼吸，那悸动的肌肉中间蕴含着力量，涌动着热血。

罗丹毕竟是罗丹。即使在他遭受不平待遇的当时，他也表现了充分的自信和出奇的大度。在他的《巴尔扎克》受到围攻时，他说："假如真理不该灭绝，那么我向你们预言，我的雕像终将立于不败之地。"这预言早就应验了。而他的另一句话至今还在振聋发聩："至于观众那是无可指责的，罪过在于他们的教育者。"

在罗丹的两侧，展厅以相当大的面积展出了15～16世纪的铜版画、水彩画和油画。其中当然不乏大师的佳作，如丢勒的作品。但大量宗教题材的油画和蛋彩画则难触动我的情怀。空洞、僵死的内容自不必论，那技巧也既非原始的纯朴又非成熟的劲健，在我眼中那是一段沉睡的艺术。唯一可供研讨的是可以从中寻找出早期的西画技法有与中国画类似之处，树是一片一片叶子画成的，人物是先勾了黑线（当然不是墨线）再涂色，有的画幅似未画完，还留有凌乱的轮廓。但那线远不如吴道子、周昉、李公麟，也就没有什么看头。他们当宝贝似地供着这些作品，是看在它们的文物价值，并且还有宗教的原因。

这一时期的佼佼者当属荷尔拜因。由于收藏者和他的交情甚笃，这里藏他的画便最多，且都相当精彩。他的肖像画都采取柔和均匀的散光源，刻画细腻逼真，很适合中国人的传统欣赏趣味。站在他的画前，你不能不佩服他那长久的耐性，不见笔触地画下那么多活生生的人物。但你也不能不感到：写实到此，也就足矣，后人想超过他，不想别的办法确实没有出路。我们曾经那么久地崇尚写实，是因为我们的油画还没"过"够写实的"瘾"，而西方的"瘾君子"的后代们则愿意丢开祖宗的"烟枪"而抽"过滤嘴"了。宋词取代唐诗，元曲取代宋词，并非前者不好，而是因为太好，超不过，便另辟路径。

印象派和后期印象派的诞生决不是偶然的。

巴塞尔美术博物馆专辟了展厅陈列他们的作品。在这里可以看到莫奈的名作《睡莲》。同名作品他画了多幅，这便是其中之一。画很大，"三扇屏"，占了一个展厅的跨度。尽可以凑近了看他那恣肆的笔意，再退远了读他那朦胧的诗情。与莫奈做伴的还有雷诺阿，他那一幅幅色彩斑斓的人像；亦有德加，他那慵懒翩跹的舞女。久仰，都见到了。

和他们毗邻的是塞尚、高更和梵·高。塞尚用他那"以不变应万变"的笔法去感知世界、再造世界。高更孜孜不倦地用原始粗犷的色彩和线条反复描绘那些塔希提岛上的土人。他说他自己是"幼稚而粗鲁的野蛮人"。他解释他的画是"利用纯熟的和声，创造象征，而获得自然界最暧昧又最普遍的东西——即自然中最深奥的力量"，而"色彩就是音乐的震动"。我们在面前的《市场》一画中就似乎领略到这种音乐的震动。绿色长凳上一字儿排开五位妇女，浓烈而对比强烈的色彩，大同小异的身姿。粗看似雁阵，细看各不相同，腿、脚、手、臂像一串音符，组成富有韵律的乐句。脸则多数是正侧面的，且色彩单纯近似于平涂，令人联想起埃及和中国的壁画。

梵·高的激情之火在他们旁边燃烧。一幅风景，一幅人物，还有一幅头像。头像稍差，另二幅则充分展示了梵·高的风格。几乎未加调配的颜料一笔笔摆上去，按照梵·高式的韵律，形象、色彩和情感便都在其中了。站在梵·高的画前，决不相信他早已死去，仿佛他刚刚画完，颜料还不曾干，散发着调色油的气息。

和他们合奏的还有莫迪里阿尼。他的那些变了形的妇女肖像，不是用梵·高的钢琴弹奏的，而更像是一种介乎小提琴和二胡之间的特殊乐器。我曾在国内一次座谈会上说过：印象派后期和20世纪西方艺术借鉴了东方艺术。结果为一位朋友断然反对："没根据！"其他人也不作声。其实我并不是杜撰的，我没有这个发明权，那是人家自己说的。莫迪里阿尼赞赏东方和非洲的雕刻是"真正的雕刻"，马蒂斯则明确宣称："我的风格是受塞尚和东方影响而成的"，"我的灵感常常来自东方的艺术"。在梵·高等人的画上甚至可以看到直接搬上去的日本"浮世绘"。说他们受了东方影响，并不是有意贬损西方，抬高东方，以求得阿Q式的满足，而是为了探讨西方艺术发展的轨迹。他们要突破西方的传统，而借用了东方的武器。我们也用不着因此就觉得我们就有本钱嘲笑他们了。孙悟空的如意金箍棒的确是向东海龙王敖广借的，但敖广自己却不会使。我们的武器该如何使法，使出新套路，不妨想一想。库存的尽管用，不够也可以向邻居借一借。

莫迪里阿尼的近邻就是毕加索了，我想待会儿再欣赏他的作品，先来一个"倒插笔"。

在西方美术史的长河中，瑞士籍的名画寥若晨星，因此，布克林和霍德勒便显得可贵了，博物馆中藏他们的作品甚多。

布克林（Arnolp Bucklin）于1827年生于巴塞尔，1901年卒于佛罗伦萨。从他的自画像上看，这是一位严谨、勤奋而富有激情的画家，一生作画无数，且有相当造诣。中国对布克林介绍甚少，但他的一幅《奥德赛与卡莱普梭》却在好几本插图集中翻印。那确是据荷马史诗的内容而画的，但是独幅画，画布、油彩，1.05×150厘米，不是寻常意义的书籍插图。原作便陈列在这里，棕红色的古堡旁，黑石上坐一裸女，身后立一男人背影。画风典雅沉厚而富戏剧性。他的另一代表作是《死亡岛》，于浓重的阴冷宁静的气氛中抒发浪漫主义诗情，低调的云、岛、树、石使人毛骨悚然，而前景小船上的白衣人则以粗笔画出，不求肖似，仅以影像与背景形成强烈的对比，强化了"死亡"的主题。这里有他的多幅人物画，或画恬静安详的妇女，或叙怪诞离奇的神话，技巧娴熟，色调沉着，笼罩着作者的悲剧意识。但有的画幅则显得俗滥，简直不像出自一人之手。还有一幅《哀悼基督》，取自圣母哭子的故事，对基督的处理显然受了荷尔拜因的《安息的基督》的影响。后者也同时在另一厅展出，两相比较，就较荷尔拜因逊色了。荷尔拜因23岁时画了这张杰作，狭长的构图出人意料，基督横卧其中又恰恰表现出棺木中悲凉压抑的气氛，正是如潘天寿所说的：造险又能破险。荷尔拜因的此画已不是停留在图解宗教教义，其主题和主体都是：人。而布克林却着意刻画圣母的悲哀并特别卖弄黑纱中透出肌肤的技巧，反给人感觉是"穷作戏"。

霍德勒（Ferdinad Hodler）于1853年生于伯尔尼，1918年卒于日内瓦。这个人简直是个怪才。他的画风中含有新艺术和象征主义的特色，但毕生未参加任何艺术运动，始终保持个人风格。他的人物习作技巧相当成熟，创作中以写实的笔法与象征性的构图相结合，《黑夜》一幅以舒缓的线条、柔和的色彩、精确的造型，细致入微地刻画了一群熟睡中受到梦魇的人，组合形式则如梦境，充满神秘感，暗示睡眠和死亡之间的联系，提示人类对自然奥秘的恐惧和无可奈何。他的风景则截然相反，以明丽的色彩、粗放的笔触、变幻的形象，去讴歌他的祖国那宁静旖旎的自然风光。如果不是标着同样的署名，也难使人相信系同一作者所为。但纵观其画作，仍可看出一脉相承的孤独感，人物和风景都像是在阒寂的空间奏出的哀歌。

霍德勒和布克林是瑞士的骄傲，有必要提上一笔。

莫迪里阿尼和毕加索都在三楼，他们属于现代部分。毕加索的作品几乎占了一个厅，有具象的，也有抽象的。他的抽象画一万张有一万个样儿，绝不重复；但不必看一万张也可以得出结论：大体都一个样儿。我并不喜欢毕加索的作品。巴塞尔人很喜欢，买了他这么多作品。其实未必真喜欢，买的是他的名气。据说有几张作品原是借来展出的，后来舍不得让人家拿走，想买下来。价钱贵得惊人，当局不敢做主，于是全民投票，一致通过。于是花高价买下。如今毕加索行情看涨，他们愈觉得这买卖做得值。

与毕加索为伴的还有德洛内、布拉克、雷捷、柯克西卡、基里诃、贾科梅蒂、米罗、克利等人。他们在线条色彩上各显其能、标新立异。还有那个死在法国的俄国老头儿夏卡尔，他比起上述诸位要老实得多，画是具象的，只是强调了装饰性。如《牲口贩子》一幅就用类似中国剪纸和民间年画的造型画他幼时随叔叔的马车寻找牲口的情景，表现出他的怀旧、怀乡之情。拉车的母马肚子里怀着小马驹，以胚胎形式画出来。这是他的代表作。他似乎是力求画得新奇、调皮。但我总觉得造作，并未传达出俄罗斯风情。也许是因为列宾、苏里柯夫、列维坦、库因治已在我头脑中先入为主，但他的艺术确实没有土壤，没有根，他是在异国漂浮的萍草。

以上诸君还远远不够现代。真正现代的东西已不需画笔。在一块板上钉许多钉子，每个钉子上装一块剪得奇形怪状的白纸板，旁设一电钮，欣赏者按一下，那些纸板便滴溜溜旋转起来。由于形状各异，转法也就不同，如一群喝醉了酒的蝴蝶乱飞乱撞。

这还不算现代，楼梯旁边有一件大型作品，可以说集一切废旧机器零件之大成，并杂以乐器。开动起来，敲敲打打，一只塑料拖鞋敲在琴键上，其他的部件也发出各种声响，吵得人掩耳。这便是作者追求的艺术效果。

博物馆还搜集了大量现代艺术品，这里藏不下了，又另辟新馆，名"现代美术博物馆"（Museum of Contemporary Art），位于圣·阿尔班－拉希维克60号，距我的画室仅数十米，隔窗相望，出去散步则必经它的墙边。

它的外表平平无奇，三层楼，浅咖啡色，临街都是大窗子，墙上也无字号，我开始并不知道它是做什么营生的。我从窗户中几乎可以天天看见里面有人形霓虹灯闪耀，变换各种动作。我以为是和跳舞有关的什么俱乐部之类，并未在意。

后来才知道它是现代美术博物馆，便去参观。

那闪烁的霓虹灯便是一件作品，题目是：《性、谋杀和自杀》。这件作品一点儿也不抽象，也不含蓄。霓虹灯管弯成几个不同动作的人形，依次闪烁，便出现了一系列跳舞式的而又连贯的动作：女的给男的一刀，男的给自己一枪，女的跪下来以口含男的阳物……周而复始，直至闭馆。

这件作品，你就是吹得天花乱坠我也不佩服。如果说这就是现代艺术的发展方向，我宁可改行去干别的。

另一件典型的作品，是在墙上挂着的一排废旧胶皮带，穿插钉连之后各挂一根橛子，像是屠宰场里的一挂挂肠子。我在画室的窗户中早已远远地见过他们，原以为是一排衣钩和大衣，谁知却比大衣昂贵得多。

能进这个博物馆的作品，其作者都是当今西方世界现代美术的超级巨星。其中有两员极负盛名的大将。一个叫作鲍伊斯（Joseph Beuys），德国人，1986 年刚死（说"死"有点欠尊重，他的崇拜者说的是："老人家刚刚过世。"）。

我进了鲍伊斯的展厅，差点儿踏着了他的大作，幸亏有人提醒："当心，地上有东西！"急忙留步，才知道老人家的作品在地上。

那是一摞灰色粗毛毯，中间拱起来，因为下面压着几根干树枝。

这就是鲍伊斯的名作，题为《雪》。

另一件名作是一些铜拐棍和各种铜零件，有的堆在地上，有的靠墙立着，题为《火地》。

墙上有一张用铅笔写了字又涂涂改改的大纸，装在玻璃框内。展厅里的工作人员好心地主动为我解释：这是鲍伊斯亲手画的陈列示意图，别看杂乱无章，该摆在哪儿他都规定好了的！

再一位巨星叫作理查德·塞拉（Richard Serra），美国人，1939 年生，年方 49岁，已名气大大的。他的作品都很有分量——以钢铁铸成。展厅中一字儿排开六个一米见方的钢铸立方体。任何一个铁匠都会做出来，但不会想出这么摆成一排的招儿，更没有胆量摆在博物馆里。所以塞拉比铁匠伟大。另一件是四块厚钢板，焊成凵形，摆在那里，任人猜想。

我曾在另一家艺术馆（Kunsthalle）里见到塞拉的另几件作品，不是钢材，而是油画。那画相当有特色、有个性。好大的一个展厅，只挂他两张画，各占一面墙，十几米长，好几米高。画中仅有一色：黑，平涂，涂满了算。这个展厅就展这两块"黑板"。再去另一个展厅，还是"黑板"，只是尺寸不同，挂的位置不同。我仔细凑近了看，确是平涂，用大刷子涂的，除此之外没做什么"手脚"。

这几块"黑板"挺神圣地供在博物馆里。

与此同时，我不止一次地看见街头画家在卖艺。把纸裱在马路上，跪在那儿，用色粉笔细细地按起好的稿子画人物、动物。画风是写实的，且具备一定功夫。比起那些巨星来，这些人简直是乞丐，靠赏光的行人丢几个瑞士法郎为生，他一辈子也挣不够那几块"黑板"的钱。

这些现象交替映入我的眼帘，不能不引起我的思考。西方这么干，我们该如何是好？是不是我过于保守、僵化、无知？还是我过于坦率，说破了"皇帝的新衣"？如果我说："这新衣真够意思！"那我在这儿一定威望大增。可惜我不愿意骗别人，也不愿意骗自个儿，我说的是我想说的话。

那天，瑞士画家莫尼卡邀我到她家做客，在饭桌上，我们便就此进行了讨论。她对鲍伊斯和塞拉是非常佩服的。我正好请教。

我说：我当然不反对现代艺术，艺术发展到现代，由现代人创作的艺术品自然应该是现代化的，古人不需要我们重复他们，重复的艺术没有出路，艺术的生命力在于创新，包括艺术主张、艺术技巧以至工具材料，都是在变化、革新的，这是不言而喻的。但是，宏观地看，艺术的发展是有规律的，历史——现实——未来，走在它自己的轨道上。向后看，这条轨道很清楚；向前看，就不那么清楚了，因为还没有成为现实，还有待我们去探索，去创造，去发现。不同的人对未来描绘出不同的前景，但总有人成功，有人失误。因此，并不能断定新出现的、不同于以往的东西就是好东西，正如春雨过后，蘑菇丛生，当仍有香蘑和毒菌的区别。这要靠历史来检验，当未来也成了历史，才有了明确的判断。任何艺术家、任何艺术品都不能逃脱这一严峻的历史检验。

她完全同意。原则上同意，因为我还没有涉及具体事例。

我继续说：比如鲍伊斯的那件由毛毯和枯枝组成的作品，我认为就很难经受得住这一检验。因为他采取的是非艺术的手段，他的作品已经超出了"艺术品"这一概念。尽管现在被重金收藏，但恐怕有一天会被作为垃圾清除掉！

她不同意了，含着忍让的嘲笑，说：你知道，鲍伊斯——他在西方是非常有影响的！

我说："影响"本身不表明优劣。一个人、一件事物，完全可以用特殊的手段去造成"影响"，但不一定有"影响"的就是好的、有生命力的、永垂不朽的。梵·高生前没什么影响，如今风靡全球，作品的售价达数千万美元之高。这种"行情看涨"也许以后还会低落，因为艺术品的价值不能以金钱来衡量，但我相信低落的幅度不会太大，会相对稳定，像米开朗基罗、达·芬奇、罗丹一样，他们的作品已成为无价之宝，成为全人类的文化财产，永远不会变得一钱不值。但鲍伊斯就难说了。现在收藏家看重的是他的"影响"，等他没有"影响"了，该怎么办呢？

再比如塞拉的那几块"黑板"，除了让我惊叹他有胆量这么干之外，再也看不到什么。任何一位油漆匠都可以把画布涂成黑色，只是没想出当艺术品挂在展厅这一招儿就是了。那么，这些"黑板"能占据墙面、占据艺术界几时呢？

她神秘地笑笑，是笑我无知：不，没那么简单，不是涂黑就完事儿，也不是人人都可以涂的！

我说：我不怕你认为我无知，也许我真的无知，我不是来和他们作对，而是来观摩、交流或者是来学习、来请教。如果你能使我信服，使我迷恋，使我回到北京也兴致勃勃地大涂其"黑板"，我倒要感谢你哩！请告诉我，这种艺术是基于怎样的认识，依据怎样的理论？

她对我所说的"感谢"的话似乎无可奈何，答道：没有理论，艺术家想怎么干就怎么干。在西方，艺术家没有社会责任，是和社会对立的、格格不入的、不讨人喜欢的。社会就是这么一个乱七八糟的社会，于是就产生了这种相应的艺术。

她回答得很含糊，回避了理论问题，好像他们的实践不受理论支配也不产生理论。这其实不可能。但她也回答得很坦率，直言不讳地道出"生活是艺术的源泉"这一真理。他们的艺术的确是社会生活的折射：不需为温饱而拼命，不需因异族侵略而抵抗，不需因封建独裁而争民主，不需为社会安定而呼喊……似乎一切都有了，艺术家再也不需要承担什么社会责任，只需随心所欲、突发奇想以寻求新的刺激。自我刺激感到麻痹了，就刺激社会、反社会，自由自在地我行我素！

我似乎明白，又似乎更不明白。如果照此办理，待我们实现"四个现代化"之后是否就该这么干了？待全人类实现"世界大同"之日艺术会是什么样儿？一位在巴塞尔留学而并非学艺术的中国朋友好心地对我说："如果经济发达了艺术就抽象，那我宁愿希望中国的艺术快点儿抽象！"话语之中，透出切盼祖国强盛之心。

其实，东、西方艺术不在具象与抽象之争。我们古代有抽象，现代也有抽象；西方古代有具象，现代也有具象。我和莫尼卡探讨的实质在于：艺术有没有一条自在、自觉的规律？艺术是否需要真善美的灵魂？艺术是否属于人民、属于社会、属于未来并且最终属于历史？

我们的探讨没有一致的结论。她一时半会儿也教不会我如何去涂"黑板"，我也一时半会儿难以让她了解一个中国画家所必须承担和自愿承担的对于民族艺术的发展的责任。

很可能我们双方都认为对方荒唐而且冥顽不化。

会谈是在亲切友好、热情坦率的气氛中进行的，由中国留学生聂红从中翻译。莫尼卡不久将去北京进行艺术交流，我们届时还将继续就此探讨，并且参与者的范围将扩大到我的许多同行。

她说她要到北京学习书法，并且拿出一本画册来，指着一张美国人画的如象形文字似的图画说："这很像中国的书法！"

我说："完全是两回事儿。这是'画'出来的，而中国书法是'写'出来的。西方人要学会'写'，谈何容易！"

她笑笑说："塞拉涂'黑板'也不那么容易！"

这是"以子之矛，攻子之盾"，说明各有奥妙处，可以暂此休战。

我原没把他们的艺术看得全无"奥妙"，不然也就不必这般认真地探讨。探讨没有结果也比不探讨强，继续探讨下去总会有结果。

我们都将面对长久的历史。

三 国 之 角

巴塞尔在瑞士的最北端，"三国之角"又在巴塞尔的最北端。浩浩荡荡的莱茵河自东而西，到这里急转弯向北流去，那转折的尖端，便成了瑞士和德国、法国交界的"三国之角"。由于地理位置独特，名声大振，成为外国客人必游的一景。

3月27日，星期天，我与在巴塞尔美院留学的伯鹿相约至此一游。是日，天气阴而不雨，正是画家眼中的"好天儿"。

我们带了地图，乘车前往。到了地方，下车沿莱茵河"按图索骥"。但见满眼万国旗飘扬，四面八方客轮、货轮云集，犹如水上庙会，唯独不见那"三国之角"在哪里。

转过一个弯儿，眼前忽然一片开阔，碧水之上，一座白色建筑映入眼帘。伯鹿说："到了！"我也立即认出，这就是照片上见过的"三国之角"，原来这么小！

小，当然小。小到不如一条船大，尖尖的一个小洲，不然不能称其为"角"。这是一块锥形陆地，为了供人游览，建作两层。第一层稍宽阔，以石基和水泥铺就，如一个小小的码头；第二层以栈桥的形式凌空架起，至顶端呈圆形，以铁栏环绕，仅10平方米面积，正中矗立着一枚火箭形的雕塑，便是我们刚才远远地看到的"三国之角"的标志。这雕塑高20米，银白色，尖顶冲天，底部旋转分出三翼：一翼向南，绘有红底白"+"字图案，象征瑞士；一翼向西，绘有红、白、蓝三色图案，象征法兰西；一翼向北，绘有黑、黄、红三色图案，象征德国。俨然"三足鼎立"之势。

登临纵目，莱茵河滚滚北流，浩淼直达天际，与苍山众林融为一体。右岸便是德国，工厂、民居、桥梁近在咫尺，清晰可辨；左岸则是法国，碧草红花，春意盎然。教堂的尖顶高耸，饱含水分的云朵层层叠叠，交织成一幅法兰西田园风光的油画。对岸晨钟暮鼓，此岸朝夕可闻。虽只一箭之遥，各国游客如果没有出境签证，一律到此止步，否则，"越雷池一步"便过了国界。国有界而水长流，完全不理睬这人为的标志；碧水之上，那没有"国籍"的天鹅，优哉游哉，自由往来，若无其事。

"三国之角"是个和平边界，没有一兵一卒，三国人民共饮一江水，没有争执，没有纠纷，因而也就没有剑拔弩张的气氛。如果在这儿写一部《三国演义》，则不会有"赤壁之战"那样惊险的情节。

更为有趣的是，这三国之间不仅友好相处，而且在领土上还有礼尚往来。巴塞尔因为占尽地利，瑞士人便充分利用，还嫌地盘儿不够，于是伸手向邻居借地，而人家竟然也慨然许诺。巴塞尔的国际机场就建在河西的法国土地上，外国客人飞往瑞士，其实先在法国落脚。河东的那一片工厂，在德国境内，也是属于瑞士的，德国把这块地借给了他们。国与国之间，本来是寸土必争的，有些国家为一块有争议的领土，哪怕是巴掌大的不毛之地，往往也兵刃相加，一干几十年，死人流血也在所不惜。为什么法国和德国对瑞士却这么"好说话"？其实并不奇怪。一则是因为瑞士是中立国，让他们信赖；二则是因为他们也看中了"三国之角"是块风水宝地，既然瑞士人花钱办企业，就借给他们地盘儿，生意做得红火，彼此都得利，何乐而不为？所以，他们不担心"刘备借荆州———借不还"。

但是，瑞士的国土却舍不得借给别人。你看，在这小小的"三国之角"，他们还开了一家咖啡店，就在"火箭"标志的脚下。来自天下的游客，无论阔的、穷的，既然到此，这杯咖啡却是不能不喝的，于是，小店日进斗金，生意算是做到家了。

也许是因为阴天，今天店内尚未客满。我和伯鹿进去，拣个空位坐下，店家便马上来殷勤招待。我们要了两份意大利面条、两杯咖啡。等饭的片刻，我浏览小店。这店呈长方形，木结构，平顶。座位分两排，如船舱客位。座旁各置一灯，昏黄如豆，虽大白天也照样点燃。人在店中坐，仿佛乘船在莱茵河上漫游。不，这艘"船"永远也不会开走，它舍不得驶出这寸土寸金的"三国之角"！

我和伯鹿慢慢地喝着咖啡，扯着天南地北的话题。窗外，下起了绵绵细雨，浸润着唇齿相依的三片国土。

归来以诗记游：

今临三国界，
到此角中游。
北望青山耸，
东来碧水流。
风情连沃野，
雨意润重楼。
且借荆州地，
干戈未可忧？

原载《人民政协报》1989 年 7 月 21 日

巴塞尔的狂欢节

西方最盛大的节日是圣诞节，而瑞士的巴塞尔又有更胜于圣诞节者，那便是一年一度的狂欢节，热闹异常，盛大无比，在欧洲独树一帜，巴塞尔人引以为骄傲。

时值初春，圣诞和新年刚过，喜庆气息还未消散，狂欢节又已来临。巴塞尔瑞雪纷飞，漫天皆白，一派北国风光。官民人等，一律放假三天，百事皆可休矣，唯有狂欢。

节日第一天。凌晨时分，街上所有的灯火一律关掉，四顾黑黝黝、空荡荡，一片神秘的寂静。其实，此时市民们无一人安眠，无一家闭户，统统地跑到了大街上，东一群，西一伙，南一簇，北一行，各沿路线涌来，只是静静地，并不发出声音，"等待时机，以求一逞"。

四时整，忽然欢声大作，犹如从地下冒出了浩浩荡荡的人群，他们穿着千奇百怪的衣服，戴着五花八门的面具，吹吹打打，且歌且舞，从大街小巷涌向市中心区。

那服饰无法用笔墨形容，因为无奇不有，且无一定之规，凡是人想得出来的花样，尽可披挂登场。有的如古代武士，有的如童话人物，有的如恐龙怪兽、牛鬼蛇神。更有标新立异者，穿日本和服、苏联红军军装，形形色色，随心所欲。面具千奇百怪。有的青面獠牙，有的金刚怒目，有的虬须龙髯，有的如恶鹰厉隼、毒蛇猛兽，俨然"群魔乱舞"。那乐器自然是洋鼓洋号，不一而足，但其中最地道的是一种横吹的短笛，为本地传统乐器，怪模怪样的人们吹得有板有眼。

第一天的狂欢以团体形式出动，或各类组织，或各种单位，或各个街道，自成系列，群体行动，闹腾到天亮，人困马乏，回家睡觉。下午、晚上再到餐馆聚会，边吃边狂欢，不同系列的人互相叫阵，挖空心思地使出幽默手段，"将"对方的"军"，彼此对垒，打得激烈，逗得花哨。长幼尊卑的界限打消，小职员开总经理的玩笑也无妨。

第二天团伙分散，按家庭行动。父母带着儿女，上街狂欢。你看那两个大"癞蛤蟆"带着个小"癞蛤蟆"，摇摇摆摆地走来了，准是一家子。服饰一律，只是型号不同。下午是儿童们的时间，童子军们身着奇装异服，寻求他们的欢乐。

余兴未尽，第三天接着来。有些民间团体、社会组织，也趁机登台表演，发表演说，慷慨激昂地宣传各自的主张。

巴塞尔的狂欢节为这座城市输入了活力，增添了迷人的色彩，平时冷漠、安静的巴塞尔人好像在这时突然改变了性格，全民发了疯，放声大笑，纵情狂欢。莱茵河的五座大桥上水泄不通，市政府门前的"马克特普拉斯"人山人海，只有在这时才可以看到巴塞尔如上海的南京路那么拥挤，无怪乎到过上海的巴塞尔人说"中国人天天过狂欢节"。平时洁净如洗的大街上的彩色纸屑堆积得有半尺厚，水果往人群中乱抛，挥金如土。每个人的服装、面具都是自费的，而且都是新做的，每年换花样。

一个民族、一个地区的人的心理，外来人很难理解。他们为什么要用这种方式"狂欢"？为什么要把自己化装成"丑八怪"？其实，说"怪"也不怪。中国戏曲的脸谱，古代楚文化的面具舞，不也"怪"得可以吗？中国人习惯了这种审美标准，反觉得美不胜收、妙不可言、乐此不疲。"美"与"丑"，在不同民族、不同地区是存在差异的，人们可以随着交往的增多而"理解"和"沟通"，却难以互相替代。每个民族和地区自有它融化于血脉中的美的追求，并且孜孜以求其尽善尽美，世界也就因此而异彩纷呈。

巴塞尔的狂欢节，正是他们自己独特的表达感情的方式，是自娱，而不是——首先不是表演给人看的。名声传出去，便招来了许多看客，来自五洲四海。看，便是交流，便是理解和沟通。

狂欢节过去了，巴塞尔人又恢复了往日的平静神态，但刚刚结束的狂欢仍然激动着人们的心，有的人可能已经在酝酿着一年之后的狂欢节该怎么个"狂"法儿吧？

原载《人民政协报》1990年2月16日

在瑞士过复活节

复活节来临，放假四天。

假期从星期五就开始了。"黑色星期五"是耶稣受难的日子，为了拯救万民被钉在"十"字架上。这是复活节的前奏，有死才有生，没有被难，何来复活？

这一天，教堂举行隆重的弥撒，虔诚的教徒们前往聚会，纪念他们的圣人殉难之日。

我不是基督徒，身为局外人自然无所谓"节"、也无所谓"假"，主人都走了，度假去了，客人还在忙——做我的事儿，画一幅《羿射九日》，纪念中国的英雄。羿并没有上"十"字架受难这一说，但他也是拯斯民于水火的英雄，而且是胜利者，我们现在天上只有一个太阳，昼夜交替，寒暑分明，便是沾了羿的光，他是和造物主作对的，造物主造了十个太阳，被他射下来九个，多么了不起！当然，这个故事是《圣经》里没有的。

就在这个"黑色星期五"，却有人光临我的"寒舍"，我当然欢迎。

先是一位陈先生，打电话说下午两点钟来访。此前一天，我们已经通过一次电话，得知他受亨凌先生的委托，帮我做做翻译和向导，我很表感谢。电话中弄不清他的年龄、相貌，但听得出东北口音，一问，果然是沈阳人。我有不少东北朋友，听那味儿挺亲切。我们约好再联络，不想他第二天就要来，真是东北人性格，热心肠。下午两点，我到门口迎接，看见一位关东大汉来到楼下，便隔窗相问："是陈先生吗？"果然是。

陈先生身材魁梧，却文质彬彬，谈吐慢声慢语，一见之下，便如老友。他是香港中文大学毕业的，做过多年编辑，1965年自港来瑞，一住二十几年，在这儿又上了大学，有了工作，成家立业，娶的是一位中国太太，丈母娘家在北京，我于是成了"娘家人"。陈先生在海外漂泊半生，已入了瑞士国籍，仍保持故国风貌，促膝谈心，有说不完的话题。他平时工作很忙，但表示愿意为同胞助一臂之力，每周抽出两天陪我参观访问，并且把诸如买月票这样的琐事都代劳了。

天将黄昏，他起身告辞，我因烹调无术，不敢留客。他说他的太太因为返京探亲，也难以招待我，他同样不擅煎炒。于是谁也别客气了。

送走了陈先生，我无意中发现了信箱中有张条子，中文、洋文夹杂，写着：

王先生：

　　我住在巴塞尔，我的先生是瑞士人，我姓SCHNELL，丁是我父母的姓。你可以跟我打个电话，我们可以见面。请打……

　　请留下你的电话或什么，我们可以联络，再见。

　　也可以叫我"快太太"。

看了这条子，我莫名其妙，但也大体可以领会：这又是一位同样热心的同胞！只是不知为何既到此处，却过门不入？

晚上，我按条子的号码打了个电话，接电话的果然是"快太太"（SCHNELL的意思是"快"），快人快语，简单明了地告诉我她是从她的一个学生那里得知我的地址的，今天偕了她的先生一路寻来，却找不到我的房间，只好留了那张条子。其实我当时正在和陈先生谈话，不知又有客至，抱歉了！于是相约尽快见面。

不料她这个人性子急，第二天就拉了先生再次光临，我却出门去了，是陈先生请我出去吃饭。陈先生来的时候，我新认识的朋友安娜·胡格里在座，安娜的母亲便是与我"交换"的瑞士画家，现在正在北京进行艺术交流，使用的就是我的画室。胡格里母女对中国有极好的印象，为北京人的热情好客而感动，这次女儿将去北京探母，便来我处问问有没有什么事情需要帮助办理，倒像中国人"礼尚往来"的作风，在我心中为瑞士人添了一笔亮色。安娜告辞了，我便做了陈先生的客人。

傍晚回来，才知又让"快太太"白跑了一趟，信箱上又留了一张条子："王先生请看"，里面是正文：

王先生：

　　我们又来，可惜你又不在家。请你今晚七八点以后可以同我打个电话，好吗？

　　　　　　　　　　　四月三日　　快太太

我又是一阵歉疚！当夜打电话过去，深表不安，快太太说："没关系，这怪我事先没打招呼！明天下午你在吗？五点钟我再来！"

我当即约定：明天五点，在此恭候。

第三天，星期日，这一天是真正的"复活节"。我吃过早饭，带了照相机，匆匆出门赶往穆斯特教堂，去看耶稣如何"复活"。教堂的活动十点钟开始。

九点多钟，我从阿尔班城门前面上了三路车，准备到"红房子"下车，步行去教堂，路不远，完全来得及。谁知三路车不打那儿经过，南辕北辙，车子出了斯帕伦城门才发觉不对头，下车沿原路返回一半，却又不见"红房子"踪迹。找人问路，无论如何也想不起"红房子"的正式名称德语叫什么，只好画张图询问一位老太太，她看了图，莫名其妙，大概我画得不像，记不住建筑物的细节。此时，九点五十，教堂钟声大作，远远可闻，却看不见那竖着十字架的尖顶。我不禁跌足叫苦：热闹看不成了。无奈何见车就上，不管几路，撞大运！幸而两站过去，车窗外便映出了我所熟悉的"红房子"，它的德语名称是"马克特普拉斯"，我怎么就想不起来呢？

现在的时间是十点过五分，开场钟声已经敲完，我急匆匆往教堂走去。

穆斯特教堂是巴塞尔最大的教堂，在众多的教堂中地位最高，唯有它可称"穆斯特"，意为大教堂，只有在这儿，才可由主教登坛讲道。那棕红色的花岗岩筑成的墙壁，巍然托着两座哥特式尖顶，十字架耸入云霄，气概的确不同凡响。

来到堂前，大门紧闭，里面隐隐传出音乐，我懊悔不及！正待悄然走开，只见一位老太太神色惶惶急走而来，她也是个迟到者，深恐得罪了神灵，那表情像是犯了罪。

我于是随着她走，原来这教堂前门关了，还可以走后门，神仙也开"后门"的。我便"走后门"进入了神圣的殿堂。

教堂内穹庐高耸，立着四排高柱，主殿悬着吊灯，昏暗的光线下，挤满了善男信女，芸芸众生。

我不能袖手旁站，便在后排，找了空座坐下，表情肃穆地望着前方。

前方相当于"主席台"的地方，几排座位却基本是空的，神甫仅数人。登坛宣讲的主教大人不在此处，而在右边柱旁的高台上。那台犹如一个"神龛"，分为上下两截，上为一尖顶，下为一"包厢"，便是经坛，主教大人立于其中，手持《圣经》，照本宣科。那《圣经》是德文的，我只能听懂每个段落结束时的"阿门！"

一个段落之后，他命令全场起立，众人齐齐地站定，依他的指示，一起翻动人手一册的《圣经》，接着音乐响起来，信徒们应节而和，齐唱《圣歌》。我手中无书，又不知词、曲，连"滥竽充数"的资格也没有，只能傻站着静听。

那音乐确是肃穆的、辉煌的、神圣的，仿佛震慑着人的灵魂，融入深不可测的天际。教堂正中彩色玻璃镶嵌的窗户上，庄严地供奉着钉在"十"字架上的耶稣。《圣经》上说，耶稣复活之后，他的门徒们都欢欣雀跃，唯独多马不信，"除非我亲眼看见他手上的钉痕，把手指头伸进伤口，才能相信！"耶稣果然专门找到他，让他亲自用手摸了他肋上的伤口，多马才深信不疑。这当然是神话，但在此刻，你愿意相信这神话是真实的，似乎真的感到他在这雄浑博大的歌声中"复活"了！

再宣讲，再唱歌，如此反复再三。信徒们无一人搔首弄姿，无一人瞌睡打盹，都静静地听，虔诚地唱，那心是与耶稣相通的。

其中以老年人居多，但也有男男女女的青年。他们是些什么人？各自有怎样的经历、怎样的欢乐、怎样的苦恼？我不得而知，但无疑他们在这一天、这一时、这一地，是完全平等的，有着共同的追求：愿神灵赐给他们幸福。

走出教堂，像从宇宙间回到地面，街道依旧，行人依旧，鸟儿在树枝间飞鸣，它们不食人间烟火，另有自己的乐园。

下午，我记着与"快太太"的约会，赶紧返回去。

五时许，来了一对老夫老妻，男的六十以上，白发、高鼻；女的五十上下，黑发、黄面。不用说，这便是"快先生"和"快太太"了。

三天之内，这两"快"三顾茅庐，确是来得快，也令我心情畅快！

快太太是上海人，"官话"里带吴韵；快先生是瑞士人，汉语中泛洋味儿。

进门先送礼，一个花纸方盒摆在桌上。我说："谢谢！"快太太说："你要打开看的，不看在这里不相宜！"

入乡随俗，我立即开盒一览，那礼物是：一只长耳兔儿，纯用巧克力塑成；四只小小鸟蛋，亦是巧克力雕就。我知道瑞士的巧克力号称天下第一，再次道谢，快太太又是一番解释：

"这是送给你复活节的礼物，兔子和蛋是本地的复活节礼！"

还是快太太痛快，不说我哪知道！原来在这复活节，父母子女、亲戚朋友之间送的都是这种礼，温柔玉兔象征和平幸福，孕育着小鸟的蛋意味着新生命的开始。复活节的前夕，父母把煮熟的、壳上画着彩色图案的鸡蛋埋在院子里，对孩子们说："兔子给你们带来了礼物，你们能找到它藏的地方吗？"第二天，孩子们就去找，找来找去找到了，皆大欢喜！我这才恍然大悟：昨天陈先生也送我一只硕大的巧克力兔，一定也是这个意思，他却未做解释，这个实打实的东北人！

我感谢朋友的盛情美意，将兔子摆在案头，快太太让我拿只盘子，从纸盒中取出一团绿茸茸的纸丝，将巧克力蛋放在中间，酷似一只鸟巢，簇拥着两对即将出生的儿女。

复活节！这是我平生所过的第一个复活节，朋友们没有让我寂寞，我也和他们一起欢度了节日。基督复活了！我虽然不谙他们的教义，但生命总是可贵的，那可爱的小兔，那玲珑的鸟蛋，使人听到生命的欢歌，感到蓬勃的生机！

朋友们，愿基督赐福予你们！

原载《中国作家》1988 年第 6 期

马克特普拉斯

一座建于 18 世纪的"巴洛克"式古建筑，红墙上绘满金碧辉煌的宗教壁画，尖顶上高耸着十字架，俨然神堂庙宇，但这儿却是巴塞尔的市政府。而市民们则又不叫它市政府，称之曰"马克特普拉斯"。其德文意思是：市场。

市政府门前的确是一个露天市场。在这片以碎石铺成的广场上，每天布篷林立、摊位栉比，卖菜的、卖水果的、卖花儿的，应有尽有。甚至还有一家卖中国春卷儿的，但为了防止空气污染，不是现炸现卖，而是事先炸好了拿到这儿来卖凉的。

卖主儿多数是本地人，也有些来自法国的阿尔萨斯——就是都德在《最后一课》说的那个阿尔萨斯，与瑞士接壤，居民们通德语，连货币都通用。这边儿物价比他们高，便涌来卖高价，却也方便了瑞士人。人们挑挑拣拣，自由选购，类似我们的"集市贸易"，所不同的是，出售的物品一律明码标价。

瑞士不是有很多超级市场吗？为什么还搞这样的"集市贸易"？因为这里售的东西新鲜、营养丰富，比超级市场里大批生产的东西好，买主也就不怕贵。于是家庭主妇们一大早儿，都往市政府涌来——不是办什么公事，只为买菜。

堂堂的市政府门前竟然摆摊儿卖菜。人们习以为常。你办你的公，我卖我的菜，井水不犯河水；你当官挣钱，我卖菜挣钱，都是自食其力，谁也不比谁低。

市场也丝毫无损市政府的尊严。这里没有烟尘四起、污秽满地、噪声聒耳。摊位整洁，秩序井然。不吆喝，不讨价还价，不大声喧哗，热热闹闹而又安安静静。到了钟点儿，摊子一撤，整个儿搬走，广场上连一片菜叶子也不剩，用不着设卫生监督员搞什么"违者罚款"。

复活节放假四天，摆摊儿的都回家过节去了，广场上空空如也。一群鸽子在漫步，时飞时落，怡然自得。

一个街头艺人，开了辆"大棚车"，停在广场上，以车子当舞台，兴致勃勃地表演。他戴着小圆帽，抹着红鼻子，一副小丑模样。"演员"还有鸡、鸽子、花鼠、狗、羊，纷纷登台献技，各显其能。看客们发出一阵阵笑声，纷纷往车里丢法郎。我把这场面摄入画笔，小丑、马戏，背景是庄严的市政府大楼。

市政府——菜市场——街头杂耍，三者出现在同一场地。滑稽吗？瑞士人觉得天经地义：市政府和市场对于国计民生同样重要，为什么在市政府门前不能摆摊儿？也许正因为这儿是个市场，"马克特普拉斯"才使人们更觉亲切，也来得更勤。

原载《北京晚报》1988 年 11 月 23 日

比尔 28 小时

伯鹿约我同游比尔。

比尔在瑞士西部，按中国的概念，只算个小城，但在瑞士已属中等城市，与圣·加伦、温特图尔、卢塞恩平级。它是瑞士的钟表业基地，400 年的钟表史，就从这里写起，饮誉世界的"欧米加""皇冠"等等都由此地诞生。但仅仅因此尚不足引起我的游兴，动人之处是它的自然风光。比尔与法国毗邻，一条西南——东北走向的汝拉山（侏山）脉成为两国的天然边界；山下又有三个湖泊，以河网相连，总面积大小仅次于日内瓦湖和博登湖，为旅游胜地；湖中尚有一古迹，为法国十八世纪大思想家卢梭之故居……

火 车 上

晨八时许，我与伯鹿在巴塞尔火车站会面，乘坐 8 点 23 分的火车出发，这趟车的终点站是日内瓦机场，我们中途在比尔下车，车次表上写的是 9 点 30 分，预计行程一小时零七分钟。

我们上了有不准吸烟标志的绿色车厢，因为伯鹿不吸烟。找了个靠门的位子，隔壁便是红色车厢，我要吸烟只需进那个门，当然，在一个小时内我何必非吸烟不可？就算了。

列车正点开动。

巴塞尔渐渐远去，车窗外是连绵的群山和无尽的原野。正是阳春三月，那草地绿得醉人，一丛一丛的迎春、玉兰、桃李（也许不是桃李而是别的花），在阳光下怒放，杨柳枝头绽开鹅黄色的嫩叶，随风飘摇。一条小溪在铁轨旁流过，那春水绿得像翡翠。草地上有白色的牛羊，如云朵般浮动，似天然图画。远处的山还未返青，那茂密的丛林，许是白杨白桦之类，此时正是扬花吐穗季节，枝头是灰紫色毛茸茸一片，远望如烟似霭。中间杂以针叶树，苍黑色的笔触随意点染，更觉沉厚。

忽然远山临近，绝壁凌空，怪石巉岩，鬼斧神工，如用调色刀涂抹而就，又如将中国画皴法中之"斧劈""荷叶""乱麻"并用，笔意浑然天成。我正待拿出相机拍照，列车风驰电掣，窗外景色转瞬已变，复又现原野、村庄。那村庄也非竹篱草舍，均为一幢幢别墅式洋房，主人系农场主，拥有相当土地，雇佣农民耕作，被雇用者需有证明能胜任此项工作之文凭，雇主亦需有指挥、领导之能力，当个"地主"或"雇农"均非易事。

一路指指点点、谈谈说说，过了几站，不觉已到比尔。我看看表，9点30分整。我戴的是多年前在北京买的瑞士表，如今到它的老家来核对时间，准确无误。

我们走下车厢。

月台上，迎接我们的苏茜女士已等在那里了。

苏 茜 女 士

苏茜女士是邀请我游比尔的东道主。"苏茜"二字是伯鹿据德文译的，按照英文的拼法并按照中文的习惯译法，便是"苏珊娜"。她的名字如果全写出来，比这长得多：冯·哈勒·苏茜·巴尔曼，"巴尔曼"是她娘家的姓。她的祖父威廉·巴尔曼是印象派时期的画家，与莫奈、毕沙罗等人属同一时代。因之，她的娘家是个有名望的艺术世家。"冯·哈勒"是她婆家的姓，这是个大姓。在瑞士姓"哈勒"的有的是，关键在于开头的那个"冯"字，那是她丈夫的祖先得到的德国皇帝给予的封号，异常尊贵，子子孙孙便沿袭下来。这有些像中国的皇帝"赐姓"，又有些像"封爵"或"谥号"，如寇准称"莱国公"，岳飞称"武穆王"。但又都不太准确，总之可以意会就行了，是个高贵的封号。"冯·哈勒"是个庞大的贵族世家，成员遍布全国各地。如今苏茜和丈夫居住比尔，开一家汽车修配公司，已非祖业，是他们自己开创的。老家族已经破落解体，他们继承的仅仅是一个封号。

按照西方习惯，苏茜本应被称为"冯·哈勒太太"，但她对这种嫁夫随夫姓的传统似不以为然，由于娘家自父亲以后再没有男儿，她与姐姐出嫁之后便绝了后代，因此有一种特殊的感情，名字后面带着父姓"巴尔曼"。平时，伯鹿便呼其为"马丹姆苏茜"，则成了"苏茜太太"。

她是伯鹿在巴塞尔读书的经济担保人。

而他们只是在去年偶然认识的。

我在《男儿赋》中已写到这一笔。

当时恰巧瑞中友协比尔分会邀请中国留学生连同中国驻瑞使馆官员游览比尔，伯鹿便在郁郁寡欢的心境中随往，借以一遣愁怀。比尔负责此游的正是苏茜，他们便认识了。

也许是因为苏茜身上流着祖父——画家威廉·巴尔曼的血液，她对中国留学生中这位唯一的画家产生了兴趣，又对他那愁眉不展的神情感到不解。几番接触，她终于知道了伯鹿此时的境遇，于是产生了强烈的同情心，愿助一臂之力。但伯鹿明言："我只要您名义上担保，我的学费、生活费、房费一律自己解决，不给您增加任何负担！"

这个要强的中国小伙子，使苏茜由同情升而为敬佩，他们的交情就更深了。但苏茜为了尊重伯鹿，尽量不直接从经济上帮助伯鹿，而采取迂回曲折的办法，比如由她丈夫开车陪伯鹿去旅游，让他饱览瑞士山川以激起艺术的灵感，并陪他赴意大利考察，实地参观文艺复兴时期艺术巨匠的传世名作，使伯鹿受益匪浅。她还想方设法为伯鹿在假期找工作，让他用自己的力量解决下个学期的学费，这样，小伙子的自尊心就不会受到伤害。用钱袋喂养的朋友并不是真正的朋友，伯鹿不需要施舍，只需要友谊，这，她是深知的。

不到一年的时间，他们已是至交好友。伯鹿常向我提起她，总是说："我的那个朋友"如何如何。他去比尔，便住在她家里。尽管我明知苏茜有丈夫、有子女、有家庭，但总难以排除一种感觉：她与伯鹿之间有着一种特殊的情感，也许并不仅仅限于友谊。尽管我完全相信伯鹿的人品，但我并不了解苏茜。

直到我亲眼见了苏茜，才知道我的猜测错了，完完全全地错了。

现在，苏茜就站在我们的面前。

她是一位五十多岁的老太太，身宽体胖，"美丽""魅力"这些词儿对她来说已是遥远的过去。她一头浅黄的鬓发，脸庞丰满而红润；上身穿一件白底宝蓝色花纹的短袖衬衫，露出圆滚滚的胳膊；下身穿一条灰色长裤，脚穿一双中国的方口黑布鞋。整个儿朴朴素素，如果不是金发碧眼和白皮肤，便很像一位中国老太太了。

她看见我们下车，便绽开笑颜，露出一口洁白的牙齿，上门齿中间有一条缝隙，给人的第一印象是和善而且开朗，或者说"慈祥"更准确些。

她抱住伯鹿，亲吻他的左脸、右脸，那神情完全是母亲迎接儿子。

然后和我握手，很亲切，但仅是握手而已，我们毕竟是初次见面，她没有施行更亲近的礼节。

她在瑞中友协兼职，对中国人有特殊的感情，并且极力运用她所掌握的中国话："你好！"

我说："给您添麻烦了！"因为从谈话中已经得知，她的八十老母正在住院治病，此时打扰人家，更觉不安。

"不客气。"她说，下边的话就不会用中国话说了，改用英语："我今天已经请了假，全天都可以陪你。"

我们没有出站，因为预定的游览路线还要再乘一段火车，她已买好了票。开车时间未到，便带我们进了车站里的咖啡馆一边喝咖啡，一边交代游览的程序，描述我将要看到的景色。她的描述引起了我的联想，我说："我认识的一位剧作家写过一出话剧《彼岸》，故事发生在欧洲某地，机场旁边有一个湖，湖边还有卢梭的塑像……，是不是就是比尔？"

"很像，"她说，"只是彼尔没有机场。本来要建机场，后来认为不必要了。如果你的朋友没有来过比尔，可以请他来看一看。"

这个人开口就向她不认识的人发出邀请，的确是爽快得出奇。短短的接触，我已经对她没有生疏之感了。

时间到了，我们重登火车，朝她指引的方向奔去。车窗外，艳阳高照，晴空无云，她分外高兴，对伯鹿说："你是'喜神'，你一来，就带来了最好的天气。"

临水先看山

火车慢慢地运行，逢站必停，因为是短途慢车，方便来此游览的乘客。

车窗外，山坡上没有草坪，而是松软的黄土地，插着无数短桩，那是栽育葡萄的苗圃。此处除了制钟表，还是葡萄酒基地，农业便以种葡萄为主。据她说，此处的土质特别，种出的葡萄酿成酒，是别处不能比的。

一望无际的葡萄园中，出现了一幢建筑，她告诉我，这是酿酒博物馆。这个博物馆同时还是德语区与法语区的分界线。在此之前，人们自觉地讲德语，一过此处，便立即改用法语。比尔一个城市分成两个语区，路牌一律用两种文字，德语区德语写在前面，法语区则相反。有的孩子家住在一个区，上学在另一个区，在家里和在学校里就分别使用两种语言。两个语区以此博物馆为界。而更有意思的是，分界线在这房子的中间，你进门时用德语，走到对面的窗户跟前就必须用法语了。这种类似童话的奇闻却是千真万确的事实。

谈着新鲜事儿，旅途就显得短。

我们下了车，比尔湖便出现在面前。她已预先买好了游艇的船票，但开船时间未到，便先放下湖光，去赏山色。

我们沿着山间小径向上攀登，沿途是人家，满眼是鲜花。瑞士被称为"欧洲的花园"当不为过，连这偏僻山区也是如此，家家有花园，万紫千红，开得灿烂，又都收拾得干干净净。那艳红的郁金香，翠衣丹顶，犹如刻意雕琢的工艺品，翡翠玛瑙连成一片。一段曲径，一道白石矮墙，墙头葳蕤垂下花枝，紫色的、白色的、黄色的，花朵不大，却繁茂浓密，似一串串珠宝。忽然墙头一枝红梅探出，虬龙般的枝干上缀满红花，耀眼夺目，也许那不是梅，我权且以梅称之。

山路到了尽头，已是车不可通之处，我们则循土路、踏石级，继续攀登，硕胖的苏茜已累得气喘吁吁。她不喜欢自己的胖，也不讳言自己的胖，用中国话说：

"二，不胖；一，胖！"这话虽是中国话，还得翻译，她的意思是：我们三个人当中，有两个不胖的，一个胖的！

谈笑间，已到山顶。其实不是顶，是山腰间一条宽阔的公路，就把山隔成了两半。抬头望，山外有山，高高在上，高不可攀。我们无意再攀，便在路旁小憩。

我问此山是什么山，她答就是汝拉山。瑞士境内多山，而主脉只有两条：汝拉山脉和阿尔卑斯山脉。从这儿远望湖对岸的山便属阿尔卑斯山脉，比尔湖正好夹在两条山脉之间。翻过汝拉山，就是法国了。当年法军攻打比尔，就是翻过这座山打过来的，遭到了拼死的抵抗。至今此处尚有古堡遗迹，便是当年的烽火台。

烽火台就在我们脚下。它用山石垒成，呈几个圆形碉堡状，中有箭孔，上有雉堞，堡与堡之间有墙连接。这烽火台与我们长城的烽火台造型不同，但功能是一样的，如今都成了历史遗迹。那粗粝的石墙、斑驳的苍苔，记录着浴血奋战守卫疆土的猛士们的功勋。我想起在瑞士北部巴塞尔曾发生的斯瓦本之战，那时瑞士联邦和德国人打得血肉横飞，当地的巴塞尔人却袖手旁观，未曾参战，只在瑞士联邦打胜了，"解放"了这块土地之后，才为他们铺平了加入瑞士联邦的道路。我曾因此而认为瑞士人都是这般软弱。到了比尔，才知还有另一面，瑞士也有硬骨头。如果人人持观望态度，也许就无今日之瑞士了。

我问此处叫何名，她说叫"新城"——意译成中文的名字，是比尔管辖之下的一个小镇，并解释说，其实这是个古老的地方，并不是新开辟的城市。我望着那些文物般的建筑，当然也会这样认为。我说我能理解，我国的"新疆"的历史就很悠久，却有个"新疆"之名。相隔数万里，相互理解也不难。

从"新城"纵目远眺，比尔湖就像一面镜子，在阳光下映着蓝天，几点帆影漂过，水面上划出一道道细如丝线的白色轨迹。湖边的教堂那高耸的尖顶，肃穆庄严，默默地回忆着过去，祈祷着未来……

比尔城外的湖泊分成三块：Lac de Neuchatel，Lac de Morat 和 Bielersee，我们面前的便是"Bielersee"，直译为"比尔海"，意译则应是"比尔湖"了。

我们依原路下山，时近中午，那骄阳晒得石子路明晃晃耀眼，身上也热了起来。

苏茜用中国话说："我喜欢喝杯啤酒，你喜欢喝杯啤酒吗？"

这"中国话"的用词、句法都不大准确，但能听懂她的意思。

坐在街心小广场上喝啤酒。旁边就是教堂，前边是"新城"的古城门，上部尖顶，底部石券门，经历若干世纪，仍保持着原貌，我们好似走进了历史，又回到了志士们死守疆土的时代。广场中间有两座塑像，塑的是两名全副武装的武士，犹如中国的秦琼、敬德两位"门神"，也正是那些已经为国捐躯的将士的写照。

此时此地，听他们讲述了一段遥远的故事。

把酒论英雄

当年法国人侵占瑞士，官军抵挡不住，便有一位山民威廉·泰尔揭竿而起，率领乡亲们不惜头颅热血守卫每一寸土地。这威廉·泰尔是一名神箭手，百发百中，大挫敌军。

但不幸的是，比尔终于被法军攻陷，征服者向被征服者耀武扬威，极尽侮辱之能事，在城中竖一柱——权且称之为"耻辱柱"吧，命令全城百姓，凡经过此柱，必须脱帽、低头，以示臣服。

国土已沦为敌手，百姓均是亡国奴，无可奈何，只好忍气吞声，照此办理。那脱帽、低头不知要咽下多少屈辱的眼泪！

唯有威廉·泰尔不肯就范，仍昂首阔步，无视侵略者。当然为法军将领所不容，于是"杀一儆百"。那办法却又奇特：

不直接杀威廉·泰尔，却将他的儿子抓来，置一苹果于其头上，当众对威廉·泰尔说：久闻你是神箭手，现在请你一箭射中这只苹果！如果射中，便免去你脱帽、低头！

这一招儿极其阴险毒辣！苹果是一个极小的目标，且置于人头之上，稍有偏差，必将置儿子于死命。这其实是让威廉·泰尔亲手杀死他的骨肉！

威廉·泰尔却接受了这个条件。只见他取出两支箭，走到指定地点，先以一箭瞄准儿子头上的苹果，稳稳地拉开弓，"嗖"地射出，苹果被从当中射穿，应声落地，儿子脱险了！威廉·泰尔也挣脱了屈辱。

法军将领不得不依前约，放了他们。但又问："你为什么准备了两支箭？"

威廉·泰尔答道："如果我第一箭射死了我的儿子，那么第二箭就射死你！"

征服者在他面前胆寒了！这样的英雄是无法征服的！

我慢慢地喝着啤酒，听伯鹿转述着这个故事，心里想到了法国的"加莱义民"，还想到了法兰西在被希特勒占领之后，流亡英国的戴高乐将军用低沉而坚毅的声音借助英国电台广播的《告全国同胞书》……法国人侵略过别人，也曾被别人侵略，他们也曾蒙受过耻辱，也曾进行过英勇的反抗，也曾产生过自己的民族英雄，而英雄总是令人敬仰的，不分国度，甚至连敌人也尊重对方的英雄，如日寇面对我们的杨靖宇将军的遗体发出的感叹。我又想起了中国更遥远的事儿，荆轲刺秦王、聂政刺侠累、田横五百士……不过，相比之下，似乎威廉·泰尔的故事更富有戏剧性、传奇性，它的收场不是收在悲壮的失败，而是振奋人心的胜利，这个故事反映了比尔人强悍而又机智。至今，比尔市的城徽仍然是两把交叉的斧头，显示着凛然不可侵犯的血性。

但我多少有些怀疑刚才那个故事是经过了某些艺术加工的。

果然，苏茜补充说：威廉·泰尔不一定确有其人，但他是在民间广为传颂的民族英雄，人民相信，他们的祖先确是这样的！

开船的时间到了。我们穿过那古老的城门，向比尔湖边走去。回头再望，城门上那过时的日晷——在钟表诞生之前的计时器，还在阳光下投射着一线阴影，好像并不知道今天的人们已不必凭它计时，好像又执着地让今人不要忘记它的存在。由于日光不可能自下而上照射，那圆圆的日晷只有下半部刻着我不认识的符号，其原理和我们故宫中保留的日晷则是一致的。日晷之下，城门之上，有三个凸出的橡形石桩，那是当年拴护城河上的吊桥用的。

泛舟比尔湖

一艘小型汽艇向岸边漂来，那便是我们将要乘坐的游艇，它在湖上按照一定的路线不停地游弋，准时在每一个渡口接纳乘客或送他们上岸。

船停在岸边；舱里走出来一位老艄公——称"艄公"亲切而又准确，因为他年已六十开外，船上又只有他一个人，开船、收票，里里外外一把手，"个体户儿"。只是这位艄公不戴斗笠、未穿蓑衣就是了。

这么大年纪了，仍然不辞辛劳，日日摆渡。他把铁皮跳板从岸上拉上船舷，我们扶着渡口的栏杆上船。苏茜和他是老相识，见面还说说笑话。

稀稀拉拉上来几位乘客，舱内尚未坐满，汽笛一声，到点开船。苏茜说，等夏天到了，那是旅游旺季，湖面上尽是船，就没有这么空了。

船向对岸开去，刚才上船的渡口越来越远，渐渐地，那古城门、古城堡、古教堂，那参差错落的法式房舍，都缩小了，模糊了，与汝拉山融为一体。刚才"不识庐山真面目，只缘身在此山中"，现在才看见了它的全貌——全也不全，仅视线所及，但见它不甚高，却莽莽苍苍，雄浑沉厚，山腰间大片灰褐色，如用大笔渲染赭墨，苍松翠柏又似墨点，却是将"米家点"竖用。山脊与天相接处，一排若有若无的树木，如婴儿毛发，轻轻抚弄晴空，又如以羊毫排笔趁将干未干之际恣意涂刷之迹。

那山不高，却延绵极远，左顾右盼，不见边际。船舱之窗，犹如宽银幕、环形银幕，目光随之作左右横移。

船徐徐前行，山依依后退，由山脚至湖水，现出一抹淡墨丛林，如濛濛烟，似纱纱梦，逶迤从湖面浸出一条墨痕，遥遥连接湖心一座仙山般小岛，岛上碧树葱茏，掩映棕红色屋顶，蓬莱自有仙人阁。

我问苏茜："这是什么岛？"

她答曰："艾尔拉赫岛。早先居住岛上的家族姓艾尔拉赫。如今子孙已遍布世界各地，不过，凡是姓这个姓的，追根寻源，都是从这个岛上繁衍出去的。"说完又补充："不过这不是岛，只能算半岛，因为和陆地连着。"

我知道，她指的就是那一线"墨痕"了。

船驶近艾尔拉赫岛，靠岸，有人下船。我以为已到卢梭故居，正待起身，苏茜说，我们还没到，卢梭故居还在前面，是另一个岛。

我顺着她的指点向前看去，烟波浩淼的湖面上，遥遥又见一座仙山，那才是卢梭当年驻足的地方。

"那岛叫什么？"

"叫圣·彼得岛。"

此时，船正向圣·彼得岛开去。

艾尔拉赫岛又被抛在身后，隔岸远山又在横移。"横看成岭侧成峰，远近高低各不同。"苏子论庐山之妙，于此山也同样适用。船移步、山变形，便看到种种形状。忽于那远山背后又出一山，白皑皑、银花花，那是汝拉山的高峰，终年积雪，与阿尔卑斯山是孪生姐妹。雪山的出现，在雄浑的画面中又增加了一笔纯净清凉的色彩，令人精神为之一爽。

船且行，山且移。雪山转瞬隐去，赭墨之山也已泼彩，现出一片浓艳的嫩绿，那便是湖岸农田。比尔湖边，山阴山阳水土大异，宜种葡萄处不宜种蔬菜，宜种蔬菜处又不宜种葡萄，此处正是蔬菜产地，那肥沃的湖田向人们奉献出鲜嫩的蔬果。

绿野中耸立着一座红瓦朱顶教堂。苏茜说："这个教堂每天接待世界各地的男女来此举行婚礼，排队要等一年以上。密斯特王已经结了婚了，不然可以到这里举行婚礼。"我说："没关系，以后伯鹿可以在这儿结婚。"这当然是笑话，伯鹿的婚姻大事还"八"字没有一撇。

教堂渐渐面对我们的视线，苏茜又指着教堂旁边的村落说，当年冯·哈勒家族的祖先曾在战争年代在那里居住。我望着那恬淡静谧的原野，已难想象战乱中之景象，不禁发人世沧桑之概。

汽轮的马达发出低低的突突声，湖水轻轻拍着船舷，如玻璃撞击。比尔湖以长久的耐性，托着一批又一批对它感兴趣的人，从此岸到彼岸，从彼岸到此岸。

身在比尔湖，自然想到我们的昆明湖、太湖、西湖。湖各有特色，湖湖不尽相同。如果一定要比较，则比尔湖不似昆明湖那般带"帝王气象"，更有平民的纯朴；又不似太湖那般单纯，较多变化；亦不似西湖那般纤巧，反又显出苍劲。东坡云："若把西湖比西子，淡妆浓抹总相宜。"说尽了西湖之美。但苏子未尝游比尔湖，所以也未曾比较。如今我论比尔湖：

春山春水两依依，
慢橹轻舟探远矶。
彼得岛前花掩路，
卢梭居外鸟穿扉。
桃源不是逃秦处，
大泽无曾揭楚旗？
若把西施迁比尔，
轻纱浣罢洗征衣。

暂不管苎萝西村施姑娘如何，圣·彼得岛已在眼前。

哲人隐居处

我们舍舟登岸。

圣·彼得岛四面环水，与世隔绝。苍翠的树木，恬静的田园。没有高大的建筑，只在绿色的掩映中偶尔露出农舍的一角、小院的一隅。芳草萋萋，如平整的绒毯，撒满蒲公英、矢车菊那繁星般的小花。一树白梅静静地开放，冰清玉洁。没有一丝风，没有一粒尘埃，也没有炊烟，甚至没有人声。两匹马在草地上漫步，垂下长颈，啖着嫩草，一匹棕红，一匹浓黑，像是画家精心选配的色彩。一条小路从草坪旁蜿蜒向前伸去，路旁有马栏，脚下有野花。苏茜说，从前一个青年去当兵，一去再不回，他的情人盼啊盼啊，天天望着他离家的那条路，忧伤的眼泪不知道流了多少，洒在路边，就变成了这种花。那花极小，淡蓝色，确似瑞士少女的眼睛。

哪里有人类，哪里便有动人的情爱，便有忧伤的眼泪，便有毁灭情爱、制造眼泪的战争。但身在此岛，仿佛那是天外的事儿，仿佛这里与人间的纷争无涉，战火烽烟从不曾沾染这片净土，"尔来四万八千岁，不与秦塞通人烟。"

难怪卢梭看中了这块宝地。1765年他登上了此岛，就再也不想走了，写信给瑞士联邦政府说：我找到了全世界最美的地方，希望能允许我长期居留……

前面就是卢梭故居。

这是一座匚形建筑，共二层，白墙，灰瓦顶，顶部有天窗及烟囱。他当年把整幢建筑都租了下来，如今供人们参观的只有卧室和起居室，其余房屋已作他用。隔壁有房客，楼下并且开了一家餐馆，匚形中间的露天庭院便是食客就餐的场所，摆着一大片铺了白桌布的餐桌，桌旁有遮阳伞，如海滨浴场然。

已是午饭时间，我们便择桌而坐，"民以食为天"。白衣白帽的服务员小姐送上菜单，询问客欲何食，苏茜便又问我与伯鹿，结果每人一汤、一鱼、一菜、一酒，并米饭。那鱼便是比尔湖中的鲜鱼，那酒则是此岛的佳酿。苏茜说，来此岛不可不尝此二种美味。而那酒又特别，除餐馆零售之外，大量购买则必须是祖居此岛的人，外人概莫能受此殊荣。苏茜便是沾了祖上的光，她有专买此酒的特权。

那鱼是要现煎的。等待煎鱼的工夫，我们便上楼拜谒卢梭故居。

那故居却极简朴，粗糙的白墙，低矮的顶棚，且由于安置烟道之类，墙壁还七进八出，令人有土人穴居之感。内室有卢梭当年之卧榻，灰蓝色，上有撩起之帐幔。旁设一桌，一椅，料是他当年写作处。壁悬卢梭画像。外室于门旁临壁有炉灶，泥砌，抹白灰，烟熏火燎已如墨迹斑斑。灶眼中置一银壶，黑灰色，当是原物，想为卢梭烹茶或煮咖啡之用。窗旁有一立柜。其余再无遗迹，唯玻璃展柜中陈列卢梭著作，厚墩墩排成两排。墙上挂有他的手迹影印件，并以铅字印有他的语录：

> 人降生在世上，本是纯朴的、自然的、美好的、愉快的，但社会使他们痛苦，使他们扭曲。权力、金钱、私欲使人变坏了，毁灭了人的本性……

这不是正式的译文，只是根据苏茜和伯鹿的讲解而记下的大意。翻译家当可依原文译得更准确、更精彩。

卢梭已经死去整整210年了，他的理想至今也还没有实现，权力、金钱、私欲仍然在全世界横行，如果他在天有灵，将又如何呢?

故居沉寂落寞，我仿佛听到哲人深深的叹息。走出这阴暗的历史遗迹，庭院中阳光灿烂，服务员奉上鲜鱼，我们便咀嚼着历史也咀嚼着现实。那鱼确是鲜美，想必当年卢梭先生也曾饱尝过。价格也够可以的，苏茜付钱。从卢梭到我们，也都未能摆脱"金钱"这个魔鬼的制约，人生、社会原不是几句深沉的哲理可以改变的。

再吃一杯草莓冰激凌，心里凉凉的，便离开了庭院，绕到房前，寻路朝湖边漫步，苏茜已做出安排，下午五点钟要参观一所艺术学校。

卢梭故居前，那一树白梅默默不语，那两匹骏马默默不语。几株高大的钻天杨树，还未吐绿，环绕主干的细枝像一支支巨笔，直指向天空，不知想写些什么。一棵古老的法国梧桐挺立湖畔，粗大的树干上斑斑驳驳尽是鳞甲，灰绿色的繁枝四处伸展，形成方圆数丈的庞大树冠，如一巨型珊瑚。那尚无绿叶的树枝，仿佛无数触角，探索着茫茫世界。

大树下，静静地伫立着哲人卢梭。

瑞士人在这里塑了他的铜像，纪念这位曾经客居圣·彼得岛的法国思想家。

卢梭当年在这里写出了12卷《梦游》，从而使不为人知的圣·彼得岛名闻遐迩。如果没有卢梭故居，它也许吸引不了来自世界各地的千千万万游客。

但是，卢梭当年在这里却只是匆匆过客。他的学说为当地官绅豪门所不能容忍，他只在此居住了40天，便被驱逐出境。他本来想在这里隐居一辈子，却好梦不长，走的时候栖栖惶惶。

现在瑞士人却又来纪念他，靠了他的名声来赚钱。事情的因果常常是颠颠倒倒的。世界就是一个颠倒的世界。天下没有"世外桃源"。

瑞士人纪念卢梭也并不虔诚，甚至可以说是大不敬。他们不佩服卢梭，并且奇怪中国人为什么对卢梭如此感兴趣。

他们有他们的理由：卢梭这个人夸夸其谈，言行不一。他腰缠万贯，对金钱也相当有感情。他对自己众多的子女，并没有按他的主张去教育，也是"被扭曲了人性"的公子哥儿。

"仆人眼中无伟人"，这话还是有理的。天天伺候达官贵人的奴仆往往最了解主人的隐秘，根本不相信他在人前作出的伟态和美言。乡邻也是如此，他们当中出了伟人，往往不说他的伟大处，单说渺小处。陈胜当了张楚王，当年一起佣耕的伙伴看见"涉之为王沈沈者"，便挤眼弄舌，说些他当年绳枢瓮牖的穷相，气得陈胜把他们杀了。

卢梭自然没权利杀这些说他坏话的人，只好任人评说二百年。

这又是哲人的悲哀！

卢梭的铜像依然在不动声色地思索。

我们离开了这留着他的荣誉也留着他的耻辱的地方，沿湖岸向前走去。

一只洁白的天鹅正在碧水上朝我们漂来。

自然·人·艺术·哲学

圣·彼得岛本来是座孤岛，但后来被人工筑了一条细长的土堤，如西湖的苏堤、白堤，便与艾尔拉赫岛连接了起来。那堤也已有些年头了，绿茵铺地，翠木成林。我们本来要沿着长堤步行过去，赶在五点钟到达已预约好的"鲁道夫·施坦奈艺术学校"，但苏茜担心我们走得太累，便仍旧搭了船，还是刚才那位老艄公。两人开着玩笑。苏茜拿一百法郎的钞票买船票，说："你要是忘了找钱，这船就归我了！"艄公说："想买船待会儿好商量！"他们这是逗闷子。汽笛鸣响，艄公送我们过湖，但所走的已不是来路，贴近了岸边，正好远远地巡视那条长堤。

看起来，若步行怕是要好走一阵子的。

艾尔拉赫远看似一座小岛，登上去才知还颇有一番天地，街道纵横，店铺林立，陈列着日用商品及本地生产的民间陶瓷工艺品，自成一个古朴而丰足的小社会。

"鲁道夫·施坦奈艺术学校"便设在这里。我在巴塞尔已领略了一番鲁道夫·施坦奈的信徒们搞的"歪门斜道"，料想此处恐也是如此罢了。

进了学校，却见这里的房屋既不歪也不斜。

踏上楼梯，便闻到一股洋葱味儿，不像是校长办公地点，倒像是什么家属宿舍。

敲门，应声走出一位穿白衬衣、黑坎肩如阿尔巴尼亚人的中年男子，便是与苏茜约好会面的校长了。

校长把我们引进他的房间。这房间极不讲究，有桌椅、有床铺，还挂满了画。这显然是他的卧室兼会客室。墙上的画有水彩、素描、速写和木刻，具备一定水平。他说都是他和他的妻子画的。这是一座私立的学校，创办者是他的父亲，如今子承父业，他便是校长，他的妻子、弟弟、弟媳都是教师。我想这是个小打小闹的"个体户""夫妻店"，看样子够凄惨的，不会有多大意思。但既然来了，也不妨看看。

校长领我们参观了一间又一间教室，相距都很远，这所院子可够大的，我渐渐不敢再小看他，仅凭这房地产，也可算个"地主"了，何况还办着学校。

学生从幼儿园开始，一直上到 20 岁，学艺术，也学文化课。教室里的黑板上还可以看到没有擦去的数学习题，墙上有学生们的画。7 岁儿童的教室里，黑板上写着老师的命题：春天。孩子们各自画对春天的感受，一律只用蓝色画水彩，太阳、云彩、山、花……洋溢着盎然春意和烂漫童心。

200 名学生分成不同的班级，全由这个家庭的成员"承包"，却也够辛苦的。

他带我们去看木雕工作室，学生们在一块块"朽木"上发挥各自的想象力，练了技巧，也练了头脑。又去看石雕工作室。孩子们打的石头，有的抽象，有的具象，也各有特色。

他带我们去看他们的面包房。案子上有沾上芝麻尚待烘烤的面包，炉子里炭火熊熊。

他甚至带我们去看了牛圈，三头奶牛在安静地吃草。吃的是草，挤的是奶，供这二百多人饮用。

校长说：我们这里没有污染，牛奶是新鲜的，蔬菜是自己种的，面包是自己做的。

这倒是与巴塞尔"人道会"的主张一致的。

刚才在教室里看到一排排学生脱下的鞋子，现在看到学生们光着脚在干活儿，男的女的都有。没有文绉绉的学生气，好像都是校长的孩子，他们自觉地干这个"家庭"中的一切活儿。这个学校没有"工友"，老师和学生自己动手，丰衣足食。校舍坏了自己修，路面自己铺，还用石子镶嵌了各不相同的花纹。

　　他们会种菜、种粮食，会驾车、会骑马。他们自己做饭，大家在一张长桌周围排排坐，光着脚吃饭。

　　另一些人在玩儿。一个女孩光着脚在荡秋千。

　　校长推开一座门，带我们进去，却又把食指放在唇前："嘘！"让我们别出声，那里边正在排练话剧。我已经听见了一个男生在念台词。

　　到底还是被惊扰了，台词停了，校长请我们进去。念台词的男青年和几个女青年朝我们打个招呼，等我们走后，继续排练。

　　我被这所奇特的学校吸引住了。这是一所顺乎"自然"的学校，是一群"返璞归真"的人。学生们在这里可以展示无拘无束的人的天性，可以学到文化艺术知识，并且又可以掌握各种劳动技艺和生存的本领。这里看不到权力、金钱和私欲对人的本性的扭曲，只看见一群纯朴、勤劳而又自由的人。也许卢梭正是希望如此。但这所学校不是奉行卢梭的哲学，而是遵照鲁道夫·施坦奈的宗旨创办的。用"歪门斜道"来理解他的学说显然失之于肤浅，外界的人并不理解他们。

　　苏茜的长女就是从这所学校毕业的，如今嫁给南方的一个农场主的儿子，"下乡务农"了。当地的人很不理解她：为什么一个城市姑娘、一个知识分子，要当农民呢？她自有她的爱好，她的追求，也许正是由她的母校所培养出来的。

　　走在这所校园里，我却想起了我们的学校。学校里有木工、电工、瓦工、水暖工、厨师，把一切活儿都包下来了，学生们什么也不会做，回家连家务也懒得干。他们大概不会想到西方的学生比他们要辛苦得多。我们也有过"学工、学农"，但有些强迫命令，一阵风过去，就不再搞了。"上山下乡"则不再提了，提起来咬牙切齿，唯一的收获是培养了一批专写"知青题材"的作家。那批作品中，停留在"诉苦"水平的多是平庸之作，见识更高的则写出了深度，因为他们在经受苦难的同时也深刻地理解了人生。我们的人是痛苦地回忆那些事儿，这儿的人是心甘情愿地来受这种磨炼，这种学校比公立学校的学费还贵。图个什么呢？

　　我们也办过略为类似的学校。延安的"抗大"，"喊喊哩哩嚓嚓啦啦唛啰唛啰咳，大生产呀么呼咳！"还有江西的"共产主义劳动大学"，"滚一身泥巴，炼一颗红心"。这些，都是历史的产物，事过境迁，不复再现。前者还作为光荣历史，在史书上提一笔，有时还唱唱那首歌，以示不忘本；后者则已成为笑柄。我们总习惯于要么把某一事物捧上天，要么踏入地，其实并不大实行"中庸之道"的。某些事物，剔除了它的谬误之后，也不妨看看有无可取之处。我们现在已经想学

"资本主义"的某些长处，其实"资本主义"正在采取的某些办法正是我们过去所采用过而后又鄙弃的。

世界上的事儿就是这么蹊跷，好像球场上的"交换场地"。

校长最后带我们来到他们的操场。

这是一块圆形的草坪。每天早晨，全校集合，由校长讲话，然后解散，并不操练，而由各人去"入静"——静思领悟鲁道夫·施坦奈的哲理。

"入静"的地方就在旁边，是一座大窑洞式的礼堂，无窗，无桌椅，只在中间放着鲜花，周围竖着一圈木桩，上面又各点一烛。学生们对着这花、这桩、这烛光，去发挥各人的"悟性"。

这又显得玄妙莫测了。

校长说，他很想学习中国的《易经》！

一语泄露天机，西方人向往的是东方的"真经"！

我和校长告别的时候，已不再是刚才初见他时的那种感觉，好像是"悟"得近了一层。

走出学校，苏茜已经完成了她安排的"导游"节目，轻松而又略有疲惫地问我："你喜欢喝杯啤酒吗？"

挑灯看剑，举杯邀月

时已黄昏，我们于就近一家酒馆小酌。

奔走了一天，喝杯凉凉的啤酒，解渴又解乏。一边喝着，一边聊着种种见闻和感想。

喝了一扎，便想起身。苏茜却未尽兴，呼店家添酒，于是再各来一扎。

酒楼临大路。这时有五六个身穿灰绿色军装、头戴船形帽的瑞士士兵，呈"一"字队形朝这边走来，是来喝酒的。

入座之后，都宽衣脱帽。不知是为了轻松，还是军纪不准全副武装饮酒？与我无关，便也不问。

苏茜却对这些士兵甚感兴趣，转身指着马路上一位身材魁梧并蓄着胡子的士兵说，那个人很像她的儿子，她的儿子也正在当兵。

原来她是"子弟兵的母亲"，见了军人就有情感，是慈母心肠使然。

但座中饮酒的诸位却不像她的儿子。这几位都白净而文弱，个个是"奶油小生"。

于是说起瑞士的部队，倒又是我闻所未闻。

瑞士没有一个职业的士兵，但又全民皆兵——每一个成年男子都是战士，从

20 岁到 45 岁之间，每年都要去服兵役。时间则不等，开头服役两个月、一个月，随着年龄的增长，服役期也逐渐减少，45 岁的老头儿也必须每年去当一个星期的兵。不管你是什么职业，工人也罢，农民也罢，大学生也罢，教授也罢，鼎鼎有名的艺术家也罢，保卫祖国，责无旁贷。瑞士没有皇帝，也没有总统，瑞士是每个瑞士人的瑞士，每个瑞士人都有义务保卫它，好男要当兵，不是"好男"，部队也把你炼成好男。军令如山，只要你穿上军装，就是战士，管你的年龄大小，管你的身份高低，管你的体质强弱，苦练杀敌本领吧，不客气！如果平时无准备，到时候哭爹叫娘也没用。兵就是练出来的，部队的战斗力是打出来的。

服役期满，走人，原来干吗的还干吗。枪和 50 发子弹也归你保管，下一次招之即来。每一个瑞士的"壮丁"都有枪，每一个瑞士家庭都有武器，随时准备歼灭胆敢来犯之敌。

多少年没有战争了，这块和平、中立的国土，用得着如此戒备森严吗？

苏茜说："谁都看着瑞士好，但是谁要想强占，那就试试看！我们不侵略别人，但也不容许别人侵略我们！"

这位老太太不简单，她有丈夫气概，她懂得居安思危的辩证法。

花园、美酒，正是因为有宝剑在守护，才那么香，那么醇。

美丽的国土，威武的军营。

在那景色如画的阿尔卑斯山下，谁能够想到有一个硕大无朋的"防空洞"？那里可以容纳全瑞士人，储备着供全国人生活半年的粮食和日用品。一旦战争爆发，地面上看不到一个瑞士人，侵略者陷入"空城计"，只能被动挨打。那雪山脚下，在一秒钟之内将像变魔术似地"变"出空军的机场和高射炮群，侵略者制造的战场便也是他们的坟场！

瑞士人的"惊人之笔"使我感慨不已。

我看着那些稚气未脱的士兵，不由得想起我们的那些同样年轻、头上顶着高粱花子去当兵的兄弟。

苏茜很想知道我这个中国人在想什么，问我："你对我们这些当兵的怎么看？你认为他们愿意当兵吗？"

这很难回答。

我只能说："我不知道他们的态度。"但是又说："打仗总是不愉快的，牺牲也总是痛苦的，没有人向往这些。但是，战士有战士的责任，无论他心甘情愿还是被迫从命，都必须也应该尽自己的责任。战士比艺术家更重要。一旦战争爆发，艺术家大概只能画画宣传画，而战士却是去送死！在我国云南边境，埋葬着无数年轻的烈士，每逢清明时节，他们的坟前都点着香、燃着蜡烛，夜幕中望去像万家灯火，那是一些不死的灵魂在闪光。祖国和人民永远纪念着他们！"

这便是我对一位异国战士的母亲的回答。

苏茜动情地向我点头。

苏茜一家人

苏茜带我们再乘火车返比尔，回到她家，夜幕已经降临。她本来要请我去吃中国馆子，我婉谢了。在瑞士，请客人吃中国馆子是最高的礼遇。一是因为中餐的烹调技艺高超，色、香、味俱全；二是因为中餐到了西方，价格就比在本国高出去许多倍，在这里吃一顿不是闹着玩儿的。我不忍心让她再破费了，就说："在家里随便吃点儿就行了。下次您到中国去，我请您吃中国馆子！"

她同意了这个充满友谊的约定，于是到她家去吃晚饭。

苏茜的家在与市政厅毗邻的一幢公寓的七层楼上，三室一厅，带一个厨房和两个洗澡间。客厅是家庭的门面，一望而知，她是一个中等水平的家庭，称不上豪华，也显不出寒碜。客厅里有些凌乱，北京话说："欠归置"。这正是女主人忙忙叨叨、大大咧咧的性格的体现。

三个房间，一个是她和丈夫的，一个是小女儿的，另一个似乎是专为伯鹿预备的，我来了，便与伯鹿住在一起，虽不合瑞士习惯，也没别的办法，她家再也开不出一个房间了。

一进家，她就带我进了这间客房，里面尽是伯鹿的画。苏茜手忙脚乱地一张张拿给我看，并且用中国话说："伯鹿，画，好！"

那完全是母亲炫耀儿子的神情。她的两个儿子和大女儿都不在家，便真的把伯鹿当成儿子了。家里只有她的小女儿在，十七八岁，白白胖胖，朴朴素素，也许正是苏茜当年的样子。这么晚了，女儿已经自己吃了晚饭，冯·哈勒先生因为妻子外出，晚饭没着落，就事先打了招呼，今晚不回来了。苏茜去做晚饭，专为我们了。

我与伯鹿在客厅里看画。墙上挂满了画，都是已故的威廉·巴尔曼先生的遗作。老先生的写实功夫很深，画风严谨、沉稳又潇洒自如，简练的笔触，表达出丰富的色彩、形象和情感。一张小小的《手》的习作，令人叹绝。

老先生的自画像正在墙上看着我，那深沉的眼神中透露出艺术家的执着。

老先生反复画了多幅他的夫人和孩子。温柔娴静的巴尔曼夫人怀抱着一丝不挂的顽童，那顽童是她的儿子，苏茜的父亲。当苏茜指点着说这是"my father"的时候，我的心猛然倒退了一个世纪！巴尔曼夫人怀抱的顽童，现在已经作古了，她的孙女也已成了老太太，比画中的祖母还老。人就是这样延续着血统，一代又一代。另外还有两张儿童的画像，那是苏茜的两个叔叔。巴尔曼先生的遗作十分丰富，是一笔巨大的遗产，因为有很多亲属，苏茜不愿意将此据为己有，她只要了这几幅（其中有的还是照片而非原作）以纪念她的先辈。她的父亲没有儿子，这个女儿在说到她的父亲和叔叔的时候总流露出一种深深的遗憾，那意思是：如果我能有几个兄弟，巴尔曼家族就延续下去了！

老巴尔曼先生过世之后，他的儿子曾经整理了一本他的自传出版，并编印了一本画册，这画册正捧在我的手上，一页一页翻看着那发黄的纸。现在，父辈、子辈都已经不在了，纪念着他们的是已经姓"冯·哈勒"的孙女。

老巴尔曼先生的作品在首都伯尔尼的博物馆和市政厅都有收藏。但他的名气与其艺术造诣相比，还远远不相称。大概是因为后代不再搞艺术，或者还有其他原因，他身后的历史地位似乎尚未引起人们足够的重视。艺术史上常常有这种怪事儿，天才被埋没、庸才被捧上天的情形并不鲜见。

伯鹿对此颇有不平之意。他曾动员苏茜，为老先生举办一次大型的遗作展览，出版大型画册，在瑞士画坛上恢复他应有的地位。

苏茜何尝不愿意这样做？巴尔曼家的孙女时时不忘耀祖光宗，她娘家没人，这只有靠她了！但是，她回答伯鹿的却是："祖父已经故去多年了，死人能等，活人不能等，活人比死人更重要！"

她说的"活人"，便是指的伯鹿。她喜欢伯鹿，不仅是因为他的人好，还因为他的画好。她发现伯鹿的画风与她的祖父有某些相似之处，便认定：祖父的灵魂在伯鹿身上复活了！这当然是"唯心主义"，当然是感情在作怪。不是祖父"复活"，是她盼望有一个好男儿继续先祖那未竟的事业。苏茜那宽厚的胸膛里，跳动着一颗感情充沛的心，对先辈，对后代。她竭尽全力帮助一个外国人去从事他所迷恋的艺术，正是由于这样一种责任心、事业心。祖父的心在她身上还活着，与伯鹿"心有灵犀一点通"，便不是偶然的了。

她积极为伯鹿筹办画展，画廊由她联系，场租由她付，连画框的木料都是她买的，伯鹿就是在她家里自制画框，锤子斧头"梆、梆、梆"！

一位"望子成龙"的母亲，一位视艺术为生命的画家传人，一位多情的女性，一位中国人的朋友。这句中国话她说得很好："中国人是我的朋友！"

并不是所有的瑞士人都是如此。她的小女儿在学校里就遇到老师这样的提问："如果你的男朋友是中国人，你把他带回家，你的母亲会怎样？"这不是故意侮辱中国人，老师是借助这个故事让学生理解什么叫"不可思议"。在瑞士人看来，女孩子找中国男朋友就是不可思议的事儿。但苏茜的女儿却不假思索地回答："如果是那样，我母亲就高兴极了！"

这不是老师预定的答案，以为这个学生是故意捣蛋。岂不知，他根本不了解这个学生有怎样一位母亲！

我们直到八点多钟才吃晚饭。苏茜为我们做了咖喱鸡和素沙拉，当然，又喝了很多酒，就是凭"特权"购买的那种酒。

饭桌上神聊闲扯，我已不觉是在做客。

她的丈夫——冯·哈勒·马克思先生回来了。原说不回来，还是回来了，和中国客人见见面。这位"马克思"身材高大壮实，秃顶，一团和气，但不健谈。但凡有一位爽朗的女主人的家庭，男主人的性格多半相反，这样才能相辅相成，不然过不到一块儿去。中、外皆然。

"马克思"一门心思办他的汽车修配厂，对艺术并无兴趣，我们谈的，他就插不上话。一个实干的老实人。

我突然想验证一下他们每个人的人生态度——不是用什么科学方法验证，而是用我的妻子教我的看"手相"。信不信当然由你，反正我曾经在国内试了许多朋友，都相当准确。

方法如下：伸开你的手，审视你的五指，最喜欢的、最顺眼的是哪一个？

伯鹿看了半天，在中指和无名指二者之间难分难舍、举棋不定。权且两个都算。

苏茜爽快地认定小指。

女儿则同时爱拇指和食指。

"马克思"毫不犹豫地喜欢自己的中指。

谜底揭开。五个手指分别代表家庭中的五种成员：拇指为父亲，食指为母亲，中指为自己，无名指为配偶，小指为子女。

伯鹿显然是自爱而又爱人，虽然还没讨上老婆，但命里注定一旦娶妻就是个好丈夫。

"马克思"以自己的事业为重，一点儿不错。

女儿尚未成人，自然爱父母。她说："因为拇指和食指最重要。"是的，父母对她来说是最重要的。

苏茜最钟爱的是她的子女，包括二子二女和中国"儿子"伯鹿，这是谁也不怀疑的。

我已经完全了解了这一家人。

一直聊到半夜。苏茜累了，大家都累了，该道"good night"了。

互道晚安时，苏茜亲吻伯鹿的左脸、右脸，祝她的"儿子"晚安。

然后，亲吻我的左脸、右脸。这是与早晨见面时所不同的，一天的接触，人和人了解了，靠近了。

"你现在已经是我的朋友了！"她解释道。

其实完全不必解释，我已经被她那颗心温暖了。

瑞士人的性格

次日起得很晚。

洗漱完毕，全家吃早餐。我知道"马克思"要去忙工作，苏茜也该上班了，医院里还有一位卧病的母亲，不便再过多打扰了，便准备告辞，并解释说："没有去看望您的母亲，很失礼；但去了又要打扰老人，也不安。希望您能谅解，并代我向她问候。"

她完全理解这个意思，让我不必去了，但对这番心意表示感谢。

她却仍然没有去上班，吩咐女儿去街上买东西，她又开始张罗做午饭。

我说："我们该走了。"

伯鹿说："看那意思，上午还走不了。"

我只好打消了马上告辞的念头，客随主便。

她在那里削土豆，我们便又坐到餐桌旁，山南海北地闲谈。

我来到瑞士之后，曾得出了一个印象："美丽的山水，冷漠的人情。"与一些在瑞士的中国朋友探讨，都有同感。但自从到了比尔，便发觉这十个字似乎不够全面，至少苏茜决不会使我感到冷漠，她的热情、爽快并带有幽默感，是我过去不曾见到的。

"您使我看到了瑞士人的性格的另一面。"我说。

"我不能代表瑞士人。"她却说，"我的祖母是英国人，外祖母是法国人，祖父和外祖父是瑞士人，所以我只有一半瑞士血统，还有英国和法国血统各占四分之一。"

这个账算得好细。

"所以您具有法国人的豪爽和英国人的幽默。"

"不，法国人也很幽默，我更像法国人。"

这个瑞士人寻找种种根据以证明她与瑞士人的不同。但她毕竟还是瑞士人，一个特殊的瑞士人。

伯鹿说："其实瑞士人也有端士人的幽默，只是表达方式更含蓄，显出瑞士人的冷静平淡的特点，但在平淡中却也能逗出'哏'来！"

"噢？"我不相信瑞士人还有这种板着脸说笑话的本领，愿闻其详。

他们为印证此说，仅举两例，便让我捧腹。

其一曰：

瑞士人论英国人、法国人与德国人的不同。

某日，三人来到一座养山羊的房前，看谁进去之后能耐住山羊的膻臊气味儿，待得最久。英国人先进去，刚拉开门，便被呛得退出来，宣告失败；法国人不以为然，开了门，径直走入，颇待了一会儿才出来，于是扬扬得意，占了上风；最后看德国人的。他进去之后倒没出来，只见山羊"蹭"地窜了出来！

这个笑话如何？这便是瑞士人的幽默，讲故事不动声色，避免直露。不说德国人比山羊还膻腥，而说山羊反被德国人熏出来了，损德国人算损到家了！

第二个例子是损他们自个儿的。

某瑞士人写文章骂瑞士政府，说："这个政府里有一半人是驴！"结果触犯法律，依法制裁，命令此人登报公开认错。此人便登报郑重声明："这个政府里有一半人不是驴！"于是无罪释放。

这个幽默简直是幽默中的极品。"一半人不是驴"，言外之意"另一半人是驴"，与前面的"错误言论"没有区别，只是一碗豆腐、豆腐一碗，玩弄文字游戏，竟能骗过法官，岂不怪哉？说来不怪，被告人的原话是肯定句，后来的声明是否定句，完全符合逻辑，符合法律用语，当然释放。至于"另一半"是什么，被告原话没说，声明中也没说，就不必管了。

这是彻头彻尾的瑞士人的性格：一切有根有据，板上钉钉，公事公办，手续完备！

在瑞士人家里做客，听到的竟是这般妙语，这是完全出乎我的预料的！

认识瑞士人需要一个过程，比尔之行使这个过程加快了。

告 别 比 尔

苏茜的女儿回来了，"马克思"也回来了，一起吃告别的午餐。

苏茜做了瑞士风味儿的煎土豆丝，意大利风味的苹果饼，等等。我吃饭的时候，心思却完全不在饭上，尽管她花了整整一个上午做这顿饭。我想的是：人和人。

告别的时刻到了。

我和她的丈夫、她的女儿，一一握手："再见！"

苏茜吻着我的脸，左边、右边。

我怀着复杂的情感离别了这位朋友，我们认识其实才只有 28 小时。

伯鹿没有陪我同回巴塞尔，他要留下来，利用周末的时间把画框钉好，以保证他的画展如期开幕。他不能辜负苏茜对他的殷切期望，他必须打一个大胜仗，才能对得起他的这位"母亲"。

但伯鹿要送我上车，并且在上车之前的两个小时内，再陪我游览比尔市容，看一看保存完好的比尔古城，看一看那比尔的骄傲：钟表博物馆。"仁至义尽"，才送我上了北去列车。

昨天，天晴得那么好；今天，却突然下雨了。3 点 30 分，列车开动，雨点敲着车窗的玻璃，我风雨兼程，离开了比尔。

回到巴塞尔，我觉得像离开了一年。

回到我的画室，我感到生疏了。

其实，一切都是昨天发生，今天结束。我明白，是我的心留在比尔了。

为什么呢？是因为那旖旎的湖光山色吗？不，也许仅仅是因为那里有一位苏茜女士。

原载《花城》1989 年第 3 期

扑朔迷离的"做人之道"

早就听说瑞士巴塞尔附近有个叫 GOETHEANUM 的地方，那儿住着一群怪人，他们的房子立楞歪斜，没有一根直线，门、窗没有直角，据说这样可以"鬼神不入"。他们远离尘世，遁迹山林，过着自给自足的生活。吃的面包、蔬菜乃至药品都是采用未经污染的原料，自己生产的。他们有自己的学校、剧团，有自己的组织和信仰，与外界格格不入。他们是巴塞尔的奇异人物，吸引了不少游客去参观。

我被朋友们说得心动，便于 4 月 18 日前往一游。是日为星期天，舒乃尔先生为我驾车，他的夫人丁女士以及另一位朋友 C 先生陪同。丁女士原籍上海，嫁了为汽巴公司在中国经商的舒乃尔，随夫移居瑞士已数十年。C 先生是沈阳人，50年代到了香港念中文大学，毕业后曾任《祖国》周刊的编辑、主编，1965 年到瑞士读书，毕业后获经济学博士学位，目前在某公司工作。他已加入了瑞士籍，但直到四十多岁才结婚，而且娶的是中国太太，故国之情总不能忘，他至今还说自己是"中国人"。

所以我们一行便是三个半中国人——舒乃尔可算半个，他是中国的女婿，"一个女婿半个儿"，何况他会说中国话：普通话和上海、四川方言。

他们对我们将要参观的那个怪地方都不甚了了，但乐于陪我一游。舒乃尔夫妇和 C 先生同住巴塞尔，以前却不认识，倒是因为我的到来才彼此结识，相见恨晚。中国人在海外很希望见到自己的同胞。

车子出了城，向着郁郁葱葱的山间开去。晴日高照，白云飘浮，路旁的桃花、梨花、樱花、迎春花盛开，正是春游好天气。

山间远远现出一座白色建筑，丁女士遥指道："就是那儿！"

车子驶近，渐渐看清了 GOETHEANUM 的面目。的确是怪，这座五六层高的大楼不方不圆，呈不规则的多面体，凸凸凹凹，弧线，斜线直线交错，无规律可循。门窗形状不一，墙壁粗粝浑朴。整个建筑仿佛是用整块巨石随意雕成，俨然原始人洞穴。它的周围，参差错落地簇拥着一群类似的房舍，大小不一，形态各异，犹如山野中冒出的一片白蘑菇。

车子在主楼前停下。下车仰视这楼，始觉它的高大，它的惊心动魄。原来那立楞歪斜、七进八出的墙壁并非由岩石随形凿成，而是以现代建筑材料和手段组装的，石缝清晰可见，拼接严谨精确，只是外形怪诞，墙面斑驳，其实都是有意做成的效果。盖这样一座楼，不知要比正常建筑多花多少工本，何苦来呢？

进了大厅，仿佛进入了神话世界。内部装修一律用天然去雕饰的灰白石料，屋顶、廊柱随心所欲，交错纽结，圆不合规、方不合矩。好像是神仙洞府。好像是天然溶洞。但地面光洁如镜，楼梯的石阶平直规整，扶手光滑细润，攀登行走，毫无妨碍。门窗也基本是矩形，只是小心地避免直角，转弯处稍加变通而已。原来这些"怪人"也要生活得舒适，也要房子坚固，于怪中寓平、曲中求直，并非一味陶醉于东倒西歪。

我们到的时候，专门导游的讲解时间已过，只好自己参观。看房子，看陈设，看艺术品。木刻、石雕、素描，完全是正常人创作的艺术品，并不觉特别怪异，可见道听途说未必准确。大厅里挂着创始人的照片，此人名 RUDOLF STEINER，奥地利建筑学家、哲学家、教育家，GOETHEANUM 体现了他的一整套学说，并且拥有一批信徒。这座主楼原是木建筑，1925 年毁于大火，后来重建，才改用石料，建成现在这个样子。那么，他的主张，他的信徒的信仰到底是什么呢？没有人解说，我们都是外行，看得稀里糊涂，不得要领。

胡乱转了一阵，累了，到里面的咖啡厅小坐。我们真是附庸风雅的俗人了！旁边那些喝咖啡的客人想必也彼此彼此。

我们正在喝咖啡，C 先生看见了一位熟人，便离座前去打招呼。我远远看去，那也是个中国人。

过了一会儿，那人便过来和我们说话。C 先生介绍之后，那人便向我打招呼："王先生！"上海口言。丁女士于是便和他讲上海话，他们是同乡，更感亲切。

我问他："您贵姓？"

他答，"姓 C。"顺手在一张便笺上写了自己的名字——一个典型的中国名字。

于是座间便有了两位 C 先生：甲 C 与乙 C。

乙 C 先生个子瘦小，穿一件旧的、灰色的，松松垮垮的毛衣，晃里晃荡，愈发显得人瘦骨伶仃。从交谈中得知，他毕业于瑞士某大学，娶了位瑞士太太，安居乐业。今天由太太驾车，他们一起到这里来玩玩，生活显然是闲适的，不是"落魄"之人。那么，是什么塑造了他的那种形象呢？

舒乃尔用汉语跟他说话。丁女士炫耀说："这是我教他的。C 先生，你的太太会讲中国话吗？"

乙 C 先生谦谦一笑："不，她一句也不会——我脸红了！"

"那么，孩子呢？"丁女士又问。

"孩子也不会。"他又答，还是那种谦卑的笑容。

我心里泛起一阵同情。他在海外几十年，竟然是这样生活的！和上司、同事、朋友乃至和妻子、儿女都永远不能使用自己的语言，那是一种什么滋味儿？他能因此忘了自己是个中国人、忘了那祖祖辈辈生活的故国吗？显然没有忘，忘不了，不能忘，刚才用中文写的那三个字（他的名字），写得娴熟，写得漂亮，可惜，连他的妻子都不认识那是什么。为什么夫妻一场，几十年了，他学会了对方的语言文字，而人家却不肯接受他的半点儿影响呢？爱是相互的，他怎么得不到这并不算过分的回报？

我似乎多多少少悟到了他之所以显得"落魄"的缘由。我怀疑他几十年来是一直在脸上挂着谦卑的笑容生活的，对上司、同事、妻子、儿女。

两位Ｃ先生已多年没见面，今日不期而遇，故友重逢。甲Ｃ先生问乙Ｃ先生："你今天怎么有空到巴塞尔来玩儿？"

乙Ｃ先生答道："到这儿来开会。"指了指这座房子。

甲Ｃ先生又问："开什么会？"

乙Ｃ先生说："我早就加入了这儿的组织。"

丁女士兴奋起来，对我说："你不是想了解这儿的情况吗？正好可以问问他了！"

天赐一个"讲解员"！

我问乙Ｃ先生："这个组织的中文译名叫什么？"

他便在刚才那张便笺上挥笔写了三个汉字："人道教"。想了一想，又把"教"字圈掉，改为"会"字，并解释说："不是宗教，是一种……一种社会……"

"社会"什么呢？他想不出下面的词儿。

我说："社会团体？"

他说："对，社会团体。"

我不失时机地询问这个团体的宗旨是什么。他答："怎样做人。好比一个公司，怎样办公司；一个工厂，怎样开工厂；一个人，怎样做人。"

偈语一般说了这么几句，便住了口。我根本没听懂，他却没有了下文。也许，他修炼了几十年，大概已经参透"怎样做人"的奥妙了，只是道可道，非常道，三言两语无法向我这个道外俗人说清楚？

我还想再细问一番，甲Ｃ先生打断了我的话，对乙Ｃ先生说："哦，你在开会，耽误你的时间了！"

乙Ｃ先生却说："他们在开会，我没有去听。估计现在也已经开完了。"

我又奇怪。这个人大老远地来开会，却又"溜号"来喝咖啡！原来这里的人也不爱开会，用"开小差"来对付。但这个"人道会"的组织不是你自愿加入的吗？到底是真信还是假信呢？也许他已得道成仙，"怎样做人"的本事已学到了家，不必再深造了？初次见面，这样的问题也不便问。

天色不早，我们该返回了。乙 C 先生也随之出了门，打道回府。在门口的停车处，他介绍我们认识了他的太太。

一位身材高大、黄头发、黄眉毛、黄睫毛的老太婆，一句汉语也不会说，这就是他的太太。乙 C 先生比她瘦小、也显得比她年轻，带着谦卑的笑容，向她介绍这几位中国朋友。

礼貌地握手，再见。

驱车回来的路上，甲 C 先生向我说起乙 C 先生和他的太太："他本来想举家到台湾定居，但是太太不肯，说：'怎么能去那种茹毛饮血的地方！'他也就只好作罢。"

这便是答案了，为什么乙 C 先生给人的印象是一副郁郁寡欢的落魄样子。在太太眼里，中国是个"茹毛饮血"的地方。她只爱他，不爱中国。而他，本来寄希望于她的并不止此。

我到底也没有弄清他说的那一套"怎样做人"的理论，没有理解今天参观的那个研究"怎样做人"的地方。我只是觉得，他在这里"做人"并不容易，也并不顺心。既然已年近花甲，看来也就只好这样"做"下去了。

车子开远了，那一片蘑菇般的、东倒西歪的房子已模糊不清，但一张脸却清晰地印在我的脑际：疲惫、憔悴，永远挂着谦卑的笑容。

原载《民主》1989 年第 4、5 期合刊

送你一束五月铃

霍达：

今天是五月的第一天，全世界劳动者的节日。我想，北京一定是一派节日景象，阳光灿烂的天安门广场、王府井大街……涌流着欢乐的人群：丈夫和妻子，老人和儿童，新朋和故友。团聚，相逢，交谈，欢宴。

"五·一"在瑞士不算什么节日。但巴塞尔是一个例外，全国只有这一个城市在这一天放假，因为它是瑞士的化学工业和机械工业的基地，聚居着大量的产业工人。市政厅和主要街道、高大建筑物都挂了彩旗，从我的窗口就可以看到圣·阿尔班城门钟楼上瑞士国旗和巴塞尔市旗在和风中飘扬。

按照瑞士的习俗，在这一天也并非无所表示。5月1日，男人向女人送上一束鲜花，丈夫给妻子，父亲给女儿，兄弟给姐妹，情人给爱侣。那花并不高大，并不艳丽，嫩绿的叶片，排着首尾一贯的平行叶脉，簇拥着一根根不枝不蔓的花茎，上面挂满一串白色的小花，如倒挂的铃铛，它的名字便就叫："五月铃"。

现在，五月铃开放了，在山坡上，在马路旁，在庭院里。开得朴素，开得皎洁，在夏季到来之时，向人们表达美好的祝愿。

我记得，我们的相识就是始于这个季节。19年前的五月之初，我和你，还有一些年轻的朋友，同游北京的香山。我至今记着那满树繁花，那细小如豆的青杏，还有那骤起的泼墨般的乌云和那一场豪雨。游人都跑了，我们没跑，"赋诗何必经霜叶？若有豪情冒雨游！"我们那时任性而顽皮，我们那时真年轻！

还记得我那首《浣溪沙》吗？"踏遍芳丛五月山，奇峰险路看云烟，荒藤野树共攀缘。"上阕就是写的香山之游，而下阕则完全换了意境："几度春风人老矣，小楼灯火饼如盘，工闲饭后数余钱。"那是我们婚后最初几年艰难而郁闷的生活的写照，我们和大多数（不是全部）中国知识分子一样，焦急地注视着祖国和自己的前途。

19年过去了，那些已成为历史。但我却不能忘。遗憾的是在第19个五月到来的时候，我们又不能在一起回忆那难忘的一切。我们离得那么远。你也思念，我也思念。你在忙碌，我也在忙碌。从电话中得知你的《红尘》和《万家忧乐》获奖的消息，使我高兴。你关注的一直是我们生活的那个红尘和其中的万家忧乐，社会承认了你的劳动，这是劳动者的欣慰。但我更喜欢的是你的新作《国殇》。因为其中倾注了你十几年中对中国知识分子命运的思索。因为其中包含着我们的几位同代人早逝的生命。因为其中萌动着我们对未来的向往和追求。

我知道你写得很累。那么，就休息一下吧，在今天。早在二十多年前周总理就明确指出知识分子是工人阶级的一部分，而直到十几年后邓小平同志重申才真正算数，我们是"劳动者"了。

休息片刻吧，在我们自己的节日。

今天，瑞士朋友米勒博士夫妇约我同去"度假"。

约翰·米勒先生和夫人露茜都已是古稀老人。我们曾有两面之交，一次是在我初到时的"欢迎会"上，他们夫妇都来出席。另一次是在中国留学生和瑞中友协联合举办的"饺子会"上，他们也来了。米勒已经退休，他原来在汽巴——嘉基化学公司任工程师，现在赋闲。他对中国的文化艺术有着浓厚的兴趣，曾经六次到过中国，在我们的国土上留下友谊的足迹。他清瘦、文雅、热情、健谈，遗憾的是尚不能通晓中文，与我同时被邀请的朋友王伯鹿和林世雄便作了我们之间的语言媒介。

米勒夫妇开车接我。作为见面礼，我送给他们一盒中国名茶"铁观音"和我的一本画集，画集封面上写着：

米勒先生 夫人伉俪雅正

米勒极有兴趣地想知道这行汉字是什么内容。前面的姓氏和身份自然极易翻译，但"伉俪""雅正"，伯鹿则需问我是什么意思。我说："'伉俪'是'夫妻'的美称；'正'就是'批评指正'，'雅'是修饰这个词的，意味着接受礼物的人是高雅的、知识渊博的。"

米勒极其感动，连声说："谢谢！这是对我们最高的礼遇！"一路上，他把这本画集抱在怀里，遇到熟人便展示一番。

在中国，"伉俪""雅正"之类本是文人的客套用语，但我对他们并非出于客套，我尊重这一对白发老夫老妻，尊重这位热爱中国和中国文化的化学博士和他的夫人。到今天为止，我们仅是第三次见面，但他们的热情好客已给我留下极好的印象。他们对中国简直是"迷恋"，在那次"饺子会"之前，中国驻瑞使馆放映的并非新片的电影《再生之地》和《中国古塔》《太湖》都那么吸引他们！

车子沿莱茵河南岸东行，右转弯朝东南方向出城，向郊外的汝拉山脉开去。五月的田野，春意盎然，"乱花渐欲迷人眼，浅草才能没马蹄"。麦苗儿葱绿，油菜花金黄，把山坡铺满锦绣。瑞士的农业不足自给，粮食、油料依靠进口，我怀疑他们种"庄稼"不是为了收获，而是为了美化环境。当那大片的绿色、黄色从眼前掠过，我恍惚得到儿时穿过田间小路上学时那般温馨亲切的享受，却又看不到如我的父辈们扶犁执鞭辛苦劳作的农夫。三十年前在我的家乡有一个口号："大地园田化"，或许就是想化成这个样子。

果园里鲜花盛开。按照节令，迎春、海棠已匆匆谢了，现在开的是苹果花、樱桃花，还有丁香和紫藤以及品种繁多的杜鹃。

车子在山脚下的一座白色建筑前停了下来。这是一家画廊，正在举办三位画家的联展，他们都是米勒的朋友。今天出城游览的节目之一便是和他们见面并观摩他们的大作。

小楼幽静而精巧，不像画廊倒像别墅。在这里开画展又好像是"闲玩儿"——远离城市，只偶尔有郊游者顺便来参观。

我们上三楼，和三位画家见面。他们是：Lisbeth Bernhardt Rausser，Dieter Schmidli 和 Helen Stocker。年龄都比我略长，一个 48 岁，一个 47 岁，另一个 46 岁。三个人的作品很不相同，里斯拜特展出的是陶瓷工艺，彩釉花瓶，在圆形和椭圆形中求变化、做文章，实用而美观，颇受欢迎，已有多件被订购。迪太尔的作品是绘画，铅笔速写和抽象水彩，我似觉不以为然。海伦专做绒绣壁挂，以抽象的线条和色块组织画面，由于经过了工艺手段，不以绘画来要求，便也可一观。三位画家都热情而友好，在展厅中以饮料、点心招待我们。

在此观赏、盘桓一阵，我们便告辞上山。

这山是不必爬的，山势徐缓，车子可沿公路直达山顶。下车的时候，已是 Gempen，这个名字以汉字音译便只好写作"盖盆"，字面不雅，但我觉得用一只倒扣的盆子来形容这个山包也无不可。

"盖盆"是附近群山中的主峰，如香山的"鬼见愁"。一面平缓可登，一面绝壁直立，灰白色的山头如刀砍斧劈，崛起于万绿丛中，在阳光下闪耀银光。

从山坡向峰巅走去，满眼是耀眼的嫩绿，此时高大的乔木刚刚吐出的新叶，如菜心，如花萼，饱含着充足的水分。洋溢着青春的气息。一排排直立的树干，好像突然拔地而起，黑色的，灰色的，以写意的笔触画满了山坡，衬托着那恣意点染的嫩绿。这是春夏交替的美妙时刻，再过一个星期，你就看不到这嫩绿了，这里将变成一片浓绿的海，绿得强烈，绿得沉着，绿得成熟，绿得稳健。姑娘变成少妇，小伙子成为男子汉，就是这样在不知不觉中突然转换的，一旦回过来"反思"一下，才知道是那么快，那么欲罢不能，那么不可逆转！

我们已经走出了嫩绿的密林，踏着草地，走到了山巅的边缘，只要再往前走一步，就是九十度的悬崖，直立在幽深的山谷。我们没有任何冒险的念头，但这里却是个"冒险家的乐圆"。就在绝壁的边上，有一条铁板铺成的"跑道"，那是"飞人"们起飞的地方。他们身上戴着翅膀，从这里跳下悬崖，滑翔着飞向谷底。在人类已经有了现代化的飞行工具的时代，他们还不过瘾，而要享受鸟儿那更接近天然的自由与快乐。

我仅仅在"飞人"起飞处摄影留念而已，你完全可以放心，我是决不会去试飞的。我的画笔和诗思自有飞翔的天地，这就够了。

绝壁旁边奇峰突起，古松凌空，米勒欣喜地喊道："黄山！黄山！"

这里的确有些像我们的黄山，但仅此一角而已。在洋山洋水中间突然有了点中国味儿，犹如在西方进中国餐馆、中国商店，给海外游子以慰藉，可贵的是米勒这个洋老头儿竟也有这种感情。他有点儿把中国当成"第二故乡"了，就像我的另一位瑞士朋友杜思夫人似的，她曾于30年代至50年代初在上海生活了22年，所以一见中国人便亲得了不得，一定要请你到她家做客，她的茶具都是中国瓷器，还保存有从美协主席吴作人到名不见经传的人物的题词、留影。

"盖盆"的绝壁旁竖一方形铁塔，高五层，沿楼梯旋转攀登可直达塔顶，专供游人登高望远，难为米勒夫妇这一对年迈的老人，竟然陪着我们呼哧带喘地"欲穷千里目，更上一层楼"！

登斯塔也，瑞士北国风光尽收眼底。脚下的田野、房舍如积木，巴塞尔城区如沙盘，以肉眼依稀可辨银行大厦那圆柱形的身影和化学公司的巨大烟囱，透过望远镜则可细寻街市的来龙去脉。

西望群山延绵。重重叠叠，起起伏伏，纵不见其首尾，横不见其始终。这便是曲折腾跃500里的汝拉山脉，我在比尔见到的是它的中段，这里已是北段。一个星期前它还披着褐紫色的春装，如今已换上了绿裙，嫩绿、草绿、浓绿、墨绿……绿的色阶，绿的音符，绿的乐章，徐缓如提琴，缠绵如洞箫。瑞士江山如画，而画反不如江山。奇怪瑞士画家为什么对此美景无动于衷。今人已对写山画水不感兴趣，瑞士画中不见瑞士风光。古人所作又不能淋漓尽致，或失之拘泥，或流于肤浅，鲜见能动人心弦者。我在此想到的却是中国画家吴冠中，设想在吴先生的笔下，瑞士山水将是怎样被摄取了灵魂、赋予了生命。吴先生没有到过这里，山对面的法兰西留有他青年时代的足迹，离这里已经很近了，前面那朦胧山影、迷离烟树、巍然古堡，便是在法国境内。

下了铁塔，又登小楼。此峰仅一楼，系一餐馆，游人到此，不可不来就食。

时已中午，我们登楼进餐。为赏山景，择桌于南侧阳台。宾客云集，高朋满座。游时空山不见人，此时相逢皆过客。

啤酒、沙拉子、煎土豆丝、烧羊肉、面包、咖啡。"干杯！"米勒夫妇会说这个中国词儿。

晴空无云丝，楼台满阳光。确已是夏天了，暖得使人慵懒。

米勒说："今天的天气真好，远处的山可以看得清清楚楚！"

我说："雨天也有雨天的妙处，我有一次在北京的西山……"

我想起的便是我们那次"冒雨游"。我给他讲云情雨势在画家眼中的感受。

他笑着说："现在，'西山'在这儿了！"

"不，"我说，"从巴塞尔看，这里是'南山'——'悠然见南山'！"

他没有领会出这又扯出了陶渊明。他不了解这位隐居于庐山脚下的五柳先生。而我却觉得，此处恰恰不像'西山'而更像'南山'，可惜陶潜先生当年不可能到此一游，不然一定可以写出堪与《桃花源记》相媲美的姊妹篇，他也一定会认为这是他的理想的隐居之所。直到今日，这里的大多数人也还是"尚不知有汉，何论魏晋"！

他们生活得富足，生活得安定，生活得无忧无虑。他们不知道战争、贫穷、天灾人祸所造成的苦难。

他们活得腻味了，便想出种种法儿来寻求欢乐，刺激自己麻痹的神经，冬天的滑雪、夏天的"飞人"都像是在"玩命儿"。我们脚下便有一群青年在登山。完全不是我们这个"登"法儿，而是扯着绳子，一步打一个眼儿，爬那"猿猱欲度愁攀援"的直壁，求的就是费劲，费劲才快活，快活才活得值，不然，过剩的精力怎么打发？人和人想得真不一样。

劝君更尽一杯酒，与尔同销万古愁。

饭后驱车下山。

取道参观了一所乡村巴洛克式大教堂。此处"乡村"概念与中国不同。系指富有者在郊外别墅所组成的村落。中国的乡下人向往城市，西方的城里人向往乡村，周末和假日便到"世外桃源"中度过。

最后参观了一山间古堡。

古堡是 13 世纪时的军事碉堡。当时欧洲诸侯混战，天下纷争，米勒说"像中国的战国时代"。一个小"诸侯"拥有一小片领土，筑了这样的碉堡，防卫敌人，监视百姓。俱往矣，这古堡早已坍塌，米勒在儿时曾爬到断壁残垣上玩耍，那是 50 多年前的事了。30 年代，一位"信而好古"而又趁钱的主儿在废墟上修复了古堡，参照现存的其他古堡，建成了这个样子。一律用粗石块垒成，圆壁尖顶，浑然古风。壁上的瞭望孔、狭窄的楼梯，一如古制。唯内部装有电灯，并有现代化的厨房，且辟有会议室。此堡每年只有 5 月 1 日和 8 月 1 日免费开放两天，其余时间供出租，如联欢、野游、婚礼之用。现代人偏偏要到这个碉堡里举行婚礼，也是一种奇特的心态。这个在绿荫环抱中、超然尘世外的古堡的名字叫"富有之石"。也许这寻常的石头使人们富有，也许人们在富有之后才更珍视这寻常的石头。

回来的路上，米勒邀我们去他家做客。

他家不在城里，就在山下的"乡村"中，一座单门独户的小楼，门前青山作画屏，房后翠草铺绿毯。

他的客厅里尽是书，化学博士的书架上却摆满了画册。他已与化学生涯告别了，老来痴迷于丹青之趣。他有世界美术全集，有瑞士画家的单人画集，有中国、日本、朝鲜的古典绘画、雕刻的大型画册。谈到哪里就把哪本书搬出来，茶几上顷刻堆成书山。

他能一口气说出一串有着文物古迹的中国地名，他的书架上摆着秦兵马俑的复制品、景德镇的瓷画四扇屏和 20 年前在英国购买的、已经发黄了的中国牙雕《乾隆下江南》。

他颇为得意地向我展示他从中国刻的篆书圆章，分别刻着夫妻俩的名字。他问我为什么龙门石窟中的许多雕像没有脑袋，我说脑袋在法国的东方艺术博物馆和英国的大英博物馆。那是掠夺者的赃证，也是中国人的耻辱！

这时，也只有在这时，我才发现了我们之间感情的差异。米勒毕竟不是中国人，他不可能完全理解一个中国画家此时心中的沉重。全世界的人都爱中国的悠久灿烂的古代文化，而又有着不同的爱法儿！

在中国大地上，要找像"富有之石"那样的文物古迹简直俯拾皆是，不要等到"富有"之后才知道去珍视它！

米勒夫人忙着准备晚饭。这顿晚餐中西并举，不伦不类。彻底的西餐却用筷子，显示出他们对我的尊重。西湖龙井虽然甘美却不该就着饭喝。好客的西方人，在头脑中把东方的东西哈马郎当、一塌呱子、归里包堆弄成了一个大"折箩"。

我仍然感谢他们夫妇。他们不是我瑞士之行的东道主，却表现出胜于东道主的热情。他们和"国际艺术家交流计划"没有任何关系，他们与我素不相识，仅仅因为我是中国人，是中国画家，使他们感到"有朋自远方来，不亦乐乎"！

米勒收藏有两幅中国的石刻拓片。

一张是传说为关羽所作的画。关羽被曹操所俘，想写信向刘备表明"身在曹营心在汉"的气节，又怕曹操"检查信件"，便画了这张竹子，暗暗将竹叶组成四句诗：

不谢东君意，
　　丹青独立名。
　　莫嫌孤叶淡，
　　终久不凋零。

　　难为米勒，汉字本来就够难认的了，何况又是藏在竹叶中的。他在复印件上用红笔一一描出，并且用英文字母注了汉字读音，还请人译了那首诗。并花了很长时间谈论这画这诗，引以为快事。

　　另一张则是清人俞樾所书的唐人张继诗《枫桥夜泊》，在中国脍炙人口。

　　他请我鉴定这两件的真伪。

　　我坦率地告诉他：前一幅不可能是关羽手笔。汉代的绘画和石刻都不是这种风格。汉代的图章仅作"封泥"用，并不打在画上，以印泥盖印是宋以后的事儿。竹子的画法是明清风格，且刻制粗糙。这件作品显然是后人根据民间传说而假托的。不必作为文物，但仍可当作一件有趣的玩意儿，因为竹叶组字这办法在西方很新鲜，而且那故事也生动曲折，诗中表达的威武不屈、岁寒不凋的气节也是可嘉的。第二件可以作为艺术品保留。张继和俞樾都有史可查，诗好，字也好，游苏州的人不可不到寒山寺，你这幅虽不是购自寒山寺，纵使是摹刻也不妨，意义仍在。

　　老先生听得一会儿眼睛发直，一会儿点头称是。

　　我说我有一幅画《渔火》，则是取张继诗中"渔火"二字为题，描写姑苏城外小景。他听了便马上要去拍照留念，看看天色已晚，便只好作罢，相约待我的画展开幕时再去拍照。

　　夕阳衔山，我们起身告辞。

　　米勒开车送我们回去。客将欲行，米勒夫人又呼留步。我不知何意，但见她步入自家花坛，俯身将那初绽的白花采撷。采了一束，送给我，并且说了我在信的开头说到的关于这"五月铃"的典故。

　　我望着那串串白花，确似小巧玲珑的银铃，仿佛随着花枝的颤动在晚风中叮咚作响。米勒夫妇恰恰在 5 月 1 日送我五月铃，其中包含着美好的情谊。只是我这个男人接受花束，有些颠倒。我想，他们知道我有妻子、有女儿，这是通过我向她们表示祝福吧？

　　现在，这束洁白的五月铃就插在我窗前的清水杯里，在这寂静的五月之夜，陪伴着我，散发着淡淡的幽香。

　　我在花前给你写信。我希望你在读信的时候，就好像和我一起度过了第 19 个五月的第一天，就好像从我的手中接过了那一束翠叶玉蕚的五月铃。

愿你的文思在美好的五月发出清脆的铃声！

向我们的女儿、儿子和文友们致五月的问候！

为政　1988 年 5 月 1 日

于瑞士汝拉山下

原载香港《文学世界》1988 年第 3 期

苏黎世览胜

5月7日，在瑞籍华人陈建人先生的陪同下，参观苏黎世美术馆（KUNSTHAUSZURICH）。

苏黎世美术馆在"黑姆广场"1号。该馆创建于1787年，已有200年历史，但直到1846年才有了"落脚地"。1885年，由于一些艺术团体的不断捐赠，建筑物的容量已呈饱和。于是另建新馆。1958年，该馆进一步扩建了现代化的展览厅。

它的外表平平无奇。灰白色的主体大楼正面呈方形，门前一排立柱，顶部为钝角三角形。多年风雨剥蚀，白墙已见斑迹。给我的感觉像是一座古老的俄式建筑。大门的左边接出来一条廊墙，可以看到"院"内的雕塑，那情形仿佛我们的军事博物馆露天展览"U2"残机的地方，但要小得多。廊墙连着一座方形建筑，门前张着布篷，游客们坐在那里喝咖啡。

仅凭这副尊容，难以引起游人的兴趣。但是，当我一眼看到门侧墙壁上嵌着罗丹的惊世名作《地狱之门》，我的心就被它立即俘获了。

《地狱之门》是罗丹（AUGSTE RODIN，1840-1917）从意大利游学回法国后构思的，这件鸿篇巨制包含着186组雕塑、200多个人物，耗费了这位艺术天才20多年的宝贵时光。现在，这座"地狱之门"向我"敞开"，那一个个扭曲的肉体，在我面前挣扎、沉浮。茫茫人海，芸芸众生。他们有爱、有恨、有悲、有怨，有善的呻吟，有恶的诅咒。但是，他们谁也逃不脱人间这个有笑、有哭、有血、有泪，有掠夺也有反抗、有搏斗也有牺牲的"地狱"。这是100年前的鬼魂，也是当今世界的活人。站在这座"门"前，我的脑际同时涌现的是但丁的《神曲》、巴尔扎克的《人间喜剧》，还有吴道子的《地狱变相图》……惊心动魄的人生，沉寂无声的思想。

罗丹的这件作品最终没有完成，我看到的仅仅是他的总体初稿。由于当时官方的阻挠，又由于作品的规模过于庞大，而且罗丹本人也深受"地狱"的折磨而不能自拔，他不得不放弃初衷，仅从其中抽出了部分形象完成了独立的雕塑《夏娃》《吻》《尤谷利诺》和《思想者》等另外保存下来。而完整的《地狱之门》则也以初稿的面目流传人间，供后人瞻仰，又供后人想象，如果能够完成……

《地狱之门》并不高大，仅三米许，但并不失其雄伟的气魄。门楣上坐着深沉的"思想者"，俯视着那些肉体作痛苦的挣扎。这便是在巴黎罗丹墓前的《思想者》的最初形象。作者在塑造他时，心里想的是但丁，而今我看到的却是罗丹本人。他永远活着，永远在思索……

以这座"门"作开端，迈进苏黎世美术馆时的步伐便沉重了。

苏黎世美术馆的藏品可谓囊括古今，西方最著名的画家如伦勃朗、鲁本斯、梵·高、高更、莫奈、雷诺阿、毕加索、马蒂斯、夏卡尔等等都在这里藏有真迹，且有相当的数量。罗丹的雕塑在室内外陈列的也不少。还有许许多多的现代艺术作品。但其中数量最大、位置也最突出的是18、19世纪以来的瑞士籍画家的作品，仅素描、水彩便有两千件之多，而版画则有三千件之多。其原因除了他们就近收藏有方便之处，恐怕更主要的原因是为了塑造自己民族的形象。许多瑞士画家在国境之外鲜为人知，但在这里却是他们的国宝。其中最突出的首推贾科梅蒂和霍德勒。

贾科梅蒂（ALBERTO GIACOMETTI，1901-1966) 是瑞士最有影响的雕塑家。他的一生曾经经过两次世界大战，这对于他的思想和艺术都产生了很大影响。在战争中，他目睹了人的血肉之躯竟是那么不堪一击，因此创造了一种奇特的雕塑形式，塑造出变态的人体。他的雕塑有许多是不铸铜的，而是在金属骨架上直接以石膏泥一"笔"一"笔"地"摆"上去，取得像锈铁、像枯根那样的艺术效果。他塑造的人物都拉得很长，完全不理睬正常的人体比例，一个个像枯骨、像幽灵，在人间游荡。我曾在巴塞尔美术馆看过他的《市区广场》，空旷的方形底座上，四个这样的幽灵在徘徊。作者并没有明确说明他要表达什么主题，但观者可以感觉到他对苦难人生的焦灼。他在苏黎世的作品都比那件要大，"幽灵"们几乎占据了一个厅，给人的心便有更强大的压抑和撞击。也有胸像和头像，仍然做得很"粗"，长颈修肩，面部仅略具五官，眼睛不作刻画，"点到为止"，惊恐地睁着茫茫的大眼睛，似在向观者发问：人生是什么？人的出路在哪里？

我最为欣赏的是他的那件《猫》(也许是狗）,与巴塞尔那件仿佛，但更大些。这只动物几乎只用铁丝做成，由颈及身至尾，是一条拉长的横线，下面以四肢支撑，那四条细线传神地表现出行走的步态。颈、身、四肢均只有少量的泥浆，"皮包骨"，唯头部做了一个不规则的泥团。这件作品使我感到如同欣赏八大山人以极简约的笔触写鸟那般的"过瘾"。

另一位大出风头的便是霍德勒（FERRINADHODILER，1853-1918 ）。我在巴塞尔曾看到他的不少风景，但并未引起充分注意，因为未窥全豹。在苏黎世有他的极精彩的自画像，并且有多幅大型历史人物画，便不能不刮目相看了。

霍德勒是多面手。他的风景极富装饰性，常用几何形平面分割的构图，以大色块写景，基本平涂，色彩夸张，并以线条勾勒，呈现出一种前所未有的风格，显然是在继承后期印象派和东方艺术的基础上创造的。他的肖像画则相当写实，造型非常严谨，色彩沉稳老辣。不腻，不雕琢，用笔肯定、冼炼，并且线、面并用。而他的历史画却又不同。《起义》一幅的表现手法几乎与我国的革命历史博物馆中那些表现历史事件的油画无异，面面俱到，精雕细刻，色彩、明暗的处理与俄国的巡回画派很接近。到了《撤退》等幅，又完全改观，以巨幅壁画的篇幅，平行排列人物的构图，平涂色块和勾线相结合的笔法，描绘瑞士人民为争取独立自由而战斗的历史场景。那已经不是某一"典型环境、典型人物"的再现，而是在以诗的语言抒写民族气质和民族精神。没有霍德勒，我只能从那些腻乎乎的中世纪油画风俗画和呆板的版画中去领略瑞士的历史，在那里根本看不到这样一种山鹰般的民族魂魄；没有霍德勒，我也不可能获得瑞士有人物画大师这样强烈的印象。在这个意义上说，他是瑞士的民族英雄——画家可以称"英雄"吗？

当然，值得一提的决不只是霍德勒，密如星斗的画家共同创造了瑞士的艺术，他们都有所贡献，只是在我看来他们都没有超过霍德勒在不同体裁和题材中所表现出来的才华、所取得的成就。

如今，霍德勒的子孙们已经只把他的画挂在博物馆里了，活着的人不再学习他，而在寻求走另外一条路以求超过他，或者谋求与他同等的地位。这无疑也是有道理的，艺术不需要重复，瑞士不需要成群结队的"霍德勒"，后代自应走自己的路，他们有这样的权利。问题在于，这条"路"起自哪里？通向哪里？走的人还是应该明白才好。

我不能欣赏弗朗西斯·巴克（FRANCIS BACON）笔下的那些像怪胎似的人脸；不能欣赏罗尔夫人·艾斯里（ROLFISLI）的那幅涂满了蓝色就完成了任务的油画；也不能欣赏尼古拉·迪·玛丽娅（NIGOLA DE MARIA）在一大块白色画布上留下的那几条蜡笔似的笔触……瑞士的美术已经脱离了社会、脱离了人民、脱离了民族，成了少数人自我宣泄、自我欣赏的玩物，除了他们自己和收藏家之外，对其他人来说，美术作品只是可猜可不猜的谜语而已。

请原谅我在这一部分作品面前停留得太短。我的时间很宝贵，也没有兴趣去猜那些即使猜出来也索然无味的谜语。我折转身，再去从头寻找我认为有价值的东西。

走出苏黎世美术馆，我感到满足。我的朋友陈先生为我舒了一口气，说："这六个法郎花得值！"

他不是艺术家。他只凭直觉看画。看懂了，就高兴；看不懂，就摇头。他有权利这样。在画家和作品面前，他是一名挑剔的观众。而按照西方的说法儿，观众是"上帝"。

苏黎世美术馆禁止摄影，我所拍下来的只有大门外的《地狱之门》。不必遗憾了，这座门可以"一以当十""一以当百"。何况，还有那已经印在我头脑中的佳作，将一起被我"带"走。

苏黎世一条街

狭长微曲、两头尖尖的苏黎世湖宛如一弯新月，落在了碧绿的原野上。月牙儿的北端紧连着一颗"星星"，那便是瑞士的首位城市，世界名城苏黎世。

湖的尖顶部位是一个港湾。泊船无数，游帆点点。天鹅蹒跚上岸，伸着长颈招呼远来的客人。

从这里往北，便是一条笔直的"班霍夫斯特拉塞"——火车站大街，从湖岸通向苏黎世火车站。来自世界各地的游客，到了苏黎世就必然要看看这条大街，如同到北京必逛王府井，去上海必蹓南京路。

进入街口，迎接你的是密密麻麻的"地摊儿"：珠宝首饰、陶瓷古玩、旅游纪念品、旧书及至过期杂志、画报……能卖钱的都可以上市，货色很像老北京的"晓市儿"，拥挤热闹程度则像我们今天的"自由市场"。

我只是看看，什么也不买，在这种地方是买不到什么真东西的，决没有"物美价廉"，只不过利用好奇心理来赚外国人的钱。哪国都是一样。你到了德州，到处都是卖烧鸡的，不留神就把烧乌鸦买到了手。

我到了这里突然感到人这么多！在巴塞尔和其他城市都没有这种感觉。瑞士全国都是静悄悄的，而苏黎世却这么嘈杂。这也难怪，全国第一大城市嘛，人口有42万之多。不过，现在挤到这条街上的，绝大部分是外国人。

班霍夫大街，是瑞士的"华尔街""伦敦城"，全国的金融中心，在全世界也屈指可数。步入大街，才见它的真面目，刚才那"晓市"只不过像富豪门前的乞丐而已。

沿街的房舍，虽然并不高大也不华丽，主人却都富得"倾城倾国"。那都是银行。瑞士全国有4000家银行，仅这条街就约有200家。还有外国银行，其中包括世界著名的十大银行的分行。瑞士人爱存钱，据说在银行的个人存款人均达一万多美元，相当于美国人均存款额的三倍。瑞士银行对外国人具有很大吸引力。全世界那么多银行，把钱往哪儿存不好呢？偏偏要舍近求远，存到瑞士。这当然自有原因。早在18世纪，日内瓦加尔文教派的金融家就藉银行的保密掩盖他们支援法国战争。20世纪30年代西方经济大萧条，欧美各国相继把银行存款冻结，不许外国储户提取，唯独瑞士坚持存款取款自由的原则。1934年11月8日颁布的《银行秘密法》规定：国家无权调查存款秘密，银行工作人员泄露秘密属犯罪行为，要负刑事责任。这大大提高了银行的信誉，许多外国巨额储户纷至沓来。二次大战期间，希特勒要查德国犹太人在瑞士苏黎世和巴塞尔银行的存款，遭到拒绝；前些年伊朗政府要查前王室的存款，也一无所获。由是生意更加兴隆。外国货币大贬值时，瑞士法郎能立于不败之地。瑞士银行顾客盈门。行情最好的时候不但可以不付利息，甚至向储户倒收"保管费"，人家仍然愿意往这儿存。都是因为它的信誉，都是因为它的保密原则神圣不可侵犯。所有储户的存款秘密受到同样的法律保护。不管你的钱是掠夺来的、敲诈来的、偷来的、抢来的，即使是最不干净的钱，一旦存入瑞士银行，就任何人不得过问。对此，瑞士方面一再解释说："我们从来就不吸收罪犯的存款。""我们并不比别人糟糕……""怎么看出来是黑钱呢？你认为储户是压低帽檐，携着满箱钞票到我们银行来存钱吗？"因此，雷打不动。据说，外国人在瑞士的私人存款，已达 1500 亿美元，其中有法国人的 800 亿美元，意大利人的 300 亿美元。瑞士银行设有不记名的"号码户头"，巨额储户由几名高级职员直接管理，外人休想获其秘密。银行又规定，凡 30 年无人提取的存款即成"死户"，财权归银行所有。如今"死户"总额已达 100 亿美元，肥了瑞士。这些数字当然都只能是个估计数字，因其保密原则，无法去"查账"。不过，这个原则近年来已有所松动，菲律宾前总统马科斯在瑞士的五家银行有 16 亿美元的存款，被长期保密，最近伯尔尼政府宣布冻结，自然会引起其他某些储户的不安以及国际舆论的谴责，瑞士银行反驳说："当初存钱的时候，马科斯是世界公认的国家元首，我们有什么理由拒绝？"

一个"钱"字，人们做了多少文章！

现在，我脚下的这条班霍夫大街，就是用钱铺成的。它的存在就是为钱，它的生命力也在于钱。往这儿跑的人要么是来存钱，要么是来取钱，即使一无所有走到这儿也必然要谈论钱，怀着惊异的心理打量着这条"黄金路"。这条街的银行，营业额相当于瑞士全国的国民生产总值，黄金交易量占世界首位，外汇市场居世界第三，证券交易占西欧市场的 70%。一位瑞士官员说："瑞士每个人都知道应归功于银行，因为没有银行，瑞士就只有布谷钟和巧克力了。"

黄金在瑞士是自由商品，买卖、出入境无人干涉。班霍夫大街的各银行橱窗里都陈列着金条、金币，车站和机场还有黄金专柜。全世界的黄金都涌向苏黎世。南非的黄金有 80% 在这里抛售，最高时一年达 87 万公斤。苏联有时一天抛售 1000 多公斤。苏黎世是世界最大的黄金市场，班霍夫大街是不折不扣的"黄金路"。

一种稀有金属，在人间出了这么大的风头！现在科学家又有了新的发现，说是地球上最大的金矿在大海里，如果把海水中的金子全部提炼出来，将达到一个惊人的数字！这或许会改变黄金"物以稀为贵"的身价，不等世界大同之日到来，人们就对它失去了兴趣，再捧出一种别的什么东西来玩花样儿……

班霍夫大街远没有巴塞尔的整洁和安宁。瑞士人引以为自豪的人人爱清洁、地上无纸屑的常规，在这里被"突破"了。瑞士人颇为之自得的"小国寡民"，在这里却呈拥挤状态，其摩肩接踵的程度，快达到我们的王府井、南京路的水平了。有事儿没事儿的都要来这里逛。不光顾银行也要串串商店；不买东西也要喝杯咖啡。露天的咖啡摊儿把马路都挤窄了。当然多数是外国人。衣着随便的男子，袒胸露背的妇人。东张西望。蹓马路、逛商店、喝咖啡。这些外国人都拥到这儿来干什么，仅仅来看看苏黎世？仅仅要走一趟大名鼎鼎的班霍夫大街吗？起码我是如此。人有好奇心，满足了也就完事儿了。

从苏黎世湖岸一直走到火车站，我把这条街从头到尾走了一遍，也没有找到一样对我有用的东西。

它使我不满足，甚至可以说失望。

回到巴塞尔后，巴塞尔人对我说："苏黎世没有什么意思。我们巴塞尔有两千年的历史，而苏黎世过去只不过是个渔村！

这很像广州人贬损新兴的城市珠海，同样嘲笑它是"渔村"。

我却并非因为苏黎世曾是渔村而遗憾。有诗为证：

久慕苏黎世，
今来车站街。
大亨赢暴利，
远客逐名牌。
鱼贯登金市，
蜂拥破铁鞋。
从头寻到尾，
不见一书斋。

原载《散文世界》1989 年第 3 期

伯尔尼一瞥

瑞士的首位城市是苏黎世，人口 42 万；其次是日内瓦，人口 34 万；第三是巴塞尔，人口 21 万。而瑞士的国都却避开了这三大城市，竟设在一个只有 15 万人的小城伯尔尼。这里既不是经济、文化中心，又不是工业重镇，除了印制瑞士法郎之外，几乎什么也不生产。它有资格担当瑞士的首都吗？

带着这个疑问到了伯尔尼以后，却不由得对它刮目相看了。

一条碧绿碧绿的河水蜿蜒流过，环抱着绿树掩映的小城。站在河对岸，仰望着一座白色的建筑，显得那么巍峨、庄严而又安详、恬静。它的两翼呈方形，平顶，中间耸起三座八角形塔楼，顶端托着白色穹庐，在万绿丛中，格外引人注目。这就是瑞士联邦的国会大厦，政府办公的场所。

联邦议会是瑞士的最高权力机构，由外务、国防、财政、司法、经济、运输、内务七个部组成。内务部包括管理文化、卫生、福利、建设等项职能。瑞士没有统领一切的总统或总理，由七位部长集体领导，并每年由其中一位担任"国家元首"，任期一年。他们的"国家元首"并不拥有特殊权力，仅仅代表国家做做递交国书、接待国宾等项礼仪性工作，是个"象征性"的职位。其实，整个联邦议会在某种意义上也是"象征性"的，因为各州、各城市甚至更小的行政区划都有相当的自主权，并非由中央"一元化领导"，事情大多由下面去做了，议会的担子就减轻了。自然宁静而安详，如这座建筑物给人的感觉那样。

刚才看到的是它的背面。由河岸登上高坡，过桥，沿街绕过去，就可以看到它的正面了。

国会大厦的正面庄严肃穆。但我并未看到门口有荷枪实弹的警卫，以至于门旁的雕塑被哪个调皮的孩子往嘴里塞了一支香烟。这种恶作剧当然不应发生在国会门前，但至少可以说明这个国会并不那么可怕。

大厦门前是一片广场。广场平时是个市场，熙熙攘攘，和巴塞尔市政府门前的"马克特普拉斯"属一种类型。遇到特殊的日子，广场也作集会用。比如每年的"难民周"，就由难民组织在这里搞大型的演出活动，临街的店铺都要配合，任他们在面前搭台子。折腾完了再拆，明年到时候再搭，习以为常。

国会大厦距离这多用的广场只有十米。

望着这座平易近人的国会大厦，我倒又觉得它设在哪儿都是一样。首都不一定非得设在大城市，和大工业、大港口、旅游胜地挤在一起也未必有什么好处。躲在一个安安静静的小城去踏踏实实地办公，不是也挺好吗？为什么一定要讲究什么气派呢？

小城伯尔尼，街上安静得很。沿街都是有着数百年历史的古建筑，完好地保持着旧貌，显得古朴、幽雅，但修缮得整洁、地道，走在这里，像走进了历史。行人很少，本市的居民安安静静地过自己的日子，外国的游客都拥到大都市去了，如果不是到各国驻瑞士使馆办签证之类，大概也想不到去伯尔尼，所以也就没有浩浩荡荡的人流来打破这里的宁静。

但这并不妨碍它的"尊严"。国都的尊严也并不以人的拥挤为标志。距国会大厦广场不远的卡拉姆路，两旁挂满了彩旗，都是瑞士各州的州旗，像两条彩链一直延伸过去，望不到尽头，循环往复。走在这条街上，我感觉到整个瑞士都在眼前。这条街也静悄悄的，就像我们在夜深人静之时走在刚刚迎接过国宾的长安街似的。

小城伯尔尼，也并不因其小而减弱"国都气象"。

卡拉姆路的街口，耸立着一座尖顶的、金碧辉煌的钟楼。每当正点时，钟楼上便奏出一声嘹亮的鸡啼，随后，一组彩塑人物在音乐中旋转，像走马灯似的。接着，镀金的铜人便举起锤子，敲响了大钟。这是伯尔尼的一景，表演这一套时，行人便驻足欣赏。

我游伯尔尼时，友人伯鹿便特地带我观赏了这条街和这座钟楼，并且等在楼下，欣赏了从鸡啼到敲钟这一整套"全活儿"。

原载《中国旅游报》1989 年 5 月 6 日

日内瓦印象

"国际城市"

世人皆知日内瓦，但亲自到过的能有多少？

我问在巴塞尔大学留学的中国姑娘聂红："日内瓦是个什么样子？"她答："日内瓦，那是个国际城市！"

就是这么一句话，太简略了。她不是艺术家，也不是文学家，不善于用语言来表述她的感受，尽管那感受是强烈而美好的。

1988 年 5 月 14 日晨，我由巴塞尔美术学院的中国留学生伯鹿陪同，从瑞士最北端的巴塞尔出发，前往最南端的日内瓦——乘火车也只需一个多小时。

伯鹿也没到过日内瓦，下了火车，两眼一抹黑。先在车站银行要了一张日内瓦地图（瑞士的地图在银行和邮局免费赠送），按图索骥，认识这座"国际城市"。

日内瓦的交通枢纽是国际机场，火车就显得不重要了，车站陈旧而杂乱，不像我想象中的豪华。出了车站，沿路寻去，那街道也很平常。人行道上积了一摊水，抬头一看，上面一个什么管道在漏水，险些洒在脑袋上。我于是说："什么'国际城市'？原来是这个样子！"

伯鹿大笑。他听得出我有意用聂红的四川口音来挖苦日内瓦，"国际城市"念成了国际"层四"！

第一印象竟如此不佳。

问　路

不认识路便只好步步打听。

前面有几位黄种人，看样子像是我们的同胞。伯鹿便上前相问："请问……"

被问的人莫名其妙地望着我们，用英语解释说，他们是香港来的，听不懂"国语"，请讲英语。

真遗憾，好容易遇见自己的同胞，却不能用自己的语言对话。伯鹿改用英语问："请告诉我们，艺术博物馆在什么地方？"

回答又是"对不起"。他们根本不知道。

我们只好继续摸索了，参观博物馆是我们此行的主要日程。

一位黄头发、蓝眼睛的老太太被我们拦住了。

"请问，艺术博物馆……"伯鹿有礼貌地向她请教，用的是德语。

老太太一副茫然的样子，用法语反问："我听不懂你的话，什么'艺术博物馆'？"

"噢，对不起，"伯鹿立即改用法语，"我们要去艺术博物馆……"

老太太狡黠地笑了："原来你会法语？刚才为什么要讲德语？"

伯鹿只好抱歉地笑笑。

老太太详细告诉了我们去艺术博物馆的路。谢过了她，我们继续赶路。我问伯鹿："刚才，她是怎么回事儿？"

"她跟我装傻！"伯鹿无可奈何地说，"其实她完全听得懂德语，就是假装不懂，非要我讲法语，因为这儿是法语区！"

我于是叹息："想不到各个语区之间的界限是这么森严！"

伯鹿说："我在巴塞尔待久了，忘了这回事儿。其实，即使不会讲法语也没关系，要是开头儿干脆用英语问她，她知道我们是外国人，也就不计较了。"

如果"老外"在北京问路，我们该怎么对待呢？我倒是希望他碰上个既不懂英语又不懂上海话、广东话、山西话、四川话……的北京老太太，非得让他说出字正腔圆的"京味儿"语言，岂不难煞人也！

……好容易找到了日内瓦艺术博物馆，不料迎门挂着块牌子："建筑维修，暂停开放。"

万　国　宫

第一个项目取消，进行第二项：参观联合国大厦。

这回倒出奇地顺。联合国大厦门口排着长长的队伍，都是等待参观的，一拨儿进去，下一拨儿得等好久。来得早不如来得巧，我们买了票，正赶上放行，于是鱼贯而入。

面前这座乳白色的、雄伟庄严的宫殿，便是万国宫——联合国大厦，它的确切名字是"联合国日内瓦办事处"。联合国的总部设在美国纽约，这里是它在欧洲的主要活动中心，也是全世界进行许多重大国际决策的场所。

万国宫没有国界，没有国籍，是属于全人类的。当我走进那朴素的大门，穿过草坪中间长长的通道，踏上万国宫前宽大的台阶时，才真真感觉到日内瓦是个

"国际城市"了，它的魅力决不靠豪华和热闹，而是淳朴和亲切。

两个世纪之前，瑞士和日内瓦远没有今天的地位。1771 年，马松德佩泽侯爵在访问日内瓦时预言：瑞士不会永远是一个满处山峦岩石的国家，有朝一日，一个万国团体会在瑞士境内兴旺发达起来。至今，瑞士仍然不是联合国成员国，但是万国宫实现了这位侯爵的预言。

万国宫所在的阿丽娅娜公园占地 25 公顷，原是勒维洛家族的私人园林，背靠阿尔卑斯山，面临莱蒙湖，幽静宜人。1890 年由这个家族的末代传人在去世前赠给日内瓦市。1920 年，国际联盟确定将总部设在日内瓦，日内瓦市慷慨地献出了这座公园以筹建万国宫。1922 年，万国宫开始筹建，曾有 377 个设计师提出蓝图，从中遴选了五人组成国际小组负责设计。建造大厦外部所用的是罗讷河、侏罗山的石灰石，内部用的是法国、意大利和瑞典的大理石，国联的成员国捐献了各种装饰和陈设物品，其中包括西班牙著名画家何塞·玛丽亚·赛特所作的以征服战争、缔造和平为主题的名画。1930 年万国宫落成开放时与凡尔赛宫一般大。1946年联合国成立时，日内瓦再次献出了这座宫殿和周围的园林。随着国际事务的发展和联合国成员国的增多，原有 22 个会议厅和 886 间办公室的万国宫已不能适应需要。1968 年联合国秘书长吴丹为扩建万国宫奠基，1973 年他的继任者瓦尔德海姆正式剪彩开放。新楼的设计工作由来自法国、意大利和大不列颠的建筑师组成的一个委员会负责，他们利用现代的建筑材料和技术建造了一座与老式的国联大厦及其美丽的自然环境十分协调的建筑物，万国宫依然浑然一体，而它正面的宽度却从原来的 400 米增加到 575 米，并且增加了 700 间办公室和 10 个会议厅。这里有 3000 多名国际公务员是常住"居民"，每年来参加会议的代表有 25000 人，还有 200 个来自世界各地的新闻记者，每天从这里把电讯发往天涯海角。这些数字和万国宫的来龙去脉，都是导游小姐告诉我们的。她们用多种语言宣讲，游客可以任择语种，自由结合。很遗憾，其中竟然不包括汉语，也许是因为还没有能讲汉语的导游员，我们便只好加入用英语宣讲的游客队伍里了。

站在灯火辉煌的穹庐圆顶下的会议厅里，望着惊心动魄的巨幅壁画——那是人和恶魔搏斗的历程，我感到人类的尊严和骄傲，想起了作为政治家也作为哲人和诗人的毛泽东的一句名言："人间正道是沧桑。"人类居住的这个小小地球，曾经被愚昧、落后束缚，曾经被战争、灾难摧残，但是，真、善、美正是在同假、恶、丑的搏斗中赢得今天并且走向光辉灿烂的明天，这毕竟是历史发展的必然规律。1954 年，刚刚诞生五年的中华人民共和国的总理兼外交部部长周恩来，正是在这里与美国国务卿杜勒斯进行了大智大勇的对垒，他那洪亮、自信、睿智、震惊世界的发言被誉为"亚洲之声"，万国宫前人群簇拥着他，爆发出雷鸣般的掌声，兴奋地高呼："周恩来！周恩来！"

30 多年过去了，中华人民共和国早已恢复了在联合国的合法席位，在国际事务中发挥着举足轻重的作用。会议厅外的走廊里，在那陈列着来自世界各国的艺术珍品的行列中，醒目地悬挂着中国挂毯《万里长城》，摆设着汉代雕塑《天马》的复制品。绵延万里的长城和腾空而起的龙驹，正是我们民族历尽劫磨不屈不挠的精神象征，在这里留个影吧！

登上万国宫的最高层，凭栏远望，左面是阿尔卑斯山的最高峰勃朗峰，终年的积雪在阳光下熠熠生辉；右边是烟波浩淼的莱蒙湖，无数帆影在水面飞驰，犹如一队展翅飞翔的白天鹅……

走下万国宫正面高高的台阶，迎面便是湖水。在湖水和宫殿之间，是茵茵翠草，郁郁青松。广场上那颗模拟地球的巨大铜球，是 20 世纪上半叶国联时代的遗物；草坪中那直刺青天的尖形建筑是苏联赠送的征服宇宙纪念碑。在没膝深的野草繁花中，我和伯鹿徘徊良久，不忍离去。当年居斯塔夫·勒维洛献出这座私人园林时，曾留下三条遗嘱：以其母亲阿丽娅娜命名的这座公园必须向公众开放，他本人在园内的墓地必须不受骚扰；按照 19 世纪浪漫主义最优秀的传统，园内应放养孔雀。一个世纪之后，人们仍然忠实地恪守着这三条遗嘱。阿丽娅娜公园属于全人类，白人、黑人、黄人，任何人来到这里都是主人；悠闲而高傲的孔雀仍然在园中漫步；昔人园主的墓塚和铜像静静地与青草繁花为伴，没有人去惊扰他的安宁。我从这墓旁轻轻地走过，柔软的草坪上，脚步没有发出任何声响。纷纷扰扰、喧喧嚣嚣的世界上，竟然有这么一片令人忘掉战争、贫困、欺骗和倾轧的净土，令人深感安慰，愿"寰球同此凉热"！

莱 蒙 湖 畔

出了万国宫，日已过午。我们从高高飘扬着红十字旗的国际卫生组织大厦前走过，在附近的一家餐馆吃了午饭，便奔向莱蒙湖了。

莱蒙湖，连接瑞士和法国的一弯月亮，面积 580 平方公里，水深平均 150 米，最深处达 310 米。罗讷河自东流入，带来阿尔卑斯山凛冽的冰水，西经日内瓦城出湖。站在湖边，远眺青山如黛，白帆点点，恍如我们的西子湖、太湖、鄱阳湖，只是多了一点儿"洋味儿"。湖畔的"英国公园"，林木苍翠，繁花似锦，游人如织。绿色的草坪和铁莲花组成一面奇特的"大花钟"，数字和指针已使人忘记这是时间的标志，却勾起置身梦幻中的童心。

我们沿着石岸长堤徐徐前行，前面，湖心中冲天而起的喷泉吸引着我们，也吸引着万千游人。

据说，莱蒙湖上原来并没有喷泉。1891 年 7 月 18 日，在靠近罗讷河出口处的湖心，突然"唑"的一声巨响，一股喷泉以每小时193公里的速度、每秒500升的水量，射向130米的高空。这个高度相当于44层的大楼，比世界最高天然喷泉"老实泉"和"盖策泉"还高一倍。虽然新西兰的怀蒙谷泉高达457米，但水质脏黑，而且18年即涸，不能和它媲美。它的出现，比巴黎的埃菲尔铁塔晚两年，这两年，日内瓦不甘寂寞，以此来争夺风骚了。此后的79年当中，全世界没有一眼人工喷泉能超过这个高度。

现在，它亭亭玉立，就在我的面前。笔直的水柱冲上云霄，如玉琢冰雕；到顶端急转直下，洒下凌琼碎玉，好似披了蝉翼般的白纱。它使莱蒙湖活了，使整个日内瓦活了。它就是那眼将近百岁高龄的天然喷泉吗？还是后人假托这神奇的传说、以现代的科等手段来以假乱真？没有人能够确切地回答我，身在神话中，考证已经变得不重要了，美比科学更迷人！

我对伯鹿说："等到夕阳西下，喷泉上将出现一道彩虹！"

"唔？"他看看我，未置可否。他大概觉得奇怪：你又没来过，怎么能做出这种"预报"？

我不做解释，两人沿长堤走去。

新月形的莱蒙湖的顶端，很有些像上海的外滩，但多了些纯净，也多了些安宁，莱蒙湖和罗讷河是清的，不似黄浦江浑浊。我们跨过罗讷河上的大桥，绕到左岸，喷泉便在眼前了。随着微风，它的点点珠玉像是洒下了一片甘雨，给已经炎热的初夏增添了一丝凉意。

日已西斜，逆着阳光看去，湖面上波光粼粼，那是印象派画家最明丽的色彩。岸边帆樯如林，爱好日光浴和水上运动的日内瓦人，纷纷出笼了，密密麻麻的船犹如北京街头数也数不清的自行车大军。你看，这个汉子在油漆他的船，好像骑兵上阵前在擦拭战马，一副跃跃欲试的神态；这一家人，丈夫、妻子、儿子、女儿全家出动了，都穿着泳装，齐心协力地往湖里推他们的船。"下水了！"那种兴奋，大人也变成了孩子！

湖岸上，草丛里，一座洁白的少女雕像静静地伫立，含笑注视着如醉如痴的人们，注视着如画如诗的莱蒙湖。在她眼里，莱蒙湖是永恒的诗，永恒的画，永恒的宁静，永恒的欢乐。可惜，对于我这远道而来的客人，只有一天！

夕阳已经垂到天边，我们该返程了。

当我们再跨上大桥时，回首再看喷泉，一道弯弯的彩虹横跨在蒙蒙水雾上，太阳的折射应验了我的"预报"。伯鹿看看我，兴奋地笑了。

日内瓦一日游，印象如何？虽有遗珠之憾，但亦不虚此行。

诗曰：

勃朗峰头雪未融，
莱蒙湖上水朦胧。
翠坪铺就五洲路，
玉阶筑成万国宫。
天下何方留净土？
人间此处驻清风。
冲天白练迎夕照，
神笔凌空画彩虹。

原载《散文世界》1989 年第 12 期

"织女"伊瓦

伊瓦是我在巴塞尔的邻居，就住在我的楼下对过，从我的窗子可以看到她的门。

我们做了几个月的邻居，却总共也没说过几句话。这不仅仅是因为语言不通。有的人明知我听不懂，还是咿哩哇啦照说不误，人总是希望用语言交流的。伊瓦不然，即使对与她有共同语言的同胞，她也常常是缄默不语。

我到巴塞尔的当天就和她认识了。来此参加"国际艺术家交流计划"的台湾女艺术家赖纯纯，既是我的同行，又是同胞，因为先来了几个月，对周围的人自然比我熟悉。我安顿下之后，她便带我去熟悉环境。

我们走进楼下那扇装着落地玻璃的门。里边的墙上挂着许多织花壁挂，地上堆放着彩线，簇拥着中央部位的一架织布机。不是现代化的机器，而是那种木制的、原始的织布机，和中国的大同小异。"唧唧复唧唧，木兰当户织"，用的就是这种家什。当然中国的纺织工业早就淘汰了这种古老的设备，但在乡下和少数民族地区还有，在特种工艺美术部门也还有，某些具有民族色彩和地方色彩的纺织品，还非得用这种织布机手工操作不可，改用机械化大规模生产，"味儿"就没了。

织布机上，端坐着一位"织女"。她看样子仅二十岁出头儿，身材纤细小巧，穿一身黑色衣裙；肤色白皙而略显暗黄，眼睛很大，眉毛浓黑，头发也是黑的，且不鬈曲。发际和眉毛之间，勒着一条寸许宽的饰物，也是黑的。她的形象和装束使我联想起阿尔及利亚、伊拉克或者斯里兰卡，总是觉得像在周总理访问亚非14国的图片中见过，却说不清是哪一国。

赖纯纯介绍说："这是我的朋友伊瓦。"

伊瓦朝我点点头，腼腆一笑。在她微笑的时候，露出了并不整齐的牙齿，但很快就又闭上了嘴。

"她是哪个国家来的？"我问赖纯纯。

"她就是当地人，"赖纯纯说，"是从事工艺美术的，织这种工艺品。"

我心里说：这，我已经看懂了，她是个"织女"。

伊瓦始终没说话，点点头就算是和我打过了招呼，又埋头继续织她的布。那机器上绷着五颜六色的线，像一条平直的水流，穿过竹篦似的"杼"——"不闻机杼声"的那个"杼"。她踩动下边的踏板，那经线便交错成 V 形，她手执装着纬线的梭，从那 V 形中间穿过，织物便加宽了一丝。这种活儿是干得很慢的，最准确的描述莫过于那个成语：一丝不苟。

伊瓦"一丝不苟"地织她的布，我们看了一阵便轻轻地退了出来。

这就算是认识了。以后，我每天都看见她准时来上班，从我窗下走过，看见了就打个招呼：我招手示意，她点点头，腼腆地一笑。仅此而已，无话可说。

她晚上回家很晚。我总是看见她的门窗亮着灯，也不拉窗帘。她在灯下用功，不是织布，而是研究她所研究的东西。她有时候就干脆住在工作室里。

她白天织布织累了，休息的方式是在门前的花坛边上静静地独坐一阵，手里捧一本书，好像看得很入神。身旁是那棵爬满青藤的老树，鸟儿在枝头鸣叫一阵，就飞下来，落在她的脚边，啄食地上的草籽。鸟儿不怕人，人也不睬鸟儿，各行其是，谁也不干扰谁——正是瑞士人的生活准则。

我再也没有去她那里串门儿，彼此做不说话的邻居。

3 月 14 日，"国际艺术家交流计划"为我开招待会，到了许许多多的客人，伊瓦也来了。这是她第一次登我的门，仍然是不说话，默默地躲在人群后面，一副羞怯的神态。

我无意中发现她在抽烟。在瑞士，女人抽烟并不奇怪，甚至比男人还要常见。奇怪的是她这么一位腼腼腆腆的姑娘，一位文文静静的"织女"，真不像抽烟的主儿。但她丝毫不为此而羞怯，在大庭广众之间抽烟，而且很老到，细长的食指和中指夹着烟卷儿，深深地吸一口，再缓缓地吐着烟雾。

突然有一天，伊瓦变了样子。那一头黑色长发不见了，剪得短短的，像中国小伙子的"寸头"；额上的饰物也去掉了。我觉得她那个样子实在滑稽，男不男，女不女，像个半大"假小子"。一个"织女"，为什么要打扮成这个样子呢？

她若无其事，照样在院子里走来走去，一点儿也不觉得自己的样子有什么"滑稽"，也没有人对此大惊小怪或是发表什么评论。她一定觉得这样很美，人总是往美里打扮自己。在瑞士街头，我见过形形色色的发式：有的姑娘把头发染成洋红色，是那种很"怯"的红，中国人生了孩子煮红蛋的那种红，养小鸡时在鸡身上做记号的那种红，根本不该是头发的颜色；还有的小伙子把头发染成绿色，就更不是"色儿"了；更有的老太太把白发染黑一半儿，从前边看和从后边看判若两人……各人爱怎么"美"就怎么"美"，没人管，也没有任何法令条文规定人的头发应该留多长、染什么色儿。绝对自由。什么"奇装异服"都可招摇过市，且旁若无人。

我当然决不会去过问伊瓦的头发，只是为她惋惜，那个带阿拉伯味儿的"织女"不见了。但她仍然是"织女"。

那天我看见她站在房门玻璃前"照镜子",一个伊瓦变成了两个伊瓦。仔细一看,根本不是"照镜子",而是真的两个伊瓦,脸对脸在说话,一模一样!世界上竟然有两个一模一样的人!

是日,在我的隔壁有一个招待会,欢迎从埃及来的画家泰德。我自然是要出席的,伊瓦也来了,还带着那个和她一模一样的人。我终于忍不住问她:"这是你的'塞斯特'?"她腼腆地一笑,说:"呀。"这大概是我和她的第一次对话,完全是由于好奇心所促使。

有这种好奇心的不独我一人。有一天,在巴塞尔美术学院留学的王伯鹿在街上碰见了伊瓦。伯鹿常来找我,因此也认得伊瓦,并且也见过她的姐姐。伊瓦在街上和伯鹿擦肩而过,并没有发现他。伯鹿竟然追上去问,那问话是十分有趣儿的:

"伊瓦!你是你吗?还是你姐姐?"

"我是我。"她答。

这话很绕嘴,但彼此都明白其中的意思。

伯鹿这才确认面前的就是伊瓦。又说,"你们俩长得真像呀!是双胞胎吧?"

"不是,她比我大六岁。"

相差六岁的姐妹竟然如此相像,这是少见的。

伊瓦的姐姐后来没有再出现,我也就再无话题与她可说,依然是沉默的邻居。

那天,邮差给我送来了一包邮件,是我的妻子从国内托瑞士驻华使馆的文化参赞周铎勉(D. DREYER)先生带来的,周的家在弗里堡,就给我寄了过来。邮差在楼下按我信箱上的电钮,我的门铃便响了。我以为是有客人叫门,先去开门,没人,这才从窗口看楼下的信箱。

信箱前,邮差正在把一包邮件递给伊瓦,她签了字,便上楼朝我的房间走来。

我没想到她会这么主动地帮助我,迎上去,接过邮件,说声:"谢谢!"她只微微一笑,扭头便走,也没说一句话。

这个伊瓦!

我和伊瓦以及其他的三位邻居共用一台洗衣机。来此参加国际艺术交流的画家没人伺候,零星的生活琐事一律自理。洗衣间在伊瓦隔壁。有一次我去洗衬衣,洗完了之后,机器门却打不开了,我想可能是机器出了毛病,又不知道上哪儿去找电工。

这时伊瓦推门进来了,告诉我:"机器坏了,门口贴着'停用'的条字呢!"我这时才注意到洗衣房的门上果然有一张纸条,但小得很,难以引人注目。但我现在想"停用"也不行了,洗完的衣服还在里头呢!伊瓦默默地走了出去,一会儿又回来了，手里拿着一把改锥。她蹲下去，把失灵的机器门撬开了……

第二天，我有事出门。伊瓦从织布房里看见我，追了出来。我停在院子门口，不知道她有什么事。

她追到我跟前，却只说了一句话："洗衣机修好了，你可以用了。"

这个沉默寡言的伊瓦，也有主动说话的时候。我来到这里很少和她打交道，也没有给过她任何好处，却已经得到她的两次——加上今天的"报信儿"是三次帮助。这些事儿虽然都很小，但和瑞士人"事不关己，高高挂起"的生活准则已是很不同的了。在瑞士，即使在朋友之间也是"君子之交淡如水"，谁要别人帮助做点儿什么，只有赤裸裸的雇佣关系。我还从未见到有为别人白尽义务的"雷锋"，也许是我孤陋寡闻。

伊瓦的朋友——也是我的朋友赖纯纯要走了，离开瑞士回台湾去。行前，到我这儿来收拾东西。我住的房子在我来之前就是她住的，有一件大型的雕塑作品不好搬走，就一直存放在我这里。现在要搬走了。

包装这么个沉玩意儿挺费事。伊瓦也来帮忙。我和赖纯纯扯着塑料布，伊瓦跪在地上，把边缘的地方都粘上胶带，一条一条，粘得很仔细，如同在她的织布机上一梭一梭地编织她所理想的图案那么"一丝不苟"。

我们做着这一切的时候，赖纯纯告诉我："下个月伊瓦要出国旅游了。"

"噢，去哪儿？"我问。

"坐火车去中国，先游大陆，然后去台湾。"

"啊！"我吃了一惊。这个纤弱"织女"，气魄还真不少！这一趟，要穿过德意志、波兰、苏联、蒙古，前往中国，行程数万里，火车要坐一个多星期！

对我的惊奇，伊瓦只报以莞尔一笑。她恐怕觉得这没有什么可大惊小怪的。瑞士人爱旅游，平时生活很简朴，省了钱花在旅游上，一到假期就往外跑，哪儿都敢去。

赖纯纯走了，伊瓦也快走了。

有一天，伊瓦来按我的门铃。

我开了门，她微笑着看看我，只说了一句话："古嘚！"

我知道她要启程了，要到我的祖国去了，而我还留在她的祖国。

"再见！"我说。一股思乡之情油然而生。

伊瓦转脸就走了。

"等一等！"我又叫住她，递过去我的一张名片，上面有我家的地址和电话，"你经过北京，如果遇到困难就去找我的妻子，她会帮助你！"

她接过了名片，道声谢，就走了。

第二天，我就没看见伊瓦再来上班，她的织布房锁着门，透过玻璃只看到静静的织布机，没有"木兰当户织"了。

她已经登上了万里征程，到中国去了。

她要去寻找的不只是一个中国朋友赖纯纯，还有她在织布机上编织了无数个日日夜夜的艺术之梦。中国是织女星的故乡，可以为她手中的图案添上古老而又新鲜、神秘而又朴素的色彩！

愿我的同胞们欢迎这位西方"织女"，不要因为她那剪得太短的"寸头"而窃笑……

原载《花城》1989 年第 1 期

"铁匠"邵特

我在画室里作画。周围静得很，甚至可以听得见两百米外的莱茵河的流水声。再有就是我南窗外的圣·阿尔班城门钟楼前报时声："叮当……"一刻钟"叮当"一下，半点钟两下，三刻钟三下，正点四下，然后以单音节敲出钟点："当……"

画室里挂满了巴塞尔风景：《穆斯特教堂》《莱茵河上第一桥》《斯帕伦城门》，还有天天在我耳畔敲响的《钟声》，画室内外融成了一体……

我正在画的一幅却不是眼前风光，而是中国远古的传说"羿射九日"：画面上烈焰蒸腾，十日并起，羿手执雕弓，肩背箭囊，跃跃欲试。他几乎全身赤裸，仅在腰间束一张虎皮。我想以那粗犷、劲健的人体，展现一种古朴、原始的美，一股东方民族的伟力。羿的身边，便是他那位后来飞上了月亮的妻子嫦娥，我把她画成了月光的颜色，冷冷的、淡淡的，和她的丈夫形成了强烈的"反差"。这幅画，自然也和其他几幅洋山洋水形成了强烈的"反差"……

门外忽然有人按铃。我放下画笔，开门迎客，来人却不认得。

一男一女。男的约三十来岁，身材魁梧，体格硕壮，像个重体力劳动者。灰褐色的一头浓发，蓬松着，披散着，像是从来没梳理过。脸型是欧洲人的，高鼻凹眼；身上穿一件圆领短袖针织汗衫，像北京街头常见的提着鸟笼子、搓着"核桃"的老头儿穿的那样；脖子上挂着一串用兽牙做的大项链，沉甸甸的；两只粗壮的腕子上戴着一副宽而且厚的骨制手镯，也颇有分量。望着这个人，一时无法判断他的种族。是印第安人？东南亚人？弄不清楚。他身后的那位女士，年龄与他仿佛，脸型则更像东方人：棕黄色皮肤，高颧骨。但头发却不是黑的。我也不知道她是不是他的夫人。

语言不通。我猜想他们是来"看热闹"的，打个招呼，便由他们自己爱看什么看什么，我继续画我的画。客人就看画，看得很认真，一幅一幅地研究，两人还小声评论。他们最感兴趣的是我正在画的这幅《羿射九日》，那男的还对我跷起大拇指，表示赞赏。我望着他那一双热情洋溢的眼睛，他那一身打扮和那渗透着活力的气质，猛然觉得他和我笔下的羿很有些接近，一个古代的"东方人"跑来看东方古代的神话！只是那女的却不像嫦娥，太粗犷了些。也许嫦娥本不像我画得这么纤巧？谁知道呢！

他们很想和我攀谈，可惜没有翻译。我只能从一些偶尔听懂的单词和辅助手势来猜测。小伙子说话很激动，音节急促，两只手比比画画，作敲击状。我明白了，他也是一个艺术家，做雕塑的。

我请他留下姓名。在我的记事本上，他用左手执笔，挺费劲地写下了：TOBIAS SAUTER，这便是他的名字：托比亚斯·邵特。

下边又写了他的住址：ST.Alban-vor-sta-dt 24。

我知道，那条街离我这儿不远，就在美术馆附近。

他邀请我到他那儿做客，问我想不想去。

我说：好的，我要去的。我是想看看他的作品。

他告辞了。一直过了好些日子，我却并没去拜访他。

一个星期六下午，我的中国朋友陈先生像每个周末一样到我这里来，陪我去参观游览。他打开地图，问我今天想去哪儿。我说今天去个近的地方吧，去看看那位一面之交的朋友邵特。

很快就找到了邵特的住址，一幢临街的房子，木质本色的大门，相当旧了。

我们按了门铃，迟迟地不见有人来开门。我想也许邵特不在家，正想走开，头顶上却答上了话。抬头一看，从三楼的窗子里探出了邵特的半个身子，他认出了我，便快活地喊了起来。

门开了。来开门的是一位女士——便是陪邵特访问过我画室的那位。她引我们进去，沿着木头楼梯带我们上楼。

楼里光线很暗。楼梯很旧。墙壁不白。楼层很高。这好像是一幢很古老的房子，很久没有翻修粉刷了，有一种空旷陈腐的气息，我觉得很像电影《蝴蝶梦》里的那座阴森恐怖的曼陀里庄园，似乎在随着那位神秘莫测的女管家一步一步走进那留着噩梦的幽居。带路的女士却不像曼陀里的女管家那么冷冰冰，每到楼梯转弯处，她都要回过身来，关切地做一个引导的手势。我们便随着往上走，我相信在上边等着我的不会是鬼魂。

邵特慌慌张张地跑过来迎接我们，依然是那身打扮，依然是那样热情洋溢。我给他介绍陈先生，他表示欢迎，却并不握手，解释说，他刚刚吃过鱼，怕手上有腥味儿。

这回有陈先生做伴儿，汉语和德语之间有了媒介，我们可以自由交谈了。

匆匆走过阴暗的楼道，墙上挂满了画，是那种稚拙得近乎儿童画的风格。邵特解释说，这都是孩子们的画。果然如此！他又说，楼下是一所幼儿园，画是他们画的。这倒是我没想到的，在这么一幢历史陈迹般的老古董房子里，竟然住着一群活泼泼的小天使，画他们活泼泼的画，不可思议！

邵特问我们要不要喝点咖啡、吃点东西。我说好吧，客随主便。自从踏进这幢古怪的老房子，我就做好了一切来者不拒的思想准备——有些"探险"的味道。

　　他带我们走进餐厅。一张大圆桌，没有油漆的木质本色，很旧了。坐在这里，总觉得是在和印第安人一起进餐——尽管我从未造访过印第安人的家。圆桌旁团团坐定五个人：我、陈先生、邵特，还有两位女士。其中一位便是引我们上来的那位，另一位白皮肤、黑头发，脸型却像阿拉伯人，穿一件宝蓝色的上衣，下身被桌子挡住，看不见。两位女士都不说话。前者负责煮咖啡，给每人倒在杯子里，又端上一盘用奶酪做成的什么糕，用刀切成许多份，盛到每个人的盘子里。后者却不管，只是陪吃。我实在弄不清这二者的身份了，到底哪一位是邵特的夫人？看来是后者，前者也许是佣人。这家人的血统也弄不清楚，三个人三个样儿，不知道是怎么回事儿。这种问题也不便问，西方人最忌讳像查户口似地盘问人家。干脆不管它，吃就是了。

　　点心倒是很好吃，甜的，带奶油味儿。

　　吃完喝完，邵特带我们去他的房间。我正看他的作品，这是此行的主要目的。

　　邵特的房间拥挤而凌乱，连个坐的地方都没有，我们只好站着看。墙上挂满了具有原始意味儿的艺术品：非洲的木雕、东南亚的面具……和邵特的那一身打扮倒是很协调，和这幢古里古气的房子也很协调。邵特告诉我，他非常喜欢具有原始意味儿的艺术品，这些东西都是他外出游历时从当地买来的。墙上挂着一大幅装饰画，是他在几内亚花很少的钱买的，但他很珍视它。这是一幅画在树皮上的画，用的是一种类似垩土的颜料，只黑白二色，底色很重，像烤烟的烟叶，且很不平整，是用好多块树皮拼接在一起的。我在巴塞尔的自然历史博物馆见过好多这种画，那里大批陈列了几内亚的木雕和绘画，并且有大幅照片记录着当地土著艺术家作画的情景：肤色棕黑的老人，大半身都裸露着，蹲在地上，用手抓着颜料在那种树皮上作画，画风单纯、强烈、古朴、粗放，震撼人心。邵特生活在繁荣富足的欧洲，却对这种原始艺术特别上瘾，当不是不懂装懂、附庸风雅，也不是仅仅为满足猎奇的愿望，他显然怀着一种崇拜心理去学习、去研究，以至于本人也染上了这种色彩。他脖子上挂着的那一串沉甸甸的兽牙项链，便是从南美买来的，确是印第安人的东西，我第一次见到他时得到的印象是准确的。

　　我急于要看他自己的作品。他带着我一一观看，我却又傻了眼。

　　邵特的作品分为两类。一类可称为"雕塑"，但其实不"雕"也不"塑"，而是把铁板或铁块切割成一些几何形体，便完事儿。另一类可称为"绘画"，却也是不"绘"也不"画"，一律用极粗又极不平整的纸，上面摆一些锈了的铁片。正因为铁片是锈的，才特别适合他的用场：用那锈斑印出几何形体，与铁片相对应，或圆，或方，或三角形，或半月形，不一而足。

　　陪我前来的经济学博士陈先生愣了：这小子鼓捣这些锈铁干什么？这也叫

艺术？

不仅陈先生不明白，我也不明白。邵特的艺术主张和我差得有如天壤之别，我难以理解他乐此不疲所做的无数块锈铁片。我只能朦朦胧胧地感到，他是在有意背叛西方的古老绘画传统，追求一种单纯、古朴的境界，在无数次的重复中寻找一种变化的韵律，这正是他内心所需要的，且不管这些作品是否有什么实用价值，能否为社会所承认。我们所习惯的在画面中首先考虑"内容"、其次阐发"主题"等等概念，在他这里是找不到的，他这里只有形式，而且是只有他自己才能理解的形式。他陶醉于此。我当然不能完全接受他这一套。如果在展览会上看到此类作品，我会很快地"走马观花"一闪而过，不会去做什么仔细的研究。但现在是在朋友的家里，主人又这样好客，也就不好发表什么歧见，还挺认真地一件一件去欣赏。平心而论，邵特的创作是严肃的，不是"胡闹"，那一块块铁板的切割、那一处处锈斑的拓印，都是极认真的，他在追求他要追求的东西。我们不理解的、不喜欢的东西，也不要拒绝研究，要多一点儿宽容。我们并不是已经饱和到无可吸收的地步，不然，还万里迢迢到人家这里来干什么呢？

看完了那无数锈铁，邵特提出请我参观他的工作室。我其实也想知道他那些玩意儿是怎样制作的。

工作室在底层，一间阴暗的房子，里面堆满了锈铁。还有笨重的磨床和种种工具。屋里一股铁锈味儿夹杂着鱼腥味儿，显然他午饭时就是在这儿吃的鱼。这里简直像一个铁匠铺，邵特每天的营生就是在这儿做铁活儿。他说这些工具和材料都是一位老先生生前的东西，老先生死了，他全套买了下来，显然下了决心一辈子当"铁匠"。我于是在心里给他起了一个绰号："铁匠邵特"。

告别邵特的时候，他赠送了我一本他的作品集，里边全是"铁活儿"的图片。

五月，我的个人画展已准备就绪。开幕前夕，"国际艺术家交流计划"的负责人亨凌先生已给各界人士发了请柬，并且留了一部分让我分送朋友。这时，我想起了邵特，便按地址给他发了请柬。

画展开幕那天，宾客盈门，邵特也来了，还是那身打扮。我高兴地向朋友们介绍：这就是"铁匠邵特"！

邵特对我的作品看得相当认真，完全不是敷衍，每一幅画前都驻足良久，以如饥似渴的目光搜求东方艺术中他所需要的东西。难道我的画也可以为他那些"铁活儿"提供营养吗？这不能不引起我的思索。

我想起我的老师吴冠中先生常对我说的话：艺术不能总是"近亲结婚"，那样只会使后代退化；应该提倡："远缘联姻"。生物学上的这个真理对艺术也是适用的。

看来，邵特是懂得这个道理的，他的腿长、手长，全世界到处跑，去引进人家的、富有生命力的"花粉",培育自己的果实。我们呢？我们该怎么办？

还值得一提的是，陪同邵特来参加开幕式的，还是那位曾经陪他访问过我、为我开门引路并且为我做糕点的女士。我曾经猜测她是佣人，显然又不对了。她长得像个东方人，我却至今也弄不明白她到底属何种族，并且在邵特家里是什么身份。现在看来，她像是邵特的夫人，但不知是邵特从何方娶来的媳妇？恐怕也是"远缘联姻"。但我一直不曾问邵特。

画展结束，我将东归。邵特又来了，这次是他一个人来的。听说我要走，他很留恋，说，到那天，他来送我。说这话的时候，他依然是那种快音节，手比比画画，红润的脸上充满了活力和激情。

离别巴塞尔的时刻到了。送行的朋友们把我的行李装上了车子。这时，邵特还没有来。我想再等等他，和他告个别。朋友们说：机场很远呢，别误了航班。我只好上了车，走了。

一路上，我还在猜想，邵特也许赶到了我的住处，发现我已经走了，也许很失望。我不应该让他失望，因为他是那么一位热情好客的朋友，我还没有来得及送他一件礼物以留作纪念呢，比如一本我的画册，和他的那些"铁活儿"交换也挺有意思。

再见吧，愿我们有机会再见，"铁匠邵特"！

原载《花城》1989 年第 1 期

我的埃及邻居

巴塞尔"国际艺术家交流计划"共有四间画室，可以同时接待四位外国艺术家。我对面的是巴西人，他的隔壁是加拿大人。与我毗邻的画室，据说原来住的是一位埃及画家，在我到来之前已经走了，所以暂时空着。

第二天便来了人，也是埃及的。他叫阿斯密，是开罗某艺术团体的负责人，年纪与我仿佛，但显老。肤色黑黑的，短鬈发，络腮胡子。他和我共用一部电话、一间厨房，其余全是分着的。但也抬头不见低头见，远亲不如近邻。

阿斯密为人热情、和气。他约我到他的房间里坐坐，放他带来的幻灯片给我看，其中有埃及风土人情、艺术作品，还有艺术活动的片段场景。他讲法语，我们的交谈便十分费劲，"只可意会，不可言传"。我只能用极简单的英语告诉他：我很喜欢埃及，希望我们能成为朋友。后来也果然成为朋友，每天互相"串串门"，他用埃及茶招待我，我用中国茶招待他，看看画。他不画画，来此的任务是联络下一步的埃、瑞艺术交流。

东道主为我开欢迎招待会的那天，亨凌顺便向客人介绍了他，他还讲了话。这件事儿，令我不舒服。如果我是他，才不干呢！每个国家、每个民族，每一位艺术家都是平等的，不应厚此薄彼。但他却并不在乎似的。

他住了一个月就走了，临行前还和亨凌热烈拥抱。

我的隔壁空了几天，就又来了人，还是埃及的。看来我和埃及还真是有缘。

新来的人比我年轻，约30多岁，但看样子仍比我年长。他身材魁梧，肤色也像他的前任那么黑，头发很短，鬈曲，留着短短的络腮胡子。他的名字叫尚博·马歇尔·泰德，呼作"泰德"可也。

泰德会英语。而我的英语却不够用，交谈仍然困难。好在我们彼此看画都"一目了然"，也就"有话则长，无话则短"，默默地也无妨。弥补的方法是"笔谈"：各人把要说的意思画成简图，再加以口头解释，竟都能心领神会。我的朋友王伯鹿经常来，有他在，则更方便了。

泰德刚到那天，伯鹿正好在我这里。一次认识两位中国同行，他很高兴，便把他的作品拿给我们看。他是一位插图画家，画的画都很小，基本是钢笔黑白画，有的佐以水彩。他把许多剪报作品拿给我们看。

他的画很有意思，几乎都围绕一个主题：爱情。他很善于构思，很奇妙的构思。美丽的少女，像月亮，像树叶，像清风，像无羁无绊凌空飞翔的情思；沉思的男人，像岩石，像大树，像狂飙，像冲破地壳喷薄而出的火山熔岩；一只手，托着一只白鸽，细看那白鸽却是一只女性的脚；爱的向往，爱的追求；爱的苦闷，爱的搏斗；支离破碎的人体，痛苦不堪的大脑……

我惊骇，他为什么对于爱情有如此绚丽、如此诡谲又如此恐怖的"体验"？他解释说：他的父亲死于车祸，他亲眼看见那血肉横飞的惨象，亲眼看见母亲和父亲生离死别的悲剧，他的心受到了巨大的戕害，便把全部的爱都奉献给他那不幸的母亲，至今也没有寻找女友，没有结婚。但他毕竟是个男子汉，他长期压抑着自己的"人性"，痛苦地画他的画，把七情六欲诉诸笔端。他的所有作品都是在歌颂妇女，他高呼：妇女万岁！

我被这位"俄狄浦斯"的悲剧命运和悲剧性格深深地感动了！

初次见面，他就向我们袒露他的身世、他的心灵，这个人坦诚得可爱。他还把他和老母亲的合影给我们看，一位胖胖的、慈眉善目的老太太，胡子拉碴的儿子在她身旁，天真地笑着，偎依着，还像个婴儿那样"恋母"。他把母亲的照片放在床头，朝夕陪伴着浪迹天涯的游子。

泰德的作品很多，他拿出一摞又一摞，显然希望我们全部看一遍。而且不允许"走马观花"，常常要提醒："慢一点儿，仔细看！"于是我就仔细看，一幅也不省略。他又问，"你是不是看得很累？"我说，"不，我看得很高兴。"他欣慰地笑了。

这个人给我的第一印象就是：天真、可爱。

他在画室里不停地画，千变万化地重复他那永不疲倦的主题：妇女万岁。他一天能画好多幅，每画一批就要把我叫过去欣赏一番，我说"好！"他就画得更起劲。有时半夜三更还从厨房那边穿过来，手里拿着一叠画稿，让我看。他有的画画得很幽默，逗得我乐，他也乐，咧着憨厚的大嘴，露出不够整齐的牙齿。我凭着记忆画了一幅《泰德印象》，水墨写意，他很喜欢地"收藏"了。

泰德很快就不再满足于画那些小画，见我的画幅都很大，他也就悄悄地放大了，用大张（也仅八开而已）的白纸画钢笔加水彩，仍然是以往的主题，但不如画小画顺手。他后来又想画油画，向伯鹿询问怎么做画布，怎么打底子，上哪儿买油画工具。他没上过美术院校，没受过基本训练，是"自学成才"的，所以他很想开拓表现手段。这种想法当然很好。但多少又有些"讨好"欧洲人的味道，似乎觉得单靠插图难登"大雅之堂"。

他果然画起"油画"，用伯鹿送给他的松节油调一种简易油画颜料，画在纸上，画法当然是"无法"，想怎么画就怎么画，当然不成熟，反而失去了自己的面貌。

但他不觉得，更激进地向欧洲艺术靠拢，画了许多非驴非马的东西。他还跑到街上去写生，画建筑，画风景，画行人，引得许多人围观，他很得意。伯鹿背后并无恶意地对我说："他有点儿像乡下人进城……"我们很希望他能够有选择地吸收欧洲艺术，不要囫囵吞枣，不要丢了自己的特色，但这些话又不便直说。泰德反而跑过来开导我，指着我墙上的画说："查依尼斯、查依尼斯、查依尼斯……你不要在这里画中国的东西，要画瑞士！我要拉你一起上街去画，不要怕！我就不怕！"

我笑笑。这位老弟未必了解我的想法。我画中国的东西、用中国的技法，是给欧洲人看的，让他们了解我们的艺术；我也画了一些瑞士题材的东西，并且还要画很多，是准备拿回去给中国人看的，让他们知道我这双眼睛在西方都看到了什么；我正是在这种"往还"之中寻求一种东西方艺术的交流和交融……

某日，来了几十位客人，是"国际艺术家交流计划"负责人亨凌邀请的巴塞尔各界人士，到我们的画室参观。我的巴西邻居回国办事儿去了，门锁着；加拿大邻居则说他现在没有什么作品可供参观。于是，客人便只看我和泰德的画室了。

先到我这里，把墙上的画、画册里的画看了一阵，聊了一阵，便在亨凌的率领下奔泰德那里。泰德事先作好了准备，把得意之作挂满了墙。不料客人来了却不感兴趣，看一眼就要走，还议论纷纷，全不管泰德在场。泰德被激怒了，对亨凌说："请他们走！我要关门了！"

亨凌无奈，拍拍巴掌，请大家再回到"海尔王"（德语：王先生）那里去。众人不知就里，乐得再过来和我聊聊。因为是日有七八个中国留学生在场，聊得很方便。

那天我把手头的作品选了一部分挂在墙上，有中国题材，也有瑞士题材。客人们对两者都很喜欢，刚才已经谈了很多了，二次回来接着聊。怎么聊当然都无妨，我是准备好话、"坏话"都听的。却不料客人非常不知趣，竟把泰德的画和我对比，说："你的画比你那位同事画得强多了，他的画没意思！"我很尴尬，并为泰德不平："不，我认为他是一位很有才华的艺术家！每个人的风格、气质不同，画种和民族特点也不同，也很难比较。"

那天晚上，泰德闭门不出。

第二天，他来到我这边，指着我的画说："你不要再画巴塞尔风景了，巴塞尔的人根本不懂艺术！"

我心说：你不是前几天还要拉着我去画巴塞尔风景吗？怎么今天来了个180度大转弯？是了，是他们得罪了你！

泰德余怒未息，嚓，嚓，嚓，在纸上画了一张漫画，是一群正在看画的人。他在一个人脑袋里画上一只鞋子，愤愤地说："他们不懂艺术，他们的头脸笨得像脚！我们东方人的艺术，比他们悠久，比他们高明！"

这是泰德第一次对我使用"我们东方人"这个亲切的词儿。在这之前，他极力向金发碧眼的西方人"靠拢"，却未必把我这个黄脸低鼻的东方人视为同类。现在，开始"我们"了！

我说："我们中国人的心是热的，我喜欢你的艺术，也喜欢你的祖国！"

限于语言障碍，我难以向他充分表达我的见解；即便有翻译在场，我也未必能畅所欲言。我们毕竟不是"我们"。我只能在心里默默地希望他：好自为之吧，朋友，我们寻求"理解"，但并不强求。

又是一个某日，亨凌约集一次艺术家会面，请我们每人都带几件作品，以供观赏。巴西邻居不在。加拿大邻居带了他的一件抽象作品：木头夹子上夹着一叠纸，画着各种莫名其妙的符号、图案和字母。观者细细把玩，都看不懂，但评价说："这里边有很深奥的哲理！"这位朋友玩抽象已经玩内行了，他能让人看不懂，还能让人称赞。我仅带了画册，任其观看。观者说了好多我已经听熟了的话。泰德比谁都认真，他提前一天把画送到聚会地点，钉在墙上一片。谁知看的人却问他："你是要卖吗？"泰德气坏了！你们不是要欣赏艺术吗？怎么只知道钱！这个"记吃不记打"的家伙，又一次大发脾气（闷闷地在心里发脾气），没等聚会结束，就先告辞了。临走只说了声："我要走了！"竟没有一个人理他，他就那样走了。

谁也不知道他是怎么回事儿。你不向任何人握手告辞，当然谁也不理你，这是社交场合的起码常识。

等我回来，听到他的一大通牢骚，才明白我这位朋友又一次被火上加油了！他发火的时候像一头暴怒的雄狮，狮面人身像的后代，性子真够烈的！

……

我要离开瑞士回国了。泰德很难受："你走了，我还有一个月，不知道该怎么过？我想念开罗！"

我知道，人人都爱祖国、爱故乡，那里有母亲。

他给我留下他在开罗的地址，希望我有机会去看看他的祖国。我说：我一定去！去看尼罗河、金字塔、狮身人面像，去看你和你的母亲！

他提出要我的一幅画留作纪念。我问是哪一幅，他在纸上画了一个略图：竹子、飞鸟。我明白了，是那幅《晨曲》：在青山翠竹之间，一群小鸟自由地鸣叫着，自由地飞翔着，飞向一个清新明朗的早晨。这幅画，并不是我最好的作品。

泰德喜欢它，也许是因为它的"查依尼斯"味道最浓；也许是那飞鸟搅扰着他纷乱的情思……

　　分别的时候，我们紧紧地拥抱。他那浓密的胡子扎着我的脸。

原载《花城》1989 年第 1 期

明格尔的世界

从巴塞尔乘火车南行至奥腾，再换乘小火车往东南到一个叫"陶依芬塔尔"的小站下车，我们要去的地方就无车可通了。那是一个在瑞士全国地图上找不到的小村镇，名叫"劳特维尔"。每年涌向瑞士的成千上万外国游客，大概谁也不会去光顾那个偏僻的地方。但是，那里有一位我尚未谋面的朋友——雕塑家汉斯·明格尔，今天正等着我前去拜访。

和我同去的是在巴塞尔美术学院留学的中国青年画家王伯鹿和我们的瑞士朋友苏茜女士。

我们在陶依芬塔尔下车，明格尔先生已驾车等在那里。

明格尔已年逾花甲，矮矮的个子，白发，方脸阔嘴，给我的第一印象是好像在哪儿见过——他的气质很像一位中国的退休老工人，质朴、和蔼，心地平和，生活闲适。

打个招呼就上车，等到车子已经飞速驶在公路上，我才明白过来他就是我要拜访的雕塑家。因为他和我预先设想的样子相距太远。

车子在丘陵山地之中行驶，满眼都是翠绿，五月的和风拂动着空寂无人的草地，送来一阵阵花香。

公路一个"C"字形的大转弯。"弓弦"部位是一条浓绿浓绿的混交林带，如绿色长城，密密的枝叶随风摆动，形成美妙的波纹，使人想起梵·高的画。林带前边是齐膝深的野草，正扬花吐穗，滚滚如麦浪。"弓"部则是一所别墅式的建筑，面临大路。车子离开公路向这所建筑开去，也只有几步路，戛然而止，停在门前，到了。

这儿就是明格尔的住处——不是家，他的家在另外的村落，明格尔把妻子安顿在那里，一个人跑到这儿来，盖了这么一座孤零零的房子，单门独户，潜心于他的雕塑创作。

这是一座木结构的小楼。底层是客厅，其实，真正用来"待客"的地方只有一个角落，摆着一张粗糙的（有意要其粗糙？）木桌和几把椅子。其余的绝大部分则都摆满了他的作品：有油画、拼贴画、瓷版画，主要还是雕塑。雕塑中有的极其写实，铸铜；有的相当抽象，像是用石膏泥随意塑成的。

明格尔请我们喝咖啡。我们在桌旁仅坐了片刻，便起身去看那些作品。明格尔对这些作品似都不甚满意，指着一尊青铜女像说："已经过时了，这样的东西，我自己都不愿意看了。"我吃惊这老人的谦虚。

他带我们沿着木梯上楼。楼上是他的工作室。这里的作品与楼下很不同，均系石膏本色，不加装饰，造型简练夸张，人物甚至没有眉眼。外表极其粗粝，如砂粒黏合而成。工作台上，一尊女人体尚未完成。旁边摆着另一尊女人体，动作、形态大体一致，但极写实。周围放着许多人体照片。明格尔说，他的创作程序是先对模特儿写生，并且拍摄照片，做出写实的"草图"；然后，丢弃这一切，凭印象做"正稿"，"逸笔草草，不求形似"，仅追求构思中的意趣。工作台上的未完成品便是正在制作中的"正稿"。说着，便操作起来，为的是让我们看个明白。他以一小罐放入少许石膏粉，加水调成糊状，用雕塑刀挑起，一"笔"一"笔"地加在未完成的作品上，"笔触"像斑驳树皮的一片片鳞甲。不满意的地方，则顺手抄起钢锉，把它磨去，重来……根本不用翻模。

独特的艺术效果就是这样产生的。对于远道而来的异国同行，他竟然一点儿也不保守"技术机密"！中国和外国在科学技术方面的合作可谓多矣，为引进人家的设备、技术、生产线，花了不知多少钱，却未必曾碰到像明格尔这样能让你"一览无余"的人。我国有些艺术界辈，在作画时关紧房门，唯恐弟子偷学了"绝技"，心胸也未免太窄了。

当然，明格尔的这一套技法恐怕也非他所独创，我想起贾科梅蒂（ALBERTO GIACOMETTI，1901～1966）的那种"粗笔写意"的雕塑，似乎找到了某种血缘联系。但贾科梅蒂早已过世，我已无缘拜会，也无法窥见他的"技术机密"，现在，由明格尔主动地奉献了出来。而明格尔也非照抄贾科梅蒂，他的作品没有贾科梅蒂那种不食人间烟火的寂寥空旷感，而洋溢着一种亲切清新的生活气息。

走出工作室，明格尔带我们去参观他的卧室。这个老头儿可真逗，他的卧室藏在顶楼，小得只能摆下一张床。说是"顶楼"，其实只比二楼（欧洲人把二楼叫一楼）高一米许，仅从工作室通上去数层台阶而已。也是木制楼梯。上"楼"时，鞋子就脱在楼梯下，上去就睡觉，睡醒了就下来工作。他的这所房子，全部是他自己设计的，实用、美观，像汉代出土文物中的那种陶制房屋模型那么"好玩儿"。

17年前，明格尔携眷从城里搬到乡下，又只身在旷野里盖了这么一所房子，开始了孤独而并不寂寞的"修炼"，为许多人所不理解。周围的农民所说他雇了女模特儿在这儿做裸体像，议论纷纷，不知道这个老头儿搞什么"伤风败俗"的名堂。那情景，颇有些像刘海粟当年在上海美专首倡画人体时所受的非难，在现代欧洲的偏僻乡村，竟也不能避免。明格尔对付"社会舆论"的办法相当有趣儿：

他索性请乡亲们都来参观，自己也不作解释，你们看我搞的是什么"名堂"？久而久之，人们便也见怪不怪，议论也随之销声。时至今日，明格尔仍然生活得那么坦然、陶然。

从他卧室的小窗向外望去，"悠然见南山"，真是五柳先生过的日子。他找了这么个好地方！

我们下了楼，随他上山。楼的后门旁，壁上一面浮雕吸引了我的视线。那竟是无数只形制各异的钱包，一律以实物翻制而成，参差错落，组成一棵树的形状。我不解其意，明格尔解释说，钱包组成的是一棵"圣诞树"，这件作品的题目叫作"这是圣诞礼物吗？"

我肃然起敬。置身于"金钱至上"的西方社会之中，明格尔先生以犀利而幽默的艺术语言鞭挞了那鄙俗的拜金主义，展示了一位正直的艺术家的社会良心，多么难能可贵！

明格尔本人并不是百万富翁，他也不可能逃脱人间的商品货币流通规律，也要被金钱所缠绕。他的对策是——权且借用一个中国词儿："以副养农"。他每隔一个阶段接受一两件"订货"，按照订主的要求来做雕塑，以售款来养活自己并且"养活"那些不卖钱的艺术创作。羊毛出在羊身上，千金散尽还复来。他就是这样既憎恶金钱又利用金钱，和金钱打游击，与艺术作伴侣。

房后的一座山丘，是明格尔的露天"展厅"，翠草丛中矗立着一座座雕塑，说句不吉利的话，有些像墓地上的墓碑。人寿本是有限的，也毋庸讳言；而艺术的生命是长存的，这些不死的灵魂将比它们的主人活得更长久，则是毫无疑义的。就这个意义上说，它们是明格尔先生的艺术生命的一座座纪念碑。

我们踏着草地，走进这个艺术世界。草地带着露珠，雕塑染着风霜。有些已经在这里"生存"好久了，青铜上泛出绿斑、挂着雨痕，更增添几分风韵。有静穆的头像，有婆娑起舞的少女，有颇富情趣的人物群像。一口带辘轳的古井，井口旁一只顽皮的狗跷起后腿往井里"排溲"，围观的人情态各异：少女羞涩掩面，老者微微作笑，正人君子侧目而视；一位女模特儿正试新装，女伴们一旁观看，又神色不同：或艳羡，或静观，或嫉妒……这些都做得极为简略，以贾科梅蒂刀法塑成，人物身材奇长，且省去诸多细节，眉目也不作刻画，仅以"态"传"神"。一座青铜雕塑，手法又不同，塑的是一把凌空的菜刀，刀背朝天，上面坐着一位滚圆的女人，跷着二郎腿，神色透出"一家之主"的自得。"漫画"风格。明格尔先生虽躲进"世外桃源"，作品中仍充满人间情趣，把人物塑造得幽默风趣，真看不出是出自一位老实巴交的年迈人之手。正如侯宝林说相声，他自己不笑，却逗得台下捧腹。苏茜女士特别喜爱这座坐在刀背上的妇女像，自嘲地说："这是苏茜！"从观者的反应和作者的用心，隐隐可见西方妇女也有因依附于男人、终日与菜刀为伍的苦衷，正是"坐在刀背上"。

明格尔的雕塑都做得很小，连座仅一米许，为的是省钱，由于资金所限，许多作品没有铸铜，以石膏之身一任风吹雨淋。可以说，他的创作仍然是很艰苦的，但他以此为乐，"语不惊人死不休！"

其中也不乏现代意味儿的东西，极抽象。《夫妻》这件便是两块互相扭结的几何形体，若即若离，可合可分，但又缺一不可，"孤掌难鸣"，体现了作者对阴阳辩证的理解，人到老年，往往对人生与世界的某些哲理品味得更深。

纵观明格尔的创作，大体可以看出由写实到写意，再由写意到抽象这样一个发展过程。他自己说，他的每个阶段都不成熟，自己都不满意，但他仍然在探索，在探索中求得前进，不惜一次又一次地否定自我。这种勇敢，使我和伯鹿这两个晚辈都深感敬佩。明格尔在瑞士美术界并不算名家，也许他毕一生精力也不会达到像某些二十来岁就声名大振的画家那样的成就；但那并不一定是他的追求，理想在自己心中，朝它走去就是了，而不管后人如何评价。

明格尔就这样默默地、辛勤地在自己这片园地上躬耕。这儿是明格尔的世界，有他的喜怒哀乐，有他的冥思苦索，有他的自我陶醉，有他的理想和梦想。

草丛中、花丛中、雕塑"丛"中，摆着两张藤椅，我和明格尔并肩而坐，从容地谈论着联结东西两个半球的艺术。在我们的脚下，是一片碧绿的湖水；湖的对岸，是延绵不断的青山。青山无尽，艺海无涯。

伯鹿端着摄像机，记录下异国艺友的会见，记录下明格尔的世界。湖上面，山上面，一只雄鹰正盘旋而上，在湛蓝的晴空自由地翱翔……

一个多么令人陶醉的世界，我们在这里度过了一个愉快的上午。

明格尔先生特请我们到镇上的饭店去用午餐。饭后，又驾车送我们离去，陪我们去拜访另一位艺术家。

上车之前，明格尔打开一本留言簿，请我们写几句话以作纪念。

伯鹿写的是："勇敢的艺术探索者。"

我写的是："一九八八年五月二十一日，参观明格尔先生工作室。十分欣赏先生的作品，并且十分喜欢这个'明格尔的世界'。"

明格尔说："你下次来，就住在我这儿，画它一个月！"

原载《花城》1989 年第 1 期

"隐士"维伯尔

下午，"隐士"明格尔陪我们去拜访另一位"隐士"——画家阿道夫·维伯尔。

维伯尔住在附近的小镇"明翠肯"。与"明格尔的世界"不同，这儿房舍密集，维伯尔住在"人间烟火"之中。

我们按了门铃，开门的正是维伯尔先生本人。这是一位古稀老人，身材高大但显得瘦弱，白发、白须，一双灰蓝色的眼睛，说话声音细小，像是体力不支似的。

他的夫人是一位和善而热情的老太太。

他家的客厅连着工作室，一进门便看到满眼是画，那么多的画，而且都画得那么大，墙上挂不下，就堆在地上，重重叠叠好几层，把空间几乎都占满了。

一见面，苏茜女士就把我的画册给维伯尔（与赠送明格尔的一样），维伯尔先生伸出细长的手指，一张一张地翻看，喃喃地说："我从来没有见过这样的画，这是上帝赐给我的一份珍贵礼物！"

他的声音不高，也没有"投其所好"的表情，不是客套，只是表达他此时的感觉。我想，这位老人的话是真诚的，不仅是友谊的真诚，更是艺术的真诚。因为从他的作品中，可以看出我们之间某种情感相通的东西。

维伯尔的画风和西方古典传统相距甚远，和风靡西方的"现代艺术"也迥然不同，他继承了印象派最有生命力的部分，又糅合了东方艺术（不知道他研究了哪些东方艺术，我只是感觉到）的审美趣味，画面既不拘泥于形似，又不"现代"到徒具形式，而是追求一种"挥洒"的率真和"大写"的意趣，用笔、用色都极有胆量，大笔触掷地有声，色彩沉稳而浓烈，好似一部部浑然天成的乐章。

维伯尔刚刚开过了一次个人画展。据他的夫人说，他的画，大部分取材于家里的花园。

我漫步进园，扑面而来的是斑斓的色彩：火红的罂粟、粉红的鸢尾、紫红的郁金香，还有不知其名的满树黄花……花园未加严格管理，香花和野草共生，石壁和竹篱并存，一如主人的画幅，不事雕饰，生趣盎然。那一幅幅的佳作，果然都可以在这儿找到"模特儿"，但在画家的笔下，又升华了，凝练了，赋予了不受花期所限、不为风霜所摧的生命力……

我们上楼参观画家的工作室——维伯尔的工作室不止楼下的一间，甚至不知道有多少间，几乎每个房间都挂满了画、堆满了画，并且都陈设着画具，画架上摆着尚未完成的作品。好像他走到哪里，就在那里拿起画笔，如同我国江南的"蚕花姑娘"，一路走着，撒着青嫩的桑叶，喂养着无数"蚕宝宝"。这个老头儿，看起来体质虚弱，却精力无穷！

　　他的创作繁忙、紧张而又异趣横生。不仅画他擅长的油画，还不辞辛苦地印制铜版、石版、木版画；做雕塑；做工艺品；做"玩意儿"……

　　他把各种颜色的酒瓶敲碎，以自然碎块粘接成形态各异的花卉，化腐朽为神奇，宛如玉树琼枝……

　　他把几只完整的酒瓶对接成"风车"状，连在一根竖轴上，上有一"漏斗"。他亲自为我们表演：把水倒进漏斗里，水流的冲力便推着这独特的"风车"呼噜噜转了起来。我们新奇地笑了，维伯尔老头儿也会心地笑了。他的夫人一直陪伴着我们，如数家珍地展示这一切，一对儿"返老还童"的老人，生活在童心天趣之中……

　　穿过一个又一个藏珍集萃、争奇斗胜的"画库"，我走到了尽头的一个小小的房间。这里有水池，有锅灶，有火炉，我想这大概是他们的厨房了，炉子上的平底锅中还摊着两只煎蛋呢，并蒂莲似的两个白色的圆，托着一对儿鲜嫩的蛋黄。这老头儿，也许是因为忙于接待我们，把这煎蛋忘了吃吧？

　　我正要退出，维伯尔夫人跟了进来，望着我，嘻嘻地笑。我纳闷儿，再定睛看时，才知道自己"受骗"了，那"煎蛋"原来是维伯尔先生的作品——一件"超级写实主义"的雕塑！厨房里也有他"炉火纯青"的惊人之笔！

　　现在，维伯尔夫妇请我们吃东西了，不是吃"煎蛋"，而是品尝当地著名小吃"吕不吕图特"——一种胡萝卜糕。

　　餐厅不大，仅摆得下一张大圆桌。旁边是老式的陶制釉彩壁炉，已废弃不用了，当文物保留。维伯尔说，他的这所房子是典型的当地民居，祖辈传下来的。他每次修缮，都不舍得毁掉那些古老的、农民式的东西。瑞士人对祖先的遗迹，是怀有深厚的感情的。

　　胡萝卜糕端上来了，是维伯尔夫人亲手做的。那糕呈圆饼形，夫人用餐刀"瓜分"了，送到每个人的盘子里。确实是美味食品，寻常的胡萝卜竟能做成这样的东西！佐餐的是咖啡和草莓，硕大鲜红的草莓，和金灿灿的"吕不吕图特"相映成趣。

　　我们在餐桌旁亲切交谈：友谊，艺术。我和维伯尔的谈话，要经过两道翻译程序：我的话先由伯鹿译成英语，再由苏茜译成瑞士德语，维伯尔才能听懂；反之亦然。世界上没有百分之百的准确翻译，任何一种语言转换成另一种语言都要减色。而我们之间这减了两道色的交谈却愈谈愈浓，并无言不及义之感。这是因为，我的朋友伯鹿和苏茜和我的心是相通的，新朋友维伯尔和我的心也是相通的。我们都关心着各自的民族艺术，并且都希望她们之间有着更多的沟通，并放出更灿烂的花朵。

天色不早，我们有意告辞。维伯尔却兴致不减，还要带我们去看他的另一处工作室。

这是一幢庞大而陈旧的木结构楼房，门前的石阶已有裂缝，爬满青藤。楼梯走起来"咯吱咯吱"响。楼里边幽深阴暗。我走进这里觉得好像是去拜访《夜半歌声》里的宋丹萍。房间很多，多数空着，少数已经摆着维伯尔的画具。顶楼的一个小房间，天窗上射下一声光线，照着地板中心的一尊圣母玛利亚的塑像，好像马上要向我"显灵"。

我奇怪，维伯尔偌大年纪了，又已经有了足够的房子，为什么还要实这幢旧楼？他的回答更令我吃惊：他要把这幢楼进行一番彻底改建，作为他的工作室的一部分！看来，这位貌似虚弱的老人，还有一个长久的打算，他要隐居在这远离都市的乡间，完成庞大的创作计划，留下更多更精美的画幅。可以设想，等到下个世纪，这里一定会挂上一块牌子，上面刻着：维伯尔博物馆。

看完了"未来工作室"，维伯尔太太又盛情约请我们去参观她和维伯尔的卧室。两位青梅竹马、白头偕老的古稀情侣，卧室中摆满了形形色色的玩具……

告别维伯尔夫妇的时候，我觉得像做了一个长长的、难忘的艺术之梦、人生之梦。我想起我和妻子共用的工作室，堆满了总也看不完的书，堆满了我的画稿和她的文稿，却没有一件"玩具"。生命之树长青的中国艺术家，童心归来！

维伯尔一直送我们到火车站。

我手中捧着维伯尔回赠的他的画册，封面上题写着："衷心地赠给你……"

分手的时候，我对他说："谢谢！"

他用德语对我说："Thank！"

远道而来的客人和真诚待客的主人都应该感谢这次将长久地留在我们各自的记忆中的会见。

原载《花城》1989 年第 1 期

她　们

晚　宴

瑞士女画家伊丽莎白·凯姬要到我这里来做客。

在巴塞尔的中国留学生孙视远、孙小俭、梁海闽作陪。他们提前好几个小时就先到了我这里，打扫房间，准备"设宴"。小伙子、小姑娘倒是真有本事，像变戏法儿似地变出了一桌丰盛的"宴席"。

下午六点钟，客人准时到了：画家伊丽莎白·凯姬、她的女儿卡本克拉·凯姬，还有她们的朋友、旅居瑞士的美国女士玛尔塔。

伊丽莎白五十多岁了，和丈夫离了婚，自己带着女儿，以卖画为生。据最早和她认识的孙小俭介绍说，她画那种很"古典"的风景油画，售价不高，"生意"也比较清淡。我问她对如今占上风的"现代艺术"如何看法，她说："我不理解那些东西。"停了停，又补充说："对周围的人，我也不愿意评论。"她显然是个自甘寂寞的人，既不随波逐流，又不臧否人物，"井水不犯河水"。西方艺术家就是这样各干各的。

她的女儿卡本克拉腼腼腆腆，一言不发。一个温柔娴静的少女。

她们的朋友玛尔塔则与这母女俩很不同。她大根三十岁左右，身材细长，脸庞瘦削，深栗色的齐耳短发，眉毛、眼睛也近于黑色，两片薄薄的嘴唇。一口美式英语。说起话来眉飞色舞、口若悬河、表情丰富，确是美国式的"没遮拦"。她本是陪伊丽莎白来的，却俨然成了"主宾"，说的话比谁都多，我这个"东道主"则常常沉默，"喧宾夺主"了。

吃过了饭，客人看我的画。瑞士人对于中国画是极为陌生的，她们都是平生第一次"开眼"。但不必我做什么解释，她们都很快地理解了，艺术是没有语言障碍的。看到我的水墨人物、动物、花鸟、山水，她们一次次地发出："啊！"

画册被她们爱不释手。伊丽莎白问我多少钱一本，她要买。我说："你要喜欢就送给你！"

她很吃惊，"受之有愧"的样子。

我在画册封面上题了字，送给她，她高兴极了。另外两位则眼巴巴地看着我。我于是把我的另一种画册送给玛尔塔，把我女儿的画册送给了伊丽莎白的女儿。这才圆满了，皆大欢喜。

她们又极有兴趣地观赏我的画具：宣纸、毛笔、印泥、图章……新鲜得很。伊丽莎白卷起了衣袖，把胳膊伸到我面前，像要"献血"的架势。

我不明白："你要干什么？"

孙小俭翻译她的要求："她希望在胳膊上盖个你的图章！"

她的女儿和玛尔塔也跟着伸过了胳膊。

我笑笑，说："这不行，印泥在皮肤上保留不了太久，不像'刺字''文身'那样。我把图章盖在画册上吧！"

"OK！"

朱红的印泥在白纸上留下清晰的篆文：神州王氏。

三个人怀抱着礼物，心满意足地告辞而去。

临走，伊丽莎白向我发出了两项邀请：

一是请我到她家去做客，二是约我去某酒店听一位歌星的演唱。

"好吧！"我答应了。

酒店音乐会

星期四晚上，我们在那家酒店碰面了。我这边儿，除了上次陪我接待伊丽莎白的二孙，还有在巴塞尔大学留学的聂红、在汽巴一嘉基化学公司工作的林世雄、在巴塞尔美术学院留学的王伯鹿，小梁则因故未到；伊丽莎白那边，女儿卡本克拉未到，玛尔塔与她结伴来的。

酒店很小，但顾客盈门，都是来既喝酒又听歌的。

我们坐下来，玛尔塔要了一杯咖啡，我们其余的人都喝啤酒。一边喝着，一边闲聊。

演唱开始了。我回头看看，一位穿绿衣的女歌星一边弹琴，一边唱歌。皮肤黑黑的，面孔圆圆的，头发短短的，眼睛大大的，嘴唇厚厚的。此人原来是个亚洲人！她一边唱，还一边向身旁用"贝斯"为她伴奏的男子做出生动的表情——眉目传情，大概和歌曲的内容有关，我反正也听不懂。

周围的酒客懂不懂，我不知道。大概是懂的，因为每当一曲终了，都响起一片掌声。但又似乎谁也没有专注地听她演唱，人们一边听，还一边聊天儿，嗡嗡地响，鼓掌也许仅仅出于礼貌。女歌星的情绪丝毫不受影响，依旧声情并茂，歌声、琴声似乎在和嗡嗡的聊天儿声竞争。

我忽然觉得这位女歌星很可怜。艺术到了这种为别人"佐餐"的地位，还有什么意思？我历来对中国的艺人唱"堂会"（古今都有）目不忍睹，不料外国也有这种洋"堂会"。那位女歌星大概早就习惯了吧？并没有感到自己受了"侮辱"的样子，自始至终精神饱满、歌声嘹亮。她受酒店老板的雇佣，以歌声为酒店吸引顾客，当然得卖力气。即使她心里有苦、有怨，也不能在演唱中流露出来。我想起《洪湖赤卫队》里的那个手拿碟儿敲起来的小红，她唱的就是："先生、老板笑开颜……"

和我对坐的玛尔塔高谈阔论。她说，这位歌星的芳名叫黛菲娅娜，是印度尼西亚人，童年在西德度过，会讲印度尼西亚语、英语，而德语则"地道"得像个德国人——如果你闭着眼听而不看她的脸的话……

我和伯鹿已经听得无聊，"像德国人"又怎么样？她不依然在唱"堂会"吗？我真后悔到这儿来耽误时间。但既然是应约而来，也不好中途退场。伯鹿安慰我："只当是'体验生活'吧！这也是社会的一个角落！"

说的是，也只好如此了。

黛菲娅娜唱完了，笑容可掬地走到我们座前，和我们聊天儿。"来的都是客，全凭嘴一张"，她对谁都一样热情。当玛尔塔向她介绍我的画家身份时，她做出尊敬的表情，并且说："很遗憾，我不会说中国话，不能和你直接交谈！"

只这一句话，使她在我的心目中开始赢得了好感。

大家还在闲扯，伊丽莎白却起身告辞，先走了。

玛尔塔便也叫侍者来结账，只付了她自己的咖啡钱。

尽管我早知道西方人是"同桌吃饭，各自付钱"的，心中仍然不免吃惊：我可是你们请来的客人啊！

我们当然也该结账了。带我来的孙视远说：按西方的习惯，各人付各人的吧，我觉得别扭，掏出一张二十瑞士法郎的钞票，付了全体中国人的酒钱。

这一次"对酒当歌"，没有留给我一丝兴味。

又一次晚宴

我如期到伊丽莎白府上赴约。

在此之前，我们已经又见了一面，是在我的个人画展开幕式上，伊丽莎白还赠送了一套她的作品画片给我。卡本克拉、玛尔塔也来了，还带来了印度尼西亚歌星黛菲娅娜。

和我一起去拜访伊丽莎白的，几乎包括了我所认识的全部中国留学生，仅伯鹿未到。

伊丽莎白在家恭候。她的女儿卡本克拉出国旅游去了，作陪的是玛尔塔，还有黛菲娅娜！这是我未料到的。已经认识的都不必介绍了，伊丽莎白只需要告诉我们她的那条19岁的黑色鬈毛狗叫什么名字（我听过就忘了），西方人把狗也算作一口"人"。她府上有一个青年，长鬈发、白皙而忧郁的面孔，不说话，一时辨不清是男是女，也不知是伊丽莎白的什么人，她也没介绍。这个人的地位竟连那条狗都不如？

伊丽莎白的家不算阔绰，放到"发展中国家"中国也只能算个"中产阶级"。客厅、卧室都不大，但挂满了画。她上次送我的一套画片全是风景，并非"古典派"，也非"现代派"而是中间状态。画风写实，但技法较简略，或许是功力不足，我没看出多少味道。今天也是信守前约，礼节性回访，未抱多大奢望。

不料见了她家里的画却不禁刮目相看。这些画与印在画片上的很不同，笔法泼辣豪放，色彩斑驳淋漓，颇有一些印象派的神韵。其中有两幅最为我所欣赏：一幅是花，草地上的野花，信手拈来，随意点染，将寻常景物画得楚楚动人，似一曲乡村牧女的山歌，纯朴、天真，欢快中略含哀婉，观之令人生发出许多联想。另一幅是老人像，青灰色的面目，皓首白须，若托尔斯泰、泰格尔然，肖像为正侧面，仅见一目，朝着观者，幽幽然在探索一切。

伊丽莎白见我喜欢这画，便解释说：此幅题为《智者》，模特儿是她在欧洲某国街头遇见的一位流浪者，被她雇佣，在画面上留下了这副尊容。真是绝妙，乞丐——智者，伊丽莎白的这幅作品不仅技巧纯熟，而且在立意上闪灼着智慧的光辉。

在艺术上的共同语言，使这次会见和晚宴增添了兴致，我的心情远比那次酒店听歌好得多了。伊丽莎白用来待客的食品并不丰茂但充足而实惠：每人一大盘，素沙拉、牛肉、火鸡都在其中了。就在客厅里，各端一盘，各吃各的。我坐在沙发上，玛尔塔、黛菲娅娜和小梁等诸位女性则干脆在地毯上席地而坐。

黛菲娅娜和谁都不"认生"，边吃边谈，笑口常开。话题自然是东拉西扯、云山雾罩。她说她会看手相，中国留学生们便纷纷伸出手去，请她测流年祸福。黛菲娅娜一本正经地审视人们的手，察言观色，说出各人的性情、命运，竟也大体吻合。其实这并无神秘之处，人是可以"貌相"的，每个人的脸上都可以找出其生命的轨迹，并不一定是在手上看出来的。比如她对一个看来胆小的姑娘说："你小时候怕黑夜，怕'鬼'，晚上不敢看窗子。"这说法儿绝不会错；至于"你是一个善良的人"之类，即使对希特勒说，也会得到认可的，谁也不会承认自己不"善良"。

这个"吉普赛"式的漂泊艺人，多年来已经练就了一身左右逢源、八面玲珑、投其所好的本领。所有的人都被她看过了，轮到了我。我也便伸出手去，心想：

看你对我说些什么？仅仅说"小时候怕'鬼'"恐怕难以糊弄我了！

她正襟危坐，对我的手掌看了半天，才缓缓地说："你是一个充满激情的人，但不外露，也不为一般的人所理解。你的心和大自然是相通的，常常独自和大自然交谈……"

众人表情肃然，她说的果然不是老套了，在我这儿翻了新花样儿。其实我心里明白：这些，不是在我手上"流露"的，是她在展会上看我的画时候的感想。我的画上尽是"大自然"，飞禽、走兽、花草、树木，还有一些取材于瑞士的风景。那便是我"和大自然交谈"的记录！应该说，黛菲娅娜对我的画还是读懂了的，便把这一切都移到"手"上。

她见我有"窥破天机"的表情，故作高深地说："这样都'写'在你的手里，我只是把它'读'出来，没有任何主观猜测。"

此地无银三百两！我笑笑说："这样'看手相'，我也会！"

我说的是汉语，她本不懂的，但此时有"好事者"孙小俭却用英语宣布："现在请王先生给黛菲娅娜看手相！"

黛菲娅娜当真伸出手来。

我傻眼了。我哪儿会？我怎么给她看？说些什么？

但是，想打退堂鼓已是不可能了。黛菲娅娜、玛尔塔、伊丽莎白，还有那个不辨男女并且一言不发的青年，都饶有兴致地看着我，要领略来自遥远的东方的"相术"。中国留学生们则像等着看"恶作剧"那么开心。

孙小俭轻声提醒我："王先生，要大做文章啊！"仿佛此一举关系到我中华"相术"的声誉似的。

我默默地审视着黛菲娅娜的那只手。极力从上面"读"出点什么来。我回想着和她仅有三次的见面，从她那黑黑的、永远挂着笑容的脸上猜测着她的性格。我搜肠刮肚地回忆着在香港的报刊上看到的有关相术的文章，据说，人的大拇指……

"你是一个开朗的人，"我试着说出第一条，"你有很多朋友，但没有积聚下太多的财产，因为你不善理财……"

这个说法，一半是依据关于大拇指的"相术"，因为她的大拇指向外翘得厉害；另一半则是……是我猜的。

她本人和她的朋友都点头称是，我"相"对了。

我想继续施展点儿"绝活儿"，说得具体一些！于是放过大拇指，再看其余四指。她的食指很长。我朦朦胧胧记得小时候在家乡听到有"二拇长，不孝娘"的说法。不知是指手还是指脚，便大胆地说："你和你的母亲，关系不和谐……"

黛菲娅娜否认："不，我小时候和母亲关系很好啊！"

糟了，失误！但我马上抓住她说的"小时候"这个疑点，圆场说："那只是小时候，后来就疏远了。"

黛菲娅娜点点头。我"圆场"成功。

不料玛尔塔却在旁边揭穿："我们每个人长大了都要和母亲疏远的嘛！"

气可鼓而不可泄，我不能让她这一杠子给搅坏了，便正色说——照搬黛菲娅娜的说法儿："我只是'读'她手上所'写'的。"

继续"相"下去。我发现她手纹中的"生命线"（道听途说的玩意儿）在开始不久就有些岔子，便"果断"地说："你在 20 岁左右曾有一场灾难，此后就顺利了……"

黛菲娅娜一愣："不是 20 岁，是 22 岁……"

孙小俭立即为我帮腔："说的是'20 岁左右'嘛，这已经很准了！"

大鼓士气。感谢黛菲娅娜对我的信任，我下边得给她说点儿真诚的。我想起她对我的艺术的尊重和理解，想起她在酒店里挺不容易地唱"堂会"，想起玛尔塔对她的过去所作的只鳞片爪的形容，猜测着她 30 年来（她的年龄估计在 30 岁左右）所走过的人生道路……

"你并非自幼就热爱音乐。但是，你后来迷上了它，就执着地走下去。你把人生看作大海，而自己是一叶小舟，你的面前有激流，有漩涡，有暗礁，有险滩，但是你不后退，艰难曲折地前进·……"．

这番话，使她默然，也使她感动。我想她一定在心中默默地印证自己的那一部并非为我所知的历史。我并没欺骗她，我真诚地祝愿她"一帆风顺"。

"那么，将来呢？"她竟然希望我为她预测将来。

"40 岁以后，你将获得事业上的成功。"我说，许了一个尚待时日方可验证的大愿，到时能否"成功"，也无法找我算账了。但我仍然是真诚的，"四十而不惑"，她应该在那时明白了人生和事业的真谛，总不至于一生唱"堂会"吧？

"相术"和晚宴以"光明的尾巴"结束。人人都有未来，人人都希望未来是光明的，哪怕只是一个美好的愿望呢，也要朝着它走下去。

希望歌星黛菲娅娜、画家伊丽莎白，还有那位无所事事、哪儿都凑热闹的玛尔塔，都有一个光明的前途……

离开伊丽莎白住的那幢公寓楼房时，我这么祝愿她们——不知是否包括那个始终一言不发因而我也一直辨不清他（她）的性别的青年，那个人默默地迎接我们，默默地吃饭，默默地旁观"相术"，默默地向我们告别，眼中闪着忧郁的、黯淡的光，也许隐藏着另一个故事。

原载《当代》1989 年第 3 期

会说汉语的蓝眼睛姑娘

3月20日，星期天。

每逢星期天，瑞士人要么全家团聚，要么外出旅游，很少逛大街的。因为所有的商店都不开门，上街无事可做。在街上瞎转悠的多半是外国游客。

我在画室里作画。

有人按门铃，我去开门。

来人是个黄头发、蓝眼睛的姑娘。我猜测她将用什么语言跟我说话：德语、法语、意大利，还是英语？现在这里只有我一个人，为我做义务翻译的中国朋友都不在，不知道该怎么"对付"。我曾经用边查《汉英字典》边说话的笨方法"对付"过来访者，也有是怀抱着《德汉字典》来找我的，把要说的词儿现查现用，那种"对话"真费劲。

现在这位姑娘说话了："你是王先生吗？"

我一愣。她说的是汉语！而且是相当地道的普通话，没有那种洋人学中国话的"怪味儿"，甚至比许多中国人说的"官话"还标准得多！

"你是……"我一时弄不清她的国籍和身份。

"我叫 BRIGITTE KOLLER，中国名字是'柯乐'，就是我的姓。我在北京语言学院学习了三年……"

明白了，这是瑞士的"海外学子"，她的标准的普通话是在北京培养出来的！我感到亲切。

"你刚从北京来吗？"

"不，现在在苏黎世大学'汉学'系上学。"她伸开手，展开握在手心里的一张纸，那是星期一"国际艺术家交流计划"为我开招待会时的请柬，"这信，我收到晚了，没有参加那个会，很遗憾……"

"没关系，以后可以常来玩。"我说，"请坐吧，我们可以用汉语自由交谈！"

说了这么多话，我们一直是站着的。瑞士人可惯于站着说话，参加招待会、朋友聚会都常常是站着边吃边谈。中国人习惯"请坐"。

她却没坐，说："今天只是来看看你，我的父母还在楼下等我，我得走了。"

她匆匆给我留下了两个电话号码，一个是苏黎世她的住处的，另一个是巴塞尔她的家里的。并且说："我每个周末差不多都回巴塞尔来，有事儿就打电话，别客气！"

就这么没坐就走了。我送她下楼，楼门口有个小伙子在等她，那是她的弟弟。院门外的草坪上停着一辆紫红色小汽车，两位老人见她出来，便上了车，准备启动，那自然就是她的父母了。

此后过了好久，柯乐没有再露面。我想去苏黎世看看那里的美术馆，便想到了柯乐，心想有她做向导和翻译真是再合适不过了。

我按照她留下的号码打了个电话，是她父亲接的，说柯乐利用假期出去旅游了。我请他转告柯乐：回来之后给我打个电话。老头儿说：OK！

4月13日，星期三。

我因事外出，去看瑞士的26家画廊联合举办的展览。恰恰在这个时候，柯乐来了。我回来之后见到了她的留条，汉字写得不太漂亮，但表意还清楚：

王先生：

　　您好吗？我父亲说您来过电话。我来看您，您不在。我已经回来了，这个星期都在巴塞尔。请今晚9：00以后给我打个电话。

柯乐

现在距9点还早，我吃过晚饭，在灯下看书，把柯乐留条的茬儿给忘了。直到夜间11点多钟，才想起了该给她打个电话。但又不禁犹豫：按瑞士人的习惯，晚九点以后，早九点以前给人家打电话是不礼貌的。打不打呢？还是得打，因为她留条本身要求在9点以后回电话嘛！不打也不礼貌。

我拨通了她家的号码，响了好一阵才有人接，是柯乐的声音，显得睡意蒙眬："哈罗……"

"柯乐吗？我是王。"

她马上也改用汉语："对不起，我刚才睡着了。"

"很抱歉，我电话打得太晚了。"

"没关系。我最近到国外旅游去了，回来就去看你，真不凑巧……"

"那你星期六上午来吧，我在。"

星期六上午11点多钟，柯乐按约定的时间来了。正好我的朋友陈建人先生也在座，三个人喝着茶，海阔天空地聊了起来，用汉语，聊的是"汉学"。

"柯乐正在上'汉学'系，"我对陈先生说，"看来，她是下定决心要当一个'汉学'家了！"

"不，还没下定决心。"柯乐却说，似乎是"谦虚"。

"为什么？"我不解。既然她万里迢迢到中国去学了三年，回来又接着学，不为这个目标，学了干什么呢？

"在瑞士学'汉学'，太难了，"她说，"我们系里没有一位中国教授！"

"噢！这又是为什么？"我更不解。"汉学"本来就是研究中国的事儿，为什么不聘请真正的行家里手，却全部用"二把刀"呢？

"这个道理简单得很嘛！"这回是陈先生为我答疑，"瑞士其实是排外的，虽然表面上看不出来，但实质上，是不肯让外国人得着好处的。我已经入了瑞士的国籍，拿的是和他们的人一样的博士学位，使用起来还是有差别。就连研究中国问题，他们也希望用自己的'专家'，不让中国人来抢他们的饭碗！"

陈先生是个直脾气人，说话不拐弯儿，尽管当着瑞士人的面，也照样流露对瑞士的不满。

他说的话虽有些"过头"，却并不是没有根据，几十年漂泊海外，他是有许多感触的。他认识西德著名的"汉学"家马汉茂，就是那位因为给《人啊，人》的德译本添了个《后记》从而得罪了戴厚英，反过来又被戴厚英所"得罪"的马汉茂。陈先生有一次出席有关中国问题的讨论会，因为和马汉茂的意见相左，也"得罪"了马汉茂，马当场对他表示了不悦。他也当场回敬："我毕竟是个中国人，对中国问题比你更有发言权！"对西方的"汉学"权威表现了不买账！由此联系到瑞士的"汉学"系，想也不无道理。欧洲人有共同之处。

这些话，柯乐听了又如何反应呢？她会不会和陈先生辩论起来？今天的见面也许要不欢而散？

没有。也许她听得并不舒服，但她无可辩驳。因为她本人也为苏黎世大学"汉学"系没有中国教授而遗憾，她想学习更多的"汉学"，就必然想拜中国人为师。她曾在中国学习了三年，不知不觉地认为自己是"半个中国人"了，此刻不知道胳膊肘儿该往哪边拐才好。

"瑞士人……确实没有中国人那样待人热诚，"她感慨地说，把话题稍扯开了一点儿，"我在北京刚刚学会说'你好''再见'的时候，人们就鼓励我：'你的汉语讲得很好啊！'我都脸红了。其实到现在我还觉得自己差得很远……"

这种态度起码和某些"汉学家"是很不同的。和她所在的那个没有中国人的"汉学"系也不同。

这博得了两个中国人（其实是一个半，陈先生是瑞籍华人）的好感。

时已中午。"我还没吃午饭，"我说，"你们也没吃吧？"

陈先生说吃过了来的，柯乐则老老实实地说："没吃。"

我无可逃避地要请她吃饭——我最不拿手的事儿。只好采取最简单的办法：

煮意大利面条，卧荷包蛋。

不知道柯乐以为我的手艺如何？反正她是吃下去了。

饭后，她便告辞，给初识的陈先生留了地址、电话，并嘱咐我去苏黎世的时候一定去找她。

一个多月之后，5月29日，星期天。

下午，柯乐突然来了，手里捧着一束鲜花，一见面就问我："你的画展什么时候开幕？"

我说："画展？已经闭幕了！"

"啊？"她很意外，"为什么没给我寄去请柬？"

"我以为亨凌先生一定会寄给你的，上次招待会的请柬就是他寄的嘛！这一次，我还以为你因故没来呢！"

"没有，没有……真遗憾！"她的情绪非常沮丧。

"不，虽然来晚了，我仍然感谢你的友谊！"

我把她手中的鲜花接过来，除去蒙在外边的玻璃纸，插在贮满清水的花瓶里。这花很美，翠绿的文竹，衬托着一束康乃馨。

落座，喝茶。柯乐又问我："你什么时候去苏黎世？"

"已经去过了，"我说，"陈先生陪我去的。"

柯乐又极其失望："为什么到了那儿没去找我呢？"

是啊，原来说好了的，可是我却没去找她。为什么？自然是有原因的：有陈先生陪同，我就不想打扰她了。陈先生毕竟是自己的同胞，怎么麻烦他，我也不怕；而柯乐，却是外国人，而且是一名正在求学的青年，也没有多少能为。我们中国人是不轻易求助于外国人的，虽然在人家的国土上，也仍然愿意"自己的事儿自己办"。

但是，这些理由，我能对柯乐直说吗？那样就更让她心寒了，因为我没把她当"自己人"！我只能临时寻找借口："我手里只有你的电话，却没有苏黎世的地址。"

"是吗？"她寻思着，马上反驳，"陈先生那儿有我的地址！"

这又让我无话可说。幸亏陈先生接得快："呃，按照瑞士人的习惯，星期天是不给人打电话的，我们正好是星期天去的。"

柯乐深深地叹息。她已经感到，这两个中国人是联合起来"对付"她了，归根结底是不想"麻烦"她。

我尽量往回找，跟她聊愉快的话题：艺术、文学。

她却问我："你打算什么时候回中国？"

我说："明天，机票都订好了。"

"明天？"她大吃一惊，"为什么不事先告诉我？"

我又无言以对。是啊，好歹算个朋友，为什么不打个招呼就走？如果她今天不来，我岂不就"不辞而别"了吗？可是，她却又不知道中国人的心理：提前打招呼，莫非意味着提醒人家送礼或送行吗？再说，她一个多月没冒影儿，我又因为展览忙得不可开交，还抓紧时间抽空出去参观旅游，也难以照顾得面面俱到，还有一些朋友也没来得及打招呼……

她不再埋怨，从提包里掏出一叠印刷品，说："幸亏我今天来了，不然请教都来不及了！"

那是一篇论文的复印件，中文的，内容是关于明清小说的评论。她目前正在把它译成德文，有几处"卡壳"了，来向我求援。

我并没有把握当这个"老师"，只能试试看。

论文的正文她基本都懂，只是有些文言的引文弄不明白。

其中有一处是"美刺"这个词儿。我解释说："美"就是"优美""美妙"；"刺"就是"讽刺"。合起来，就是"具有艺术性的、不直露的讽刺"，用更顺当的中国白话说，释成"绝妙的讽刺"最为恰当；俚语则是"骂人不吐脏字儿"。

她懂了。

另有一处："书生纸上空谈，未可视为经济。"她实在不明白这是什么意思，是知识分子的空头理论不能用来赚钱吗？

不是。我说："经济"这个词儿在这里恰恰不是"经济"的意思。古汉语的"经济"实际上是指的"政治"。

她更糊涂了，经济怎么能是政治？

"先弄清'经济'一词的来源，"我对柯乐说，"它其实是'经邦济民'这个成语的简化，类似外文的缩写。'经'是'经营'的'经'；'邦'即是'国家'；'济'是'救济''接济'之'济'，也有'成全''养活''恩赐'的意思，'民'就是'民众'，中国封建社会认为是当官的养活了民众。'经邦济民'就是'治理国家、养活百姓'，简化为'经济'还是这个意思。整个句子译成白话，就是："读书人的空头理论，未见得就能看作治国之道。"

给她绕了这么半天绕口令，总算让她明白了。她长出了一口气，大有让古汉语"捉弄"了一场的味道。怎么样？学"汉学"果然不容易吧？"经济即政治，"是你们"汉学"系的权威未必解释得了的，所以你才来找中国人！在下不才，并且也非专于此道，真正的专家在中国呢；你遇到的这点儿疑难，在中国实在也算不了什么！

这些自然也不能全说给她听。快分别了嘛，只叙友谊。

天近黄昏，陈先生告辞了。柯乐留下来，还要看我的画。展览过后，画已经不全了，有的已经售出，有的被当地画廊留下，还有的送了朋友。她只能看着仅有的少量作品。一幅一幅地看，一边看一边感叹。她太喜欢中国艺术，可惜未窥展览全貌！

我也没法儿弥补。只好送她一本画册留作纪念，并且请她从原作中任选一张，作礼物赠她。

她有些不好意思，但并不放弃这个机会，认真地看了一遍，最后挑了一幅《阿尔卑斯山远眺》。她到底还是更爱瑞士，选画也选描绘瑞士山水的！

那幅画其实是我的一幅大画的草图，也没有托裱。但画得很轻松，未见得不如大幅正稿。她还是很有眼力的！

她最后和我合拍了一张照片，就告辞了，是请她后来赶来的姐姐按的快门。拍照的时候我们坐在桌旁谈话，中间放着她送来的文竹和康乃馨。这是她留给我的纪念品。

"可惜，你不能带走它！"她又很遗憾。

"不要紧，"我说，"我委托我的朋友替我保存，让友谊之花常开不败！"

临走，她又从提包里找出两块巧克力，让我带给我的女儿和儿子。这大概本不是作为礼物买的，临时应急，只好如此了，星期天没处买任何东西。其实她大可不必多虑，中国人有道是：礼轻人意重。

我送她们姐妹俩下楼，出了院子，那辆紫红色小汽车停在门前的草坪上。

她明天一早就要回苏黎世去上学，不能送我了。我有人送，原不想兴师动众。

站在汽车前，她又询问我都玩了哪些地方，工作中遇到了哪些困难。

"瑞士主要的地方我差不多都去过了，"我说，"困难当然是有的，不过都克服了。我在这儿遇到了好些同胞，他们帮助我做了很多事。"

"这些，本来应该是我们做的！"她深为遗憾地说，那双蓝眼睛显得很不平静。

不必遗憾了吧。有她这句话，有她送的那一束鲜花，我就被这种真挚的友谊感动了。

原载《延河》1989 年第 1 期

莱 茵 行

瑞士驻华大使馆文化参赞周铎勉（DOMINIQUE DREYER）先生四月底回国休假，五月初特地从他的家乡弗里堡到巴塞尔来看我。见到他，我竟像见了自己的同胞那样高兴。因为他来自中国，临行前还到我家里做客，带来了北京的信息和我的妻子、儿女的问候；还因为他是个"中国通"，在北京工作了8年，讲着熟练的汉语，我几乎可以把他当作一个中国人看待了。

周先生很想为我尽一尽"地主之谊"，约我到瑞士各地走走。但知道我已经去过了苏黎世、日内瓦、伯尔尼等地之后，便提出了一个颇有意思的旅游方案：沿莱茵河溯流而上，看它的上游风光。这恰恰是我没走过的路线，便欣然应诺。

此时我的朋友伯鹿正好在座，周先生便约他同往。于是，由周先生驾车，我和伯鹿作"游客"，一行三人出了巴塞尔城。

一 衣 带 水

莱茵河是一条国际河流，浩浩荡荡上千里，中游大部分在西德境内，并有一段与法国擦肩而过，下游在荷兰，而上游在瑞士，发源于东北境的博登湖。天地是无私的，它造就了这一条碧水，却不肯让瑞士独享，分赠了好几国，纵有人为的边界也不能"抽刀断水"，水比人要自由得多。

我们沿着莱茵南岸徐徐而行，过了巴塞尔东隅的小城莱茵凡尔登（RHEINFELDEN），公路一直向东延伸，时而没入绿野，时而切近莱茵。五月的瑞士，和风拂面，冷暖宜人，碧草缀着野花，从车窗两旁送来清香。丘陵的起伏呈缓缓曲线，随着车子的行进在我面前舒展，车身如音符穿行在徐缓的旋律之中。附近的山丘都不高大，被墨绿的树丛所覆盖，好似一团一团的泼墨，山下的平原便如石绿的泼彩。莱茵若即若离，一会儿隐在山后，一会儿跳到眼前，那一湾碧水以和我相反的方向奔流而去。河的对岸，便是联邦德国，草地、丘陵、森林、山村，和这边没多少差别，两岸的人民使用一样的文字和大体相同的语言，生活方式也极接近，但分属于两个国家。把形容中日近邻的"一衣带水""一苇可航"移到这里来，似乎更加贴切。瑞、德之间相距咫尺，鸡犬之声可闻，且自由往来不受任何限制，数百年来没有战争和纠纷，和平边界莱茵河成为一条友谊的纽带，没有中、日之间那令人不愉快的往事。

在碧野之中，偶尔看到一两座高大的烟囱，喷放着化学工业的废气。我不由地议论道："瑞士的烟囱都在边界上，让废气去熏人家！"

这话一说出去，才意识到现在为我驾车的周先生是个瑞士人，有些当面"揭短"了。果然，周先生反驳说："那都是经过处理的无害气体！"

此地无银三百两！我和伯鹿听了忍不住大笑，不约而同地说："无害，怎么不设在内地？"

周先生没有再反驳，也没有生气，这两个中国朋友的确跟他不见外！不过，我想：既然德国人都不在乎那烟囱，我们何必管呢？何况那烟囱毕竟是在瑞士的国土上，谁也干涉不得。瑞士人是很精明的！

舍 近 求 远

我们一路走走停停，时而临水，时而登山。公路穿过一座座小镇，都小巧玲珑得可爱。那些红瓦尖顶的建筑，掩映在万绿丛中，像是童话世界。沿着羊肠小路拾级而上，到山顶总有一座古堡，以石块垒就，竖着尖顶，少说也有五六百年的历史，是那"尺城寸国遍地侯"时代的遗迹，当瑞士江山归于一统之后，人们还精心地保存着这些割据的壁垒，是怀念先辈的"战功"呢，还是要后代珍视如今的统一？也许，都不是，仅仅为了给这个算不上古老的国家披上一层古老的色彩而已。瑞士并不以"新兴国家"自居，它处处强调自己的古老。

东去公路并不总是贴着莱茵，到巴顿（BADEN）附近，已离它很远了。周先生是南方人，很少到北方来，他自己说，"法语区的人几乎把德语区看作是另一个国家。"因此，这儿的路他并不熟，我们三个人都是生客，车子摸索着前进。周先生时时打开地图，寻找方向。

他希望走"捷径"，往北穿过莱茵，有一条紧贴河岸的公路直往东去，但在德国境内。他想试试。车子开到桥头，马上便有穿着制服的警卫人员过来盘问。周先生没带任何证件，但凭着他那张脸和熟练的德语，当然是完全可以通行的，瑞士和德国以及和欧洲各国之间的边界都是开放的。但不幸的是车里坐着两个没带签证的亚洲人，铁面无情的警卫便不可通融了。周先生无奈，一名堂堂的外交官就这样被德国人拒之于国门之外，调转车头，绕道而行。

这一绕可就绕远了，兜了个大大的圈子，一直绕到苏黎世附近，才沿着公路向东北驶去，等到达 RHEINFALL，已是黄昏时分。

莱 茵 瀑 布

"RHEINFALL"是一个小镇，直译为中文便是"莱茵瀑布"，以瀑布得名、闻名。

我们停下车，向河岸走去。远远地，已经听见了那咆哮的水声。莱茵瀑布是莱茵河上游的一处著名景观，是瑞士的骄傲，来瑞士旅游观光的客人莫不慕名而来，一睹为快。

莱茵上游决不似巴塞尔附近那么平缓，河床很低，两岸高耸，我们沿路走近，纵目俯视，才知脚下是一堵陡壁，临岸的一座小亭供我们登临观赏，登此亭让我突然想起中国的蓬莱仙阁，也是那样登山观水，也是那样居高临下，脚下也是那样乱石穿空、云水翻腾，所不同的是，这里不是一望无际的大海，而是一条奔腾咆哮的长河。

莱茵瀑布，无论和中国的黄果树瀑布还是美国的尼亚加拉瀑布相比，规模都要小得多。它没有那高而陡的大落差，也没有那宽且平的大水帘；但它也自有其动人之处，那便是：自然、多变、入画！

"自然"是说它的构造。激流从乱石之中穿过，犹如崩溃的堤坝，"无孔不入"，无隙不流，形成一摊"群瀑"，难以数清它有多少条，但见银花飞舞，玉珠四溅，李白的名句"遥看瀑布挂前川"，那"挂"字便不适用了，在这里是自然流淌、自然奔涌，瀑布也就不成其为"布"，只是一片未经"纺织"的"瀑纱"；

"多变"是指它的形态。那拍岸惊涛如银瓶乍破，那汹涌浪花似野马扬鬃，那河心巨石则是不折不扣的"中流砥柱"，那点点散礁则像是一盘掀翻的棋子，颠颠倒倒，却又兀立不动，激起千奇百怪的凌琼碎玉；

"入画"是我自己的感受。在我看来，莱茵瀑布是一幅天然图画，无论在画布上大刀阔斧还是在宣纸上横涂纵抹，都大有可为，因为它自然而多变，画面上决不会有"人工雕琢"的痕迹，相比之下，某些过于规整的瀑布，也就只能拍照留念，在画家的眼中倒逊色了。

莱茵瀑布旁边的石壁上有文字，说：这条瀑布高 21 米，宽 150 米，水深 13 米；流速最高 1080 立方米，最低也有 95 立方米，平均 700 立方米；而且说——这是我不曾想到的；它已有 6000 年的历史，比瑞士古老好多倍！

辗转数百里，得赏此瀑，不虚此行，仅以七绝纪游：

> 不尽莱茵不尽山，
> 溯流而上看飞泉。

雷鸣万壑朝天啸，

白发长垂不计年。

"游击队"

车到 SCHAFFHAUSEN，已距莱茵的发源地博登湖不远，这时已是夜间九时许，不便再前行了，于是在城中寻一家意大利餐馆吃了晚饭，匆匆登车，返回巴塞尔。

这时游人已倦，何况驾车人！周先生为抄近路，竟然又想越境走德国，上次碰钉子还不死心，再试试。

当然还是不行。周先生以外交官的"说才"感动对方，那警卫似有所动，让我们等一等，他和岗亭中的警官商量。这一商量，前功尽弃！

我们怏怏掉头，依原路返回。为了解烦、解乏，我对周先生说了个笑话："唉！我们像是游击队，闯来闯去也没闯过德国人的桥！"

"游击队？"周先生竟不解其意。也难怪，这个与我年龄相仿的瑞士人，从小生活在和平环境之中，头脑里没有"游击队"这个概念，在他们心目中，"德国人"这个词儿的含义也没有我们那么丰富。

伯鹿振作精神，给他讲《卡桑德拉大桥》《瓦尔特保卫萨拉热窝》，他也听得似懂非懂，一个幽默的话题引起的是一点也不幽默的反应。

归途中，我在车上睡着了。周先生驾着车，再兜大圈子到苏黎世，舍近求远，回到巴塞尔已是半夜时分。

车子在我的住处附近停下，我睁开惺忪睡眼，见周先生已经满脸疲劳，两眼血红。

这时，他还没忘了客气，问我："我可以到你楼上坐一坐吗？"

"当然！"我歉意地说，"您累坏了！今天就不要走了，住在我这儿吧？"

"不，"他一边拖着疲惫的双腿上楼，一边说，"我母亲希望我晚上一定要回去！"

这个 40 多岁的单身男人最唯母命是从的。

我不能强留，请他喝了茶，便送他上路。从巴塞尔到弗里堡，还有数百里路程呢，他今儿这个"夜车"开得可真是太不容易了！

原载《收获》1989 年第 1 期

归来正是月圆时

> 茫茫艺海泛孤舟，
> 四十四年白了头，
> 梦断莱茵听逝水，
> 黄河扬子意中流。

　　这首七言绝句，作于 1988 年 5 月 5 日，我的 44 岁生日。时客居瑞士巴塞尔，一个人默默地度过了这一天。夜不能寐，浮想联翩。万籁俱寂，唯有 200 米外莱茵河呜咽奔流，声声入耳，牵动游子心扉，细听来恍若我大河长江！

　　这首诗题在我的一幅自画像上，后来在"国际艺术家交流计划"举办的"中国画家王为政作品展"中展出。观者都极称赞这幅画像如何"像"，如何"传神"，而且惊奇挥洒自如的中国笔墨竟然能这么准确地造型。唯独不去理会画上的那几行诗。这也难怪，对于那些金发碧眼人来说，汉字如同"天书"，目不识丁。即便译成英语、德语、法语、意大利语，又怎能如实转达中国诗的韵律和意蕴，怎能使他们理解一个中国人此时的思乡之情！

　　两个多月前，我离开北京，启程前来瑞士参加为期半年的国际艺术家交流活动。这是中国画家首次受到这一邀请。对我们来说，瑞士还是一个神秘而遥远的地方，一片"未开垦的处女地"。我的领导和同事们都不知道瑞士是个什么样子，不知道人家的艺术源流和现状，也不知道我们的艺术将在这里得到什么反应。他们热切地希望我能够顺利地打通这一航线，为我们的艺术"走向世界"开辟一条通往欧洲的路。我在胸中无数的情况下踏上了征程。我的领导、朋友、妻子和孩子送我到首都机场。我走了，他们留下了。他们的嘱托，他们的期望，都印在我心中。

　　在我离开家的时候，我的妻子正在病中。我为她煎好了最后一剂汤药，向她和孩子们告辞，而她却坚持要送我上飞机。在机场，她强撑病躯，做出轻松的笑容，而我心里知道，她现在多么需要我留在身边！在机场，我出了海关，进了检票口，一步三回首，她还在那里注视着我，要一直看着我走出国门。在最后的一刹那她留给我的影像，就"定格"在心里了，永远也不会忘，一直等着再次飞临首都机场，她在那里等我！

离家两个多月了。莱茵河的碧波、阿尔卑斯山的白雪、苏黎世的和风、日内瓦的喷泉、比尔湖的白帆……留给我的是什么？是额上新添的纹路，是鬓边新生的白发，是胸中难以排遣的孤独和对故土的无尽无休的思念。

瑞士确实堪称"欧洲的花园"。那碧绿的原野，苍翠的峰峦，清澈的溪流，悠闲的山村，宁静的都市，使人感觉来到了一个世外桃源。瑞士社会安定，经济繁荣，人民生活富足。但是，我更关心的却是艺术。在洋洋大观的博物馆里，他们不惜重金收藏了大量的欧美艺术品，有许多出自名震遐迩的大师之手，是稀世珍宝，而瑞士籍画家的作品却绝少达到一流水平。当代画家则一窝蜂地追逐"现代艺术"潮流，步美国、德国、意大利的后尘，无多少创造性，自然也乏特色。瑞士人却自我感觉良好。他们因"欧米加"而称"世界表都"，因"汽巴—嘉基""山度士"化学公司而称"世界药都"，因苏黎世银行而称"世界金融中心"，似乎就一切领先、天下无敌了。开放的国家，封闭的心态。他们一心一意建设自己的家园，好像什么都不缺了，还时时担心外国人沾了他们什么好处。中国人那么迫切想希望"走向世界"，人家却并不同样迫切地希望"走向中国"。有少数人如"国际艺术家交流计划"的负责人会说两句"你好""再见"，如瑞中友协的负责人和去中国旅游过的人士还记得中国的一些名胜古迹，多数人则对我们的祖国一无所知，也并不觉得自己"孤陋寡闻"。一位在巴塞尔大学留学的中国姑娘告诉我，她初来瑞士的时候，人家不相信她是中国人。"中国人还有像你这么白的肤色？你怎么没有裹小脚？"真不幸，在他们心目中，中国人还停留在祥林嫂和阿Q的时代！他们分不清亚洲人的种族和国籍，笼而统之地把黄皮肤的人一律看作贫穷、落后、愚昧的人。这也难怪，在大街上扫垃圾、修马路的，毫无疑问是黄种人，夜间踟蹰路旁等待"客人"的女郎，也多数是黄种人。谁去向他们解释西亚、东南亚人和中国人的区别呢？人家不知道！人家只知道在世界的东方有一个民族正在和西方抗衡，手表和电器已经打进了瑞士，那是日本人！

我就曾经多次被误认为"日本人"，也就多次为自己"正名"："我是中国人！""中国人？香港的，还是台湾的？""不，中华人民共和国，我来自北京！"我要准确无误地让他们认识我，认识一个中国人的形象。

那一天，画室里来了一群客人，来拜访我，看我的画。其中有一对夫妇，男的是美国人，女的是日本人。他们首先用日语向我打招呼，我明白自己又一次被误会了！

"请讲中国话，"我用简单的日语告诉他们，"我是中国人！"

"啊，中国？"男的继续用日语说，并且很遗憾地向我表示，他们两人都不会讲中国话。

我微微一笑，心里说：在国际交往中，外国人常常单方面地要求中国人说"外语"，为什么你们却不会我们的语言呢？这也未必是你们的光荣！

他们很友好，很希望攀谈，也许是因为那位太太有着与我相同的肤色之故。但苦于没有一个通畅的语言媒介。我想了想，拈起毛笔，在纸上写下五个字："中日可笔谈。"日文脱胎于中文，汉字他们是认识的。

于是就"笔谈"，尽管费事但表意清楚，我们"谈"了好一阵子，还挺融洽。后来那位太太问我："在这里生活快乐？"我回答的是："月是故乡明。"

"梭代斯嘎？"她看着我，似乎很觉得意外。

我完全清楚她的惊奇和疑问。日本是我们的近邻，彼此很"了解"。在中国人眼里，日本是个发达国家，而在日本人眼里，美国更发达。这位日本女人嫁给美国人，本身就反映了这种心态：人往高处走。在他们那里，这是很时髦的，女孩子趋之若鹜。而现在，一个来自"穷国"的中国人，到了瑞士这个好地方，竟然留恋着故乡的"明月"，太让她不可思议了！

她当然不理解我，这里的许多人——除了那些与我有着同样肤色、同样国籍、同样情怀的、在这里留学或者工作的同胞之外——也不理解我。一个人独处异国，生活在洋人中间，祖国变得那么遥远，又是那么亲近！在国外不觉得，在北京不觉得。祖国的一切并不都尽人意，生活中常常有种种的烦恼和抱怨；而当你远离了这一切，却感到了生活被"中断"的惆怅！我在这里的报纸上搜寻来自祖国的一切信息，远在北京的妻子不惜耗费昂贵的邮资给我寄来一包包国内出版的刊物，以解我这种饥渴之情。夜夜隔海望明月，"何事长向别时圆"？

艺术交流活动在紧张地进行。参观博物馆，与艺术家对话，接受报纸、电台的采访，寻访名胜古迹，旅行写生，筹备画展……一个人的"代表团"，事事处处要遇到别人难以估计到的困难。如果没有那些和我一样客居异乡的同胞们以及瑞士朋友们的帮助，也许这一切都难以实现。我曾经给国内的领导写信："我将努力适应环境，克服困难，开展工作，不辱使命！"由于路途遥远，收到回信已经很迟了。领导在回信中引用了我的话对我加以鼓励："相信你一定能够适应环境，克服困难，开展工作，不辱使命！"

收到这封信，我心里一热，尽管词儿还是我的词儿，但增加了"相信你"，多么宝贵的理解和信任！"使命"感，这是东、西方艺术家最大的区别。人家的艺术为自己，我们的艺术为祖国；人家的艺术活动与社会不相干，我们的一举一动都连接着民族；人家的心目中对祖先、对后代不负任何责任，我们的肩膀上时时压着使命；人家在交流中只谈个人，我们希望对方认识的是整个中国。我们是轩辕子孙，我们的血管里流着和屈原、李白一脉相承的血！

正因为这样，我才会在欢迎我个人的会议上抛开我自己而介绍中国艺术的数千年传统、我们有着千年历史的画院、我们众多的画家，而我只不过是其中的普通一员；我才会在瑞士朋友陪同我凭吊 13 世纪城堡时谈起比这些古老得多得多的我们的殷墟、长城和秦陵；我才会在博物馆参观"20 世纪艺术奠基人"们的杰作时指出东方艺术对他们的影响；我才会在一些朋友谈论"西藏问题"时向他们详细讲述比瑞士立国还要早得多的文成公主和松赞干布的故事……

我的朋友、瑞士驻华使馆文化参赞周铎勉（D.DREYER）先生曾经旁敲侧击地提醒我："过分的爱国主义就是民族沙文主义！"对此，我仅仅报之一笑。你爱说我是什么主义就是什么主义吧！也许，发达国家正因为它已经发达，才不在乎外人对它骂得狗血喷头；而我们的国家正因为不够发达，才更需要我们加倍地爱她！

我的个人展展览顺利开幕了。它占用的场地、规模，新闻媒介的宣传和观众的踊跃，都超过了"国际艺术家交流计划"举办的历次画展。是他们对这个黄皮肤的中国人特别厚爱吗？不是。是中国独特的绘画艺术使他们惊讶、赞叹、陶醉。宣纸、水墨创造的奇迹，他们许多人见所未见、闻所未闻，却一下子被吸引住了，神秘却不怪诞，陌生却又不隔膜。"画是无声诗"，它用独特的语言沟通了人们的心灵！"神！赛神！"他们用德语赞叹，意思是"美！美极了"！征服他们的是我吗？不，是我的民族！我的那些为帮助我筹备展览而熬红了眼睛的同胞们笑了："中国人胜利了！"

画展结束，我已经在瑞士待了三个月。最初的陌生感已经淡了，我在这里结识了很多朋友。他们理解了我，我也理解了他们。剩下的三个月，他们希望帮助我做更多的事儿，好好儿地玩一玩，还有许多我没去过的地方，他们陪我去。他们还要帮助我延长居留期，在这里讲学，这是不难办的。但是，我却决定要走了，提前三个月回国！为什么？因为我的使命已经完成，"航线"已经打通，我个人没有私事儿可办，该走了，让下一位中国画家早日到来。他来了，就会比我顺利一些了。

朋友们很惋惜。这个"世外桃源"怎么留不住你呢？留不住！"梁园虽好，不是久恋之家"，这儿的繁华、富足、旖旎、幽静都是人家的，这儿不是我的家，我的家在北京，我的妻子儿女正在翘首盼望我早日归去！

最后的几天，我紧张、忙乱而神不守舍。简单的行李早就收拾好了，反反复复地阖上再打开，打开再阖上，只是为了扔掉一些多余的东西，轻装上路。我喜欢两手空空地旅行，"赤条条来去无牵挂"，尤其是出国，我愿意空手走"绿色通道"！我没有给妻子和儿女带什么珍贵的礼物，箱子里除了带出来再带回去的衣服，就是一批画稿和文稿，记录着我的行踪和思索。我的妻子在来信中说，她已经替我在国内买好了一些小礼品，待我回去，可以装作我"带"回去的东西分赠给朋友们。她是这么了解我！

走了，该走了！

画室里静悄悄的。窗外，树荫中的鸟儿在鸣啭，圣·阿尔班城门的钟声在回荡，莱茵河的流水在呜咽。

"剑男！"我听到楼下一个女孩的叫声，喊的是我的幼子的名字。噢，是女儿在叫弟弟呢！

这怎么可能？他们不在这里，他们在北京！但是，那声音是那么熟悉，那么真切，我决不会听错！

我急切地从窗口探出身去，楼下空无一人。是幻觉吗？不，我确确实实听到了那个声音，来自四万里之外的北京，来自我的家！

我丢下手中的一切，奔向电话，迫不及待地要和家里通话！但拿起话筒，又犹豫了。不是因为国际电话的收费昂贵，而是——巴塞尔和北京的时差七个小时，这里的黄昏，北京已是深夜，不要惊扰他们了吧！不，我不在家，妻子一定夜夜失眠，她怎么会安然入睡呢？

我拨通了号码，立即听到了她那熟悉的声音，显得有些惊奇："噢，是你啊！"又像是在意料之中："我们正等着呢！"

随即，又传出了儿子柔嫩的声音："爸爸，你什么时候回来啊？"我来不及回答，又听到了女儿的声音……我猜想，此刻的话筒一定在被一家人抢来抢去！

最后，话筒又回到了妻子手里。我的胸中有千言万语要对她说，但现在都不必说了，我就要走了，回去再说吧！我只简短地告诉她我回家的日期和航班，约好在首都机场见面。真凑巧啊，算起来到达北京的那一天正好是阴历的望日，迎接我的不但有亲人，还有故乡的一轮圆圆的明月！

一首七言绝句从心底涌出，我通过这横贯东西半球的线路，借助于连接两颗心的电波，念给她听：

> 夕阳鸦噪不成诗，
> 倦客无眠忆妻儿；
> 莫道天涯离别苦，
> 归来正是月圆时！

原载《十月》1989 年第 4 期、《光明日报》1989 年 9 月 17 日

根

三年前的早春，我应邀前来新加坡举办"王为政近作展"。那是我第一次踏上这个"花园城市"国家的土地，给我最强烈的印象竟然是：毫不陌生，仿佛在经过数千公里的行程之后并没有离开中国。因为，这里占绝大多数的人口是我同根同祖的同胞。置身于他们中间，没有语言的障碍，没有文化的差异，没有心理的隔膜。在浓荫蔽日、绿茵满地、繁花似锦的新加坡，当我看到商店门口悬挂着汉字牌匾，看到街道上张贴着"先开口讲华语，皆大欢喜"的标语，看到当地出版的华文报纸和专辟华语频道的电视，看到新加坡河岸迎接新春的彩船花灯以及家家门前斗大的"福"字，心中是何等熨贴！最使我流连忘返的倒不是寸土寸金、高楼林立的繁华商业街乌节路，而是早期的华人聚居区"牛车水"。那里至今保留着古老的面貌，仿佛走进了上海的城隍庙、南京的夫子庙、北京的隆福寺。

三年过去了。今年二月初，又是一个早春，我应邀前来南洋艺术学院讲授中国画，再次旧地重游。随后来讲学的还有中国舞蹈学院、中国音乐学院的教师，他们是来传授中国舞蹈和中国器乐。我们的目的是相同的：弘扬民族艺术！这，也正是海外炎黄子孙的殷殷期望。我到达之时，正赶上方兴未艾的"华族文化月"，政府和华族同胞以极大的热情举办"春到河畔"灯会、华族文物和民族展览、华文书刊展览、舞狮、灯谜以及华语文艺节目专场演出，使我忘记了身在"异邦"！新加坡的华人，对于塑造他们血肉的黄土，对于哺育他们智慧的黄河长江，对于已经远离他们的神州故国，怀着多么深切的眷恋！尽管老一辈下南洋的人大都不在了，而出生在南洋的他们的子子孙孙仍然忘不了老家"唐山"——这是对中国的统称。尽管政府宣传媒体只是谨慎地使用"华族""华人"这样的词汇，但人们在日常交谈中仍不知不觉地迸出一些让人刻骨铭心的语句！一个人的肤色、种族、母语，是胎血凝成的，是刻骨难忘的，是无法改变的。新加坡著名学者欧进福博士说："坦率地讲，我以有自己的根而自豪！"连第一副总理吴作栋也承认："忘掉根源、民族认同是不可能的！"

车子离开我居住的苏菲亚路，驶出繁华市区，越过平缓的武吉知马山，向郊外的林厝港开去。驾车的李先生是当地一位音乐家，陪同的吴女士则是京剧团团长。他们的工作都很繁忙，却甘愿赔掉时间、精力和汽油陪我去搜集创作素材。他们都不是我的同行，但都是我的同胞，而且他们也都在狂热地弘扬民族艺术——一个搞华乐，一个弄京剧，对于来自中国的画家，也就"爱屋及乌"地给予热烈欢迎了。

李先生一面驾车，一面指点车窗外的风景，对我说："你看哪里好，就说'停'！"

我说："好。"

浓密的热带丛林在身旁飞速后退，椰子树、棕榈树、芭蕉、木瓜、火凤凰、合欢树、青龙树、相思树……组成连绵不断的绿色林带，令人目不暇接。

"停！"我喊道。

车子应声停了下来。面前是一片莽莽苍苍的旷野，周围没有车辆，没有人迹。这一带极为偏僻，本地人很少来，外国游客更不会光临，通常是部队进行军事演习的地方。那么，是什么东西吸引了我呢？

是路旁的一株大榕树。正因为地处偏僻，它生长得长久而自由，枝干如虬龙般盘曲而上，伸向天空，一条条气根披麻般地垂下来，亲吻着大地。

李先生明白了，这正是我作画的极好题材。

赤道的烈日正布下毒焰，气温高达摄氏 34 度，从开着冷气的车子里走出来，人好像立即进入了蒸笼，汗流浃背。这样的气候，我无法当场写生，只有借助于照相机，作闪电式的"速写"。我们拍了那龙钟老干，那参天的繁枝，还有那如丝如缕、如裘如毡的攀缘野藤和无处不在、无孔不入、在半空中钻进树皮中生根长叶的一丛丛羊齿类寄生植物，这些，将构成我的画面的许多细节。

挥汗拍了个够，暑热难耐（其实刚刚四月初，在国内还是仲春季节），我们准备回车里清凉清凉，继续赶路了。这时，李先生随口问我："你要不要再到里面看看？"

我犹豫了一下，觉得他盛情难却，就说："好吧！"

于是转到大树背后去。谁知只因这几步之差，险些使我们白来一趟。我们举目看出，李先生惊叫一声："哇！"我们愣住了！

在背对大路、人迹罕见、鲜为人知的丛林深处，它才默默地展示了全貌。

一株威武雄壮、气概纵横的古树！它的主干，不是一根、两根，而是五六根、七八根，互相拥抱着、扶携着，从根部昂然跃起，托着苍翠的枝叶，挺立蓝天。由于根盘的巨大，它站得那样稳，有万夫难撼之势。绿荫如盖的树干上，又垂下条条气根，有些还在空中飘荡，有些已经扎入泥土、落地生根。真是一种奇异的树，它竟然兼取天地之精华，把大地的水分和营养与太阳的光照合而为一，把根与枝合而为一，把母与子合而为一，久而久之，气根长成树干，又成为支撑母体的一条擎天柱。而它的身边，还有多少这样的兄弟姊妹！子又生子，孙又生孙，大榕树的根系在不断地扩展，雁翅般排开，算起来延绵数十丈长。远远地看去，那交错扭结、缠绵不息的藤线，犹如海边悬挂的一大片渔网；走近去细察，每一根线都互相联结，你扯着我，我拉着你，血肉相依，难舍难分。我们从最末端一路寻去，信服地惊叹：这所有的子子孙孙都联结着那如龙似蛇的老根！

面对这株拥有无数子孙的、古老而又长青的榕树，我想到什么呢？

去年八月，我的又一次画展在新加坡举行。我因事未能亲自参加开幕仪式，仅从北京写了一纸《寄语新加坡观众》，以感谢那些热诚的朋友。文中恰巧有这样一段话："中国绘画，根深百丈，干高千仞，浓荫蔽日，犹如一株龙钟古树。它的生命力，在于华夏沃土，在于神州风雨，更在于繁衍不息，新树迭出。若没有老根，固不可生存；若没有新枝，亦难以繁茂……既要立足国土，又要放眼世界。既要民族风格，又要时代气息。一个伟大的民族，应该有博大的胸怀，汲取他人之长，为我所用……以天地之精华，养胸中之浩气。"

现在，可以拿这段话作为对榕树的诠释吗？

不，伫立在这株巨榕面前，我想到的不仅是艺术。

如果让岁月倒流170年，那时的新加坡还刚刚开埠。在此之前和之后，大批华人不堪忍受腐败暴虐的清政府的统治压榨，背井离乡，漂洋过海到此谋生。其中，有潦倒文人，有一技之长的工匠，有濒临饿死的农民，更有被拐骗贩卖的苦力——他们有一个屈辱的名字叫"猪仔"！木帆船、火轮船沿着南中国海远去，在茫茫烟波中飘荡，一步一回头，何处是乡关？当年的《过番歌》留下了字字血，声声泪："山川河水都隔断，何时回归咱中原？""冥时眠梦回乡里""卜返唐山海无桥"！

华人最苦者莫如"猪仔"，他们先是被囚犯般地装在暗无天日的船舱里，随着"浮动地狱"来到新加坡，然后被卖给雇主，送到遍布毒蛇猛兽的海岛上垦荒，病死、累死者不计其数。清光绪二十一年，李钟玉所著的《新加坡风土记》记载甚详："贩买人口出洋者名曰卖猪仔，设馆于澳门，公然买卖沿海人民。或被骗，或被劫，一入番舶，如载豚豕，西人以卖者贱视之，即以虐役之，其惨不可言状者……"

这一切，不都是因为他们背后没有一个强大而富足的祖国吗？

就是这些人，成了新加坡的开拓者。他们之中，不知有多少人死无葬身之地，侥幸活下来的，无计"卜返唐山"，落地生根了。子又生子，孙又生孙，新加坡河两岸逐渐繁衍了一群远离故土的炎黄子孙。他们固执地保留着中国的衣冠和习俗、语言，不肯被异族同化。虽目不识丁，仍然委托代写书信的人把一颗颗火热的心寄往"唐山"。在炎热的傍晚，他们聚集在"说书人"的周围，津津有味地聆听孙悟空如何经历了九九八十一难到西天取经，白蛇仙又是如何斗败了法海……他们哪里是在听"讲古"啊？分明是在重温故国旧梦！渐渐地，他们的子孙长大了，为了不忘祖国的文化，他们集资办学堂，让下一代学习"人之初，性本善"。当孩子们学满毕业时，校长含泪发给他们文凭，而校长本人却是大字不识的！就是因为自己不识字，才要让子孙永远不要断了祖上的根！

他们凑钱修庙宇，飞檐斗拱、油漆彩画，一切都依照家乡的样式，仿佛这里就是"唐山"。至今，新加坡到处可见华人庙宇，供奉着妈祖、关公、财神、如来、观音，往往一庙中诸神杂陈。不要嘲笑他们的"愚昧"吧，这些庙宇岂止是敬神的场所？借用一位当地诗人的话说：

> 庙里有我们祖先的脚印，
> 石碑上有我们祖先的功勋。
> 寻根的人来吧，来这庙宇
> 喝一口清凉的井水，
> 发一阵怀古的幽情……
> 那一间间古色古香的庙堂，
> 就和拓荒者家乡的庙一模一样，
> 那里的每一片砖瓦、每一根柱梁，
> 都来自拓荒者的故乡。
> 于是，他们走进这小小的庙宇，
> 心灵就找到了一个宁静的避风港。

说得何等真切，"心灵的避风港！"乡思、离愁，对故国的怀念，对未来的期望，都包容其中了，走进这里，仿佛回到了故乡！没有身历其境的人，懂得这天涯游子的心吗？

我久久地伫立在这株巨榕下。树太大、太高、太宽。根太多、太稠、太密。取景框里容不下，只好分成几个局部拍摄：老根，第一代根，第二代根，第三代根……

李先生似乎领悟我的用意，不厌其烦地帮我拍照，已把酷暑热汗置之不顾了。

吴女士在旁观看，连声感叹："纠缠不清，纠缠不清！"

她说的是那些根。

而我的兴趣恰恰在于纠缠那些"纠缠不清"的根。

此时，我的构思已经成熟了，眼前出现了一幅画面：沿着盘根错节的老干，那连绵不断的、浓淡干湿、粗细相间的墨线，跳跃着、扭结着、蔓延着、孳生着，组成一部耐人寻味的乐章。这幅画的题目就叫作《寻根》。

原载《人民文学》1990 年第 9 期

洋人·华人

在太平洋和南中国海之间，马来半岛像一条苍龙探首碧波。到了东南方向的顶端，半岛又被一弯新月似的海峡切出一座小岛，犹如龙口吐珠。这颗翠绿的玉珠，就是新加坡。

公元 1819 年 1 月 28 日，一串海舰鱼贯而行，悄悄地靠近了新加坡。为首的人物身材瘦长，皮肤白皙，黄发碧眼，着黑色燕尾服。他便是日后在新加坡声名显赫的莱佛士爵士。他当时是英国东印度公司的书记，奉印度大总督赫斯丁侯爵之命，来寻找新的殖民地。他率领的舰队包括五艘巡洋舰，两艘运输船和二桅船、三桅船各一艘。为首的战舰叫作"泥鳅号"，其余的船只有"冒险者号""发现号"等等名称。这些名称本身就是耐人寻味的；泥鳅——冒险——发现。

莱佛士此行的目的十分明确。对华贸易是英国东印度公司的经济命脉，而前往中国的必经之途马六甲海峡却被荷兰东印度公司霸占，因此英国人必须寻找一个理想的、在荷兰人势力之外的据点，作为印度与中国之间的中转、联络、供应站。这个目标，非新加坡莫属了。

船队游弋于岛外，却没有贸然行动。莱佛士首先派遣华人船员曹阿志驾小舟只身靠岸探明岛上的确没有荷兰人，这才放心地率众从新加坡河口登陆。29 日晨，便和新加坡土著马来人首领天猛公阿都拉曼达成以 3000 块西班牙银币为条件"租借"新加坡建立贸易站的《临时协议》（何等便宜）。而由于当时新加坡名义上和廖内林加、柔佛同属一位苏丹管辖，莱佛士为了名正言顺，又秘密地把苏丹的异母兄弟东姑胡先弄到新加坡来，立为"柔佛苏丹"，2 月 6 日便和这位苏丹签订了《友好联盟条约》。苏丹小心地拿出大约是偷出来的银制苏丹玺印，在烛焰上熏烤一阵。待玺文上布满了黑烟，便加盖在《条约》上，白纸上留下了清晰而美丽的印鉴，莱佛士的权利就合法化了。这位傀儡苏丹得到的报酬是五千块西班牙银币以及终身养尊处优的待遇（但也仅此而已，这便是傀儡的身价），便把大好河山拱手让人了，岛上升起了英国的米字旗，迎着海风猎猎飘扬。

从此，新加坡从原始农耕渔猎社会步入现代文明时代，历史揭开了新的一页。10 年之后已成为繁华商埠，170 年之后跃居为举世瞩目的"亚洲四小龙"之一。

莱佛士是英国的功臣，是新加坡现代史的开拓者，也是殖民主义的先驱。

但是历史又留下一些疑窦：莱佛士是"发现"新加坡的第一个人吗？他到达之前，新加坡又是个什么样子？根据莱佛士当时的随员纽彼得的记载，新加坡仅仅是个小渔村，天猛公告诉他，岛上只有 150 个马来渔民。长期以来的史家大都沿用此说，但近年来由于史料的不断发现，使得已在"定案"的论断摇摇欲坠，新加坡的历史看来要重写了。

其实，莱佛士并不是"发现"了新加坡，而是胸有成竹地来"占领"新加坡。他早在 1818 年 12 月 12 日写给好友马斯丁的信中就明确地说："我的注意力是朝柔佛进发，不要奇怪，当我下一封信给你时，是从新加坡古城发出的。"次年 1 月 1 日即在新加坡登陆前不久写给枫城驻扎官的信中又说："新加坡或旧柔佛的地区，我发现予以占领，既是特异，又有大的利益。"这时他还未到新加坡，就已经将"发现"和"占领"并用了，可见蓄谋已久，既要当"占领"者，又要当"发现"者。

新加坡当然不是莱佛士"发现"的，新加坡早就存在。且不说从地下发掘的具有两千年历史的文物，也不说早在 13 至 14 世纪这里就已经有辉煌的"新加坡拉"王朝存在，仅仅在莱佛士到达之前这里已经有"天猛公"掌管并且莱佛士"租借"新加坡还需办合法手续这一点就足以说明真相了。1819 年之前的新加坡并不是荒岛，难道非要西方人"发现"才可以成为事实吗？

更为值得玩味的是，莱佛士当年的记录中没有提到在新加坡有华人的存在。而事隔不久即在 1819 年 6 月 11 日，他致书索美赛德公爵夫人时却夸耀说："我的新殖民地繁荣得太快了，我们开埠不到四个月，即已容纳了新增的人口超过五千人——主要是华人，而且他们的人数有增无已。"真是天晓得！这些华人是突然从天上掉下的，还是从地里长出来的？当然不排除在开埠之后确有华人从马六甲和中国移居而来，但决不可能是全部，而肯定有相当的数量早就在此定居了。那么，是莱佛士当时没有"发现"吗？不是。老谋深算的莱佛士是有意隐去了这一笔，而他的一位部下却在无意中泄露了天机。随莱佛士一起登陆的"勘察者号"船长克劳福事先把他的漂亮太太安置在澳门，他在新加坡则频传鱼雁，"家书"中毫无顾忌地描述了当时的真实情况。他大概根本不会想到在自己寿终正寝、漂亮太太也香消玉殒之后的若干年，这些私人信件会成为价值连城的历史文物，并且成为揭开新加坡之谜的有力证据。他在叙述莱佛士和柔佛苏丹签约的情景时写道："……苏丹的侍从秘书当场向围聚的住民宣读。这些住民多是马来人和中国人，他们早已围聚在大营幕外屈腿蹲坐在地下，典礼进行中一直静肃，庄重地在观礼。"

这就是事实。莱佛士开始无视华人的存在，后来又大肆宣扬他开埠后华人的涌入，无非是要取得大英帝国"最早发现"新加坡的资格以施行其殖民主义计划罢了。如果他登陆时岛上没有华人或者他真的以为没有华人，为什么通晓马来语的莱佛士偏偏挑选华人船员曹阿志上岸探路呢？难道不正是为了利用曹阿志的华人身份和华语向岛上的华人了解情况并且替莱佛士做宣传吗？

曹阿志当然也不是登上新加坡的第一个华人，否则，他上岸去找谁？海峡殖民地官方档案中有一份 1822 年 5 月华人陈颜夏将史丹福山的甘蜜园卖给英国"印第安那号"船长詹姆斯帕尔的记载。当时距莱佛士开埠只有三年，而偌大的一座甘蜜园是不可能在三年之中经营起来的，陈颜夏（以及未留下姓名的其他华人）早就在此居住并且从事甘蜜种植业了。

1981 年 9 月，位于小坡马拉巴路的一座大伯公庙"顺天宫"中的两块石碑重见天日，碑文说此庙建于清嘉庆、道光之际。于是引起轰动，也引起争论。报道此事的《南洋商报》记者黄义秋认为："嘉、道之间，应该是在 1808 年上下。"这一推断把建庙的时间定在莱佛士开埠之前。既然当时已经兴建华人庙宇，必定是拥有相当数量的华人了。但也有学者对此存疑，因为"之际"二字过于笼统，既可解为嘉、道"之间"，也可解为泛指这一时期，而道光末年则已是 1850 年了，比莱佛士开埠晚得多。依我之见，此庙当不可能始建于嘉庆元年、竣工于道光末年，那样整整齐齐地跨两个年号才算"之际"？也不必折中主义地定在两者"之间"的 1808 年。而最可能的推断是：始于嘉庆之末，竣于道光之初，此所谓"之际"，实非指定一年。兴建一座庙宇要动用大量人力、物力、财力，原非一日之功、倚马可待。纵竣工于莱佛士开埠之后，也无法否定在此之前庙宇已在兴建中并且新加坡已有相当数量华人的事实——莱佛士不愿意承认的事实。

其实莱佛士的担心（如果他确有担心的话）完全是多余的。华人不是殖民主义者，虽然先于他前来也不想掠"发现"之美名，更没有"占领"的欲望，新加坡早期的华人只是做了披荆斩棘的开拓者所应做、所能做的事情而已。

说到"最早"踏上这块土地的外国人，远远轮不到莱佛士。早在汉武帝时代，中国使者早已到过这里，即《汉书·地理志》中所说的"皮宗"，以及后来《太平御览》中的"比嵩"，《郑和航海图》则作"毗宋"。郑和七下西洋，新加坡是必经之地，要在此加水、补充食物，对此了如指掌。而早于郑和的元代汪大渊所著《岛夷志略》更为详细，书中称新加坡为"单马锡"；"门以单马锡番，两山相交若龙牙，门中有水道以间之。"他在详述此地风光民俗之后还记有一笔；"男女兼中国人居之，多椎髻，穿短布衫，系青布绔。"言之凿凿，活灵活现。翻阅浩繁的中国史籍，除"皮宗""比嵩""毗宋""单马锡"之外，尚有"狮子国""罗越国""淡马锡""凌牙门""龙牙门""吉力门""旧柔佛""息辣"等等名称，据史家考证，都是指新加坡。在这座小小的岛屿上，我们的祖先在两千年间曾经无数次地留下足迹。那么，莱佛士爵士的"发现"岂不是姗姗来迟？

当然，莱佛士功不可没。他是新加坡开发、崛起的重要人物。但同时他也将一条殖民主义的锁链加在了新加坡人民的颈上，功与过相互依存。如果不这样认识，也就没有新加坡摆脱殖民主义统治的独立了。

先于莱佛士和后于莱佛士的华人也功不可没，因为历史毕竟不是一个"英雄"创造的。如果不这样认识，就无法解释今日新加坡华人占百分之七十几这样的一个事实。

华人不是殖民主义者。从汉使到郑和的过境，到清代与新加坡的正式建交，中国都一直把新加坡作为友好邻邦（从南中国海海域而论，可称邻邦），而从未想到过在这里插上中国的国旗。

新加坡的华人不是殖民主义者。莱佛士"占领"新加坡是在大英帝国的鼎盛时期，而华人的大批南渡、定居新加坡则是在大清帝国的衰败时期，他们沦落异邦仅仅是为了活命而已。在长期的殖民统治之下，他们所遭受的民族屈辱和艰难困苦，是今天的人难以想象的。侥幸在史籍中留下姓名的曹阿志，虽然曾勇敢地独驾小舟登陆，却是为了升起英国国旗，充当了人家的马前卒。而围聚在大营幕外参加殖民典礼的华人，也是"屈腿蹲在地下，典礼进行中一直静肃，庄重地在观礼"。温驯、善良的背后是愚昧、麻木，又是何等可悲！

华人啊，华人！这种温、良、恭、俭、让的民族性格，如果说当初曾经饱含着屈辱，那么在今天，在已经独立 25 周年的欣欣向荣的新加坡，又为民族和谐注入了新的力量。因为在今天，新加坡的上空高高飘扬的早已不是米字旗，而是新加坡自己的新月五星旗，华人和马来人、印度人、欧亚混血人都是同胞，都是兄弟姊妹，都是这个国家的主人了。在这个移民国家，华人由少数"外来户"变成了多数民族，这个曾经饱尝种族歧视之苦的民族，是决不会再把这苦难再施于他人的。

新加坡，在苦难中崛起，并且自立于世界民族之林。

原载《民主》1991 年第 9 期

新加坡的山

　　许多人说，新加坡没有山。其实，说新加坡"没有山"是不准确的。仅我去过的，就有武吉知马山、花芭山和小桂林。

　　小桂林是在一次施工中偶然造就的。原来大概想开山取石，凿了一半，发现残存的石头挺好看，就留了下来，稍加修饰，放上水，倒也可一观。去过桂林的人，到此便勾起美好的回忆；没见过桂林的人，也可借此想象一下"桂林山水甲天下"的天外奇谈。

　　武吉知马山则全然不同于小桂林。它是新加坡式的山，一片坡度缓缓的丘陵地，山坡上碧草茸茸，犹如铺了一层浓翠的毡毯。一条高速公路当胸穿过，那山坡的弧线在身旁跳跃着闪过，令人心旷神怡。公路两旁是时断时续的原始森林，高大的椰子树，浓郁的青龙树，火红的火凤凰，以及许多叫不清名目的奇花异草，还有那些随遇而安、落地生根的寄生植物，密密麻麻组成一部绿色的乐章。如果说这不好看，我说未必。虽然它完全不像黄山、峨眉山，但为什么一定要"像"哪儿哪儿呢？艺术最忌重复，山水亦然。具有自己的特色和魅力的山水就是好山好水！

　　花芭山则比武吉知马山小得多，而且高度也仅几十米，按中国的山水观念，只能称"小丘"而已。但它在新加坡知名度很高，没有一个新加坡人不知道它，也没有一个新加坡人没到过这里。大概是因为他们"没有山"的缘故吧？很珍惜的哩！新加坡朋友一边嘴里说着"这哪里算山啊"，一边还观察着你的反应，期待着你说声"好"。人，谁不爱自己的家乡？

　　我曾两次登花芭山。一次是在三年前，朗朗晴日，登上此山，极目远望，碧海扬波，挂着万国旗的各国船只或泊于海湾，或起锚远航，令观者的心也飞得远远的，直欲乘长风破万里浪！另一次是在去年夏天，夜里十点多了，友人陪我登山观夜景。此时夜深人静，万籁俱寂，唯山下海潮拍岸，听那吞吐之声，岂无千军万马之势？回头望城区，林立高楼都成一片剪影，万家灯火闪烁，与天上群星呼应，分不清天上人间！

　　记得我游花芭山曾得绝句一首，诗云：

无山有水亦堪怜，
独立花葩望海船。
山不在高刘郎语，
清风伴我我亦仙！

原载《北京晚报》1991 年 1 月 29 日

多元多彩的民族风情

我曾两度前往新加坡举行个人画展和参加艺术交流活动。

新加坡是一个"袖珍城市国家"，以风光旖旎、经济发达著称。它只有 260 万人口，其中 76% 是华族，另外还有一些马来人、印度人和少量的欧亚混血人。新加坡各民族和睦相处，保留着多元多彩的民族风情。1990 年，我正好赶上了这里依次举办的"民族文化月"活动，得睹风采。

华族至今保留着中国许多风俗习惯，诸如春节、元宵、端阳、中秋等等节日都要隆重庆祝，舞龙、醒狮，热闹异常。华人在新加坡兴建了大量庙宇，完全是中国风格。许多商店门口书有汉字招牌，恍如中国景象。这些都是我们所熟悉的，自不必多说。

印度人至今不改其传统衣冠，加以肤色较重，一望而知。他们主要聚居在名为"小印度"的地方，印度文化月中，那儿人山人海，在大街上载歌载舞。中国人常称印度为"佛国"，而实际上印度人很少信佛教，大量的是信仰兴都教。兴都教源于古老的婆罗门教，正式创建于公元五六世纪。据说这是佛教的一个支系，但与中国化了的佛教已很不相同。参观他们的庙宇，感到十分新奇而又陌生。在这里的偶像中找不到"如来""观音"之类，僧侣蓄发、用白色颜料纹面、纹身以表示等级。也没有"晨钟暮鼓"，祈祷之前吹一种长长的号，状如中国的唢呐。

"大宝生节"是他们的一个重大节日。这一天，我看到浩浩荡荡的人流涌向新加坡最古老的兴都教寺院马里安曼庙，交通为之堵塞。每条队伍都簇拥着一名男子。他几乎全身赤裸，头上顶着一个硕大的伞盖样的东西，在金属支架上装饰着精致的图案，插着孔雀羽毛。架子上有无数条细链，顶端都有一只钩子，钩在人的肌肤之内。腿上用钩子挂着许多铃铛，舌头上还有一支穿透的钎子。这是在大宝生节"赎罪"的人，要在数日前就虔诚戒斋、禁行房事，到这一天再如此这般地步行数公里去"赎罪"。那走路的姿势，犹如优美的舞蹈，据说虔诚的信仰使他们并不感到痛苦。

此外，还有"踏火"的项目。人赤着脚从火炭上踏过去，既无痛苦，也不烧伤，怪哉怪哉，令人不可思议！

马来人是这块土地上的"土著"居民，信仰伊斯兰教。马来文化月中，再现了早已消失的以棕榈叶搭制的"阿达屋",展示了他们古老的婚丧嫁娶等等礼仪。

有趣的是我从国家图书馆中找到了我国清代首任驻新加坡领事黄遵宪描述马来人婚礼的一首诗,正好题在我的《马来新嫁娘》一画上。诗中说:"帕首立候人,白鹭遥相望。到门爆竹声,群童喜欲狂。两三戴花媪,捧出新嫁娘。举手露约指,如枣真金刚;一镮五百万,两镮千万强;腰悬同心镜,衬以紫荷囊;盘金作绲带,旋绕九回肠;上下笼统衫,强分名衣裳;平生不著袜;今番破天荒……"

时至今日,我所看到的新嫁娘已与黄老先生笔下所写不尽相同。但那光彩夺目的头饰、胸饰仍带有当年气息。染成红色的十指不正是"举手露约指,如枣真金刚"吗?至于"上下笼统衫"指的则是马来人男女都穿的裙子——"纱笼",到现在也没有变。

原载《光明日报》1991 年 12 月 14 日

鸟　笼

在"花园城市"国家新加坡，有一座颇为独特的飞禽公园。

其独特之处，首先是把飞禽与走兽分而治之，自立门户。我不知道别的国家有没有这种办法，至少我们还没有。我们的动物园，从北京到各省市，都是把鸟兽笼而统之的。其实我们的动物种类不见得少，有些稀有品种，人家还没有。但我们就没有独出心裁地分门别类地辟园陈列。包罗万象就难免有"杂乱"之感，分开来倒有可能不仅"博"，而且"专"，而且"全"，使观者看得透彻，看得过瘾，无遗珠之憾。

其次，新加坡的飞禽公园，把鸟类的陈列和园林风景结合起来，观者进得园来，未见得满眼都是鸟，而是漫步在绿色丛林之中，不知不觉地观赏了许多珍异翎毛，"山重水复疑无路，柳暗花明又一村"。我们的动物园便少了一些自然之趣，不像动物的"乡村"，倒像动物的"城市"，"房子"连着"房子"，鸟兽都是近邻，"鸡犬之声相闻"，观者如看活的标本，少了一些兴致。我无意把我们自己贬得一无是处，洋的什么都好，但"洋"的而且实用的，引进又不难的，何尝不可学一学？如果说我们土地少，舍不得拿那么多面积给动物住，这话说出来真有些难为情。新加坡本岛加上周围的群岛整个国家才有六百平方公里，寸土寸金，难道我们比人家的地皮还"少"吗？

新加坡飞禽公园最独特之处还不在以上两点，而是在公园里有一座特大鸟笼。请注意，我在这里用的不是"一只""一挂"而是"一座"，因为这鸟笼实在大得出奇。大到笼子里可以长起数丈高的大树，堆起假山，郁郁葱葱像一片森林。鸟儿们在这里不必缩在咫尺之地，飞也飞不远，玩儿也玩不痛快，而是飞鸣食宿任其自然，优哉游哉，好像生活在森林之中，乐不思蜀了。不仅如此，连游人也不必站在笼子外边隔着铁栅栏或者铁丝网犹如"探监"似地观看动物，而是可以走进大鸟笼，随意漫步，边走边看。身旁青藤葳蕤，头顶鸟语花香，浑如大自然，以至忘记了身在"鸟笼"之中。这儿的鸟儿也不怕人，你看你的，它玩儿它的，司空见惯。其实，从根本说，人和鸟都是脊椎动物，倒也不必摆"主人"的架子，与鸟同乐，有何不可？这种乐趣，是"探监"式的参观不可比拟的。

三年前，我游新加坡飞禽公园，很欣赏这个特大鸟笼的点子想得巧妙，它是国外游人到此必看的奇景之一，新加坡人引以为自豪。

不过我当时在赞叹之余，还发了一些感慨。我想人这种动物真是有意思，他本身是大自然的子孙，却对于大自然又有一种强烈的观赏欲和玩弄欲，想尽方法让大自然来满足他的耳目之娱，为此不惜把好端端的、自由自在的鸟啊兽啊抓了来，关在笼子里玩儿。一般地玩儿玩儿倒也罢了，更有甚者，百般折磨，使其就范，学会种种"玩意儿"耍给人看。人看得开怀大笑，动物不知心中是何滋味。我曾见马戏团把兽中之王也耍得威风扫地，让庞然大物骆驼跪下来膝行，等等，使动物失去了动物的本性，便觉得这除了表现出人的自私和残酷之外，也就没有什么了。

人有时候也要表示一下自己的"慈悲"，比如把鸟儿抓来然后再"放生"，这种古已有之的虚伪把戏，就曾使许多生灵在被抓的过程中丧生，被"放生"的只是劫后幸存者，而且焉知被"放"之后不再被抓？

新加坡的飞禽公园算是玩儿鸟玩儿得有水平的，不让鸟儿感到被玩儿的痛苦，甚至不让鸟儿有"背井离乡"之感，把鸟笼伪装得不像鸟笼了。鸟笼虽大，但它毕竟还是鸟笼。当然，这未见得是鸟儿所能想到的了。

记得当时还吟了绝句一首，诗曰：

燕雀本无鸿鹄志，
牢笼虽大亦牢笼。
不识牢笼真面目，
只缘身在此笼中！

罗 马 一 日

1994 年 9 月，中国作家代表团应蒙代罗文学基金会主席兰蒂尼先生的邀请，前往意大利进行友好访问，第一站就是罗马。

9 月 25 日早 8 时，我们在恺撒饭店的大厅里用过自助餐，听说今天受蒙代罗基金会的委托，旅行社将派一位导游来与我们同行，小姐芳名"艾斯美拉达"。

9 时许，艾斯美拉达到了。不是小姐，是一位太太，而且是老太太。看样子已年逾花甲，头发花白，但面色红润，身体硬朗；穿着很朴素，上身是一件白底碎花衬衣，下穿一条蓝裤。如果不是高鼻蓝眼，倒很像一位中国农妇的打扮。

我奇怪意大利的旅行社怎么还有这么老的导游？老太太自我介绍说，她本是中学教员，已经退休 13 年，给旅行社当导游只是一种消遣。

我说："您的名字很容易记，和《巴黎圣母院》里的艾斯美拉达一样。"

老太太说："拼法不一样，我比她多一个字母 L 叫 Esmeralda。"

这么说，应该译作艾斯美拉尔达。

她随身带着一本书。"这是我的著作《邪教和天主教的罗马》。人们只知道一个罗马，却不知道它有三个不同的时期：古罗马、教皇的罗马和意大利共和国的罗马。关于罗马的历史，没有人能比我讲得更清楚！"

真人不露相，没想到眼前的艾斯美拉尔达竟是一位历史专家。在偌大的罗马，是否真的再没有别人比她更懂得罗马的历史，似乎尚可存疑，但她那舍我其谁的自信已经令人肃然起敬，对于我们这些远方来客，遇到这样一位导游当然是幸运的了。

今天为我们开车的司机是一位老头儿，白头发、胡白子，他开车，老太太导游，倒是天造地设般地协调。有人说意大利人懒，我看未必，在中国能见到这么一把年纪的人打工吗？

艾斯美拉尔达把我们带到了拿渥那广场，说这是唯一保存古罗马体育场形状的广场。

她不说，我们哪里知道？随着她的指点看去，这是一座椭圆形的广场，四周被建筑物包围，确有些体育场的味道。也许旁边的圣·安尼斯教堂和参议院当年都不存在，而是看台吧？反正现在地面的遗迹最早只能追溯到公元十七世纪了。椭圆形的广场中间如牛郎挑担似地排列着三座装饰着雕塑的喷泉，其中的一座年代较近，建于1873年，另外两座都是贝尔尼尼的作品。贝尔尼尼也是梵蒂冈圣·彼得广场上拱廊的设计者，继米开朗基罗之后的杰出建筑师和雕塑家，他生活的年代是1598年至1680年。

最大的喷泉雕塑是整个广场的中心，它以一座顶天立地的埃及方石柱为圆心，展开了四座巨大的雕像，人体雕刻得强劲健美，直追米开朗基罗之风，贝尔尼尼的确不是等闲之辈。与雕像相配，四条喷泉飞流而下，分别代表多瑙河、布拉达河、尼罗河和恒河。由于当时的意大利人对于尼罗河的源头尚不清楚，所以贝尔尼尼把象征那条河的雕塑做成女性，而且用头巾包住面部，以示朦胧。艾斯美拉尔达的这个解释可靠吗？既然古罗马早已经远征埃及，难道对尼罗河如此一无所知？也许那裹着头巾的雕像正是埃及人形象的写照？

艾斯美拉尔达还说："你看面对圣·安尼斯教堂的那座雕像高举着右手，这是为什么呢？原来是因为贝尔尼尼和教堂的设计者有矛盾，故意这么做的。他说：'没有这只手托着，教堂就要倒塌了'！"

伟大的艺术作品传之久远，往往被加进这样一些佐料，听来仿佛中国常见的导游员引导观众察看赵州桥上张果老的驴蹄印或者北海白塔上鲁班打上的铁锔子那么荒诞不经，因此艾斯美拉尔达对于罗马历史的权威地位在我心中就打了折扣。其实，当历史成为历史，在人们心目中就必然五花八门，再也不可能还其本来面目，这在哪个国家都是如此，身为匆匆过客，我们似也不必去跟人家较真儿。

艾斯美拉尔达率领我们从参议院门前走出广场，穿过一条铺着碎石的窄窄的小巷，走进一座教堂。罗马的教堂之多，以致在任何地方突然出现一座教堂都不会令人惊奇。这座教堂也一如其他教堂，里面光线昏暗，幽幽地可以看到高耸的墙壁、立柱、壁龛和供教徒们做弥撒时所坐的排椅。

艾斯美拉尔达说这是圣·路易教堂，她带我们来是为看画。我这才注意到，四壁确实挂着多幅油画，但光线太暗，看不出什么名堂。艾斯美拉尔达并不解释，径直走到一幅画前，往机器里投了200里拉，灯亮了，犹如黑暗中亮起了一面荧屏，画面骤然显现，这是卡拉瓦乔的名作《圣·马太》，卡拉瓦乔生于1555年，卒于1609年，初随米兰画家培德查诺学画，并受威尼斯画派的影响，后来成为以宗教改革者的精神处理宗教题材的倡导者，画风强烈刚劲，又不乏精彩的细节描写。面对眼前的这幅色彩鲜艳、光泽依旧的油画，我很难相信它竟是300年前的作品。不知道当时的画家是在怎样的光线下作画的？难道也像米开朗基罗那头戴

"矿灯"的架势吗？现在我们在明亮的电灯光照射下看到的效果，也许作者自己连想都没有想到？

正在这时，灯光熄灭了，画面黯淡依旧。旁边那些未经照射的画作，如果逐一照亮，是不是也都具有这样的效果？艾斯美拉尔达没有解释，带我们走出了教堂。她是熟门熟路，大概每次率团参观，都是只看卡拉瓦乔这一幅画的。

老头儿开车，把我们拉到了著名的万神殿，交代我们慢慢儿看，他到某处停车去了。

万神殿又名先贤祠，外形显然是摹仿巴德农神庙，矩形上面加一个大坡度的三角形，八根巨大的立柱系用整块大理石雕成。后面的穹庐式圆顶宽度和跨度都是 43.5 米，虽不及圣·彼得教堂的穹顶之高，而跨度却超过它 1 米，因而各有所长，成为可与圣·彼得教堂媲美的伟大建筑。艾斯美拉尔达说，先贤祠由古罗马帝国皇帝奥古斯特的女婿阿拉里巴始建于公元 130 年，后来又在公元 200 年由阿德里亚诺重建，现在我们看到的青铜大门还是原件。

走进先贤祠，引人注目的自然是它那在世界上数一数二的穹顶。艾斯美拉尔达说，我们现在脚下的地面和头上的圆顶都是原件，但圆顶也是不同年代建成的，中间部分她也弄不清建于何时了。先贤祠的穹顶与众不同的是，它的核心部位中空，形成了个大大的天井，置身其下，仰望那个空空的圆，真有一种"坐井观天"的感觉，不知古人如此设计出于何意？艾斯美拉尔达说："如果你们赶在冬天下雪的时候来参观，那是最美的啦！"

我们自然要问："如果雪落在教堂里怎么办？还有，夏天的雨水……"

老太太指着脚下说："这儿有个下水道，建筑师早就考虑到水的处理方法了！"

我们无缘等到下雨，更不可能等到下雪来验证她所说的奇观，只能走马观花，匆匆浏览一遍而已。

先贤祠埋葬着曾在 1861 年统一意大利的皇帝艾玛努埃尔，他和他的皇后的坟墓至今仍威严地坐落在这里，供人参观。在我们这些对意大利的历史所知甚少的游人来说，一个陌生的皇帝埋在哪里，实在是无关紧要的。使我震惊的倒是艾斯美拉尔达下面的一句话："拉斐尔的坟墓也在这里。"

拉斐尔，文艺复兴的"三杰"之一，他以现实生活中的世俗人物形象描绘《圣经》故事，以历史画的方式表达那些抽象而矛盾的主题，形成了独特的典雅、秀美的艺术风格。他曾是圣·彼得教堂的建筑师之一，并且在教皇宫中留下了《圣礼的争辩》《雅典学派》《巴那斯山》《法律》四组杰出的壁画，著名的《西斯廷圣母》更是举世皆知。拉斐尔在而立之年便达到了荣誉的巅峰，有人说，如果不是英年早逝，他有可能成为红衣主教。也许拉斐尔的在天之灵会因生前未及获得红衣主教的殊荣而遗憾，但对于一位已经名垂青史的艺术家来说，他还需要那样的头衔吗？拉斐尔于 1483 年 4 月 6 日生于乌尔宾诺，1520 年 4 月 6 日在罗马逝世，生卒月、日完全一致，简直不可思议！现在，这位艺术大师的坟墓就在我面前，请接受一个来自远方的后学的凭吊！

先贤祠本来是为皇帝家族建立的，而真正使它名闻遐迩的却是拉斐尔之墓，历史的淘洗是这么出人预料，又是这么铁面无私！

走出先贤祠，艾斯美拉尔达找不到我们的车子了，她们忘记了开车的老头儿刚才说把车停在哪儿。反正我们也不着急，有这么一位罗马史权威带路，还用担心迷途吗？老太太左找右找，突然发现老头儿就在马路对面。

大家上了车，老头问："去哪儿？"

"去宾乔。"老太太说，又有些犹豫，"那里不许汽车通行，我累了，恐怕走不了那段山路。"

"没关系，"老头儿说，"我有特别通行证！"

"噢，太好了！"艾斯美拉尔达快活地喊了起来。

我们根本不知道"宾乔"是个什么所在，反正对我们来说，罗马的一切都是陌生的，也都是新鲜的，随便去哪儿参观都可以。

车子似乎正走在前往宾乔的途中，老太太却让老头儿停一下，说这个地方值得一看。

马路旁边，一片低洼的废墟，荒地杂草，凹凹凸凸，断垣残壁，斑斑驳驳，像是我们常见的拆迁工程，进行到中途又撂了荒，再也无人管了。

"这是公元一至二世纪的建筑遗迹，比先贤祠还要早，在罗马的古迹当中已经不多见了。原来这里建有 A、B、C、D 四座圣殿，现在只留下这么一点儿残迹，但全部是原件，没有任何复制品，连地面都是原来的。当时的罗马地面比现在低 7 米，两千年来罗马在无数次的重建中越垫越高了。"艾斯美拉尔达指点废墟，对我们说，那种珍惜的神情是只有历史学家才具备的，"恺撒就是在这儿被刺杀的！"

惊人之语是最后这句话，两千年前的历史随即在我眼前复活了……

公元前 44 年的 3 月 15 日，恺撒一早起来就心绪不宁。他的妻子卡尔普尼亚昨晚在梦中几次大叫："救命！他们杀死恺撒了！"巡夜的人还说，他们在夜里见到了一些骇人的怪事：一头母狮在大街上产下幼仔，裂开的坟墓里跑出了鬼魂，凶猛的武士在云端开战，厮杀声、马嘶声、号哭声从天上、人间一起传来，这到底意味着什么？卡尔普尼亚执意劝阻恺撒，叫他今天无论如何不要出门，不要到元老院去。恺撒命令祭司们占卜，他们剖开一头献祭的牲畜，却找来找去找不到它的心脏。天哪，心脏哪儿去了？

"神明显示这样的奇迹，是要叫怯懦的人知道惭愧；如果恺撒今天因为恐惧而躲在家里，他是一头没有心的牲畜。"恺撒说，"不，恺撒决不躲在家里。恺撒是比危险更危险的，我们是同时产生的两头雄狮，我却比它更大更凶，恺撒一定要出去！"

他没有听从卡尔普尼亚的劝阻，穿上那件威严的袍子，从容走向元老院，据说今天元老们将为恺撒登临君位而加冕。

恺撒走进圣殿，元老们恭敬地站起来迎接他，看不出有什么异样。

"至高无上、威严无比的恺撒，麦勒泰斯·辛伯向您的座前献上一颗卑微的心……"

"我必须阻止你，辛伯，"恺撒对跪在他面前的那个人说，"这种打躬作揖的玩意儿，也许可以煽动平常人的心，使他已经决定了的宣判变成儿戏。可是你不要痴心，以为恺撒也有那样卑劣的血液，会因这种可以令傻瓜们感动的甜言蜜语、卑躬屈膝和无耻的摇尾乞怜而融化了他的坚强意志。按照判决，你的兄弟必须放逐出境，要是你奴颜婢膝地为他说情，我就要把你像狗一样踢出去。告诉你，恺撒是不会犯错误的，他所决定的事，一定有充分的理由！"

恺撒是那么自信："我像北极星一样自信……既然已经决定把辛伯放逐，就要贯彻我的旨意，毫不含糊地执行这一成命，而且永远也不让他再回到罗马来！"

他拒绝了麦斯泰勒和众人的请求，却并不知道一个阴谋正在实施。说时迟，那时快，乱党们举起了手中的剑，向他刺来，威猛冠世的恺撒倒在血泊之中！乱党们高呼："自由！解放！暴君死了！"

恺撒的遗体被搬到了大市场，面对被突发事件弄得惊慌失措的罗马市民，乱党头目勃鲁托斯说："要是哪位朋友问我为什么起来反对恺撒，这就是我的回答：并不是我不爱恺撒，可是我更爱罗马。你们宁愿让恺撒活在世上，大家做奴隶而死呢，还是让恺撒死去，大家做自由人而生？因为恺撒爱我，所以我为他流泪；因为他是幸运的，所以我为他欣慰；因为他是勇敢的，所以我尊敬他；因为他有野心，所以我杀死他。我用眼泪报答他的友谊，用喜悦庆祝他的幸运，用尊敬崇扬他的勇敢，用死亡惩戒他的野心。他彪炳的功绩不曾被抹杀，他的错误虽使他伏法受辱，也不曾过分夸大。"

血淋淋的谋杀被解释得头头是道，正大光明，市民们一片声地拥护。

可是，安东尼——恺撒生前的好友、死后的三执政之一却对市民们说："恺撒曾经带着许多俘虏来到罗马，把俘虏们的赎金都充实了公家的财库；当穷人哀哭的时候，恺撒曾经为他们流泪；在卢伯克节那天，我曾经三次献给他王冠，他三次拒绝。这可以说是野心的行径吗？就在昨天，恺撒的一句话可以抵御整个世界；现在他躺在那儿，没有一个卑贱的人向他致敬。可是这儿有一张羊皮纸，上面盖着恺撒的印章，那是我在他的卧室里找到的一份遗嘱。只要让市民听到这份遗嘱上的话……他们就会去吻恺撒遗体上的伤口，用手巾去蘸他神圣的血，还要乞讨一根他的头发作纪念！"

安东尼宣布了恺撒的遗嘱：给每个罗马市民75德拉克玛的希腊货币，并且把台伯河畔他的步道、私人园亭、花圃永远赠予市民们。

感恩不尽的人们立即扭转了对恺撒之死的冷漠态度，激昂地要奋起杀死乱党……

2000年前的是是非非已难以用今天的标准去评判，但那一场轰轰烈烈的活剧确曾在这片土地上发生过，这就足够使阅尽沧桑的废墟具备永留人间的价值了。面对那土花斑驳的残柱，我不知道恺撒当年从哪里走进了圣殿，又在哪里被利刃刺进了胸膛。艾斯美拉尔达说，她也只知道一个大概，无法具体地指出——毕竟没有亲眼看见过嘛。我们当然有理由认为莎士比亚笔下活生生的场面和台词很大成分出自他那天才的想象，在湮没得太多太久的历史面前，我们也有权利想象。没有想象，历史会湮没得更多、更快、更彻底。

告别了历史，车子又在现实中先进，而艾斯美拉尔达的话题仍然滞留在历史之中。她说我们刚才看到的这个地方叫阿根廷广场，却和南美洲的阿根廷毫无关系，指的是古罗马的一个皇帝的原籍斯特拉斯堡。

车子从一座剧场旁匆匆掠过，艾斯美拉尔达说，剧场门楣上的雕塑代表着缪斯的七种艺术。"很少有人能把这七种艺术的名称说出来，"她颇为自豪地说，"但是我能！"

我把手中的小本子递给她，愿闻其详。她接过去，在颠簸的车子上写下几行字：波利沙罗维、埃阿罗、克利奥、达利奥佩、欧秦尔皮奥、塔里亚、泰西利亚、麦尔波梅。我无法核对其准确性，仅那自信的神情就令人尊敬。

车子继续前行，从高大宏阔的祖国祭坛前转弯向北。艾斯美拉尔达说，旁边那座建筑是威尼斯宫，当年墨索里尼曾经在阳台上演讲，我们脚下的马路则已经有250年的历史。

车子从阿乌莱里奥石柱和众议院旁边开过，停在一座建于1886年的银行门前，老头儿把车停了，艾斯美拉尔达说："我们去看少女泉！"

这是一座凯旋门式的建筑，独特之处在于并没有门洞，而仅仅做了雕刻的背景，像壁龛似的。白色大理石雕刻着威武雄壮的海神，他脚下的骏马昂首飞奔向前，喷泉随之水花四射，这景象蔚为壮观。

艾斯美拉尔达骄傲地解释道："这里为什么叫'少女泉'？别人都不知道，我可以告诉你们：公元 19 年，皇帝阿格里巴想修建一条水道，但又不知道地下哪里有泉水。他在这里遇见一位少女，少女向地下一指，飘然而去，皇帝就命令在此开凿，果然在找到了泉水！你们看，墙上浮雕表现的正是这个情景，那位手里拿着勘探图的人就是阿格里巴皇帝，他亲自设计了这条水道。泉的本名叫'三岔路口泉'，后来因为增添了少女的雕像，所以又叫'少女泉''圣洁泉'"。她所说的是海神旁边的两座雕像，少女丰满而健康，象征着青春、圣洁和丰收。

皇帝和少女的故事，我们在中国也听过一些，但比起正德皇帝下江南时的"游龙戏凤"，似乎这位开辟水道的皇帝对人民更有用一些，那引出清泉的少女也才真正可爱。

无数游客挤在泉边看热闹。他们争相把硬币投进水里，据说这样会带来好运；如果背对泉水把硬币投进去，就注定会有机会再来罗马。在我们北京的白云观，窝风桥前也有"打钱眼"的名堂，大约人类到了一定的时期，纵使远隔万里也会创造出类似的风俗。我在白云观不曾打过"钱眼"，到了罗马也不必入乡随俗地玩这种扔钱的游戏了。但我确实很喜欢少女泉，并且希望将来有机会旧地重游。

两匹高头大马站在泉边，牵马的是两名全副武装的宪兵。罗马人真是爱史成癖，连宪兵也古色古香。我走过去，和那宪兵、那大马合影留念。宪兵并没有摆出董超、薛霸的架势说什么闲杂人等不得靠近之类，马也不向游人发威尥蹶子，都很随和地任人拍照，大概这在他们也是家常便饭了。

从少女泉步行过去，不远处就是西班牙广场，因西班牙驻梵蒂冈使馆（而非驻意大利使馆）在此而得名。

像所有的广场一样，西班牙广场的中心是一座雕塑喷泉，所不同的是这雕塑不是人而像是一艘船，泉水从左右舷的圆孔喷射而出，给喧嚣的广场增添了一份清凉。圆形水池中有石块靠近石船，游人可以沿此走过去，以手掬泉而饮，据说这样可以带来好运云云。大凡名胜处，总爱这么宣传，信不信由你，图个吉利也就是了。

广场的北面是一面斜坡，缘坡而上，铺着 132 级台阶，高耸着带十字架的方石柱和双峰并立的特立尼达教堂，即圣父、圣子、圣灵三位一体，这是正宗天主教的教义。

我没有去爬长长的台阶去看那教堂，倒是广场旁边的一座四层楼的赭红色建筑引起了我的注意。这是一家旅馆，按门前的说明所示，当年著名诗人拜伦、雪莱和济慈都曾在此居住。欧洲文化人的遗迹总是和宗教有着千丝万缕的联系，不知这三位行踪与身后的教堂孰先孰后？艾斯美拉尔达也说不明白了。

流连片刻，便又登程。车子沿着山路一直开上去，这里就是老头儿的特别通行证可以派上用场的"宾乔"了。远远望见几株挺拔的古松，颇有一些东方意韵，树下是一座宽阔的平台。艾斯美拉尔达引我们走过去，开始并不觉得特别，及至到了平台的边缘，才发觉此地的确是观光的绝佳去处。平台筑于绝壁之上，登临纵目，整个罗马城尽收眼底，梵蒂冈圣·彼得教堂的穹庐圆顶和罗马天文台的高塔清晰可辨。绝壁之下是建于拿破仑时代的人民广场，玛丽亚教堂居右，孪生教堂居左。孪生者，指一模一样的两座教堂，如孪生的兄弟姐妹，吸引着人们反复比较、观赏。古代的建筑师要搞出点儿与众不同的名堂，也只能在教堂下功夫。

　　现在是中午12时整，远远近近的教堂钟声一起敲响了，叩击着历史，叩击着现代，悠悠扬扬传之深远，这就是罗马。

　　从早上起艾斯美拉达就说带我们来宾乔，而时间都花在了途中的参观，在宾乔却只停留了这么片刻，似乎只为了在这一时刻鸟瞰一下罗马，听一听这钟声。

　　驱车下了宾乔，已经午饭时分。吃饭的地方竟然又回到了上午参观的第一景拿渥那广场近旁，一家临街的餐馆，门口搭了遮阳的布篷，摆着餐桌。带队的王焕宝教授问大家是在门口吃呢，还是进去吃？同行者几乎异口同声道："进去看看再说。"

　　里面自然也有餐厅，但和其他餐厅并无区别，值得一提的是我们偶然发现的一个残柱。说是残柱，其实已经不能称其为柱，而只是短短的一段柱础，像是从墙里伸出来，又像是在现代的墙镶嵌进一块带着雕刻图案的古董，平整的墙根鼓出这么一块，很碍事，与整个建筑也不协调。但想了想，也就明白了，大约这里曾是一处古迹，坍塌、风化得只剩下这一块柱础。"罗马柱"的复制品遍布世界各地，而这里是它的发源地，这一"柱"是真正的原作，罗马人不忍心毁掉它，在建造新房子时，特意把它原汁原味儿地保留了下来，让游人至此，还可以发那么一点点思古之幽情。天哪，如果照此办理，我们中华民族该保留多少东西？

　　我们还是决定坐在露天的座位上吃饭，这里开阔敞亮，辛苦了一上午，也需要休息一下。我要了海鲜、面条、苦菜、沙拉和冰激凌。用餐之际，一位同胞模样的老先生突然光临，一时不知道他要干什么？我们生怕他是短了盘缠请求帮助，如果能帮就帮他一把，免得他在外国人面前失了中国人的脸面。交谈之下明白了，这位先生确是我们的同胞，姓陈，来自台湾。他参加了一个什么旅游团，集体到此一游，下了火车，便被旅行社的车子拉到拿渥那广场参观，走着走着，就不见了他对所认识的那些人。拿渥那广场是我们记住的名字，他其实连这个地方叫什么都不知道，只说是在"一个很热闹的地方"迷了路，连旅馆还没有进，现在该回到哪里去呢？谁知道！我们深表同情，但爱莫能助。偌大罗马，一无地址，二无电话，找谁去？根据他的描述，那个"很热闹的地方"似乎就是拿渥那广场，只好建议他再回到那儿去，好在就在近旁，也许在那儿可以再等到他们那一伙儿人。老先生道了谢，茫然地走了。我这边儿想：看来这位老先生在台湾也不是"大款"，这么一把年纪，好不容易攒了一点儿钱，跟着旅游团来看西洋景，至于罗马到底有些什么，他恐怕也不甚了了，那么又何苦来呢？

正在作如是想，餐厅的领班出来对王焕宝夫人说，请她进去一下。他们讲的是意大利语，我们并不知道发生了什么事。片刻，她出来了，说这家餐馆里有一个从温州来的打工仔，今天因为看见了中国人，勾起了思乡之情，在里边摔盆儿打碗。领班无可奈何，想请中国客人进去安慰他一番。可是，待她出来，说"安慰"的效果并不大，小伙子只是客气了一番，对自己的事儿却支支吾吾，语焉未详，大概也不愿意多说。我听得心动，觉得这里面肯定有一个动人的故事，但犹豫再三，还是没有进去"采访"他。罢了，"独在异乡为异客"，此情可想而知，又何必去揭人伤痛？何况人家也未必肯对我说，即使说了，我也未必能对他有什么帮助，徒增烦恼而已。

一顿饭之间碰见两位同胞的难事儿，吃得并不愉快。

饭后去参观坎皮多里奥广场。

这里其实是我们上午曾经经过的地方，只是擦肩而过，未及细看。坎皮多里奥广场就在祖国祭坛的后面，那依山而筑的白色祭坛，其地位相当于莫斯科的红场和北京的天安门广场，中心是无名英雄墓，有持枪的卫兵站岗；墓后的大厦高大雄伟，顶端耸立着1861年统一意大利的皇帝艾玛努埃尔的青铜塑像，皇帝的背上飞展着浪漫的翅膀。祖国祭坛是意大利的骄傲，罗马的窗口，外国游客必到的参观景点，前几届中国作家代表团都曾来过这里，拍了照片，还写了文章。可是，我们的导游艾斯美拉尔达却对这里毫无兴趣，她说："祖国祭坛是1911年才建立的，称不上古迹。社会上对它的批评很多，最主要的理由有三条：一是整个建筑是白色的，与周围环境不协调，楼顶的青铜雕塑也和建筑不协调；二是挡住了罗马市政府；三是挡住了真正的古罗马古迹。"

这并不是背诵旅行社的说明书，艾斯美拉尔达说的是自己的看法，她有她的主见，难怪她并没有在第一时间带我们到这里参观。我们在国内接触的导游都是把参观景点吹嘘得天花乱坠，何曾听到过像艾斯美拉尔达这样"大煞风景"的批评？不过，我对她的评语也并没有完全接受，心里对这座白色建筑和楼顶的青铜雕塑还是蛮欣赏的，但确实很遗憾它挡住了远比它更久远也更重要的古迹。

罗马市政府就在祖国祭坛的后面，因其丰富的艺术收藏，又称作坎皮多里奥博物馆，罗马城徽《母狼》的原件，以及著名的雕塑《拔刺少年》《垂死的高卢人》《坎皮多里奥的阿美罗黛》等都珍藏在这里。坎皮多里奥博物馆由库索瓦托利博物馆和坎皮多里奥博物馆两座建筑组成，庄重典雅，坐落在坎皮多里奥山丘的平台上，中间是坎皮多里奥广场，宽阔的台阶从广场起直通到山下。库索瓦托利博物馆始建于1450年，约100年后，由米开朗基罗在原址扩建，因为地方太小，他把广场设计成梯形，簸箕似地向前展开。素有"哲学家"之称的古罗马皇帝玛古斯·奥里留斯的青铜塑像安放在广场中心，底座上有作者米开朗基罗的亲笔签名，现在铜像已移入室内，广场上只留下了底座。我们踏着米开朗基罗亲手建造的台阶登上广场，两座大理石雕像耸立在台阶两侧，如广场的"门神"。艾斯美拉尔达说，这是古罗马时代的两位骑兵司令，按米开朗基罗的本意，是要设计成二马相对，可是教皇不同意，便改成了现在这样平行向前的样子。就我的观感，雕像虽然威严，却仅具对广场的装饰性，并无太大艺术价值，与米开朗基罗的其他作品比较，相形见绌，似乎令人难以相信这是米开朗基罗的真迹，抑或是因为在创作中受到了教皇的横加干涉而没有体现出大师的真正水平？

从广场居临下向后看去，低洼处断壁残垣，那是比坎皮多里奥广场还要古老得多的地方了。

我们下了山，乘车前行，脚下是墨索里尼开辟的"帝国大道"，前方是古罗马帝国的遗迹。艾斯美拉尔达指点着说，罗马本来有36座凯旋门，现在只剩下3座，一座就是前面的塞维罗凯旋门，建于公元70年；还有两座是梯托凯旋门和君士坦丁凯旋门，分别建于216年和316年。最古老的塞维罗凯旋门基本保留完整，它的旁边却只剩断垣残壁，与恺撒被刺杀的圣殿遗迹大同小异。

"这是古罗马的大市场，有250家商店。"艾斯美拉尔达指着那片废墟说。

当年恺撒被刺杀之后，遗体就是被运到这个大市场，安东尼在这里向市民发表了著名的演说。"各位朋友，各位罗马人，各位同胞，请你们听我说！我是来埋葬恺撒，不是来赞美他。人们做了恶事，死后免不了遭人唾骂；可是他们所做的善事，往往随着他们的尸骨一起入土。让恺撒也这样吧……你们过去都曾爱过他，那并不是没有理由的；那么，什么理由现在阻止你们哀悼他呢？唉，理性啊，你们现在已经遁入了野兽的心中，人们已经失去辨别是非的能力了！"

从公元44年到1994年，恺撒已经在罗马大地之下长眠了1950年，他的尸骨早已化归尘土，不管他是英雄还是暴君，罗马人至今并没有忘记他。就在这片废墟旁边，树立着一座恺撒的铜像，短短的头发，宽阔的额头，平静的神态，一双深思的眼睛默默地望着这片熟悉的土地。铜像的基座上镌刻着四个字母：S.P.Q.R，这是罗马平民元老院的缩写，至今仍作为罗马市政府的标志。望着恺撒，我突然想起了中国的秦始皇，他的生前和身后都曾受到悬殊的评价，但他所主持修造的万里长城却遗留至今，他首创的分天下为三十六郡、统一文字和度量衡，都对后世产生了深远的影响。准确地评价历史人物并非易事，只要历史没有结束，就会有不断翻新的理论，反反复复地倒腾着陈年旧账。

我们花 5000 里拉走进了古罗马遗迹旁边的一座监狱。狭窄的通道，阴暗潮湿的地牢，只有顶棚上的一个圆孔，为犯人放进食物。进了这里的犯人就别想活着出去，他们是结局是饿死、勒死、上绞刑架或断头台。墙壁上有两块刻着密密麻麻文字的大理石，艾斯美拉尔达说，那是死刑犯的名单，记载着他们的姓名、身份、罪行和死期。两份名单的不同之处在于：左边的一份上面都是具有较高地位的人物，与其他人分列，以示区别。看来，在等级社会里，人连在死神面前也是不平等的，所以中国的包龙图为死刑犯也准备了龙头、虎头、狗头三口铜铡，皇亲国戚、文武大臣即使犯了死罪，也不可混同于平民百姓。

出了地牢，走过帝国开国皇帝君士坦丁以他的名字命名的凯旋门，闻名世界的古罗马斗兽场便赫然出现在眼前。这个圆形的庞大建筑物，我早已在图片上见过多次，今天第一次走近它，仍然感到陌生而新鲜，在图片上永远不可能获得身临其境的强烈印象。它的看台共有四层，以连续的圆柱状和券门组成，由于年久坍塌，四层只剩下一部分了，大部仅余两层。灰白色的石头雕工精细，却不协调地布满洞孔，犹如经历过枪林弹雨。艾斯美拉尔达说，那是当初建筑时安插铁锔子用的，工程建完了，铁锔子拆除了，就留下了这些洞孔。古人真是大智若愚，既然这么粗陋的洞孔都不在乎，还精雕那些柱头做什么？

半兽场的本名叫圆形剧场，但实际上这里上演的"剧"都是血淋淋的活剧，或是人与人斗，或是人与兽斗，所以被称为斗兽场了。斗兽场地下是养猛兽的地方，有 32 个提升器，好似人工"电梯"，在表演时把猛兽提到地面，与人搏斗。搏斗的结局无非是两败俱伤或一生一死，在关键时刻凭皇帝一时的兴致，手指朝上或是朝下就可以决定一个奴隶的命运，是让他死，还是让他活。"表演"是残酷的，而观赏者却兴高采烈，不仅皇帝、贵族和大臣，还包括平民。从看台的位置可以看出观赏者地位的区别，但对于奴隶来说，所有的观赏者都是主人。如果一段时间没有斗兽表演，罗马人就觉得生活中少了点儿刺激，要闹事儿了，于是官府就赶紧安排斗兽或斗人。看戏还要看得舒服，当时斗兽场上空有大棚作顶，以纯丝织成，用绳索操纵，开阖自如，大约像一把巨大的伞吧？据艾斯美拉尔达说，斗兽场建于公元 72 年至 80 年，可见那时做大棚的丝绸并不是马可·波罗从元朝引进的，是不是中国丝绸也还难说。在那么古老的时代，设计、制造出那么巨大的遮阳篷，当然需要相当的聪明才智，可惜这聪明才智却用在了杀人取乐的场合，人啊人，那些创造了灿烂的古老文明也留了血腥的历史记忆的罗马人！

参观斗兽场，心灵一阵阵感到震颤。

"当时北非的动物太多，影响到人类的生活，罗马皇帝开辟这个斗兽场是为了杀死猛兽，给人以生存空间。"艾斯美拉尔达如此解释她的祖先的动机。但是，这样的解释能够令人信服吗？我们在东方也曾听到"大东亚共荣圈"之类的美妙辞藻，给杀人的行为裹上"博爱"的包装。古罗马斗兽场里的猛兽来自非洲，斗兽场里的"黑奴"也来自非洲，"它"们怎么会威胁到远在万里之外的罗马人的生存？让"它"们自相残杀，倒在血泊之中，把"生存空间"留给谁呢？

艾斯美拉尔达毕竟不是黑人，也不是黄种人。艾斯美拉尔达毕竟是个意大利人，是个罗马人，她太爱罗马了，以至于对祖先的残酷杀戮也给予掩饰，这就不足取了。

斗兽场西边有一大片绿地，从通道走过去，眼前又是一片废墟。来参观斗兽场的人大多对这片废墟不屑一顾，因为不知其然更不知其所以然。现在又轮到骄傲的艾斯美拉尔达细数家珍了，她说，这是古罗马最大的庙宇——爱神维纳斯神庙，建于公元 137 年，是与先贤祠同时代的建筑，原有 250 根柱子，现在只剩下10 根了。可是，残柱的横楣上却侥幸地留下一行完整的题额：

ROMA SUMMUS AMOR

罗马最伟大的爱情。从左至右，从右至左，正读，反读，都是一样的，恰似中国的"回文诗"，比如人们耳熟能详的：客上天然居，居然天上客；人过大佛寺，寺佛大过人。

奴隶时代和封建时代都曾创造出灿烂的文化，统治者和依附于他们的文人的创造欲望、聪明才智和闲情逸致都是相当充裕的，玩出了许许多多艺术花样儿。如果不是太靠近血腥的斗兽场，也许我对"罗马最伟大的爱情"会更有兴趣一些。

夕阳西照，爱神维纳斯神庙和斗兽场都融入一片金黄之中。我们走在通往梯托凯旋门的"圣路"上——据说每个星期五教皇都是从这条"圣路"走过，现在走在我们前面的是两名宪兵，骑着高头大马。宪兵身穿蓝色制服，头戴钢盔。左边的那一位，头盔下露出长发，原来是一位女宪兵！马蹄声嘚嘚，一男一女的宪兵从容潇洒地走过"罗马最伟大的爱情"的遗迹，走在"圣路"上，身后拖着两条晃动的长长的影子。

"征服世界的不是罗马人，而是罗马城。"艾斯美拉尔达说。当年曾经踏平欧洲、非洲和西亚的罗马帝国早已灰飞烟灭，而成千上万的欧洲人、非洲人、亚洲人至今却仍然不知疲倦地赶来看这座古城，艾斯美拉尔达为她们的家乡而骄傲。

原载《十月》1995 年第 5 期

漫步梵蒂冈

有道是："不到梵蒂冈，等于没来过罗马。"

然而，梵蒂冈却既不属于罗马，也不属于意大利，而是一个独立的主权国家，国土面积 0.44 平方公里，人口 2000。这大约是世界上最小的国家，小到不能再小，以致没有地方为和它有外交关系的国家建造驻梵蒂冈大使馆，而只好建在"国"外，借用了罗马的地盘。一座城中之城，一个国中之国，一片弹丸之地，没有工业，没有农、林、牧、副、渔业，没有交通运输业，却在世界上占有举足轻重的地位，是普天之下 7 亿天主教徒的精神中心、至高无上的圣地。

梵蒂冈建在罗马西北角的一块高地上。我们驱车前往，在距"国境"数百米之外便下车步行，因为到此"朝圣"或观光的人太多了，熙熙攘攘，人头攒动，车子想开到跟前是不可能的。沿街商店、货摊林立，货物中最多的是各式各样的圣母像、基督像、教皇像，有以金银制作的，有以玉石雕刻的，有制成纪念币或钥匙链的，有印成画册或明信片的，琳琅满目；此外也有一些关于罗马的纪念品，如罗马城徽《母狼》和米开朗基罗代表作《大卫》的复制品，因出于商人之手，且批量生产，制作相当粗糙，并无收藏价值。

我们径直奔梵蒂冈城而去。

梵蒂冈的"国门"是一段不长的城墙，赭红色，上缘一排齿形垛口，与中国式的城墙并无多大区别。当街开两座券门，那样式颇有一些像北京天坛的西门。来自世界各地的游人或信徒出入此门，川流不息，梵蒂冈国既没有海关，也不设岗哨，无须护照，更不必签证，任何人来往自由。

进了这道门，便是开阔的圣·彼得广场。广场两侧，两道弧形拱廊遥遥相对，如括号然，廊下排列 284 根圆柱和 88 根方柱，柱高 19 米，平行排为四列，当你站到弧形拱廊的圆心部位，则可看到四排石柱完全重叠的奇观，可见当初设计、建造之精。拱廊的设计者是著名的建筑师兼雕塑家贝尔尼尼，廊顶耸立着他所做的 96 尊大理石雕像，像高 3.2 米。

广场以深灰色方形石块铺成，每块边长 10 厘米左右。这大概是罗马约定俗成的一个尺寸，在罗马城几乎看不到柏油马路，所有路面、广场都铺着这种石块，而且都是同样大小，边缘并不规则，表面也不加打磨，自自然然铺在地上，让漫长的岁月和千万人的脚步去把它磨平。当你走在这种路面上，尤其是旁边再有一辆马车或骑士经过，听着那得得的蹄声，一股悠远的历史感便油然而生。圣·彼得广场上当然不会有马蹄声，与我擦肩而过的是肤色、种族各不相同的善男信女和被好奇心所促使的一般游人，无论出于何种动机，凡有机会到此一游者莫不深感三生有幸。

我们到此正是星期六的下午，斜阳西照，广场上一片金黄，鸽群飞鸣起落，追逐着撒食的人群，一派祥和景象。同行的意大利语专家王焕宝教授告诉我，如果明天再来，这里就水泄不通了，因为星期日上午10时，梵蒂冈要例行大型弥撒，教皇亲自布道讲经，届时教徒们齐集广场，万般虔诚地仰沐天恩，广场几无立锥之地矣。试想，当教皇从广场西侧的教皇宫三楼阳台上出现时，将会在信徒之中造成何等的轰动！圣·彼得广场可容十万人众，虽远远不及我们的天安门广场，但置身于此，却极觉其雄伟广阔，之所以造成如此视觉，得力于四周的弧形拱廊和广场之内的建筑。

就在广场的中心，巍然耸立着一尊埃及方石柱，下宽上窄，如一柄利剑，直指青天。上面刻着典型埃及风格的图案，令人一望而知其来路。据说罗马曾从埃及劫掠这种方石柱无数，至今仍随处可见，但唯有圣·彼得广场的这一尊为原件，余皆系复制品。埃及方石柱两侧各有一喷泉，在靠近拱廊尽头之处，立起两尊高大的雕像，一为圣·彼得，一为圣·约翰。

广场到这里便终结了，南面是教堂建筑群。这一群体，两侧和后院有圣母玛利亚教堂、西斯廷礼拜堂和拉特兰宫、教皇皇宫，而居于正中部位的主建筑则是圣·彼得教堂。

巴洛克式的圣·彼得教堂正面方方正正，矗立着四根方柱、八根圆柱。两旁有高大的券门，右首的券门前站着两名卫兵。卫兵身穿中世纪服装，手执长戟，固执地保持着传统。这里才是梵蒂冈真正的"国门"。梵蒂冈一共2000居民，其中有150名当兵的，负责保卫这小小的国土。卫兵来自瑞士。由那个永久中立国为它提供兵源，似乎也是最得体的。

圣·彼得教堂据说是世界上最大的天主教教堂，占地36450平方米，长187米，宽137米，穹庐式圆顶高138米。138米是全世界天主教堂高度的极限，也是罗马城所有建筑物高度的极限，这个限度从1626年一直保持至今。

圣·彼得教堂的基础是圣·彼得的墓地。公元1世纪，教皇阿那格莱在墓地上建了一座教堂，到了4世纪，罗马皇帝君士坦丁曾花费6年的时间把它扩建，规模当然远远不及我们现在所看到的，但当时已是全世界最大的教堂。15世纪时，教皇尼古拉五世下令重建，经历了漫长岁月和数代教皇，设计者先后有勃拉芒德、拉斐尔和米开朗基罗，穹庐式的顶便是出于米开朗基罗的设计。他从1546年接受设计任务，直至 1564 年去世，工程也没有完成。1626 年，圣·彼得教堂从始建时算起已满 1300 年，才落成了主体建筑，留下广场上的长廊由贝尔尼尼继续努力。

圣·彼得教堂不是一天建成的，当我们跨进它的大门，便强烈地感到这一点。幽暗的过厅越发映衬出门窗上彩色玻璃镶嵌的辉煌，川流不息的人群踏着光洁的大理石地面，尽管极力控制脚步声，听来仍然像马队在奔跑。地面拼镶着花纹，仔细观察可以看到一些数字，那是穹顶一次次扩建的纪录。

过厅里和穹顶下有数不尽的绘画和雕刻，任何一件都足以令人流连忘返，其中最引人注目的当然是米开朗基罗的《哀悼基督》。它安置在一座巨大的壁龛里，在聚光灯的照射下，精雕细刻的十字架和壁龛金碧辉煌。圣母玛利亚忧伤而庄重，怀抱着她的儿子——从十字架上取下来的耶稣。没有痛不欲生的哀恸，没有对暴力凶杀的仇恨，白色大理石传达给世间的是深沉的博爱，是上帝所主宰的宇宙的和谐。

那时的圣·彼得教堂破败不堪，《哀悼基督》为它增添了光彩。雕像吸引了信徒们的注意，但不知道这天才的作品的作者是谁，有人说是从奥斯坦沃来的刻碑人干的活儿，有人说是米兰人克里斯托夫刻的。一天晚上，米开朗基罗悄悄地来到教堂，头上戴着那顶矿灯式的帽子，一手持榔头，一手持凿子，在圣母玛利亚胸前的佩带上刻下一排花体字：佛罗伦萨人米开朗基罗·波纳罗蒂刻。

这是米开朗基罗第一次为圣·彼得教堂留下传世经典作品。在以后的日子里，还有巨幅壁画《创世纪》《末日审判》和穹庐圆顶的设计在等着他。

1654 年，已经 89 岁的米开朗基罗又在雕刻新的《哀悼基督》。笃信基督的米开朗基罗一生的作品选题都出自《圣经》，《哀悼基督》是他反复表现的题目，现在做的是最后一件了，与 65 年前安放在圣·彼得教堂的那件不同，和以往所做的同题雕像也不同，这是一座双人立像，圣母垂着头，搂抱着勉强站立的耶稣。刀法简洁粗放，极其"写意"，甚至连圣母和耶稣的面部都没有细致刻画。按照米开朗基罗自己的说法，这是一件"消遣性"的作品，也许被肾结石、胃功能紊乱、背痛和阵发性晕眩、左腿和右臂麻木以及面部肌肉痉挛等等病症折磨着的这位老人已感到自己将不久于人世，而他用来修身养性、延年益寿的唯一法宝只有艺术。"只要白色的灰粉沾在我的鼻孔里，我的呼吸就最畅通。"他再次戴上那种矿灯式的帽子，拿起榔头和凿子，像音乐家弹奏琴键似地敲击着乳黄色的大理石。他用舌尖舔着那似乎有生命的石头，一丝甜蜜漾上心头。

这件作品完成之后的两个星期，米开朗基罗溘然长逝，或者说这件异乎寻常地简练的雕像其实并没有最后完成，而他体力已经不支了。令他欣慰的是，在教皇保罗四世猝死之后登基的新教皇乌皮斯四世再次确认了米开朗基罗为圣·彼得教堂建筑师的地位，为修建穹庐圆顶提供了资金。"感谢上帝！现在，谁也无法改变设计了！"弥留之际的米开朗基罗怀着莫大的荣誉感离开了人间。

圣·彼得教堂的穹庐式圆顶直到米开朗基罗逝世后又过了 62 年才建成。

现在，我走进了这座耗尽了一代又一代艺术家心血的大教堂，望着它那宽阔的殿堂和高耸的圆顶，那每一寸都装饰得金碧辉煌的内壁，所感到的巨大的震撼并不是宗教本身，而是人为宗教付出的无法计算的奉献。一代又一代教皇执着地把他们所构筑的精神世界具体化，似乎没有庙堂便不足以证明神的存在；一代又一代艺术家驯服地依附于宗教，因为没有庙堂便也没有了艺术的用武之地。如果宇宙间真有一位上帝，既然他拥有创造万物的超然神力，对于人间如此艰难地构筑的大厦以及那些精心雕刻和描绘的艺术品似乎也不至于像凡夫俗子那样发出惊叹，惊叹的还是我们这些凡夫俗子。如今来到这里的凡夫俗子，与米开朗基罗的前辈和同代已不可同日而语，有的人着眼于这里的艺术，有的人仰慕这里的盛名，当然也还有人仍然怀抱着虔诚的信仰。

穹庐式圆顶下面是庄严的圣坛，圣坛下面是圣·彼得的坟墓。

圣坛前正在做弥撒，善男信女们敛容屏声，聆听红衣主教布道。然而同时，谁也无法制止众多的普通观众踢踢踏踏地走动、喊喊喳喳地私语，甚至在进门之初就被告知不准拍照的这神圣处所，仍然会不时看到闪光灯在偷偷地明灭。宗教和世俗的矛盾，理想和现实的冲突，纪律和无序的并存，构成了无奈的世界。

原载《中国艺术报》1995 年 10 月 20、27 日

比萨与比萨斜塔

早餐后从佛罗伦萨乘车赴比萨。

佛罗伦萨距比萨不过七十余公里的路程，个把小时就到了。比萨是个不起眼的小城，与帝国古都罗马和文艺复兴的摇篮佛罗伦萨、工业重镇米兰都无法相比，而它的名气却毫不相让，这完全是沾了斜塔的光。每天浩浩荡荡的人群从四面八方涌来，来干什么？看斜塔。为中国作家代表团开车的司机轻车熟路，进了城，直奔"奇迹广场"。

奇迹广场是由斜塔、主教堂、洗礼教堂和名为"干伯萨特"的庙堂组成的建筑群，以斜塔为中心。主教堂的历史最长，始建于1062年，以卡拉拉大理石垒就，顶棚木制包金，古色古香。但我们见到的已是重建的，原件已毁于1555年的一场大火，重建时受文艺复兴的影响，已非百分之百的原始风格。据说伽利略20岁时在此做弥撒，见吊灯被风吹而摇摆，曾摸着自己的脉搏来测算摇摆的规律，也值得一提。洗礼教堂稍晚一些，建于1152年。因为按天主教的教规，未经洗礼的人是不能进入主教堂的，所以另辟了这个洗礼教堂。"干伯萨特"建成最晚，大约是在13世纪中叶，这里有好几进庭院，自然也是宗教场所。大理石地面由一块块墓碑组成，地下安葬着一些杰出的大主教。我还是第一次看到这种安葬方式，省了大片墓地，免去累赘的坟茔，却又不失庄重，走在那一块块雕着亡灵名字的大理石上，感到一种历史的深沉。

一般游人到此，这些当然都是要看的，但也不过顺便浏览而已，主要兴趣还是在斜塔。

斜塔在主教堂之前的广场上，以白色大理石筑成，一个笔筒状的圆柱体，共八层，顶层稍细一些。每层均有回廊、券门、圆柱。塔高56.7米，为比萨城的制高点，任何建筑不得超过它，可见它在比萨的地位。那些年代比它久远、规模比它宏大、容量比它丰富、艺术成就比它高超的建筑都相形见绌，这是斜塔的作者始料不及的。

斜塔的设计师从来没有想到过想建一座斜塔，他所设想的未来成品，应当是一座笔直的塔。但是，当塔建到第三层，塔体便开始倾斜。设计师无计可施，羞辱之下，逃之天天。这半途而废的三层斜塔便扔在那儿，任凭风吹雨打，寂寞地过了一个世纪。

那位失算的设计师叫比萨特。

百年之后，又一位设计师接过了这项"胡子工程"，选用较轻的石料，把塔完成了。

这位后继者也叫比萨特。这毫不奇怪，因为古人本无姓，便以出生地为姓，所以这一带的人都姓比萨特——当时在这个小地方，几乎所有的人都姓比萨特。

真正使这一地名、这一姓氏威名大震、传之久远的是比萨斜塔。

比萨斜塔出名的原因是倾斜。如果它从一开始就是笔直的，并且由老比萨特修建完成，也许至今默默无闻。天下的直塔多了，人们何必到此看它？正因为绝大多数的塔都笔直，所以出了个斜的，便物以稀为贵，成了宝贝。真是歪打正着，妙手偶得。科学发明或发现往往出于意外，艺术杰作往往成于偶然，这是一大佐证。

可惜的是老比萨特没有这个远见。他在工程失误之后"无颜见江东父老"，在逃匿和羞愧中度过了余生，至死也没有想到有朝一日斜塔会成为传世杰作。

杰作是小比萨特完成的。他的魄力，他的远见，他的学识和技艺都大大超越了前者。米罗岛上发现的古希腊维纳斯雕像因断臂引起了众多艺术家"垂亡继绝"的愿望，终未有一人成功；但比萨斜塔的续建工程不但是成功的，甚至可以称作"点石成金"。这大约是中外艺术史上仅有的一例。高鹗续完的《红楼梦》已经算不错了，尚招来许多非议；后世的人再续，则连高鹗都不如了。残缺的杰作就让它残去，续和补都是吃力不讨好的。唯比萨斜塔是个例外。小比萨特的伟大在于：他不是拾人牙慧，不是狗尾续貂，不是沽名钓誉，而是扭转前人的失败而为成功，将计就计，以歪就歪，起死回生，在三层斜塔的基础上垒完八层，并且让它斜而不倒，终成奇观。

比萨斜塔现在的斜度大约是 3.5°，塔顶比塔基斜出去 4 米。至于当初落成之时，以及伽利略利用斜塔作自由落体实验之时的斜度是多少，已难查考。然而地心引力在促使它不断地加大倾斜，却是毋庸置疑的。据科学家们预测，照此年复一年地倾斜下去，100 年之后，斜塔将倒塌，千年奇观不复再现。不知道小比萨特在完成斜塔的建造时有没有想到这一点？也许他明知如此却毫无办法，赋予此塔仅千年左右寿命，再往后就不管了。那么，我们似乎又有理由批评他的"短期行为"！

斜塔将倾，引起了科学家们和意大利当局的忧虑。他们想了好多办法，来防止不可避免的厄运。有人提议用现代手段将斜塔扶直。这无疑是最愚蠢的，试想，一旦斜塔不斜，谁还稀罕？怕是要无人问津了。有人试图从塔的内部加固。这当然很容易办到，但弊端也显而易见：那将破坏塔的内部结构，就像掏去骨、肉、内脏仅保留华丽皮毛的鸟兽标本，未免大煞风景。现在实行的办法是在塔的底部一侧加了许多重重的铅块，好似"秤砣虽小压千斤"的意思，赘住塔身，不让它继续倾斜下去。这似乎是目前唯一可行的办法，但也不甚巧妙，那一堆铅块，刺眼得很，好像尚未清理的建筑工地。看来还得想更好的办法，这当然是人家的事了。

　　无论用什么办法来拯救斜塔，第一步措施便是将塔关闭，不许游人再踏着那194 级台阶攀登塔顶了，所以此番我辈复登临便只是站在塔下仰望了一番。

原载《光明日报》1995 年 8 月 15 日

凝眸科摩湖

1994年9月，中国作家代表团应蒙代罗文学基金会主席兰蒂尼先生之约访问意大利。我们先后游历了罗马、西西里岛、佛罗伦萨、比萨和米兰，最后一天到达科摩。

外国人来到意大利，急于要看的自然是古罗马遗迹和文艺复兴时期灿烂的艺术珍宝，而对边城科摩却几乎一无所知。我正是如此，只是因为东道主的安排才到此一游，不料却相见恨晚，感慨良多。意大利国土的形状酷似一只高统皮靴，科摩恰恰在"靴口"的正中间，是与瑞士接壤的边境线上的一个小城。它位于东西走向的阿尔卑斯山脉和南北走向的亚平宁山脉相交的"丁"字结合部，山峰之间凹下一片盆地，形成"人"字形的科摩湖，湖畔小城便因湖而得名。此地山清水秀，风光旖旎，尤为可贵的是，它与半个世纪之前的反法西斯战争有着一段奇缘。

说起来，世界现代史上最为人类所不齿的"法西斯"一词，发源地并不在德国，而在意大利。在意大利语中，"法西斯"的本意为"权柄"，是古罗马官吏的标记。1919年，墨索里尼策划成立了一个名叫"法西斯意大利战士团"的组织，到1921年扩建为"法西斯党"。墨索里尼对内实行独裁，大搞恐怖活动，对外横施暴力，疯狂地进行民族扩张，为这一古老的词汇涂上了血腥的色彩。法西斯党在1922年"进军罗马"之后，攫取了国家权柄，立即解散了除法西斯党之外的一切政党和工会组织，封闭全部非法西斯报纸，设立"特别法庭"，逮捕和迫害共产党员以及广大进步人士。1935年，法西斯发动了侵略埃塞俄比亚的战争，1936年又武装干涉西班牙内政，同年11月加入了由德、日发起的"反共产主义同盟"，与德国纳粹和日本军国主义结成侵略同盟，挑起了第二次世界大战，"法西斯"竟成了三国反动势力的总称，普天之下，千夫所指，万众怒目，这实在是曾经诞生过但丁、薄伽丘、达·芬奇、米开朗基罗、拉斐尔……等等优秀子孙的意大利的耻辱！

法西斯暴行遭到了全世界人民包括意大利人民的强烈反抗。在意大利共产党的领导下，游击队员们扛起钢枪，离开家园，走进亚平宁山脉广袤的丛林，英勇作战，有力地打击了法西斯，配合了盟军的外线截击和欧洲被侵略国家人民的抵抗运动。

1943 年，意大利法西斯的精锐部队在北非战场丧失殆尽，国内反法西斯运动不断高涨，墨索里尼众叛亲离，内外交困。7 月 17 日，16 万美、英联军根据卡萨布兰卡会议的决定，在 3000 多艘军舰和 1000 多架飞机的掩护下，于西西里岛登陆。意军溃败，作鸟兽散，德军渡海而逃。8 月 18 日，联军占领西西里全岛，并且即将跃上意大利本土作战。7 月 2 日，意大利军队总参谋长巴多里奥将军发动政变，逮捕了墨索里尼，从而结束了长达 21 年之久的法西斯统治。在国内外反法西斯阵线的压力下，巴多里奥政府于 9 月 3 日在西西里岛的卡萨比雷签订了无条件投降书，9 月 8 日正式宣布投降。与此同时，联军占领了意大利南部，而北部却落入德军之手。9 月 13 日，希特勒派党卫队乘滑翔机把囚禁于亚平宁山顶的墨索里尼救了出来，随即在北部德占区成立了以墨索里尼为首的"社会共和国"，苟延残喘，垂死挣扎。

意共领导的游击队打入北部腹地，与敌激战，大挫德寇。1945 年初，德军向北溃退。4 月 26 日，已濒临末日的墨索里尼化装成德军士兵，混在溃退的德国车队里妄图越过国境逃命，4 月 27 日被游击队截获，当这个脑满肠肥的法西斯暴君被揪出车厢时，战士们立即认出了他，恨不得食其肉、寝其皮！4 月 28 日 16 时 10 分，人民公敌墨索里尼在在正义的枪弹下结束了罪恶的生命，尸体被运到米兰，倒挂在一个加油站顶棚的铁架上示众。血债累累的法西斯头目墨索里尼是意大利人民亲手杀死的，这彪炳史册的赫赫功绩属于光荣的意大利人民！

当年那一场激烈的战斗，就发生在科摩湖畔的山路上。

而今我来到科摩湖，小城一派安详静谧，湖水清冽，白鸥翱翔，一艘艘游艇流光溢彩。由索道登上山顶，看霜叶红透，秋岚氤氲，已难寻战时硝烟。乘车绕湖一周，山道崎岖，绝壁兀立，苍翠的松、杉密密地从湖岸排到山顶，风来飒飒作响，又似乎在讲述着与山河并存的往事。一首战歌在我心中响起："我们都是神枪手，每一颗子弹消灭一个仇敌；我们都是飞行军，哪怕它山高水又深！在那密密的森林里，到处都是同志们的宿营地，在那高高的山冈上，有我们无数好兄弟……"这首歌，诞生于半个世纪之前反法西斯战争中的中国大地，也许意大利的游击队员并不熟悉，然而它的意境与面前的古战场多么相似！

高山之下，秀水之旁，矗立着"欧洲抵抗运动纪念碑"。这碑，由三块巨型钢板组成，象征着欧洲人民从各方走来，汇聚成一股反法西斯运动的洪流。钢板上，用多种文字镌刻着当年在反法西斯斗争中牺牲的各国烈士们的遗言：

　　　　我非常热爱生活，
　　　　但为了让别人活着，

我宁愿去死！

　　我像一片落叶，
　　复归于大地。
　　……
　　我不怕死，
　　遗憾的是，我为祖国做得还太少。
　　请告诉我的妈妈：
　　不要为我哭泣！

　　每一段遗言下面都署着烈士的名字，可惜这些名字绝大多数并不为我们所熟悉，我知道的只有其中一位，以遗著《绞刑架下的报告》闻名世界的捷克共产党员尤利乌斯·伏契克，钢板上刻着他的遗言：

　　人们，我爱你们，
　　你们要警惕啊！

　　阿尔卑斯山默默无语，科摩湖默默无语，而半个世纪之前反法西斯战士们振聋发聩的最后呐喊却久久地回响在天地之间。

　　原载《文艺报》1995年6月17日、《人民政协报》1995年7月18日，同年获中国作家协会纪念世界人民反法西斯战争胜利50周年优秀征文奖。

背后有祖国

1994年9月27日，中国作家代表团抵达意大利南部西西里岛首府巴勒莫，作为嘉宾应邀出席将于10月1日举行的第十八届意大利蒙代罗文学奖颁奖大会。

9月30日晚，蒙代罗基金会主席兰蒂尼先生在EXCELSIOR饭店宴请中国作家代表团全体成员。此时，正值我们的国庆节前夕，这个日子只是一个巧合，云集巴勒莫的各国作家多矣，主席先生却对中国代表团情有独钟，单独宴请，不能不说是一种特殊的礼遇。

宴会定于8时30分开始，除东道主兰蒂尼先生之外，出席作陪的还有罗马大学教授、诗人斯巴齐安妮女士，巴勒莫大学教育学院院长齐布里先生，都是意大利文学界的头面人物。

届时宾主齐集，寒暄已毕，就座入席，即将开宴，忽见兰蒂尼先生和我们的翻译耳语了几句，翻译随即告诉我们：今天的宴请，宾主一共八人，但工作人员安排了十个人的酒馔，尚余两个虚席，兰蒂尼先生征求我们的意见，是否可以请俄罗斯代表团的同行前来一叙？中国作家代表团自然是客随主便，表示欢迎。我心中却不禁暗暗感慨：遥想苏联当年，地球上数一数二的超级大国，苏联作家在世界文学界也是一支劲旅，出入国际场合，威武煊赫，何曾受过这等叨陪末座的待遇？无奈此一时，彼一时也。随着苏联的解体，俄罗斯的国际地位也大大跌降，兰蒂尼先生大约无意冷落他们，借宴请中国代表团之机请他们作陪，也是一番美意呢！

须臾，俄罗斯代表团来了。这个团，以前在历届的蒙代罗盛会中都浩浩荡荡，不想今天只来了两个人，正好"填补"宴会座席的"空白"。兰蒂尼先生向我们介绍：俄罗斯作家席德罗夫先生；另一位是他的翻译，竟未通姓名——两个人的代表团等于是一个人。席德罗夫先生年约六十以上，一头白发，相貌朴实憨厚，衣着也不讲究，一副风尘仆仆的样子。小翻译只有二十多岁，高高的鼻子，一双机警的眼睛，还有一副薄薄的嘴唇，亦步亦趋地跟随在席德罗夫的身旁，把他的每一句话译成意大利语，再由我们的翻译译成汉语。

宴会一开始，我就在想：和已经落魄的老朋友见面，该谈些什么呢？谈苏联文学曾经有过的辉煌？谈迅雷不及掩耳的"八·一九"政变所带来的影响？谈谈已经说不清道不明的俄罗斯现状？这些，也许都是人家讳莫如深的话题，那么，我们还可以谈些什么呢？

未等我们开口，女诗人斯巴齐安妮已经向席德罗夫发问："叶利钦访美回国途径爱尔兰，称病不见记者，他是真病还是假病？你对叶利钦看法如何？"真正的单刀直入，把最敏感的问题毫不含糊地摊到了桌面上，等待对方回答。

"我不知道……"席德罗夫嗫嚅着说，以"无可奉告"的姿态挡住了可能还会层出不穷的提问。

我替席德罗夫发窘，一个作家，处于"社会神经"和"人类灵魂工程师"的位置上的文学工作者，怎么能够对主宰自己祖国的一号人物"我不知道"呢？哦，席德罗夫同志，你一定有难言之隐！

为了缓和这沉闷的气氛，我毫不犹豫地谈起本来打算搁置心中的话题：中苏两国曾有过兄弟般的友谊，俄罗斯和苏联的文学艺术为人类做出过杰出的贡献，这些，我们都不会忘记……

席德罗夫专注地听着，那双灰蓝色的眼睛泛出了光彩，封闭的记忆之门打开了。

"哦，那时候，那时候……"他喃喃地说"50年代我在莫斯科大学读书，有很多中国同学，我们相处得像兄弟姐妹；到现在我还会说汉语的'你好''我爱你'！1981年我访问中国，拿着当年的合影，指着上面的自己，问他们：'还记得这是谁吗？这是我呀！'我们都老了，认不出来了！"

遥远的回忆引来深深的感慨，他眼中的光彩黯淡了。"过去是我们帮助中国，现在是中国帮助我们了。俄罗斯正处在一个困难时期，"他说，"文学被禁止——不是在政治上的禁止，是在经济上、思想上被扼杀了。社会不再需要我们，作家、艺术家们不知道自己还能做些什么。"

席德罗夫在俄罗斯是一位颇负盛名的诗人和小说家，而当他的祖国遭到变故，他的创作生命赖以生存的沃土被抛荒，也不得不英雄气短。尽管他深深地热爱着祖国，关切着民族的命运，一介书生毕竟没有回天之力。他说他现在是俄罗斯"争取和平文化协会"的主席，这个组织的宗旨是通过文化争取和平。他从身上拿出这个协会的徽章，赠给中国朋友，又解释说："这是新做的徽章，原来的徽章上面有列宁像，现在没有了！"

由这枚徽章，宴席上的话题转入了最为敏感的意识形态。东道主兰蒂尼称赞中国"采取了非常聪明的办法，几年之间发展很快，取得了举世瞩目的成就"。这番话，自然在中、俄两国作家心中都激起了难以平静的波澜。

晚十时左右，宴会在亲切友好的碰杯中结束，人们似乎还意犹未尽：关于国家和民族的命运，关于人类的发展和作家的使命，这些都是刚刚开头的长长的话题……

——握手告别，相约明天在大会开幕式上再见——明天就是 10 月 1 日，我们的国庆节。

兰蒂尼又在和我们的翻译耳语。翻译告诉我们：兰蒂尼主席为中国代表团的每位成员准备了一份礼物。因为俄罗斯朋友临时参加宴会，没有他们的。所以请他们先走，免得尴尬。哦，席德罗夫同志所掌握的汉语词汇毕竟太少了，当着他的面说的这些话，他却根本听不懂，向我们微笑着打完招呼，就和他的小翻译一起走了。望着他远去的白发苍苍的背影，我的心里升起一阵酸楚。一位大名鼎鼎的作家在国外处于这样的地位，是因为他的创作实力不足吗？而同样是应邀与会的客人，中国作家却受到非常的礼遇，是因为我们个人的"才华"和"成就"吗？不，不，仅仅是因为我们背后有一个越来越强大、越来越受人尊敬的祖国！

原载《扬子晚报》1995 年 11 月 7、8 日

太阳神祭坛

　　未到楚雄，车子先开到了市郊的十月太阳历文化园。这正是东道主的精明之处，让客人先睹为快、眼见为实的是彝族深厚悠远的文化。踏进文化园，迎面雄踞着两座"辟邪"雕塑，随后又是两面巨型铜鼓，已令人精神一振。铜鼓下面，身着盛装的男女彝族青年跳起了迎宾舞，舞步剽悍英武，全无忸怩之态。这就是彝族，一个崇尚火与太阳的民族，一个活泼泼、热辣辣、刚烈坚韧、英勇顽强的民族。

　　披着细雨，我们走向十月太阳历雕塑广场。广场实际上是一座圆形祭坛，在500亩绿茵碧水间拔地而起，遥接苍穹，地势比起北京的世纪坛要开阔得多了。坛分三层，由赫红色和白色大理石筑成，石级相连，层层叠进。我们拾级而上，像是一步步走向太阳。祭坛的顶层是十根赫红色巨型石柱，圆心位置是祖先神柱，最为粗壮、高大，顶端耸立着"三女追日"的雕塑——三位圣女捧着一轮太阳。在南北方向的中轴线上，排列着葫芦神柱、天神柱和火神柱，东西两边分别是竹神柱、太阳神柱、虎神柱和羊神柱、鹰神柱、龙神柱。外来的客人一时难以透彻了解这些神柱的确切含义，仅这些神秘莫测的名称和柱表上粗犷狰厉的雕塑，已使我感到心灵的震颤，好像踏入时光隧道，走进了远古的历史。

　　楚雄彝族自治州政协主席杨成彪同志为我指点神柱，一一讲解：这些神柱并不是随意排列的，而是十月太阳历的标志。每当夏至的日出、日落时分，竹神、羊神和祖先神柱连成一线；冬至的日出、日落时分，虎神、龙神和祖先神柱连成一线；春分、秋分的日出、日落时分，太阳神、鹰神和祖先神柱连成一线；而在冬至的正午时分，火神、天神和祖先神柱、葫芦神柱连成一线。这些都是经过千百年检验的，如若不信，请你到时候来亲自观察！我当然不可能在每个节气都到云南来看神柱，但杨主席那斩钉截铁的神情，已令我深信不疑。好多年前，我在北京已听说云南的彝族地区还保存着5000年前夏朝的十月太阳历，直至今日，总算得以亲睹它的精确，感受它的伟大！

　　十月太阳历与世界通用的公历、我国至今沿用的阴历都不同，它完全依据地球围绕太阳公转的规律制定，每年365天，分为10个月，每月36天，岁终剩余的5天为过年日。如此简洁明了，整齐易记，却又精确无比。而现行公历则是最不整齐、最不易记的，每个月的天数有 28 天、29 天、30 天、31 天，人们稍一疏忽便会记错了日子。现行公历的前身是罗马统帅儒略·恺撒创立的，他把自己的名字作为 7 月的名称"JULY"，而他的侄子奥古斯都（AGUSTUS）做了首任罗马帝国皇帝之后，则以自己的名字作为 8 月的名称；本来 2 月 29 天、8 月 30 天，奥古斯都为了充实他的 8 月，硬是从 2 月借来一天，加在 8 月里，成为 31 天，搞得 7、8 两个相连的月份都是大月。这么一来，人为的历法和自然规律就难以吻合了。比如立春本来应在 2 月 4 日，若 2 月为 29 天，立春则要推迟到 2 月 5 日。长官意志到了这等荒唐的地步，真是不折不扣的"滑天下之大稽"！罗马帝国早已消亡，但由罗马统治者制定的历法却贻害天下，贻害至今。近年来，世界各国的天文工作者要求对现行公历进行改革的呼声甚高，到底怎么改法，也还说不定，但我相信，新的历法最基本的特征应当是最大限度地符合自然规律，最大限度地减少人为因素，这样才能为全世界大多数国家和民族所接受。以这个标准来衡量，彝族十月太阳历无疑是最具有优势的。比如，它将立春恒定在 2 月 4 日，一天也不差，其严谨的科学性完全符合自然规律。据悉，有关十月太阳历的书籍已经走出国门，流传海外，并且引起国际科学界的重视，法国海外科学院曾经在巴黎为此举办专题讲座。我期望有更多的人关注并且深入研究中华民族的这一瑰宝，使之造福于人类。

　　置身于太阳神祭坛之上，抚摩着这十根巨大的石柱，不禁浮想联翩。我不是历史学家，也不是天文学家，不清楚彝族十月太阳历和夏朝的历法是否完全一致，也不清楚十月太阳历以十月末的五天作为过年日与秦朝"以十月为岁首"有没有什么关系，甚至连彝族"尚黑"的传统习俗都与秦朝相同，不知这是否纯系巧合？难以做出确切的判断。但作为一个普通的参观者，中华民族的一个成员，我感到了祖国历史文化沉甸甸的重量。我钦佩楚雄彝族自治州领导的胆略和眼光，他们把本民族最优秀、最值得骄傲的文化传统推到了改革开放的第一线，一座太阳历文化园的兴建，树立起了一个民族的形象。令人肃然起敬！而在全国许多地方，却还在争先恐后地修建玻璃幕墙式的摩天大楼和贴满瓷砖的度假别墅，追逐在国外已经过时的"新潮"，两者相较，如何？

原载《人民政协报》2002 年 1 月 1 日

哈达献给谁

到达昆明的次日上午，按照东道主的安排，前往民族村参观。在这里，奇异的民居建筑、多彩的民族风情迎面扑来，令人目不暇接，以至在记忆中糅合成一片斑斓，分不清哪儿是哪儿了。但藏族村是唯一的例外，因为在那里发生了一个有趣的插曲，其余波并且伴随了我此后的一半行程。

藏族村藏味儿十足，庄严的佛殿，高耸的白塔，令人想起电视、画册上常见的喇嘛诵经场面。身着盛装的藏族少女唱着歌儿，列队欢迎远方来客，给每人献上一条洁白的哈达，并且亲切地祝愿："扎西德勒！"导游小姐说，这是"吉祥如意"的意思。并且告诉我们，献哈达是有讲究的，只有活佛才可以把哈达直接挂上客人的脖颈；若是年轻人献给长者，决不可举过其头顶，而是由客人自己完成这个程序。于是我们入乡随俗，郑重地接过少女们手中的哈达，挂在自己的脖子上，真切地感受到"扎西德勒"的温馨。

民族村的"村长"带领我们进入大殿，详细地解说，殿里供奉的三尊塑像都是什么佛，墙上的壁画是请喇嘛画师花费了多少时间画成的，殿前的白塔里埋了多少吨香灰，请喇嘛念了多少天的经才落成的，以表明这里的一切并非为了展览效果而制作的模型或道具，而是货真价实，具有严格的民俗意义和严肃的宗教内涵。听他这么一说，我顿时意识到今日到此已不同于寻常的参观，而近乎"朝拜"了。看见前面的游客把自己脖颈上的哈达取下来，献给那金光闪闪的佛像，我们的人也都学着那样子，亦步亦趋。我却有些犹豫，心想，宗教是一件严肃的事，如果心中无此信仰，却虚情假意地装模作样，不仅自己违心，也是对佛的不恭，而我并不信佛，该如何是好？此时，听得导游小姐说："哈达可以献给佛祖，也可以带回去留作纪念。"我便松了一口气，不必勉为其难了。

接下来进入殿旁一室，主人请客人饮酥油茶，品青稞酒，赏藏族歌舞，那个名叫小卓玛的姑娘放声高歌，赢得阵阵掌声。"村长"就坐在我的身旁，指指点点，说些藏族的掌故，而我却心有旁骛，看见别人脖颈上光光的，唯独我还披着一条哈达，觉着不大自然。歌舞结束，走出藏族村，同行的画家王明明问我："哎，你这条哈达怎么没献给佛祖？"正问到点子上，我不便明说，只好含糊其词："哦，留个纪念吧。"

回到住处，我把那条披了一路的哈达取下来，却不知放置何处。明明问："真要带回北京去啊？"我心里正在犯难，只好实话实说："带回去也是麻烦。我不是佛教徒，夫人信仰的是伊斯兰教，这条哈达该怎么办呢？"明明笑道："扔又不敢扔，带又不能带，这倒是个负担了。早知如此，还不如刚才献出去算了。"我说："是啊，现在后悔也晚了。只好找个机会再献出去吧，这一路上总会再碰到佛教庙宇的！"明明说："那谁知道呢？你得把它随身携带，说不定哪天正好碰上机会。"说得是，我于是把那条哈达庄重地折了几折，用一个信封封好，装进手提包里，从此形影不离，以待时机。

如此过了三天。我们由昆明到玉溪，再到楚雄，一路上参观访问、开会座谈，工作日程排得满满的，所见所闻，收获颇丰。但手提包里的那条哈达却一直没有找到机会献出去，成了一块不大不小的心病，除了同室的明明，也不可对人言。

第四天，视察团到达大理。大理是个白族自治州，因一部电影《五朵金花》而名扬天下，苍山洱海引来了八方宾客，所到之处，游人如织。当日下午，我们便连赶三场，看了大理州博物馆、大理古城和崇圣寺，真有些"急不择食"的味道。别的不表，现在单说这崇圣寺。据导游小姐介绍，此寺始建于宋朝大理国，大理国的段氏王朝有九位国王都出家当了和尚，可见对佛的笃诚。匆匆说了这么几句，便叫大家上山，到崇圣寺最著名的景点"三塔"摄影留念。此时已是下午4点半钟，4点45分下山到原地集合，留给我们参观、拍照的时间只有15分钟，真是太紧了。我举目看去，但见云雾缭绕的苍山之前，三座白塔巍然耸立，煞是威风，那塔的造型不像寻常所见玲珑宝塔，而与西安大雁、小雁二塔造型颇为相似，俨然唐代风格。想必是因为宋与唐年代较近，建筑艺术的因袭传承比后世更为直接吧。可惜我们所在的位置不佳，照相机很难将其尽摄其中。听说到上头可以拍全，而且还有湖水映衬，"三塔垂影"是当地著名景观之一。于是我和明明抖擞精神，拾级而上，一路不停地拍照，七转八转，果真见到一汪湖水，似是专为三塔垂影而凿，一个绝佳的摄影位置。我们抢拍了几张照片，未及细细观景，手表的指针正好跑到四点四十五分，下山集合的时间已到，只好寻路下山。但我们没有原路返回，便沿湖岸前行，想利用这最后的时间获取更多一点的新鲜感。到了一个路口，正想折身下山，却见远处有一座巍峨的大殿，向旁边的游人打个问讯，说是"雨铜观音殿"。我虽不信佛，但"观音"之名还是熟悉的，只是不知这"雨铜"何意？恰好路旁有一石碑，碑文略述其来历：大理国开国之君段思平发下宏愿，要在此铸一座观音铜像，岂料铸至一半，铜料告罄，正为难之际，忽风雨大作，而所降并非水滴，而是铜块，于是铜料得以为继，因此，观音铸成之后便被称作"雨铜观音"。这种美丽的神话，自然不必深信，使我动心的是，身边带来的哈达，不正好可以献出去吗？虽作如是想，却又感到为难，因为从脚下到雨铜观音殿还有四五百米的距离，其间还要爬几十级台阶，即使用最快速度跑去跑回，也需要十几二十分钟，显然来不及了。如果误了集合时间，人生地不熟，返回驻地将十分麻烦。我正在发愣，站在一旁的明明说："我替你跑一趟怎么样？"原来我心中之事，他也惦记着呢，并且体谅我的年长体弱，愿挺身而出为我代劳，这令我好感动！但我怎么好让他"替"我跑这一趟呢？我看了一眼手表，果断地说声"走！"两人便像救火似的朝着雨铜观音殿跑去。此刻，不知那些素不相识的旁观者作如何想？也许深深地为这两个"朝圣"者的虔诚所感动吧！

飞速跑进大殿，迎面便看见一座金光闪闪的观音塑像，据说这是亚洲最大的室内佛像。我们也来不及仔细瞻仰，便急急地采取行动，明明在跪毡上拜了拜，又取出一张百元钞票投入功德箱中——这一切都是替我办的；我则从手提包中取出朝夕相伴了多日的那条哈达，和明明一人扯住一头，悬挂在功德箱上，口颂"扎西德勒"，心中的一块石头总算落了地！

两人匆匆跑下山去，队伍已经集合完毕，只等着我们回来，便要出发。我们满脸是汗，相视而笑。我轻声对明明说："如果我不说，你不说，谁也不会知道咱俩之间还有这么一个小秘密！"

原载《人民政协报》2002 年 1 月 15 日

乐 犹 药 也

在丽江古城听纳西古乐，是此次云南之行的一大收获。所谓纳西古乐，据当地人说，系由白沙细乐和丽江洞经音乐两部分组成。白沙细乐相传为"元人遗音"。元世祖忽必烈南征大理时，"革囊渡江"到丽江，受到纳西族首领的欢迎。忽必烈离开丽江时，留下了随军的乐谱和一部分乐师作"别时谢礼"。纳西语称白沙细乐为"伯石细里"，正是"别时谢礼"的转音。丽江洞经音乐则是源于内地的道教，自元明以来传入丽江并植根于此。至于传播途径，丽江古乐演奏厅的主持人宣科先生讲得更具体：明洪武十四年（1381），朱元璋的军队开到云南，那些中原汉子携带的不仅有刀枪剑戟，还有笙箫管弦，在征战屯垦之余，以熟悉的曲调寄托思乡情怀，久而久之，便在当地百姓当中流传开了。我以为，这种说法是可信的，类似情景，我们在读太史公书时已有领略，楚汉相争，刘邦用张良计，以"四面楚歌"动摇其军心，可见战士们爱听家乡歌曲是自古如此的普遍现象。由于历史的变迁，明朝军队演唱过的那些歌曲包括唐宋元词、曲音乐在内地已经失传，而在地处边陲、交通闭塞的云南却奇迹般地保留了下来，不仅一代一代人口传手授，而且还有工尺谱留存，令人不能不信服它们的可靠。在丽江，如今能够演奏这些古乐的，大都是古稀耄耋老人，白须飘飘，身着长袍，正襟危坐，神情肃穆，宫商徵羽，一板一眼，与而今流行乐手歌星们摇摆癫狂、搔首弄姿的台风判若天壤。其间也有两三个十七八岁女孩儿，这是古乐的新一代传人，她们着纳西族"披星戴月"装，操古筝、琵琶，歌《浪淘沙》《天净沙》《山坡羊》……这些词牌、曲牌，过去我们是从字面上熟悉的，只见其形，未闻其声，现在有幸亲耳聆听，且原汁原味，怎能不感到心灵的极大震撼！据闻，这支乐队已经多次出国演出，所到之处，无不轰动。因此可以说，纳西古乐的流传、发掘、整理，是纳西族人民对于继承和弘扬祖国传统文化艺术的一大历史贡献。丽江纳西古乐演奏厅有一副楹联："曲奏阳春，弘扬国粹，玉龙骄子宣科呕心沥血；词吟白雪，大启人文，唐宋遗音雅乐过海飘洋。"可谓恰如其分。

我第一次接触纳西古乐，是在昆明的民族村，里面有个纳西村，搭着戏台，专以演奏纳西古乐待客。但那次观摩并没有引起我太大的注意，这当然首先归咎于本人的孤陋寡闻，进了纳西村才初次听到"纳西古乐"这个名称，没有思想准备；但还有一个原因，那就是昆明纳西村缺了一位像宣科那样知识渊博、风趣幽默的主持人。这位"宣科"可不是呆板地"照本宣科"，他的解说头头是道，让你听得明明白白，同时又生动活泼，令人兴致盎然。现代人欣赏古典音乐，需要适当的引导和铺垫，不然，很难从浮躁状态进入那种宁静致远的境界。昆明纳西村缺少了这种引导和铺垫。但是像宣科这样的主持人不是"培养"出来的，而是长期的文化浸泡和人生磨炼造就的，想做他的"接班人"，又谈何容易！

此外，昆明纳西村的古乐戏台还有一些瑕疵。比如观众席上空悬挂的纳西族象形古文字"东巴文"，就制作得太草率，失去了古奥神秘之感。戏台两旁的几副对联，也多不合联语规范，而且全部将上下联颠倒，显然负责设计、制作、布置的人都缺乏这方面的常识。挂在最前面的是这样一副对联：

> 礼乃理也，能治世也能乱世；
> 乐犹药也，可活人亦可杀人。

我不知此联是何人所撰，虽然在个别用字和平仄上尚可推敲，但联语的意思还是不错的，把中国传统的"礼""乐"的社会功能讲得很透彻，很深刻，又很辩证。美中不足的是，和其他几副对联一样，也是把下联挂在了上首，上联挂在了下首，弄颠倒了，而且其中还有一个错字，将"犹"字误写为"尤"，实在不应该。"犹"者，比如、好像的意思，"乐犹药也，可活人亦可杀人"，意为："音乐犹如药物，如果使用得当，可以治病救人；但若使用不当或是蓄意放毒，那是要害人性命的。"这话说得多么实在，又多么精辟！健康向上的优秀艺术作品陶冶人们美好情操，宣扬邪恶、色情、暴力的伪劣艺术则是毒害人们灵魂的精神鸦片，这样的事例我们见到的还少吗？道理就在此联中，但若将"犹"字换成"尤"字，"尤"是特别、特殊的意思，就讲不通了。演出结束之后，我忍不住向"村长"指出了这两点错误，希望予以改正，他心不在焉地"哦，哦"支吾两声，竟顾左右而言他。这使我很感意外。但想了想，倒也不怪，"乐犹药也"，"良药苦口"，要让患者舒舒服服地吃下去，也难。

无独有偶，就在参观民族村的次日，我们应邀参观名闻遐迩的世博园，又遇到一件奇事，与此有异曲同工之妙。那是在一组人造假山、瀑布景区，赫然树一石碑，碑文以篆书镌刻"夏历干支"四个大字，下以小字罗列六十组天干地支。应当说，在这样一个国际性的、永久陈列的博览会上，用这种方式宣传中华文化，创意是很好的。但不幸的是，"夏历"的"历"字刻成了繁体的"歷"，错了。须知，在繁体字中，"历史"的"歷"和"历法"的"曆"本是形、义都不同的两个字，汉字简化时合并成了一个"历"，但这碑文既然全用繁体，就应该各就各位，决不可混为一谈。不要以为来此参观的都是外国人，也不要以为外国人都不懂中国文字，外籍人士当中也有华人，高鼻蓝眼者流也有汉学家，糊弄不得，将人所共知的"夏曆"错写为"夏歷"，难免贻笑大方。当时有一位干部模样的人陪同参观，为我们讲解，好像是位负责人，我便向他指出，这个"历"字错了，应该改正。不料，他也是"哦，哦"两声，转身和别人说话去了，与民族村的那位"村长"的表现一模一样，"忠言逆耳"啊！不用说，那个错字他是不会改的，如果没有人再提醒他，恐怕要长久地错下去。

这两件事，让我很感慨。既然做的是文化事业，为什么不能做得更"文化"一些呢？弘扬祖国文化遗产，至少应该做到准确无误；人非圣贤，偶尔出错也不打紧，但应该知错必改。为什么改一个错字也这么难？

原载《人民政协报》2002 年 1 月 29 日

好一个丽江

这个题目，似有词语搭配不当之嫌：丽江既然称"江"，应该用"一条"才是，怎么能说是"一个"呢？其实不然。丽江不是江，而是滇西北地区金沙江畔的一座小城。金沙江古称丽水，小城因此而得名。而广义的丽江又不止于一座小城，丽江地区下辖丽江纳西族自治县、宁蒗彝族自治县、永胜县和华坪县，还包括神秘的玉龙雪山，号称万里长江第一湾的石鼓镇，以及天下第一大峡谷虎跳峡等著名风景区。现在单说这座小城。丽江原名大研，始建于南宋末年。已有800年历史，但它的出名，却还是由于1996年的那场大地震，当时一方有难，八方支援，丽江从此名"震"全国乃至世界。丽江人抓住机遇，大做文章，申报"丽江古城"为世界文化遗产，经联合国教科文组织世界遗产委员会认真考察，1997年予以批准，有幸获得这等殊荣的城市，全中国也没有几个，好生了得！

目睹丽江古城之前，我曾做过种种猜想，但实地踏勘，却都猜错了。它不像被火山覆盖的庞贝古城，那是死了的城，惨烈的城，参观者看到的是劫后遗迹，感到的是对大自然暴力的恐惧，对文明毁灭的痛惜，和对人类生命脆弱的哀叹。而丽江是一座活着的古城，一座依山傍水、生机盎然的城，古老而又充满青春活力的城，在那传统的"三坊一照壁，四合五天井，走马转角楼"中生活着现代的丽江人，彩石铺就的小巷曲径通幽，响着橐橐的脚步声，布鞋皮鞋胶底鞋磨光了石头的棱角。潺潺流水从家家门前流过，这是发源于城北象山脚下的玉泉水，分三股入城后又分成无数细流，穿街绕巷，流布全城。那水清澈见底，连水中的石子和水草都清晰可数。因为这水，古城里架起了300余座石桥。与桥同样多的是水井。离我们住处不远就有一处"三眼井"，那是并排的三眼水井，以石块垒成方形井栏，彼此相连，地下泉水汩汩冒出，依次灌满三眼井。第一眼供饮水用，第二眼供洗菜用，第三眼才用来洗衣服，约定俗成，人们自觉遵守，决无一人犯规，去污染这生命之源，甚至在泉水流经三眼井之后，已经是"废水"，也还是清的。丽江也不像西递、流坑、周庄那些同样因保存完好、古风浑然而著名的村镇，更不要说电影《大红灯笼高高挂》的拍摄地乔家大院，和丽江相比，它们都太小了。丽江是一座城，占地3.8平方公里、容纳25000余人口的城。这样的规模，能够一街一巷、一砖一瓦地保存下来，未遭大的破坏，实属不易，可见丽江人多么钟情于这片生于斯长于斯的土地，又多么珍惜经过历史的长久积淀而留存下来的文化遗产。见过纳西族的古文字，我们感知到这个民族悠久深厚的历史；听过纳西古乐，我们不敢低估这里的少数民族对中原文化的谙熟。这是个崇尚文化的地方，几乎家家户户门前都贴着楹联。居丧的人家贴的是蓝色或绿色的楹联，使过路的人也自觉放轻了脚步，以表达对逝者的尊重。即便房屋的主人不一定读过多少书，也要请人来装点一番，营造出"诗书继世长"的气息，附庸风雅总也比附庸粗俗要好。

在丽江古城有一座深为丽江人骄傲的木府，那曾是当地土司的府邸。洪武十四年，明军入滇，土司率众先归，并随军作战，被朱元璋赐姓"木"，授"子孙世袭土官知府"，这座宅子便称为"木府"了。著名旅行家徐霞客当年到丽江，看过木府，曾留下"宫室之丽，拟于王者"的评语，是赞美还是讽刺？颇堪玩味。我参观木府的时候，只匆匆在里面走了一遭，无非是楼堂殿阁、曲径回廊，在别处见得多了，大同小异，并不觉得怎么稀奇。一个小小的土司，毕竟财力和见识都有限，即便有心"拟于王者"，也"拟"得不到家。再加上被当代人粗制滥造地"修葺一新"，几处殿阁的匾额都刻着电脑字库里的"新魏体"，更少了许多古气，倒不如古城中那些充满生活气息的小巷民居生动活泼，古朴自然。我与明明穿过木府，拾级登山，在绝顶处回头一望，整座古城尽收眼底，情不自禁地叫一声"好一个丽江"！此时更加觉得，联合国教科文组织的那些官员和专家们到底有眼光，授予丽江"世界文化遗产"的美称，的确并不过誉。

丽江当然也还有某些不尽人意之处。比如古城中偶然夹杂一两座水泥盒子式的"现代"建筑，如眼中之钉，肉中之刺，与古城风格极不协调。有些新建的房舍，为求坚固或为省事，以水泥为墙，然后抹上一层灰漆，再以白漆画出"砖缝"，一望而知是假冒伪劣，韵味全无。"世界上没有两片相同的树叶"，当然也没有同一颜色、同一性状的砖，整齐划一，反而假了。文物部门早就有"修旧如旧"的政策，可惜总难以执行。古城居民外墙上的字画，由于纯属群众性"自由创作"，无人指导，缺乏管理，没有节制，也显得太多、太满、太滥。须知，劣质的字画，远不如一面粉墙来得素雅大方，不着一字，尽得风流。丽江古城之外，有一片新城区，为了"和国际接轨"，开辟了一条香格里拉大道，两旁洋房比肩而立，都刷了几乎一样的涂料，崭新而雷同。其实这又何必？难道"新"城区就非"洋"不可吗？难道只有西式建筑才算"现代化"吗？何况这种一厢情愿的"接轨"法，洋人也未必认可，弄不好，既倒了人家的胃口，又砸了自己的牌子也说不定。

在城市建设中，传统与现代是一对不易解决的矛盾，北京和许多大都市对此都有很多经验和教训，值得中小城市特别是少数民族地区的小城镇建设借鉴。民族的、地域的、历史的、文化的特色，正是一座城镇的灵魂，如果丢了这些，这座城镇的生命也就消失了。

原载《人民政协报》2002 年 2 月 12 日

摩梭女之歌

　　十多年前，云南版画家李秀来京举办画展，我第一次从她的口中听说"摩梭人"的奇异风俗，从她的画中领略"泸沽湖"的绮丽风采。据闻，摩梭人是纳西族的一个支系，至今保持着母系社会，这在全中国乃至全世界都是绝无仅有的。摩梭人世代生活在泸沽湖畔，筑木屋为居，凿独木为舟，渔猎农耕，宁静安详，与世无争，如桃花源。在摩梭人家，至高无上的是老祖母，执掌一切，因而女孩儿也特别娇贵，诚可谓"生男慎勿喜，生女哺用脯"。摩梭人没有通常意义上的男婚女嫁，而实行"走婚"制度。青年男女，只要情投意合，便可结合，男称女为"阿夏"，女称男为"阿注"，译成汉语，就是"朋友"，这和现代内地人谈恋爱时所称的"朋友"是一个意思。既然是朋友，就谈不上结婚，而是走婚，走婚不是女嫁男方，而是由男就女；男到女家也不是"入赘"，而是早出晚归，只在夜间与"阿夏"同住，白天是见不到的。如果你在白天访问摩梭人的家庭，见到的男性一定是孩子的舅舅，而非父亲，孩子他爹正在自己的母亲家呢。在那里，他也是舅舅。这位舅舅到了晚上，也不在自己家里住，找他的"阿夏"去了。这种婚姻关系，不是夫妻而又类似夫妻，在摩梭人的世界里天经地义。"文革"当中，走婚被当作"四旧"破除，强迫命令他们领了结婚证。"文革"过后，拨乱反正，落实民族政策，又恢复如初。我惊叹，世界上还有这样的地方，如果《西游记》《镜花缘》的作者到过泸沽湖，一定会把"女儿国"写得更精彩。好奇心使我渴望着造访那片神秘的土地。李秀说，如果我去云南，她一定陪同到泸沽湖采风写生。

　　自此之后，我曾有多次去云南的机会，可是由于种种原因，均未能成行，这个愿望也就一直得不到实现。此次终于来到云南，我心想，机会来了。可是这时正值李秀出访未归，而且我翻遍了视察团的日程，泸沽湖不在其中，因为有工作任务在身，也不便单独行动，好不怅然。视察团经历了昆明、玉溪、楚雄、大理，最后一站是丽江。当我们乘船穿越洱海前往丽江时，心中又燃起一线希望，泸沽湖属丽江地区，且与丽江相距并不甚远，顺访一下也许还有可能。视察团舍舟登岸，乘车前往丽江，过了鹤庆，已出大理州界，丽江派人来接，车上有两位着纳西族服装的导游小姐，操流利的普通话，为我们介绍有关丽江和纳西族的种种切切。其中的一位自我介绍说，她叫卓玛，让我们猜她是哪个民族的人。我们当然说她是纳西族，谁知竟猜错了，她家住泸沽湖畔，是地地道道的摩梭人，因为工作关系穿了纳西族的服装，别人认不出也不为怪，况且摩梭人也是纳西族的一个支系。我惊喜意外地碰上了摩梭人，便向她打听：泸沽湖在哪里？离这儿远不远？还有"走婚"的风俗……等等，等等。卓玛如数家珍，细细道来，眉目言谈之间洋溢着"谁不说俺家乡好"的自豪。她说，泸沽湖是天下最美的地方，摩梭人是天下最富于人情味的人，走婚是天下最合理的婚姻，爱情是男女之间的唯一纽带，有情则合，无情则分，没有许多人为的羁绊，甚至也不会产生财产纠纷，因为财产、子女都属于女方，当情感破裂时，男方走人就是了，什么麻烦也没有，真个是"捧着一颗心来，不带半根草去"。不过，外界因此以为摩梭人的走婚很随便，那也是误传，实际上，"阿夏"和"阿注"的关系大都是稳定的，并不是朝秦暮楚随便"走"来"走"去。谈到这种走婚制度形成的历史渊源，卓玛说，这与藏族的农奴制有关。当年藏民有一种"强巴"身份的人，他们不得结婚，没有家庭，终生为农奴主赶着马帮，往来于滇缅边境，泸沽湖是他们的必经之地，在此住宿、吃饭、饮马，总要稍事停留，难免和当地的姑娘产生情感，于是，农奴主看不见、管不着的这片土地就成了他们的伊甸园。但聚会是短暂的，离别是长久的。一两天之后，强巴们又赶着马帮匆匆走了，下次重逢尚不知何日。正是这种聚少离多的恋爱方式，久而久之演变成了"走婚"。看不出，卓玛小小的年纪，竟对摩梭人的历史做过如此认真的探究，不知是从长辈那里听来的，还是她自己的推想？我虽然没有对此做过考证，但听来还是言之成理的，摩梭人普遍信奉藏传喇嘛教，似也可作为一个佐证。

卓玛自告奋勇，为我们唱了一支歌，摩梭人的《花楼恋歌》：

阿哥哟，阿哥哟，
月亮才到西山头，
你何须慌慌地走？
阿哥哟，阿哥哟，
月亮才到西山头，
你何须慌慌地走？
火塘是这样的温暖，
吗达咪！
我是这样的温柔，
吗达咪！
人生茫茫难相爱，
相爱就该到永久！

阿哥，
你离开阿妹走他乡，
只有忧愁，
吗达咪！

　　"花楼"是摩梭少女成年后的闺房，除了她的"阿注"，别人是不能进的。这首歌所表现的是，天色微明之际，小伙子要走了，姑娘含情脉脉地挽留他，歌声哀婉、缠绵，颇有秦少游"柔情似水，佳期如梦，忍顾鹊桥归路"的意韵，又比淮海居士词更通俗，更现代，更易于为今天的听众所接受。卓玛不是职业歌手，但唱得很动情，富于感染力，一曲终了，车厢里掌声如雷。我问卓玛"吗达咪"是什么意思，她解释说，这是摩梭语里的一个感叹词，没有具体的含意，可以表现喜悦，也可以表现哀伤。这令我联想起古汉语里的"耶""也""矣""哉""噫吁"，表意也是极为丰富的，这正是古老的语言的魅力。
　　我们在丽江参观了玉龙雪山、丽江古城、木府，考察了一些代表性的小城镇建设和民居建筑，完成了预定的工作日程，唯独没有去泸沽湖，在我的心中留下了一个抹不去的缺憾。视察团即将返程，我请卓玛把她唱的那首歌的歌词抄下来，虽然我不会唱，但那毕竟是摩梭人的歌，读一读歌词，眼前就仿佛看见了美丽的泸沽湖，还有那木屋和独木舟，以及唱着"吗达咪"的青年男女，他们都活跃在我的想象中。卓玛很快就把歌词抄好了，分别的时候，郑重地递给我，并且说，欢迎你们下次再来云南，一定要到我们家乡做客哟！我说：会的，梦中的泸沽湖之旅，总有一天会成为现实！

原载《人民政协报》2002 年 2 月 25 日

320

抚 剑 堂 记

抚剑堂是我和妻子霍达共用的书斋名。

1972 年，岁在壬子。一个秋雨淅沥的夜晚，她在北京妇产医院临产，我坐在产房外的长椅上，焦急地等待着初为人父的时刻到来。突然想到应该给孩子起个名字，叫个什么呢？想了想，李太白诗云："长剑一杯酒，男儿方寸心。"我取"剑男"二字，颇具阳刚英武之气。显然，这是一个男孩儿的名字。可是，如果是个女孩儿呢？哦，就叫"剑歌"吧，也非常响亮。当年，汉高祖刘邦在平定天下之后回到家乡（也是我的家乡），挥剑而歌："大风起兮云飞扬……"那是何等的豪情！"吟罢低眉无写处"，我从衣袋里摸出一只火柴盒，就把这两个名字写在了火柴盒上。十一时整，产房里传来一串婴儿的啼哭声，是个女儿，于是她就无可争议地叫了"剑歌"，字"大风"。十年后，儿子出生，自然他就是"剑男"了，字"纯阳"。此后，日复一日，年复一年，我们把两个孩子抚养成人，这个家也就顺理成章地叫作"抚剑堂"了。

我爱剑，一双儿女以剑名之，养儿育女的巢和笔墨躬耕的田园也以剑名之。剑，兵器中唯一为文人所亲近者，集力与美、刚与柔、坚与忍于一身，象征着尊严、气度和品格，是一种需要用心灵去感悟的境界。

壬辰之春，抚剑堂主记。

原载《画界》2012 年第 3 期

父子趣话

 1982 年，剑男出生的时候，我已经 38 岁，可谓"老来得子"，自是倍加珍爱。他的生日本应和我在同一天，只是因为分娩过程太艰难，大夫不忍让产妇受苦，做了点儿催产手脚，使他提前一天问世，这样，我们父子的生日才差了一天，但是还有不依人的意志为转移的先天遗传：儿子和我一样，都是十指十个"斗"。我虽然不相信麻衣神相的什么说法，但对于这个巧合却是十分乐于接受的，"有其父必有其子"啊！"剑男"这个名字是我早就起好了的，等了他十年。按照我们家族的排行，他应该在"纯"字辈儿，"纯"什么呢？我就给他命名"纯阳"，字"剑男"，这样名和字就有了连带关系。不过"纯阳"二字完全是为了应付家里的长辈，我更喜欢"剑男"，是从李太白诗句"长剑一杯酒，男儿方寸心"当中撷取两个字，颇有男子气，也寄托了我对儿子的期望。所以，在为他报户口的时候，以及后来进幼儿园、上学的时候，用的都是"剑男"，"纯阳"则出了家门儿就谁也不知道了。

 剑男大约在两三岁的时候就跟我学画。不过我并没有着意"教"他什么，只是让他无目的地看热闹，熟悉熟悉笔墨工具而已，他作画完全可以兴之所至，胡涂乱抹，这样倒显出儿童的天真稚趣。他有几幅那个时期的画，很为我的一些同行所赞赏，初看还以为是哪家现代派大师的作品。其实儿童和大师之间并没有不可逾越的鸿沟，都是一片天真，所不同之处在于，一个是小天真，一个是老天真。老天真能做到浑然天成很不容易，而小天真则容易得很，几乎每个孩子都可以画出天真的画来，如果他们的家长和老师注意到他的爱好并且为他提供条件的话。但我感到惭愧的是自己工作太忙，并没有为此花费太多时间，不然剑男还可以画得更多、更好些。我也没有为他提供什么"出头露面"的机会，因此每当他在报纸上看到小朋友的画获得什么奖的时候，总有些"怀才不遇"的味道。对此，我另有见解：孩子过早"成名"未必是好事，成名之后必然为"名"所累，反而会影响进步。我常用王安石的《伤仲永》来告诫他，不要因为儿时的一点儿小聪明就沾沾自喜，将来长大成人，"泯然众人矣"，那才是悲剧。这孩子倒很听话，唯唯称是，说："懂了。"

 依剑男的天分而论，他将来倒不一定非学画不可。他从小就表现出很好的语言天赋，学说话早，而且口齿清楚。由于家里常有客人来，他见人也不怯场，无论家里来了什么作家、画家，他总要和人家寒暄一通，而且满口成人语言："你好你好！""请坐，请喝茶！"有时候还用英语、日语自我介绍，说些什么"初次见面，请多多关照"之类，令客人忍俊不禁，整个一个"小大人儿"！加之他生得俊美，又留着长发，比女孩子还漂亮，很招人喜爱。有个朋友说他"像个小精灵"，因为他稚嫩的形象和嗓音跟那些"大人话"很不协调，好像肚子里事先录好了音，放出来似的。孩子毕竟是孩子，装"大人"装不彻底，遇到他不喜欢的客人，话不投机，他竟然脱口而出，说人家"孤陋寡闻""俗不可耐"，让父母在一旁很不好意思，而客人却毫不介意，童言无忌嘛！

剑男在两三岁的时候，有一次心血来潮，说要帮家长干点儿活儿，他妈妈便把刚刚撮到簸箕里的垃圾递给他，让他去倒，并且嘱咐说："要打开门儿，倒在里边儿！"这当然指的是垃圾通道。他很快便完成了任务，并且解释说："门开着呢，我倒在里边儿啦！"第二天，便有邻居来诉苦："你们家剑男，把垃圾倒在我们家啦！"于是我们才明白了他昨天说的"门开着呢"指的是什么。

剑男自幼在父母的呵护之下，与外界接触不多，因此他向往外面的世界。记得我第一次送他去幼儿园的时候，他是那样兴高采烈！看到小朋友一个个把幼儿园视为畏途，死活不肯进去，他很不解。等到家长走后，那些小朋友像丢了魂儿，哭着闹着要回家。这时，他未受任何人委托，主动出场："你们哭什么？有什么事儿，来找我！"俨然"学生领袖"！

从幼儿园到小学，老师都特别喜欢剑男，并且有意培养他为"学生领袖"。但我知道，他恐怕是当不成"领袖"的，这孩子生性善良、仁爱、柔弱，并不是"领袖"材料。他曾经被同学欺负，打不还手，骂不还口，甚至女孩子也尝试着欺负他。对此，老师自然是褒奖的，但我却反其道而行之，告诉他：不要一味忍让，对于强暴要反击，后发制人不为过！我不是故意和老师唱反调，纵子为"恶"，而是要孩子理解正义和维护正义。如今人心不古，不可以善心看待一切，对于邪恶不能退让，要反击！剑男唯唯，说："懂了。"其实他后来还是那么善，从来没有过恶。

从剑男进幼儿园的时候起，我每天接送他，途中，父子一路闲谈，颇为有趣。一次，我脱口说："唉，做个人真难！"他天真无邪的目光说明完全没有听懂其中的含义，却认真地问我："爸爸，做个狐狸怎么样？"我苦笑，无言以对，因为我从未想过"做个狐狸"，也从未想过做"狐狸"是否比做人更容易些

剑男上了小学之后，兴趣比过去广泛得多了，他开始显出了男孩子的特点，喜欢跑跑跳跳，打球，玩各种飞机、汽车、武器模型，特别热衷于"变形金刚"和游戏机。他可以在做完功课后一连几个小时沉醉于这种把戏，乐此不疲。我感

到，这孩子渐渐失去了个性，而融入一般男孩子的共性之中。老师和社会上的宣传媒介自然是对于这种"热"是不赞成的，说了许多道理，但孩子们听不听则是另一回事儿。

寒假里，我的一对老朋友由于偏爱剑男，接他去"度假"，在那里他玩儿得很痛快。碰巧朋友的朋友是一位研究"电视文化"的学者，他饶有兴致地"采访"了我家剑男。

问："你认为玩儿游戏机好不好呢？"

答："这叫我怎么说呢？我要是说'好'，家长一定会认为我是个坏孩子；我要是说'不好'呢？那，小朋友们非把我打死不可！"

模棱两可的回答恰是最好的回答，那位学者满意而去，留下的却是父母长久的思索。孩子的天性是喜欢"玩儿"的，"玩具是儿童的天使"。我曾经把朋友送给的麻将和扑克扔掉，不许他玩儿这些东西。但游戏机是我给他买的，总不能也扔掉。我们的责任是怎样引导孩子"玩儿"得痛快，而又"玩儿"得有益！

于是我设法寻找比千篇一律的游戏机更"有趣"也更高级的"游戏"。我在送他上学的路上教他"对对子"。"天对地，雨对风"渐渐地熟悉了，我们向纵深发展。我知道这孩子喜欢动物，从史前的恐龙到今天的鸡狗猫兔都极有兴趣，他在这方面的知识甚至比大人还丰富。那么好，我们就对"动物对"。我出一上联，让他对下联，或者他出一上联，由我对下联，要求对得工整、巧妙。"长臂猿"对"短尾猴"，"骨顶鸡"对"毛冠鹿"，"啄木鸟"对"食火鸡"……这些都说得过去，而我们竟然还对出一些穷工极巧的佳对，来之不易，也就更加珍惜了。试看，"袋鼠"对"箱龟"，"酿蜜鸟"对"抹香鲸"，"绣眼"对"画眉"，"吃铁鸟"对"食火鸡"，"丹顶鹤"对"绿头鸭"……这些恐怕连大诗人、大学者也未必对得出来，因为他们未必知道这些千奇百怪的动物名称，而剑男却可以在他的《彩图儿童动物词典》里查到，一本好书给了孩子无穷的乐趣！

北京首届图书节期间，我为剑男买了一本《水浒》少儿版，那厚厚的一本大书，我原担心他读不下去，但很快就发现他已经入了迷。是啊，一百零八将的故事且比什么"魂斗罗"有价值得多，你现在不熟悉古典名著，更待何时？

从此，剑男添了新的话题，常常问我："如果豹子头林冲和青面兽杨志比武"，"如果九纹龙史进和行者武松比武"，谁胜谁负？这很难回答。但令我欣喜的是，孩子已经有了"雅"趣。

我带他去荣宝斋看画展，吸引他的是一幅《水浒一百零八将》长卷。如果不是事先看了《水浒传》，他根本看不懂，会毫无兴趣。但现在不同了，他看得很仔细，并且一一核对。看到中途，遇到荣宝斋经理，剑男问他："伯伯，这里边儿怎么少了个神行太保戴宗啊？"长卷里是不会少了这个人的，一定是他自己看漏了，但那位经理却因此而感叹："这小子还挺内行啊！"其实内行是由外行变来的，剑男读《水浒》只不过是最近的事儿，却已经拥有发言权了。

我带他看话剧《白居易在长安》，在此之前，他已经熟知白居易的"离离原上草"了。不过，他更感兴趣的还不是白居易，而是《水浒》。看戏回来的路上，他突发奇想，要我和他作"对"，上下联须均是《水浒》里英雄的绰号。

那么就试试看。"青面兽"对"赤发鬼"，"两头蛇"对"双尾蝎"，现成的，只是"兽"与"鬼"同为仄声，平仄稍差。"小李广"或与对"病尉迟"，"立地太岁"勉强对"托塔天王"，"神行太保"差可对"圣手书生"。对着对着就觉得难了，因为那些绰号都不可更改，有时一字之差便失了佳对，如"锦毛虎"对"玉麒麟"就不够工整。当我们找到"旱地忽律"对"火眼狻猊"时，父子俩不禁开怀大笑！须知，"旱地忽律朱贵"和"火眼狻猊邓飞"这两个人物特别是他们的绰号，已不是一般读者所熟悉的了，更未必知道"忽律"和"狻猊"是什么动物。后来我带剑男去深圳，途中一位历史博物馆的研究员和剑男闲聊《水浒》，说到邓飞的绰号时，那位学者不留神被他问住，竟一时想不起来呢！

我和剑男在共同的生活中寻找着共同语言、共同兴趣，建立了理解、信任和友谊。在儿子的心目中，我大概可以算是慈父和严师。一天一天，儿子长大了。而我却觉得自己年轻了，仿佛回到了自己的童年。我非常怀念我的父亲，他当年对我，仿佛今天我对剑男。

老作家汪曾祺先生有一篇文章叫作《多年父子成兄弟》，那是父子之情的化境，能达到那种化境是不容易的。我期待着。

原载《东方少年》1992 年第 7 期

童　真

《世说新语》载：晋太傅谢安在雪天与子侄辈谈论文义，俄而雪大，谢安问孩子们："白雪纷纷何所似？"侄儿谢朗说："撒盐空中差可拟。"侄女谢道韫则说："未若柳絮因风起。"谢安大笑，表示赞许。

这是一则很著名的故事。因为谢道韫后来以才女名世，又因为她的作品流传下来的很少，这一句咏絮诗便成了她的"代表作"，常常为人称道，如唐·陆龟蒙诗："何惭谢雪清才咏，不羡刘梅贵主妆。"宋·朱淑真诗："蝶疑庄叟梦，絮忆谢娘联。""凭阑观雪独徘徊，欲赋惭无咏絮才。"后世的人们显然偏向谢道韫，认为她的"未若柳絮因风起"比喻贴切，文字雅训，而相比之下，谢朗的"撒盐空中差可拟"则显得粗俗，煞了风景，如宋·苏轼诗："渔蓑句好应须画，柳絮才高不道盐。"明·杨慎词："仙娥句笑盐，狂客诗嘲饭，青驾寄书西去懒。"其实，如果追究起来，当初谢安也未必厚此薄彼，《世说新语》原文所说"公大笑乐"，这个"乐"字应为赞许、欣赏、喜欢的意思，是将谢朗、谢道韫二人的诗句同等对待的。现实生活也是如此，雪的形态本来就是千变万化，并不遵循某种固定的程式，成团的雪花固然可以比拟为因风而起的柳絮（今天的人们更喜欢称之为"鹅毛大雪"），而颗粒状的雪也未尝没有，尤其在雪初起时，那"沙沙"地打在窗纸或玻璃上的雪粒，想必许多人都曾体验过。东晋时又没有如今精制的细盐，当时的食用盐都是经日光曝晒天然结晶的颗粒，谢朗以孩童的眼睛观察生活，将雪粒比作"撒盐空中"，其实是很生动、形象的，又有何不可？

孩子的奇思妙想往往出乎成人意料。20年前，我携小女取道青岛乘船前往上海，舟行于波涛之中，我问女儿："大海像什么？"她不假思索地回答："大海像啤酒。"我不禁一愣，在古往今来的文学作品中，作家、诗人曾经以花样繁多的语言形容大海，却还从未见过大海比作啤酒的！但仔细想想，啤酒和大海不是真的很像吗？其实在我向女儿发问之前，心中本来是有"答案"的，在我眼里，那浪花翻卷的海水中，白色泡沫被撕扯成丝丝缕缕的纹理，极似"涌动的大理石"，并且自以为这个比喻很精彩，发前人之所未发。但听了女儿的回答，便把预设的"答案"咽下了，因为与孩子的直抒胸臆相比，文人的刻意为文便显得有些造作了。又有一次，十多年前在送儿子去幼儿园的路上，我心里想着许多烦恼事，脱口而出："唉，做个人真难！"不料儿子却反问我："爸爸，做个狐狸怎么样？"我当时也是一愣，俯身看着儿子的脸，那双天真无邪的眼睛表明，他不是在和我开玩笑，而是出于真诚。在孩子的心目中，狐狸是一个聪明可爱的角色，它以非凡的智慧在弱肉强食的动物世界中游刃有余，这不正是没有本事周旋于尔虞我诈的人世的人如我辈者所远远不及的吗？既然"做个'人'真难"，那么就"做个狐狸怎么样"？这等惊人之语，成人做梦也想不出！

　　这便是童心的可贵。当然，孩子并非个个都是神童，由于人生阅历和受教育程度的局限，他们在许多时候显得幼稚可笑，但正因为不谙世故，孩子能够以纯净的心灵面对人生，面对世界，还记得《皇帝的新衣》里的那个孩子吗？在成人的眼睛都被世俗的虚荣所蒙蔽之时，唯独他一语道破事情的本来面目："他身上什么也没有穿啊！"真理从来都是最朴素的，孩子的率真质朴往往闪耀出智慧之光。80 年代，我曾在报纸上看到一则报道，说的是某地的一个中学生有感于擦玻璃的麻烦，发明了一种新型窗户：把装在窗子侧边的合页去掉，而在上下两条边的正中各装一根轴，插进窗框之中，形成可以两面旋转的"户枢"，当需要擦玻璃的时候，先擦里面，再旋转过来擦外面，毫不费力地就可以擦得干干净净。我不能不惊叹这孩子的聪明！成人们不知为擦玻璃想伤过多少脑筋，但总是在擦拭器具上想办法，而这个孩子却绕开了成人的思路，对窗户本身予以改造，结果一通百通，事半功倍，实在是了不起！遗憾的是，这项小发明问世已经十几年了，却至今没有引起成人的重视，建筑行业依然按照万变不离其宗的图纸，盖起一幢又一幢的大楼；制造钢窗、木窗、铝合金窗、塑钢窗的厂家依然固守着以往的程式，生产着给千家万户造成麻烦的窗子；街头商贩依然在高声叫卖，推销着一代又一代的"玻璃擦"和与之配套的什么药水；成片成片拔地而起的高楼大厦，玻璃幕墙外依然吊着升降机，擦玻璃的工人蜗牛似地挥汗劳作。为什么主管城市建设的部门，还有那么多的建筑专家、工程专家，都不能认真倾听一个孩子的建议呢？纵使这个建议还不那么成熟，总也有可供参考的地方，怎么就不肯在他那个"中轴户枢"的构想基础上再动动脑筋呢？如果这项发明得以实际应用和推广，将为国家和人民节省多少资金，带来多少方便？说不定还会"走向世界"，引起全球性的一场"窗户革命"——这绝非危言耸听，我在国外所到之处，还没有看见一扇"中轴户枢"式的窗户，可见在窗户问题上，洋专家也没有这个中国孩子聪明，他的发明是独一无二的。

　　还有一项非常巧妙的创造，也是一个孩子想出来的。下雨天，人们穿着雨衣，不是常常为雨水打湿裤腿而烦恼吗？这个孩子说，他有办法：在塑料雨衣的下摆部位做一条中空的边，上有充气小孔，使用时轻轻一吹，便可使下摆鼓胀起来，从雨衣上淋下来的雨水也就不会再淋湿裤腿了。这项小发明何等简便易行？可惜，也是至今无人理睬，究其原因，恐是出于一个孩子之口，"人微言轻"吧？

　　近来在街头频频看到一组广告，借用某某科学巨匠、艺术大师的母亲的口吻说，她的孩子从小就喜欢喝什么什么，似乎这些天才之所以是天才，都是这么从小"喝"出来的，以此提醒今天的母亲们，要想让自己的孩子成为天才，就得给他买，给他喝。当然，广告的目的在于推销产品，卖什么？喝什么？况且人家卖的是营养品，提醒你千万别亏着孩子的嘴，误了孩子的成长，这倒也无可非议。但我以为，真正关爱孩子，最重要的还不在于满足其吃喝，而是尊重他们那童真的心灵和智慧。每一个家庭是如此，全社会更是如此。

原载《人民政协报》2001 年 1 月 15 日

方 言 古 语

敝乡江苏丰县，属徐州市，处苏、鲁、豫、皖四省交界之地。这是一块古老的土地。古老到什么程度？《旧通志》云："先有徐州后有轩（轩辕黄帝），唯有丰县不记年。"如果此说可信，那么至少在 4000 多年之前便已有"丰"这个地名存在了。有据可查的历史是：春秋战国时，丰始属宋，后被宋王偃定为国都。周赧王二十九年（前 286），齐、楚、魏灭宋，丰隶楚。秦时，丰为沛县一乡，称"丰邑"。秦末，丰与沛分设，始为县，属泗水郡。汉开国皇帝刘邦、相国萧何、御史大夫周昌、绛侯周勃、燕王卢绾，皆为丰人。《史记·高祖本纪》开头便点明："高祖，沛丰邑中阳里人"；到高祖二十年南击英布还归过沛，"高祖曰：'丰吾所生长，极不忘耳'"。《史记》集解："李斐曰：'沛，小沛也。刘氏随魏徙大梁，移在丰，居中阳里。'孟康曰：'后沛为郡，丰为县。'"楚汉相争时，丰县与整个徐州地区均为刘、项逐鹿的战场，《水浒传》中有民歌云："九里山前古战场，牧童拾得旧刀枪。顺风吹动乌江水，恰似虞姬别霸王。"唐诗人白居易曾任徐州刺史，到过这里，"徐州古丰县，有村名朱陈。"宋诗人苏轼在知徐州时也曾写道："我是朱陈旧使君，劝农曾入杏花村。"悠悠古风，留下无尽余韵。

在这块古老的土地上生活的人民，世世代代不仅延续了漫长的历史，而且在方言中至今保留着许多古语，若加以发掘整理，对于历史学、语言学、民俗学研究似不无用处。本文试将记忆中较深刻的略举一二。

始作俑者，其无后乎

《孟子·梁惠王上》："仲尼曰：'始作俑者，其无后乎！'为其象人而用之。"《中国成语大辞典》（上海辞书出版社 1987 年 8 月第 1 版，下同）的释义是："俑：木制或陶制偶人，用于殉葬。开始用俑殉葬的人。比喻首开恶例的人。"至于为什么以俑殉葬是"首开恶例"？又有二说。一说是：孔夫子仁而爱人，认为以人形俑殉葬有损人的尊严。另一说是：孔老二坚持奴隶主的"礼"，坚持用活人殉葬，认为以俑代之则破坏了"礼"。两说差别甚大，且不去管它，反正"始作俑者"是"首开恶例的人"就是了。

在今天的普通话里，"始作俑者，其无后乎"已经仅仅在书面语中使用，而日常口语中谁还说这样的话？偏偏在我的家乡是个例外。我们那里，如果谁带头做了坏事，连不识字的老翁、老妪和学前儿童都会指责他"作俑"，极其贴切、熟练地动用这个成语典故，尽管他们并不懂得这个典故本身。我幼时在家乡听"作俑"听得耳熟，只是不知该如何写，也不知典出何处。后来读到"始作俑者，其无后乎"，才恍然大悟，迎刃而解，"作俑"就是"始作俑者，其无后乎"的缩语，这是毫无疑问的了。

一 蹴 而 就

《中国成语大辞典》对"一蹴而就"的释义是："蹴：踏。就：成功。踏一步就成功。形容事情轻而易举，一下子就能完成。"《简明古汉语词典》（云南人民出版社 1985 年第 1 版，下同）对"蹴"字的释义是："①〔动〕踩，踏。高台芳树，飞燕蹴红英（秦观词）。②〔动〕踢。蹴球尘不起，泼火雨新晴（白居易诗）。"

这些解释大体都说得过去。但如果详究这个"蹴"字，总觉得用"踏"来解释"一蹴而就"，动作太大，还不够"轻而易举"；以"踩，踏"来解释飞燕对花瓣的"蹴"，似也不够轻柔，过头了一些；"蹴球"自然可以解释为"踢"球，但那连尘土都不惊动的"蹴"，似乎也不便称"踢"。中国是足球的故乡，我们今天看足球赛，仍可看到带球的动作，并未把球踢起，只是用脚使之在地上移动，称为"踢"合适吗？还是"蹴"来得贴切。

在我的家乡，"蹴"是一个常用字。假如你用脚毫不费力地、轻而易举地把一物移开，普通话里叫什么？其他地方的方言里叫什么？没有一个合适的字，北京人只好用"踢""蹬""踹"，但都不够准确。我家乡用"蹴"，把"轻而易举"的意思体现得十分准确而形象。只不过，在读音上，不是读作 cù，而是读作 qǔ，这是方言之中的方音。

万 剐 凌 迟

如果你买了一条活鱼，烹调之前，首先要剐鳞、剪鳍、开膛，这道工序叫什么？北京人叫"拾掇鱼""收拾鱼""修理鱼"，顶多说"剖鱼"，这已经很"文"了。其他地方的人，我还没有听到有列精彩的说法。

我们家乡叫"迟鱼"。这个"迟"字怎么讲？当是"凌迟"之意。《简明古汉语词典》："【凌迟】先分割犯人的肢体，再割断其咽喉。古代刑罚。"这种刑罚便是俗语所称"万剐凌迟"，《简明古汉语词典》对"剐"的释义与"凌迟"完全相同。在现代社会，我们已经看不到凌迟那种野蛮、残酷的刑罚，但人们对于鱼却仍然如此。试想，一条活蹦乱跳的鱼在手，人毫不怜惜地持刀剐鳞、剪鳍、开膛，全不管鱼的垂死挣扎、鲜血淋漓，岂不正是"凌迟"的古刑再现吗？这个"迟"字用得非常准确、非常古老又非常富有活力，我相信这样的语言是不会死的。

未成年而死曰殇

《简明古汉语词典》解释"殇"字的第一义即为"未成年而死"。可是这个"殇"字，在现代除了书面语偶然出现，在口语中已基本消失了。以北京人为例，如果哪家的孩子未成年而死，人们谈起，也只说"死了"、"没了"、"无常了"之类，而没有人文绉绉地说"殇"。

可是在我的家乡至今用"殇"字。说起夭折的孩子，便是："唉，殇了！"即使是大字不识的老奶奶也这么说，使你怀疑自己是在和古人对话。其实，她说的是百分之百的口语，只不过同时又是古语罢了。

麻叶层层苘叶光

苏轼在知徐州时，曾于谢雨道上得《浣溪沙》五首，其一曰：

> 麻叶层层苘叶光，谁家煮茧一村香？隔篱娇语络丝娘。垂白杖藜抬醉眼。捋青捣麨软饥肠。问言豆叶几时黄？

此首写徐州农村初夏景象，极富生活气息。其时新茧初成，农妇煮茧缫丝，满村飘香。而庄稼尚未成熟，青黄不接，百姓乃以青麦充饥，并眼巴巴盼着豆叶早黄，其景其情，呼之欲出。

现在要说的是："麻叶层层苘叶光"，"苘"（音 qǐng）为何物？《宋词选》（上海古籍出版社 1962 年第 1 版，1978 年新 1 版，1978 年 3 月湖北第 1 次印刷）注："苘，麻类植物，可供搓绳织布之用。它的叶子像苎麻，可是薄一点。"这个解释基本正确。苘是我幼时常见的植物，它高约一米多，主干挺直，叶有长柄，叶片肥大，略似泡桐。说"苘叶光"，是和麻叶表面的粗涩相对而言，其实苘叶并不那么光，表面有绒毛，摩之有薄绒般的手感。夏季开黄花，夏末秋初结实，为半球形，侧面有瓣状起伏，顶端呈放射状，儿童喜欢用它蘸了柴桑葚的汁去盖"印"，印出一个美丽的圆形图案。苘成熟之后，农民把它连根拔下，捆成束，埋在浅水的淤泥中，待发酵腐烂，取出漂净，那洁白的苘丝就可用了，搓缰绳、井绳和生活中用的各种绳子，连办丧事时"披麻戴孝"，披的也是苘而不是麻。我少年时代离开家乡之后，在别处再没见到苘这种植物，和别人说起，人家似乎见所未见，闻所未闻，常用的字典里甚至查不到"苘"这个字。然而这个字还活着，活在故乡的土地上，活在故乡人的口语中。苏学士不愧为"朱陈旧使君"，他笔下的故乡风物，勾起我亲切的记忆，并且印证了方言中的古语。

这里附带还要提及"抟青捣麨软饥肠"一句。《宋词选》对此句的解释是"把青麦炒成的干粮来充饥。抟青，摘新麦。捣麨，碎麦炒的干粮。"这里有两个问题可以讨论。其一，"抟"字，《简明古汉语词典》的释义为："用手握住条状物，向一端滑动。"这是正确的，所以，"抟青"不可以简单地解释为"摘青麦"。其二，尚未完全成熟的青麦，内部尚呈稠糊状，无法磨成面粉，也无法捣碎。我家乡农民的做法是：将青麦放在石磨中碾轧，轧成略似粉条的不规则的条状物，即可生吃，或者直接将麦穗在火上烤熟了吃。或许苏学士那个时代，还有用石臼捣烂了再炒的办法，但决无捣碎的可能。

炙 手 可 热

北京的夏天，暑热袭人。北京人对此怎么讲？"呼热的！""跟蒸笼似的！""火烧火燎的！"如此而已。在我的家乡，人们则说"炙得慌"！

《简明古汉语词典》对"炙"的释义是："①〔动〕烤肉使熟。例饮醇酒，炙肥牛。（古乐府《西门行》）引申为熏灼。例焚炙忠良。（《尚书》）②〔名〕烤熟的肉。例残杯与冷炙，到处潜悲辛……"这两种解释都可以和"火烧火燎"直接挂上钩，而我们家乡人却不说"火烧火燎"而用了一个炙字，意义准确又简明扼要，窃以为十分可取。

这厮恁地无礼

《水浒传》中人物动辄骂道："这厮恁地无礼！"《简明古汉语词典》对"恁"字的注音释义，一读 nèn，为代词，"那"意，为副词，"如此，这样"意；一读 nín，为代词，"您"意。在我的家乡，"恁"字是常用的，前一种意思确如上述解释，读音为 nèng，如"你咋恁不讲理！""这本书恁好！"但后一种说法就成问题了，"恁"字不作第二人称的尊称（您），而是第二人称的复数（你们），读音为 nén。比如"你们家""你们学校"，称为"恁家""恁学校"，"你哥哥"可称为"恁哥"，即使谈话的对方只是一个人，也照样用这个复数，没有道理可讲，只是约定俗成。北京话也有相似的例子，如"呣们"（我们），既可作复数，也可作

332

单数,"这是我的",明明是单数第一人称,北京人却说成"这是咱们的",听的人都明白,也是约定俗成。最近在某报见到有人写文章说到"恁"字,举我的一位同乡为例,说他对人总是尊称"恁",并解释为"您",这是误解了,我家乡的方言中根本没有"您"这个字和这个意思,无论对多么尊贵的人,一律称"你",也可称"恁",但决不是"尊称",如果要表示尊敬,那就需要在"你"之后再加上"老人家"三字,这三个字连读很快,外地人听不大清楚。

原载《随笔》1995 年第 5 期

樊哙狗肉

鼋汁烹狗

敝乡江苏丰县，处苏、鲁、豫、皖四省交界处。《旧通志》云："先有徐州后有轩（轩辕黄帝），唯有丰县不记年。"可见历史悠久。春秋战国时，丰属宋，并曾为国都。齐楚魏灭宋，丰隶楚。秦时，丰为沛县一乡，称"丰邑"。秦末与沛分设，始为县。至今丰、沛并列，如手足。

汉高祖刘邦，出生于丰，为官在沛，故丰、沛人皆引以为自豪。别有一自豪者，刘邦之连襟、汉开国元勋之一、舞阳侯樊哙也。樊氏风貌，太史公书中多所记述，于鸿门宴上拥盾闯帐，生啖彘肩，怒发上指冠，目眦裂，其勇武之状可见一斑。

查樊哙发迹之前，原系沛市一狗屠。每日里到四乡买得活狗，宰杀之后，以乌龙潭水冲洗，汲潭边井水烹之，设摊叫卖。味极鲜美，享有盛誉。

初，刘邦无业，优游沛市，放浪形骸，酒肉朋友。常出没于武媪、王媪之酒肆，并以樊哙之狗肉佐酒。每刘邦始作俑，而后趋之若鹜，武、王、樊三家俱因刘而兴隆。

然刘邦无赖，酒肉均不付分文，一律赊欠。久而久之，樊哙不悦，欲避之。某日，绝早将狗肉烹好，四更即乘船渡河至夏阳售之，令刘邦望尘莫及。

刘邦追至河畔，无钱求渡。忽见河中有一巨鼋，急呼："鼋兄渡我！"巨鼋竟颔首听命，驮刘邦飘然过河。至夏阳市上，见樊哙狗肉尚无人问津。刘邦趋而食之，顿时世人蜂拥，抢购一空。樊哙窃以为怪异。问刘邦何以追踪至此，刘邦俱告巨鼋事。于是樊啥假刘邦之命诈招巨鼋，击杀之。以鼋汁汤烹狗肉，有异香，声誉更甚。

祖传秘方

至今吾乡之狗屠，仍以鼋汁汤烹狗，但俚语讹为"原汁汤"。日军侵华时期，樊氏传人颠沛流离，随身唯带一罐"鼋汁汤"耳。

樊氏狗肉，传世凡两千余年而不衰，自有其绝招特技。烹时，先以大火猛煮，滚后下硝，半熟时下盐，后以小火焖炖。并辅以丁香、肉桂、大料、小茴、橘皮、白芷、草果、肉豆蔻、砂仁、山楂、白果、三奈、甘草等等佐料。出锅后涂一层小磨香油于表，色、香、味俱佳，食之韧而不挺、烂而不腻，是为一绝！

有慕名者以此方异地而烹之，则原味尽失。何也？盖因无乌龙潭边井水也。至今，此井仍名为"樊井"，非此水不足以烹樊氏狗肉，非"鼋汁汤"不足以保舞阳侯风范。怪哉！

卖狗肉不必挂羊头

谚云："挂羊头，卖狗肉"，专讯偷梁换柱、招摇撞骗者。扬羊而抑狗，大谬不然。

狗肉不独味美，据医家言，当有补中益气、利血脉、厚肠胃、实下焦、温腰肾、壮阳道之功效，甚至狗脑、狗骨、狗胆、狗宝（结石）、狗鞭、狗便、狗溺亦可入药，治诸般奇症，胡为乎贬而抑之欤？余观敝乡之狗屠，当街卖狗肉，必于摊上列一排狗头骨，作为招牌，曰"狗幌子"，货真而价实，而从未有"挂羊头"者。若挂以羊头，则嗜狗肉者抑或敬而远之。

原载汪曾祺主编《知味集》（中外文化出版公司 1990 年版、华夏出版社 1997 年版、湖南文艺出版社 2017 年版）

借　景

　　从颐和园昆明湖西望，玉泉山横卧碧波，湖光塔影，摇曳生姿。其实，玉泉山离昆明湖还远着哩，那景，是借来的。这一手段，在建筑学上就叫"借景"，凭着建筑师匠心独运，一文钱不花，把人家的美景"借"了来，多么"合算"！

　　我家所居住的前三门这一带，是北京城最早建成的高层居民楼。刚住进来的时候，视野相当开阔，有"一览众山小"之快，站在阳台上，往东南可以看到天坛祈年殿，往北可以看到景山和北海。于是怡然自得，享受到"借景"的无限乐趣。

　　谁知好景不长，楼前楼后渐渐大兴土木，不知不觉又有许多新楼林立，北海、景山和天坛就都看不见了，原来"借"的景又都"还"回去了。"借"的时候没打借条，"还"的时候也没见收条，就这么糊里糊涂。其实"借景"无非就是"借"个视线，给眼睛一点儿自由。如今这自由没了，视线被挡住了，想看的看不见了，不想看的硬塞给你看，你一点儿办法也没有。这才明白：视线原来是没有法律保障的，谁想挡就挡，连招呼也不用打。当然，我一个人的视线本来也无关宏旨，谁想挡我，我都无可奈何；但偌大个北京城住着上千万人口，人人都有一双眼睛，这眼睛不光是用来读书写字、做工务农、坐机关看文件画圈儿的，总还有点儿别的用途，比如看看美景啊什么的。自己造美景，在普通老百姓来说当然是别想，但"借"个景来赏赏总还是有益于民众而无损于国家和民族的。似这般挡来挡去，你造个高楼来挡我，他也造个高楼来挡我，人们于是只能从东水泥看西水泥，南水泥看北水泥，终日生活在水泥世界，眼睛疲劳之极，连个"借景"的权利也被剥夺了，又对于国家和民族有何益处？我国的建筑学自古深得"借景"之妙，我们的古都北京美景又比比皆是，为什么不可以想个法儿让老百姓"借"来"借"去呢？反正是白"借"的！可惜，这不是我说了算的！

　　感慨之余，剥崔颢《黄鹤楼》诗以自嘲：

　　　　美景已乘黄鹤去，
　　　　此地空余借景楼。

黄鹤一去不复返，
阳台三尺空悠悠。
晴川历历天坛树，
芳草萋萋北海洲。
视线一遮都不见，
高墙四望使人愁！

原载《绿叶》1992 年第 1 期

陈酒与新酒

"今人爱陈酒，古人则爱新酒。"这话不是我说的，而是人称"乾隆三大家"之一的著名史学家、文学家赵翼先生说的，并且以白居易诗为证。白居易不善饮，却又喜饮，因此有许多诗写到酒而且都是新酒："新酒始开瓮，旧谷犹满囷。""旧诗多忘却，新酒且尝看。"甚至还有"揭瓮偷尝新熟酒"这样天真可爱的句子，这很可以说明"古人爱新酒"了。杜甫在《客至》中也说过"樽酒家贫只旧醅"，他因为家境拮据，沽不起新酒而只能以陈酒待客，显得很不好意思，这也说明当时的人是以新酒为上。

唐时尚无蒸馏制法的白酒，而只有酿造制法的黄酒、葡萄酒之类，白酒始于宋。李白斗酒诗百篇，举杯邀明月，以及杜甫、白居易喝的大抵都是黄酒。但黄酒传到今天，也已经以陈为贵，越老越值钱，因而又被称为"老酒"。白酒则更不必说，凡有名的，大都要经过发酵、蒸馏后再贮陈数年才装瓶出厂。如果厂家急功近利，省了这道工序，新酒匆匆忙忙上市，便要被懂行的人骂为"粗制滥造"，该砸牌子了。

"今人爱陈酒"不分中外，18世纪初，法人将白葡萄酒双蒸而创白兰地，西班牙战争中，白兰地大量积压。战后，人们却意外地发现贮藏在橡木桶内的白兰地更加醇厚香浓，且晶莹有琥珀光，从此特意用橡木桶贮陈了。

"今人爱陈酒"当然首先出于陈酒的"浓、醇、甜、净、长"之五味俱全，但依我看来，人们沉醉于陈酒的最重要的原因，恐怕还在于酷爱蕴藏于其中的那点儿"历史的积淀"。品味陈年佳酿，仿佛逝去的悠悠岁月倒流了，于似醉非醉之中发思古之幽情。

仅仅沉醉于陈酒自然是不打紧的，怕的倒是由此生发开去，一切都是"陈"的好。伦勃朗和梵·高生前都不走运，直到死后变成"陈酒"才声誉鹊起。伦勃朗"贮陈"了二三百年，梵·高也"贮陈"了一百年才真正"开坛十里香"的。"好酒不怕巷子深"，不假，但要"陈"，新酒上市是无论如何卖不了陈酒的价钱的。赵翼生活在被"劝人不读唐以后书"复古派所包围的时代，他把几乎与他同时代的诗人查初白与李、杜相提并论，"而闻者已掩口胡卢"，因为查初白还不够"陈"，那些"爱陈酒"的人"以新为嫌"，不仅"非礼勿视"，还要大加挞伐，发了疯地而又是那般虔诚地要把文坛"窖藏"到历史深处，与古人同"饮"。有趣的是古人对这些孝子贤孙并不领情，因为"古人爱新酒"！古今之差，天壤之别，怪哉！

赵翼无疑是"爱新酒"的，我们仿佛从他的诗论中嗅到浓烈的"泼醅新酒熟"的清香："意未经人说过，则新；书未经人用过，则新……若反以新为嫌，是必拾人牙后，人云亦云；否则，抱柱守株，不敢越限一步，是尚得成家哉？尚得成大家哉？"

"爱新酒"的李白、杜甫、白居易……曾经写出了那么多活泼泼的、充满创意的、前无古人的诗篇，得成大家，刷新了时代！而赵翼敢于说："李杜诗篇万口传，至今已觉不新鲜。江山代有才人出，各领风骚数百年！"昔日的新酒，如今已是陈酒；今天的新酒，明天也会变成陈酒；更新的酒，有待新人去酿造。"满眼生机转化钧，天工人巧日争新。预支五百年新意，到了千年又觉陈！"

原载《光明日报》1992 年 2 月 8 日

将相无种，草芥有根

读报看到几则消息：

一曰：中国科学院遗传研究所在地研究人员杜若莆、袁义达在搜集整理中华姓氏时获新发现，一些在春秋、汉、唐、明代文献中曾有记载后来却"消失"了的姓，至今仍有传人；

一曰：被尊为"台湾文献初祖""台湾的孔子"的明末清初杰出的爱国知识分子沈光文的家谱在宁波鄞县被发现，从而确认了台湾沈姓的祖籍，两岸乡亲共同缅怀沈公功德；

一曰：以"鞠躬尽瘁，死而后已"名而名垂青史的诸葛亮后裔今何在？经查实，主要聚居于浙江建德、兰溪、龙游一带。

这三条消息互不相关，说的却都是一个问题：中华姓氏学是一门涉及历史、地理、政治、经济、文化、民俗等领域的大学问。

由此想到幼年时，我家的堂屋正中一直供奉着蓝布函套、线装本的《王氏族谱》。每当春节，族人必到此叩拜祖先。可惜我当时年幼，未曾细细地拜读这部记载着王氏血脉的沉甸甸的大书。曾几何时，一把火"横扫"了这些"四旧"，我也就永远失去了寻根认祖的机会。风潮过去，听说族人又在按人丁敛钱，续修族谱，但当年那一部却再也无法恢复了！

王氏是中国的一大姓，据统计，全世界的王姓华人已经超过 8000 万人，张姓7800 万人，刘姓 6000 万人，陈姓 5000 万人，这四大姓合计 2 亿 6800 万人。中国号称"百家姓"，实际姓氏之多成千上万，全世界 12 亿华人，就是由这些姓氏组成的。"行不更名，坐不改姓"，中国人把姓氏看得很重，所以不断地有台湾同胞、海外侨胞回来寻根认祖，在内地的人也不断在联络宗亲，续修族谱。

于是就出现了新鲜事。一方面，常常有某某名人的家谱被发现、某某名人回乡寻根的报道见诸报端，另一方面，又常常看到白纸黑字消息，某某地方封建宗族观念猖獗，当地政府予以严厉打击。一方面，在文化人当中掀起了一股寻根热，另一方面，老百姓的寻根却成了"封建主义"。或问：在《百家姓》中同样占一席之地的姓氏莫非不平等吗？头顶着同一姓氏，"五百年前是一家"的族人也不平等吗？为什么厚此而薄彼？难道只有祖上出了名人，或者子孙旅居海外才可光宗耀祖,否则便"予以严厉打击"?

诚然,封建主义是应该打击的,但要分清"谁个劣,谁个不劣",有个政策界限。政策上的顾此失彼,所损失的当不只是民间的几本族谱。须知,对于历史学、考古学、姓氏学……的许多研究工作,民间史料有着极其重要的价值。如果没有众多的族谱流传民间,前述的那几项成果从何而来?保存古代史料的人是有功的,今天为后人整理、保存史料的人反而有过吗?两千年前的农起义领袖陈胜说过一句意味深长的话:"王侯将相,宁有种乎?"英雄之名只也是在草芥凡人当中产生的,不要等到"需要"历史的时候才想到历史,历史是一代一代人走过的脚下印,历史是一条不容割断的血脉。

原载《光明日报》1993 年 1 月 9 日

仓颉走进电脑

"仓颉造字，蒙恬制笔。"

传说仓颉是轩辕黄帝时的史官，他仰观奎星圆曲之势，俯查龟文鸟迹之象，博采众美合而为古文。他是汉字的老祖宗，如果确有其人，已经六千高龄了。即使史无其人，汉字的历史仍在，仓颉可视为远古造字者的总称。而蒙恬则只有两千岁。他是秦始皇帝的一员大将，监造万里长城的功臣，史传他曾以兔毛制笔。但现存最早的毛笔产于战国时代，而据考古，6000 年前的仰韶文化时期已使用毛笔，蒙恬当不是最早的创造者，不过是众多的制笔家之中代表人物而已。但不管毛笔始于何时，晚于"仓颉造字"则是可以肯定的，因为先有了字才能谈到书写工具，而且最早写字还不是用笔而是用刀。

汉字自产生以来，虽书体不断演变，历六千年而不衰。其旺盛的生命力，在于信息丰富、表意精炼、书写美观。在当今世界的五十亿人口中，至少有五分之一以上使用汉字而且大有发展趋势。在美、法、德等国，非华裔学生学习汉语的人数都正在增加。据专家预测，21 世纪将是汉语汉字大大发挥威力的时代，汉语将继英语之后成为世界性的语言。

这个前景是诱人的。但为什么要等到 21 世纪，而过去的 19 个世纪或者说过去的 6000 年却没有做到呢？除去政治、经济的种种原因之外，恐怕更重要的原因是汉字"难写"。人家洋文 26 个字母包容一切，我们至少要掌握几千常用字，才够基本应用。让洋人认这几千字就够难的了，写就更难。于是几十年前就有人主张消灭方块字，以拼音取代。拼音自有其长处，但同时又带来许多类似洋文的短处，真正代替方块字，也做不到。而且如果丢了六千高龄的汉字，损失也是不可估量的。那么该怎么办呢？

现在有了办法，汉字进了电脑。我们应当感谢电脑汉字的创造者，他们把一个一个的方块字，用汉语拼音、五笔字型等等方法输入了电脑，凭借小小的键盘就可以将千变万化的汉字打出来，写字不用笔了！

前两年听说有少数作家已开始用电脑写作，我觉得茫然。写作本是"心猿意马"的事儿，怎么能用科学家的方式来"生产"？如果你头脑里尽是公式、数字、符号，哪里出得来行云流水的文章？

出于好奇，我被邓友梅先生鼓动，购置了一台"科理"电子打字机，尝试电脑写作。一开始贪图省事儿，用汉语拼音，几乎每次都要选择，速度自然就慢了。于是改用五笔字型。五笔字型是将汉字分解成横、竖、撇、捺、拐五种笔画，输入键盘，按键操作，即组成汉字，我用两天时间背会了口诀，便"打"将起来。开始当然不顺手，慢慢地也就"熟能生巧"，赶上了手写速度。进而超过了手写速度，尝到了乐趣。而且电脑打字还有诸多功能，如词语输入、文章删改、字体和符号的变化等等，极为方便，都是手写不能企及的。

当然，目前的电脑打字还有一些不尽如人意之处。比如有些编码不尽合理，像"寒"和"塞""泽"和"释"相同的部分编码不同，给初学者带来了麻烦。再比如简体繁体的变换也有麻烦。在简体字中，"发"字既可作"头发"，又可作"发展"，系由"髮"和"發"两个字合并而成，而变成繁体时，电脑无法识别，于是"怒发冲冠""千钧一发""断发文身""程十发"都以别字出现了。

不过瑕不掩瑜，它的功绩还是主要的，而且我相信它还会克服不足，不断地完善。

自"仓颉造字"以来，汉字的书写工具就在不断改换，由硬笔（刻甲骨文用的金属或骨、石器具）到软笔（毛笔），再由软笔到硬笔（钢笔、圆珠笔）。如今竟然连笔都不用了，仓颉进了电脑。这是汉字有史以来最大的一次革命，我们应当欢迎它，推进它！

原载《中国科学报》1993 年 1 月 22 日

千载不死海刚锋

在中国两千年封建社会中，以清官著称者，首推包拯和海瑞。

海瑞，字汝贤，号刚锋，生于明朝正德九年（1514）。4个多世纪以来，海瑞不仅名垂史册，而且被编入小说、戏曲乃至现代的电视剧，广为传颂。海瑞这一历史人物因《海瑞罢官》《海瑞骂皇帝》曾一度遭到严厉批判，当然，批判的矛头所指，主要在于彭德怀和吴晗。十年光景，斗转星移，拨乱反正，彭、吴平反，海瑞便也跟着"平反"了。事实上，他作为历史上的清官典型形象，在老百姓心目中一直是光辉依旧。

海瑞之所以批不臭、打不倒，在于他为官清正廉明、刚正不阿。他一生经历了正德、嘉靖、隆庆、万历四个年号，其时官场腐败，民不聊生。海瑞生在那样一个时代，以打击豪强、惩治贪官污吏为己任，成就了他的主要历史功绩。

海瑞任淳安知县时，只领薪俸，把额外的"常例"免去，严禁贿赂，不准送礼。他吃糙米饭，穿布衣，在衙门空地种菜自给，连烧柴都让家人上山去砍。当时有一大新闻：海瑞为母亲庆寿，买肉二斤。足见他平时生活何等俭朴，自律何等严格。他的顶头上司是严嵩的亲信胡宗宪。按照当时惯例，朝廷使臣、过往官僚都要地方支应，少则二三十两，多则三四百两白银，全部取自民脂民膏。胡宗宪之子经过淳安，作威作福，借口驿站的马匹不好、招待不周，竟将驿吏捆了，倒挂在树上。海瑞闻讯赶到，看见胡公子带的箱子大小几十件，都贴着总督府的封条。于是喝令打开检查，里面白花花的银子达数千两。海瑞大怒："上次总督出来巡查时，再三布告，令地方上不要铺张浪费，这棍徒怎会是总督的公子？一定是假冒的，要严办！"于是，下令将胡公子拿下，写了一封信，连人带行李一起送往总督府。胡宗宪担心事情闹大，竟未敢声张。此事轰动淳安，百姓拍手称快。

嘉靖三十五年（1556），严嵩父子的亲信鄢懋卿经左副都御使总理两浙、两淮、长芦、河东盐政，每到一地巡查，大肆索贿、受贿；地方官张灯结彩，跪迎跪送，招待极为奢华。他路经淳安时，海瑞干脆拒之门外："淳安地小民穷，容不下大驾，请从别处走吧！"

隆庆三年（1569），海瑞以右监督御使巡抚应天十府。海瑞上任之后，即令官僚豪绅把侵占的土地退还给农民，从江南最大的地主、原宰相徐阶开刀。徐阶不得已退出一部分，海瑞不答应，一定要他退出大部分，并且将一贯横行乡里的徐阶胞弟逮捕法办。而后，丈清土地，减轻赋税，兴修水利，造福于民。

海瑞刚正廉洁，在那样污浊的时代，自然是难以相容的。他历任南平教谕、淳安县令、户部主事、应天十府巡抚和监察御史等职，每一任都兴利除弊，造福于民，一生几起几落，多次被罢官，甚至还曾锒铛入狱。海瑞曾愤愤地说："这等世界，做得成甚事业！"然而他历尽磨难，仍初衷不改，连当时曾激烈反对他的松江大地主何良浚也不得不赞叹："海刚锋之意，无非为民、爱民"，"海刚锋不怕死，不要钱，不吐刚茹柔，真是铮铮一铁汉子！"

万历十三年（1585），即在海瑞因"鱼肉缙绅"的罪名被弹劾回乡赋闲15年后，又以72岁高龄被起用为南京右吏部侍郎。到任后，他发现各衙门千百个官员用度，都要民间供应，只给空头支"票"，分文不付，立即下令革除这项弊政。不久，又升任南京右都御使，这是他一生中最后的职务。万历十五年（1587）十月十四日，海瑞以身殉职。逝世前三天，兵部给他送来柴火费，多算了7钱银子，他还坚决退回。他死后，全部"遗产"仅有当月的薪俸十余两银子，绫、绸、缎各一匹，此外，再无长物，其清苦甚于寒士。同僚们失声痛哭，凑钱为他送葬，皇帝谥号"忠介公"，其忠贞、耿介，名副其实。

海瑞当然是封建王朝的忠臣。然而在人民心目中，他首先是一位清官。人民之所以称他为"海青天"，因为在那个时代，乌云压顶，难得他那样为民拨云见日。大明王朝早已土崩瓦解，而"海青天"却与历史永存，千载不朽。

原载《人民政协报》1994年3月17日

深夜闻杜鹃

读书至深夜——准确地说，已是凌晨，窗外的马路上早已没有了过往车辆的呼啸和行人的喧嚣，隔街相望的霓虹灯不再闪烁，左邻右舍也沉寂无声，北京城整个儿地睡去了。这时，只有这时，才感到身心的极度松弛与宁静，濒临闹市的书房才真正属于自己，可以不受干扰地做点儿事了。

突然，窗外传来一声鸟鸣，仿佛极其遥远却又极其清晰，极其切近却又极其轻柔，那抑扬顿挫的四个音节，天籁般无法用乐谱和文字记述。

我吃了一惊，视线不禁离开了书页，迷惘中不知自己的耳朵是否出现了"幻听"，盼望着它再来一次。果然又来了，这一声比刚才更加清晰，更加切近，好像就发自我的窗外！刹那间，一种异样的情感袭上心头，仿佛回到了阔别的家乡，眼前是火红的榴花，黄灿灿的杏儿，随风翻滚的麦浪，嫩绿嫩绿的稻秧，空气中弥漫着特有的清香，大江南北回荡着一声声呼唤：割麦插禾！割麦插禾……

"割麦插禾"是江浙一带对那天籁之音的诠释，把与人们的生产与生活紧密相关的节令农时谱入那四个音节，活画出一幅初夏时节繁忙而甜美的田园风光。北方人却说那鸟儿唱的是"光棍好苦"，似乎世俗得过了头儿，与那美妙的声音搭不上界了。动物学家则为那鸟儿起了一个平实却又富于情趣的名字：四声杜鹃。说它平实，是因为这四个音节的鸣声确是无可替代的最重要的特征；言其富有情趣，纯粹是我的联想——莫名其妙地联想到词牌《八声甘州》，那杜鹃的啼声便又平添了几分"对潇潇暮雨洒江天"的冷寂和幽远！

在我国的大部分地区，萧瑟寒冬是见不到杜鹃的踪迹的。每当春末夏初，它才从遥远的热带、亚热带飞来，提醒勤劳的人们赶快"割麦插禾"，而它自己，却又是相当地懒惰，懒到了连巢都不肯花力气去筑。通常是雌杜鹃先把蛋下在地上，再去寻找现成的巢，如果柳莺、伯劳、喜鹊之类正好离巢觅食去了，杜鹃便乘虚而入，把自己的蛋叼进巢去，还把人家的蛋取走一个。母鸟觅食回来，巢中的蛋一个不少，毫无疑心地继续孵蛋。十几天后，小杜鹃破壳而出，它比同窝的雏鸟出世早，食量大，长得快，力气猛，羽毛未丰的翅膀胡冲乱撞，把养母的亲生儿女一个个顶出巢外，活活摔死。而它的养母竟然痴心不改，仍然辛苦地出外觅食，一口一口地把这个冤家对头喂大，直到它翅膀硬了，远走高飞。我国民间历来有

"鹊巢鸠占"的说法，指的就是这回事儿，但把杜鹃误为斑鸠了。

好在鸟儿之间的恩恩怨怨，人类并不计较，没有以道德评判代替科学分析、以感情代替政策，还是把杜鹃划归益鸟的范畴，因为它专吃为害树木和农作物的松毛虫，其他鸟类却对那浑身毛刺刺的形象望而生畏。当然，人们爱杜鹃，还因为它那斑斓的羽毛，那美妙的啼声……

久违了！我离开家乡，已经在北京居住了 30 多年，这漫长的岁月中似乎从没有听到过杜鹃的啼声。现在，"割麦插禾"的呼唤突然出现在耳畔，我仿佛从一个长长的梦中醒来，榴花红了，杏儿黄了，麦浪滚滚，秧苗青青，又该"割麦插禾"了！

我站起身，急急地走向窗口，探出头去，想看一眼久别重逢的朋友。

窗外是浓浓的夜，天空如墨，楼台如墨，林荫如墨。看不见杜鹃的身影，只听见它的声音渐渐远去，融入朦胧的夜色，终于杳不可寻。然而那啼声却给了我无限慰藉，仿佛方寸之地的书房大大扩展了，凝眸处不再是一座拥有常住人口 1000 多万、流动人口 300 多万的城市，而是无尽的原野，宁静的春水，我正置身于湖中小岛上，倾听着绿色的世界。

原载《扬子晚报》1995 年 8 月 22 日、《随笔》1996 年第 1 期、《随笔佳作——1995–2004 年〈随笔〉作品精选》（花城出版社 2005 年版）

书 到 用 时

幼时家里有一副对联:"书到用时方恨少,事非经过不知难"。父亲曾经无数遍地重复书写它,旧了就换新的,我早已司空见惯,并没有特别觉出其中深意。乃至渐渐长了一些年岁,便也渐渐感到这两句话的分量。下联"事非经过不知难",这是任何成年人都可以体会的,犹如"不当家不知柴米贵,不养儿不知父母恩",活在艰难时世为生计奔波者,常常借此发出感叹。反之,经验老到的人也另有一句话向稚嫩的后生晚辈摆一摆资格:"我吃的盐比你吃的饭多,过的桥比你走的路多。"那种"过来人"的自豪也颇为可爱,原因就是他经历过太多的"难"处,因而更知其难。上联"书到用时方恨少"则是只有读书人并且爱读书的人才能体会的。学问运用于实际之时,便是考验自己的积累之际,搜肠刮肚,引经据典,寻章摘句,捉襟见肘,才感到"学而后知不足",自己读的书实在太少了。至于辛稼轩所谓"近来始觉古人书,信著全无是处",鲁迅所说"少读——甚至不读中国书"那是另一个层次的问题,前提是:他们把"古人书""中国书"差不多已经读尽了,方有资格说这样的话,而我们不能不读,不读就是自甘当白痴。古人书、中国书本来就是穷此一生也读不完的,何况还有今人书、外国书,面前一片汪洋,只有下决定渡过去,所谓"书山有路勤为径,学海无涯苦作舟"是也。

偶尔看到华君武老先生的一幅漫画:《书到用时方恨多》,不觉一愣。画中一位老夫子,正站在木梯的最高层,从堆积至房顶的书柜中查找他所急用的书,却"众里寻它千百度","过尽千帆皆不是",脚下已经扔得满地,于是愤愤然说出了华君武老先生的那句惊人之语。又偶尔看到汪曾祺老先生的一番自白,说他几十年来根本就不买新书,只把家存的旧书反复地读,反正他是旧社会的"过来人",最熟悉的是旧事物,对新事物弄不大明白,也作不了时髦文章。这不是他的原话,只记得大意如此。我看了又是一愣。华、汪两位都是大有学问且大有建树的长者,出此语决非故作矫情,而是肺腑之言,自有其道理。道理何在?且想一想。不是辛稼轩和鲁迅的名言的重复,处于20世纪90年代的两位智者,说的又是一番新道理。

原载《读书人报》1998 年 3 月 3 日

妒 杀

据报载：某省某市某局的一个副局长，因觊觎局长的位子，急于"抢班夺权"，竟雇用杀手，将局长残害。令人震惊的不仅是发生在光天化日之下的谋杀，更是这种法盲的极度愚昧，权欲的极度膨胀竟然到了妒而杀人的地步！

读罢这则新闻，不禁想起了一些陈年往事。

史载，战国末期的两位名士李斯和韩非，师出同门，都是大思想家荀子的学生。韩非"为人口吃，不能道说，而善著书"，"斯自以为不如非"。当初，李斯为秦客卿，韩非在韩，不得韩王重用，发愤著书，有《孤愤》《五蠹》《内外储说》《说林》《说难》等篇，洋洋十余万言。韩非的著作传到了秦国，秦王政（即后来的秦始皇）读后，极为赏识。后来韩非到了秦国，秦王"悦之"。李斯唯恐这位强于自己的老同学受到秦王重用，危及他的地位，便乘机向秦王进谗，从政治上对韩非加以攻讦、陷害："韩非，韩之诸公子也。今王欲并诸侯，非终为韩不为秦，此人之情也。今王不用，久留而归之，此自遗患也，不如以过法诛之。"生性多疑的秦王听信了李斯的诬告，下令逮捕韩非，关押在云阳狱中。李斯仍然不放心，又指使亲信给韩非送去毒药，逼他自杀。韩非要求向秦王"自陈"，却"不得见"，只有含恨吞药而死。

无独有偶，事隔千年，又有一桩令人闻之毛骨悚然的妒杀案，那便是吴道子杀害同行皇甫轸。

"画圣"吴道子，一生创作了大量作品，并创造了一些当时为人称道的技法，如"兰叶描""莼菜条"（杭州西湖所产的莼菜茎叶，两端轻细，中间粗重，形似吴道子的线描），浑圆挺劲，飘洒灵动，有"吴带当风"之誉。

与吴道子同时代的画家可谓多矣，但据当时的舆论，可与之并驾齐驱者唯皇甫轸一人而已。皇甫轸在长安净域寺作壁画时，画中之雕逼真生动，振翅欲飞。这使得吴道子心里很不是滋味，妒火中烧，唯恐人家戗了他的行，嫉妒之心急速膨胀，不能自已，必欲除之而后快，不惜雇用杀手，残忍地将皇甫轸杀害了。于是，自唐以降，论及画事，世人皆知吴道子，而鲜有道及皇甫轸者。

前面说到的那个副局长，自然根本不能和李斯、吴道子这样虽有人格污点但仍不可抹煞其历史功绩的名人相提并论，所以姑隐其名，不然倒抬举了他。从报纸上公布的材料来看，此人无才又缺德，但以他杀人的动机而论，倒是和李、吴同出一辙：嫉妒。可悲而又可笑的是，那个妄想以杀人而夺权的前副局长怎么就愚蠢到这种地步？似乎只要能杀了局长，那个"一把手"位子就是他的了，真是荒唐之极。当然，政府和人民也不是这种凶狠而又低能的丑角所能愚弄和操纵的，法网恢恢，抢官、杀人者终难逃遁正义的制裁。

原载《扬子晚报》1998 年 9 月 3 日

鸟　语

　　我家门前是一条宽阔的林荫大道，沿街西行约里许，楼群背后的小巷中有一个颇为热闹的"早市"，凡菜蔬、肉食、果品、日用百货，无所不售。某日，我去拜访一位身居闹市的老中医，不得不从蜂拥人群中挤过去，然后再挤出来，耗时而又费力。正焦躁间，经过街口一家店铺门前，猛然看见檐下挂着一只竹笼，笼中有鸟，一干人围着，七嘴八舌，一片聒噪："八哥，八哥，你说话！"

　　我向来喜爱小动物，便来了兴致，也走近前去，只见笼中的鸟儿通体乌黑，闪闪有紫色金属光泽，颈后两片鲜黄的肉坠。这哪里是八哥，分明是一只鹩哥！鹩哥和八哥，虽然体型、毛色都差不多，但毕竟有所区别：八哥额前有黑色丛毛，而鹩哥颈后有黄色肉坠；八哥摹仿人言需要修舌，鹩哥则不必，"说话"的能力更在八哥之上。此鸟产于我国广西、云南南部和海南岛，又名"秦吉了"（"了"读去声），白居易《秦吉了》诗云："秦吉了，出南中，彩毛青黑花颈红；耳聪心慧舌端巧，鸟语人言无不通。"《旧唐书·音乐志》载："岭南有鸟似鹳鹆而稍大，乍视之，不相分辨；笼养久则能言，无不通，南人谓之吉了……开元初，广州献之，言语雄重如丈夫，委曲识人情，慧于鹦鹉远矣……"《能改斋漫录》卷15《吉了禽》说得更神了："……凡宾客奴仆一过而皆知其名位，苟饲之或不如所欲，家有弊事，亦以告人。"这些都是前人著述。至于本人亲历，则只是在动物园里看到过活的鹩哥，听它说过几句日常口语，已经觉得这小小的鸟儿挺了不起了。

　　这时，笼中的鹩哥说话了："喂，你好！"引得围观者兴奋异常，一片声地向它还礼："你好！""你好！"也许是因为置身闹市，我顿时萌发出一股愿望，便问笼旁的小贩："这鸟儿，卖吗？"小贩忙着生意，头也不抬，只用手一指："不是我的，是人家店里的。"

　　我这才注意看那店铺。这是一家经营打字、复印行当的商店，比起那些卖鱼肉、蔬菜、衣料、杂货的摊档，自然显得清雅一些。我便走进店去，朝店主打个招呼："请问，您的那只鹩哥，卖吗？"店主答："不卖，不卖，那是我自个儿养着玩儿的，给多少钱也不卖！"说得也是，我明知养鸟人必定爱鸟，却要夺人之爱，实在是太冒昧了。心里作如是想，腿却并没有迈出店门，两眼仍直直地盯着那鸟笼。寻思片刻，有了主意，于是试探地问道："我用一幅画和您交换，行不行？"

店主一愣，这才当了真："画？什么人的画？""我的。""您是……"我只好道出姓名，似这般自报家门地"推销"拙作，平生还是头一遭，但爱鸟心切，也顾不得了。店主轻轻地"哦"了一声，似乎对这个名字有所耳闻，端详了我一阵，终于相信面前这个王某不是"假冒伪劣"，脸上便绽开了笑容，说道："咳，巧了！我这个人最爱字画，没想到在这儿和您认识了，也是有缘，我知道，就凭这么一只鸟儿换不了您的画儿，既然您喜欢，就把它提走，赶明儿随便送我一幅小画，这么着各取所需，两头儿都合适了！"

没想到他这么痛快地就答应了，心头一阵欢喜，庆幸遇见了一位雅士，要不然，这笔"生意"还未必做得成呢。但我不愿就此把鸟儿提走，让人家不放心，于是说定改日带了画再来取鸟。当日归来，将此事告诉家人，俱各欢喜，不提。

次日，我便做好了准备。第三日，我带了一幅刚刚参加过市美展的《卓锦万代兰》，郑重其事地赶到早市。店主看了画，自是喜欢，从檐下摘了鸟笼，递与我手。这鸟儿在店前挂了多日，突然间要易主，便引得一干人等上前，要看个究竟，对于我和店主之间的这笔独特的交易，众口纷纷，议论不已。有人说："一张画儿就把活蹦乱跳的鸟儿换走了？会说话的八哥（他还是固执地称鹩哥为"八哥"）价钱上千呢！再说还有这只笼子，也值百把块钱！"又有人说："嘁，你懂什么？画儿是古董（他不知道此画的作者还活着站在面前，是称不得"古董"的），十只鸟儿也换不来！"而我和店主均不为所动，毫无反悔之意，各自都觉得以画易鸟、以鸟易画值得！

我手提鸟笼，问鸟儿原来的主人："它都会说些什么话？"店主道："我太忙，没工夫教它，学的话不多，可是决没有'脏口'。它会说'你好''电话'；那边儿有个卖大料的，成天吆喝'大料'，它也学会了说'大料'！"我和旁边围观的人都大笑。

现在，我成了鸟儿的主人，才突然想起，自己对养鸟的学问其实一无所知，便向店主请教。店主道："这鸟儿好养，每天给它水、给它食，再喂它点生肉、水果，就成了。有工夫就撩点儿温水给它洗个澡。我忙问鸟食到哪儿去买，店主便把没喂完的"鹩哥鸟食"送我两袋，并且说："车公庄鸟市有卖的，您要是没工夫，喂完了就跟我言语声儿，我给您带来。"我道了谢，提了鸟笼，乘兴而返。一路上，还不住地打量着笼中的鹩哥，设想着，它到了我家里，当着来访的朋友们高叫"你好""电话"，该是多么有趣！可是……又有所担心，它若是"不合时宜"地当众叫卖起"大料"来，岂不荒唐？

且说鹩哥随我回家，高挂在阳台上，一家人围着，巴望它"说话"。又怕它刚刚换了环境，认生，也许尊口难开。岂料这全属多虑，这鸟儿长期身居闹市，是见过世面的，到哪儿也不怵，待笼子挂稳了，便说起话来，"言语雄重如丈夫"，浓厚的男中音:"喂,你好……"口若悬河,滔滔不绝。同样的一句话,它能变换不同的语调、速度,说出各种味道:"你——好!""你好——!"有时还略带些外地口音。想想倒也不怪,那个乱哄哄的早市,什么人没有?管它是谁,鹩哥来者不拒,兼收并蓄,统统纳入自家的语言库中,逐一展现,乐此不疲。如果闭目谛听,仿佛这个是卖葱的,那个是卖蒜的,还有那个外地口音的说不定来自廊坊或者三河,此中乐趣,妙不可言!

我按照鸟儿旧主的嘱咐,每日里及时给鸟食罐中添满水、加满食,还要给它洗澡,清洗笼子,虽颇麻烦,但它以巧舌妙语回报我的辛苦,也是一乐。每当夜幕降临,它便停止了鸣叫,静静地伏在笼底休息了。我便把笼子提到书房里,让它在黑暗中独自坐拥书城,次日一早再挂上阳台。午饭后我要小睡片刻,嫌它吵,也照例把它挪进远离卧室的书房。而每当这时,它似乎也有意"关照"主人,虽耐不得寂寞仍要说话,音量却自觉地放低了,窃窃私语似的。

鹩哥初来乍到,习用的"语汇"自然还是老一套,"你好""电话"之类,循环往复,百说不厌。有一次,它在絮絮叨叨地叫嚷了半天"电话"之后,突然冒出一句:"接电话吧!"好像已经等得不耐烦了,引得家人惊诧不已,不知是它原来就会说这句话,还是新学的?若是后者,那就奇了,家人谁也没有教它这么说,一定是"旁听"来的!果然,数日之后便发现它又增加了新的语汇,一是"王",好似在呼叫我;一是"朋友",来访的宾客听来倍觉亲切。更令人称奇的是,此鸟当初在早市学会的叫卖"大料"声,自来舍下后,时过境迁,就再没有说过,也不知是什么原因?难道鸟儿也懂得"到什么山上唱什么歌"吗?怪哉!

原载《北京晚报》1998 年 9 月 22 日

榕　壁

　　屈原作《橘颂》，黄道周作《榕颂》。黄道周者，明末巨儒也，徐霞客称其"字画为馆阁第一，文章为国朝第一，人品为海内第一，其学问直接周、孔，为古今第一。"这么一位超级大学者，却生在内忧重重、外患频仍、剧烈动荡的时代，人生道路极为艰难坎坷。他38岁中进士，到62岁为国捐躯，在这二十余年的仕途中，曾因得罪魏忠贤阉党而被迫告假还乡，因直言进谏而被降调两次、罚俸一次、削籍一次、廷杖八十、坐牢一年半，正如他自己所说："身经百折，体无完肤。"尽管如此，他的忠君爱国之心仍耿耿如初，为官清廉，刚直不阿，始终不肯与奸佞小人同流合污。明亡之后，他又倾力辅佐弘光、隆武南明政权，先后任礼部尚书、武英殿大学士等职。其时江山易手，大厦已倾，黄道周却知其不可为而为之，"老臣拼尽一腔血，会看中原万里归。"招募兵勇，誓死抗清，直至战败被俘，于隆武二年（清顺治三年，公元1646年）在南京从容起义，临刑前破指血书："纲常万古，节义千秋，天地知我，家人无忧。"为自己的人生画上了一个圆满的句号——不，留下了一个名垂千古的感叹号！尽管我们在400年后的今天观照历史，不必把当时降清的明臣洪承畴、王铎之流视为"叛徒"，但黄道周的人格魅力却远远不是他们所能企及的。

　　《榕颂》系黄道周被贬官后在家乡的"榕坛"讲学时所作，"南方有嘉树焉，厥名曰榕。其枝则鼟产磅礴，含云垂条；其叶则凝黝重碧，经霜不凋；其氏则连蜷诘屈，孕蛟子螭；其干则轮囷总络，蔽牛隐旗；其实则不华而收，挎若黍珠，斓若鸡头；其乳则含膏载醪，白于熊酥，黏于石油……"不仅在形式上与屈原的《橘颂》相近，更因为他有着与屈原相似的人生遭际和一脉相承的思想品格，凝成了耀烛后世的不朽文采。黄道周字幼平、幼玄，又字螭若，号石斋，福建东山人，明代此地隶属于漳浦，人称"黄漳浦"。清代以后东山另成县治，所以东山人说"这里才是他真正的家乡"。戊寅岁末，我应友人之邀游历东山，得以瞻仰石斋先生故居以及与之毗邻的纪念馆，跨海至东门屿探访他幼时读书处，听当地朋友们述说400年前往事，并有幸获赠县图书馆藏的《榕颂》墨迹印影本，捧读再三，不忍释卷，仿佛一株历尽劫磨而生命不息的参天巨榕矗立在眼前。

　　某日，我由东山博物馆馆长陈立群陪同，沿着崎岖山路登上九仙山顶，站在当年郑成功驻军的"水操台",举目四望,碧海环抱的铜陵古镇尽收眼底。邻近山脚的一片房舍吸引了我的视线,我问立群:"那是什么地方?"

"那是一家工厂。"立群说,"几年前,我们筹划成立博物馆的时候,曾经想以这里作馆址,政府付了五万块钱买这处房子,后来却由于种种原因而作罢,另辟新址建成了博物馆,因为这家工厂不景气,那五万块钱也就没有再收回来。"

"噢……"我望着这片依山而筑的旧式房舍,实在觉得和"工厂"这个概念很不谐调。尽管东山博物馆现在的馆址也已经非常好,但仍为眼前这块"风水宝地"没有派上适当用场而感到遗憾,于是问立群:"我们可以到那里去看看吗?"

"当然可以。"

我们匆匆下山,沿着碎石铺就的小巷,走进古镇深处。在一处临街的门面房前,立群停住了脚步,指着里面说:"就是这里。"

我往敞开的大门看了一眼,里面堆着一些竹篾,两个身穿工作服的男人正在编竹筐。这就是立群说的那家工厂,其实只不过是一个编织鱼筐鱼篓之类渔具的手工业作坊而已,已经不能适应现代渔业发展的形势,它的衰落也在所难免。立群引着我跨进大门,穿过门厅,朝里面走去,那两个编筐的人连眼睛都懒得抬一抬。

里面的地方好宽阔,房子有好几进,沿着山势层层罗列,一进高过一进,好似山城重庆和香港半山的建筑格局,试想兴建之初,一定相当可观。现在,这些房屋都空置无用,有的已经倒塌了,留下一些断垣残壁,大概除了喜欢访古探幽的人如立群和我之辈,海滩上的那些观光客是不会对此有兴趣的。似乎冥冥之中有一种磁力吸引着我,踏着被杂草、荆棘覆盖的台阶向上攀登,耳畔似闻前人诗句:"花径不曾缘客扫,蓬门今始为君开。"

一座石块筑就的房舍挡住了去路,破旧的木板房门虚掩着。我伸手推开了这扇门,很奇怪,当时我竟然那样毫不迟疑,就像回到阔别的故地,推开自己的家门,立即,我被眼前的景象惊呆了!

这是一座已经掀去屋顶的房子,只残留着四壁——确切地说,是残留着前、左、右三面墙壁,而后墙已被推倒,亮出了原来藏在房后的一面墙,高约五六米,长约一二十米,以灰白色的麻石垒成,平平整整。如果仅此而已,自然没有什么稀奇,稀奇的是这面墙上竟然长着三株大榕树,树根扎进石缝,牢牢地抓住石壁,庞大的根系逐渐向四周蔓延,粗壮者如龙似蛇,纤细者若丝若缕,纵横交错,密密麻麻,布满了整个墙面,好一幅壮观的图画!石斋先生在《榕颂》中曾以极富文采的语言描绘榕树的根"连蜷诘屈,孕蛟子螭""虬髯麟鬣""披发互答",而今,我望着这面由榕根编织而成的墙,不禁由衷惊叹大自然的造化之功,更惊叹榕树顽强的生命力,一颗被风吹落的种子撞在石壁上也能就地生根,"但得袭土一尺，时逢涓滴，而美麻可俟""土水怀石，水缩其卫，石握其爪，如骊护宝"，创造出如此"瑰状奇骋"的奇观。同是由这方水土养育的黄道周，在历尽劫磨之后所体现的人生价值，不也正是这般光辉灿烂吗？

我和立群沿着这面大墙流连观赏，见旁边的房舍上面还有大片茂密的枝叶遮天蔽日，主干是从房后伸展出来的。原来我们所看到的"榕壁"还只是一半，另一半藏在那尚未拆除的房舍背后，如果把它的后墙也推倒，整个"榕壁"将展现出来，全长将有数十米呢！

我为此而激动不已："了不起，了不起！立群，你是博物馆馆长，请你牵个头，通过县政府向有关部门打个招呼，将来这里的房子拆迁，无论如何要保护好这面'榕壁'，再在旁边刻上几个字，将成为东山的一处新景点！"

"好，"立群说，"这面'榕壁'的发现权属于你，它在这里不知默默地生存了多少年，如果不是墙倒屋塌，也许永世不得见天日；如果你刚才没有推开这扇门而转身回去，它的'抛头露面'又不知要拖延多少时日，或者会被不知保护古迹的人在拆迁房子的同时也把它毁掉，看来，它和你有缘啊！你看，刻什么字好？"我想了想，说："石斋先生的《榕颂》墨迹，这是最恰当不过的了，让它和家乡的榕树，一起与世长存，留传千秋万代！"

原载《北京晚报》1999 年 2 月 23 日

斜阳冷照木棉亭

　　车子驶出古城漳州，朝着东山方向疾驰。驾车的小李颇为健谈，一路指点江山，说些当地掌故，使旅途平添了许多兴致。车过龙海九龙山下，路旁现出一庵、一亭。小李说："这是木棉庵，要不要看一看？"我赶路心切，便不甚经意地随口说："不要停了，回来再看吧。"小李又说："贾似道就是在这里被杀的！"我一愣，恍然记起一段历史……

　　小李所说的贾似道，在全中国都是个"知名度"很高的人物，但广为传播的是恶名、骂名，与秦桧、严嵩之流相昆仲，为万世所不齿。贾氏字师宪，别号"半闲堂"，南宋末年台州（今浙江临海）人。因为他的姐姐被理宗皇帝册封为贵妃，此人便也沾光成为皇亲国戚，淳祐九年任京湖安抚制置大使，次年移镇两淮。开庆元年，贾似道以右丞相领兵救鄂州，私自向蒙古忽必烈乞和，答应称臣纳贡，以屈辱的手段"退敌"之后却又诈称"大胜"，这也是历代卖国求荣者惯用的把戏。此后，贾氏专权多年，用重法督责武将，以廉价兼并土地，招致天怒人怨。慑于贾氏权势，官民人等敢怒而不敢言。度宗时，贾氏权势更盛，封太师、平章军国重事，朝廷大事都在他的西湖葛岭私宅中裁决，襄阳被元军围攻数年，竟然隐匿军报，坐视不顾。宋恭帝赵㬎德祐元年（1275），元军沿江东下，他才被迫出兵，在鲁港大败，他的官运总算走到了尽头，被革职流放，由武功大夫郑虎臣监押。行至福建漳州城南木棉庵，郑虎臣挺刃指斥曰："吾为天下杀贾似道！"遂一刀结果了这个误国奸臣的性命……

　　千载岁月浓缩于刹那间，郑虎臣诛贾似道处就在眼前。我急忙探头向车窗外望去，而那庵、那亭早已被飞速驶过的车子抛在后头。心中不禁怅然，只有等到返程时再看了。

　　一周之后，我从东山经漳州回京，心里惦记着木棉庵，至九龙山下，便嘱小李停车，近前观看。其实木棉庵本身并没有什么好看，我的兴趣也不在它，而在于庵前的木棉亭。

　　这是一座朴素无华的方亭，尖顶铺绿琉璃瓦，以八根石柱支撑，檐下是一"木棉亭"横额，八柱之上均镌刻着后人咏史联语。亭旁竖立着数座石碑，年代最早的是明代抗倭名将俞大猷所书"宋郑虎臣诛贾似道于此"，可惜此碑下半部经过

357

修补，"大明嘉靖岁次"之后脱落了具体年份。另有一碑，刻着相同的碑文，系清代龙溪县令袁本濂重立，署款"乾隆岁次戊辰"，当为公元1748年。值得一提的是民国25年由陈淇等人所立的两块方石碑，碑文颇长，"木棉庵不详其始，庵前勒碑题曰：郑虎臣诛贾似道于此。大书深刻，屡建屡毁，而此石屹屹至今存。呜呼，此普天公愤之所昭也……"由此使我理解了前代碑刻之所以"屡建屡毁"，皆因"普天公愤"，"漳州为朱子过化之乡，水淑山灵，不容污秽"，犹如杭州岳飞墓前的秦桧铁像，历来为人唾啐。然而有识之士如陈淇者并不主张为泄公愤而毁掉历史遗迹，他主持修建这座木棉亭，意在"保存古迹为反例"，"彰其罪而瘅其恶，用激我国民惩奸爱国之心，此则区区筑亭之旨也"。真功德无量之举。其实，"郑虎臣诛贾似道于此"的碑刻并没有玷污漳州这片"水淑山灵"的土地，倒是它的骄傲，贾似道一代权奸，三朝元老，横行天下，国人皆曰"杀"而不能，最后在这片土地上死于正义刀下，难道漳州人不应该为此而骄傲吗？遥想当年，穷途末路的贾似道"毕命绳刀，宛转乞哀"，一副落水狗的可怜相；而郑虎臣不为所动，决不实行"费厄泼赖"，指而斥之，执而诛之，一句"吾为天下杀贾似道"，掷地有声，颇似后世杨子荣枪毙小炉匠时"我代表人民判处你的死刑"那般正义凛然。郑虎臣作为封建时代的官员，敢于"将在外，君命有所不受"，为"普天公愤"伸张正义，先斩而后奏，何等有胆有识、英勇果决，何等大快人心！

　　此时天色将晚，我徘徊亭下，看斜阳冷照，古碑苍苔，心中浮起"苍天有眼，历史无情"八个字。人类的历史就是一部善与恶的搏斗的历史，奸佞、邪恶可能逞凶于一时，欺世于一时，却不可能持之长久，最终难以逃脱历史的公正审判，正如木棉亭柱上那颇堪玩味的联语所揭示的：

　　　　误国半闲堂，罪恶贯盈，垂老投荒犹恨晚；
　　　　锄奸一片石，春秋笔削，乱臣贼子必被诛。

　　　　原载《随笔》1999年第2期、《北京晚报》1999年5月4日

"庖丁解牛"及其他

我所读的书，也包括孩子的课本。开始是出于辅导孩子做作业的必要，后来则成了我的一种学习途径，因为随着孩子的长大，所学的内容逐渐加深，要说"辅导"，我是越来越不敢当了。

近日翻阅高中语文教材第四册（人民教育出版社出版，1995年6月第2版，1999年第3次印刷），最后一个单元的基础知识讲的是"文言文的翻译"，其中"衡量译文好坏的标准"一节写道："严复以'信、达、雅'作为衡量翻译外文的标准，我们不妨借用一下。'信'，就是要求译文准确地表达原文的意思，不歪曲、不遗漏，也不随意增减意思，也就是不'走样'。'达'，就是要求译文明白通顺，符合现代汉语的表述习惯，没有语病。'雅'，就是进而要求译文用词比较考究，文笔优美。就中学生说，后一点是较高的要求。但前两点是应该做到的，否则不能说是好译文。"

对此，我没有异议，并且对编写者把"信、达、雅"的概念引进高中语文教材表示赞赏。教材随后举某学生所译《庖丁解牛》为例："一个厨师丁给文惠君杀牛"，并评论道："'一个厨师丁'不符合现代汉语的习惯，可改译为'一个叫丁的厨师'"。

读到这里，不禁愕然。我虽浅薄，但庄子的《庖丁解牛》还是读过的，记得幼时也曾列入我们的语文教材，自那时起，便被长辈和老师告知，这里的"庖"字可解作厨房或厨业，"丁"字指从事某种专门职业的人，两个字连起来，"庖丁"意为"以厨为业者"，用今天的话说，就是"炊事员"或"厨师"。我也曾查过多种辞书，对"庖丁"一词的解释也都是"厨师"或"厨工"，怎么现在成了"一个叫丁的厨师"呢？诚然，我们的古籍中也可以找到人名前冠以职业的先例，如"优孟""优旃""师旷""师勖"等等，但"庖丁"显然不属于此类，否则，又怎么解释像"家丁""庄丁""园丁"这样的词汇？难道这些不同职业的人一律取了"丁"这个相同的名字吗？

我问孩子："你们老师是这样教的吗？"他答："老师说，书上写的不对。"这又让我吃惊。要知道，这不是普通的书，而是根据原国家教委制订的教学大纲编写并由权威专业人士审定的教材，通用于全国的高中语文教学，一字一句都牵动着千千万万的学生，设若在高考中恰恰有一道翻译《庖丁解牛》的考题，那么学生该听教师的还是听教材的？标准答案是什么？如果教师的说法正确，教材则不应误人子弟而必须做出修改；如果教材没有错，将"庖丁"解为"一个叫丁的厨师"确系有关专家、学者新的研究成果并且得到国家语言文字工作委员会和教育部门的肯定，那么也应该在教材中予以说明，以免教师仍然沿用旧说而贻误学生。

学生课本中引起我的疑问的当然不止此一处。比如，高中语文教材第一册所编选的《师说》，其中"从而师之"一句，教材上译为"拜他为师"，窃以为不妥。两者虽然意思极为接近，但词语组合的方式却是不同的，"师"在这里不是名词"老师"之"师"，而是动词"师法"之"师"，"从而师之"直译就是"跟随并且学习他"，如果译成"拜他为师"，译文中"拜"字、"为"字都找不到着落，而原文中的"师"字词性被改变，"从而"两字也丢掉了。当然，若采取不甚严格的意译方式，"拜他为师"或"以他为师"更为顺口，也更符合现代汉语的习惯，但为了让学生透彻地理解和掌握文言文的规律，还是应该先"掰开揉碎"地直译过来，再进行变通方式的意译。

四年前，我曾在政协八届三次会议期间以提案的方式建议当时的国家教委采取措施提高中小学语文教材的编写质量，并举例指出某些用字的不规范，如："橘""桔"两字在教材中并存，学生必须按课文中的用法写作"桔子""橘黄色"，其实按照现行规范，作为水果名称的"桔子"之"桔"已属错字，应为"橘"，"橘黄色"则是像橘子那样的颜色，二者是一回事，不可一分为二，课文《小桔灯》应为《小橘灯》，而"桔"字只能用于"桔梗"（一种植物，可入药）一词，其音、义均与"橘"不同；鲁迅先生在《从百草园到三味书屋》中，将"臃肿"写作"拥肿"，该篇课文的注解"也作臃肿"是不合适的，虽然在鲁迅生活的时代"臃肿"可以写作"拥肿"，但在今天就不合规范了，不应该给学生造成两者可以并存的误解；再如教材中所收新中国成立前的文章，由于当时还没有"的""地""得"之分而全部用"的"，至今港、台地区的出版物仍然如此，内地的某些作家也受此影响，在写作中将该用"地""得"之处也都写成"的"，但是，正规教材却不应默许此种与国家语委的规定相抵触的不规范现象，凡课文中"的""地""得"不分都应该作必要的注解。1995年5月，国家教委对此项提案做出肯定性的答复，表示《小桔灯》的"桔"是误；《从百草园到三味书屋》中"拥肿"一词的注解"也作臃肿"应改为"今作臃肿"；新中国成立前的文章"的""地""得"不分，今已不足为训，也将在教材中做一个总的说明。事情已经过去了4年，后来重印的教材改了没有，我就不得而知了。

原国家教委的那封回函我至今还保留着，对其中所说"教委除了继续依靠中小学审定委员会的审定、审查委员会对教材进行更严格的审查、把关外，还将帮助督促各教材编写单位提高水平，编好教材"的积极态度深表赞同。韩愈曰："师者，所以传道、受（授）业、解惑也。"教材是无声之"师"，是教学之本，对于加强学生的素质教育，培养青少年正确地动用祖国语言文字，继承和发扬中华文化，其重要性自不待言。因此我期望，不仅教育部门，全社会都应该关心这件事。

原载《人民政协报》1999 年 9 月 6 日

谁家新燕啄春泥

诵读贺知章的诗句"二月春风似剪刀"，总觉得是在说燕子的尾羽。燕子是春天的使者，是有形的春风，每当春回大地，它便飘然而至，飞入寻常百姓家，给人们带来温馨、祥和，一种难以言说的亲切。

在我们家乡，几乎家家都有燕子。说是"几乎"，当然不是全部，有的人家，虽然明堂瓦舍，却招不来燕子，说明这家人一定生性吝啬、刁钻，连燕子都绕着他走，遑论人缘儿？这就难免遭人讥笑。而如若家有燕子，哪怕土墙草屋也蓬荜生辉，"三窝燕子、两窝马蜂"常被主人引以为自豪，作为"家和万事兴"的象征。马蜂并非害虫，燕子本是益鸟，这是生物学家说的，但我的乡亲们却并不一定懂得这些道理，也不是出于现代的"环保意识"才去爱它们，而是宁静平和的本性使然，那精巧的蜂房、嗡鸣的蜂群，朴素的燕窝、呢喃的燕语，平添了许多田园意趣。而今单说燕子。燕子不是家禽，无须人们喂养，却又与主人极为和谐地相处；人们对燕子没有任何功利的需求，但又热诚地欢迎它安家落户。人和燕子的关系，可以说达到了"天人合一"的纯净境界。

我家乡的民居，纵然贫富有别，式样各异，但却有一个小小的共同点，那便是在门楣与墙面之间留有一道两三寸宽的缝隙，叫作"燕路"，是专供燕子往来的，即使关门闭户，那燕路也畅通无阻，燕子照常飞进飞出。我童年时没有电视、电脑、电子游戏机、电子宠物这些劳什子，可供玩乐的项目极少，玩伴儿便是身边的动物，小猫、小狗、小鸡、小鸭、蝈蝈、知了、螳螂等等都在此列，最喜欢的则是"可远观而不可亵玩"的燕子。我看着燕子的翩翩身影从燕路闪进堂屋，它嘴里衔着一团软泥或是一根草，倏地飞上屋檩，粘上去，又匆匆飞走了。转眼又来了一只，那是它的伴侣，也衔着泥或草，叠加在刚才的基础上，转身再冲出燕路。我曾想，像这样点点滴滴，什么时候才能把燕窝垒好呢？然而燕子锲而不舍，夫妻穿梭不停，轮番筑它们的爱巢，那泥团一点一点加高，在檩条和屋顶的 45 度夹角之间，筑成了一个半圆。待干透了的泥团变成洁净的灰白色，它们的栖身之所终于完成了。然后便是产卵，生儿育女，雌燕主内，伏在窝里孵卵，雄燕主外，四处奔忙觅食，待乳燕出壳，窝里传出"喳喳"之声，它们夫妻的全部工作就只有填饱儿女的肚子这一件事了。每当它们之中的哪一个衔了小虫子回来，嗷嗷待哺的乳燕便骚动起来，争先恐后地探出脖子，大张着镶着嫩黄的边的嘴，希望自己能先吃上这一口。可是小虫子只有一个，该喂谁呢？雌燕或雄燕似乎很为难，无所选择地随便塞进哪一张嘴，便又冲出了燕路，继续为饥馑的儿女奔忙。直到多年之后，我长大成人，远离家乡，仍然忘不了堂屋里的燕子，忘不了那一幅幅感人的画面。我和妻子一起从无到有、点点滴滴地构筑我们遮风避雨的家，在充满艰险坎坷的人间觅食，哺育我们幼小的儿女，其情其景不正如一对燕子吗？由此又忆起我那逝去的父母，他们为儿女劳碌终生而不求回报，唯将延续生命的希望寄托于后代，"养儿方知父母恩"啊！

小时候，母亲对我说，"燕子是仁义之物"。她并没有像文人所说"鸡有五德""鹤有八德"那样——列举燕子的仁义之处，而燕子的美德却是我亲眼所见。比如它虽寄人篱下却极力不骚扰主人。燕窝很小，又聚居了一群兄弟姐妹，少不更事的乳燕将粪便排出窝外是难以避免的，每当这时，回巢的老燕便匆忙一个俯冲，抢在燕粪坠地之前张口接住，衔出户外，而不让主人的居室受到污染。在我家的老屋里，世世代代的燕子居住了那么久，却从来没有见到地上有一点鸟粪，简直是个奇迹。"爱护我们的家园"这个口号是人类提出来的，而人类自己做得又怎么样呢？

说来惭愧，我童年时曾经违背自然课本的教诲而捉过燕子。在家后的水边拔一根芦苇，捋去叶子，剩下长长的秆，顶端尚未展开的嫩叶呈细锥状，柔而韧。把它绾一个活套，像蒙古人的套马竿似的。刚刚离巢的乳燕羽翼未丰，飞行能力差，兄弟姐妹几个并排挤在树枝上，成为我的首选猎获目标。悄悄地走近，突然出击，将长竿上的活套套在某只乳燕的脖子上，往下一拉，那乳燕便束手就擒了。这事如果让母亲看见，少不了一顿训斥，说我糟践"仁义之物"，这是"作孽"啊。但平心而论，我丝毫没有伤害燕子的意思，捉它是因为爱它，是为了近观和写生。我细细地观察，燕子真是美极了。它头戴黑帽，身穿黑衣，在阳光下闪着莹莹紫光，下部垂着分岔的尾巴，那才是名副其实的"燕尾服"。把尾羽展开，每一根羽毛上都有一个椭圆形的白斑。头部扁平，喙短而宽，绝不是某些画家想当然画出的圆头尖嘴。腹部呈羊脂般的乳白色，颌下一抹淡红，鲜而不艳，娇而不媚。燕子的周身透着一种高贵典雅、清新脱俗的气质，要想画出它的神韵实属不易，工笔重彩往往流于呆滞，逸笔草草难免失之粗疏，就我平生所见，唯有一幅任伯年的《桃花燕子》极得燕子之神，而又尽展笔墨之妙，其余则不足一观，包括我自己所作。我只在童年时写生过燕子，画过之后就放了它，让它回到自己的父母兄妹身边，继续它那奔忙劳碌而又自由自在的生活，看它们相亲相爱，听它们絮语呢喃。后来我再也没有画过燕子，也许，以雕虫小技描摹天地造化实在是件徒劳的事，像燕子那样的雅物似乎只能出现在诗词之中，"微风燕子斜""微雨燕双飞""燕子飞时,绿水人家绕""自去自来堂上燕,相亲相爱水中鸥",给人以无尽的遐想。燕子是诗,一首朴素无华却又意趣深远的诗,一首人人心中所有而笔下所无的诗,一首令无数文人吟咏不尽的诗,时时触动骚客的灵感,情侣的心扉,离人的情怀,游子的乡愁。

我离开家乡已经40年,这40年间,燕子繁衍了多少代?老家堂屋的门楣上的燕路还在吗?檩条上的燕巢还在吗?每年春天,它们仍然不远万里地飞回旧巢吗?是的,燕子恋故园,它们是肯定会回"家"的,所以才有了"似曾相识燕归来"这样的千古名句。而我却很久没有再回去了,童年的老屋、燕路和燕巢,都只能留在我的记忆里,淡淡的,却又浓浓的。

又是一年春草绿,该是"谁家新燕啄春泥"的时节了。在北京我也常看到燕子,从春到秋,每当夕阳斜照,正阳门上空总有无数燕子飞鸣盘旋,其景如诗,其情如梦。只是,人们为了保护文物古迹,在正阳门和紫禁城这样的古建筑檐下的"雀替"部位都装上了铁丝网,以避免鸟类在此筑巢,这当然并没有错,但燕子也就无法登堂入室了。如今北京高楼林立,民居的室内已没有裸露的梁、檩,再加上竞相奢华的装修,便断绝了燕子寄居的可能。我曾想,不知那些在正阳门上空盘旋的燕子,待日暮归宿之时,"家"在哪里?现代都市还能留得住燕子吗?人类还能够成为燕子和睦相处的朋友吗?听说,一些城市为了和"国际接轨",不惜重金引进了广场鸽子,殊不知,如今国外不少专家正在为鸽子给城市环境造成的污染而发愁呢!我们与其东施效颦,何如设法为燕子谋一席之地?那是和我们相依为命数千年的燕子,深深融进中华文化中的燕子,我们中国人的燕子。

原载《人民政协报》2000年2月4日

寻访少帝陵

　　由香港返京，途经深圳，当地友人到罗湖来接了我，驱车径往宝安某酒店。友人解释说，虽然这里距市中心颇远，但离机场较近，省得离深圳时麻烦。我对深圳不熟，但以前也来这几次，那种"游览市容"式的观光已不觉新鲜，何况此次纯系匆匆路过，住在哪里都无所谓。路上吃了午饭，待到达住处，已是黄昏时分。从19层阳台上凭栏远望，楼宇参差的深圳尽收眼底。前方一湾海滩，在夕阳下波光粼粼。友人指点说："那就是赤湾。"听到这个似曾相识的地名，我立即想起香港的宋王台，不禁心中一动，脱口问道："那里有一处少帝陵吗？"友人说："有啊，明天我带你去看！"这位朋友并不是钻故纸堆的人，却如此熟悉当地古迹，倒有些出我所料，看来少帝陵在深圳已是妇孺皆知。我所期望的答案得到证实，访古的激情便油然而生，盼望着往而游之。

　　往事越千年，那是一个风云激荡的时代……

　　公元1276年初，北方的蒙古骑兵攻破南宋都城临安（今杭州），谢太后率年仅5岁的恭帝赵㬎拱手以降，右丞相文天祥被俘，赵宋王朝江山易手。然而，这并不是元军的最后胜利，当他们围城之际，恭帝的两个兄弟益王赵昰、信王赵昺竟然在陆秀夫、张世杰、陈宜中等人的护卫下不翼而飞。当年五月，赵昰在福州即帝位，改元景炎，改封赵昺为广王，后又改封卫王，会同逃脱敌手的文天祥，辗转闽、粤之间，立志抗元复国。次年四月，少帝昰暨卫王昺驻跸官富场，即今之香港九龙，"宋王台"遗迹尚存。此后，宋军一路转战，途中，左丞相陈宜中叛主而去，景炎三年四月，少帝赵昰在战乱和疾病中不幸崩逝。五月，陆秀夫、张世杰辅佐年仅八岁的卫王赵昺继位，改元祥兴，六月至厓山（今新会崖门）。元军主师张弘范挥师南下，向南宋流亡政权最后的海上据点发起总攻。此时，文天祥在抗战中为叛将出卖，被元军所擒，解往厓山。敌船驶过零丁洋，文天祥满腔悲愤，吟诵出千古名篇：

　　　　辛苦遭逢起一经，干戈寥落四周星。山河破碎风飘絮，身世浮沉雨打萍；惶恐滩头说惶恐，零丁洋里叹零丁。人生自古谁无死？留取丹心照汗青！

祥兴二年（1279）二月初六，南宋君臣在厓山最后一战中惨败，陆秀夫郑重地穿起朝服，背起9岁的少帝赵昺，纵身跳入滔天海浪，为这场慷慨悲壮的抗元斗争画上了句号——不，一个震天撼地的惊叹号！

少帝蹈海之后，元军仍不肯放过他，于海上大肆搜索，活要见人，死要见尸，以便邀功请赏。然而他们终究没有找到少帝。据故老相传，当时海上乌鸦云集，将少帝遗体严密覆盖，顺水漂流，由厓山而至赤湾，为当地百姓安葬。

这就是赤湾少帝陵的由来……

次日用过早餐，友人便如约来接我，前往赤湾。下车后首先看到的是一尊陆秀夫负帝蹈海的雕像，旁边就是少帝陵了。

少帝陵北依南山，面向赤湾，地势极佳，但规模并不显赫，只不过粤地墓葬的常见形式，以水泥砌成半圆形，墓门嵌一石碑，上书"大宋祥兴少帝之墓"。旁镌一联："黄裔于今延宋祀，赤湾长此巩皇陵。"墓侧另有两碑，皆系香港赵族宗亲总会于1984年所立，碑文一为《宋帝昺陵墓碑记》（由中山大学中文系教授商承祚书写），一为《扩建宋祥兴帝陵墓碑记》，略述少帝事迹以及此处陵墓的发现、扩建经过。

"宋祥兴少帝厓海殉国，帝骸漂泊，义民葬于赤湾，碑曰宋少帝之墓。"这与民间传说是一致的。当时在元朝统治之下，墓葬当然是秘密的，历经元、明、清三朝，一直鲜为人知，直至"1906年赵氏宗人发现，1911年略加修葺，换上现有墓石。第一次世界大战后，香港赵族商人倡议募资修陵，1902年完成"。如今我所看到的铁青色墓碑，落款年份为"辛亥"，当系1911年"略加修葺"时所"换上"的，至今也有88年了。但当时为什么要"换"呢？原来的墓碑哪里去了？这些，在两篇碑记中都没有交代，不免令人遗憾；我们中国人历来是很爱护文物古迹的，但这"爱护"的方法却又不像西方人那样想方设法将文物原样保存下来，而总喜欢"修葺一新"，结果往往事与愿违，真正的文物在"修葺"中被破坏了，保留下来的不过是替代品而已。如果我们今天看到的仍是当年的原碑，感受又大不相同了，那毕竟是宋末元初的文物啊！

少帝陵再度面世，已是改革开放的年代。"1983年春，我国开发南海油田，赤湾为后勤基地，披荆斩棘，宋祥兴帝陵墓赖以发现公布，扩建为重点文物保护单位。"碑记所述，不免过于简略。墓旁亭中遇一中年男子，倒给我讲出一段故事：当时开发此地，13部推土机一起开过来，要铲平荒山野坡，不料却同时熄火，几经检修，只能后退，而无法前进，令人诧异。其中一名司机下车上前察看，拨开乱石，寻出一碑，才知这里是皇陵故址，神威所在，不可动土，你道奇也不奇？

开发赤湾不过是眼前的事，已经被如此神化，由此可见民间口头文学的功力。

联想到当年乌鸦掩护帝骸的传说，其可靠程度也颇堪质疑。我无意去考评这些轶闻的虚实，与其信其无，不如信其有，蹈海殉国的宋少帝死有所葬，墓有所存，毕竟是人心所向，对于活着的人们是一个心理安慰和精神依托。据说当初元军大获全胜之时，曾于厓山石壁刻下"元将张弘范灭宋于此"九个大字，而当地百姓仍心怀故国，乘夜色笼罩，攀崖登壁，铲去"元"字，改刻"宋"字，使之成为"宋将张弘范灭宋于此"。因为他本系宋人，而替元军效力，这种"叛徒"行径为大宋遗民所不齿。时至今日，汉、蒙民族均为中华民族大家庭成员，我们当然不会以大宋遗民自居，仍将元朝视为"异族入侵"，或称张弘范为"汉奸"；但以唯物史观回顾历史，也不可以成败论英雄，南宋少帝孤臣在国破家亡、山穷水尽之际，不肯屈膝降敌、苟且偷生，而选择了壮烈的死，其爱国挚情和人格魅力足以惊天地而泣鬼神。正因为此，在这个世界上只活了短短九年的少帝赵昺死后得到了精神的永生，被世世代代的人们所崇敬，所怀念，才有了几经泯灭又几经发现、几经重修和扩建少帝陵的故事。

徘徊陵前，注目良久，不忍离去。我既非赵族宗亲，也非求签问卜者，无由祭扫也无所祈求，我所能奉献的，只有默诵故大宋丞相文天祥的遗诗："人生自古谁无死？留取丹心照汗青！"

原载《北京晚报》2000 年 3 月 14 日

《北京法源寺》的纰漏

李敖所著《北京法源寺》，因了一则与诺贝尔文学奖有关的消息，近来备受传媒关注，至于是他人推荐还是作者自荐，也弄不大清楚。这倒不去管他，对来读者来说，读的是书而不是什么奖，更何况那奖连"八"字还没有一撇。

我是在六年前见到此书的（台湾文星书店1991年出版）。书的封底上印有一则广告词："《北京法源寺》是李敖第一部长篇小说。这么多年来，你以思想家、历史家看李敖，你错了，其实他更是文学家。奇情与思想，是文学家必要的条件，只有李敖具有这种条件。市面上的所谓文学家，作品很菜，都是卖菜的。"这样的广告词真正是"先声夺人"。李敖对自己的这部书也评价甚高，在书后所附的一篇后记式的文章《我写＜北京法源寺＞》中，一再自赞"内容也很惊人了"，"内容丰富自是罕见的"，并且说"《北京法源寺》中的史事人物，都以历史考证做底子，它的精确度，远在历史教授们之上"；"大体说来，书中史事都尽量与历史符合，历史以外，当然有大量本着历史背景而出来的小说情节，但小说情节也时时与史事挂钩，其精确度，别有奇趣"；"史事之外，人物也是一样。能确有此人、真有其事的，无不求其符合。"

然而拜读全书之后，却感到出版社的广告和作者的自赞都有溢美之嫌。且不论小说的思想深度和艺术水准，只说李敖特别引以为自豪的"历史考证"的"精确度"，就大打折扣，不乏明显的纰漏。

如，书中写到1895年谭嗣同初遇梁启超，谭嗣同说："……我昨天才从上海到北京，对北京并不熟。就住在我们浏阳会馆里。"梁启超则说："你们浏阳会馆在北半截胡同南口路西，在南口有一家坐东朝西的饭馆叫广和居……"这番话实在令人吃惊。须知，谭嗣同虽然祖籍湖南浏阳，却是出生于北京，时在同治四年（1865），当时他的父亲谭继洵在京师任刑部主事，家住菜市口烂面胡同。同治十三年（1874），谭府搬到了北半截胡同浏阳会馆，也是在菜市口附近。同治十四年（1874），北京白喉肆虐，谭老夫人和女儿、次子都染上时疫，不治而亡。光绪三年（1877），谭继洵调任甘肃道，谭嗣同随父前往，时年13岁。这样一个生在北京、长在北京的人，是无论如何说不出"对北京并不熟"这样的话的。13岁的少年应该对于故乡有着极深的记忆．何况他离京后还曾多次来京，当时的北京又不像现在这样大搞市政建设，十几年间是不会有多大变化的，游子归来本应亲切得很，尤其菜市口一带是他很熟悉的地方，怎么会"对北京并不熟"，反而还要由广东人梁启超来告诉他浏阳会馆的地理方位以及附近有个"广和居"呢？恐怕"不熟"的不是谭嗣同，而是李敖。据他在《我写＜北京法源寺＞》中的交代："例如书中描写谭嗣同看到的日本公使馆'那一大排方形木窗'，事实上，是我根据 1900 年的一张日本公使馆的照片做蓝本写出来的。又如整个有关法源寺的现状，是许以祺亲在北京为我照相画图的；有关袁崇焕坟墓资料，是潘君密托北京作家出版社李荣胜代我找的；有关康有为、谭嗣同故居现状，是陈兆基亲自代我查访的。"整个儿都是二手资料，没有一样是作者本人亲自踏勘采访的。当然，二手资料也不是不可用，事实上任何人写历史小说都不可避免利用前人和他人的资料，关键在于"精确度"，用李敖的话说，就是"尽可能删去历史的伪作而存实"。然而说归说，做归做，把"我对北京不熟"的话硬塞在谭嗣同这个"老北京"的嘴里，何谈"存实"与"精确"？其实李敖也并非不知道谭嗣同少年时代的经历，书中前面的章节中曾约略提到，但写到后面却似乎又忘记了，以致自相矛盾。据李敖所说，此书系他 70 年代初构思于狱中，1976 年出狱后"12 年中，只断断续续写了万把字"，直至 90 年代，"花了一个多月的时间，每天写两个多小时，终于在去年（1990）年底，快速完成了它。"所以实际写作的时间是很短的，这样的"快速"自有惊人之处，但读者读书读的不是"快速"而是质量，"萝卜快了不洗泥"，难免粗疏，也不值得自豪。

又如谭嗣同夜访袁世凯，有众多的史料诸如梁启超的《戊戌政变记》、袁世凯的《戊戌日记》等等都载明事件的发生地在法华寺，而李敖却偏说在法源寺，全不管法华寺在崇文，法源寺在宣武，二者相距甚远，也不管袁世凯根本没有住过法源寺，谭嗣同也根本没有因访袁世凯而去过法源寺！

李敖为自己辩解说，他这是"为了强调法源寺的故事性"而"将错就错处理"。"写历史小说，自然发生'写实的真'和'艺术的真'的问题，两种真的表达，小说理论头头是道。《北京法源寺》在小说理论上，有些地方是有意'破格'的。"这就怪了，"精确度远在历史教授们之上""能确有此人、真有其事的，无不求其符合"是你说的，"将错就错""有意'破格'"也是你说的，叫读者信哪一个李敖呢？自己做得到的就是"写实的真"，做不到的就是"艺术的真"，其随心所欲、实用主义竟至于如此！

李敖把《北京法源寺》定位为"历史小说"，并且鄙弃"一般历史小说只是'替杨贵妃洗澡''替西太后洗脚'等无聊故事"。其实不待他说，别人也明白，那些"戏说"类的"无聊故事"本来就无缘纳入历史小说的范畴。历史小说是以确曾发生的存在的历史人物和事件为依据而创作的，从本质上反映历史面貌和时代精神的文学作品。虚构是小说的基本手段之一，历史小说也不例外，但虚构并不是随心所欲、信马由缰，而必须构筑于历史框架之中，不能违反历史真实。谁也不能要求历史人物在小说中所说的每一句话、所做的每一件事都有出处，但这些都必须符合特定人物的身世、性格和人生历程的发展脉络，虽不一定是实际发生的，却是可能发生的。这是史学界和文学界对历史小说的基本共识。如果你写的是年代久远的历史，由于史料的匮乏而不得不更多地凭借合理的想象和虚构，倒也情有可原，而戊戌变法距今不远，史料相对比较丰富，虽然其中某些细节尚有待进一步考证，但像谭嗣同法华寺夜访袁世凯这样的事实已是人所共识，而且是戊戌变法的关键情节，岂能随意改换地点？在与此有关史料中，最可靠的当属袁世凯的日记，他自己住的地方还会弄错吗？这些，李敖也明明知道，但因为不符合他的需要，所以弃之不用，而宁取谭嗣同之孙谭训聪的误说"亲赴法源寺访袁"，这就不仅是"将错就错"，而且是"知谎传谎"了。小说《北京法源寺》把法源寺作为历史舞台，演绎戊戌变法前后一出苍凉悲壮的活剧，立意自然不错，但写历史小说毕竟不是仅具"奇情与思想"就能完事的，还要靠扎扎实实的史学功夫和文学素养，《北京法源寺》除了作为历史遗迹的法源寺这一场景是真实存在之外，在这里"上演"的现实情节却都是虚构的，所谓"为了强调法源寺的故事性"只不过是作者对这座曾经名为"悯忠寺"的寺庙偏爱而已。这种偏爱本身无可厚非，但由于偏爱而把与之毫无干系的真人真事硬拉进来，这"故事"的支点便脆弱得不堪一击，破坏了历史小说的真实性，因而失去读者的信任。

在《北京法源寺》中，此类纰漏甚多。如写到康有为在 1888 年访法源寺，对这里的当家和尚用他出家前的姓氏称呼为"佘法师"，就不合佛门规矩；康有为谈到自己头上的辫子时，对"满洲人入关，下剃发令，全国要十天内实行，不然就杀……"大发议论，并且说，"但两百四十年下来，一切都习惯了，不但习惯了——也会摇尾巴了！"当时康有为正在积极地上书清帝，效忠皇帝，这种"犯上"并自嘲的话怎能出自康氏之口？但李敖却以意为之，非让他这样说不可。康有为来了说一通，梁启超、谭嗣同来了又说一通，都上这儿练嘴来了，一个比一个能说，说起来就是长篇大论，其实都不过借法源寺这块地方说李敖的话而已。

有意思的是，由于小说《北京法源寺》在京出版，作为文物古迹的北京法源寺"突然变得门庭若市，纷至沓来的海内外游客按图索骥，在这里寻找着历史的踪迹……"（2000 年 5 月 1 日《中国艺术报》：《探寻法源寺千古之谜》，下同）"记者与传印法师谈起李敖小说中的某些情节，如明朝名将袁崇焕和戊戌变法中谭嗣同的遗体是否在此停放？康有为、谭嗣同、梁启超等是否曾来此游览？普净和尚是否真有其人？法师笑而不答，只是说，小说毕竟是小说，不过有一点可以肯定，此处不远的菜市口是个刑场，这里草木茂密、人烟稀少，很长一个时期都是停棺之地。"仅此而已！传印法师真是一位睿智的高僧，"笑而不答"，一切尽在不言中。显然记者对此书也持怀疑态度，要不怎么称之为"谜"？幸亏没再追问有关袁世凯的事，不然就太让长老为难了。

原载《文学自由谈》2000 年第 5 期

托尔斯泰怎么说话

某青年和我闲聊，猛地蹦出一句惊人之语："托尔斯泰说：家家有本难念的经。"我不禁一愣，笑道："托尔斯泰什么时候说过这样的话？"青年人答不上来，说他是从电视里听来的。真是怪了，不知是哪位电视明星，竟然把这句地地道道的中国俗语安在托尔斯泰名下，莫非是指他的那句名言"幸福的家庭大同小异，不幸的家庭各有各的不幸"——这就是"家家有本难念的经"吗？托翁转眼间变成了一位中国老头儿，坐在小马扎上，摇着芭蕉扇和街坊们一起聊天儿，倒也挺好玩儿，只是不知道那位俄国老头儿认可不认可？如果把这句话再从中文译为俄文，他恐怕就根本弄不懂了！照这种"翻译"方法，海明威所说"冰山在海里移动是很庄严的，这是因为它只有八分之一露在水面上"岂不是"包子有肉不在褶上"？培根所说"走自己的路，让别人去说吧！"也就变作"听蝲蝲蛄叫，还不种庄稼了"？

中外语言确有相通之处，不然就无法互相翻译，人类也就无法沟通思想情感了。比如俄国谚语"什么样的苹果树结什么样的苹果"，直译起来绕口得很，但意思和中国谚语"有其父必有其子"是一样的，更土一些的还有"龙生龙，凤生凤，老鼠生儿会打洞"。李玉和唱的"栽什么树苗结什么果，撒什么种子开什么花"也是这个意思，看起来"血统论"哪国都有，用时下最流行的词汇来说就是"遗传基因"了。再如英国谚语"爱我就爱我的狗"，中国也有一句与此相类似的谚语："打狗看主人"，不过侧重有所不同：中国人强调的是"打"，人家的狗不能随便打，先看看主人是谁，惹不起就别动手；英国人强调的是"爱"，你要是爱某人，就要同样爱他的狗，这就更接近中国成语"爱屋及乌"了。

但这样的例子终究有限，把一切洋文都转换成土语是不可能的，如果刻意强求，效果就像上述"托尔斯泰语录"了。读外国书的中译本，常常碰见"胸有成竹""半斤八两""吴下阿蒙""东山再起"之类的中国成语，好像洋人都是汉学家，译者也不想一想，洋人嘴里怎么可能说出这种纯中国式的语言呢？最为滑稽的是电影《悲惨世界》汉语配音中的一段对话。收养幼女珂赛特的那个男人问他的妻子："'绝对'的'绝'字怎么写"？妻子答道："左边一个绞丝儿，右边一个'色'字。"真是莫名其妙，《悲惨世界》的作者雨果根本是斗大的中国字识不得半升，而他笔下的这位法国农妇却比他还强，连汉字的偏旁部首都摸得门儿清。著名翻译家傅雷说过："把外国人变成中国人，岂不笑话！"可惜他生前没有看到这部电影的汉语版，否则将会让老先生笑破肚皮。

原载《北京晚报》2000 年 11 月 6 日

"牛奶路"如何到"达"

让不懂外文的中国人听懂外国话，只有翻译成中国话这一条路，但又不能"把外国人变成中国人"，这是一个难题。我一直弄不明白，汉之张骞通西域，唐之玄奘西天取经，明之郑和下西洋，他们是怎样和外国人沟通的？如果当时有"实况录像"留下来，笑话恐怕少不了。近现代的翻译自林纾和严复始。严复主张"信、达、雅"三原则，但他的译文"雅"则雅矣，"信"、"达"则未必，例如人们耳熟能详的《天演论》："赫胥黎独处一室之中，在英伦之南，背山而面野。槛外诸境，历历如在几下……"把原作的人称都改变了，而且以中国汉以前的字法、句法代赫胥黎立言，自然难以完整、准确地传达作者本意；他译《原富》，听了别人的建议，"与其伤雅，毋宁天真"，对原文删削更甚。所以瞿秋白批评严复说："其实，他是用一个'雅'字打消了'信'和'达'。"（鲁迅《关于翻译的通信》所收瞿秋白来信）林纾自己不懂洋文，请别人口译，再由他揣摩其意写成中文，实则是对外国文学的改编了，错漏百出，在所难免。钱锺书说："有人说，译本愈糟糕愈有趣：我们对照原本，看翻译者如何异想天开，把胡猜乱想来填补理解上的空白，无中生有，指鹿为马，简直像一位'超现实主义'的诗人。"（《林纾的翻译》）这种"有趣"，是学贯中西的学者的乐趣，而对于不懂洋文的读者来说，就如雾里观花，不明真相了。赵景深主张"与其信而不顺，不如顺而不信"，公开为错译、误译辩护："译得错不错是第二个问题，最要紧的是译得顺不顺。倘若译得一点也不错，而文字格里格达，吉里吉八，拖拖拉拉一长串，要折断人家的嗓子，其害处当甚于误译。"（《论翻译》）赵景深曾把希腊神话中的"半人半马"怪兽错译为"半人半牛"以致牛马不分，又曾把英文"银河"错译为"牛奶路"，让鲁迅着实地嘲笑了一通："可怜织女星，化作马郎妇。乌鹊疑不来，迢迢牛奶路。"鲁迅是主张"宁信而不顺"的。"自然，这所谓'不顺'，决不是说'跪下'要译作'跪在膝之上'，'天河'要译作'牛奶路'的意思，乃是说，不妨不像吃茶淘饭一样几口可以咽完，却必须费牙来嚼一嚼。"（《关于翻译的通信》）

赵景深的"宁顺而不信"固然不可取，鲁迅的"宁信而不顺"也只是权宜之计，所以鲁迅又说："……这情形也当然不是永远的，其中的一部分，将从'不顺'而为'顺'，有一部分，则因为'不顺'而被淘汰。"（同上）人们阅读译文，总是本能地既要求顺畅，又希望忠实于原著，这就是一些名著不断被重译的原因。钱锺书说："把作品从一国文字变成另一国文字，既不能因语文习惯的差异而露出生硬牵强的痕迹，又能完全保留原作的风味，那就算得入于'化境'。"但下文又说，"彻底和全部的'化'是不可能实现的。"(《林纾的翻译》)可见翻译之难。

原载《北京晚报》2000 年 11 月 7 日

立交桥是什么"桥"

　　不同民族不同语言文字的差异性所造就的鸿沟，只能凭借舟楫桥梁做尽可能的交流，而不可能把它彻底填平。即使有朝一日全人类统一使用某种共同语言（这怎么可能），各自原有的典籍如果要让全人类分享，也仍然需要翻译，而只要翻译就必然会打折扣。近年来，翻译家们在不断地争论译文有没有"定本"，我看是不可能的。"即使是最优秀的译文，其韵味较之原文仍不免过或不及。"（傅雷：《〈高老头〉重译本序》）今人认为完美无缺的"定本"，后人仍然可能觉得不够完美，还会推倒重译。恐怕不懂中文的外国人永远也读不到堪与《唐诗三百首》《红楼梦》原著画等号的译本，同样，不懂洋文的中国人永远也别指望从《哈姆雷特》《悲惨世界》的译本中获得与直接阅读原著完全相同的感受。然而那个不可能达到的最高境界，却正是一代又一代翻译家苦苦追求的目标，犹如数学家探求圆周率小数点后面的数字，纵使永远不能穷尽，毕竟多一位数就更接近完美一步，翻译家们这种锲而不舍的精神，令人感佩。

　　时代在发展，社会在转型，语言也在变化。中国从来也没有像今天这样大开大放，中国人从来也没有像今天这样急切地渴望和外部世界交流，纸质传媒、音像传媒、电子传媒每天都如洪水般涌进大量信息，不等翻译家们"一名之立，旬月踟蹰"（严复语），民间已经自行"翻译"了诸如"打的""蹦迪""泡吧""入世""克隆""上网""伊妹儿""黑客"等等新词汇，并且迅速流传开来，等到专家们指点可否、议论得失，已是事后诸葛亮了。十多年前"立交桥"这个词刚刚在北京出现的时候，就有人指出这个译名不科学，说立体交叉公路不可以称之为"桥"，而此时人们已经奔驰在"桥"上了，谁还听你的？语言的生成和衍变，信息的传播和转化，有其自身规律，也有相当的偶然性，往往难以预测也难以控制。有一句老话，我们已经说了几十年，叫作"走在群众的前头"，而今语言文字专家和翻译专家却有些"落在群众的后头"的味道了。在中国 12 亿人当中，懂外语的毕竟是少数，精通翻译的专家更是极少数，他们面对这种"少数服从多数"的尴尬，又能奈何？

也许我们每个人都在做着翻译家的工作，"打的""蹦迪""泡吧""入世""克隆""上网""伊妹儿""黑客"……不正是我们的译作吗？

原载《北京晚报》2000 年 11 月 9 日

手

　　有一老外，名叫迈克尔，自称喜爱中国文化。在美国的时候不知跟什么人学过几天半吊子汉语，来到中国就急于应用，他说的话，中国人能听懂一半儿就不错了，反之亦然。但此人锲而不舍，学而不厌，咬定"三人行，必有我师焉"。凡遇到中国人，总是虚心求教，一副"十万个为什么"的架势。此种精神倒也可贵，不过他所提到问题，有时候连我们这些从小讲汉语的人也未必都能回答得了。

　　有一天，迈克尔遇到我，冷不丁地问："'留下一只手'是什么意思？"

　　我吓了一跳，莫不是他招惹了黑道人物，对方要断其一肢？于是忙问："这话是谁说的？"

　　"一个同事，"迈克尔说，"昨天他向我要一个数据，我说，你自己去查一查嘛！他好像很不高兴，就说了这句话。请你告诉我，事情是不是很严重？"

　　我笑了："不严重，一句玩笑而已。他并不是要你'留下一只手'，而是埋怨你对他'留一手'。"

　　"是的，他就是这么说的。这句话是什么意思？"

　　"他的意思是，你对他实行'技术保密'。"

　　"怎么会呢，那是一个很容易查到的数据，根本谈不上'技术保密'！"迈克尔很不以为然，"而且，我也没有义务把自己知道的一切都告诉他，这是我的权利！"

　　"这是你们美国人的思维方式。"我说，"在中国，朋友之间，同事之间，提倡坦诚相见，'知无不言，言无不尽'。当然，在实际生活中，要完全做到这一点，并不容易，也不可能，每个人总会有自己的某些私密，不可对人言。况且人与人之间，也并不都是朋友关系，合作伙伴往往同时也是竞争对手，怎么可能把一切都告诉对方呢？难免要有所保留，中国的俗语就叫作'留一手'。"

　　迈克尔眨眨眼睛，似乎是听懂了，但仍然不满足，"那为什么不说'留一招'，偏偏说'留一手'呢？要知道，这件事和'手'完全没有关系！"

　　问得好，我想了想，说："这和中国人传统的生产、生活方式有关。古代没有机械化工业，只有手工业，各种专业技能统称'手艺'，手艺高强的人被称为'能手''高手''强手'。直至今天，我们仍然把掌握某种技能或者从事某种职业的人称为某某'手'，如'球门手''举重选手''小提琴手''拖拉机手，甚至连一些和'手'无关的专业也要带个'手'字，如'歌手'。这个'手'字，包含着技艺、本领、手段的意思。所以，技术保密就被称为'留一手'；反过来说，在人前展示技艺则叫作'露一手'。"

"汉语真是不可思议！"迈克尔笑了笑，他把两只手一只藏在身后，一只伸在胸前，喃喃道："留一手，露一手……"突然又问我："小偷为什么叫'三只手'？"

"哦……"我没有思想准备，只好现想现编，"小偷盗窃的本领是很高明的，你和他擦肩而过，你明明看见他的两只手都没有动，而你的钱包却不翼而飞，好像他还有你看不见的第三只手，把钱包拿走了！"

"唔，原来是这样！"

不管我的解释是否有根据，反正迈克尔是接受了。但他的"十万个为什么"并没有就此结束，又接着问，"那么'一把手'又怎么解释？在你们中国，无论到什么地方、什么部门，最高领导总是被叫作'一把手'，这是为什么？"

我想了想，说："你读过《水浒传》吧？水泊梁山一百零八将排座次，宋江坐了第一把交椅，他就是一把手。"

迈克尔却摇摇头："你只说了'一把'，而没有说到'手'，"第一把交椅"和那个"手"字有什么关系？"

我一愣，是啊，这里没有"手"啊！

迈克尔的一双蓝眼珠狡黠地看着我，好像因为问倒我而幸灾乐祸。"坐第一把交椅的管理者，而不一定是专业技术上的能手，可是'一把手'，这三个字并没有管理者的意思啊！"

"不，有的！"我突然灵机一动，说道"你看过京剧《红灯记》吗？"

"看过。"

"那你一定记得李玉和的一段唱词，她称赞女儿铁梅能干，擅于管家：'提篮小卖拾煤渣，担水劈柴也靠她，里里外外一把手……'哎，这里不正好说的是'一把手'吗？"

"什么？"迈克尔几乎是愤怒了，"你这个人简直是强词夺理！李铁梅是家里的最高领导？开玩笑！"

原载《北京晚报》2002 年 7 月 10 日

画虎不成反类犬

　　东汉伏波将军马援，少有大志，曾从师学《齐诗》，因"意不能守章句"而作罢，可见他的心思不在文学上。但此人却与"学书不成学剑"的项羽那类武夫有所不同，马援颇擅言辞，有文采，大约是他复杂的人生阅历造就的。在南征交趾的戎马倥偬之中，他曾写过一封著名的家书，是教导两个"喜讥议而通轻侠客"的侄儿的，其中说：龙伯高敦厚谨慎，不乱发议论，节俭朴素，清廉有威信，我很尊重他，希望你们学习他。杜季良豪侠仗义，忧人之忧，乐人之乐，不分贵贱，一视同仁，他父亲去世时远近数郡的人都来吊唁。我也很尊重他，但不希望你们仿效这样的人。学龙伯高，即使达不到他的水平，总还能成为一个谨慎的人，所谓"刻鹄不成尚类鹜"；而学杜季良如果学不到家，便会沦为轻薄浪子，所谓"画虎不成反类犬"了。

　　他的这番话，给后世留下了两个典故："刻鹄类鹜"和"画虎类犬"。意思是说，雕刻天鹅而不成，总还可以像只鸭子，勉强过得去；若画虎不成反而像条狗，那就事与愿违，贻人笑柄了。马援此言不谬。须知虎为猫科动物，体型、结构、外貌、习性都和狗相差甚远，把虎画成狗，那还像什么话？

　　"画虎类犬"，是人们极其熟悉的成语，也是生活中常见的现象。譬如为文，有的人为了文辞典雅，便尽量塞些成语、典故或名人警句进去，而实际对此的理解又懵懵懂懂，不甚了了，甚至南辕北辙，就难免"画虎不成反类犬"了。

　　且随手试举几例。

　　前些日子读到一篇题为"注定搁浅的美女作家"的文章（2000年5月26日《人民政协报》），批评所谓"新新人类""美女作家"卫慧的小说：《上海宝贝》的语言特色可谓索然无味。无论是小说的情节还是对人物心理的刻画，都缺乏鲜明的特色。通篇语言，谈不上流畅，谈不上细腻，也没有什么文采，只是'傻大胆'，什么词都敢用，什么话都敢说。"由上面的文字可知，此文作者对《上海宝贝》是根本看不上眼的，但接下去却又说："相比起 ×××、××、×××、××等女作家，卫慧的语言功力差强人意。把她捧得那么高，几乎玷污了复旦大学的名声。"这就有意思了，既然"索然无味""缺乏鲜明的特色""谈不上流畅，谈不上细腻，也没有什么文采""几乎玷污了复旦大学的名声"，这小说该是一无是处了，怎么又"语言功力差强人意"呢？显然，此文的作者根本不懂"差强人意"这个成语。"差强人意"，典出《后汉书·吴汉传》，说是某次吴汉率军作战失利，诸将恐惧失常，而吴汉仍意气自若，整厉器械，激扬士吏，所以光武帝刘秀叹曰："吴公差强人意，隐若一敌国矣！"其中"差强人意"四字是说"尚能振奋人的意志"，后人引申为"大体上还能使人满意"。如刘鹗《老残游记》："王渔洋《古诗选》亦不能有当人意，算来还是张翰风的《古诗录》差强人意。"便是这个意思。回头再看看上述文章中的"差强人意"，就错得不沾边儿了，作者本来是要表达对卫慧语言功力的极度不满，不料意思满拧，"差强人意"反倒成了对她的勉慰！

另有一篇文章《不是歧视是什么》，批评日本东芝公司对不同国家的消费者不予平等对待，其中说："'痛苦'地选择赔偿，是东芝公司囿于美国法律严厉的成见，怕官司一旦败诉，关系到公司的生死存亡，才'委屈求全'。"这里的"委屈求全"应为"委曲求全"，此"委曲"不同于彼"委屈"，既然用成语就要遵循成语规范，断不可想当然的。

还有一篇题为"源头活水渠自清"，报道石家庄某中学改革办学体制和办学模式的通讯，作者显然是想化用朱熹的名句"问渠哪得清如许，为有源头活水来"。他把其中的"渠"字理解成了"水渠"，因而曲解了朱熹的原意。朱熹此诗的前面两句是："半亩方塘一鉴开，天光云影共徘徊。"很清楚，诗人所吟咏的是"方塘"，而和"水渠"毫无关系。在这里，"渠"字作第三人称代词，代人为"他"，代物为"它"，这是古诗文的常见用法，不可不察。

类似的例子时常见诸报端，举不胜举，如"明日黄花"错为"昨日黄花"，"撒手锏"错为"杀手锏"，都已是家常便饭，见怪不怪了。去年夏天高考前夕，孩子拿回来一份北京某城区的模拟试卷，在现代文阅读题项，摘了一段不怎么样的文章，其中说："太原就有人乘机浑水摸鱼，玩空穴来风的把戏，给膝下暗藏一只狐狸，然后经过一番乔装打扮，便煞有介事地自称弥勒佛。"作者在这里用了成语"空穴来风"，大概是想表达"无中生有"的意思，其实错了，"空穴来风"的本意恰恰与之相反。宋玉《风赋》："臣闻于师，枳句来巢，空穴来风。"李善注引司马彪曰："门户孔空，风善从之。"通俗地说，就是"打开门窗，风便吹进来"，由"空穴"引出"来风"，事出有因，根本不是"无中生有"的意思。但学生即使明知这个"空穴来风"用得不当，也只好放它过去，因为命题者并没有让你挑错。若是把这篇文章当成"范文"，让学生恭而敬之地阅读、分析，岂不是出题人的失误？幸亏这还只是模拟试卷，如果正式高考中出了此题，又如之奈何！

中国文学是一门非常严谨的学问，要学好它、用好它，实在不易。因此，我们在援笔为文时，还是慎用成语为好，如果非用不可，那就得先弄明白，最忌不懂装懂，望文生义，以致闹出"画虎不成反类犬"的笑话。

原载《中国文化报》2001 年 3 月 1 日

文天祥是谁

某年某月某日，正在闭门读书，忽有不速客至。开门对视，并不认得。客人自称来自江西，对我如何如何仰慕，今经某著名画家介绍，特来拜访，云云。我对这意外的打扰颇不耐烦，但既经朋友推荐，也不便拒客，只好请进，请坐，请问客来何事。

客人这才说，他是江西某笔厂的销售人员，今携带特制书画用笔，请我"试用"。我一听，知道麻烦来了，天下没有免费的午餐，所谓"试用"也者，无非是以笔易画，拿去送礼或是卖钱。我说，我家里有的是笔，"试用"就免了吧。那人却好话说尽，去意全无，志坚如铁，不依不饶，非"试"不可。但我一向不喜欢当众"表演"的作画方式，所以平时接到那些"笔会""雅集"之类活动的邀请，十之八九不去赴约。但现在客人既已进门，且摆出那副不达目的誓不罢休的架势，要想让他空手而归，却是难事了。为尽快了结他的纠缠，我只好妥协，便说，近来身体欠佳，不能为你作画了，就写张字吧。

那人显然颇不甘心，仍坚持索画。我说，画实在画不了，请不要强人所难，不然，我连字也不写了。那人无奈，只好退而求其次，拿走一张字也总算不虚此行。

于是展纸濡墨，准备写字。心里想着写点什么，随口说："文天祥是你们江西人，就写他的诗吧！"

不料那人一愣，反问我："文天祥是谁？"

我也一愣："你连文天祥都不知道？"那人一脸茫然："没听说过。他是干什么的？也是画画的吗？"

咦，有意思。中国 12 亿人口，凡粗识几个字的，不知道文天祥的恐怕不多，而不幸的是，我面前现在就有一位。

"唉！"我叹息道，"他是大名鼎鼎的民族英雄，生在江西，死在北京，已经过世 700 多年了。这是连小学课本上都有的，你怎么没学过？如果要在历朝历代的江西籍人士当中选一位知名度最高的，那就是文天祥了。可惜，你还是他的同乡呢，却听也没听说过这个名字！"

那人"噢"了一声，也不大在意，看来凡是和他的生意不相干的人和事，都不关心的。什么文化，什么历史，什么民族英雄，什么爱国主义，都比不上赚钱重要。而此人却偏偏走的又是靠"文化"赚钱的门道，倒也是绝妙的讽刺。

我看了那人一眼，他还在眼巴巴地等着我为他写字。见我迟疑，又连连催促，说大老远地来一趟不容易，希望满足他的要求。这令人想起老年间唱数来宝的，只要在你门前唱上几句，不给几个铜板就别想打发他走。现在轮到我设法"脱身"了，怎么办？既然已经答应了为他写字，也不好反悔，看来只有写了字，才能让他走人。

"那就写文天祥最著名的两句诗吧，"我说，"人生自古谁无死，留取丹心照汗青。"

谁能想到，那人听了，却面有难色："这……不大好吧？里面有个'死'字，不吉利，还是写个'一帆风顺'什么的吧！"

真是出乎意料的精彩，这种昏话是小说家编都编不出来的！幸亏他还没要求我写'生意兴隆''财源广进'，让人俗掉了牙，那样我就会忍不住掷笔送客了。罢、罢、罢，谁教我一时心软，招来这个麻烦！废话已无须多说，速战速决吧。我提笔写下"一帆风顺"四字，再见，祝你"一帆风顺"！

他走了。我让他带走那支笔，他不肯拿，说送给王先生了。那支只"试用"了一次的笔，一直闲置至今，我再也没动过。每当我看到它，便想起那件荒唐事，心中不免泛起一丝苦涩。

自此，我长了经验，再有强求"试用"者来，就一律拒之门外了。

原载《北京晚报》2001 年 4 月 1 日

80 年前的"教科书事件"

日本右翼势力制造的教科书事件又一次激起中国和其他亚洲国家人民的众怒。

翻检故纸堆，无意中被一则 80 多年的旧闻所吸引，题目恰恰也是"教科书事件"。1914 年 10 月 14 日《申报》载：日本驻华公使日置益于 9 月 14 日致函中华民国教育总长汤化龙，称中国的《高等小学论说文范》一书"载有种种诡激文字，挑拨恶感。鼓吹排日思想"。"此书武昌首义前已经发行。出书数月，售销万余部。至民国三年四月重印十五次之多，风行全国之情况既可概见。其于贵国一般心理鼓吹排日思想之深切，实有不堪设想者矣。""不啻于贵国儿童教育一般感念有害耳，且于两国感情亲交大有妨碍"，要求中国政府"高明洞察"并采取"相当之措施以善其后"。

这真是"恶人先告状"。自 1894 年日本发动甲午之战，次年强迫中国签订《马关条约》，割我辽东、台湾、澎湖，夺我白银二万万两，逼我开放沙市、重庆、苏州、杭州四处通商口岸并准许日本在各口岸开设工厂，准许日本轮船在中国内河航行。给中国人民造成了多么巨大的民族灾难、政治屈辱和经济损失，日方从未检讨自己的强盗行径"于两国感情亲交大有妨碍"；就在日置益致函汤化龙的当时，日军于 1914 年 9 月 2 日在山东龙口强行登陆，随后又侵占平度和胶州车站，烧杀掳掠，无所不为。就是这个日置益，面对中国外交部的抗议，竟声称胶济铁路"是德国产业，日本有权占领，与中国无关"，要求中国军队撤离。同年 11 月，日本内阁通过了《对华交涉案》即臭名昭著的"二十一条"，以"保证袁大总统地位及其一身一家之安全"为诱饵，迫其就范。丧权辱国的旧伤新痛，激起中国人民的正义反抗是理所当然的。据查，《高等小学论说文范》并非中华民国的教科书，而是一本个人著作，作者邵伯棠，由上海棋盘街文会堂出版。此书面世于清末。"出书数月，销售万余部"，数年间"重印十五次"，这个数字，即使在出版业发达的当代都是相当可观的，可见其当时深受国民欢迎之程度。该书的主旨，也非日置益所说的"排日"，而是抗日——反抗日本对中国的侵略。日置益对这本书横加指责，只许说"皇军大大的好"。而不准吐半个"不"字，正是出于其军国主义的政治需要，为即将出笼的"二十一条"铺平道路。

就在日置益致函汤化龙的第二天，汤即复函，说明"查民国师范学校及中小学校教科书，皆取定制。非审定者，不得采用。所称《高等小学论说文范》一书，未经本部审定，各学校不得采用"；"民国法律许人民以出版自由之权，此次翻版与法律并不抵触"。这些话，说的倒也是实情。汤化龙并指出，《高等小学论说文范》的"偏激夸诞之处，恰似贵国学者所著《亚东霸权》一书，抑或为此等书籍言论之反响"。中国的抗日言论是由日本的霸权言论引起的，你们怎么不管一管自己人呢？"恳请贵公使转请贵国政府将支那分割之运命等诸种言论善为取缔，则传话机之滥语既无，受话机之反响自寂。"以子之矛攻子之盾，多少反映了这位教育总长的机智和良知。但是，在同一封信中，汤化龙却又极力贬损《高等小学论说文范》一书"文字粗劣毫无价值可言"，"不足以代表全国舆论也"，向日本表白"自民国成立以来，中国政府对于贵国交谊极为和洽"，称赞日置益"欲调和两国人民感情，钦佩无量"，并许诺"面饬本部学员至各省调查学务时，如见有学校采用此书者随时禁止"，可见在国际强权政治面前，民国政府要员那缺钙的脊椎是无论如何也挺不起来的。

不久，10月2日，亦即日军占领青州前三天、占领济南车站前四天、占领青岛和炮制"二十一条"前三十五天，中华民国大总统袁世凯亲自下令："查民国成立以来，向以亲仁善邻为政策，小学教科书，系国民教育根本，正宜纳诸正轨，养成任重致远之人才，岂容以排斥友邦之学说，鼓吹青年致启学校虚之风，而失政府敦睦邦交之旨。着教育部详细审查，遇有前项文义，驳令修正，并行各省巡按使通饬所属严行查禁，毋得稍涉疏忽。"奉大总统之命，教育部于10月12日饬和本部编审员："遇有立言诡激之教科书，驳令修正。"

至此，由日本方面蓄意制造的莫须有的"教科书事件"以民国政府的屈膝妥协而告终，中国人民反抗外来侵略的正义呼声遭到严厉的压制和禁止。然而，日本的国际霸权和军事扩张非但没有收敛，反而变本加厉，继"二十一条"之后，在20世纪30年代、40年代又悍然发动大规模的侵华战争和太平洋战争，把中国和亚洲各国人民推入水深火热之中。

值得注意的是，在中国人民抗日战争和世界人民反法西斯战争胜利数十年之后，日本右翼势力仍然对其当年的侵略罪行没有丝毫悔改之意，在教科书中公然篡改历史，把侵略中国说成"进入"，矢口否认惨绝人寰的南京大屠杀，20世纪80年代的这些叫嚣，我们记忆犹新。现在，骚动于腹中跃跃欲出的日本2002年教科书更进一步将血淋淋的太平洋战争美化为"帮助东南亚国家从欧美殖民主义下获得独立"，给军国主义抹上一笔"亮丽"的油彩，而日本政府则放言对历史教科书的审定工作"不进行政治干预"，为"侵略有功"论大开绿灯。日本某些人有一个浓浓的"教科书情结"，由上个世纪初直到今天，一方面对被侵略国家推行强权政治和奴化教育，一方面向本国的国民特别是青少年灌输军国主义思想，他们很懂得、很重视文化教育的政治功能啊！

　　当然，对于早已战胜帝国主义的侵略和奴役，独立自强地屹立在世界东方的中国人民来说，一小撮日本右翼势力一再制造"教科书事件"并不可怕，可忧而又可悲的倒是台湾某些政客的遥相呼应，他们对日占时期的奴才生涯恋恋不舍，频频向昔日的主子摇尾乞怜，台湾"总统资政"许文龙无耻谬称当年惨遭日军蹂躏的"慰安妇"是"自愿的"，"驻日代表"罗福全高唱"大东亚圣战"的军歌，完全忘了自己是中国人，今日的汉奸较之当年卖国贼袁世凯的"亲仁善邻""敦睦邦交"，已经有过之而无不及了。在这个世界上，凡有国际霸权主义出现，就必有内奸、卖国贼与之共生。"国必自伐然后人伐之"，这是个规律。温故而知新，回顾 80 多年前的那段历史，对于我们深刻认识日本军国主义的危险性和"台独"分子分裂祖国、破坏统一大业的危害性，是大有裨益的。

原载《人民政协报》2001 年 4 月 2 日

伏 天 儿

　　数伏天气，赤日炎炎，酷热难耐。幸而在我居住的小区近旁，有一条既宽且长的绿化带，茵茵草坪达 37000 平方米，其间曲径通幽，道旁广植松、柏、白杨、垂柳、洋槐、梧桐、银杏、塔松等多种树木，估计都已有十几年的树龄，如今长成了气候，浓荫蔽日，绿涛如泻，令人忘却身在拥挤、闷热的都市之中。步入丛林，先声夺人的是"伏天儿"的长鸣，此起彼伏，不绝于耳。那熟悉的鸣声，仿佛从一个长长的梦中传来，那么清晰，又是那么遥远。

　　"伏天儿"是蝉的一种。在我的童年，没有电视、电子游戏机、电动玩具这些令儿童痴迷的玩意儿，草木间那些活物便成了我的玩伴儿，我玩过蜻蜓、蝴蝶、螳螂、瓢虫、蝈蝈、蟋蟀、蝗虫，还玩过蝉。如果以现在的环保意识来衡量，其中有些是玩不得的，但那时不懂，得罪了。蝉是非常好玩的昆虫。它的幼虫生长在地下，靠吃嫩树根长大，等到成熟了，就用带锯齿的前爪挖开泥土，钻出地面。那过程像蚕蛾咬破茧壁，或像鸡雏啄破蛋壳，却又都不大像，起初是一个四周极薄的极小的洞口，渐渐扩大到可以伸进人的一指，它便出来了，窥测到近旁没有危险，就慢慢地爬行，爬向附近的树。但往往没有达到目标，就被我等人类活捉了去，成为盘中一道美味。而且我们还从实践中摸索到经验，目光极敏锐地捕捉泥土上刚刚出现的小洞，用手指一捅，便成大洞，里面必有猎物，于是挖开泥土，将其揪将出来，它虽极不情愿，也毫无办法。这时的蝉完全不似枝头鸣唱的蝉那么漂亮潇洒，身上裹着褐黄色的外壳，躬腰驼背，动作笨拙，一副"苦力"的架势。如果它的运气好，一路上没有遇到麻烦，就会找到就近的一棵树，不管是什么树吧，好歹爬上去，达到相当的高度，就开始蜕变。那又是一个痛苦的过程，先在弓起的背上张开一条裂缝，然后就剧烈地挣扎、抖动，直到身体完全蜕出壳来，留下的空壳便是"蝉蜕"，中药铺里有它的一席之地。我幼时捉蝉，除了顽童爱玩的天性之外，还有一个目的，那便是受了白石老人作品的影响，以草虫入画，对着活蝉写生，力求画得逼真，因而观察得十分仔细。我曾多次窥测蝉的蜕变，感受它的痛苦与欢乐，并且由衷地惊叹这新生命的美丽，那是一只通体如象牙色的玉蝉，刚从硬壳里抽出来的翅膀很小，软软的，紧缩着，像嫩白菜心，渐渐地展开，薄纱似地披在身后，那风度、气质犹如白雪公主，超凡脱俗，一尘不染。

待到天明，玉蝉着了阳光，颜色渐渐变深，由褐色而成浓黑，那翅膀也已经硬了，便纵身飞升，餐风饮露去了。直到多年之后，我一直忘不了蝉的蜕变那惊心动魄的情景，为了获取新生，为了实现从泥土到天空的飞跃，它不惜撕裂自己的身体，犹如凤凰涅槃般义无反顾。

北京人称蝉为"季鸟"，写作"知了"，之所以又叫"伏天儿"是因其鸣声而得名。在我的家乡，分类更仔细一些。通常意义上的蝉，我们叫"喈了"，这个"喈"字是借用，方言土语，也弄不清楚究竟该怎么写法；比"喈了"小一号的叫"知了"，身长不足两厘米，也像"喈了"那样单音长鸣；吱……只是音色更尖细一些；"伏天儿"的大小与"知了"近似，但鸣声不同，抑扬顿挫，有板有眼，且"口齿"清晰，犹如人声，所以更加惹人喜爱。"喈了""知了"和"伏天儿"，都是广义的"蝉"，生活习性完全相同，包括蜕变前危机四伏的艰难跋涉，蜕变时忍着阵痛死里求生的壮烈，蜕变后远走高飞纵情鸣唱的潇洒，都是一样的。但"伏天儿"还有两点特别之处：一是其颜色不像大蝉那么黑亮，而是布满黑、绿相间斑纹，好似一件小巧玲珑、锈迹斑驳的青铜器，浑然有古风；二是其雄性腹部的那两个弧形硬片——它的发声器官特别大，大到与小巧的身体不成比例，因此，这小东西能够一鸣惊人也就不奇怪了。

漫步林间，听蝉鸣声声，"伏天儿，伏天儿……"悠长缠绵，循环往复，好似感叹炎夏的漫长，又像是唯恐失去这份儿自由自在、珍惜转瞬即逝的韶华而尽情歌唱。是的，美好的青春是极为短暂的，用不了几多时日，待暑热褪尽，秋风萧瑟，"露重飞难进，风多响易沉"，便"寒蝉凄切"了。据动物学家言，我国的蝉，幼虫要在地下生活三至五年，其间经过几次蜕皮，变成"拟蛹"即俗称"知了猴"，钻出地面进行最后的蜕变。但这还不是最长的，美国有一种"17年蝉"，要在地下度过漫长的17年，才能等到出土的这一天，实在太不容易了，而出土后的命运仍然难以预料。"知了猴"完全没有自卫能力，跋涉途中随时都有可能被人类和鸟类劫持的危险，只要在任何一个环节出了问题，便功亏一篑，当初在黑暗中3年、5年乃至17年的苦苦修行就全部白费了，能够顺利完成蜕变的幸存者十不余一，历经千难万险，生死存亡全在此一搏，最终赢得枝头高歌的权利，它能不珍惜吗？

人类以自身的利益而将其他生物分类，蝉的幼虫吃树根，成虫把嘴上的尖刺插入树枝吸食汁液，雌蝉又将尾部插进树枝产卵，使枝条枯死，凡此种种，对植物伤害颇多，所以被归入"害虫"之列，人们才那么放肆地捕杀它，捉了幼虫还嫌不足，还持了长竿去粘树上的成虫。但设想一下，如果世间真的没有了蝉，在漫漫酷暑听不到那"伏天儿"的歌唱，人又该是多么寂寞。我早就有一个念头，想把"伏天儿"的鸣声录下来，用磁带留住童年的梦，待天寒地冻白雪茫茫的冬季再播放，回味逝去的暑期意趣，但捧着录音机在树下徘徊许久，却一直未能如愿，因为都市中的绿化带毕竟不是世外桃源，就在那浓荫背后，便是车水马龙的通衢大道，隆隆的马达声日夜不息，将悠闲的蝉鸣搅乱了，终不可得一个纯净的"幽"字，又可奈何！

原载《北京晚报》2001 年 10 月 7 日

汉字简化，可否"后退"半步

我国推行汉字简化已有半个世纪。这期间，简化汉字以笔画少、书写简便的优势，在普及文化科学知识和人民日常生活中发挥了很大作用，成绩是应该肯定的。但同时，社会实践也暴露出了简化汉字的一些弊端。

首先应该看到，随着岁月的推移，经历了汉字简化前后两个时代的人群已趋老化，一些人过世了，一些人步入老年，如今40岁以下的人绝大多数不认识繁体字，五六十年代提出的口号"识繁写简"已难以为继，再过50年，繁体字书籍将基本上无人能识，承载着丰富的民族传统文化的珍贵古籍亦将成为无用的古董。这一损失是不可估量的。那时，若再培养传统文化研究的专门人才，则学习繁体字这一关之难不亚于学"外文"。或曰，古籍也可以排印简体字本。其实不然，古籍中有不少字因为使用频率低而退出常用字库，另有不少字在简化过程中被转借、合并，现行简体字已做不到与繁体字字字对应，因而给古籍的"翻译"造成了难以逾越的障碍。

其次，在简体字占据合法地位的今天，繁体字也并未完全退出历史舞台，在影视、出版、书法艺术和与港澳台胞、海外华人华侨的交往中，繁体字仍在使用。但是，由于在汉字简化工作中的一些问题，使得现行简体字在转换为繁体字时根本做不到一对一地还原，从而闹出不少令人啼笑皆非的笑话。

例如：繁体字"發"与"髮"在简化字中合并为一个"发"字，于是在一些繁体字出版物和书法作品中，出现了将"头发"写成"頭發"（应为"頭髮"）、将画家程十发写成"程十發"（应为"程十髮"，"程"与"髮"均为古代量词，一程等于十髮，画家程十髮先生的名字便是源于此）、将苏东坡词中的"早生华发"写成"早生華發"（应为"早生華髮"）这样的错误；由于繁体字"鐘"与"錘"在简化字中合并为一个"钟"字，于是某些繁体字出版物中赫然出现"钱鐘書"字样（应为"钱錘書"）；由于繁体字"裏"合并于"里"，于是常常见到"万裏江山""农展馆南裏"之类的荒唐字样；由于繁体字"瀋"合并于"沈"，繁体字"範"合并于"范"，使得某些人将自己的姓氏"沈""范"误写或误印为"瀋""範"。此类例子不胜枚举。而由于某些繁体字在简化、合并过程中已经被"消灭"，因而在电脑字库中已不复存在，使得繁简转换已不可能；而由于某两个或两个以上的字合并为一个字，又给人们在辨认和书写中造成混乱，以为笔画多的就是繁体，以致闹出笑话。

汉字是中华文化的重要载体，在我国国际地位不断提高，汉字在世界范围的应用日益广泛的今天，保证祖国语言文字的纯正、准确尤为重要。

为此，我建议对某些易混、易错的合并字重新分开，恢复少量繁体字；而对于某些应用过多、过滥、无规律可循的偏旁（如"又"字在"权""汉""鸡""邓""轰""聂"中分别取代了许多不同的偏旁，使不认识简体字的海外华人感到无规律可循），也可予以适当调整。这样做，操作起来并不难，而收益却是巨大的。1977 年公布的第三批简化字就已经撤销，不仅没有遇到麻烦，还受到人民群众的好评，因为像"芐"、"忈"、"亠"那样违背汉字规则的伪简化字本身就违反民意。

以上所见，班门弄斧，请国家语委会同语言文字专家审议并指正，如有一点可取之处，则幸甚。

原载《人民日报》2004 年 7 月 30 日

《照夜白图》的作者是韩干，不是韩熙载

2001 年 11 月 16 日《人民政协报》所载思列先生的《王孙画家》一文，谈了傅心畬的一些逸闻轶事，以及他所收藏的珍贵字画特别是《照夜白图》的来龙去脉，于此有兴趣者，亦不妨一读。但文中提到《照夜白图》的作者时称"唐代韩熙载画的《照夜白图》"，则不是对的。

韩熙载在历史上确有其人，但既不是画家，也不是唐代人，而是五代时期南唐的一位官僚，此人位高权重，生活奢华。后主李煜对他不放心，命画家顾闳中前往窥探，顾氏以宾客身份到他的府邸参加夜宴，通过仔细观察，归来后凭记忆画成《夜宴图》长卷，作为向后主汇报的"书面材料"。那时候没有摄像技术设备，要不然，派几个记者去偷录几盘带子也就是了。但顾闳中的画艺却比摄像机还要高明，他笔下的众多人物生动传神，画面布局独出心裁，将一场夜宴自始至终的几个段落浓缩于一幅画之中，中间以景物相隔，流畅自然，毫无堆砌之感。按此图的创作初衷原是"暗访""取证"，不曾想却成就了一幅千载留名的杰作，因图中的主人公为韩熙载，世称《韩熙载夜宴图》。

而《照夜白图》与韩熙载毫无干系，乃唐代画家韩干所作。韩干，京兆蓝田（今陕西西安）人，一作大梁（今河南开封）人，生卒年不详。相传他年少曾为酒肆雇工，经王维资助，学画十余年而艺成，擅绘肖像、人物、鬼神、花竹，尤工画马，从师曹霸而重视写生。天宝（742—756）年间，在宫廷绘玄宗御马"玉花骢""照夜白"等，写出壮健雄骏之状，名冠当时。韩干的作品流传至今的极少，仅《照夜白图》《人马图》而已。《照夜白图》即当年傅心畬曾过手的那幅，画中马栓于桩，引颈嘶鸣，笔法凝练，线条细韧遒劲，形神兼备。此图举世无双，作者为韩干，早已是史家定论，无论如何与韩熙载扯不上关系。以防以讹传讹，是为辨。

原载《人民政协报》2003 年 4 月 17 日

哈日，"从娃娃抓起"

"哈日"一词，据说是从韩国引进的，那些以日本时尚为时尚的韩国男女青年，对此引以为荣。这种夹生外来语，本不大好懂，但若联想到汉语中的"哈巴"，也大体上可以意会了。"哈日"传入中国后，随即又派生出了一个"哈韩"，懂得了"哈"字的含义，对这第二代产品也就不需解释了。

现在单说"哈日"。在咱们北京城的某小区，有一家幼儿园，每天上午 10 时许和下午 4 时许，孩子们上课间操、做游戏的时候，都照例广播声大作，除广播操的音乐之外，还要放几首歌曲。在人口密集的住宅小区，这是很扰民的，但"幼吾幼，以及人之幼"，为了孩子，大家也就忍了。在他们播送的歌曲中，有一首日本歌，我辈虽不懂日语，那特有的日本曲调和语感还是分辨得出来的，此歌听得久了，翻来覆去无数遍，难免令人生厌。当然，日本歌并非都是坏歌，中国人也不是不可以唱、不可以听，只是完全没有必要天天唱，上午唱了下午唱，而且还要强迫孩子们连同周围的居民们一起听。一年 365 天，除去节假日和公休日，孩子们上幼儿园大约是 200 天左右，每天听两遍，一年就要听 400 遍，什么好东西，值得下这样的"力度"强行灌输？

这就不能不令人怀疑这家幼儿园园长的居心。如果您拥有浓得化不开的"哈日"情结，尽管在自己家里"哈"去，只要您不把日本海军军旗裹在身上招摇过市，不把甲午海战中击沉我"致远"舰的日舰"吉野"制成模型销售，不把当年"慰安妇"的血泪史当乐子来耍笑，不为血腥的南京大屠杀狡辩，不东渡日本去参拜供奉战犯的"靖国神社"，仅仅在家听听日本歌曲，而且把音量控制在不扰民的程度，别人也不干涉。可是您却把自己的爱好强加于人，让幼儿园的孩子连同周围的居民都无可回避、无可选择地每天两遍听日本歌曲，这就干涉了别人不"哈日"的自由。尤其是孩子们，小小年龄，未涉世事，缺乏思考、分辨的能力，若把哈日"从娃娃抓起"，让他们天天接受这样的熏陶，久而久之，怎么得了？说句有点儿陈旧但绝对正确且并不过时的话，"儿童是祖国的未来"，这些尚在上幼儿园的孩子，20 年之后将成为建设国家、保卫国家的栋梁，家长和周围的成年人当然有理由也有责任关心他们的身心健康。当今的世界并不安宁，某些热衷于国际霸权的国家根本不把别国的主权和领土完整当回事儿，枪炮声不是天天在响嘛。

我们的那家近邻，又是参拜"靖国神社"，又是向海外派兵，又是在我钓鱼岛寻衅，并不因为咱们这儿有人"哈日"，人家就收敛些的。

原载《北京晚报》2004 年 4 月 28 日

"金镶玉"还是"荆山玉"

凡是经历过"样板戏"时代的人，都会记得《沙家浜》里有这么一句台词："阿庆嫂，我刁小三有眼不识金镶玉！"意思是说，自己不知道阿庆嫂有"背景"、有能耐，非寻常之辈，把她小看了，有眼不识泰山。如果他说"有眼不识泰山"，好理解，可偏偏不是，说的却是"有眼不识金镶玉"。

这就不免令人纳闷儿，什么是"金镶玉"？为什么要说"有眼不识金镶玉"？

其实，这句话应该是"有眼不识荆山玉"，典出自那个著名的"和氏之璧"的故事。

《韩非子·和氏》载：楚人卞和在楚山中得一玉璞，献给楚厉王，厉王命玉工鉴别，玉工说是石头。厉王砍掉了他的左脚。后将玉璞献给武王，武王又命玉工鉴别，玉工还是说："石也"。武王也认为卞和在欺骗他，命人砍去其右脚。武王死后，文王即位，卞和抱着玉璞在楚山下痛哭，一连哭了三天三夜，泪水流尽，眼中滴血。文王听说，派人去问他："天下受刑被砍掉脚的人很多，你为什么如此悲伤？"卞和答："我悲伤的不是被砍掉双脚，而是美玉被当成石头，忠贞之士被当成骗子。"文王于是命玉工剖开玉璞，里面果然是宝玉，因而命名为"和氏之璧"。

楚国地处荆地，楚山也称荆山，和氏之璧出自荆山，又称荆山玉。三国·曹植《与杨祖德书》："人人自谓握灵蛇之珠，家家自谓抱荆山之玉。"唐·骆宾王《上瑕丘韦明府启》："倘荆璞无致于见疑，夜光不逢于按剑。"宋·刘筠《许洞归吴中》："荆山待价何犹晚，龟手犹期裂地酬。"明·高叔嗣《古歌》："荆和当路泣，良璞为谁鸣。"用的都是这个典故。

当玉璞未剖开之时，表面与普通石头无异，至于里面是否有玉，玉的质量如何，犹如隔皮猜瓜，也许是黑籽红沙瓤儿，也许是白籽白瓤儿的生瓜蛋子，实在是很难说。所以玉器行里把买卖玉璞特别是硬玉（翡翠）称为"赌石头"，赌赢了也许一夜暴富，赌输了也许破产跳楼，故有"要发财，赌石头；要跳楼，赌石头"之说，自古如此，至今仍然如此，因为要鉴别未剖的玉璞，实在是太难了，很大程度上是碰运气，如若不具备深厚的学识、丰富的经验和高超的技巧，"有眼不识荆山玉"是很难免的。所以，两代楚王的玉工都没能看透荆山玉，把玉当成石头，这并不奇怪；直到第三代楚王的玉工把玉璞剖开了，才发现了和氏璧，这也很正常，完全符合人们由表及里、去伪存真的认识事物的规律。即便这个故事有虚构的成分甚至完全虚构，也虚构得很内行。"有眼不识荆山玉"由此成了著名的典故。

而"有眼不识金镶玉"则不然，什么叫"金镶玉"？无论金子镶在玉上，还是玉镶在金子上，都一览无余，不难识别，何谈"有眼不识金镶玉"？显然，"有眼不识金镶玉"是从"有眼不识荆山玉"讹变而来，讹变的原因当然是因为"荆山玉"不够通俗，所用的典故不是人人都能说得清的，识字不多和完全不识字的人便不知所云，甚至觉得有些绕口，于是在口语中渐渐地被发音相近的"金镶玉"所代替。

"有眼不识金镶玉"并不是《沙家浜》作者的杜撰，在此之前，民间就有这个说法，借了这部戏的传播，影响面更广了。正因为如此，我才觉得更有必要为之"正本清源"，免得再以讹传讹。也许，这个话说得太晚了？

原载《北京晚报》2004 年 10 月 5 日

鸡 声

时逢鸡年，想起一些关于鸡的往事。

一

20世纪70年代初，商品极其匮乏，副食品凭票供应，要想买活鸡，那是很奢侈的事。1972年妻子分娩，按照民间传统观念，产后是要补一补的，可是那时候哪有什么补品？我半夜里起来，去菜市场排队，排到天亮，总算买到一只活鸡，还是瞎了一只眼的。没有挑选余地，要不要？不要？下一个！我当然只好提着这只独眼鸡回家了。至今30多年过去，妻子有时提起往事，还会说："当年我坐月子的时候，只吃了一只鸡，还是只独眼儿鸡！"她一直觉得委屈。这是一代人的委屈。

二

到了80年代，在北京市场上买活鸡已经是很平常了。某日家里买了一只白色的公鸡，准备第二天宰杀，便用一根绳子拴住了腿，临时"养"在阳台上。晚上临睡前我去看了看，没想到那只鸡却不见了，阳台的栏杆上只剩下一根松松的绳子。显然它是挣脱绳子逃跑了。这对于我，当然是一个小小的损失，但对于鸡，却是一件大大的幸事，我不禁感叹道："算你命大，逃过了这一劫！"

当夜无话。次日黎明时分，我于睡梦中突然被一声鸡啼惊醒，长期生活在都市里，很久很久没有听到这样的"乡音"了，此刻天也朦胧，人也朦胧，我忘记了身在何处，仿佛进入了"鸡声茅店月，人迹板桥霜"的画境。猛然间想起阳台上跑掉了的那只鸡，人也就回到了现实当中，翻身下床，披衣穿鞋下楼，循声前行，不远就看见，蒙蒙曙色中，一只大白公鸡正在昂首挺胸，引吭高歌，完全没有意识到危险就在眼前。

说时迟，那时快，我立即扑过去，将它捉住，鸡虽"咯咯"地挣扎，也无济于事。"越狱"的"逃犯"被擒，其下场可想而知了。在处罚它的时候，我为自已开脱道："谁叫你天性不改呢？为了一鸣惊人，引来了杀身之祸！下辈子吸取教训吧！"

三

1998年夏天，某日，我与妻子上街回来，在楼前看见一个男孩儿，手里捧着两只毛茸茸的鸡雏。一望而知，这孩子买来这两只小鸡决不是为了养，而是为了玩儿。那些卖鸡的小贩也太可恶，把这些刚刚出壳的幼小生命弄到城里来卖，城里怎么能养鸡？无非是给孩子们当玩具，所以我敢说，每年春天在北京街头卖出的小鸡，大都活不了几天，就被玩儿死了。有鉴于此，妻子上前对那孩子说："这小鸡儿，恐怕你也养不活，送给我一只好吗？"那孩子倒是很爽快："两只都给您吧！"看来，他已经玩儿够了。于是，我们捧着两只小鸡回家。其实心里也没底，也不知道能不能养活，更不知道等鸡长大了该怎么办，走一步说一步吧。

我们把它们装在笼子里，给点儿小米和水，当小鸟养着。一个星期之后，两只小鸡只剩下了一只，是我们饲养不得法，还是大自然的物竞天择呢？不知道。此后的饲养方法并没有什么改善，但剩下的这只小鸡却茁壮成长，一天天地长大了，成为一只雄赳赳气昂昂的小公鸡。鸟笼里已容不下它了，而且我家住在市中心，它夜夜打鸣，惊扰四邻，也不合适。有人就说："养着它干吗？干脆宰了算了！"可是我们却不忍杀之，自己养大的鸡，怎么下得了手呢？后来实在没法，让女儿带走了。她家住在城外，而且是在一楼，楼后有个小院子，可以让鸡有个活动的地方。如此年复一年，那鸡越长越大，如今个头儿像鸵鸟似的。屈指算来，它已经七岁了，请问，鸡场的鸡和农民散养的鸡，有几个能活到如此高龄而且安然无恙？当初我妻从顽童手中救它出来，真是功德无量呢！

那只鸡自从走后，我就再也没有见过它，有时忆起，倒还真有些怀念，怀念它那头戴红冠、身披锦毛的雄姿，怀念它那嘹亮的啼声，闻之如远离了喧嚣的都市，置身于深山旷野的茅舍柴扉———个久违了的、遥远而又清晰的梦。

原载《北京晚报》2005年2月9日

地上本没有路

在北京南城的方庄，"转盘"北面，马路以东、"家乐福"超市以西，是一片开阔的草坪，春、夏、秋三季，满目翠绿，在雪松、银杏的掩映下，一派宁静祥和气象，令人几乎忘记了近旁就是人口稠密的小区。为了保护这片绿地，四周装了护栏，高约三尺许，行人要随便翻越，就不大容易了。可是，小区里的居民若要去"家乐福"，或是从超市回家，则要多走几步路，绕过绿地。于是，便有人为省那几步路，顾不得文明与雅观，费些力气翻越护栏，踏过草坪，任凭你插着"绿草茵茵，踏之何忍"的牌子，也视而不见，抄近道儿扬长而去。起初，难免惹人侧目，但又绝少有人当真去干涉。纵容便等于鼓励，于是效仿者日众，久而久之，南北两端的护栏便出现了缺口，那草坪当中也就踏出了一条土黄色的路，后来马路上的人又奔这儿踏过来，增加了土路的分支，呈不规则的"×"字形，摆在绿地之中，令人无奈地想起鲁迅先生的名言：地上本没有路，走的人多了，也便成了路。

这样的路，我自然是不肯走的，总觉得不是正道，有损首都居民的风度。但碍于情面，也没有拦住行人，像戴着红袖标的人那样，说一些其实人人都懂得的道理，我所能做到的只是不"从众"而已。真正着急的是管理部门，职责所在，总不能让那草坪任人践踏而坐视不顾。终于，他们行动了，派人把那条被踩实了的土路再挖松，看样子是决心要补种草坪了。然而行人却毫不顾及他们的良苦用心和辛勤劳动，没等草坪补上，又照踩不误，顽强地实践着鲁迅的名言。于是那土路复归土路，管理部门似乎也无可奈何了，我也只能在心里暗暗感叹：积习难改的"国民性"啊！

有一阵子，我到南方去了，待回到北京，却突然发现这里变了样儿。那条贯通南北的土路，连同拐向马路的岔道，都铺上了青砖，镶嵌在草坪中间，不但无损于绿地的美观，还增添了曲径通幽之趣，民众自发地踩出的一条路，从此被官方认可了，规范化了，合法化了，可以堂而皇之地穿越草坪，也就无须再"越轨"了。我被猛地一震：自己怎么没有做过这种逆向思维？世间难事，未必就是"一把钥匙开一把锁"，这个办法不行，换个路数，也许解决起来易如反掌！民众践踏草坪固然欠雅，但走捷径、图方便毕竟是人的本能，人们不约而同地从这里穿越草坪，是不是正说明这里需要一条路？如果在铺设草坪之初就留下这条路，恐怕那些麻烦就都不存在了。阻塞不如疏导，挡路不如开道，抽刀断水不如顺水推舟，顺应民意，既与民方便，又改善了环境，两全其美，何乐不为？管理部门真是英明，做出这个决定的人，有大才！

　　慢慢地走在这条路上，我在想，想鲁迅的那句话：地上本没有路，走的人多了，也便成了路。

原载《北京晚报》2008 年 3 月 17 日、《同舟共进》2008 年第 9 期

爬 山 虎

已经很久很久了，每当我读到"爬满青藤的木屋"这样的句子，总是勾起无限遐想。我喜欢那种童话般的境界，神奇，静谧，远离都市的喧嚣，不食人间烟火。在现实生活中，北京的街头当然找不到那种小木屋，但爬满青藤的房子还是见得到的。多数是老房子，晚清或民国时代留下的洋房，砖墙，坡顶，正好供青藤攀爬，浓浓的绿叶像绒毯一样覆盖着那些转折交错的平面，棱角毕现，像精巧的玩具，充满了童心童趣。北京的许多立交桥上也种了青藤，从两侧攀上栏杆，再葳蕤下垂，像绿色的瀑布，有时绵延数十米宽，蔚为壮观，车子在绿色的屏幕间行驶，别有一番情趣。

这种生命力极强的蔓生植物，有一个十分形象生动的名字，叫爬山虎。

我神往这青藤，这绿荫，早就想把它引进家里来。但若要把整幢楼都铺满绿荫，偌大工程，谈何容易！等藤子从地面爬上来，到了我这一层，还不知要到何年何月，而且上下左右的邻居是不是与我有同样爱好，也不得而知。碍于种种顾虑，我迟迟没有行动，但此心未泯。直到三年前购置了复式的新居，顶层有一个宽敞的露台，使我的愿望有了实现的可能。

早春季节，路边的爬山虎还是一架枯藤。我连根挖一些带回家来，栽种在早已准备好的大花盆里，在露台上的栏杆边排成一排。每天浇水，眼巴巴地盼着它们发芽，那种心情，只有十月怀胎盼望一朝分娩才能相比。终于盼到新芽破土而出，引得全家人都来观看。最初的嫩枝并不是绿色而是绛红色的，豆芽般弯着脑袋，呈问号状，探询着这个新奇的世界。嫩叶也是绛红色的，叶脉紧缩着，像收拢的伞。一天一天，叶脉渐渐舒展开来，叶子由小到大，颜色也从绛红变为绿色。几个花盆里相继都长出了藤子，靠着水分和阳光的滋养，茁壮地成长，沿着栏杆，一路攀缘而上。植物没有眼睛，而辨认周围物体方位的能力竟然如此之强，真是不可思议。枝叶间又吐出螺旋状的丝须，那就是它的手了，紧紧地抓住栏杆，任风吹雨打，也不松开。几个月的工夫，藤蔓已爬满栏杆，而顶端又长出一些新枝，高昂着头，还在寻找可附着的依托之物，还要继续攀登，不肯就此罢休。见此景象，我猛然想起一件往事，几年前一位在外地做官的朋友进京，我们同游某园，看到一些年轻人在攀岩，赤手空拳地爬着那直立的石壁，不畏艰难地一步步向上，向上。这位朋友驻足凝思，若有所悟，口中喃喃说道："一定要爬上去！"当时，我吃了一惊，事后想想，这是他的心里话，触景生情，脱口而出。人在仕途，似乎正如一场攀岩比赛，若要取胜，就"一定要爬上去"。却不料，如此功利之心，不仅人有，草木也有，爬山虎来到世上只做一件事，就是千方百计地往上爬！这是生命的本能吗？

闲言少叙。当年的夏天，我家的爬山虎已经初具规模，露台的栏杆被绿荫覆盖，形成一道绿墙，硕大的叶片呈墨绿色，那是最成熟、最健康的颜色。有朋友来访，在此品茗夜话，清风拂来，听绿叶沙沙作响，仿佛置身野外，在大都市水泥森林的环绕之中能有这么一个角落感受大自然，也多少有些欣慰了。露台下面是餐厅，窗外一挂绿色的瀑布，是从楼上垂下来的。长长的藤蔓在栏杆上再无施展的余地，便飘然下垂，于它，"能上能下"似乎是无奈的选择，于我，则为餐厅增添了一道风景。到了秋天，楼上楼下的浓荫由绿变红，在夕阳的映照下通红紫透，令人心醉。这番好景是短暂的，等到朔风劲吹，将那红叶席卷了去，便只剩下枯藤了。不过，冬景也有它的妙处，细看那遒劲稚拙的藤线，纵横缠绕，交错扭结，简直是一幅浑然天成的抽象画。整个漫长的冬季，爬山虎都自甘寂寞地沉默着，等待着，每一片叶子脱落时留下的瘢痕旁边，都鼓出一个铁色的芽苞，蓄势待发，等着来年春风再起。

转眼间三年过去，当又一个春天到来的时候，全家人又开始像饲养宠物一样地精心伺候爬山虎了，盼望它一年更比一年强。松土，浇水，自不必说，更重要的是施肥。妻从花卉市场买来专供观叶植物用的营养液，每次浇水都要掺上。我提醒她："别浇得太多，留神把它烧死了！"她笑笑："这肥料说不定都是假冒伪劣的，烧不死，浇吧！"如此不惜代价地施肥，爬山虎就像如今营养过剩的孩子似地超常发育，栏杆很快被浓荫覆盖，还伸出许多嫩枝，高昂着头拼命往上爬。

可是，楼下餐厅窗外却另是一番景象，从露台垂下来的那一排长长的藤子并不见蓬勃，叶子稀稀落落，竟然不及去年，远不到"瀑布"水平。妻说："营养跟不上，还得施肥！"于是加倍"恶补"，每天早晚两次，大量施肥，但仍然不见成效。这是怎么回事？我们不得不琢磨琢磨了。经过仔细观察，我们发现，露台栏杆上的繁荣景象，主要是靠新生的枝条形成的，那些老藤上已经鲜见绿叶，这情形其实是和楼下一样的，只不过缠绕在栏杆上的老藤被新枝新叶所掩盖，没有显出老态罢了，而楼下挂在空中的那些则暴露无遗。得出了这个结论，我们不禁感慨：三年的藤子就已经"老"了吗？大自然的法则竟然如此严酷，新老交替是不可逆转的规律！爬山虎一年又一年的繁茂景象，正是由新生代层层轮替来支撑，饱经风霜的枯藤老干被悄悄地边缘化了，我和妻默然良久。无奈之余，只好将希望寄托于后起之秀。探身窗外，向上看去，栏杆外边已经伸出不少绛红色的嫩枝，只要有足够的水分和营养，旺盛的生命力将使它们延伸成长长的藤条，沿着前辈的走向垂落下来，再造一挂绿色的瀑布！

我们期待着。

原载《人民政协报》2009 年 9 月 7 日

辑二

诗词集

满江红·咏李四光

（1977 年）

　　促膝临窗，中南海，湖光澄澈。人间事、寰球晴雨，普天凉热。中夏从来多沃土，神州岂是贫油国？好山河、寸寸数家珍，从头说。

　　强国梦，情切切。万水涉，千山越。任猿啼凄厉，雁鸣萧瑟。捷报频传襟溅泪，鸿图未竟头飞雪。算此生，不负祖家山，埋忠骨。

　　作者自注：1977 年，我与霍达应国家地质总局之约，创作《我国卓越的科学家李四光》组画，霍达撰文，我作图 16 幅，由上海人民美术出版社出版，郭沫若题签，作为向 1978 年召开的全国科学大会的献礼。为此，我们沿着李四光生前的足迹，进行了长时间的采访和写生，这首词就是那时诞生的，上阕写毛泽东与李四光的亲切交谈，下阕概括了李四光为中国的地质科学的振兴和发展所奉献的一生。

七绝·题《从容谈兵》

（1980 年）

从容谈笑纵横兵，铁马关山咫尺枰。
八段元戎天不死，至今犹忆喊杀声。

　　作者自注：1980 年作陈毅元帅弈棋图，题此。陈毅元帅是围棋高手，享荣誉八段，曾有题《围棋名谱精选》诗云："纹枰对坐，从容谈兵。"画题即源于此。

七绝·咏扶苏

（1981 年）

敢谏焚坑不顾身，长城史载筑城人。
当年识得沙丘诏，天亡刘项不亡秦。

　　作者自注：公子扶苏者，秦始皇帝之长子也，刚毅而武勇，信人而奋事。因谏阻焚书坑儒，始皇怒，遣扶苏北上监助蒙恬修筑万里长城。公元前210年，始皇在最后一次出巡途中病逝于故赵国沙丘宫，临终给扶苏留下遗诏："以兵属蒙恬，与丧会咸阳而葬。"中车府令赵高与左丞相李斯合谋，篡改遗诏，立胡亥为太子，扶苏赐剑自裁。扶苏乃慷慨就义，血洒长城，遂成千古悲剧。章太炎先生在《秦政记》一文中说："藉令秦皇长世，易代以后，扶苏嗣之，虽四三皇、六五帝，曾不足比隆也，何有后世繇文饰礼之政乎！"果如此，则天下"不知有汉，无论魏晋"，中国历史将改写了。然而，历史毕竟不能重写，扶苏死了，与万里长城融为一体。莎士比亚在《哈姆雷特》的尾声写下这样的台词："如果他能践临王位，将是一位贤明的君主。我们要用军乐和战地的仪式，向他致敬！"这令人想起大秦的悲剧王子扶苏。

七绝·咏项羽

（1984年）

末路英雄可奈何？横天一剑息干戈。
乌江留得乌骓在，千载萧萧唱楚歌。

作者自注：1984年作《霸王与乌骓》图，初稿采取"宽银幕"式的构图，力求真实再现乌江战后的悲壮场面：损毁的战车，嘶鸣的战马，残破的旗帜，阵亡的将士……两个月后，画还未完成。忽一日，我在睡梦中突然省悟：画得太"实"了，应该"写意"才是！于是一跃而起，直奔画室，弃原作于不顾，重铺一纸，将那匹缱绻低回于故主身旁不忍离去的白马一挥而就，抬腕看表，凌晨二时，睡觉。次日补上自刎身亡仰天而卧的项羽，一切背景、道具统统省却，作品宣告完成，迁想妙得远胜于两月苦功。附带说一句，据《史记》正义，乌骓并非人们臆想的一匹黑马，而是"青白色也"。

卜算子·咏陆放翁

（1984年）

从未到天山，心把天山系。梦里江山好画图，点点胡杨泪。
无计复关山，按剑诗翁醉。若有乘风仗剑时，愿把诗名废。

作者自注：1984 年作《心在天山，身老沧洲》，画意取自陆游《诉衷情》："当年万里觅封侯，匹马戍梁州，关河梦断何处，尘暗旧貂裘。胡未灭，鬓先秋，泪空流。此生谁料，心在天山，身老沧洲。"按放翁身世，一生坚持抗金主张，却不断受到当权派的排斥和打击，难以施展报国之志，仅在中年入蜀时担任过短暂的军中职务，未曾到过西北，"心在天山"只能是情感的寄托。"身老沧洲"，指放翁晚年闲居家乡绍兴镜湖之畔的三山，"沧洲"，水边也。此画在收入画册时，编辑以为我写错了，把"沧洲"改为"沧州"，就成了林冲发配的地方，南宋时是金国地盘，放翁是不可能住在那里的。

浣溪沙·咏李清照

（1984 年）

帘卷西风月上迟，此情略似去年时。闲翻箧底菊花词。
一去离人眉懒画，谁持铜镜照新姿？落英片片寄相思。

七绝·题《射日》

（1988 年）

羿挽人间第一弓，美人何不伴英雄？
蟾宫寂寞无眠夜，悔食丹砂上太空。

作者自注：1988 年，我在瑞士巴塞尔举办画展，《射日》图在其中。观者中有一对夫妻，男的是美国人，女的是日本人，她看了画上的题字"古时天有十日，羿射九日，余一日"，于是为丈夫讲解："十天减去一天，还有九天。"天知道那个美国人怎么能听得明白。我对她说："这个'日'，指的是太阳，而不是一天两天的天。"

望海潮·咏周恩来

（1992 年）

山般肝胆，海般襟抱，从容品酒如茶。梅苑雪晴，红岩雾散，世人争睹霓霞。偶傥不须夸。美哉伍豪剑，辉耀龙蛇。飞羽流觞，纵天横海，傲昏鸦。

此生以国为家。任惊涛拍岸，大漠扬沙。无畏人间，有朋天下，干戈玉帛笙箫。盛誉满天涯。把酒英雄论，白璧无瑕。且将杯中饮尽，崛起看中华。

作者自注：1992 年作《干杯》图，并题此。

七律·题《冰心像》

（1992 年）

一片冰心在玉壶，龄同世纪等身书。
春花春水邀明月，秋雨秋风忆鉴湖。
沧海横舟忍去国，烽烟策马认归途。
橘灯光暖怜孺子，点点乳汁记事珠。

作者自注：冰心老人著作有《春水》《秋雨》《小橘灯》《记事珠》等。1992年作冰心肖像，题此。画曾呈老人过目，并签名钤印。

卜算子·题《今日得宽余》

（1993 年）

今日得宽余，再饮韶山水。邻舍儿郎辨依稀，笑问谁家子？
把酒话桑麻，促膝聊柴米。百姓悲欢领袖情，都在乡音里。

作者自注：1993 年，中国美术家协会举办纪念毛泽东主席百年诞辰画展，我应邀作《今日得宽余》，题此。

七律·题《周恩来与齐白石》

（2002 年）

笑貌音容忆昔时，高山流水两相知。
西花厅主谈锋健，杏子坞民笔意奇。
雪化春风三月雨，霜凝朗月九秋枝。
画魂长与国魂伴，不老丹青一布衣。

贺新郎·咏巴金

（2003 年）

怕上还乡路。更何堪，百年老屋，旧时廊柱。踏碎苔痕人不见，飞絮游丝乱舞。人去后、几番寒暑。家事春秋伤逝水，算人间、最是人心苦。倾肺腑，与谁诉！

也曾长啸出门去。也曾经，雾霾电火，厉风凄雨。寒夜觉来怜瘦骨，白发苍然踽踽。恩与怨、都归尘土。万劫无如心劫酷，是男儿、不作欺人语。心七窍，向天剖！

作者自注：2003 年为庆祝巴老百岁华诞画展作《智者》图，并填此阕。巴金先生的代表作有小说《家》《春》《秋》《雾》《雨》《电》《寒夜》，以及以"说真话"著称的晚年散文集《随想录》等。

水调歌头·咏聂耳

（2003 年）

腕底风雷起，弦上响战歌。冒着炮火前进，铁马跃金戈。漫道长城老矣，血肉之躯重筑，犹可拒凶魔。鼓角惊天地，一曲壮山河。

身先去，歌未竟，事蹉跎。荒唐岁月，删字改句费琢磨。民族危亡时刻，万代千秋记取，舍此待如何？不朽真经典，肃穆再吟哦。

七绝·题《白石老人》

（2004 年）

横刀纵斧巧雕虫，大匠之门大匠风。
好画取材无巨细，雕虫真谛是雕龙。

七绝·题《屈子赋骚图》

（2004 年）

楚韵湘声诵九章，汨罗江畔祭苍茫。
年年今日龙舟渡，为觅国魂悼国殇。

人月圆·咏王国维

（2004 年）

昆明湖畔徘徊处，何事去无还？天涯望尽，为伊憔悴，灯火阑珊。
乘风归去，东坡相伴，对语稼轩。先生未去，人间词话，尚在人间。

作者自注：国学大师王国维以五十之年投昆明湖自尽，究竟出于什么原因，当时众说纷纭，至今仍为未解之谜，这首小词是我的解释。

采桑子·咏荒煤

（2004 年）

少年发尽白头愿，生也如煤，死也如煤，光热予人自化灰。
英雄不择长眠地，言也留碑，行也留碑，碑在人心并世垂。

作者自注：荒煤先生原名陈光美，19 岁投身革命时改名荒煤，称自己是"荒野里的一块煤"。从此，他为祖国的文学和电影事业燃烧终生。我与荒煤先生交往多年，深受教诲，并承蒙老人为我的文集作序，却一直没有机会为他做点什么，仅有的回报就是画一幅肖像并献上这首词了，可惜老人生前没有见到。

浪淘沙·咏吴冠中

（2004 年）

梦绕故乡河，一路烟波。卖花声里品鲜螺。黛瓦粉墙皆画境，雨竹风荷。
往事叹蹉跎，离恨何多？燕回无觅旧时窝。桥畔凭栏听醉曲，子夜吴歌。

作者自注：我于 1963 年考入中央工艺美术学院，自二年级起，吴先生教我们色彩课，建立了深厚的师生之谊。2004 年，我作吴先生肖像，并填此词，当时先生还健在。

江城子·咏李叔同

（2005 年）

荆轲一去恨千年。马除鞍，剑空悬。沧海浮桴，墨面吁苍天。大好头颅谁识得？听金缕，湿青衫。
相思泪尽笛声残。断尘缘，意归山。百衲袈裟，一笑对人寰。春满华枝悲且喜，天心月，此时圆。

作者自注：李叔同"二十文章惊海内"，1905 年怀着报国之志东渡日本，在美术、音乐、戏剧多方面皆有造就，曾创办春柳剧社，主演《茶花女》《黑奴吁天录》，开中国话剧之先河。归国后致力于艺术教育，桃李满天下。1918 年在虎跑定慧寺出家为僧，法名弘一。1942 年秋，弘一法师在泉州圆寂，临终题字"悲欣交集"，并偈诗云："君子之交，其淡如水。执象而求，咫尺千里。问余何适？廓而忘言。华枝春满，天心月圆。"

沁园春·咏于右任

（2005）

扶杖临风，须髦如霜，岁月如尘。过千山万壑，一支笔耳；驼峰马背，汗漫诗文。碑化龙门，草融篆隶，不让今人胜古人。豪情在，任纵横天下，叱咤风云。

天涯海角孤坟。叹老去英雄无奈身。隔盈盈一水，帆樯难渡；飘萍万里，何处留根？葬我高丘，回眸大陆，不尽江山不死魂。魂归处，跨楚河汉界，家在西秦。

作者自注：大陆人民对于右任的关注，似乎不在于他的官衔，而是书法艺术享有盛名，以及晚年在台湾所写的那首《望大陆》遗诗，这就够了。

七绝·题《抗日英雄杨靖宇烈士》

（2005 年）

冰雪难摧七尺躯，千金不易此头颅。
英雄死后披肝胆，热血一腔粒米无。

作者自注：为纪念抗日战争胜利 60 周年，作杨靖宇烈士肖像，并题此。

七绝·题《彝海结盟》

（2005 年）

歃血为盟义感天，将军飞度此关山。
千金一诺亲兄弟，青史留名小叶丹。

作者自注：2005 年应有关机构之约，作《彝海结盟》图，以刘伯承元帅与彝族首领小叶丹结盟史迹纪念红军长征 60 周年。时逢神舟五号宇宙飞船发射，此画搭乘神舟遨游太空。

七绝·题《钱锺书像》

（2008 年）

钱氏生来不爱钱，钟情只在伴书眠。
管锥编就谁人解？笑对围城自悠然。

作者自注：2008 年作钱锺书先生肖像，并题此。

解佩令·咏钱锺书

（2008 年）

围城内外，人生边上，不留神阅遍人间戏。信手拈来，论者称、天然成趣。
凭谁问、知音有几？

不因名累，不生闲气。且从容、读书写字。来往无多，二三子、管锥谈艺；
对山妻、说前朝事。

作者自注：钱锺书先生著有《围城》《写在人生边上》《管锥编》《谈艺录》
《宋诗选注》等代表作品。

临江仙·咏李苦老

（2009 年）

侠者襟怀豪者胆，兴来北腿南拳。山东好汉义当先。早生八百载，或许上
梁山。

智者功夫仁者眼，直将铁砚磨穿。苍鹰一搏九重天。谁云书画苦？笔墨可
通禅。

作者自注：李苦禅先生生于以维新变法著称的戊戌年，那一年，中国大地上
还诞生了周恩来、刘少奇、瞿秋白、彭德怀、田汉、老舍……等盖世英才，他们
在各自的领域做出了惊天动地的事业。中国大写意花鸟画，八大山人是一个高峰，
齐白石是一个高峰。苦禅先生近承白石，远接八大，创造了又一个高峰。

2009 年作李苦老肖像，并填是阕，以寄托对恩师的怀念之情。

七绝·步鲁迅题芥子园画谱诗原韵

（2009 年）

将雏挈妇处艰危，劫后犹存未可哀。
漫笔难投时尚眼，人间冷暖且自知。

附鲁迅原诗：

七绝·题《芥子园画谱》赠许广平

十年携手共艰危，以沫相濡亦可哀。
聊借画图怡倦眼，此中甘苦两心知。

卜算子·咏鲁迅

（2009 年）

昔尚剑眉横，今尚蛾眉俏。争奈先生媚骨无，难得其中妙。
豪者也多情，老者尤怜少。俯首甘为孺子牛，一展慈眉笑。

作者自注：2009 年作鲁迅肖像，有意区别于以往"横眉冷对"的形象，而塑造一位"俯首甘为孺子牛"的慈父。2012 年此画在中国美术馆展出，观众留言说：鲁迅笑了！

沁园春·咏丁玲

（2009 年）

记取当年，把酒延安，共话古今。赞一枝纤笔，三千毛瑟；文坛弹雨，沙场枪林。走马春风，投身草野，战地长歌仔细吟。看试手，待鸿篇写就，再报佳音。

何期万马齐喑。莫须有、由来三字箴。叹阳谋深算，引蛇出洞；运筹帷幄，欲纵还擒。莽莽苍原，莹莹白雪，识得遗臣耿耿心。徐回首，望桑干河上，红日升沉。

作者自注：1936年，丁玲从南京出狱，奔赴陕北，毛主席在保安的窑洞里设宴为之接风，并赠《临江仙》词一首："壁上红旗飘落照，西风漫卷孤城。保安人物一时新。洞中开宴会，招待出牢人。纤笔一支谁与似？三千毛瑟精兵。阵图开向陇山东。昨天文小姐，今日武将军。"丁玲在20世纪40年代创作的长篇小说《太阳照在桑干河上》，于50年代获斯大林文学奖，至高荣誉，一时无两。之后不久，她却被发配北大荒劳动改造。至80年代，始获平反。

我曾多次作丁玲肖像，并遵老人之嘱，为她的文集作插图。最近的一幅肖像，连同这首词，都是她去世之后的追忆了。

青玉案·咏冰心

（2010年）

冰清玉洁翩翩羽，谪仙落、将军府。怒海沉舟殇甲午。英雄不死，烽烟庚子，天赐娇娇女。

西风吹浪东风雨，世事沧桑百年旅。到老春蚕丝尽吐。民安也未？国兴也欤？笔下铮铮语。

作者自注：冰心老人曾动情地对我说起自己的家世，她的父亲谢葆璋将军曾任北京洋水师"来远"舰枪炮二副，甲午之战，身负重伤，仍奋勇杀敌，决心以死报国，家人已经为他办了丧事，却侥幸生还。6年后，1900年，岁在庚子，冰心出生。读了这一页历史，便也读懂了冰心一生对祖国的挚爱。2005年作《百年文胆，一片冰心》一画，老人已经不在了。

青玉案·咏阿炳

（2011年）

小城月色清如许。硬弓泣，柔弦诉，幽咽泉流翻作谱。把心揉碎，把情牵断，却向谁人吐？

风流终被风流误，未待蟾圆目双瞽。奇技惊天天也妒！百年一曲，孤弦绝响，留与人间驻。

作者自注：无锡崇安寺雷尊殿道士华彦钧，人称"瞎子阿炳"，因善音律享誉江南，多才而又多难。1950 年夏，中央音乐学院杨荫浏教授利用暑假赴无锡为阿炳录音，贫病之中的阿炳已久不操琴，以借来的乐器演奏了二胡曲《二泉映月》《听松》《寒风春曲》，琵琶曲《龙船》《大浪淘沙》《昭君出塞》。阿炳对此次录音尚不够满意，与杨教授相约寒假重录。不料当年冬，阿炳去世，一生仅有的一次录音竟成绝响。国际著名指挥家小泽征尔称："这样的音乐只应该跪着听！"

2011 年，作《二泉映月》图，题此。

江城子·次韵东坡先生《密州出猎》

（2012 年）

人生难得这般狂。把雄黄，染苍苍，踏雪龙媒，长啸越前冈。醉里得偿飞马愿，试身手，好儿郎。

淋漓墨气正贲张。岁添霜，但无妨，不尽豪情，一笑扫颓唐。瘦马扬鬃犹可战，威似虎，猛如狼。

附苏轼原词：

江城子·密州出猎

老夫聊发少年狂。左牵黄，右擎苍，锦帽貂裘，千骑卷平冈。为报倾城随太守，亲射虎，看孙郎。

酒酣胸胆尚开张。鬓微霜，又何妨，持节云中，何日遣冯唐？会挽雕弓如满月，西北望，射天狼。

作者自注：2012 年，我作《老夫聊发少年狂》，取材于东坡先生的《江城子·密州出猎》。北宋神宗熙宁八年，公元 1075 年，时任密州太守的东坡先生一时兴起，率属下习射放鹰，并留下了这首千古绝唱。如果不是因为这首词，发生在九百年前的那场狩猎，不过是浪漫文人的即兴游乐，算不上什么重大事件，本不会在历史上留下印迹。但恰恰因为这首词，作者恰恰又是苏轼，所以永垂不朽。"鬓微霜，又何妨，持节云中，何日遣冯唐？会挽雕弓如满月，西北望，射天狼！"说的哪是打猎？分明借题发挥，抒发自己期待为国家建功立业的豪情，后来者陆放翁"胡未灭,鬓先秋,泪空流",辛稼轩"醉里挑灯看剑,梦回吹角连营",皆与此一脉相承。而今我作此画,当然也无须为那场狩猎纪实,也是借题发挥,以抒胸臆。但是,既要表现"千骑卷平冈"的那般气势,却又"虚写"不得,无法讨巧,当年以少胜多的战术不可再用,于是逆向思维,采取与《霸王与乌骓》相反的布局,将"倾城随太守"的官民人等,极尽铺排,组成浩浩荡荡的队伍,扑面而来;马匹鹰犬服饰,均精心刻画,不厌其烦;所有人物,皆神情专注,情绪激昂,造成箭在弦上,一触即发之势。总之,一切做得"煞有介事",把狩猎当成一场战争来打。至于对手是谁,猎物何在,都不去管它,重要的是人物之情、画面之势、笔墨之趣,如果观者为此而感动,也就可以了。苏轼作此词时年方四十,称"老夫"似乎勉强,而我今已年近古稀,真个是"老夫聊发少年狂"了。至于次韵之词,只是画余练笔而已,自然无法与原词相比,识者一哂。

六州歌头·咏瞿秋白

(2012年)

桥头觅渡,一叶下扁舟。江南燕,苍原雁,海天鸥。纵横游。何处是归宿?燕山月,远东雪,赤都雨,申江浪,旅人愁。快意平生,千古文章事,诗酒春秋。奈狂澜催我,偕友赴中流。与子同仇,共沉浮!

此生谁料,事无果,人未老,竟成囚。多余话,空自语,谓何求?是心忧。治国平天下,英雄业,圣贤谋。诚可叹,驱黄犬,代耕牛。最是书生无用,辜负了、越剑吴钩。诵悲歌一曲,舍此丈夫头。休也休休!

作者自注:瞿秋白故居前有一桥,名"觅渡桥",当年他从这里离开家乡,开始了漂泊的一生。秋白早年有诗云:"我是江南第一燕,为衔春色上云梢。"秋白生于戊戌年,属狗,因此以"犬耕"自嘲。他在就义前所写的《多余的话》中坦陈,自己本无意做"治国平天下"的职业革命家,他一向所挚爱并且极其自信的事业其实是文学,可惜,历史却安排了他另样的一生。

2012年作《秋白》,题此。

一剪梅·咏刘半农

（2012 年）

教我如何不想她？秋水伊人，隔岸观花。相思欲寄久徘徊，吹哑长箫，弹断琵琶。

教我如何不想他？一字之功，誉满天涯。刘郎大爱感红颜，上自女娲，下至村丫。

作者自注：传统汉字中，本来只有"他"而无"她"。1920 年，著名诗人、语言学家刘半农先生首创"她"字，并作歌曰《教我如何不想她》，由赵元任作曲，传唱天下，从此，占人类半数的女性有了表示第三人称的汉字："她"。今作《刘半农》肖像，并题此。

江城子·咏柳亚子

（2012 年）

渝州咏雪意翩然。展诗笺，赋江山。细数英雄，大任降谁肩？阅遍春秋重着史，君与我，共谋篇。

上天下地始知难。醉凭栏，望南天。烟雨重楼，高处不胜寒。弹铗无车一笑耳，归去也，子陵滩。

作者自注：1945 年，毛主席赴重庆谈判期间，书赠柳亚子《沁园春·雪》，柳和词一首，末句云："君与我，要上天下地，把握今朝。"1949 年，柳应毛之邀进京共商国是，寓所由毛亲笔题匾："上天下地之庐"。是年 3 月，柳《感事呈毛主席》："开天辟地君真健，说项依刘我大难。夺席谈经非五鹿，无车弹铗怨冯驩。头颅早悔平生贱，肝胆宁忘一寸丹！安得南征驰捷报，分湖便是子陵滩。"似有去意。于是，便有了毛的那首著名的和诗："饮茶粤海未能忘，索句渝州叶正黄。三十一年还旧国，落花时节读华章。牢骚太盛防肠断，风物长宜放眼量。莫道昆明池水浅，观鱼胜过富春江。"

2012 年，作柳亚子肖像，题此。

永遇乐·咏曹禺

（2012 年）

恨我来迟，当年误了，与公逐鹿。雷雨初晴，煌煌日出，天下人争瞩。情倾原野，身经蜕变，笔底北京人哭。到如今、凭栏击节，动人最是心曲。

西施声远，昭君尘散，未了豪情谁续？胆剑犹存，廉颇不老，更秉南窗烛。龙鳞龟甲，秦碑汉简，尚有几篇堪读。尽情处，我歌易水，请公击筑。

作者自注：曹公长我 34 岁，他在青年时代因《雷雨》《日出》《原野》《蜕变》《北京人》等剧作大放光彩的经历，我不曾亲眼见到，所以只能遗憾自己来到这个世界太晚了。所幸的是，在他的晚年，我得以结识这位剧坛泰斗，那时，《胆剑篇》《王昭君》也都演过了。老人非常希望再创辉煌，惜已力不从心。

2012 年作曹禺先生肖像，题此。

有趣的是，这首词还有一个白话诗的版本：

常恨我出生得太晚，
错过了大师辈出的岁月。
不然，可能和少年万家宝成为朋友，
把青春和才华和你一起消磨。
可惜没有！
我没有经历日出的辉煌，雷雨的磅礴，
只能作为一名迟来的看客，
听串了秧儿的北京人后代啰啰唆唆。

常恨我认识您太晚，
廉颇老了，黄忠老了，
您确实已经老了。
不然，我们还可以谈谈秦皇，
谈谈高渐离，
谈谈荆轲。
您若肯为我击筑，
我愿意为您高歌。
可惜我现在也老了，
只能把许多无法实现的梦，
当成传说。

临江仙·咏胡适

（2012 年）

博士头衔三十六，得来不费工夫。等闲翻遍古人书。千年文字账，谁与辨糊涂？

前世今生情与恨，惨然付此头颅。烟霞山月忆相呼。红楼徒梦耳，一夕醉蘅芜。

作者自注：胡适，字适之，20世纪中国最重要的学者之一，在文学、史学、哲学和古典文学考证诸领域均成就卓著，一生获36个博士学位，本人则戏称一个为四年苦功所得，其余是白送的。潇洒至极。这样一位学界领袖，却以惧内著称，虽不乏红颜知己，也曾有过"烟霞山月的神仙生活"，而不弃发妻，与之终老。逝世后，蒋介石赠挽联曰："新文化旧道德的楷模，旧伦理新思想的师表。"

七绝·咏梁漱溟

（2012 年）

不畏权威不信神，苍茫独立自由身。
祖龙未尽焚坑事，留与江山作诤臣。

作者自注：梁漱溟，当代思想家、哲学家、社会活动家、著名学者，人称"中国最后一位儒家"。20世纪50年代曾因批评当时的农民政策遭到批判，后又因拒绝参加"批林批孔"运动而被批斗，仍坦然对曰："三军可夺帅也，匹夫不可夺志！"今编有8卷本《梁漱溟全集》行世。

七绝·咏吴昌硕

（2012 年）

英雄未必弄雄姿，休把缶翁认老尼。
且待从容临画案，铮铮铁笔见须眉。

作者自注：吴俊卿，字昌硕，号老缶、苦铁，三十学书，五十学画，一鸣惊人，大器晚成，为清末民初海派画家杰出代表。人极矮小，头顶绾一发髻，无须，初见疑似老尼。而强悍跋扈之画风竟出自其笔下，令人难以置信。昔者，太史公疑张良以为魁梧奇伟，及至见子房画像，状貌如妇人好女。古今之趣，一也。

七绝·咏徐悲鸿

（2012 年）

沉陆神州遍地哀，长空滚滚动惊雷。
布衣拍案羞卿相，挥手天驹汗血来。

作者自注：徐悲鸿先生以善画奔马著称，而悲鸿奔马诞生于日寇侵华之际，民族危亡之时，画家拍案而起，挥毫而战，一支健笔可当十万精兵。壮哉悲鸿！

七绝·咏蒋兆和

（2012 年）

淞沪江头惊铁血，宛平城下哭流民。
苍生尽写书生泪，一卷功成不朽身。

作者自注：蒋兆和先生，四川泸州人，自学成才，将西洋素描技法融入中国人物画，终成一代宗师。1932 年，先生奔赴淞沪抗战前线，为蔡廷锴、蒋光鼐将军画像，后辗转各地，尽写劳苦大众人生百态，1943 年在北平完成巅峰之作《流民图》，虽展出半后即被日伪查禁，但这件为中华民族呐喊的艺术杰作已经产生了巨大的社会反响，永载史册。

题赠《画界》美术期刊联

（2012 年）

画堂泼墨
界壁题诗

七绝五首·江峡行吟

（1977 年）

应四川美术家协会之邀，与北京画院数同事赴重庆参加与云、贵、川三省画家的联谊活动，其间得游三峡。

重庆朝天门

朝天门外夜登船，扬子嘉陵出蜀天。
此去巫山截云雨，长留笔底洒幽燕。

作者自注：朝天门为长江与嘉陵江汇合处。

瞿 塘 峡

绝壁临江手可扪，神工鬼斧客惊心。
凭栏巴女仍谈笑，指点夔门摆龙门。

巫 峡

卡尔曾称神话美，毛公又作话神诗；
巫山神话留千古，万代得窥玉女姿。

西 陵 峡

山山水水行复行，不尽长江不尽情。
船到周公曾到处，方知今日是清明！

七绝五首·星洲吟草

（1987年）

赴新加坡办画展，初到南洋，颇觉新鲜，得诗数首。

牛 车 水

西洋楼外百年村，老店华幡倍觉亲。
谁信离家千万里？摩肩接踵尽龙孙。

作者自注：牛车水系新加坡早期华人聚居区，至今仍保留某些原始风貌。

圣 淘 沙 岛

天上人间一线牵，星洲四望碧水间。
忍翻旧梦华工泪，蜡馆门隔二百年！

作者自注：乘缆车赴圣淘沙岛，岛上有蜡像馆，展现昔日英人莱佛士开发新
加坡及华人南渡创业之史迹。

无山有水亦堪怜，独立花砒望海船。
山不在高刘郎语，清风伴我我亦仙！

作者自注：新加坡境内无山，最高处仅此丘耳。

隆 冬 赏 荷

恰似西湖六月中，南洋风物四时同。
凭栏一望连天碧，腊尽塘荷依旧红。

鸟 笼

燕雀本无鸿鹄志，牢笼虽大亦牢笼。
不识牢笼真面目，只缘身在此笼中。

作者自注：新加坡飞禽公园有一特大鸟笼，植有树木、假山，禽鸟飞鸣其中，
恍若置身山林，乐不思蜀。其实，再大的牢笼，不还是牢笼吗？

梦　归

南国西窗月影移，夜半无眠有所思。
天近平明忽一梦，妻儿嘱我勿归迟！

作者自注：小住旬月，足迹几乎踏遍新加坡全岛。画展结束，我将北归。

虞美人·江南

（1987 年）

莳秧时节天飞翠，杏子飘香醉。小船来去又匆匆，阳伞竹裙阿嫂过桥东。
橹声欸乃江南梦，重把轻舟弄。故人不见路迢迢，晓得几时再到谢家桥？

作者自注：1987 年赴苏州采风，作《水巷》《渔火》《水路》《归帆》等多幅，并以此词记趣。莳秧，即插秧。运送稻秧的人把成捆的稻秧抛得满天飞。竹裙，苏州妇女穿在裤子外面的短裙。谢家桥，纳兰性德《采桑子》："梦也何曾到谢桥。"

瑞士之旅九首

（1988 年）

应瑞士国际艺术家交流计划之约，三月赴瑞士，五月归。参观访问作画之余，得诗数首。

七绝·离京赴瑞士

长风送我去国门，夜渡银河展剑魂。
阿尔卑斯迎远客，东来豪士轩辕孙。

七律·泛舟比尔湖

春山春水两依依，慢橹轻舟探远矶。
彼得岛前花掩路，卢梭居外鸟穿扉。
桃源不是逃秦处，大泽无曾揭楚旗？
若把西施迁比尔，轻纱浣罢洗征衣。

作者自注：比尔湖在瑞士西部，与法国接壤，景色甚美，湖中圣彼得岛上有卢梭隐居处。当年，此处系兵家必争之地。

五律·苏黎世班霍夫大街

久慕苏黎世，今来车站街。
大亨赢暴利，远客逐名牌。
鱼贯登金市，蜂拥破铁鞋。
从头寻到尾，不见一书斋。

作者自注：苏黎世班霍夫大街，俗称"火车站大街"，有银行二百家，为世界金融中心。商铺林立，货品琳琅，可惜连一家书店都没有。

五律·三国之角

今临三国界，到此角中游。
北望青山耸，东来碧水流。
风情连沃野，雨意润重楼。
且借荆州地，干戈未可忧？

作者自注：三国之角是瑞士著名景观，因与法、德交界而得名，"角"上树一火箭形标志，南面绘有"十"字图案，象征瑞士；西部绘有红、白、蓝三色图案，象征法国；北部绘有黑、黄、红三色图案，象征德国，俨然"三国鼎立"之势。而此三国并无领土之争，瑞士的巴塞尔机场建在法国境内，莱茵东岸的一片工厂则在德国境内，借地而建，竟相安无事。

七绝·莱茵瀑布

不尽莱茵不尽山，溯流而上看飞泉。
雷鸣万壑朝天啸，白发长垂不计年。

作者自注：莱茵瀑布在莱茵河上游，高21米，宽50米，水深13米，规模虽不甚大，但已是瑞士著名景观，据称有6000年历史。

七律·日内瓦印象

勃朗峰头雪未融，莱蒙湖上水朦胧。

翠坪铺就五洲路，玉阶筑成万国宫。

天下何方留净土？人间此处驻清风。

冲天白练迎斜照，神笔凌空画彩虹。

作者自注：日内瓦以莱蒙湖和万国宫最为著名，万国宫即联合国日内瓦办事处。在莱蒙湖可看到阿尔卑斯山的勃朗峰。湖中有一人工喷泉，高数十米。夕阳斜照时，水雾中呈现一道七彩霓虹。

七绝·题《自画像》

茫茫艺海泛孤舟，四十四年白了头。

梦断莱茵听逝水，黄河扬子意中流！

作者自注：44岁生日在异国度过，揽镜自写小像，并题一绝。我的住处在莱茵河西岸，夜晚流水声清晰可闻。

七绝·东归前夕寄妻儿

鸦噪夕阳不成诗，倦客无眠忆妻儿。

莫道天涯离别苦，归来正是月圆时。

七律·别友

相逢萍水似故人，夜话绵绵两意真。

胜负一时弓在手，沉浮百度浪由身。

毫端含泪云游子，梦里吞声养育亲。

归去犹怜巴塞尔，只缘兄弟住莱茵。

作者自注：旅居瑞士数月，与王伯鹿君情谊甚笃。伯鹿自费留学，虽历万苦，不堕青云之志，不泯报国之心，真我友也。临别以诗为赠。

再访新加坡六首

（1990年）

三月应南洋艺术学院之邀，前往讲学，五月归。

浪淘沙·海宴

夜笼万方船，灯火斑斓。小红楼外白沙滩。老友殷勤酬远客，醇酒海鲜。
故国尚春寒，我自汗漫。谁心能似海天宽？九曲回肠家万里，醉拍阑干。

作者自注：新坡新华美术中心经理曾国和君在小红楼为我洗尘，饮毕得此阕。

水调歌头·题《胡姬花》

奇卉生南国，卓锦万代兰。带露临风起舞，七彩动翩翩。西子淡妆浓抹，且
兼环肥燕瘦，樊素与阿蛮。何以胡姬谓？笳骑本无缘。
展清笺，施丹紫，写斑斓。一枝融四君子，竹菊亦梅兰。更借天风海雨，洗
尽俗尘腻粉，幽谷隐花仙。春去花仍在，为我驻毫端。

作者自注：胡姬花为新加坡国花，又名卓锦万代兰。新加坡遍地都是胡姬花，
却不见当地画家画它，因为没有现成的传统技法。正是因为这是一个新鲜课题，
我才更有兴趣去探索它，实践它。

卜算子·题《胡姬花》

南国四时春，异彩开千树。独有胡姬冠众芳，国色无人妒？
家本在山林，自在无朝暮。不耐喧嚣归去也，还我山中趣。

五绝·题《墨胡姬》

幽兰出空谷，不意做花尊。
恐被红妆妒，染为淡墨痕。

作者自注：胡姬花种类繁多，色彩斑斓，独有一种墨胡姬，似以水墨画成。

菩萨蛮·菩提树

菩提树下寻黄叶，怜其近佛珍如帖。诚意去参禅，灯油添数钱。
佛陀无觅处，但见菩提树。万色俱为空，菩提真幻中。

七律·为南洋艺术学院建院 52 周年而作

披荆斩棘栽桃李，艺苑春秋五十年。
北树南枝发新绿，东云西雨汇清涓。
他山有石能攻玉，公海无礁好驶船。
我爱南洋风景美，听涛听雨夜无眠。

忆秦娥·卢沟月

（1990 年）

卢沟月，清光曾照长桥劫。长桥劫，斑斑弹洞，赫然残血。
将军骨断河山泣，醒狮跃起旌旗猎。旌旗猎，八年搏浪，一朝捉鳖。

作者自注：为纪念抗日战争胜利 45 年，作《晓月》图，并得此阕。

忆秦娥·长城

（1994 年）

山如铁，峰峦遍染英雄血。英雄血，丹青难绘，这般颜色。
巨龙腾屈千千折，金戈筑就铮铮骨。铮铮骨，苍然万古，汉关秦月。

作者自注：为国庆 45 周年作《脊梁》图，在第八届全国美展展出。同时赋
此阕。

长相思·根

（2002 年）

千条根，万条根，万缕千丝系一魂。魂凝百丈荫。

今朝春，明朝春，雨雨风风岁月痕。春晖寸草恩。

作者自注：赴福建东山岛采风，见一巨大"榕壁"，广数丈，满布榕根，密密麻麻，交错扭结，状如蛛网。溯其本，竟原于一树。因赋此阕，并作图《根》。

七绝·九寨沟

（2002 年）

天掀一角现瑶池，造化无穷醉笔奇。

梦幻龙潭沉月梦，谁翔浅底探琼枝？

作者自注：赴九寨沟写生，惊叹其山其水，平生所未见。作图《碧湖沉梦》等多幅，并吟是阕。

天山行四首

（2005 年）

五绝·饮马天山下

饮马天山下，清轮冷若冰。

明朝翻雪岭，俯仰伴苍鹰。

五律·咏驼

皑皑天山雪，茫茫戈壁沙。

柔峰担日月，健足踏云霞。

不问来时路，且寻梦里家。

一声长啸罢，苍野尽霜花。

七绝·画驼题句

山外雪山峰外峰，柔峰热血化冰封。
征途相遇长相忆，画里留君梦里容。

自度曲·绣花帽

穿针引线，绣一朵缠枝莲。藤蔓缠花花缠蔓，年年岁岁共缠绵。
千针万线，绣一朵雪山莲。冰雪如花花如雪，风花雪月驻天山。

五古·徽州节妇街

（2009年）

驻足望石坊，欲知隔代事。
恐君不忍听，字字红颜泪。

作者自注：赴安徽采风，在黟县见节妇牌坊多座，列为长街。作《贞节之门》图，并吟此。

七律·踏春

（1961年3月）

大江南岸晓行东，笔趣天然造化功。
山影幽幽一带碧，桃烟袅袅几重红。
呢喃紫燕春风里，欸乃泥船细雨中。
暮色将临方觉晚，重寻归路问村童。

作者自注：这是我现存的最早一首格律诗，时年17岁，在南京艺术学院附中读二年级。是日赴紫金山下写生，至晚方归，写诗记之。泥船，罱泥的船，江南农民罱河泥作肥料。

长相思·江南渔家

（1965年秋）

一座桥，两座桥，桥下渔船橹慢摇，落霞天际烧。
路迢迢，水漂漂，漂到湖心把网抛，归来明月高。

五绝·春节前夕寄父

（1968年）

长歌别故土，仗剑走天涯。
革命成功未，男儿不恋家。

作者自注：1968，国务院规定，春节不放假，故有此作。

七绝·游子吟

（1968年）

奔忙诸事误归期，慈母愁添两鬓丝。
梦里依稀常唤我，家书北望又来迟。

七律·雨中游香山

（1969年5月2日）

林暗风低扫画楼，行人尽去鸟无留。
一天泼墨腾惊马，万树飞花走汗牛。
迭嶂迷蒙山隐脚，连溪涨满水出头。
赋诗何必经霜叶？若有豪情冒雨游！

作者自注：是日与霍达偕同学、朋友数人相约游香山，遇雨而不避，固有此作。

浣溪沙·渤海夜渡

（1970 年秋）

绕道烟台过海湾，八级风暴浪如山，一时醉倒客三千。
纸上谈兵空爱海，归来说起胆犹寒，梦中惊醒叫停船。

作者自注：与霍达结婚前，一起回家乡探望父母，返京时有意乘船跨海，不料遭遇风暴，颇吃了一些苦头，小小的收获是这首小令。

浣溪沙·日子

（1971 年）

游遍芳丛五月山，奇峰险路看云烟，荒藤野树共攀缘。
春雨秋风冬雪夜，小楼灯火饼如盘，工闲饭后数余钱。

作者自注：上阕写前年游香山，下阕写婚后平淡而又艰难的生活。"小楼灯火饼如盘"一句说出了当时的心态。

七律·生剑歌后寄父母

（1972 年 9 月 19 日）

清风明月望归鸿，喜报家书寄古丰。
世代勤劳贫若水，儿孙振奋气如虹。
前承祖德三槐绿，后起新人四世同。
沽酒无钱心亦醉，剑歌远慰白头翁。

作者自注：1972 年 9 月 18 日 23 时，霍达在北京妇产医院生一女。名剑歌，字大风。作此诗时已是次日凌晨。古丰，敝乡江苏丰县，秦汉时为沛郡丰邑，系汉高祖刘邦故里。刘邦在平定英布之乱后，过沛，与父老子弟共饮，唱《大风歌》："大风起兮云飞扬，威加海内兮归故乡，安得猛士兮守四方！"

五绝·秋风

（1972 年 10 月 20 日）

一夜风声紧，天明木叶稀。
觉来秋瑟瑟，小女要添衣。

七绝·落叶

（1972 年 10 月 22 日）

楼前落叶纷纷下，雨打风吹遍地飞。
若是故乡村女在，人人扫得满篮归。

七绝·不眠之夜

（1972 年 11 月 3 日）

书画无暇丢脑后，烹调着意守炉前。
三更欲睡娃娃醒，慢拍轻歌总不眠。

作者自注：这是当时生活的写照。"烹调"句，实指为孩子煮牛奶，真正的做饭我是不会的。

七绝·买菜

（1972 年 11 月 4 日）

丰收白菜满街头，正好冬藏趁晚秋。
一日三回催我买，三棵一抱上层楼。

作者自注：在那个时代，北京市民每到秋天都要买大量的冬贮大白菜，供一冬的食用，这在今天是不可想象的。

七绝·秋雨

（1972 年 11 月 5 日）

梦里不知秋雨落，轻帘半掩透微寒。
清晨起看阳台上，一夜啼痕泪阑干。

七绝·娇女

（1972 年 11 月 20 日）

爱若掌珠娇女生，精心喂养夜长明。
娃娃两月知其父，对我咿呀笑出声。

如梦令·育儿

（1972 年 11 月 21 日）

梦里踢翻花被，醒哭几声无泪。夜半闹灯前，惹得爹娘如醉。如醉，如醉，奶罢呼呼酣睡。

七绝·病居

（1972 年 11 月 21 日）

朔风楼外卷飞沙，碧草窗前吐嫩芽。
三载不知冰雪冷，春光永驻向阳家。

作者自注：当时我们住在北三里屯南 27 楼，那里的暖气很热，我在家养病，轻易不出门，所以有"三载不知冰雪冷"之句。"碧草"指自家花盆中的天冬草，长得十分茂盛，从柜顶垂下三尺许，如绿色的瀑布。"向阳家"指朝南的窗户和阳台，由于气候关系，北京人很在乎住宅的朝向。

长相思·香山

（1972 年 11 月 24 日）

赤叶秋，紫叶秋，十月香山客满楼。峨峨鬼见愁。

岁如流，月如流，雁送秋回总不留，年年忆旧游。

七律·病居

（1972 年 11 月 26 日）

诗酒年华抱病身，小楼一卧几冬春。

家常便饭三餐药，海外奇谈两寸针；

老友闲来提旧话，家书远至送乡音。

梦中忽忆丹青事，彻夜难平少壮心！

七律·病居

（1972 年 12 月 3 日）

手中笔墨腹中诗，少小云游两所持。

四海为家家万里，三杯能醉醉一时。

病余每抱新生女，梦里常怀远地师。

丹青荒废年华老，肝胆犹存独自知。

作者自注："远地师"，指我少年时的两位美术老师尚连璧先生和楼哲生先生，他们都远在江苏，已多年未见了。

七律·育儿

（1972 年 12 月 3 日）

自生小女误诗书，一片痴情抚幼雏。
有奶充饥常满瓮，无钱买醉总空壶；
客来不敢高声语，儿睡每将厚垫铺。
莫笑吾人怜骨肉，迅翁曾赋小於菟。

作者自注："迅翁曾赋小於菟"，指鲁迅《答客诮》："无情未必真豪杰，怜子如何不丈夫？知否兴风狂啸者，回眸时看小於菟。"

五古·龙爪槐

（1972 年 12 月 11 日）

路边有奇树，岸然立寒冬。
叶随秋风去，春来复葱茏。
根本王公植，神韵苏子封。
子成天悬豆，干老地飞龙。
利爪欲探海，沉浮万里踪。
摹写凌空势，成竹已在胸。

作者自注："根本王公植，神韵苏子封。"苏轼《三槐堂铭》："故兵部侍郎晋国王公……盖尝手植三槐于庭，曰：'吾子孙必有为三公者。'""王城之东，晋公所庐，郁郁三槐，惟德之符。"

五古·鸡爪柳

（1972 年 12 月 11 日）

才赋龙爪槐，又见鸡爪柳。
斯槐何其壮，此柳何其丑。
不晒叶自卷，无风枝空抖。
寸节不成材，辜负栽培久。
留之果何用，无如快死朽！

七律·哭祖母

（1973 年 1 月 2 日）

家书读罢泪沾襟，无限慈祥梦忽临。
朽木机中经万线，老花镜里引千针。
三餐饱暖时光浅，四世分离怨恨深。
寿满八旬诚可贺，黄泉一去再难寻。

满江红·赠人

（1973 年 3 月 10 日）

梦里丹青，何曾识，此番风骨。挥洒处，千寻长卷，万斛酣墨。铁画银钩笔底力，龙腾虎跃胸中血。怕醒来，今夕是何年？徒悲切！

石涛朽，八大灭，白石死，悲鸿绝。待天公抖擞，再添豪杰。枯木逢春晚吐玉，新篁遇雨早拔节。愿东风，吹我向阳枝，萌新叶。

忆秦娥·赠人

（1973 年 3 月 19 日）

银灯灭，迷蒙一片窗前月。窗前月，壁悬新稿，砚留残墨。
无涯思绪中肠热，书生意气何从说？何从说？愿君知我，画中心血。

浪淘沙·赠人

（1973 年 3 月 20 日）

帘外影离离，风动新枝。三更作画五更诗。满纸烟云天破晓，一唱雄鸡。
何日是征期？战马长嘶，频传鼓角更相催。遥望关山腾跃处，能不神驰！

蝶恋花·感事

（1973 年 5 月 1 日）

五月榴花红欲滴，燕子衔泥，檐下往来急。斗室筑成真不易，奔忙多少朝和夕。

不愿呢喃空度日，万里征程，更展双飞翼。愿借东风无限力，云端写就惊天笔。

十六字令三首

（1973 年 5 月 3 日）

风，吹遍群山万座峰。云乱处，岸然见苍松。
松，铁干铜枝叶葱茏。谁为伴？天际有雄鹰。
鹰，万里云程一击中。天与海，来去任纵横。

作者自注：我于1973年四月底调入北京画院。4月29日在北京市文化局办理好一切手续，须待"五·一"之后再去画院报到。这个假期过得兴奋而又躁动不安。5月3日即为报到日，途中得此3首，反映了当时的心情。

浣溪沙·悼周恩来总理

（1976 年 1 月）

倜傥英魂与世辞，星稀河汉万旗低，悲歌动地地转迟。
万死不辞身许国，功成归去不留灰，江山处处是丰碑。

七绝·生剑男后作

（1982 年 5 月 4 日）

竖子成名叹嗣宗，人间何处觅英雄。
苍天赐我纯阳剑，醉望乡关唱大风。

作者自注：1982 年 5 月 4 日 15 时 10 分，霍达于协和医院经过长时间的折磨，产一子，名纯阳，字剑男。这个名字是 10 年前就起好了的，等到派上了用场，我已经 38 岁了。"竖子成名"，晋阮籍字嗣宗，堂登广武，观楚汉古战场，谓："时无英雄，使竖子成名。""醉望乡关唱大风"，见《生剑歌后寄父母》后注。

为小说《听画》人物拟作三首

（1990 年）

浣溪沙·渔夫歌

半亩桑园一网鱼，家藏万卷解元书。桃花坞里是吾庐。
三笑奇缘天下笑，六如妙笔几人如？神仙过眼也追摹。

七绝·题《南唐高髻纤裳首翘翼朵仕女图》之一

此六如非彼六如，休因鱼目误珍珠。
可怜未晚楼尊者，输与砚斋侍笔奴！

七绝·题《南唐高髻纤裳首翘翼朵仕女图》之二

假六如亦假周郎，北唐过后有南唐。
簪花未落东流水，高髻纤裳美人妆。

自度曲·美猴王赞

（1992 年）

金箍棒一万三千，筋斗云十万八千，火眼金睛七十二变，美猴王法力无边。
活泼泼率性天然，雄赳赳一往无前，管他神耶鬼耶妖耶怪耶，兴之所至打上灵霄宝殿，自号大圣齐天！

作者自注：我生年肖猴。今岁次壬申，写此遣兴。作此词时，据当年观看动画片《大闹天宫》的印象，记得有"如意金箍棒，重三万六千斤"之说，就这样写了。后来才想到核对《西游记》原文，却是"一万三千五百斤"，于是作了改动，为字数所限，写作"一万三千"。

集 句 联

（1988 年）

劝君更尽一杯酒，
与尔同销万古愁。

作者自注：集王摩诘《送元二使安西》、李太白《将进酒》句为一联，竟浑然天成。20 年后，偶然见到徐悲鸿先生手书一联，内容与此完全相同，始知早有先贤走在前头，自己步了后尘。然终究所见略同，也值得一记。

集 典 联

（1993 年春节）

挑灯看剑，闻鸡起舞；
邀月举杯，对酒当歌。

作者自注：岁逢癸酉，集典成联，书于门前。在鸡年想到"闻鸡起舞"并不难，但能以"对酒当歌"对之，就不容易了。

挽尹瘦石先生联

（1998 年）

送牧马人归，长歌当哭丹青引；
留咏雪词在，故庐遗爱沁园春。

作者自注：尹先生擅画马，曾长期在内蒙古工作，并曾被错划为右派，与电影《牧马人》中的主角有相似经历，故称之为"牧马人"。《丹青引》，杜甫为唐代画马名家曹霸而作。尹先生当年曾在重庆为毛泽东主席画像，毛主席赠送柳亚子的《沁园春·雪》手稿，由尹先生保存多年，后捐赠给中国历史博物馆，尹宅藏有复制品。

挽崔月犁伯伯联

（1999 年）

坦荡无私，赤子情怀如朗月，
鞠躬尽瘁，公仆风范似铁犁。

作者自注：崔月犁伯伯是 1937 年投身抗日战争的老革命。1943 年，他奉命来到平津地区，从事地下党工作，在解放战争中，为争取傅作义将军起义、和平解放北平做出了不可磨灭的贡献。新中国成立后，曾先后担任北京市副市长、卫生部部长、中顾委委员等职务。1999 年 1 月，崔伯伯不幸逝世，我与霍达以此联敬挽。

五古·题《小熊猫》

（2012 年）

我爱九节狼，纵笔天然趣。
意在水云间，山高林密处。

作者自注：小熊猫俗称"九节狼"，生长于云贵川鄂山区，是受国家保护的珍稀动物，也是我常画的题材，数十年来笔墨相伴，今题此为赠。

七绝·题《白雪苍鹭》

（2012 年）

白羽轻纱玉女姿，幽幽池畔立多时。
沙洲寂寞芳林倦，拣尽寒山第几枝？

七绝·题《花魂》

（2012 年）

漫道夜深花睡去，其实花醉夜无眠。
只缘明月来相照，四野无人影自怜。

作者自注：东坡先生《咏海棠》诗谓："只恐夜深花睡去，故烧高烛照红妆。"今夏，我家养了多年的巴西木突然开花，而且只在夜间开放，异香沁人，天明则合拢如花蕾，如此反复多日，方谢。由此我才知道，花在夜间是不"睡"的，月下赏花，最得其神韵。

水调歌头·清明

（2012 年）

少小离桑梓，白首恋乡关。展图咫尺千里，只在梦中还。依旧当年老屋，依旧庭前槐枣，瓜豆满篱攀。不见爹娘在，何处是家园？

荒凉墓，无人扫，一年年。黄尘古道，风雪霜露伴长眠。未待乌鸦反哺，徒有羔羊一跪，相对也无颜。焚尽人间纸，难抵负恩钱。

南乡子·梦父

（2013 年 12 月 20 日夜）

昨夜见慈颜，一慰年年望眼穿。热泪交流惊梦醒，潸然。片刻团圆已化烟。
纵有万千言，但恨相逢一面难。写就家书无寄处，茫然。家可还时却未还。

念奴娇·七十感怀

（2014 年 5 月 5 日）

年年今夕，最相忆、故地故人踪迹。梦也不来音不至，一去全无消息。墙外鹧鸪，堂前燕子，零落飞南北。离情欲诉，诗成何处题壁！

年少自负豪情，出门时岂料，还家无日。酒醉刘伶，曾记否、梦里韶华虚掷？饭饱廉颇，说英雄未老，惜须毛白。抚龙泉剑，大风歌咽如泣！

五古·巴西木

（2014 年 5 月 5 日）

巴西有嘉木，辗转到我家。
据闻如铁树，百年始著花。
我今殊幸甚，两度沐芳华。
浓香为我寿，清韵任君夸。
人间多美意，草木情可嘉。
且为瑞木祝，生机更无涯！

作者自注：家中巴西木已养殖十余年，未见开花。2012 年 7 月我在中国美术馆举办画展期间，巴西木突然繁花盛开，异香袭人。2014 年 5 月再次开花，正值我 70 岁生日，此诗便是当时所作。更加出乎意料的是，2015 年 11 月此木第三次开花，竟又恰逢霍达生日，真天降吉祥！

甲 午 春 联

（2014 年）

百二年风雨，重逢甲午，犹怀"致远"；
十三亿炎黄，再造中华，且看"辽宁"。

挽徐书麟老人联

（2015 年）

忠心赤胆千秋伟业，
铁干琼花百岁红梅。

作者自注：崔月犁伯伯的夫人徐书麟老人，也是当年参加地下斗争的老革命，离休后致力于丹青，擅画红梅。老人逝世后，我与霍达以此联敬挽。

一剪梅·咏弼马温

（2016 年）

岁次壬申，又逢猴年，赋词一阕，拿弼马温开开心。其实，纵观孙悟空一生，大闹天宫、五行山压顶、西天取经都十分辛苦，也许只有与天马为伴的那一段闲散岁月称得上"神仙过的日子"了。

大圣官居弼马温。不恋山根，且住宫门。心猿意马竟成真，马也精神，猴也精神。

信马由缰自在身。马上清晨，月下黄昏。踏歌来去步祥云，蹄也无痕，爪也无痕。

丁 酉 春 联

(2017 年)

齐天大圣鸣金奏凯，
昴日星官升帐点兵。

戊 戌 春 联

（2018 年）

金鸡踏雪巧书竹，
玉犬凌霜乱点梅。

集 句 联

（2018 年）

英雄所见，
君子之交。

郑伯农：丹青余墨也风流

认识为政近二十年。早就知道他是美术界的多面手，"文武昆乱不挡"，诗书画兼擅。读了他的诗词集《丹青余墨》，仍然感到惊讶。他的诗有很强的冲击力，犹如一股气浪，冲得我心潮荡漾。

作为中外闻名的优秀画家，为政的诗词有相当一部分是配合绘画创作出来的。我不懂绘画，不敢妄评他在这方面的成就得失。作为绘画的外行、诗词的票友，我觉得他的诗和画结合得很好，水乳交融，相得益彰。前者不是后者的附属品，单独抽出来，也是能够打动人心的好诗。吴冠中先生在谈论为政的创作时说，"在创作中，他视抒情为第一要素"。为政的终身伴侣霍达说，"作为画家的王为政，还深深地爱恋着文学。在作画之余，他读书万卷，笔耕不辍"。"画家本色是诗人"。"也许，正是这种诗人气质、学者素养成就了他的绘画艺术"。我很赞成吴大师和霍女士的意见。我们不妨看看为政的几首作品：

> 从容谈笑纵横兵，铁马关山咫尺枰。
> 八段元戎天不死，至今犹忆喊杀声。
> ——七绝·题《从容谈兵》

> 小城月色清如许。硬弓泣，柔弦诉，幽咽泉流翻作谱。把心揉碎，把情牵断，却向谁人吐？
> 风流终被风流误，未待蟾圆目双瞽。奇技惊天天也妒！百年一曲，孤弦绝响，留与人间驻。
> ——青玉案·咏阿炳

上面两首，一首写大人物，一首写小人物；一首诗，一首词；一首豪放，一首婉约，都不同凡响。陈毅有三种身份：元帅、外交家、诗人。为政既不写他如何领兵，也不写他如何驾驭国际风云、如何构筑鸿篇巨著，只写他下围棋。虽然展现的只是坐在棋枰前的陈老总，虽然只有寥寥二十八个字，人物的精气神却跃然纸上。阿炳是流落街头的旷代奇才。许多人被他的乐曲所倾倒，却很少有人理解他的内心世界。为政是画家，对音乐感受之深却不在音乐专家之下。"百年一曲，孤弦绝响，留与人间驻"。这是诗的语言，也是知音者的语言。他的这首《青玉案》，是写阿炳的难得好诗。

诗词有豪放和婉约两种风格。为政不废婉约，就其主流来讲，可以归入豪放一派。这不仅体现在作者的选材上，更体现在作者的精神气质上。从字里行间，读者可以领略到作者的大胸襟、大视野。他有一首《江城子》，是为绘画《密州出猎》配的诗。下面是它的下片：

淋漓墨气正贲张。岁添霜，但无妨，不尽豪情，一笑扫颓唐。瘦马扬鬃犹可战，威似虎，猛如狼。

这哪里只是写苏东坡，更是借古人抒作者胸中之块垒。李白说："我本楚狂人，凤歌笑孔丘"。苏东坡说："老夫聊发少年狂"。搞科学研究容不得半点癫狂，需要的是冷静和缜密。写诗、搞竞技体育，则需要些许狂气，甚至还要有点"舍我其谁"的霸气。为政在回忆恩师李苦禅的时候，笔底涌出这样的诗句："侠者襟怀豪者胆，兴来北腿南拳。山东好汉义当先。早生八百载，或许上梁山。"看来，为政的身上流动着恩师的血液。他这条江苏汉子，挥毫泼墨时没有挂着吴侬软语，倒有几分梁山好汉的气魄。

为政把自己的诗词集命名为"丹青余墨"。这个名字告诉读者，他的主业是绘画，写诗只是业余爱好。不过，切不可小看这些"余墨"。我以为作者是很认真、起码是和作画一样呕心沥血地对待诗词创作。不重复前人的话，每有所作，必追求独特的意境、新鲜的语言。往往寥寥数语，就能营造出一个独特的艺术形象。譬如写杨靖宇烈士："英雄死后披肝胆，热血一腔粒米无。"写齐白石大师："画魂长与国魂伴，不老丹青一布衣。"这些都是一吟就能让人记住的佳句。他善于写人物，也善于写景物。譬如那首游西北时写的《咏驼》，形神兼备，意味丰厚。特别是诗的结尾，令人遐想无穷：

> 皑皑天山雪，茫茫戈壁沙。
> 柔峰担日月，健足踏云霞。
> 不问来时路，且寻梦里家。
> 一声长啸罢，大野尽霜花。

壬辰初夏于北京

画家王为政访谈录

北京晚报记者蔡岫（以下简称记者）：一直非常喜欢您的作品。据我所知，早在 30 年前，您创作的《毛主席与李四光》《周总理与李四光》由新华社发通稿，一夜之间覆盖了全国几乎所有的报纸，家喻户晓，给人们留下了深刻印象。今年是北京画院成立 50 周年，在中国美术馆举行的"时代华章——北京画院·上海中国画院 50 年作品展"中看到您的代表作，倍感亲切。最近我还见到了荣宝斋出版社刚刚出版的《王为政画集》，比较集中地欣赏了您的大批作品，很觉"过瘾"。

王为政：谢谢你对我的作品的厚爱。作为作者，我想知道，是什么打动了观者？

记者：首先是思想，是作品深刻的内涵。您是一位学者型的画家，在文学、历史、戏剧诸领域都有很深的造诣，著述丰富。特别是兼具中西绘画的深厚功力，人物、山水、花鸟都成就卓著，享有"画破三界，文武昆乱不挡"之誉。因此，观赏您的作品，就不仅被精湛的技艺所折服，更重要的是笼罩于画内画外的文化气息和思想内涵。

王为政：我从来也不认为绘画是一项单纯的技艺。如果把自己当成一个画匠，就不必读那么多书，也不必动那么多脑筋了，我也不屑为之。我的创作以人物画为主，"人"是造物主最成功的杰作，天下万物，"人"是最高级、最完整、最复杂、最细腻、最具个性的，可以说，在以往的几十年中，我一直在研究"人"，用各种手段来塑造"人"。

记者：您的主要成就也正在于此。就人物画而论，我最喜欢您的《从容谈兵》和《国学大师王国维》，前者以棋局一角巧妙地展现了陈毅元帅胸中自有雄兵百万的政治家、军事家、外交家的气度，有咄咄逼人、天下无敌之势；后者是一幅纯粹的肖像，无背景，无情节，却令人怦然心动，遐想无限，在观赏中渐次领略一代国学大师王国维所说的"三个境界"。

王为政：我也正是在这种"渐次领略"中进行创作的。我有一方专用于人物画的图章："千古风流人物"，所画的都是中外历史上的杰出人物，他们是人类的精英，我从这些人物身上汲取思想精髓和人文内涵，并注入画面。这是一个挥之不去的情结，当我诵读苏东坡的"大江东去，浪淘尽千古风流人物"，辛弃疾的"醉里挑灯看剑，梦回吹角连营"，便豪情满怀，不能自已，必欲付之以笔墨而后快。

记者：说到笔墨，这是您的作品打动我的另一个因素。您笔下的人物，"稳、准、狠"的精确造型已令人赞叹，而更为可贵的是，这些形象不是用素描加色彩"磨"出来的，而是以酣畅淋漓的笔墨"写"出来的，其难度可想而知！

王为政：中国画特别是人物画，造型和笔墨是一对相互对立而又相互依存的矛盾。有造型而无笔墨称不上中国画，有笔墨而无造型则只是笔墨游戏，所谓"逸笔草草，不求形似"，往往是缺乏造型能力的遁词。毋庸讳言，中国古代不注重写生，对于人物解剖缺乏必要的研究，在人物形象的刻画上手段也比较单一。而今天的中国观众，视野开阔了，见识了表现力极强的西方油画和雕塑，而且又有了能够逼真地再现物象的摄影、电影、电视技术，已经不满足于符号化的人物形象和单线平涂的表现技巧，中国画需要与时俱进，需要引进、融合西洋绘画的技巧，丰富其表现力，同时又不能等同于西洋画，而必须保持中国画的特色，这就面临着造型和笔墨的矛盾。20世纪以来，一代又一代的人物画家为解决这一矛盾而付出了艰苦的探索，也取得了前所未有的成绩。

记者：您就是其中的一员。

王为政：我大概算第三代人。第一代以徐悲鸿、蒋兆和为代表，第二代以黄胄、方增先为代表，第三代已经是一大批人，再往后又有第四、第五代。

记者：进入新时期以来，人物画家的队伍出现了分化，有的放弃人物画，去画山水、花鸟，有的去搞变形、抽象的"现代艺术"了，而您仍然不为所动，一直坚持写实风格。

王为政：各人都有选择自己艺术道路的自由，我们不去评说。我坚持写实风格，因为这是我的强项。我自幼师从尚连璧先生学习素描，在考入艺术院校之前就已经打下了坚实的造型基础，大学阶段又得到吴冠中、卫天霖、李苦禅等名师亲授，融合了中西绘画的优长，为后来的创作提供了得天独厚的条件，为什么要舍弃自己的强项而去追逐不明不白的时髦呢？这是其一。其二，从中西绘画的发展轨迹来看，西方绘画从具象走向抽象，在写实登峰造极之后转向写意，而中国绘画则正好相反，从抽象走向具象，在写意登峰造极之后转向写实。物极必反，这就是事物发展的规律。写实风格的中国人物画远远没有登峰造极，也许还要经过几代人的努力，才能推向一个高峰，这是躲不开、绕不过的，只有正面强攻，持之以恒。

记者：正是在这样的理论支撑下，您几十年来坚持不懈地进行人物画创作，从早期的《从容谈兵》《思想者》《公子扶苏》《霸王与乌骓》《马背诗情》，到近几年的肖像画系列《智者巴金》《白石老人》《弘一法师》《国学大师王国维》《爱国老人于右任》，以及乘"神舟六号"飞船遨游太空的《彝海结盟》等新作，都明显地看到您在一步步地掘进，寻求造型和笔墨更加完美的结合。极其简约而又极其准确地勾勒的巴金面部和手部特写，以山石皴法写就的齐白石的嶙峋身躯，草书般挥洒的于右任的飘然长须，随意点染而成的王国维的风姿神韵，都令人过目难忘。经过长期的积淀、拣选和锤炼，您的人物画已经从繁复走向单纯，从严谨走向洒脱，从精心营建走向率意抒写，大刀阔斧，浓笔重墨，苍砺遒劲，铿锵作金石声，洋溢着大气磅礴的中国气派、时代精神，标志着您艺术道路上的新高度和中国人物画创作的新水平。

王为政："标志"着什么似不敢当，好坏由人评判，我只是按我的想法，画我的画，"为所欲为，一意孤行"。

记者：艺术家最可贵的就是独立思考和独创精神，您的人物画如此，山水、花鸟画也是如此。我看您的《水巷》《渔火》和《九寨秋色》《碧湖沉梦》，不由得被一种沁人心脾的魅力所征服，仿佛前人的一切条条框框都不见了。

王为政：因为前人没有为我们提供现成的笔墨技巧，必须自己去创造，你到了江南水乡，到了九寨沟，就会强烈地感到这一点。古代画水只勾线，不染色，不画倒影。如果我也这样画，那还有什么意思？舍弃了波光潋滟、色彩斑斓，就不是江南水乡和九寨沟了。那么，是古人故意摒弃光影和条件色吗？我看不是。李白的诗句"举杯邀明月，对影成三人"，明确写到了投影；白居易的诗句"别时茫茫江浸月"，说的就是月亮在水中的倒影；他甚至还用"半江瑟瑟半江红"来描绘晚霞夕照在江面上形成的冷暖色彩对比。这说明，不是古人对光影、对条件色视而不见，而是在那个时代还没有掌握表现光影和色彩的绘画技巧。处于今天的画家，大可不必用古人的局限性束缚自己的手脚了，画是给人看的，如果不尊重现代人的视觉感受，必然唤不起观者的共鸣。我在作画的时候，完全忘记了前人的笔法，只是在追寻一个梦，一个萦怀已久、若即若离、稍纵即逝的梦……

记者：您用画笔捕捉到了这个梦，也把观者也带进了梦中，感受到那种如梦似幻的朦胧之美，浑然天籁的宁静之美，古典诗词般的格律之美，"无法之法"的率真之美。

王为政："无法之法"是一个很高的境界，郑板桥说，"画到生时是熟时"，就是这样一种境界。好作品的产生，恰恰不是在某种技巧的烂熟状态，而是在不满足于现有技巧而进行新的寻求和探索之中。

记者：这使我想到起最初看到您的《小熊猫》时的感受。那是一种全新的感受，您运用水、墨、色三者的巧妙渗化，把小熊猫那孩童般的稚气憨态和毛茸茸的皮毛质感表现得淋漓尽致。这是您的创造，从题材到技法都前无古人。

王为政：古人确实没有画过这种动物，但技法还是有可借鉴之处的。相对而言，写意花鸟画远比写意人物画的传统丰富和成熟，当我面对八大山人、齐白石、李苦禅等大师的作品时，常常感到不可超越。如果照他们的套路画下去，一辈子也没有自己的面目。艺术最忌雷同，大师不需要重复。这就逼着我们去探索，去创新，走自己的路。

记者：传统就是在创新中不断发展的，今天的创新可能就是明天的传统。

王为政：是的，我一向认为，传统是一条流动的长河，从来没有停止在任何一个阶段不再前进。我随苦禅先生学画多年，深受教益。但是我的画并不像苦老，正如苦老的画也不像他的老师齐白石，因为白石老人早就有言在先："学我者生，似我者死。"

记者：您画的飞禽走兽，和传统的花鸟画已经有很大不同。比如您早年所画的《有所思》，以泼墨留白塑造优雅娴静的白雪苍鹭，强烈的黑白反差，笔墨酣畅而且极其冼炼，浑然天成，这样的表现形式和表现手法，在此之前我没有见过。还有不久前在中国美术馆举办的"同一世界——中国画家彩绘联合国大家庭"画展中展出的您的新作《林中精灵》，以浓墨重彩的热带雨林烘托出一道夺目的逆光曲线，跃动着一只机警灵秀的马达加斯加狐猴，将创造性的技法运用于前人未曾涉足的题材，令人耳目一新。但观众仍然承认，这种带"洋"味儿的画还是中国画。

王为政：因为本质上仍然是东方韵味，中国作风。正如我们虽然早已脱去汉家衣冠，着西装，穿皮鞋，但仍然是中国人。中国的哲学思想、人文精神、审美取向、价值观念，仍然一以贯之。我相信，只要中国人在，就有中国的艺术在，而且不断地发展、前进，活在中国人的血脉中。

记者：我也深信这一点。谢谢您接受本报采访，并且祝愿您取得更大的艺术成就！

原载《北京晚报》2007 年 11 月 4 日

王为政著作要目

《我国卓越的科学家李四光》，画册，上海人民美术出版社1978年出版。

《小熊猫》，画册，四川人民出版社1978年出版

《王为政画集》，画册，香港集古斋1983年出版。

《王为政画选》，画册，上海人民美术出版社1985年出版。

《世纪美术菁英．国画卷．王为政》，画册，漓江出版社2005年出版。

《王为政画集》，画册，荣宝斋出版社2007年出版。

《千古风流人物——王为政人物作品精选》，画册，人民美术出版社2012年出版。

《傲骨》，小说、报告文学集，花城出版社1992年出版。

《瑞士之旅》，散文集，北京十月文艺出版社1992年出版。

《听画》，小说集，台湾国际村文库书店1994年出版。

《傲骨》，小说集，台湾国际村文库书店1994年出版。

《听画》，小说集，英文版，中国文学出版社1994年出版。

《听画》，小说集，法文版，中国文学出版社1997年出版。

《中国作家经典文库——王为政卷》，光明日报出版社2002年出版。

《抚剑堂诗词集》，格律诗词集，线装书局2009年出版。

图书在版编目（CIP）数据

丹青余墨 / 王为政著 . — 北京：中国文史出版社，
2018.7

（政协委员文库）

ISBN 978-7-5205-0419-5

Ⅰ.①丹⋯　Ⅱ.①王⋯　Ⅲ.①中国文学—当代文学—
作品综合集　Ⅳ.① I217.2

中国版本图书馆 CIP 数据核字（2018）第 155969 号

责任编辑： 全秋生

出版发行：	**中国文史出版社**	
社　　址：	北京市西城区太平桥大街 23 号　　邮编：100811	
电　　话：	010—66173572　66168268　66192736（发行部）	
传　　真：	010—66192703	
印　　装：	北京地大彩印有限公司	
经　　销：	全国新华书店	
开　　本：	787×1092　　　1/16	
印　　张：	29.25　　　　　插页：4	
字　　数：	560 千字	
版　　次：	2018 年 7 月北京第 1 版	
印　　次：	2018 年 7 月第 1 次印刷	
定　　价：	66.00 元	
